Andreas Brandhorst
Das Arkonadia-Rätsel

Zu diesem Buch

Omni ist ein mächtiger, uralter Bund, in dem sich die herrschenden Völker der Milchstraße zusammengeschlossen haben. Jasper und seine Tochter Jasmin gehören zu den wenigen Auserwählten, die in den Diensten Omnis stehen. Ihr Auftrag führt sie zu dem fernen Planeten Arkonadia. Seit Jahrtausenden stranden dort wieder und wieder Raumschiffe unter dem Einfluss einer unerklärlichen Raumzeit-Anomalie. Zudem bewirkt das geheimnisvolle Nerox, das alle 453 Jahre auftritt, technologischen Stillstand. Niemand kennt den Ursprung des Phänomens. Jasper und Jasmin setzen alles daran, das Rätsel von Arkonadia zu lösen. Doch dabei stoßen sie auf eine Wahrheit, die das Schicksal aller Zivilisationen der Galaxis verändern wird ...

Andreas Brandhorst, geboren 1956 im norddeutschen Sielhorst, schrieb mit seinen futuristischen Thrillern und Science-Fiction-Romanen wie »Das Schiff« und »Omni« zahlreiche Bestseller. Spektakuläre Zukunftsvisionen sind sein Markenzeichen. Der SPIEGEL-Bestseller »Das Erwachen« widmet sich dem Thema Künstliche Intelligenz, sein Wissenschaftsthriller »Ewiges Leben« zeigt Chancen und Gefahren der Gentechnik auf. Zuletzt erschienen im Piper Verlag die Romane »Mars Discovery« und »Sleepless«.

Andreas Brandhorst

Das Arkonadia-Rätsel

Roman

Entdecke die Welt der Piper Science Fiction:
Piper🪐Science-Fiction.de

Von Andreas Brandhorst liegen im Piper Verlag vor:
Das Netz der Sterne
Das Schiff
Omni
Das Arkonadia-Rätsel
Das Erwachen. Thriller
Das Flüstern. Thriller
Die Tiefe der Zeit
Ewiges Leben. Thriller
Seelenfänger
Eklipse
Die Kantaki-Saga (Reihe)
Die Eskalation. Thriller
Mars Discovery
Sleepless

Originalausgabe
2. Auflage 2022
ISBN 978-3-492-70426-7
© Piper Verlag GmbH, München/Berlin 2017
Satz: Fotosatz Amann, Memmingen
Druck und Bindung: CPI books GmbH, Leck
Printed in Germany

*Die Sekunden tröpfeln, sie sammeln sich zu einem See,
zu einem Meer, zu einem Ozean der Zeit,
eine Milliarde Jahre tief.*

Inhaltsverzeichnis

Omni   9
Prolog   11

ERSTER TEIL – Viele Wege für ein Ziel   17
Eine lange Reise   33
Die Kluft der Zeit   39
Salzige Träume   59
Die Station   64
Ein Geist in der Nacht   81
Gläsernes Blut   94
Lotin   103
Eine Warnung   113
Baltasar   131
Ein Leben retten   141
Das Wrack   153
Begegnung im Dunkeln   169
Eine Seele wie Staub   179
Ein zerbrochenes Juwel   197
Der Feind   210
Den Flammen nahe   230
Sisyphos   246
Offene Worte   262
Der Feuervogel   268

ZWEITER TEIL – Das Meer der Zeit   275
Der Felsblock rollt   289
Der ewige Zug   300
Schwarze Flut   326
Eine tote Stadt   330

Ein Kompass für den Zug   336
Gedanken innerhalb eines Gedankens   349
Vor einer Milliarde Jahren   356
Wüste und Meer   364
Die letzte Tür   384
Das Ende eines Zuges   391
Ein Luftschiff   402
Das Gift des Zweifels   416
Schentiffica   428
Freunde, Feinde ...   440
Denkspiele   456
... und Verräter   461
Dem Ziel nahe   472
Affinität   478
Unerwarteter Besuch   486
Ein neues Leben   491
Entscheidungen   494
Ein Meer der Zeit   498
Die längste Reise   505
Das letzte Hindernis   508
Epilog   515
Glossar   519
Omni   528
Äquiv(alent)-Zivilisationen   529
Die Sieben Großen Spezies (SGS)   530
Chronologie   531
Danksagung   535
Kontakt mit dem Autor   537

Omni

Im Herzen der Galaxis, im Kern der Milchstraße, wo die Sonnen so dicht stehen, dass planetare Nächte nie ganz dunkel sind, und wo es Energie im Überfluss gibt, haben sich die am höchsten entwickelten Völker vor Äonen zu »Omni« zusammengeschlossen, einem Bund von Superzivilisationen. Omni verwaltet das Erbe der Pandora, der ersten großen Zivilisation in der Milchstraße, und setzt ihr Werk fort, indem es auf öden Welten Keime des Lebens ausbringt, die Entwicklung von intelligenten Spezies beobachtet und gelegentlich eingreift, um zu helfen – oder um bestimmte Entwicklungen zu verhindern. Geleitet wird Omni dabei vom Ethox, einem ethischen Kodex, dessen Regeln für Außenstehende nicht immer leicht zu verstehen sind. Omnis Technik ist so fortschrittlich, dass sie für andere Völker von Magie kaum zu unterscheiden ist. Darin liegt Macht, aber diese Macht setzen die Superzivilisationen sehr zurückhaltend ein. Was ihnen manchmal Kritik einbringt, ließe sich mit einer derartigen Technologie doch viel bewirken und verändern.

Omni nimmt Reisende in seine Dienste, Angehörige von Völkern, die noch keinen so hohen Entwicklungsstatus erreicht haben, dass sie hoffen dürften, in die Gemeinschaft der Superzivilisationen aufgenommen zu werden. Diese Reisenden werden biologisch verändert, damit sie lange leben und ihre Aufgabe erfüllen können, andere Völker zu beobachten und ihnen zu helfen, wenn Omni Hilfe für nötig hält. Zwei dieser Reisenden sind Jasper und Jasmin, Vater und Tochter, in ihrem früheren Leben Vinzent Akurian Forrester und Isdina-Iaschu, wegen ihres roten Haars und ihrer roten Augen Zinnober genannt. Ihre erste große Mission für Omni führt sie nach Arkonadia, weit von allen Zivilisationen der Milchstraße entfernt. Zwar befinden sie sich erst seit kurzer Zeit in Omnis Diensten, aber sie ahnen, dass sich tief in der Vergangenheit von Omni ein Geheimnis verbirgt. Es ist eine Milliarde Jahre alt.

Prolog

**Arkonadia:
Zirzo, der Werkzeugmacher
Noch vier Jahre und sechs Monate bis zum Beginn der 45. Ära**
Draußen rief jemand: »Die Brüder sind vom Vulkan zurück! Und sie kommen mit vollen Taschen!«

Zirzo sah nicht von der Werkbank auf. Dies war ein besonderer Tag, er fühlte es in seinen alten Knochen, und nicht nur wegen der Rückkehr der beiden Feuerläufer, wie man Eray und Etini nannte – hoffentlich brachten sie genug Supra mit. Ein Prickeln in den Fingern hatte ihn mitten in der Nacht aus dem Schlaf geholt, ein Kribbeln, das besonders gute Werkzeuge verhieß. Mit leichtem Fieber war er aus dem Bett gekrochen und in seine Werkstatt gewankt, nur um dort festzustellen, dass es den Fingern nicht nach seinen Instrumenten verlangte, damit er Supra – dem geringen Vorrat, der ihm noch geblieben war – Form und Funktion gab. Stattdessen hatte ihn das Prickeln in den kleinen Raum mit den bereits fertiggestellten Werkzeugen geführt, zu dem geheimen Fach hinten in der Ecke, wo er seinen kostbaren Schatz aufbewahrte, das beste Werkzeug, an dem er schon seit vielen Jahren arbeitete, die Krönung seines Lebens: eine Statuette, Rumpf und Beine bereits perfekt; es fehlten die Arme und die Hälfte des Kopfes.

Als er jetzt auf seine Hände blickte, im Sonnenlicht, das durchs nahe Fenster fiel, sah er, dass sie zitterten, nicht aus Schwäche, nicht unter der Last von Alter und Krankheit, sondern weil sie spürten, dass sich Großes anbahnte.

Zirzo legte seine Instrumente beiseite und drückte die Hände flach auf die Werkbank, um das Zittern aus ihnen zu vertreiben. Er wartete.

Schließlich klopfte jemand an die einen Spaltbreit offen stehende Tür.

Zirzo atmete tief durch und drehte sich um. »Was habt ihr gefunden?«

Jemand zog die Tür ganz auf, und für einen Moment war der Hang des Vulkans zu sehen; eine graubraune Wolke verhüllte den Gipfel. Zwei Männer traten ein, schmutzig, begleitet von einem Geruch nach Schwefel. Beide verneigten sich kurz, bevor der erste vortrat, seine Tasche öffnete und dem Werkzeugmacher ihren Inhalt zeigte.

Zirzo nahm einen der Steine, drehte ihn, betrachtete ihn unter einem Vergrößerungsglas und nickte anerkennend. »Ein hoher Anteil an gutem Supra, mit einer Reinheit von siebzig Prozent, würde ich sagen. Noch immer die Westtunnel?«

Die beiden Feuerläufer wechselten einen Blick. »Nein«, sagte Eray, der Mann, der seine Tasche geöffnet hatte. »Wir haben uns diesmal die Lavatunnel nördlich des Hauptschlots angesehen.«

»Sie sind nicht stabil, wenn ich richtig informiert bin«, sagte Zirzo. »Dort kann es zu Ausbrüchen kommen.«

»Wir dachten, dass sich die Suche lohnen könnte, weil sich nur selten jemand dorthin wagt«, sagte der zweite Mann namens Etini, der jüngere Bruder von Eray. Er wirkte aufgeregt. Dies war noch nicht alles.

»Was hast du mitgebracht, Etini?«

Auch die zweite Tasche enthielt faustgroße Steine, aber die Mineralienadern in ihnen waren nicht silbern wie bei den ersten, sondern schimmerten golden und ... grün. Zirzo sah genauer hin. Seine alten Augen trogen ihn nicht: grünes Supra. Darauf hatte er ein ganzes Jahr gewartet.

Der Werkzeugmacher legte den Stein so vorsichtig zurück, als könnte er zerbrechen. »Ich nehme alles«, sagte er. »Alles, was ihr mitgebracht habt. Wenn es von dieser Qualität ist.«

»Das ist es, Zirzo, das ist es.« Eray lächelte erfreut und rieb sich die Hände. »Gute Qualität hat einen guten Preis. Und das grüne Supra ...«

»Ihr bekommt, was euch zusteht.« Zirzo stellte die beiden Taschen unter seine Werkbank, stand auf und ging ins Schlafzimmer. Seine Hände zitterten erneut oder noch immer, als er eine Schublade des schmalen Schranks neben dem Bett öffnete, das kleine Gerät hervorholte, das er vor Jahrzehnten als junger Mann von den Tingla bekommen hatte, und seinen persönlichen Code eingab. Anschließend überlegte er kurz und sagte: »Viertausend.« Nicht viel, aber genug. Er war ein reicher Mann, und er war auch deshalb reich geworden, weil er es mit den Ausgaben nicht übertrieb.

Das Gerät sagte: »Identität bestätigt. Viertausend Verrechnungseinheiten werden bereitgestellt.« Ein Geldstreifen kam aus der Seite, drei Zentimeter lang und einen breit, blau und fälschungssicher. Kleine Dellen und Höcker gaben Auskunft über den Betrag.

Wieder in der Werkstatt sagte er: »Hier sind viertausend. Ihr bekommt noch einmal so viel, wenn ihr mir mehr bringt, vor allem grünes Supra.« Die beiden schmutzigen, nach Schwefel riechenden Brüder eilten fort.

Zirzo verbrachte einen großen Teil des Morgens damit, auf die Steine zu starren und daran zu denken, dass er jetzt Gelegenheit bekam, die Arbeit an der Figur fortzusetzen. Das grüne Supra, das ihm Eray und Etini verkauft hatten, genügte nicht für ihre Vollendung, aber wenn sie ihm noch mehr brachten, konnte er die Statuette vielleicht fertigstellen, bevor ihn das Fieber dahinraffte. Während der nächsten Monate musste er zahlreiche Werkzeuge herstellen, denn der Beginn der neuen Ära, der fünfundvierzigsten, rückte näher, und Tausende von Arkonadiern, die seit Jahren und Jahrzehnten Vorbereitungen trafen, würden sich auf den Weg machen, sobald feststand, in welcher Region das Nerox nach vierhundertdreiundfünfzig Jahren wieder erschien. All diese Reisenden brauchten Werkzeuge für den Versuch, die vielen Hindernisse zu überwinden und ins Innere des Nerox zu gelangen. Es würde Zirzo nicht leichtfallen, Zeit für die Arbeit an der Figur zu finden, doch er durfte auch nicht zu lange warten, wenn er sie fertigstellen wollte, denn sein Leben neigte sich dem Ende entgegen.

Der Nachmittag brachte eine unerwartete Lösung für dieses Problem und gab der letzten Phase seines Lebens eine überraschende Wendung. Mit wieder ruhig gewordenen Händen arbeitete Zirzo an einem Werkzeug, das in wenigen Tagen fertig sein musste, als es draußen im Dorf still wurde. Zirzo saß am offenen Fenster, blinzelte im hellen Sonnenschein, lauschte und hörte nur das Grollen des Vulkans, wie das Magenknurren eines Riesen. Dann vernahm er gedämpfte Stimmen, so leise, dass er die Worte nicht verstand, und schwere, energische Schritte, die sich seiner Hütte näherten. Die Tür wurde geöffnet, ohne dass sich der Besucher mit Anklopfen aufhielt. Eine große, massige Gestalt stapfte herein und ließ die Tür offen. Zirzo bemerkte mehrere Soldaten, die vor seiner Hütte Aufstellung bezogen.

»General Tailos, es ist mir eine Ehre«, sagte er.

»Zweifellos, zweifellos«, erwiderte der Besucher mit tiefer Stimme. Er stand halb gebückt, um nicht mit dem Kopf an die Decke zu stoßen. Der etwa zwanzig Zentimeter lange gelbe Nasenrüssel neigte sich von einer Seite zur anderen. »Es riecht hier nach Arbeit, nach guter Arbeit.«

»Ich bemühe mich«, sagte Zirzo betont bescheiden. Tailos von den Jannaschi, zu deren Territorium der Vulkan gehörte, galt als launisch, und er war so mächtig, dass seine Launen sehr gefährlich werden konnten.

»Du *wirst* dich zweifellos bemühen, Werkzeugmacher, für mich, für meinen Sohn Lotin«, sagte der General mit einer Stimme, die Mauern erzittern lassen konnte. »Du giltst als der beste Werkzeugmacher weit und breit, und du wirst für mich das beste Werkzeug anfertigen, das du jemals geschaffen hast. Dazu hast du vier Jahre und sechs Monate Zeit. Du wirst dich mit nichts anderem beschäftigen, Zirzo, und dich ganz auf das Werkzeug für Lotin konzentrieren.«

»Ach ...« Zirzo seufzte kummervoll und ein wenig übertrieben. »Es gibt wichtige Aufträge, die ich erfüllen muss, General, und hinzu kommt meine Krankheit, das schleichende Fieber.« Er hustete, um seinen Worten Nachdruck zu verleihen. »Ich fürchte, mir bleiben keine viereinhalb Jahre mehr.«

»Ich habe dir etwas mitgebracht, Zirzo.« Tailos griff unter seine Uniformjacke, holte zwei Beutel aus schwarzem Leder hervor und legte den ersten auf die Werkbank. »Nur zu, öffne ihn, du wirst überrascht sein, zweifellos.«

Der alte Werkzeugmacher zog an der Schnur, öffnete den Beutel und sah einen Stein, groß wie eine Hand und grün wie die Knospen eines Windbaums. Ihm stockte der Atem. Es war kein Stein, der grünes Supra enthielt. Es war ein großer Brocken Supra mit ein wenig Stein darin. »Wo haben Sie das gefunden, General?«

»Spielt keine Rolle«, brummte Tailos. »Es ist grünes Supra, fast rein, und es liegt auf deiner Werkbank, bereit für deine Hände, mehr als genug für ein erlesenes Werkzeug. Und das hier wird dir genug Zeit geben für die Fertigung.« Der General öffnete den zweiten Beutel selbst und entnahm ihm ein kleines Glas mit violetter Flüssigkeit. Er stellte es neben das grüne Supra.

Zirzo glaubte, seinen Augen nicht trauen zu können. »Ist das wirklich ...?«, begann er.

»Zweifellos. Das Elixier des Lebens, von den Tingla, nach einem Rezept der hohen Ho-Korat, wie es heißt.« Bei diesen Worten erklang selbst in der Stimme des Generals so etwas wie Ehrfurcht. »Es wird dir zwanzig Jahre geben, Zirzo. Das ist mein Geschenk für dich, oder besser: die Bezahlung für das Werkzeug, das du bauen wirst.«

»Aber ...«

General Tailos klopfte sich mit der Faust auf die breite Brust. »In vier Jahren und sechs Monaten erscheint das Nerox, und wir wissen sogar, wo es erscheinen wird.« Er beugte sich vor und flüsterte: »Es ist kein Feuervogel erschienen, der uns mit heißem Odem das Geheimnis zugeflüstert hat. Ein Orakel der Tingla hat es uns verraten, meinem Sohn Lotin und mir. Sonst weiß niemand davon. Nur so viel, und du wirst darüber schweigen, wenn dir dein Leben lieb ist: Die neue Ära beginnt diesmal im tiefen Süden von Arkonadia, in Kelarien. In einem halben Jahr werden wir uns auf den Weg machen, Zirzo, und du wirst uns begleiten.«

»Ich soll ...«

»Wir können nicht an diesem Ort warten, bis du fertig bist. Wir müssen in Kelarien sein, wenn die Orakel verkünden, wo genau das Nerox erscheinen wird. Wir müssen zur Stelle sein, damit uns niemand zuvorkommt, und das Werkzeug, das du bauen wirst, muss dann bereit sein.« General Tailos legte Zirzo eine schwere Hand auf die Schulter. »Mein Sohn wird damit das Nerox betreten und Regent von Arkonadia werden, der dritte in der Geschichte dieser Welt.«

ERSTER TEIL
Viele Wege für ein Ziel

Kalte Vergangenheit

Jasmin (früher: Zinnober) 1

Oben pfiff der Wind über schroffe Felsen, die braun und schwarz aus dem Eispanzer ragten. Unten, in der Mulde, war es still. Jasmins Hände strichen über kalte Vergangenheit, eine Milliarde Jahre alt.

Sie beobachtete, wie Jasper die Kontrollen seiner Thermojacke betätigte. »Hier ist es so kalt, dass sich nicht einmal ein Wefing wohlfühlen würde«, sagte er und verzog das Gesicht.

Thrako von den Inper, dreizehnte der Superzivilisationen von Omni, war vorausgegangen und stand am Eingang der Höhle, neben dem kleinen Pelzbündel des Mimmit, der ihnen den Weg gezeigt hatte, obwohl das nicht nötig gewesen wäre. Er wartete, während das Geschöpf an seiner Seite aufgeregt hüpfte und zirpte.

Jasmins Hände strichen über die Reste der Mauer, und mit den inneren Augen sah sie ... Schatten der Vergangenheit, kälter als das Eis dieser Welt, und weit entfernt, obwohl zum Greifen nah. In den vergangenen drei Jahrzehnten, während der Veränderung ihres Körpers und auch ihres Geistes, war dieses Empfinden immer deutlicher geworden. Manchmal genügte es, Objekte zu berühren, um einen Eindruck von ihrer Vergangenheit zu gewinnen.

»Die Mauern sind leider nicht gut erhalten«, sagte Thrako. Er stand ein Dutzend Meter entfernt, aber Jasmin hörte seine Stimme klar und deutlich. »Es liegt an Eis und Wind. Die Hinterlassenschaften in der Höhle sind in einem wesentlich besseren Zustand.«

Jasmin nahm die Hand von den Mauerresten. Dünnes Eis bedeckte ihre Fingerkuppen.

»Was hast du gesehen?«, fragte Jasper, ihr Vater, der in einem anderen Leben den Namen Forrester getragen hatte. Sorge lag in seinen Worten; er traute ihrer neuen Fähigkeit noch immer nicht ganz.

»Tiefe«, sagte sie. »Eine Tiefe der Zeit.«

»Keine Bilder?«

»Nein.« Jasmin wandte sich von den Resten der Mauer ab und trat über den schmalen Pfad, angetrieben von einer Unruhe, die sie seit einigen Jahren begleitete, seit dem Ende der ersten Phase der Omni-Anpassung, wie Thrako es nannte. Vor dreißig Jahren waren sie und ihr Vater gewöhnliche Menschen gewesen, sie selbst zur Hälfte eine Crohani. Nach den Ereignissen um Aurelius und die Pandora-Maschine hatte Omni, die Gemeinschaft der Superzivilisation im Kern der Milchstraße, sie in ihre Dienste genommen und verändert, nicht nur ihre physische Existenz – sie genossen relative Unsterblichkeit und brauchten keine Nahrung mehr; Kontinua-Energie erhielt sie am Leben –, sondern auch ihre Psyche. Manchmal erstaunte es Jasmin, wie weit die Veränderungen gingen; es kam vor, dass sie das Gefühl hatte, sich selbst fremd geworden zu sein, ein fremder Geist in einem fremden Körper.

Jasmins Unruhe wuchs, als sie sich dem Höhleneingang näherte. Dort stand Thrako, elfenbeinfarben und halb durchsichtig, wie ein humanoides Stück Eis, der Rumpf schmal in der Mitte, mit großen silbernen Augen und einem schmalen Kopf, der eine nach hinten führende bogenförmige Erweiterung aufwies. Er hatte nur leichte Kleidung an, mit vielen Taschen, auf denen unterschiedliche Inper-Embleme glänzten. Ein unsichtbarer Kontinua-Film, den er wie eine zweite Haut trug, schützte ihn vor der Kälte.

»Sie mögen alte Dinge, nicht wahr, Jasmin?«, fragte der Inper.

»Das wissen Sie. In den dreißig Jahren, die wir bei Omni sind, hätte ich mir gern mehr von den Relikten und Hinterlassenschaften alter Zivilisationen angesehen, die Sie hüten. Leider haben Sie mir kaum Gelegenheit dazu gegeben.«

Thrakos Gesicht veränderte sich. Vielleicht lächelte er. »Höre ich da einen Vorwurf?«

Jasmin versuchte, ihre Unruhe unter Kontrolle zu halten. »Was enthält die Höhle? Warum haben Sie uns hierher gebracht?«

»Sie sind hier, weil ich um die Archäologin in Ihnen weiß«, erwiderte der Inper. »Und weil ich/wir eine neue Mission für Sie haben.«

»Hoffentlich eine nicht so langweilige wie die letzten beiden.« Die Worte sprangen aus ihrem Mund. »Zwei in drei Jahrzehnten, Thrako.«

»Sie lernen noch«, sagte der Inper sanft.

Lass es dabei bewenden, dachte Jasmin. Lass dich überraschen, von der Höhle und der neuen Mission. Aber sie sagte: »Wir haben genug gelernt, um in einen richtigen Einsatz geschickt zu werden. Um etwas zu *tun*. Um zu *helfen*.«

»Zinnober ...«, sagte Jasper mit einem warnenden Unterton. Gelegentlich sprach er sie mit ihrem früheren Namen an, der inzwischen seltsam klang, wie der einer völlig anderen Person.

Der Blick der beiden großen silbernen Inper-Augen fing sie ein und hielt sie fest. »Wir werden sehen«, sagte Thrako langsam.

Der Mimmit zirpte etwas, das Thrako offenbar verstand, denn er vollführte eine zustimmende Geste, woraufhin das kleine Geschöpf davonstob. Sein weißer Pelz ließ es schon nach wenigen Metern mit Schnee und Eis verschmelzen.

Jasmin betrat einen schmalen Tunnel mit Wänden, die Bearbeitungsspuren aufwiesen. Sie hörte, wie Jasper hinter ihr fragte: »Dies ist nicht natürlichen Ursprungs, oder?«

»Nein«, antwortete Thrako. »Diesen Tunnel haben die Vorfahren der Mimmit angelegt, vor vielen Tausend Jahren, damals, vor der Regression, vor der Rückentwicklung, die sie zu den Geschöpfen machte, die sie heute sind.«

»Ursache war die klimatische Veränderung auf dieser Welt, nicht wahr?«, hörte Jasmin ihren Vater fragen. »Vor zwölftausend Jahren unserer alten Zeitrechnung. Die Bibliotheken haben mir davon erzählt.«

Der Teil der Omni-Bibliotheken, zu denen wir Zugang haben, und das ist ein sehr, sehr kleiner Teil, dachte Jasmin, aber diesmal gelang es ihr, die Worte zurückzuhalten.

»Der Hauptgrund war das Ende der tektonischen Aktivität«, erklärte Thrako. »Der Kern dieses Planeten erkaltete und erstarrte. Das Magnetfeld brach zusammen und schützte nicht mehr vor der kosmischen Strahlung. Die lange Eiszeit begann. Eins führte zum anderen. Der Basalt dieser Region stammt von den letzten Vulkanausbrüchen. Er ist eine Milliarde Jahre alt.«

»Genauso alt wie die Mauerreste und das, was Sie uns in der Höhle zeigen wollen«, sagte Jasmin.

»Mauern und Höhle sind etwas älter«, erwiderte Thrako. »Einige Tausend Jahre, glauben wir.«

Jasmin verharrte vor einer in die Tiefe führenden Treppe. Einige Lichter glühten in der Dunkelheit, geschaffen von Kontinua-Energie. Dies war ein geschützter Bereich – Jasmin fühlte die Präsenz von Omni, wie ein vertrautes Kribbeln im Nacken.

»Die Höhle ist älter? Wieso wurden sie und ihr Inhalt nicht durch die vulkanische Aktivität zerstört?«

»Weil die Schöpfer ihr Werk schützten.«

»Vor *einer Milliarde* Jahren? Ich nehme an, wir sprechen hier nicht von den Mimmit?«

»Nein. Wir sprechen von einem der Völker, die damals verschwanden«, sagte Thrako.

»Sie meinen die Exilanten?« Das weckte Jasmins Interesse.

»So werden sie manchmal genannt, ja.« Der Inper deutete die Treppe hinunter. »Es ist nicht mehr weit. Sind Sie nicht neugierig?«

Jasmin musterte ihn argwöhnisch. »Fürchten Sie weitere Fragen? Ich nehme an, Sie wissen, dass ich über Jahre hinweg versucht habe, mehr über die Exilanten herauszufinden, die damals nicht an der Gründung von Omni teilnahmen.«

Der Inper hob die Schultern. »Es gibt Fragen, und es gibt Antworten. Und es gibt einen geeigneten Zeitpunkt sowohl für das eine wie für das andere. Möchten Sie sehen, was sich in dieser Höhle befindet?«

Er ging an Jasmin vorbei und die Treppe hinunter. Sie sah ihm nach, nachdenklich und verärgert.

»Suchst du Streit mit ihm?«, flüsterte Jasper ihr zu, als er sie erreichte. »Was ist los mit dir?«

Sie schüttelte wortlos den Kopf, von sich selbst verwirrt, und folgte Thrako über die Treppe. Es wurde noch kälter, so kalt, dass die automatische Temperaturregelung ihrer Thermojacke reagierte.

Die Treppe endete an einem Torbogen aus Obsidian, und dahinter lag ein runder Raum, mit einem Durchmesser von etwa zehn Metern. Wände und Decke bestanden aus dunklem Basalt, wie der Rest, doch smaragdgrüne Fliesen bildeten den Boden.

Die Schatten der Vergangenheit verdichteten sich und drängten Jasmin entgegen. Ihr fiel plötzlich das Atmen schwer.

»Was ist?«, fragte ihr Vater. »Was ist?«

»Sie spüren es, nicht wahr?«, fragte Thrako.

Jasmin nickte, ging langsam an der linken Wand entlang, betrachtete die langen, schmalen Nischen und berührte ihre Kanten. »Dies ist ... wie die Gruft unter der Bastion des Duka von Javaid«, sagte sie. »Wie die Stadt der Toten, die ich als Kind gesehen habe. Katakomben.« Sie blieb stehen und sah den Inper an. »Diese Nischen ... Es sind Gräber, nicht wahr?«

»Ja.«

»Aber sie sind leer.«

»Eine Milliarde Jahre sind wirklich viel Zeit, selbst für uns, selbst für Omni«, sagte Thrako. Er stand im Schein eines Lichts, das etwa einen Meter über ihm schwebte. Der Rest blieb in Schatten gehüllt. »Vielleicht sind die Toten, die hier einst bestattet waren, längst zu Staub zerfallen. Nach so langer Zeit bleiben vielleicht nicht einmal Knochen übrig. Oder die Erbauer kamen nie dazu, die Grabnischen zu benutzen. Der Vulkanausbruch könnte sie daran gehindert haben.«

»Dieser Ort war geschützt«, sagte Jasper. »Die Lava ist um ihn herumgeflossen.« Er blickte nach oben. »Und darüber hinweg.«

»So sieht es aus.«

»Haben Sie nicht mehr herausgefunden?«, fragte Jasmin. Sie legte beide Hände in eine Nische und spürte einen dumpfen, fast schmerzhaften Druck, empfing aber keine Bilder. »Ich nehme an, Sie hatten Zeit genug für Untersuchungen. Jahrtausende. Jahrmillionen. Und Ihnen stehen ganz andere Möglichkeiten zur Verfügung.«

»Sie haben noch nicht alles gesehen.«

Das Licht über dem Inper bewegte sich. Es schwebte zur Seite, in die Mitte des Raums, und dort fiel sein Schein auf eine Statue, grün wie der Boden, aus dem sie herauszuwachsen schien.

»Eine Milliarde Jahre«, betonte Thrako noch einmal. »Bemerkenswert, nicht wahr? Viel, *viel* Zeit. Und doch hat diese Statue alles gut überstanden. Das Material, aus dem sie besteht, ist sehr interessant. Scheint künstlichen Ursprungs zu sein. Härter als Diamant. Gewissermaßen für die Ewigkeit geschaffen. Wer auch immer der Figur Form gegeben hat ... Er wollte offenbar, dass sie Äonen übersteht.«

Jasmin näherte sich der Statue. Sie zeigte eine humanoide Gestalt, größer als sie, größer auch als Jasper und Thrako, aber zierlich und schmal. Eine Frau, dachte sie, obwohl Brüste fehlten und die Hüften gerade waren. Etwas vermittelte ihr den Eindruck, dass es sich um eine Frau handelte, die ... verletzt zu sein schien, voller Schmerz, trotz des glatten Gesichts. Die Arme waren gehoben, die Hände der Decke entgegengestreckt, wie auf der Suche nach Hilfe, nach Beistand. In den Augen – zwei nach vorn gewölbte Ovale – ließ sich nichts erkennen; dennoch glaubte sich Jasmin von ihrem Blick gestreift.

»Wer ist das?«, fragte sie leise.
»Finden Sie es heraus, Jasmin.«
Sie trat noch einen Schritt vor und berührte die Statue, vorsichtig, wie etwas, das zerbrechen könnte.
Einen Moment später begann sie zu weinen.

2

Die Trauer war schwer wie ein Berg, schwer wie eine ganze Welt. Jasmin konnte ihr Gewicht nicht ertragen, sie sank auf die Knie, sie krümmte sich zusammen und schluchzte, verloren in Kummer und einer endlos tiefen Vergangenheit. Dies war kein Schmerz des Körpers, keine physische Agonie, sondern viel schlimmer: die Pein einer seit tausend Millionen Jahren gequälten Seele, die nichts anderes kannte als Verzweiflung und Hoffnungslosigkeit, einer Seele, die weder lebte noch ganz tot war, die nicht sterben konnte und gefangen blieb in einem Kerker aus Leid.

Jasmins Tränen fielen und gefroren auf grünem Boden.

»Sie leidet«, brachte sie hervor. »Sie lebt und leidet und kann nicht sterben!«

»Nein«, sagte Thrako. »Wer auch immer sie war, sie ist lange, lange tot.«

Jasmin fühlte Hände an den Schultern, die sie sanft nach oben zogen. Dann schlangen sich die Arme ihres Vaters um sie und brachten sie ein, zwei Schritte fort von der Statue. Das Licht kehrte zum Inper zurück, und gnädige Schatten verwandelten die grüne Frau in eine Silhouette.

»Sie ist tot«, betonte Thrako noch einmal. »Seit einer Milliarde Jahren. Aber in der Figur lebt etwas. Ein emotionales Echo ist in ihr enthalten, eine letzte Botschaft des Künstlers, der sie geschaffen hat. Sie haben sie empfangen.« Nach einer kurzen Pause fügte der Inper hinzu: »Ihre Empathie ist erstaunlich.«

Jasmins Hände zitterten. Ohne den Kontakt mit der Statue fühlte sie die immense Trauer nicht mehr direkt, aber sie durchdrang alles in diesem Raum, lag schwer in der kalten Luft und lauerte im alten Gestein, auch im Staub der Grabnischen. »Was ist damals geschehen?«, fragte sie.

»Es gibt Überlieferungen der Mimmit«, sagte Thrako langsam. »In ihnen ist die Rede von alten Göttern oder Heiligen, die zu einer langen Reise aufbrachen und einen von ihnen zurückließen.«

Jasmin wischte sich zwei letzte Tränen von den Wangen. Das Atmen fiel ihr wieder leichter, und sie hatte nicht mehr das Gefühl, jeden Augenblick in einen bodenlosen Abgrund stürzen zu können, einen Abgrund aus dunklen Jahrmillionen. »Das ist alles? Mehr haben Sie nicht herausgefunden?«

»Die Durrden von Omni glauben, dass dieser Ort vielleicht mit den Exilanten in Zusammenhang steht. Die grüne Figur präsentiert möglicherweise ein entsprechendes Individuum.«

Alter Frust erwachte in Jasmin. Sie konzentrierte sich darauf, um vor Trauer und Verzweiflung geschützt zu sein. »Wird es nicht langsam Zeit, dass Sie uns mehr darüber erzählen? Oder dass Sie uns Gelegenheit geben, in den Bibliotheken mehr darüber zu erfahren?«

»Zinnober ...« Jasper legte ihr seine Hand auf die Schulter. »Ich nehme an, dies hier und die Exilanten haben etwas mit unserer neuen Mission zu tun, ja?«

»Sehr aufmerksam von Ihnen«, sagte Thrako. Es klang wie leise Kritik an Jasmin. »Vor einer Milliarde Jahren, als die Pandora das Strangnetz im Sprawl schufen, das uns bis heute Gelegenheit gibt, mit einem Vielfachen der Lichtgeschwindigkeit von Sonnensystem zu Sonnensystem zu reisen ... Vor einer Milliarde Jahren verschwanden mehrere hoch entwickelte Völker aus der Milchstraße, Zivilisationen, die es ablehnten, an der Gründung von Omni mitzuwirken. Man sprach damals von einem Exil, und deshalb wurden sie ›Exilanten‹ genannt. Die meisten von ihnen verschwanden spurlos ...«

»Wohin?«, fragte Jasmin. »Und warum?«

»Unbekannt ...«

»Wissen Sie es nicht, oder wollen Sie es uns nicht sagen?« Die Hand des Vaters schloss sich um ihre Schulter und drückte sie. Sie sagte: »Bitte entschuldigen Sie, Thrako. Ich bin noch immer ein wenig ... mitgenommen.«

»Ich verstehe«, erwiderte der Inper sanft. Das Licht über ihm leuchtete etwas heller und holte die grüne Frau mit den nach oben gestreckten Armen aus den Schatten. »Haben Sie ein wenig Geduld mit Omni, Jasmin. Dreißig Jahre sind nichts. Selbst zehntausend Jahre sind nicht viel, und Aurelius war immer geduldig.«

Aurelius ist tot, dachte Jasmin. Wir haben ihn auf der alten Erde begraben.

»Wissen«, sagte Thrako, »bedeutet viel, aber nicht alles. Man muss auch verstehen. Und um zu verstehen, um *Omni* zu verstehen, sind Vorbereitungen nötig. Sie haben gerade die erste Phase hinter sich.«

Der Inper bewegte einen dünnen Arm und hob die Hand. Eine Kugel entstand über ihr, die Darstellung eines Planeten mit Meeren, Kontinenten, langen Bergrücken, ausgedehnten Wüsten und Eis, nicht nur an den Polen. »Das ist Arkonadia, eine Welt am Ende des Perseusarms der Milchstraße, von KopKo – den Korporationen und Kooperativen der Menschen im Sagittariusarm – aus gesehen auf der anderen Seite der Galaxis, sechzigtausend Lichtjahre entfernt. Zwei Hauptstränge des Sprawl, der elfte und der neunzehnte, führen zum Ende des Perseusarms, und ein langsamer Nebenstrang endet im Ljuben-System, zu dem der Planet Arkonadia gehört. Doch von KopKo aus würde eine gewöhnliche Reise mindestens hundert Jahre dauern, und davon ganz abgesehen: Wir wissen, dass kein KopKo-Schiff jemals im Ljuben-System gewesen ist. Dennoch gibt es Menschen auf Arkonadia.«

Die Kugel über Thrakos Hand, der Planet, drehte sich langsam und empfing Licht von der Seite, von einer Sonne, die außerhalb des Bildes blieb. Jasmin bemerkte, dass die

Nachtseite nicht völlig dunkel war. Hier und dort glühte es in der Finsternis – Städte? –, und manchmal flackerte es, wie von Blitzen.

»Wenn keine Schiffe von KopKo dort waren ...«, sagte Jasper. »Wie kann es dann Menschen auf Arkonadia geben?«

»Vor zehntausend Jahren – während einer etwa sechshundert Jahre langen Phase, die als ›erste Expansion‹ in die Geschichte Ihres Volkes einging – brachen zahlreiche Schiffe von der Erde auf, besiedelten nahe Sonnensysteme und knüpften Kontakte mit Äquivalent-Zivilisationen, mit Völkern, die sich auf einem vergleichbaren Entwicklungsniveau befanden. Techno-Diebstahl brachte die Menschen damals in den Besitz von Gravitationsmotoren und einfachen Sprawlern. Manche Schiffe wagten sich damit weiter ins Unbekannte hinaus als andere, und einige von ihnen gingen verloren.«

»Sie glauben, jene Schiffe könnten bis zur anderen Seite der Milchstraße gelangt sein, bis nach Arkonadia?«, fragte Jasmin.

»Vielleicht. Flüge durch den ›Hyperraum‹, wie die ersten Menschen das Sprawl nannten, waren damals noch ein großes Wagnis. Es gab noch keine Warnmarken und -bojen, die auf Riffe und Anomalien hinwiesen. Am Rand des Ljuben-Systems gibt es eine solche Anomalie; dazu gleich mehr. Die Menschen auf Arkonadia könnten Nachfahren der Besatzungen jener Schiffe sein, oder vielleicht der Schläfer, die siebentausend Jahre nach der erste Expansion, im Jahr 9314 Ihrer alten Zeitrechnung, mit der *Hyperion* aufbrachen. Sie ging ebenfalls verloren.«

»Das ›schlafende Schiff‹«, murmelte Jasper.

»So wurde es genannt, ja. Übrigens gibt es nicht nur Menschen auf Arkonadia. Es sind auch zahlreiche andere intelligente Spezies vertreten, und einige von ihnen haben sich den lokalen Bedingungen recht gut angepasst. Es herrscht eine ausgeprägte kulturelle und technologische Hierarchie.«

»Manche Völker sind höher entwickelt als andere?« Jasper

nahm die Hand von Jasmins Schulter und betrachtete die langsam rotierende Weltenkugel.

»Ja«, bestätigte Thrako. »An der Spitze der Hierarchie stehen die Tingla, die erst seit relativ kurzer Zeit auf Arkonadia leben, seit nicht mehr als tausend Jahren. Für sie steht nun die dritte Ära bevor.«

Einige Sekunden vergingen.

Neuer Ärger regte sich in Jasmin. »Ich nehme an, Sie erwarten jetzt die Frage, was es mit den Ären und dem ganzen Rest auf sich hat.«

»Die Tingla arbeiten mit den Ho-Korat zusammen, die zur vierten Ihrer SGS gehören, den ›sieben großen Spezies‹, wie Sie sie nennen«, sagte Thrako, ohne auf Jasmins Worte einzugehen.

»Es sind Insektomorphe?«, fragte Jasper.

Der Inper gestikulierte zustimmend. »Die Ho-Korat haben Kandidatenstatus«, fuhr er fort. »In der neuen Ära, die bald beginnt, könnten sie, wenn alles gut geht, von Omni in die Gemeinschaft der Superzivilisationen aufgenommen werden.«

»Hier ist die Frage«, sagte Jasper. »Was hat es mit den Ären und dem ganzen Rest auf sich?«

»Ich habe eben eine Anomalie am Rand des Ljuben-Systems erwähnt«, sagte Thrako. »Die verloren gegangenen Schiffe der Menschen könnten durch jene Anomalie nach Arkonadia gelangt sein. Und auch die Raumschiffe der anderen intelligenten Spezies auf dem Planeten. Vielleicht gibt es einen verborgenen Strang im Sprawl, verbunden mit der Anomalie, die alle vierhundertdreiundfünfzig arkonadischen Jahre aktiv wird, was etwa vierhundertvierzig der in KopKo gebräuchlichen Standardjahren entspricht. Wenn das geschieht, erscheint ein rätselhaftes Objekt auf Arkonadia, von den Einheimischen ›Nerox‹ genannt. Wir wissen noch immer nicht, was es ist. Es könnte das Wrack eines uralten Schiffes sein oder ein Bauwerk. Jemand oder etwas scheint darin zu wohnen, der oder das moderne Technik lahmlegt. Der

Effekt lässt sich mit dem von Omnis Inhibitoren vergleichen. Allerdings sind auch wir davon betroffen: Wenn eine Ära beginnt, versagt unsere Technik auf Arkonadia und in weiten Bereichen des Ljuben-Systems. Unsere ›Artefakte‹ verlieren die Verbindung zur Kontinua-Energie. Die Arkonadier nennen das Phänomen den ›Schwund‹.«

»Sie sind dort gewesen«, sagte Jasmin. »Sie haben versucht, mehr herauszufinden, und offenbar ist es ihnen nicht gelungen.«

»Das Nerox bleibt maximal sechs Ihrer Standardmonate auf Arkonadia, bevor es wieder verschwindet, bis zum Beginn der nächsten Ära. Während dieser Monate konzentriert sich die Aufmerksamkeit aller arkonadischen Völker auf das Objekt. Manche Arkonadier bereiten sich viele Jahre lang vor und versuchen, das Nerox zu erreichen und hineinzugelangen. Das ist in der dokumentierten Geschichte von Arkonadia, die zwanzigtausend Jahre umfasst, nur dreimal gelungen. In zwei Fällen stieg die betreffende Person zum globalen Regenten auf, weil sie über eine geheimnisvolle Macht verfügte, der sich nichts und niemand widersetzen konnte. Das Objekt, was auch immer es ist, verspricht grenzenlose Macht und Reichtum.«

»Was passierte mit den beiden Regenten?«, fragte Jasmin. »Und was ist bei dem dritten Versuch geschehen?«

»Was den dritten Versuch betrifft ... Die betreffende Person erlitt im Innern des Nerox einen Unfall. Sie verließ es, ohne nennenswerte Macht zu erringen. Die beiden anderen starben schließlich, ohne ihr Ziel zu erreichen.«

»Und was war ihr Ziel?«

»Sie wollten Arkonadia verlassen und zu anderen Sonnensystemen gelangen«, erwiderte Thrako ernst. »Sie wollten ihre Macht ausweiten.« Er fügte hinzu: »Vielleicht lautete so der Auftrag des Etwas im Nerox.«

Die Form eines Kontinents auf Arkonadia erinnerte an eine menschliche Hand. Jasmin betrachtete ihn und überlegte. »Warum nur zwei?«, fragte sie schließlich. »Warum nur zwei in zwanzigtausend Jahren? Ist es so schwer, das Nerox zu erreichen, wenn es erscheint, und hineinzugelangen?«

»Es gibt Barrieren und ... Fallen«, sagte Thrako. Diesmal lag Unbehagen in seinen Worten. »Manche Leute, die das Nerox zu erreichen versuchen, verschwinden spurlos. Andere sterben oder kehren verletzt zurück.«

»Und was hat das Nerox hiermit zu tun?« Jasper deutete auf die Grabnischen in den Basaltwänden und auf die grüne Frau mit den erhobenen Armen.

»Das Nerox ist eine Milliarde Jahre alt, wie dieser Ort«, sagte Thrako. »Es stammt aus der Zeit der Exilanten.«

»Sie vermuten einen Zusammenhang?«

»Wir sind ziemlich sicher, dass es einen gibt.«

»Wieso sind Sie da ›ziemlich sicher‹?«, fragte Jasmin.

»Wir haben eine Station im Ljuben-System. Gut getarnt, im Ringsystem eines Gasriesen. Und wir hatten jemanden vor Ort. Jemanden, von dem wir uns einen ausführlichen Bericht erhofften. Wir haben eine Mitteilung erhalten, in der von einer grünen Figur die Rede war. Von einer Figur, die offenbar eine Frau darstellt.«

»Und dann?« Jasmin starrte zur grünen Figur, beobachtete das glatte Gesicht und die wie flehend erhobenen Arme. »Was geschah dann?«

»Nichts«, sagte Thrako.

»Sie haben keine weiteren Mitteilungen erhalten? Was ist aus der Person vor Ort geworden?«

»Wir wissen es nicht. Sie verschwand spurlos. Vor zwei Jahren.«

»Wer ist diese Person?«, fragte Jasmin.

»Eine Reisende in den Diensten von Omni. Ein Mensch von der alten Erde, wie Aurelius. Sechs Menschen habe ich damals, vor zehntausend Jahren, zu Omni gebracht. Aurelius und Samantha gehörten zu ihnen.«

»Aber diese Samantha verschwand nicht im Nerox.«

»Nein. Es ist noch nicht da. Mit seinem Erscheinen wird in

zwei Monaten gerechnet. Samantha verschwand in einem Stadtstaat namens Dubbrizza. Sie hatte dort eine kleine Ausweichbasis, im Keller eines Gebäudes im Stadtzentrum. Die Koordinaten sind uns bekannt.«

»Was ist mit Ihrer Station in den Ringen des Gasriesen?«

»Sie meldet sich nicht mehr«, sagte Thrako. »Wir haben vor sechs Wochen den Kontakt zu ihr verloren.«

»Sie haben vorhin von einem Inhibitor-Effekt gesprochen«, sagte Jasmin nachdenklich, den Blick wieder auf die Weltenkugel gerichtet, die sich noch immer langsam drehte. Ein weites Hochland auf einem nördlichen Kontinent geriet in Sicht, teilweise von einem Eispanzer bedeckt. »Vielleicht hindert er die Station daran, sich mit Ihnen in Verbindung zu setzen.«

»Nein«, sagte Thrako. »Er macht sich erst wenige Wochen vor dem Erscheinen des Nerox bemerkbar.«

»Was schließen Sie daraus?«

»Dass etwas mit der Station passiert ist. Etwas, das einen Kontakt mit uns verhindert.«

»Omni hat eine Reisende verloren und vielleicht auch eine getarnte Station«, sagte Jasmin. »Schicken Sie jemanden, der nach dem Rechten sieht.«

»Genau das haben wir vor.« Thrako ließ die Hand sinken, und das Bild des Planeten verschwand. »Fliegen Sie nach Arkonadia. Finden Sie heraus, was mit Samantha und unserer Station geschah. Seien Sie zur Stelle, wenn das Nerox erneut erscheint, nach vierhundertdreiundfünfzig Jahren. Lösen Sie das Arkonadia-Rätsel. Sind Sie interessiert?«

Jasmin wechselte einen Blick mit ihrem Vater. »Wann können wir aufbrechen?«

Eine lange Reise

Arkonadia: 3
Zirzo, der Werkzeugmacher
Noch drei Jahre und elf Monate bis zum Beginn der 45. Ära
Zirzo sah von seiner Werkbank auf, als der große Wagen anhielt. Er verfügte über eine spezielle Federung, aber Echnads Straßen in Arkonadias Norden waren schlecht, und es blieb nicht aus, dass der Wagen schaukelte und die Werkbank mit ihm. Dennoch hatte Zirzo ein gutes Tagwerk vollbracht und dem Werkzeug, das er für General Tailos aus grünem Supra konstruierte, ein weiteres kleines Teil hinzugefügt: eine winzige Spindel, die sich im Innern eines kleinen Zylinders drehte, angetrieben von der Kraft, die im Supra steckte.

Der Wagen stand, seine großen Räder bewegten sich nicht mehr, aber ein erneutes Schaukeln veranlasste Zirzo, die Hände rasch nach Werkzeug und Instrumenten auszustrecken, damit nichts von der Werkbank rutschte.

Eine Gestalt erschien in der Tür, groß und breit. Der gelbe Nasenrüssel wand sich wie ein dicker Wurm, als General Tailos von den Jannaschi den Geruch in der Werkstatt wahrnahm.

»Wie kannst du nur diese staubige, abgestandene Luft atmen«, schnaufte er. »Du solltest lüften.« Er stapfte zum Fenster und öffnete es.

»Es ist schlimm, wenn wir unterwegs sind«, sagte Zirzo. »Der aufgewirbelte Staub und der Lärm.«

»Hast du Fortschritte gemacht?« Der General trat zur Werkbank.

Zirzo zeigte ihm stolz die rotierende Spindel. Tailos betrachtete das Werkzeug und wagte nicht, es zu berühren.

»Ich bewundere deine begnadeten Hände. Du hast Talent, vielleicht das größte auf ganz Arkonadia, aber ich hoffe, du weißt, was du tust, Werkzeugmacher. Ich kann noch immer keinen Sinn oder Zweck in dem Werkzeug erkennen.«

»Ich arbeite noch nicht lange daran«, sagte Zirzo. »Sinn und Zweck sind noch verborgen.«

»Ich hoffe, das grüne Supra, das ich dir gebracht habe, ist grün und gut genug.« Tailos richtete den Nasenrüssel auf das Werkzeug und schnüffelte.

Zirzo betrachtete das Ergebnis seiner Arbeit und dachte daran, dass er von dem grünen Supra immer wieder ein wenig für seine kleine Figur abzweigte.

Der General legte dem Werkzeugmacher die Hand auf die Schulter und atmete die durchs Fenster strömende kühle Luft tief ein. »Wie geht es dir? Wie fühlst du dich?«

»Ich fühle mich ... gut.« Das stimmte. Das schleichende Fieber in ihm schlich nur noch gelegentlich, heimlich, tief in der Nacht, wenn das Elixier, das er vor einem halben Jahr bekommen hatte, für einen Moment vergaß, seinen Körper zu schützen. Das Alter lastete nicht mehr so schwer auf ihm, Hände und Gedanken waren flinker. Welch ein Geschenk! Er hatte Aufträge verloren, wichtige, lukrative Aufträge, aber zwanzig Jahre Leben bekommen.

»Na bitte.« Die große Hand des Generals klopfte ihm auf die Schulter. »Na bitte. Wie versprochen, wie vereinbart. Du hast Zeit genug, noch mehr als dreieinhalb Jahre bis zum Erscheinen des Nerox. Du wirst es schaffen. Nicht wahr?«

In den letzten beiden Worten, sanft und freundlich gesprochen, lag eine Warnung. Zirzo hörte und verstand sie. »Ja«, sagte er. »Ja, ich werde es schaffen.«

Der Nasenrüssel des Generals zuckte, und seine Reptilienaugen schienen kurz aufzuleuchten. »Zweifellos.«

Zirzo deutete nach draußen. »Warum haben wir angehalten? Der Tag geht erst in zwei Stunden zu Ende.«

»Komm, Werkzeugmacher. Komm nach draußen und sieh es dir an. Eine kleine Pause kann nicht schaden.«

Die Wagen und Karren der Reisegruppe, insgesamt dreiundvierzig, standen abseits des Weges, in einem offenen Bereich zwischen hoch aufragenden schiefergrauen Felsen. Weiter vorn neigte sich das Gelände mit teilweise recht steilem Gefälle dem Gebrochenen Land entgegen, einer weiten Felsebene, durchzogen von langen, breiten Rissen. Hängebrücken führten über die Schluchten, einfache Konstruktionen aus Seilen und Holzlatten, vielleicht zu alt und brüchig, um das Gewicht der Wagen zu tragen. Jede einzelne von ihnen musste überprüft und nötigenfalls erneuert werden. Es gab einen leichteren Weg nach Süden, eine Handelsstraße vierzig Längen weiter im Westen, aber der Büßerpfad führte durchs Gebrochene Land, und seinem Verlauf folgte die Gruppe seit einem halben Jahr. Er gehörte zu ihrer Tarnung, zur Maske, die sie trugen. Angeblich waren sie zu den Gräbern von Tanche unterwegs, zur größten Gedenkstätte des Krieges vor zweitausendsiebenhundert Jahren, zu Beginn der neununddreißigsten Ära. Der Büßerpfad bot den großen Vorteil des freien Geleits durch alle Länder und Regionen bis nach Kelarien im Süden, wo angeblich, wenn man dem speziellen Orakel des Generals Glauben schenken durfte, das Nerox zum fünfundvierzigsten Mal erscheinen würde. Die Wahl dieses Weges sollte über die wahren Absichten und das wahre Ziel der Reisegruppe hinwegtäuschen – Tailos wollte vermeiden, dass jemand argwöhnte, sie wüssten bereits etwas über den Erscheinungsort des Nerox.

Der General deutete nach oben. »Siehst du?«, fragte er. »Hörst du?«

Zirzo sah und hörte: Propellerflugzeuge der Nakota, einfache Maschinen, die den Veränderungen durch das Nerox lange widerstanden – ihre Motoren hörten vermutlich erst wenige Wochen vor dem Erscheinen auf zu funktionieren. Über den Flugzeugen, die auf Höhe der schneebedeckten Gipfel kreisten, zog ein Luftschiff der Hellagarit langsam seine Bahn und verschwand jenseits der Wolken.

»Wir werden beobachtet«, sagte Zirzo.

»Schon seit Tagen«, erwiderte Tailos. »Deshalb haben wir haltgemacht. Um nicht den Eindruck zu erwecken, es eilig zu haben. Um den Beobachtern zu zeigen, dass es nichts Besonderes zu beobachten gibt.«

»Sie werden sich nicht lange täuschen lassen.« Zirzo hatte manchmal während der Arbeit darüber nachgedacht. »Die Beobachter werden sich fragen: Warum bricht ausgerechnet General Tailos von den Jannaschi zu einer Büßerreise nach Tanche auf? Warum verzichtet er auf alle technischen Hilfsmittel, die versagen werden, wenn das Nerox erscheint? Und warum ist Zirzo bei ihm, einer der besten Werkzeugmacher weit und breit, wenn ich so sagen darf.«

»Du bist der beste auf ganz Arkonadia!« Der General lachte zufrieden und drehte den Kopf, als hinter ihnen laute Stimmen erklangen.

»Die Beobachter werden sich diese Fragen stellen und früher oder später zu dem Schluss gelangen, dass wir mehr über das Nerox wissen als sie. Sie werden annehmen, dass ich ein besonderes Werkzeug baue, für Sie, den großen Feldherrn, und sie werden versuchen, es zu stehlen.«

»Meine Soldaten werden das verhindern.« Tailos klopfte sich mit der Faust auf die Brust.

Eine neue Stimme erklang und übertönte die anderen, eine hochmütige, herrische Stimme, die Zirzo während der letzten Monate oft – zu oft – gehört hatte. Er drehte sich zusammen mit dem General um.

Dort stand Lotin, Tailos' Sohn, bei den Wagen und schrie mehrere Reisende und Soldaten an, die sich vor ihm duckten. Etwas weiter entfernt, zwischen den Felsen auf der anderen Seite des Weges, hatten die von Elektromotoren der Hellagarit angetriebenen Lastwagen einiger Händler und Kaufleute angehalten. Dutzende bunt gekleideter Gestalten beobachteten das von Lotin veranstaltete Spektakel, unter ihnen auch Zirzos Tochter Alonna. Würde sie erneut versuchen, Salz zu kaufen? Er hatte sie in der Hoffnung mitgenommen, dass sie während der langen Reise allmählich ihre Abhängigkeit vom Traumsalz verlor, aber nach sechs Monaten waren noch keine Veränderungen erkennbar.

Lotin gab Befehle, und die zivilen Reisenden und Soldaten stoben auseinander – sie alle fürchteten seinen Jähzorn, der weit über die Launenhaftigkeit des Vaters hinausging.

»Ich will, dass sie bestraft werden!« Lotin kam mit langen Schritten näher. Sein Blick streifte Zirzo nur und richtete sich auf Tailos. »Sie alle!«

»Sohn ...«

»Sie alle! Sie müssen Disziplin lernen! Sie müssen lernen, sofort zu gehorchen.« Lotin warf den Kopf zurück. Sein roter Nasenrüssel bebte vor Empörung.

Der General wandte sich an Zirzo. »Dies ist eine private Angelegenheit, Werkzeugmacher.«

Zirzo nickte und ging, froh darüber, den beiden Jannaschi zu entkommen. Das ist der Mann, der mit meinem Werkzeug das Nerox betreten und anschließend ganz Arkonadia regieren soll, dachte er.

Als er wenige Minuten später in seinen privaten Karren kletterte, stellte er fest, dass jemand seine Sachen durchsucht hatte.

Im Wohnraum waren die Schubladen der kleinen Schränke geöffnet, und ihr Inhalt lag auf dem Boden verstreut. In der Schlafnische stand die Kleidertruhe offen – jemand hatte Hemden und Hosen herausgezogen und aufs Bett geworfen.

Zirzo blickte sich um, bewegte nur den Kopf und spitzte die Ohren. Hörte er jemanden atmen, in der dunklen Ecke? Kauerte dort ein Schatten, neben der Vitrine, die er immer unter Verschluss hielt und die ganz hinten ein Geheimfach aufwies, von dem nur er wusste?

»Bist du das, Alonna?« Es war eine Eingebung, wie ein Flüstern des Orakels in der Werkstatt. Für einen Moment fürchtete er, dass sie die kleine Figur gesucht und sogar gefunden hatte, dass sie von dem grünen Supra wusste, das er für seine eigenen Zwecke verwendete. Aber nein, die Vitrine war geschlossen.

»Wo ist sie?«, fragte eine Stimme aus dem Dunkel.

»Wo ist was, Alonna?« Die Spannung fiel von ihm ab, wich Enttäuschung.

»Deine Geldmaschine.« Die Stimme aus dem Dunkel bekam Substanz in Form einer Frau, die älter aussah, als sie in Wirklichkeit war. Struppiges Haar säumte ein hohlwangiges Gesicht mit tief in den Höhlen liegenden Augen. »Ich brauche Geld.«

Sie meinte das Gerät, das er von den Tingla bekommen hatte. Es lag in der Vitrine, und der Schlüssel steckte in seiner Tasche.

»Du könntest nichts mit ihr anfangen. Sie ist auf mich programmiert.«

Alonna kam hinter dem Bett hervor. »Ich brauche Geld. Es ist eine gute Gelegenheit. Einer der Händler ...« Sie biss sich auf die Lippe.

»Salz, nicht wahr?«

»Nur ein bisschen. Ich brauche nur ein bisschen, Vater.«

»Wir haben eine Vereinbarung.«

»Nur eine Prise. Damit es mir wieder besser geht.« Sie bleckte die Zähne. »*Ich* habe kein Elixier bekommen. An *mich* hast du nicht gedacht.«

»Ich denke immer an dich«, sagte Zirzo. Aber das stimmte nicht, er dachte viel öfter an die Statuette, die er vollenden wollte, bevor sie Arkonadias Süden erreichten. »Du musst stark sein. Ich weiß, dass diese Wochen und Monate schwer für dich sind, aber wenn du sie überstehst, ohne Salz zu nehmen, bist du frei.«

Alonna ballte die Fäuste und hob sie, schien ihren Vater schlagen zu wollen. Doch dann ließ sie die Hände kraftlos sinken.

Zirzo schlang die Arme um sie. »Du musst stark sein«, sagte er. »Wir alle müssen stark sein.«

Die Kluft der Zeit

Jasper (früher: Forrester) 4

Der dünne Energiefilm eines Atmosphärenschilds hinderte die Luft daran, durch die breite Öffnung des Hangars ins All zu entweichen. In dem großen Raum stand ein Orbitalspringer, auf dem Planeten Mechanica nach den Spezifikationen von Kerberos gebaut, und eine Kapsel, ein kleines Oval, silbern wie die Augen des Inper. Thrako hatte also keine Kontinua-Brücke beschritten, um die *Centaurus* zu erreichen; er war nicht aus einer vertikalen blauen Linie getreten, die bei Omni wie ein Materietransmitter funktionierte.

Hinter dem Atmosphärenschild, durchsichtig wie Glas, hing Chanobba im All, eine Welt der Durrden von Omni, größer als Mechanica, größer auch als die alte Erde, blau wie Lapislazuli und grün dort, wo sich ausgedehnte Landmassen aus den Ozeanen erhoben. Eine friedliche Welt, Klima und Geologie seit Jahrmillionen kontrolliert, in der Atmosphäre genug Treibhausgase, um milde Temperaturen zu garantieren. Ganz anders als Rantia, nur zwei Millionen Kilometer entfernt, Chanobbas in Schnee und Eis erstarrte Schwesterwelt mit der grünen Statue in einer Basalthöhle. Die beiden Planeten, der eine warm und der andere kalt, bildeten ein stabiles Paar und kreisen um ein gemeinsames Schwerkraftzentrum.

Städte gab es auf Chanobba nicht, nur einige kleine Domizile, der Umgebung perfekt angepasst. Dort lebten und meditierten die Durrden, die wenigen, die von ihnen übrig waren, einige Dutzend, mehr nicht. Zwei weitere befanden sich an Bord des Habitatschiffes, einer fünfzig Kilometer durchmessenden Ansammlung von Kuppeln, Plattformen und Zylindern, die den Planeten wie ein kleiner Mond umkreiste.

Thrako blieb vor seiner Kapsel stehen, die sich für ihn öffnete. »Bevor ich zu den Durrden zurückkehre ...«

»Ja?«, fragte Jasper. Er ahnte etwas.

»Ihre Tochter ...«

»Ich weiß«, sagte Jasper. »Sie hat es nicht so gemeint.«

»Das behauptet der Vater. Ich denke: Sie *hat* es so gemeint und es deshalb auch gesagt. Sie ist inzwischen Teil von Omni, aber etwas in ihr wehrt sich dagegen. Sie ist streitlustig, weil sie mit sich selbst hadert.«

Eine treffende Beschreibung, dachte Jasper. Er sagte: »Zinnober wird darüber hinwegkommen. Sie braucht nur etwas mehr Zeit.«

Der Inper hob eine schmale Hand mit langen, dünnen Fingern. »Sie ist nicht mehr Zinnober, und Sie sind nicht mehr Forrester. Jene beiden Personen haben Sie vor dreißig Jahren zurückgelassen, als Sie mein Angebot annahmen und sich für Omni entschieden.«

»Die Omni-Anpassung war nicht leicht. Für Jasmin könnte es noch schwerer gewesen sein, weil sie zur Hälfte Crohani ist.«

Es war auch für mich nicht leicht, dachte Jasper. Er war nun ein Mann ohne Geschlecht, mit glatter Haut dort, wo sich der Penis befunden hatte. Es gab keine Ausscheidungen mehr, keine Blase und keine Harnleiter, keinen Darm und keinen Anus. Sex, Essen und Trinken, das alles spielte in ihrem neuen, langen Leben keine Rolle. Als Forrester hatte Jasper über viele Jahre Gelegenheit gehabt, seine Sexualität auszuleben, doch Jasmin war bei ihrer Entscheidung für Omni sehr jung gewesen; sie hatte gerade erst die crohanische Reife zur Frau hinter sich gehabt.

»Das ist nicht der Grund«, sagte Thrako, als erriete er Jaspers Gedanken. »Wir glauben, dass sich das Problem in ihrem Kopf befindet.«

In Jasper stieg Sorge auf. »Vermutlich dauert die erste Phase der Anpassung bei ihr nur etwas länger als vorgesehen. Sie wird sich an alles gewöhnen.«

»Sie steckt voller Unruhe«, sagte Thrako. »Sie verlangt sofort Antworten auf alle ihre Fragen. Reisende in Diensten von Omni brauchen Ruhe und Gelassenheit.«

»Sie fühlt sich ... übergangen, beiseitegeschoben.« Jasper fügte nicht hinzu, dass auch er manchmal so empfand.

Thrako schwieg einige Sekunden. Hinter ihm, jenseits des Atmosphärenschilds, leuchteten die Lichter des großen Habitatschiffes, unter dem sich Chanobba drehte, ein Garten Eden der Durrden, gepflegt von Omnikronen, autonomen, sich selbst erhaltenden Mechanismen. Ein Paradies für wenige Bewohner.

»Aurelius war zehntausend Jahre alt, und auch er kannte nur einen kleinen Teil von Omni«, sagte der Inper schließlich. »Sein größter Wunsch bestand darin, den Großen Denker zu besuchen, Omnis Mittelpunkt, sein waches, beobachtendes und bewertendes Zentrum, zu dem wir alle aufsehen. Dieser Wunsch ging nie in Erfüllung, obwohl Aurelius zehn Jahrtausende in Omnis Diensten stand. Bei Ihnen und Ihrer Tochter sind es dreißig Jahre. Drei Jahrzehnte sind *nichts*.«

»Zinnober – Jasmin – entschied sich für Omni, weil sie helfen wollte«, sagte Jasper. Er sprach langsam und mit gedämpfter Stimme, obwohl seine Besorgnis zunahm. »Sie war jung, sehr jung, und hatte bereits viel Leid gesehen. Sie wollte aktiv werden, um Leid zu lindern. Das möchte sie noch immer.«

»Wir denken in großen Zeiträumen. Aurelius verstand das. Sie verstehen es ebenfalls.«

»Ja«, sagte Jasper.

»Jasmin versteht es nicht«, fuhr Thrako fort. »Das ist ein Problem, und es betrifft nicht nur sie, sondern auch uns. Nun, es kommt vor, dass sich Reisende für Omni als ungeeignet erweisen.«

»Was geschieht mit ihnen?«

Thrako bewegte beide Arme. »Sie werden aus unseren Diensten entlassen. Sie werden zurückgeschickt, ohne das bei uns erworbene Wissen, damit sie ein neues, kurzes Leben führen können.«

Jasper stellte sich vor, seine Tochter altern und sterben zu sehen, während er selbst lebte.

»Sie wird es schaffen«, sagte er. »Sie wird Geduld lernen.«

»Ihre Mission auf Arkonadia wird nicht leicht sein. Wir haben dort die Reisende Samantha verloren, und das ist Warnung genug. Wir müssen uns auf Sie und Ihre Tochter verlassen können.«

Jasper hörte noch etwas anderes in den Worten. »Arkonadia ist ein Prüfstein für uns, nicht wahr?«

»Arkonadia ist wichtig«, betonte Thrako. Der Glanz seiner silbernen Augen veränderte sich ein wenig. »Sehr wichtig. Für die Ho-Korat, über deren Kandidatenstatus bald entschieden wird. Für uns, weil das Nerox aus der Gründungszeit von Omni zu stammen scheint. Und für Sie, weil auch Ihre Zukunft davon abhängen könnte. Jasmin bekommt die bedeutende Mission, die sie sich wünscht – ich habe mich persönlich dafür eingesetzt. Sie muss sich bewähren.«

Der Inper wandte sich um und betrat die Kapsel. »Jasper ...«

»Ja?«

»Ich habe Aurelius gut gekannt. Wir waren ... Freunde. Ich glaube, man kann es so nennen. Aurelius wollte sich nach Omni zurückziehen und wählte Sie und Ihre Tochter als seine Nachfolger. Ich habe nie an seiner Wahl gezweifelt. Sie werden es schaffen, Sie beide. Wenn Sie sich Mühe geben. Sie werden auch die nächsten Phasen der Omni-Anpassung erfolgreich hinter sich bringen. Ja, Arkonadia ist ein Prüfstein. Für uns alle. Noch einmal: Lösen Sie das Arkonadia-Rätsel; vielleicht hängt weitaus mehr davon ab, als wir glauben. Fliegen Sie nach Untah, hundertdreizehn Lichtjahre tiefer im galaktischen Kern. Dort bauen die Cuaund eine Kontinua-Brücke, die die *Centaurus* bis in die Nähe des Ljuben-Systems bringen wird. Ich wünsche Ihnen viel Glück.«

Thrako winkte zum Abschied. Dann schloss sich die Öffnung im Rumpf, und die Kapsel stieg auf, trug den Inper durch den Atmosphärenschild ins All und zum Habitatschiff der Durrden.

Jasper sah ihr einige Sekunden lang nach, drehte sich dann um und verließ den Hangar. Er musste mit Jasmin reden.

5

Jasper hatte den Nukleus, das Kommandozentrum der *Centaurus*, fast erreicht, als er ein kurzes Ziehen im Nacken spürte. Es wies ihn darauf hin, dass das Schiff mit aktivem Kompensator aus dem Basiskontinuum ins Sprawl gewechselt war.

Jasmin sprach mit der künstlichen Intelligenz des Schiffes, mit dem Intellekt, der sich selbst den Namen Cassandra gegeben hatte.

»Hast du Zugriff auf die Bibliotheken von Omni?«, fragte sie und wanderte unruhig durch den Nukleus, die Hände auf den Rücken gelegt. Ihr langes rotes Haar wogte bei jedem Schritt, und in den ebenfalls roten Augen blitzte es. Dies war Zinnober, wie er das Mädchen damals genannt hatte.

»Ich kann einen Kontakt mit ihnen herstellen, auch vom Sprawl aus, Jasmin«, antwortete der Intellekt.

»Wir brauchen Informationen über Arkonadia«, sagte Jasmin. »Alles, was du bekommen kannst. Programmiere damit die Induktoren und bereite Memolektionen für uns vor. Wenn wir Arkonadia erreichen, möchte ich über die dortige Situation Bescheid wissen.«

»Verbindung wird hergestellt, Jasmin. Ich richte eine entsprechende Anfrage an Omni.«

Die Frau mit dem Flammenhaar blieb vor einem Holofeld stehen, das noch immer Chanobba zeigte, blau und grün, den Garten Eden der Durrden. Es war eine Aufzeichnung. Jasper beobachtete, wie Thrakos Kapsel im Bild erschien und zum Habitatschiff glitt. Die anderen Holofelder zeigten das silbrige Grau des Sprawl mit den eingeblendeten bunten Linien der Navigations- und Orientierungshilfen. Die *Centaurus* flog mit einer Geschwindigkeit von einem halben Sprawlkilometer pro Sekunde durch die grauen, nebelartigen Schlieren, doch in Bezug auf den gewöhnlichen Weltraum des Basiskontinuums legte sie mehrere Lichtjahre pro Stunde zurück.

»Sind wir bereits nach Untah unterwegs?«, fragte Jasper und näherte sich den Konsolen mit den virtuellen Kontrollen.

»Ja. Die Durrden haben uns die Koordinaten übermittelt. Cassandra, wenn du mit den Bibliotheken verbunden bist ... Könntest du versuchen, noch mehr Daten zu gewinnen?«

»An welche Daten hast du dabei gedacht?«

»An dies und das«, sagte Jasmin und warf ihrem Vater einen kurzen Blick zu. »Du weißt, worüber ich mehr erfahren möchte. Über all die Dinge, zu denen ich in den Bibliotheken keinen Zugang hatte. Über den Großen Denker, über den ethischen Kodex der Superzivilisationen, den Ethox, über die Legislatoren, die dafür sorgen, dass die Regeln des Ethox eingehalten werden, über die einzelnen Völker von Omni, über Omnis Geschichte. Du weißt schon.«

»Ich habe keinen freien Zugriff, Jasmin«, erwiderte Cassandra. »Das ist dir bekannt. Ich bekomme nur die Daten, die Omni zur Verfügung stellt.«

Mit langen, energischen Schritten setzte Jasmin ihre Wanderung durch den Nukleus fort. »Du könntest einen Intruder in die Bibliotheken schicken.«

»Dies ist *Omni*, Jasmin«, ertönte die Stimme des Intellekts. »Wir haben es hier nicht mit Datensphären von KopKo oder einer der Äquiv-Zivilisationen zu tun. Omni gibt nur preis, was es preisgeben will. Ich erhalte die Informationen, die für mich – für uns – bestimmt sind, mehr nicht.«

»Du könntest es *versuchen*.«

»Nein, Jasmin, es wäre aussichtslos, glaub mir. Und ich fürchte, ein solcher Versuch würde Omni nicht gefallen.«

Jasmin blieb stehen. »Formuliere offizielle Anfragen. Lass dir irgendeine plausible Begründung einfallen.«

»Zum Beispiel?«

»Konstruiere einen Zusammenhang mit unserer Arkonadia-Mission.«

»Wie du meinst.«

Jasper holte tief Luft. »Wir müssen reden, Jasmin.« Er wollte streng klingen, aber in seiner Stimme lag vor allem Sorge.

Sie sank in den Sessel des ersten Piloten. Die virtuellen Kontrollen wölbten sich ihr entgegen. »Worüber?«, erwiderte sie unschuldig.

»Was ist los mit dir?« Jasper wählte den Platz des zweiten Piloten. Auch vor ihm erschienen Symbole und Datenfelder, aber er wischte sie mit einer Handbewegung zur Seite. »Warum bist du so streitlustig? Und warum jetzt der Versuch, in die Bibliotheken von Omni einzudringen? Selbst wenn ein Intruder möglich wäre ... Es liefe auf einen Verstoß gegen den Ethox hinaus.«

»Cassandra?«

»Ich höre, Jasmin.«

»Wie lange dauert der Flug nach Untah?«

»Dreiundzwanzig Stunden und siebzehn Minuten. Der Strang, in dem wir fliegen, ist nicht besonders schnell.«

»Funktionieren deine internen Sensoren?«

»Natürlich.«

»Nimm eine gründliche Sondierung vor. Und ich meine wirklich *gründlich*.«

»Sondierung wird durchgeführt, Jasmin.«

Jasper musterte seine Tochter. Ihr Gesicht wirkte seltsam verschlossen.

»Ich möchte nur sicher sein, dass sich keine Augen und Ohren von Omni an Bord befinden.«

»Glaubst du, dass Thrako uns beobachtet und belauscht?«, fragte Jasper verblüfft.

»Genau das ist ein zentraler Punkt, Vater. Thrako. Wir haben fast immer nur mit ihm zu tun. Und ich glaube, Aurelius erging es ähnlich.«

»Thrako hat uns zu Omni gebracht, wie damals auch Aurelius, vor zehntausend Jahren.«

»Wie alt ist Thrako, Vater? Was glaubst du?«

»Keine Ahnung. Jedenfalls älter als zehntausend Jahre.«

»Wenn es sich um dasselbe Individuum handelt. Wir wissen es nicht. Und das ist das Problem. Wir wissen kaum etwas. Cassandra?«

»Bin gerade fertig geworden«, meldete sich der Intellekt. »Es gibt keine Überwachungseinrichtungen an Bord. Alle Installationen entsprechen genau den Spezifikationen.«

»Was nichts heißen will«, sagte Jasper. »Omni verfügt über Möglichkeiten, von denen wir nicht einmal etwas ahnen.«

Jasmin lächelte bitter. »Auf den Punkt gebracht. Wir ahnen nichts.« Sie seufzte leise, öffnete den Mund, schloss ihn wieder und überlegte. »Warum hat mir Thrako das angetan?«

»Angetan? Was?«

»Die Höhle auf Rantia. Die Statue, die grüne Frau. Nie zuvor habe ich so viel Trauer gefühlt.« Blässe überzog ihr Gesicht bei der Erinnerung daran. »Thrako weiß von meiner Empathie, die in den letzten Jahren immer stärker geworden ist. Ihm muss klar gewesen sein, was geschehen würde.«

»Jasmin ... Er kennt deine Vorliebe für Altes und Historisches, und offenbar gibt es einen Zusammenhang mit Arkonadia. Von der Trauer wusste er vielleicht nichts.«

»Ich bin mir *sicher*, dass er davon gewusst hat! Er repräsentiert Omni. Er weiß Bescheid, über alles. Er wollte mich auf die Probe stellen.« Jasmin hob die Hand. »Na schön, der Reihe nach. Seit dreißig Jahren sind wir bei Omni, und in dieser Zeit gab es nur zwei Missionen für uns, wenn man sie überhaupt so nennen kann. Wir sind ausgeschickt worden, um zwei Völker auf einer niedrigen Entwicklungsstufe zu beobachten. Wir hätten eingreifen und helfen können, aber das war uns ausdrücklich verboten.«

»Du weißt, warum«, sagte Jasper sanft und versuchte, die Veränderungen in seiner Tochter zu verstehen. »Kulturelle und zivilisatorische Entwicklungen dürfen nicht durch fremden Einfluss gestört werden.«

»Das Wort ›stören‹ ist bereits eine Wertung. Man könnte auch von ›in die richtige Richtung lenken‹ sprechen. Es hängt ganz vom Blickwinkel ab. Wenn wir nach dem Warum fragen, lautet die Antwort: So verlangt es der Ethox. Aber der Ethox bleibt unklar, wie alles andere.«

»Es sind nur dreißig Jahre, Jasmin. Wir haben Zeit genug. Wir können so alt werden wie Aurelius, zehntausend Jahre, vielleicht sogar noch älter. Wir werden Antworten auf unsere Fragen bekommen.«

»Wann und von wem? Was ist Omni überhaupt? Was hat es mit den Superzivilisationen auf sich, Vater?« Jasmin deutete auf das Holofeld mit der Aufzeichnung: eine grüne und blaue Welt mit ausgedehnten Wäldern und unberührten Ozeanen. »Chanobba, Heimatwelt der Durrden von Omni, soweit wir wissen. Und wie viele Durrden gibt es dort? Einige *Dutzend*. Und zwei an Bord des Habitschiffes. Wie viele Durrden gibt es insgesamt? Hundert? Zweihundert? Und sie sind ein *Volk* von Omni, eine der Superzivilisationen. Was ist mit den anderen?«

»Wir haben Suprema besucht, die Welt der Inper ...«

»Die Inper sind zahlreicher, ich weiß, aber ich habe mir die Daten angeschaut, die wir uns ansehen dürfen. Aus ihnen geht hervor, dass es nicht mehr als einige Millionen Inper geben kann. Höchstens. Ich vermute, dass es bei den Kinnund, Tiaburo, Quehatan und allen anderen uns bekannten Superzivilisationen ähnlich aussieht. *Es sind nur wenige von ihnen übrig.*«

»Sie sind extrem langlebig«, sagte Jasper. »Und Thrako hat uns erzählt, dass sich viele Individuen von Omni den Gemeinschaften tiefer im galaktischen Kern angeschlossen haben, den ›Sublimen‹, wie er sie nennt. Offenbar handelt es sich dabei um Zusammenschlüsse zahlreicher mehr oder weniger vergeistigter Individuen, die ihre körperlichen Fesseln abgestreift haben oder sie abstreifen wollen.«

»Hörensagen. Alles nur Hörensagen. Wir wissen nichts Genaues, und in den Bibliotheken bekommen wir nur ausweichend Auskunft, wenn überhaupt. Die Kluft der Zeit, Vater. Hast du darüber nachgedacht? Eine Milliarde Jahre. Eine *Milliarde*. Kann eine Organisation, selbst eine besonders stabile, so lange überdauern? Wir haben die Ruinen vergangener Zivilisationen gesehen. Sie kamen und gingen. Manche Völker verschwanden von der galaktischen Bühne, ohne Spuren zu hinterlassen – sie werden nur in den Sagen und Legenden anderer Spezies erwähnt. Aber Omni existierte über all die Jahrmillionen und trotzte dem Wechsel der Zeiten. Omni ist alt, Vater. Uralt. Ich habe Dinge berührt, Artefakte, in denen große Macht steckte, aber sie fühlten sich wie ... Fossilien an.«

Jasmins Haar geriet in Bewegung, als sie nickte. »Ja, das ist das richtige Wort. Fossilien. Alles erscheint mir wie ... versteinert. Wie war Omni vor fünfhundert Millionen Jahren beschaffen? Wir wissen es nicht. Ich habe in der Bibliothek von Suprema danach gefragt und keine Antwort bekommen. Wie genau ist Omni heute beschaffen? Wir wissen es nicht. Wir wissen, dass es nur noch wenige Durrden gibt, ein paar Hundert vielleicht, und bei den anderen Völkern könnte die Lage ähnlich sein, mit Ausnahme der Inper. Manchmal habe ich den Eindruck, dass nur noch versucht wird, den Schein zu wahren, dass wir vor einer sorgfältig gepflegten Fassade stehen, hinter der sich viele Millionen Jahre alte Ruinen erstrecken.«

»Hast du irgendwo – *irgendwo* in Omni – Spuren des Zerfalls gesehen?«, fragte Jasper sanft.

»Nein. Aber was bedeutet das schon? Was bekommen wir zu sehen?«

»Glaubst du nicht, dass du dir die Dinge so zurechtrückst, wie du sie haben möchtest?« Aus dem Augenwinkel bemerkte Jasper eine Bewegung im größten Holofeld vor ihnen. Es zeigte die grauen Schwaden des Sprawl, darin die bunten Linien der Navigationshilfe, wie Seile, an denen sich die *Cen-*

taurus entlanghangelte. Für einen Moment erschienen die Umrisse einer Gestalt im Nebel des Sprawl: humanoid, etwa zweieinhalb Meter groß und sehr zart gebaut, Arme und Beine dünn und wie aus Quecksilber. Dem Kopf auf dem langen Hals fehlten klare Konturen. Er veränderte immer wieder Form und Größe, ebenso die dunklen Augen, die den größten Teil des Gesichts beanspruchten. Ein »Engel«, eins der Geschöpfe, die im Sprawl lebten, angeblich Nachkommen der legendären Pandora, die das Strangnetz geschaffen hatten.

Jasper blinzelte, und die humanoide Gestalt verschwand. Die Parakosmiker von KopKo und der Äquiv-Zivilisationen kommunizierten mit den Engeln des Sprawl und konnten dadurch manchmal einen Blick auf zukünftige Ereignisse werfen, denn die Engel, die »Kinder der Pandora«, wie man sie auch nannte, existierten in Vergangenheit, Gegenwart und Zukunft. Parakosmiker setzten sich dem Sprawl ohne die Abschirmung durch Kompensatoren aus, nicht für wenige Minuten oder Stunden, sondern für Jahre und Jahrzehnte. Einige wenige von ihnen waren Unfallopfer, die schwere Gehirnverletzungen erlitten hatten, was sie dem Sprawl gegenüber unempfindlich machte. Die anderen benutzten Symbionten von Sempreverd, die Larven von Nervenwürmern, die im Gehirn heranwuchsen, seine neuronale Vernetzung veränderten, die Wahrnehmung erweiterten und eine Kommunikation mit den Engeln ermöglichten. Jasper war kein Parakosmiker, aber vor dreißig Jahren, vor dem Wechsel zu Omni, hatte er mehrmals Kontakt mit einem Engel des Sprawl gehabt.

Jasmin drehte den Kopf. »Der Engel?«

»Vielleicht. Ich bin mir nicht sicher.«

»Es gibt einfach zu viele Fragen«, fügte Jasmin hinzu. »Sie lassen mir keine Ruhe. Zum Beispiel: Warum haben die Exilanten damals, vor einer Milliarde Jahren, nicht an der Gründung von Omni teilgenommen? Warum sind sie verschwunden? Wieso bekomme ich keine Antwort, wenn ich danach frage? Man könnte meinen, Omni hätte etwas zu verbergen.«

»Du legst deine Maßstäbe an«, sagte Jasper. »Du beurteilst die Dinge aus menschlicher und crohanischer Sicht. Das ist falsch. Dies ist Omni, die größte Macht in der Milchstraße, geschaffen von Zivilisationen, die weitaus höher entwickelt sind als wir. Die bereits existierten, als das Leben auf der Erde kaum über das Stadium von Einzellern hinaus war. Thrako und seinesgleichen denken in ganz anderen Maßstäben, Jasmin, und in ganz anderen Zeiträumen.« Er sprach noch immer sanft, doch mit etwas mehr Nachdruck. »Du vergleichst Omni mit einem Fossil. Ich sage: Omni ist alt und weise und hat mehr Erfahrung als jede uns bekannte Zivilisation. Was du für einen Nachteil hältst, das enorme Alter, sehe ich als Vorteil. Wir, die Winzigen und Kurzlebigen, müssen Vertrauen haben, so viel Vertrauen wie Aurelius. Wenn wir geduldig genug sind, können wir mitwirken an etwas Großem, das vor einer Milliarde Jahren begann. Wir stehen ganz am Anfang, und der Weg vor uns ist lang. Geduld, Jasmin. Hab Geduld!«

»Mein Verstand sagt, dass du recht haben könntest«, erwiderte Jasmin. »Mein Gefühl behauptet etwas ganz anderes.«

»Emotionale Instabilität nach der ersten Phase der Anpassung.« Jasper hielt sich an diesen Worten fest; er wollte an ihre Wahrheit glauben. »Deine zunehmende Empathie als Ergebnis der Anpassung und das Erlebnis in der Höhle – das alles hat dich verwirrt. Du musst dein inneres Gleichgewicht wiederfinden. Vorhin hast du gesagt, dass Thrako dich mit der Statue auf die Probe stellen wollte. Aber die wirkliche Probe ist Arkonadia. Die Mission im fernen Ljuben-System ist ein Prüfstein für uns und für dich in einem besonderen Maße.«

»Darauf hat Thrako hingewiesen, als du im Hangar mit ihm gesprochen hast?«

Jasper hörte wieder einen verräterisch unschuldigen Ton in Jasmins Stimme. »Tu nicht so. Du hast uns belauscht, nicht wahr?«

Jasmin schwieg.

»Cassandra?«

»Ich möchte dazu nichts sagen, wenn du gestattest, Jasper«, erwiderte der Intellekt.

»Wir müssen uns beide bewähren«, sagte Jasper.

»Und ich in einem besonderen Maße. Wenn ich weiterhin unbequeme Fragen stelle und an Omni zweifle, werde ich zurückgeschickt.«

»Wenn du nicht zur Ruhe kommst, wenn es dir an dem inneren Gleichgewicht mangelt, das ein Reisender braucht, um seine Aufgabe zu erfüllen ... Dann musst du Omni verlassen.«

Jasmins Gesicht veränderte sich. »Ohne dich?«

»Ich hoffe, dass sich *diese* Frage nie stellt«, sagte Jasper. »Denn ich fürchte die Antwort.«

»Wir könnten getrennt werden«, sagte Jasmin. Ihre roten Augen wurden groß. »Wenn ich Omni verlassen müsste ... Du würdest nicht mit mir kommen.«

Diesmal schwieg Jasper. Das Herz wurde ihm schwer.

»Ich schlage vor, ihr konzentriert euch darauf, das Arkonadia-Rätsel zu lösen«, sagte Cassandra. »Ich empfange Daten über das Ljuben-System und bereite die Induktoren vor. Ihr könnt den Flug nach Untah für erste Memolektionen nutzen.«

6

Grau und braun drehte sich Untah im All, eine Welt mit endlosen Wüsten und Ozeanen aus Staub, halb verborgen unter dichten Wolken, in denen Blitze flackerten. Jasper saß im Nukleus der *Centaurus* vor den Holofeldern, betrachtete den Planeten und die Orbitalstationen über ihm und rief aus den lokalen Bibliotheken Informationen über die Cuaund ab, deren Spezies auf Untah entstanden war. In Schlamm lebende Gliederfüßer hatten im Lauf von Jahrmillionen Intelligenz entwickelt und sich immer wieder angepasst, als das Oberflächenwasser auf Untah durch Veränderungen des Klimas knapp zu werden begann. Schließlich entdeckten sie versteckte Hinterlassenschaften der Pandora auf ihrer Heimatwelt – ein Erbe, das vielleicht gefunden werden wollte, mutmaßte der unbekannte Autor des Bibliothekeintrags –, mehrere Kontinua-Brücken, die ihnen Zugang zu anderen Welten gestatteten. Sie lernten schnell, die frühen Cuaund, vielleicht wegen ihrer großen Anpassungsfähigkeit, übernahmen einen Teil des Vermächtnisses der Pandora und zählten als »Brückenbauer« zu den Gründungsmitgliedern von Omni. Wie viele es heute noch von ihnen gab, ließ der Eintrag unerwähnt, aber nach allem, was Jasper wusste, waren es nicht sehr viele. Auch in diesem Fall schienen sich zahlreiche Individuen den Sublimen tief im Innern des galaktischen Kerns angeschlossen zu haben. Die übrigen, die noch in den Staubozeanen von Untah lebten und in den Wüsten anderer Welten, bauten weiterhin Brücken, die Abkürzungen zu fernen Orten schufen. Angeblich hatten sie sogar Verbindungen zu den Galaxien der Lokalen Gruppe geschaffen, unter ihnen die Große und Kleine Magellan'sche Wolke, und bereiteten sich darauf vor, erste Brücken zu anderen Galaxienhaufen zu konstruieren.

Die Pandora. Mit ihnen hatte alles begonnen, vor mehr als einer Milliarde Jahren. Ihre Hinterlassenschaften bildeten die technologische Grundlage von Omni. Selbst ein Teil des Lebens in der Milchstraße ging auf sie zurück: Als Säer waren sie damals unterwegs gewesen und hatten Lebenskeime auf zahlreichen Welten ausgebracht, mit dem Ergebnis, dass viele humanoide Spezies entstanden waren. Einige von ihnen ähnelten sich in ihrer Grundstruktur so sehr, dass gemeinsame Nachkommen möglich wurden. Jasmin, in deren Adern sowohl menschliches als auch crohanisches Blut floss, war ein gutes Beispiel dafür. Die Nachkommen der Pandora, ihre »Kinder«, lebten im Hyperraum, im Sprawl, als Wesen, die mit den Parakosmikern sprachen, ihnen manchmal zukünftige Ereignisse zuflüsterten.

»Die Spitze des Eisbergs«, sagte Jasper nachdenklich.

»Erwartest du einen Kommentar von mir?«, fragte der Intellekt der *Centaurus*.

»Bist du mit der Eisberg-Metapher vertraut, Cassandra?«

»Von einem Eisberg ist nur ein kleiner Teil sichtbar. Die Hauptmasse befindet sich unter Wasser, dem menschlichen Blick verborgen.«

Jasper nickte. »Was wir sehen, was wir bisher gesehen haben ... Es ist nur ein winziger Teil von dem, was seit vielen, vielen Millionen Jahren existiert und über die Entwicklungen in der Milchstraße wacht.«

»Ich denke, das ist eine zutreffende Annahme, Jasper.«

»Aber Jasmin will alles sehen, alles auf einmal, nicht nur die Spitze, sondern auch die viel größere Masse unter der Wasseroberfläche.«

»Außerdem vielleicht auch noch den Meeresgrund, wenn ich deine Metapher erweitern darf«, sagte Cassandra.

Jasper lehnte sich im Sitz des zweiten Piloten zurück und beobachtete die Brücken im hohen Orbit von Untah, Konstrukte, die jeweils mehrere Hundert Kilometer durchmaßen, zusammengesetzt aus jeweils fünf pyramidenförmigen Modulen, deren Spitzen nach außen zeigten. Omnikronen unterschiedlicher Größe und Konfiguration umschwirrten einen dieser fünfzackigen Sterne, und die *Centaurus* hielt genau darauf zu, auf die für sie bestimmte Brücke. In ihrem Zentrum glühte bereits blaue Kontinua-Energie.

»Jasmin hat von der Kluft der Zeit gesprochen«, sagte Jasper. »Zumindest damit hat sie recht. Thrako erwähnte den ›großen Ozean der Zeit‹. Wir sind nicht mehr als Tropfen in diesem Ozean. Wie können einzelne Tropfen hoffen, das ganze Meer zu verstehen?«

Einige Sekunden lang hörte er nur das Summen des Plasmatriebwerks, das die *Centaurus* der Brücke entgegentrug, die sie zum fernen Ljuben-System bringen sollte.

»Ihr werdet es verstehen«, sagte Cassandra. »Aurelius hat euch ausgewählt. Er hielt euch für geeignet, Reisende in Diensten von Omni zu werden, und er war ein weiser Mann. Ihr werdet alle Hindernisse überwinden, ihr beide.«

Jasper lächelte. Cassandra konnte manchmal menschlicher sein als ein Mensch.

»Jasmin beendet gerade ihre letzte Memolektion«, fügte der Intellekt hinzu. »Sie bereitet sich auf den großen Sprung durch die Brücke vor.«

»Haben wir ein Bereitschaftssignal bekommen?«

»Noch nicht, Jasper. Die Omnikronen und drei Cuaund sind noch damit beschäftigt, die Verbindung zu stabilisieren. Man hat uns allerdings aufgefordert, den Anflug fortzusetzen. Es kann also nicht mehr lange dauern.«

Eine andere Stimme ertönte. »Dürfen wir an Bord kommen?«

Jasper sah sich um. »Thrako?«

»Und Ittaurac, ein alter Freund«, erwiderte die Stimme aus dem Nichts.

»Kommen Sie.« Jasper drehte den Sessel.

Eine vertikale blaue Linie erschien in der Mitte des Nukleus, wuchs in die Länge, wurde dicker und zitterte. Dann bekam sie eine Ausbuchtung, und Thrako trat aus der kleinen Kontinua-Brücke, gefolgt von einem Geschöpf, das hauptsächlich aus Knochen und unterschiedlich großen Metallstangen zu bestehen schien. Hautlappen und lederne Membranen hingen und spannten sich in dem klappernden, knirschenden Durcheinander. Organbeutel hingen in Lücken zwischen Armen und Beinen. Zwei Instrumentengürtel baumelten, gehalten von knöchernen Schlaufen, und in ihren Taschen steckten Omni-Artefakte.

»Darf ich vorstellen?« Thrako deutete auf das Wesen, das ihn begleitete. »Ittaurac, Erster Brückenbauer von Untah.«

Jasper fühlte einen kurzen Druck auf den Ohren, und dann verkündete die Stimme eines Translators: »Gruß Ihnen, Reisender.«

Jasper deutete eine Verbeugung an. »Es ist mir eine Ehre.« Er versuchte, in Ittaurac die Gliederfüßer-Vorfahren der

Cuaund zu erkennen, doch es fiel ihm schwer. Stammten die Knochen vielleicht von einem Wesen, das vor Äonen in Schlammtümpeln auf Untah gelebt und Hundertfüßern geähnelt hatte?

Der Druck auf den Ohren wiederholte sich. »Moment des Abschieds«, ertönte es aus dem Translator des Cuaund. »Moment für letzte Worte und gute Wünsche.«

»Und für ein wichtiges Utensil.« Thrako trat neben Ittaurac und zog zwei kleine Omni-Artefakte aus den Gürteltaschen.

»Ich denke, ich sollte Jasmin Bescheid geben ...«

»Ich habe sie hierher gebeten«, sagte Thrako. »Sie müsste gleich eintreffen. Ah, da ist sie«, fügte er hinzu, als Jasmin den Nukleus der *Centaurus* betrat.

Sie sah den Cuaund und zögerte überrascht.

»Gruß auch Ihnen, Reisende«, sagte Ittaurac. »Wir sind hier für den Abschied, für eine Warnung und für eine letzte Wichtigkeit.«

»Mein alter Freund meint das hier.« Thrako hob die beiden Omni-Artefakte, Objekte, die wie silberne Spangen aussahen. Jasper erinnerte sich. Aurelius hatte ein solches Artefakt getragen.

Jasmin kam näher. »Kontinua-Konnektoren.«

»Wenn Sie im Ljuben-System sind, und insbesondere auf Arkonadia, verlieren Sie Ihre Verbindung zu Omni und den Kontinua«, sagte Thrako. »Diese Artefakte enthalten genug Energie, um Sie am Leben zu erhalten und aus der einen oder anderen Notlage zu befreien, sollte das erforderlich werden. Aber seien Sie vorsichtig damit. Und legen Sie die Konnektoren nicht ab. Ohne sie droht Ihnen nach wenigen Tagen der Tod.«

Der Inper hielt eins der silbernen Bänder an Jasmins Unterarm. Es schien lebendig zu werden, wand sich wie ein silberner Wurm und schlang sich um ihr Handgelenk. Jasper streckte den Arm aus und bekam den zweiten Kontinua-Konnektor. Angenehme Wärme ging von ihm aus, ein Gefühl von Kraft und Erneuerung.

»Sie haben damit umzugehen gelernt«, sagte Thrako. Die Worten galten ihnen beiden, aber er sah Jasmin an.

»Ja«, erwiderte sie.

»Abschied«, sagte Ittaurac. »Abschied und Warnung.« Neben ihm pulsierte die blaue Linie, wie begierig darauf, Inper und Cuaund wieder zu verschlingen. »Die Brückenbauer der Cuaund von Omni warnen Sie: Wenn auf Arkonadia mit dem Erscheinen des Nerox eine neue Ära beginnt, können wir Sie nicht zurückholen. Die Anomalie ist Behinderung. Bedeutet Isolation des Systems namens Ljuben. Zweite Warnung, mit der ersten verbunden: Die Anomalie zeigt bereits Anzeichen von erster Aktivität. Deshalb stabilisieren wir die Brücke. Aber der Transfer könnte ...«

»Holprig werden?«, warf Jasper ein.

»Holprig, ja. Fluktuierende Vektoren. Energieströme ohne exakte Kalibrierung.«

»Wir könnten durchgeschüttelt werden«, sagte Jasmin. Sie strich mit den Fingern über das silberne Band an ihrem Handgelenk. Die Andeutung eines Lächelns lag dabei auf ihren Lippen.

»Die strukturelle Integrität Ihres Schiffes könnte in Gefahr geraten.«

»Cassandra?«, fragte Jasper.

»Gehört und verstanden. Ich verändere die Konfiguration der *Centaurus*, damit sie noch stabiler wird.«

»Abschied und Warnung erfolgt«, sagte der Erste Brückenbauer von Untah und wandte sich klackend und knarrend der blauen Linie zu, die sich für ihn aufblähte. »Wichtigkeit erledigt. Die Cuaund von Omni wünschen Erfolg.« Er trat ins Blau und verschwand.

»Den guten Wünschen schließe ich mich an«, sagte Thrako. »Geben Sie auf sich acht, Jasmin und Jasper. Und denken Sie daran, was auf dem Spiel steht.« Er folgte Ittaurac. Die blaue Linie flackerte zweimal und existierte plötzlich nicht mehr.

Jasper spürte ein Schwanken, gefolgt von einer Vibration im Boden unter seinen Füßen.

Cassandra kam Fragen zuvor. »Gravitationswellen. Ich kompensiere. Eine große Masse kommt durch die Kontinua-Brücke, an der wir gerade vorbeigeflogen sind. Wir befinden uns am Rand ihres Einflussbereichs.«

Das Konstrukt, das die *Centaurus* gerade passiert hatte, zählte zu den größten in der Nähe von Untah. Es bestand wie die anderen aus fünf pyramidenförmigen Modulen, die Spitzen nach außen gerichtet, und mit einer Öffnung im Innern, die fast tausend Kilometer durchmaß. Blaue Kontinua-Energie leuchtete dort, und aus diesem Licht schob sich ein Riese, ein gewaltiges Schiff, das nur aus Kanten zu bestehen schien, ein Koloss, dunkel auf der einen Seite und von flackernden Entladungen auf der anderen begleitet. Risse zeigten sich dort, neben den Resten geborstener und zerfetzter Elemente, von denen sich Dutzende, Hunderte Kapseln lösten. Einige schwebten zu Anlegestellen an den Spitzen der Pyramiden; die anderen flogen zur großen Orbitalstation über Untahs Äquator, einer im Licht der vielen Sonnen des galaktischen Zentrums glitzernden Hemisphäre mit zahlreichen lokalen Kontinua-Brücken, über die man andere Welten und Habitatschiffe von Omni erreichen konnte.

Jasmin war bereits bei den virtuellen Kontrollen und rückte den dunklen Riesen ins Zentrum der Sensorerfassung. »Was ist das, Cassandra? Was sagen die Bibliotheken?«

»Automatische Identifizierung«, erwiderte der Intellekt. »Kundschafter *Glokon*, Rückkehr von Erkundungsmission in Andromeda. Spezifikationen und Auftrag ... Oh, das Bereitschaftssignal hat die Datenverbindung unterbrochen. Die Brücke zum Ljuben-System erwartet uns.«

»Was hat es mit den Beschädigungen auf sich?« Jasper trat näher ans große Holofeld heran, das die *Glokon* präsentierte. »Sind das Kampfschäden? Und all die Kapseln ... Beobachten wir so etwas wie eine Evakuierung?«

Das Summen des Plasmatriebwerks wurde lauter. »Unsere Brücke ist bereit«, sagte Cassandra. »Wir werden zum sofortigen Transfer aufgefordert.«

»Möchte jemand vermeiden, dass wir hier zu viel sehen? Eben hatten wir noch Zeit, aber jetzt muss plötzlich alles schnell gehen.« Jasmin sank in den Sessel des ersten Piloten und aktivierte den Sicherheitsharnisch.

Jasper nahm ebenfalls Platz. Im Holofeld vor ihnen erschien die Brücke, die Hunderte von Omnikronen und drei Cuaund für sie vorbereitet hatten. »Cassandra?«

»Die Konfiguration ist angepasst. Außerdem habe ich unsere strukturelle Integrität mit lokalen Schirmfeldern verstärkt. Wir sind bereit.«

Der dunkle Gigant, der Kundschafter von Omni, blieb hinter ihnen zurück. Von der Brücke vor ihnen geschaffene Gravitationsfelder erfassten die *Centaurus* und wiesen ihr den Weg zum Zentrum des Transferfeldes.

Blaues Leuchten nahm sie in Empfang und warf sie in den Perseusarm der Milchstraße, Tausende von Lichtjahren entfernt.

Salzige Träume

Arkonadia: 7
Zirzo, der Werkzeugmacher
Noch drei Jahre und einen Monat bis zum Beginn der 45. Ära
Am fünfhundertdreiundzwanzigsten Tag der Reise, als man das nahe Eis der großen weißen Hochebene von Sammwar riechen konnte, bewies das schleichende Fieber, dass es seinen Namen verdiente.

Zirzo saß seit den frühen Morgenstunden an seiner Werkbank, denn er wurde das Gefühl nicht los, dass er sich beeilen musste, um das Werkzeug für General Tailos beziehungsweise für dessen Sohn Lotin rechtzeitig fertigzustellen. Es blieben noch drei Jahre bis zum Erscheinen des Nerox, doch schon seit einigen Tagen kam Zirzo nicht zur Ruhe und wagte es kaum mehr, an der kleinen Figur weiterzuarbeiten. Als seine Hände zu zittern begannen, als ihm plötzlich heiß wurde und er das Fenster öffnete, um eiskalte Luft hereinzulassen, begriff er den Grund für die Unruhe – das Fieber kehrte zurück. Es hatte sich, heimlich und heimtückisch, an ihn herangeschlichen, um ihn dann anzuspringen, um sich auf ihn zu stürzen und erneut die Zähne in seinen alten Leib zu schlagen. Er wankte zurück vom Fenster, durch das kleine Schneeflocken hereinwehten, machte zwei Schritte zur Tür, bevor die Knie nachgaben; die Beine wollten ihn einfach nicht mehr tragen. Das Fieber triumphierte, er schlug der Länge nach auf den hölzernen Boden, und dort blieb er liegen, bis ihn, zwei Stunden später, General Tailos von den Jannaschi fand.

Als Zirzo wieder zu sich kam, auf der harten Liege des Heilers, der zur Reisegruppe gehörte, sah er einen zwanzig Zentimeter langen gelben Nasenrüssel, dessen Riech- und Atemlöcher sich mehrmals öffneten und schlossen. Die beiden Reptilienaugen darüber blickten besorgt.

»Du musst besser auf dich achtgeben, Werkzeugmacher«, sagte General Tailos mit einer Stimme wie ein Donnern. »Du arbeitest zu viel. Sogar nachts.«

Zirzo fühlte ein Kribbeln und Krabbeln an Hals und Hüften. Er wollte sich kratzen und musste feststellen, dass seine Hände an die Liege gebunden waren. Eine zweite Gestalt erschien in seinem Blickfeld, der drahtige Nakota namens Demmrott. Die kleinen Hornplatten seiner Haut schabten aneinander; ein leises Knistern begleitete jede seiner Bewegungen. Er griff in eine Schale, nahm einen grauen Wurm und setzte ihn an Zirzos Kehle.

»Die Würmer werden dein Blut reinigen«, verkündete Demmrott mit zischender Stimme.

»Gib ihm deine Salbe, Heiler«, grollte Tailos. »Reib ihn gut damit ein.«

Zirzo verzog das Gesicht. Er fand die Würmer ekelhaft, und die Salbe stank. »Wie ist das möglich, General?«, fragte er, als der Nakota wieder aus seinem Blickfeld verschwand. »Das Elixier, das Sie mir gegeben haben ...«

Tailos beugte sich herab und versuchte, leiser zu sprechen. »Dein schleichendes Fieber hat die ganze Zeit auf der Lauer gelegen, zweifellos, und auf einen Moment der Schwäche gewartet. Das Lebenselixier der Ho-Korat ist kein Heilmittel, Werkzeugmacher. Es gibt dir zwanzig zusätzliche Jahre, doch es schützt nicht vor Krankheit.« Er drehte den Kopf, der Nasenrüssel wackelte, und er rief: »Wird er überleben, Heiler? Diese Würmer scheinen sehr durstig zu sein. Trinken sie nicht zu viel Blut?«

»Sie trinken das schlechte Blut, General«, erwiderte Demmrott mit knarrender Stimme. »Sie riechen die Krankheit darin.«

Zirzo spürte, wie sich Schwäche in ihm ausbreitete.

»Ich will wissen, ob er wieder gesund wird und die Arbeit fortsetzen kann, Heiler«, grollte Tailos.

»O nein, gesund wird er nicht mehr, dazu ist er zu alt, General. Aber ich kann ihm Tabletten geben, die dem Fieber die Krallen nehmen, die seine Zähne stumpf werden lassen, damit es nicht mehr so fest zubeißen kann.«

»Gib sie ihm, Heiler, gib ihm viele davon!«

Tailos beugte sich erneut herab. »Vielleicht solltest du dich doch besser mit der Arbeit beeilen, Werkzeugmacher.«

Zirzo schwanden die Sinne.

Als er am Abend zu seinem Wagen zurückkehrte, auf einen Stock gestützt, den er vom Schnitzer Kasom bekommen hatte, tanzten wieder Schneeflocken in der kalten Luft. Der Büßerpfad war verschneit, sein Weiß mit dem des Gletschers vereint, mit dem Eis, das einen großen Teil der Hochebene bedeckte. Die Soldaten des Generals und zwei Baumeister waren damit beschäftigt, Segler zu konstruieren, groß und stabil genug, die ganze Reisegruppe mit allen Wagen übers Eis zu tragen. Zirzo hoffte, dass dann, für ein paar Tage, das ewige Rumpeln und Poltern aufhörte und seine Werkbank nicht ständig wackelte.

Unter den grauen Wolken hing ein Luftschiff der Hellagarit in der kalten Luft. Zirzo blieb einen Moment stehen, blickte hinauf und stellte sich vor, wie Beobachter in der Gondel und den vier Aussichtskuppeln durch die Linsen von Ferngläsern starrten oder vielleicht Tingla-Geräte mit Telesicht benutzten, um dem Geschehen auf dem Boden zu folgen. Sie waren noch immer misstrauisch, die Beobachter am Himmel und auch auf den Straßen, Wegen und in der Wildnis von Arkonadia. Bis auf General Tailos wusste noch niemand, wo das Nerox erscheinen und die fünfundvierzigste Ära beginnen würde – die anderen Orakel schwiegen. Aber man ließ die Reisegruppe nicht aus den Augen, denn immerhin gehörte Zirzo zu ihr, bekanntester Werkzeugmacher von Arkonadia, und General Tailos von den Jannaschi, nicht gerade für seine Büßerneigungen bekannt. Gewisse Leute vermuteten, dass mehr hinter der Reise steckte, und wenn diese Leute glaubten, dass er wusste, wo das Nerox erscheinen würde, und dass der Werkzeugmacher ein Werkzeug extra für ihn anfertigte, einen Schlüssel für das Nerox ... Dann würden jene Leute Diebe schicken und vielleicht auch Mörder. Möglicherweise sogar eine ganze Streitmacht.

Zirzo seufzte leise und betrat seinen Wagen. Eigentlich war es mehr ein Klettern, und ein mühsames noch dazu – die Stufen am Eingang schienen höher geworden zu sein, die Treppe steiler und länger.

Drinnen bemerkte er einen seltsam strengen Geruch und dachte zunächst, dass er von ihm selbst stammte, von Demmrotts seltsamen Salben oder seinen Würmern, die das schlechte Blut der Patienten tranken, das Blut, das die Krankheit enthielt. Aber als er die kleine Küche betrat, erkannte er den wahren Grund.

Alonna saß dort, die Arme auf den Tisch gelegt und den Kopf auf die Arme. Ihre Augen waren geöffnet, sahen ihn aber nicht. Die Reste einer dünnen braunen Kruste klebten an Mund und Nase.

Ihre Lippen bewegten sich, sie murmelte etwas, doch Zirzo verstand kein Wort.

Er musste sich auf den Stock stützen, als er zum Tisch ging, denn ihm wurden erneut die Knie weich. Diesmal war es nicht das schleichende Fieber, das ihnen die Kraft raubte, und es lag auch nicht an dem Blut, das ihm die durstigen Würmer des Heilers genommen hatten. Kummer ließ die Beine schwach werden.

»Kind.« Er sank auf den Stuhl neben Alonna und strich ihr übers zerzauste Haar. »Mein Kind. Warum hast du wieder angefangen? Wer hat dir das Salz gegeben? Und wie hast du dafür bezahlt?«

Sie hob langsam den Kopf. Der Blick ihrer blutunterlaufenen Augen reichte in die Ferne. »Vater?«

»Ja«, sagte er. »Ich bin bei dir. Du bist nicht stark genug gewesen, Alonna. Du bist schwach geworden. Aber wie soll ich dir helfen? Ich bin selbst schwach, die Würmer haben mir nur wenig Blut gelassen.«

»Ich habe ihn gesehen, Vater«, sagte Alonna verträumt und neigte den Kopf von einer Seite zur anderen, wie im Takt einer Musik, die nur sie hörte.

»Wen hast du gesehen, Kind?«

»Den Vogel aus Feuer, Vater«, sagte Alonna. »Ich habe ihn gesehen, den Feuervogel. Und er hat mir gezeigt, wo das Nerox erscheinen wird.«

Die Station

8 Jasmin

»Alles ist still und ruhig«, sagte Jasmin. »Gehen wir nach draußen. So wie damals, mit Aurelius.«

Sie saßen in einem der Panoramaräume der neu konfigurierten *Centaurus*, während des neunten Tages eines Fluges, der gar kein Flug zu sein schien, denn nichts deutete darauf hin, dass sich das Schiff bewegte. Es schwebte nicht im Weltraum oder im Sprawl, sondern in einer seltsamen Nacht, in der keine Sterne leuchteten. Lange, fadenartige Gebilde glühten in der Finsternis, und einige von ihnen wanden sich wie Schlangen.

»Ich weiß nicht, ob das ratsam ist ...«, begann Jasper.

»Cassandra? Wie ist unsere Situation?«

»Die Verbindung mit Omni wird schwächer«, meldete sich der Intellekt. »Aber bisher gibt es keine Instabilitäten, nicht die geringsten.«

Jasmin stand auf. »Komm schon, Vater. Dies könnte auf absehbare Zeit unsere letzte Chance sein.« Es war kein impulsiver Einfall, sie hatte sich auf diese Gelegenheit vorbereitet. Aber das sagte sie nicht. »Lass uns nach draußen, Cassandra.«

»Wie du wünschst.«

Eine Öffnung verbreiterte sich in der Kugel, und ein kleiner Steg bildete sich, geschaffen vom Molekülarchitekten im Material, aus dem die Kugel bestand. Jasmin trat hinaus, und Jasper folgte ihr.

Sie ging bis zum Ende des Steges, der eine Länge von etwa fünf Metern erreichte. Dort atmete sie tief durch, obwohl es hier überhaupt keine Luft gab.

»Erinnerst du dich, Vater?«

»Wie könnte ich es vergessen? Ich erinnere mich noch an die Worte, die Aurelius vor dreißig Jahren an uns gerichtet hat: ›Die Dimension des Möglichen. So nennt Omni diesen Ort, und verzeihen Sie, wenn ich *Ort* sage, denn dieses *Hier* ist mehr ein Zustand, wenn ich es richtig verstehe. Hier entscheidet sich, was geschehen kann und was geschehen könnte. Die Kontinua erschaffen die Bühnen, auf denen sich Realitäten entfalten. So hat es Thrako beschrieben, ein Inper, den ich seit zehntausend Jahren kenne.‹«

»Die Dimension des Möglichen ...«, wiederholte Jasmin leise und fühlte das Gewicht des Gegenstands in ihrer Tasche.

»Die leuchtenden Fäden ...«, fuhr ihr Vater fort. »Aurelius beschrieb sie als Möbiusbänder, gefüllt mit Raum-Zeit, mit Multiversen: Millionen und Milliarden von Universen, aneinandergereiht wie Perlen an einer Schnur, oft nur getrennt von winzigen Unterschieden in Aggregatzuständen oder Wahrscheinlichkeiten, Spiegelbilder eines Universums, das ursprünglich aus einer Kontinua-Singularität entstand.«

»Parallelwelten«, sagte Jasmin leise und beobachtete die Fäden. »Spiegelbilder von Spiegelbildern.«

»Wir haben das Universum für riesig gehalten«, sagte Jasper. Ehrfurcht lag in seiner Stimme. »Für unermesslich und grenzenlos. Aber hier, in den Kontinua, gibt es so viele von ihnen, dass man sie nicht zählen kann.«

In einem der Fäden, die Jasmin beobachtete, blitzte es auf. »Und es werden ständig neue geboren«, fügte sie hinzu und erinnerte sich, als wäre es gestern gewesen. Aurelius hatte damals gesagt, dass es hier in den Kontinua mehr Universen gab als Atome in ihren Körpern. Er hatte sie mit »Sandkörnern am endlosen Strand der Realität« verglichen, und jedes dieser Sandkörner enthielt Abermilliarden von Galaxien mit Abermilliarden von Sonnen und Planeten.

»Hier liegt die Macht von Omni«, sagte Jasmin. »Im Zugang zur Energie der Kontinua.«

»Zur Energie der Schöpfung.«

Jasmin senkte den Kopf und betrachtete die Schwärze, die den kleinen Steg umgab. Ihre Tiefe ließ sich nicht abschätzen. Vielleicht waren es nur wenige Millimeter, vielleicht Milliarden von Lichtjahren. Sie lächelte. Es gab eine Möglichkeit, es herauszufinden.

Ihr Vater sah das Lächeln. »Dir gefällt dieser Ort.«

»Mir gefällt dieser *Zustand*«, sagte Jasmin. »Vielleicht werden wir wie Aurelius eines Tages eine Hütte hier in den Kontinua haben, ein kleines Haus mit einem langen Steg, wie eine Anlegestelle für Boote, die durch diese Nacht segeln.« Sie steckte die Hand in die Tasche und schloss sie behutsam um den Gegenstand. »Wo befinden sich die Kontinua, was denkst du?«

»Ich verstehe nicht ganz.«

»Wir haben das Basiskontinuum, unser Universum«, sagte Jasmin. »Darüber erstreckt sich das Sprawl, früher Hyperraum genannt.«

»Oh, ich weiß nicht, ob sich das Sprawl ›darüber‹ befindet«, erwiderte Jasper. »Darüber, darunter, rechts und links ... Solche Begriffe haben nur für den kleinen menschlichen Maßstab Bedeutung. Thrako hat gesagt, dass alles miteinander verwoben ist. Das Basiskontinuum – unser Universum –, das Sprawl, die Kontinua: Alles existiert gleichzeitig, am selben Ort und auch in derselben Zeit.«

»Das hat Thrako gesagt, ja. Schwer vorstellbar, nicht wahr?«

»Was für uns vorstellbar ist oder nicht, spielt keine Rolle. Unsere Sinne, von einer planetaren Evolution geschaffen, sind nicht auf die Wahrnehmung der höheren Dimensionen vorbereitet. Wir müssen sie erweitern, mit Geräten, mit den Instrumenten von Rationalität und Mathematik, um sie zu erkennen und zu versuchen, sie zu deuten.«

»Und jetzt sind wir hier, in den Kontinua, in der Dimension des Möglichen, die *über* allem liegt«, sagte Jasmin. »Oder die alles durchdringt und bestimmt.« Sie deutete über den Rand des Steges hinweg. »Was würde passieren, wenn ich springe?«

Jasper machte einen Schritt auf sie zu. »Komm nicht auf dumme Gedanken.«

»Würde ich für immer fallen?« Jasmin hob die andere Hand und zeigte ihr Armband, von dem hier, in der Dunkelheit, ein mattes Leuchten ausging. »Es ist die Energie der Kontinua, die uns am Leben erhält, Vater. Ich könnte fallen, für immer und ewig, ohne zu sterben.«

»Das sind dumme Gedanken, Zinnober.«

»Jasmin, Vater. Ich bin Jasmin. Zinnober und Vinzent Forrester haben wir in einer anderen Welt zurückgelassen.« Sie lächelte wieder. »In einem anderen Universum. Weißt du, was eine ›Flaschenpost‹ ist, Vater?«

Er schien zu überlegen, ob er sie am Arm nehmen und in die fünf Meter entfernte *Centaurus* zurückbringen sollte – sie sah es in seinen Augen. »Früher haben Menschen manchmal analoge Briefe in eine Flasche gesteckt und die Flasche in einen Fluss oder ins Meer geworfen.«

Jasmin zog die Hand aus der Tasche. Sie hielt ein kleines Glas mit einem zusammengerollten Zettel darin.

»Das ist meine Flaschenpost«, sagte sie. »Und ich vertraue sie dem größten aller Meere an, den Kontinua.« Sie streckte den Arm und ließ das Glas los. Es fiel, obwohl es hier eigentlich keine Schwerkraft gab – vielleicht fiel es, weil Jasmin glaubte, dass es fallen sollte.

Sie sahen ihm nach, sie beobachteten, wie es immer kleiner wurde und dann in der Dunkelheit verschwand, zwischen zwei fernen Möbiusbändern.

»Ein Brief für die Ewigkeit«, sagte Jasmin.

»Was hast du geschrieben?«, fragte Jasper.

Sie lächelte erneut. »Das bleibt mein Geheimnis.« Sie rieb sich die Schultern. »Mir ist kalt. Lass uns zurückkehren.«

»Das halte ich für eine gute Idee, Jasmin und Jasper«, sagte Cassandra. »Meine Sensoren registrieren erste Anzeichen von Instabilität. Offenbar nähern wir uns der Anomalie am Rand des Ljuben-Systems.«

9 Auf dem Weg zum Nukleus hatte Jasmin das Gefühl, dass ihr etwas für einige Sekunden die Luft zum Atmen nahm – zwei unsichtbare Hände schienen sich ihr um den Hals zu legen und die Kehle zusammenzudrücken. Jasper erging es ebenso, denn er keuchte erschrocken.

Im Kommandozentrum der *Centaurus* erwarteten sie Holofelder mit Datenkolonnen und Warnsymbolen. Jasmin glitt in den Sessel des ersten Piloten, und sofort erschienen die virtuellen Kontrollen vor ihr.

»Cassandra?«

»Wir haben keine Verbindung mehr mit Omni«, berichtete der Intellekt. »Der telemetrische Datenstrom ist versiegt.«

»Und die Kontinua?«, fragte Jasper. »Wir empfangen keine Energie mehr von ihnen.«

Jasmin beobachtete, wie er nach seinem silbernen Armband tastete.

»Die Energie darin sollte für mindestens ein halbes Jahr reichen«, sagte sie.

»Ja«, bestätigte er.

»Wenn wir vorsichtig sind. Wenn wir sparsam damit umgehen. Und wenn es zu keinen Zwischenfällen kommt, die uns mehr Kraft kosten als vorgesehen.«

Die *Centaurus* kippte, und das Gravitationsfeld an Bord blieb nicht stabil. Jasmin wurde zur Seite gezogen – der gerade noch rechtzeitig reagierende Sicherheitsharnisch verhinderte, dass sie aus dem Sitz fiel.

Ihre Finger flogen durch die virtuellen Kontrollen. »Wie sieht's aus, Cassandra?«

Das große Holofeld vor ihnen zeigte noch immer die Kontinua. Die leuchtenden Schlangen der Möbiusbänder waren verschwunden, hinterließen aber keine absolute Finsternis – es flackerte in der Finsternis.

»Zunehmende Instabilität«, meldete der Intellekt. »Wir bewegen uns wie im Kielwasser eines großen Schiffes.«

Jasmins Blick wechselte zwischen der Kontinua-Finsternis und den Daten in mehreren kleineren Holofeldern.

»Kannst du eine Navigationshilfe einblenden?«

»Dies ist nicht das Sprawl, Jasmin. Es hat noch niemand eine für menschliche oder crohanische Sinne geeignete Navigationshilfe entwickelt. Es ist sonderbar, Jasmin und Jasper. Ich habe noch immer den Eindruck, dass wir stationär sind. Um uns herum ... verschiebt sich die Raum-Zeit. Nicht wir bewegen uns, sondern die Kontinua.«

»Und wir befinden uns in einer Art ›Kielwasser‹«, sagte Jasper und rief neue Daten ab. Vor ihm veränderte sich der Inhalt eines kleinen Holofelds.

»Wir schaukeln und schwanken in aufgewühlter Raum-Zeit. Ja, etwas Großes scheint sich direkt vor uns zu bewegen.«

Jasmin starrte in die Kontinua. Das Flackern in den schwarzen Tiefen wurde stärker. »Ist es die nahe Anomalie?«

»Nein«, erwiderte Cassandra. »Was auch immer es ist: Es *bringt* uns zur Anomalie. Ich fürchte, der ›holprige‹ Teil des Fluges steht unmittelbar bevor. Es könnte sehr unangenehm für euch werden, trotz der geänderten Konfiguration. Vielleicht solltet ihr euch sicherheitshalber in Schutzgel legen.«

»Nein«, sagte Jasper sofort. »Kein Gel. Davon habe ich genug.«

»Vater ...«

»Ich hasse das verdammte Zeug«, sagte er. »Das weißt du. Wenn ich es einatme, habe ich das Gefühl zu ersticken.«

»Es bietet Sicherheit«, gab Cassandra zu bedenken. »Im Gel gibt es keine Druckunterschiede. Ganz gleich, wie stark die Erschütterungen werden und wie sehr sich die künstliche Schwerkraft an Bord verschiebt ... Ihr würdet nichts davon spüren.«

»Nein.« Jasper schüttelte den Kopf.

»Wir bleiben bei den Sicherheitsharnischen«, sagte Jasmin. »Lokale Schirmfelder für die strukturelle Integrität des Schiffes. Langsame Fahrt, vorsichtige Navigation. Bring die *Centaurus* heil durch die Anomalie, Cassandra.«

»Der Sprawler ist inaktiv, Jasmin. Ebenso Plasma- und Manövriertriebwerke. Wie gesagt, die lokale Raum-Zeit bewegt uns. Ich kann die Anomalie nicht einmal genau lokalisieren. Das heißt ... Moment!«

Etwas erschien vor ihnen. Konturen bildeten sich im Dunkel der Kontinua, für Sekundenbruchteile vom vagen Flackern aus der Finsternis gerissen. Es fehlten Referenzen, um Vergleiche anstellen zu können, aber das Etwas, das Objekt ... Es schien riesig zu sein. Tausendmal so groß wie die hundert Meter lange *Centaurus*. Und es schien zu brennen. Etwas erweckte den Eindruck von Feuer und Flammen, die das gewaltige Gebilde umgaben. Jasmin starrte verblüfft.

»Hast du das gesehen?«, fragte sie, als die Erscheinung wieder verschwunden war.

Jasper betätigte die virtuellen Kontrollen vor sich und rief Daten ab. »Was meinst du?«

»Das Ding eben. Wie ein ... riesiger, brennender Vogel.«

»Das menschliche Gehirn – und auch deines, das zur Hälfte crohanisch ist – erkennt gern Muster. Was auch immer du gesehen hast, ich glaube kaum, dass es ein Feuervogel gewesen ist.« Jasper wollte noch etwas hinzufügen, aber ein kosmischer Schmied schien das Schiff auf seinen Amboss zu legen und mit dem Hammer zuzuschlagen.

10

Es dauerte Stunden oder vielleicht nur wenige Minuten. Die Sicherheitsharnische legten sich eng um Jasper und Jasmin und hielten sie fest, während alles um sie herum in Bewegung geriet. Jasmin bedauerte fast sofort, dass sie sich nicht dem Schutzgel anvertraut hatten, denn die Sinne gaukelten ihr Dinge vor, die nicht existieren konnten – oder hoffentlich nicht existierten. Immer wieder erblickten ihre crohanischen Augen, die besser sahen als menschliche, Flammenzungen, die durch den Nukleus der *Centaurus* leckten, und manchmal wankten Gestalten durch das Feuer, das Konsolen und Holofelder verschlang. Ihre crohanischen Ohren, die besser hörten als menschliche, vernahmen Schreie, das Donnern von Explosionen, das Kreischen von berstendem Metall. Es war so kolossal laut, dass sie ihre eigene Stimme nicht hörte, die Anweisungen, die sie rief, damit Cassandra ein Akustikfeld schuf, das den Lärm dämpfte. Gleichzeitig fühlte sie sich trotz des Sicherheitsharnisches hin- und hergerissen, bis sie die Orientierung verlor, oben und unten, rechts und links nicht mehr voneinander zu unterscheiden wusste.

Vielleicht verlor sie das Bewusstsein, denn schließlich wurde aus dem Donnern und Heulen ein dumpfes Knarren und Knirschen, das aus den Wänden der *Centaurus* kam, vielleicht von ihrer Außenhülle, die nur deshalb nicht platzte, weil Cassandra die Strukturelemente des Rumpfes mit Schirmfeldern verstärkte. Ohne sich an einen Übergang zu erinnern, vernahm Jasmin das Brummen des Sprawlers, der das Schiff nicht durchs Sprawl trug, sondern zusätzliche Energie für die lokalen Integritätsfelder zur Verfügung stellte.

»Jasmin?«

Sie blinzelte und beugte sich vor – der Harnisch ließ die Bewegung zu. Das große Holofeld vor den Konsolen zeigte nicht mehr die Kontinua, sondern das Schwarz des Weltraums, durchsetzt von Sternen. Eingeblendete Daten wiesen auf die Existenz eines nahen Sonnensystems hin – die Entfernung betrug nur wenige Lichtstunden.

»Jasmin?«

»Ich bin in Ordnung, Vater. Was ist mit dir?«

»Ich höre dich«, sagte er. »Erstaunlich nach all dem Lärm. Ich dachte schon, es würde mir die Trommelfelle zerreißen, und noch mehr, das ganze Schiff.«

»Cassandra, Status.« Jasmins Finger strichen durch die virtuellen Kontrollen und riefen Informationen ab.

»Wir haben alles gut überstanden und die Kontinua verlassen. Unsere strukturelle Integrität ist unbeeinträchtigt, Rumpf und Segmente stabil. Die Navigationsschwingen müssen neu justiert werden, und meine Sensoren registrieren eine kleine Instabilität im Sprawler, aber die Bots kümmern sich bereits darum. Wie geht es euch? Die biometrischen Daten weisen auf eine starke Belastung hin.«

»Ich fühle mich wie durch die Mangel gedreht«, ächzte Jasper.

»Mangel?«, fragte Jasmin.

Er winkte ab und deaktivierte seinen Harnisch.

»Mit den Chronometern scheint etwas nicht zu stimmen«, sagte Jasmin verwundert. »Wie viel Zeit ist vergangen?«

»Zwei Sekunden.«

Jasmin sah sich die Daten an. »Das behaupten unsere Bordchronos. Obwohl es sich nach Stunden anfühlte.«

»Der Krach, die Erschütterungen ...«, sagte Jasper. »Es schien überhaupt kein Ende nehmen zu wollen.«

»Zwei Sekunden«, wiederholte Cassandra. »Mehr Zeit lag nicht zwischen dem Kontakt mit der Anomalie und dem Verlassen der Kontinua.«

»Aber es gibt eine Diskrepanz.« Jasmin deutete nach vorn, auf eine andere Zeitanzeige.

»Sie betrifft den Unterschied zwischen unserer subjektiven Zeit, gemessen von den Chronometern an Bord, und der universellen Zeit, die sich auf der Grundlage von Sternkonstellationen messen lässt«, sagte Cassandra.

»Drei Wochen?«, fragte Jasmin.

»Fast vier. Wir haben keinen Zugang zu den Kommunikationsnetzen von KopKo – davon trennen uns sechzigtausend Lichtjahre. Wir sind zu weit von den Navigationsbaken im Sprawl entfernt, um hier ihre Signale zu empfangen. Die Verbindung mit Omni ist ebenfalls unterbrochen. Aber die Bewegungen der Sterne sind bekannt; ich kann sie berechnen und analysieren. Nach den gemessenen Veränderungen sind im Basiskontinuum sechsundzwanzig Komma vier Standardtage vergangen.«

»Hauptsache, wir haben alles heil überstanden und befinden uns im richtigen Universum«, sagte Jasper. Es sollte forsch und scherzhaft klingen, aber Jasmin hörte die Sorge in den Worten.

»Fast vier Wochen.« Sie überlegte und hörte das Brummen des Plasmatriebwerks. Die *Centaurus* näherte sich dem Ljuben-System mit etwa achtzig Prozent der Lichtgeschwindigkeit, um die starken relativistischen Effekte nahe der Lichtmauer zu vermeiden. Der Sprawler nützte hier kaum etwas, denn im Sprawl gab es keinen Strang, der ins Innere des Sonnensystems mit dem Planeten Arkonadia führte. »Damit bleibt nicht mehr viel Zeit bis zum vorgesehenen Erscheinen des Nerox.«

»Noch ein Standardmonat«, erwiderte Jasper. »Das sollte eigentlich genügen.«

»Wenn sich keine Schwierigkeiten ergeben. Ich hatte gehofft, dass wir Gelegenheit bekommen, uns ein wenig auf Arkonadia einzuleben.«

»Wir wissen, was nötig ist.«

»Wir wissen, wie es auf Arkonadia zuging und wie die dortige Situation beschaffen war«, sagte Jasmin. »Inzwischen könnte alles ganz anders aussehen. Der Beginn einer neuen Ära bringt viele Veränderungen.«

»Wir werden sehen.« Jasper hob die Hand und berührte mehrere leuchtende Symbole, woraufhin im großen Holofeld vor ihnen Markierungen erschienen. Sie wiesen darauf hin, wo sich die Planeten des Ljuben-Systems befanden. »Aber zuerst ...«

»Die Station in den Ringen des Gasriesen, ich weiß. Finden wir heraus, warum sie sich nicht mehr gemeldet hat.«

11

Drei kalte Gasriesen zogen in den Außenbezirken des Ljuben-Systems, zwischen zwei und fünf Milliarden Kilometer von der Sonne entfernt, langsam ihre Bahn. Die beiden äußeren Planeten, Jarda und Issgar, hatten einen Durchmesser von fünfundvierzig- beziehungsweise sechzigtausend Kilometern und bestanden zum größten Teil aus Wasserstoff, mit geringeren Mengen Helium und Methan. Etwas weiter im Innern des Systems schuf Therben, ein wahrer Riese mit einem Äquatordurchmesser von hundertachtzigtausend Kilometern, einen breiten, tiefen Schwerkrafttrichter, der viele der Kometen und Asteroiden einfing, die vom Kuipergürtel oder der Oortschen Wolke des Ljuben-Systems in Richtung der inneren Planeten fielen. Mit etwas mehr Masse hätte Therben vielleicht zu einer Sonne werden können, aber der kalte Gigant bildete auch so das Zentrum eines eigenen hochkomplexen Systems aus siebzehn ausgedehnten Ringen und insgesamt zweiundneunzig Monden, sieben von ihnen groß wie Erdnorm-Welten und in dichte Atmosphären gehüllt, dreizehn mit Ozeanen unter einem kilometerdicken Eispanzer. Die Station, die Omni vor einigen Jahrhunderten eingerichtet hatte und von der aus Samantha zu ihrer Mission auf Arkonadia aufgebrochen war, befand sich im zwölften Ring von Therben, versteckt in einem Felsen.

»Keine Telemetrie«, meldete Cassandra, als sich die *Centaurus* nach neun Stunden Plasmaflug Therben näherte. »Keine Signale von der Station.«

»Versuch es mit allen Omni-Codes, insbesondere den alten«, sagte Jasmin. »Was ist mit der energetischen Signatur?«

Sie sah es in den Datenfeldern: Die Sensoren der *Centaurus* registrierten keine energetischen Emissionen bei der getarnten Station.

»Nichts«, erwiderte der Intellekt. »Entweder wird in der Station keine Energie erzeugt, oder sie ist gut abgeschirmt.«

»Wir bleiben auf Schleichfahrt«, sagte Jasper und betätigte die Kontrollen. »Niemand soll erfahren, dass wir hier sind.«

»Wir könnten uns an die Ho-Korat wenden«, sagte Jasmin nachdenklich und warf mithilfe der Sensoren einen Blick ins elektromagnetische Spektrum des Ljuben-Systems. In den schematischen Darstellungen war der vierte Planet Arkonadia in eine bunte EM-Wolke gehüllt, in der sich aber bereits erste Lücken gebildet hatten. Die Anomalie – der Teil von ihr, der im Basiskontinuum existierte – zeigte sich als vager Fleck weit entfernt am Rand des Sonnensystems, grau wie das Sprawl. »Wir könnten sie um Hilfe bei unseren Ermittlungen bitten. Immerhin haben sie Kandidatenstatus und erhoffen sich Aufnahme in Omni. Sie sollten mehr als nur bereit sein, uns gegenüber guten Willen zu zeigen.«

»Noch nicht.« Jaspers Blick wechselte zwischen den Daten und einem Echtzeitbild des Gasriesen sowie seines Systems aus Monden und Ringen. Die Geschwindigkeit der *Centaurus* war auf einige Hundert Meter pro Sekunde gesunken. Langsam flog sie dicht über den Ringen und näherte sich der getarnten Station. »Vielleicht später.« Er deutete nach vorn, ins große Holofeld. Ein Zoom holte Arkonadia heran, verwandelte die kleine Scheibe des Planeten, noch immer Hunderte von Millionen Kilometern entfernt, in eine wolkenverhangene Kugel. Mehrere Tausend Kilometer über dem Nordpol wurde ein künstliches Gebilde sichtbar, zusammengesetzt aus zahlreichen Segmenten und Modulen. Mit ihren Spitzen und Rauten sah die Konstruktion aus wie ein ins Monströse gewachsener Eiskristall. Eine Art Schlauch ging davon aus und reichte bis auf die Oberfläche des Planeten hinab.

»Das polare Domizil der Ho-Korat«, sagte Jasper. »Sie machen keinen Hehl aus ihrer Präsenz. Vielleicht haben sie uns bereits bemerkt.«

»Das bezweifle ich«, ließ sich Cassandra vernehmen. »Ich bin sehr vorsichtig gewesen. Und hier draußen sind die Störungen durch die Anomalie noch immer recht stark. Habt ihr die Lücken in der elektromagnetischen Wolke bemerkt, die Arkonadia umgibt? Möglicherweise gehen sie auf einen beginnenden Inhibitor-Effekt zurück. Wenn das stimmt, steht uns noch weniger Zeit zur Verfügung, als wir bisher dachten. Wir müssen Arkonadia erreichen, bevor durch das unmittelbar bevorstehende Erscheinen des Nerox moderne Technik nicht mehr funktioniert.«

»Was ist mit dir?«, fragte Jasmin und beobachtete Arkonadia, insbesondere die Orbitalstation der Ho-Korat. »Was geschieht dann mit dir?«

»Dieses Schiff sollte sich besser an einem sicheren Ort befinden, wenn der Inhibitor-Effekt voll wirksam wird. Ich speichere meine Daten und ... schlafe.«

»Sechs oder sieben Monate«, sagte Jasmin.

»Vielleicht sogar noch etwas länger. Manchmal dauert die Inhibition auch nach dem Verschwinden des Nerox noch einige Monate an. Zu Beginn der neununddreißigsten Ära von Arkonadia ließ der Inhibitor-Effekt erst nach zwei Jahren nach, was einer der Gründe für den verheerenden Krieg gewesen sein mag, der damals viele Länder und Regionen des Planeten heimsuchte.«

Jasmin *erinnerte* sich. Das Wissen stieg in ihr auf, wie Luftblasen in Wasser.

»Was machen die Ho-Korat während der Inhibition?«, fragte sie, den Blick noch immer auf das orbitale Domizil der Omni-Kandidaten gerichtet. Weitere Erinnerungen regten sich in ihr, aber Cassandra antwortete bereits.

»Sie lassen sich auf Arkonadia nieder und kehren in die Orbitalstation zurück, sobald ihre Technik wieder funktioniert.«

»Wir sind fast da«, sagte Jasper und meinte die getarnte Omni-Station. »Noch immer nichts, Cassandra?«

»Nein, Jasper«, erwiderte der Intellekt. »Ich habe es auch mit den ältesten Codes versucht und empfange noch immer keine Signale von der Station.«

Der Felsen erschien im zentralen Holofeld: dunkel und pockennarbig, neunundvierzig Kilometer lang und siebzehn breit, unregelmäßig geformt und mit tiefen Spalten, die vielleicht von Kollisionen mit anderen Stein- oder Eisbrocken in diesem Teil von Therbens Ringsystem stammten. Ein von Cassandra eingeblendetes Gitternetz legte sich über Ebenen und Krater, ein lokales Koordinatensystem, das den Eingang der Station gelb markierte.

Das Brummen des Plasma-Antriebs verstummte und wich dem leiseren Summen des Manövriertriebwerks. Die Entfernung schrumpfte, und schließlich verharrte die *Centaurus* zehn Meter über der Oberfläche des Felsens. Künstliche Gravitation neutralisierte die geringeren Wechselwirkungen zwischen den beiden Massen.

Jasmin stand auf. »Sehen wir uns die Station an.«

»Wir könnten eine Sonde schicken«, sagte Jasper. »Oder Bots.«

»Nein, Vater.« Das Schott des Nukleus öffnete sich vor ihr. »Ich möchte einen direkten Eindruck gewinnen. Kommst du mit?«

12

Sie trugen Schutzanzüge, weil sie nicht darauf vertrauen durften, dass individuelle Kontinua-Blasen stabil blieben. Jasmin sprang aus der Schleuse der *Centaurus*, im wahrsten Sinne des Wortes leicht wie eine Feder, und schwebte der Oberfläche des Felsens entgegen, der aus dieser Perspektive wie eine eigene kleine Welt aussah, ihre Oberfläche voller Krater und von Rissen durchzogen. Der Gasriese Therben nahm den ganzen Himmel ein; vor seinen braungelben Wolkenbändern zeichneten sich die Trümmergürtel der Ringe und einige große Monde ab, unter deren Eispanzern sich primitives Leben in dunklen, Hunderte Kilometern tiefen Ozeanen entwickelte.

Die Landung wirbelte Staub auf. Ein Gravitationsanker hielt Jasmin fest.

Sie bemerkte ein leichtes Flackern des konventionellen Schirmfelds, das sie umgab. »Therbens Strahlung ist ziemlich stark«, sagte sie.

»Wir hätten Bots schicken sollen«, ertönte die Stimme ihres Vaters aus dem Helmlautsprecher, untermalt von knackenden Geräuschen, die der Partikelstrom des Gasriesen verursachte.

»Ein bisschen Abwechslung kann nicht schaden.« Jasmin blickte nach oben. Dort schwebte die *Centaurus* wie eine dunkle Wolke, lang, mit runden Flanken, kurzen Navigationsschwingen und einem Sensordorn, der aus dem Heck ragte. Auch das Schiff war in ein gewöhnliches Schutzfeld gehüllt, das keine Kontinua-Energie verwendete und deshalb nicht annähernd so leistungsfähig war.

Sie streckte den Arm aus. »Dort drüben«, sagte sie. »Der Eingang befindet sich in der kleinen Schlucht dort vorn, auf der linken Seite.« Sie sah ihn im Helmvisier, markiert von der Orientierungshilfe.

Jasmin ging los, jeder Schritt leicht. Ohne den Gravitationsanker hätte ein zu energischer Schritt genügt, nicht nur den Bodenkontakt zu verlieren, sondern sogar Fluchtgeschwindigkeit zu erreichen und den asteroidengroßen Felsbrocken für immer zu verlassen.

Auf halbem Weg blieb sie stehen und beobachtete Therbens Ringsystem, das durch die Rotation des Felsens über den Himmel wanderte und sich in seiner ganzen gefährlichen Pracht zeigte. Wenn sich die Umlaufbahnen der zahllosen Objekte durch eine geringfügige gravitationelle Störung veränderten, kam es unausweichlich zu Kollisionen. Warum hatte Omni ausgerechnet an einem solchen Ort eine Station eingerichtet?

»Hast du dich gefragt, warum Omni die Station getarnt hat?«, sagte Jasmin. Sturmzonen, größer als Planeten, bildeten Wirbel in der Atmosphäre von Therben.

Jasper war vorausgegangen und hatte die Schlucht fast erreicht. »Um sie vor Technikdiebstahl zu schützen, nehme ich an«, erwiderte er. »Falls es jemand ins Nerox schafft und Macht erlangt.«

»Aber ausgerechnet hier, im Ringsystem eines Gasriesen ...«

»Die Ringe sind stabiler, als es den Anschein hat«, meldete sich Cassandra. »Nach meinen Berechnungen drohen dem Objekt, auf dem ihr euch befindet, während der nächsten tausend Jahre keine nennenswerten Kollisionen. Eine theoretische Gefahr für die Station besteht ohnehin nur während der Monate des Inhibitor-Effekts, also zu Beginn einer neuen Ära auf Arkonadia, wenn höher entwickelte Technik nicht mehr funktioniert. Im Normalfall kann sich die Station mit einer Kontinua-Blase auf sehr wirkungsvolle Weise schützen.«

»Derzeit ist sie nicht geschützt.«

»Nein, Jasmin«, bestätigte Cassandra. »Ich registriere noch immer keine Emissionen, keine Signale irgendeiner Art.«

Weiter vorn stand Jasper im Schatten der kleinen Schlucht. Jasmin hörte seine Stimme. »Sieh dir das an.«

Jasmin ging wieder los, diesmal mit langen, eiligen Schritten, von ihrem Gravanker gehalten.

Als sie ihren Vater erreichte, erkannte sie sofort, was er meinte. Der Staub auf dem Boden der Schlucht war nicht unberührt. Spuren zeigten sich darin.

»Jemand war hier«, sagte Jasper.

Fünf oder sechs Meter entfernt, auf der linken Seite, gab es eine natürlich wirkende Öffnung in der Felswand der Schlucht – der Zugang der Station.

»Cassandra ...«, sagte Jasmin. Sie ging in die Hocke und betrachtete die Spuren.

»Ich sehe, was ihr seht, Jasper und Jasmin«, sagte der Intellekt. »Analyse läuft.«

»Es sind keine Spuren von Menschen oder Humanoiden.« Jasper sah sich um. »Lässt sich feststellen, wie alt sie sind?«

»Nicht sehr alt, Jasper. Der Staub nimmt Therbens Strahlung auf. Seine molekulare Struktur verändert sich dadurch. Eine erste Sensorsondierung deutet darauf hin, dass die Ränder der Spuren weniger Strahlung absorbiert haben als der Rest.«

»Wie alt sind sie, Cassandra? Eine grobe Schätzung.«

»Einige Wochen, nehme ich an.«

Jasmin richtete sich wieder auf. »Die Spuren führen zum Eingang der Station.«

»Oder sie kommen von dort«, sagte Jasper.

Es waren runde Abdrücke, Dutzende von ihnen, manche dicht beieinander, andere bis zu einem halben Meter voneinander entfernt. Jasmin versuchte sich ein Geschöpf vorzustellen, das solche Abdrücke hinterließ. Die Schlammläufer von Arkonadia fielen ihr ein oder die amphibischen Ngorongai von Hellas in KopKo.

»Die Richtung bleibt unklar«, fügte Jasper hinzu. »Aber ob der Besucher vor einigen Wochen kam oder ging: Er gelangte bis hierher, nicht weiter. Ein Schiff muss ihn abgesetzt beziehungsweise aufgenommen haben.«

»Samantha ist nicht hier gewesen.«

Jasper blickte sich erneut um. »Nein. Zumindest weiß Omni nichts davon. Sie befand sich auf Arkonadia, bis sie verschwand.«

»Und sie verschwand schon vor zwei Jahren. Hiermit kann sie nichts zu tun haben.« Jasmin ging langsam an den Spuren entlang und näherte sich dem dunklen Eingang. Die Sensoren ihres Schutzanzugs zeigten nichts an. Noch immer keine Emissionen, abgesehen von Therbens Partikelhagel.

»Wir sollten dies Bots überlassen«, sagte Jasper. »Cassandra, bereite zwei Erkunder vor! Und hol uns ab!«

»Warte!« Jasmin trat in die Öffnung. Eine kleine Höhle nahm sie auf, und das Licht der Helmlampe vertrieb die Dunkelheit. Nach zwei weiteren Schritten blieb sie stehen und starrte zur gegenüberliegenden Wand.

Ein zweiter Lichtschein erschien, und die Schatten wichen noch weiter zurück.

Vor ihnen, wo sich das Außenschott einer Luftschleuse befunden hatte, war dickes Metall zerfetzt und nach innen gewölbt – jemand oder etwas hatte sich mit brachialer Gewalt Zugang zur Station verschafft.

Ein Geist in der Nacht

Arkonadia: 13
Zirzo, der Werkzeugmacher
Noch zwei Jahre und sieben Monate bis zum Beginn der 45. Ära

»Nein, so geht es nicht«, murmelte Zirzo und ließ das Werkzeug sinken. »So funktioniert es nicht.«

Es war still in seiner Werkstatt, das Rumpeln hatte aufgehört, auch das Zischen der Dampfmaschinen, die die Karren zogen und auch dann noch funktionieren würden, wenn das Nerox erschien – der Abend brachte Frieden. Zirzo lehnte sich auf seinem Stuhl zurück, hörte das Knarren und betrachtete die Ansammlung aus filigranen Fäden, kleinen Zylindern, Spindeln und anderen Dingen, die auf den ersten Blick betrachtet nicht zueinanderzupassen schienen und doch ein größeres Ganzes bildeten. Er sah sich das Objekt nicht im letzten Licht des Tages an – das Fenster war geschlossen –, sondern im Schein einer elektrischen Lampe, die ihm General Tailos gegeben hatte, damit er auch abends und nachts arbeiten konnte. »Falls es notwendig werden sollte«, hatte er gesagt, mit einer Miene, die keinen Zweifel daran ließ, dass das Werkzeug unbedingt fertig werden musste, unter allen Umständen. Zirzos kritischer Blick fand die schwachen Stellen, wo seine Finger beim Knüpfen der Fäden gezittert hatten, weil sich das schleichende Fieber bemerkbar machte, oder wo seine Konzentration nachgelassen hatte. Das wurde immer mehr zu einem Problem. Manchmal arbeitete er nur widerwillig an dem Werkzeug, weil ihn das andere Projekt, das private – die Statuette, für die er immer wieder grünes Supra abzweigte –, zu sehr in den Bann zog, weil es ihm keine

Ruhe ließ, weil seine Finger, ob sie zitterten oder nicht, die Gestalt berühren wollten, die immer mehr Details gewann. Wie viel Zeit blieb ihm noch? Sicher nicht die zwanzig Jahre, die ihm das Elixier des Generals versprochen hatte, dessen Rezept angeblich von den Ho-Korat stammte. Nicht nur das Werkzeug für Tailos – besser gesagt, für seine Natter namens Lotin – musste rechtzeitig fertig werden. Ebenso wichtig, vielleicht sogar noch wichtiger, war die Fertigstellung der Figur. Sie würde das Meisterwerk seines Lebens sein, das spürte er tief in seinem Innern, dort, wo seine Gabe wohnte, und auch in den Fingerspitzen, die, von der Gabe gelenkt, dem Supra Form gaben.

Zirzo stand auf. Er brauchte eine Pause. Er musste etwas anderes sehen und hören, seine Gedanken benötigten Platz, damit sie sich, wie er selbst, aufrichten und frei wandern konnten.

Sein Wagen stand am Rand des Lagers, das Tailos' Soldaten an der Grenze des Kargen Landes aufgeschlagen hatten, in dem einst die Heréra zu Hause gewesen waren, ein stolzes, mächtiges Volk, vor tausend Jahren einer seltsamen Krankheit zum Opfer gefallen. Noch heute hielten sich die Bewohner der angrenzenden Regionen von der öden Felslandschaft fern, aus Furcht, dass der Erreger jener Krankheit – angeblich war er damals aus dem Nerox gekommen, aber man erzählte sich viel, und je mehr Erzähler es im Lauf der Epochen gab, desto mehr wurden Sagen ausgeschmückt – noch immer irgendwo lauerte. Die Soldaten des Generals, von einfachem Gemüt und mit schlichter Seele, mieden das Karge Land, weil sie glaubten, dass sich dort des Nachts die Geister all der Toten herumtrieben, die vor tausend Jahren in Massengräbern beigesetzt worden waren. Zirzo hielt Geister für Unsinn, für infantilen Aberglauben; für ihn bot das Karge Land eine gute Gelegenheit, allein und ungestört zu sein.

Er ging an den anderen Wagen vorbei, erwiderte den einen oder anderen respektvollen Gruß und hielt nach seiner Tochter Ausschau. Vermutlich war sie bei den Händlern und anderen Reisenden, die sich der Gruppe des Generals angeschlossen hatten, denn dort gab es Salz, das ihren Geist in Traumwelten entführte, wo sie – gelegentlich – den Feuervogel sah. Kummer stieg in Zirzo auf, als er an sie dachte. Seine Hände mochten begnadet sein, berührt von der Macht, die im Nerox wohnte, aber als Vater war er ein Versager, der es nicht geschafft hatte, die Tochter vor der Sucht zu schützen. Was sollte aus ihr werden?

Die Reisegruppen und ihre Kochstellen blieben hinter ihm zurück. Kühle Schatten empfingen ihn, und er zog sich den Mantel enger um die schmalen Schultern. Das Zittern war wieder da, es packte ihn erneut, vielleicht eine Mischung aus Kälte und Fieber. Er kämpfte nicht dagegen an, er ließ die Zähne klappern, und ein oder zwei Minuten später wurde es besser. Die Dunkelheit der Nacht wanderte nicht über dieses Land, sie lief, schneller als Athleten bei einem Wettkampf, und der Tag floh vor ihr, bis nichts mehr von ihm übrig blieb. Dann und wann, wenn er sich des Weges nicht ganz sicher war, leuchtete Zirzo mit der Lampe, die er mitgenommen hatte. Die dunklen Öffnungen von Grüften und Krypten reicher Heréra, die damals wie die Armen der Krankheit zum Opfer gefallen waren, wirkten wie die aufgerissenen Mäuler in der Nacht lauernder Ungeheuer, aber Zirzo ging unbeeindruckt an ihnen vorbei. An den ersten Grabsteinen eines kleinen Armenfriedhofs blieb er stehen, strich mit den Fingerkuppen über die grob in Stein gehauenen Zeichen und fragte sich, was sie bedeuteten. Die Schriftsprache der Heréra war seit der Epidemie in Vergessenheit geraten. Nur wenige Schreiber und Mathematiker, Hüter des Schrifttums von Arkonadia, konnten sie noch lesen. Zirzo zählte nicht zu ihnen.

»Hier liegt ihr seit tausend Jahren, eure Namen verloren und vergessen«, sagte er leise.

Er setzte die Wanderung durch die Nacht fort, vorbei an weiteren Grabsteinen, bis seine Beine müde wurden. Auf einem runden Stein nahm er Platz, schlug den Kragen des Mantels hoch, lehnte sich an eine steil hinter ihm aufragende Felswand und öffnete die Ohren der Stille, in der die eigenen Gedanken lauter wurden, mehr Substanz bekamen.

Eine Zeit lang beobachtete er die Sterne am wolkenlosen Himmel, ihr Funkeln, die von ihnen gebildeten Muster. Im Westen zeigte sich ein matt leuchtendes Band, den Teil der Galaxis, zu dem Arkonadia gehörte. Als Junge hatte er die Sterne berühren wollen. Er hatte sich vorgestellt, auf einen hohen Baum zu klettern oder auf den höchsten aller Berge und dort die Hände nach den Sternen auszustrecken. Dass selbst das schnelle Licht viele Jahre brauchte, um sie zu erreichen, hatte der Knabe namens Zirzo nicht verstanden.

»Wir kommen von dort«, sagte er, in die Nacht, und fügte in Gedanken hinzu: Wir alle, Menschen, Jannaschi, Nakota, Hellagarit und all die anderen. Das behaupten die Sagen, die alten Geschichten. Wir sind auf Arkonadia geboren, aber unsere Wurzeln liegen woanders. Wo genau, weiß vielleicht nur das Nerox.

Was ihn an seinen Platz auf der großen Bühne des Geschehens erinnerte. Er war kein Hauptdarsteller in dem stattfindenden Drama, das mit dem nächsten Erscheinen des Nerox seinen Höhepunkt erreichen würde, aber gewiss auch kein Komparse. Wenn er die Aufgabe erfüllte, die General Tailos von den Jannaschi ihm gegeben hatte – der Mann, für den es so viele Gewissheiten zu geben schien, sagte er doch gern »zweifellos« –, wenn er das perfekte Werkzeug schuf, einen Schlüssel für das Nerox ... Dann war Lotin, arroganter, selbstherrlicher Sohn des Generals – ein Nichtsnutz, der andere Leute gern bestrafte, um zu zeigen, dass er über ihnen stand –, vielleicht in der Lage, die Macht des Nerox zu erlangen und zum Regenten von ganz Arkonadia zu werden. Eine grässliche Vorstellung, die Zirzo schaudern ließ. Hier lag Verantwortung, begriff er. Man konnte die Augen schließen, man konnte gewisse Dinge überhören und vermeiden, über sie nachzudenken. Aber dadurch verschwanden sie nicht. Man hielt eine Entwicklung nicht auf, indem man aufhörte, sie zu beobachten.

Zirzo schauderte erneut, und vielleicht lag es auch ein bisschen an der Kälte. Frostiger Wind flüsterte zwischen Felsen und Grabsteinen; mit ein bisschen Fantasie klang es nach dem Stöhnen von Sterbenden.

Er starrte in die Nacht und dachte daran, dass er Verantwortung trug, er konnte es nicht leugnen. Vielleicht halfen seine begnadeten Hände, wie Tailos sie genannt hatte, einen Despoten an die Macht zu bringen und den Beginn der fünfundvierzigsten Ära in eine Schreckensherrschaft zu verwandeln, die man noch in ferner Zukunft verfluchen würde.

Zirzo hatte schon einmal Verantwortung getragen, schwer für seine schmalen Schultern und noch schwerer für das Herz, damals, als seine Frau Mira allein in den Sumpf gegangen war, nach einem dummen Streit, und er vergeblich auf ihre Rückkehr gewartet hatte. Sie war nie zurückgekehrt, und bis heute gab es keine Klarheit: Hatte sie sich damals das Leben genommen, aus Verzweiflung, aus Kummer oder mit der törichten Absicht, ihn mit dem eigenen Tod zu bestrafen, ihn leiden zu lassen? Oder war sie einem Unfall zum Opfer gefallen, nach einem unvorsichtigen Schritt in einem Schlammloch versunken? Zirzo vermied es, darüber nachzudenken. Die Frage hatte ihn viele Jahre gequält, vielleicht auch deshalb, weil er nie eine Antwort bekommen würde, weil er das Gewicht dieser schrecklichen Ungewissheit bis ans Ende seines Lebens mit sich herumschleppen musste.

Die Verantwortung, die er nach Miras Verschwinden getragen hatte, betraf ihre kleine Tochter Alonna. Wie sollte er Werkzeuge bauen, gute Werkzeuge, die Hingabe, Mühe und volle Konzentration erforderten, und sich gleichzeitig um ein kleines Kind kümmern, das Liebe und Aufmerksamkeit verlangte? Er hatte versucht, ein guter Werkzeugbauer zu sein und gleichzeitig allen Aufgaben eines Vaters gerecht zu werden. Es war ein Balanceakt gewesen, und irgendwann, vermutlich schon recht früh, hatte er das Gleichgewicht verloren.

Verantwortung, dachte er in einer Stille, die seine Gedanken sehr laut werden ließ. Der Verantwortung seiner Tochter gegenüber war er nicht gerecht geworden; andernfalls hätte Alonna nicht den Weg des Salzes eingeschlagen. Und jetzt stand er einer noch viel größeren Verantwortung gegenüber, so enorm schwer, dass sie ihn unter sich zu zermalmen drohte.

Der Wind legte sich. Es wurde völlig still.

Einer von Arkonadias Monden kletterte über den Horizont und warf fahles Licht auf das Karge Land. Zirzo betrachtete seine Hände. Er war nicht nur ein Privilegierter, jemand, der vermutlich das Erscheinen des Nerox miterleben würde, sondern sogar ein Auserwählter, denn in seinen Fingern wohnte die Gabe, Werkzeuge zu schaffen, mit denen sich Barrieren überwinden, Fallen erkennen und vielleicht sogar das Nerox öffnen ließen. Zirzo hatte diese Gabe immer für einen Segen gehalten, aber jetzt wurde sie zu einem Fluch. Die Finger, in denen die Gabe steckte, schmiedeten ein Schwert, das in Lotins despotischen Händen das Blut Tausender vergießen konnte. Und wenn sie ihm nicht diesen Dienst erwiesen, wenn sie sich weigerten, ihm den Schlüssel für das Nerox zu geben ... Dann würde Lotin ein anderes Schwert finden und *sein* Blut vergießen und vielleicht Alonnas obendrein.

Zirzo bewegte die Finger und spürte die Sehnsucht in ihnen, nicht nach dem Werkzeug mit den filigranen Fäden, kleinen Zylindern und zarten Spindeln, sondern nach der Statuette, die gut versteckt auf ihn wartete. Welche Strafe würde sich Lotin für ihn ausdenken, wenn er erfuhr, dass er einen Teil des kostbaren grünen Supra für ein privates Projekt abzweigte?

Von welcher Seite man es auch betrachtete: Er befand sich in einer schwierigen Situation und konnte der Frage, ob er das Werkzeug für Lotin wirklich fertigstellen und ihm übergeben sollte, nicht mehr lange ausweichen. Außerdem musste er entscheiden, wie er Alonna helfen konnte, die Fesseln des Salzes und der Schulden bei den Händlern abzustreifen. Natürlich gaben sie ihr all das Traumsalz, das sie wollte, denn sie wussten, dass Zirzo, der berühmte Werkzeugmacher, genug Geld angesammelt hatte. Sie hofften, dass er irgendwann seine kleine Geldmaschine hervorholte und die Schulden der Tochter beglich. War das die Lösung?

Ein Stöhnen kam aus den tiefen Schatten zwischen den Gräbern.

Zirzo achtete nicht darauf, schloss die Augen und dachte an die grüne Figur, die ihn rief, selbst jetzt, hier, er spürte das Prickeln des Rufes in den Fingerspitzen ...

Er öffnete die Augen wieder. Es wehte kein Wind mehr, der die Illusion geisterhafter Stimmen schaffen konnte.

Das Stöhnen wiederholte sich.

Für einige Sekunden wagte er kaum zu atmen. Die Soldaten mit einfachem Gemüt und schlichter Seele – hatten sie vielleicht recht? Gab es im Kargen Land, Heimstatt der Toten, tatsächlich Geister, die des Nachts aus Gräbern stiegen, um von ihrem Leid zu berichten?

»Unsinn«, murmelte Zirzo und erhob sich mit steifen Gliedern. »Es gibt nur die Geister, die wir selbst erschaffen, mit unserer Fantasie.«

Er spähte zwischen die Gräber, doch die Dunkelheit gab nichts preis.

Wieder hörte er das Stöhnen, ein Geräusch, das von Schmerz und Schwäche kündete.

Für einen Moment dachte er an Mira, wie sie in den Sumpf gegangen und in ein Schlammloch geraten war, wie sie um Hilfe gerufen oder vielleicht nur gestöhnt hatte, eine Stimme im Dunkeln. Wie hätte er sich jetzt einfach abwenden und zu den Lagern der Reisegruppen zurückkehren können?

Zirzo trat zwischen die Gräber.

Jemand lag dort in der Finsternis, kein Geist, sondern ein Körper, jemand aus Fleisch und Blut. Und es blutete, das Fleisch, er roch es aus einer Entfernung von mehreren Metern. Zwei Augen fingen das Licht der Sterne ein und reflektierten es.

»Bitte ...«

Sprach so ein Geist, der die Lebenden bedrohte? Oder ein Ungeheuer, das aus einem modrigen Grab geklettert war?

Schnelle Schritte brachten Zirzo zu der verletzten Person. Eine Frau lag zwischen den Gräbern, in ihrem eigenen Blut, das aus einer Wunde in der Seite strömte. Sie hielt die eine Hand darauf, die andere streckte sie ihm entgegen, eine schmale Hand mit langen Fingern, nicht krumm wie Krallen.

»Bitte ... helfen Sie mir!«

Zirzo berührte sie vorsichtig an den Schultern. »Wer hat das getan?«, fragte er und deutete auf die Wunde. »Wie kommen Sie hierher?«

Sie hob den Kopf, und im Licht des Mondes sah der alte Werkzeugmacher ein blasses Gesicht mit Sommersprossen auf Nase und Wangen.

»Ich hole jemanden«, sagte er. »Einen Heiler. Ich bin gleich wieder da.«

»Nein, bitte ...« Sie hustete und krümmte sich zusammen. »Bitte, helfen Sie mir! Verstecken Sie mich! Die anderen ... Sie dürfen mich nicht finden.«

Zirzo hob unwillkürlich den Blick und hielt nach den »anderen« Ausschau. Als er wieder auf die Frau hinabsah, hatte sie das Bewusstsein verloren.

Später fragte sich Zirzo manchmal, was geschehen wäre, wenn er an diesem Abend nicht beschlossen hätte, ins Karge Land zu wandern, um in stiller Nacht nachzudenken. Oder wenn General Tailos beschlossen hätte, an einer anderen Stelle haltzumachen. Die Begegnung mit der verletzten Frau zwischen den Gräbern ging nicht nur auf einen Zufall zurück, sondern auf mehrere, auf viele. Legte man mathematische Maßstäbe an – und das tat Zirzo manchmal, weil ihm die klare Reinheit der Mathematik gefiel –, so musste man zu dem Schluss gelangen, dass eine derartige Begegnung extrem unwahrscheinlich war. Und dann auch noch die Bitte der Frau, ihr zu helfen, ganz allein, ohne jemandem etwas zu verraten. Eigentlich hätte das alles nicht geschehen dürfen. Aber das Wort »eigentlich« war ein gutes, tolerantes Wort, das nichts ausdrücklich verbot. Zirzo trug die blutende Frau zu seinem Wagen und versteckte sie. Wenigstens einen ganzen Tag lang. Bis Alonna sie fand.

»Wer ist das?«, fragte Alonna.

Zirzo schloss Fenster und Tür. Niemand sollte etwas sehen. Und niemand sollte etwas hören, deshalb sprach er leise. »Eine Frau.«

»Das sehe ich. Wer ist diese Frau? Warum liegt sie in deinem Bett?«

»Sie ist verletzt. Sie braucht Hilfe.«

Die Frau mit dem hellen Gesicht und den Sommersprossen erwachte. Sie öffnete die Augen, blieb still. Sie beobachtete, ohne einen Ton von sich zu geben. Wie seltsam sie waren, diese Augen. Es gab eine Tiefe in ihnen, die nicht zu dem glatten, jungen Gesicht passte.

»Ich habe das Blut gesehen«, sagte Alonna.

Zirzo sah sich um. Seine persönlichen Dinge standen und lagen nicht an ihrem üblichen Platz. Vermutlich hatte Alonna erneut nach der Geldmaschine gesucht. Er musste sich angewöhnen, den Wagen abzuschließen, wenn er ging. Vielleicht musste er sogar ein zusätzliches Schloss anbringen.

»Du brauchst Geld, nicht wahr? Deshalb bist du hier.«

»Ja, ich brauche Geld. Ich habe Schulden, das weißt du. Und ich will wissen, wer diese Frau ist und was es mit ihr auf sich hat.«

»Na schön«, erwiderte Zirzo nervös. »Ich gebe dir Geld. Aber zuerst gehst du für mich zum Heiler Demmrott und holst Wundsalbe und Verbandszeug.« Vor einigen Stunden, noch in der Nacht, hatte er die Wunde der leise vor Schmerz wimmernden Frau mit Salbe behandelt und verbunden, dabei seine letzten Vorräte aufgebraucht. »Sag ihm, ich hätte mich bei der Arbeit geschnitten.«

Alonna richtete einen argwöhnischen Blick auf ihn. »Wie viel Geld gibst du mir?«

»Zweitausend. Das muss reichen.«
»Ich brauche dreitausend.«
Zirzo rang mit sich. »Na gut, dieses eine Mal. Und sag nichts von der Frau«, fügte er hinzu, als Alonna zur Tür ging. »Niemand darf von ihr erfahren. Ich erkläre es dir, wenn du zurückkehrst.«
Alonna lächelte, doch es war ein Lächeln, das Zirzo nicht gefiel. Als sich die Tür hinter ihr geschlossen hatte, öffnete er sein Geheimfach und holte die Geldmaschine hervor. Zu spät erinnerte er sich daran, dass ihn die Frau beobachtete. Er hielt den kleinen Tingla-Apparat in beiden Händen, als wollte er ihn verstecken, obwohl es dazu bereits zu spät war, und begegnete dem Blick der Frau, der Tiefe in ihren Augen. Hab keine Angst, sagte ihm dieser Blick ohne Worte. Ich verrate nichts. Du kannst mir vertrauen.
Er drehte sich um, gab seinen Code ein und sagte: »Dreitausend.« Der Apparat bestätigte Identität und Betrag, und aus der Seite kam ein drei Zentimeter langer blauer Geldstreifen. Zirzo legte ihn auf den Tisch und verstaute die kleine Geldmaschine wieder im Geheimfach, das jetzt etwas weniger geheim war – zumindest eine andere Person wusste, wo es sich befand. Eine Frau, deren Namen er nicht einmal kannte.
Alonna kehrte mit Salbe und Verbandszeug zurück, sah den Geldstreifen auf dem Tisch und steckte ihn rasch ein. Dann sagte sie: »So, jetzt will ich wissen, was hier gespielt wird.«
Zirzo erzählte von seiner nächtlichen Wanderung ins Karge Land, ohne die Erinnerungen an Mira und die anderen Überlegungen zu erwähnen. Er beschrieb die Stimme des Windes, die Dunkelheit, das Stöhnen in der Finsternis.
Alonna sah ihn ungläubig an. »Du findest eine verletzte Frau und nimmst sie einfach mit nach Hause?«
»Mein Kind, ich habe jemanden gefunden, der Hilfe brauchte und immer noch braucht. Jemand hat die Frau niedergestochen, jemand hat ihr nach dem Leben getrachtet.«
»Wer?«

»Ich weiß es nicht. Sie wird es mir erzählen, wenn sie sich erholt hat. Und bis dahin ... Bitte sag niemandem etwas von ihr, hörst du?«

Alonna blickte sich um, vielleicht auf der Suche nach der Geldmaschine. »Ich soll niemandem etwas verraten?«

»Darum bitte ich dich«, sagte Zirzo.

Seine Tochter – die Wangen schmal, das Haar zerzaust, die Augen tief in den Höhlen – ging zur Tür. »Vielleicht brauche ich noch mehr Geld«, sagte sie listig.

»Lass uns später darüber reden.«

Sie lächelte ihr Lächeln, das Zirzo nicht gefiel, und ging.

Der alte Werkzeugmacher seufzte leise, nahm Salbe und Verbandszeug und ging zu der Frau. Sie beobachtete ihn, sein Gesicht, jede seiner Bewegungen. Ihrer Aufmerksamkeit schien nichts zu entgehen, nicht das kleinste Detail.

»Danke«, sagte sie.

»Ich muss den Verband wechseln.« Zirzo sah der Frau in die faszinierend tiefen Augen. »Es könnte ein bisschen wehtun.«

»Keine Sorge«, erwiderte sie. »Damit komme ich zurecht.« Sie schlug die Decke zurück und rutschte ein wenig zur Seite.

Blut zeigte sich am alten Verband, aber nicht so viel, wie Zirzo erwartet hatte. Er begann damit, ihn zu lösen. Sie atmete etwas schneller, und das war alles. Diesmal stöhnte sie nicht wie ein Geist in der Nacht.

»Die junge Frau, Ihre Tochter ...«

»Ja?«

»Sie ist süchtig, nicht wahr?«

»Das Salz ruiniert sie.«

»Man sieht es ihr an«, sagte die Frau, und es klang ein wenig traurig. Anteilnahme lag in ihren Worten. »Man hört es in ihrer Stimme.«

Zirzo zog den alten Verband vorsichtig beiseite, und zum Vorschein kam eine Wunde, die sich bereits geschlossen hatte, die eine Woche alt zu sein schien, nicht wenige Stunden. Er starrte darauf hinab.

»Bei mir heilen Verletzungen schnell«, sagte die Frau.
Zirzo trug die Salbe auf. »Jemand wollte Sie töten.«
»Darauf läuft es hinaus, ja.«
»Warum?«
»Um mich daran zu hindern, mein Ziel zu erreichen.«
»Ihr Ziel?« Zirzos Finger verteilten Demmrotts Salbe auf fleckiger Haut und der langen Linie einer Narbe. Sie roch nicht mehr krank, diese Frau; sie roch nach schneller Genesung. Wie war das möglich? So viel Blut, wie sie in der vergangenen Nacht verloren hatte ... Sie hätte schwach sein sollen, noch immer dem Tode nahe.

»Es ist auch Ihr Ziel«, sagte die Frau. »Ich weiß von Ihnen und General Tailos. Ich weiß von Lotin und dem Werkzeug, das Sie für ihn anfertigen.«

Zirzo zog die Hände von der Wunde zurück. Ein Prickeln anderer Art steckte plötzlich in ihnen, ein unangenehmes Jucken.

»Woher wissen Sie davon? Wer sind Sie?«

Sie hob die rechte Hand. Etwas glänzte silbern am Handgelenk, rutschte und verschwand unter dem Ärmel.

»Keine Sorge. Ich bin eine ... Reisende.« Sie lächelte, auf eine ganz andere Art als Alonna. Es war ein ruhiges, sanftes Lächeln, das Zirzo an die ersten Jahre mit Mira erinnerte. »Von mir droht Ihnen gewiss keine Gefahr. Aber es gibt Leute, die Sie beobachten. Und die es auf Ihr Werkzeug abgesehen haben.«

»Ich weiß. Ich habe General Tailos gewarnt. Er glaubt sich vorbereitet. Seine Soldaten sind wachsam.« Zirzos Finger kehrten zur Wunde zurück und strichen Salbe auf eine Narbe, die eigentlich noch gar nicht hätte existieren dürfen. »Wer sind die Leute, die Ihnen nach dem Leben trachten?«

»Sie wollen verhindern, dass ich das Nerox erreiche«, erwiderte die Frau ausweichend. »Und sie haben es auf das hier abgesehen.«

Erneut hob sie die rechte Hand und hielt das silberne Etwas am Gelenk mit der linken Hand fest, damit es nicht erneut in den Ärmel rutschte. Ein Armband aus dem reinsten Supra, das Zirzo je gesehen hatte. Wie eine kleine Schlange, die sich um den Unterarm gewickelt hatte – das Band wirkte lebendig.

»Darf ich es ... berühren?«, fragte er.

»Nur zu.«

Er berührte das Armband, vorsichtig, nur mit dem Zeigefinger, als könnte er sich verbrennen. Heiß war das Band aus reinem Supra nicht, aber warm, und es steckte voller Kraft, er spürte sie: ein fernes Brennen, das nicht verbrannte.

»Ein Werkzeug«, sagte er. »Ein ganz besonderes Werkzeug.«

»Es hält mich am Leben.« Die Frau sah ihn an und sagte: »Ich heiße Samantha und bin zehntausend Jahre alt.«

G|äsernes Blut

14 Jasper

»Komm zurück, Jasmin!«, rief Jasper und leuchtete mit seiner Lampe. Das Licht schnitt eine schmale Schneise in die Dunkelheit. »Die beiden Erkunder sehen mehr als wir.«

»Ich will es mir selbst anschauen.« Sie war ein Schemen in der Finsternis, nicht mehr als eine vage Silhouette am Ende des Ganges, umgeben von Trümmern. »Mit eigenen Augen.«

»Das ist unklug«, wandte Cassandra an. Die *Centaurus* schwebte direkt über der kleinen Schlucht mit dem Zugang zur Station, Hangar und Luke geöffnet. »In der Station könnte es gefährlich sein. Warum willst du dich möglichen Gefahren aussetzen, obwohl das nicht nötig ist, Jasmin?«

Die Gestalt am Ende des Lichtscheins, den Jaspers Lampe in die Finsternis warf, verschmolz mit den Schatten und verschwand. »Jasmin?«

»Ich will herausfinden, was hier geschehen ist«, ertönte ihre Stimme aus Jaspers Helmkommunikator. »Ich will es mir nicht aus zweiter Hand erklären lassen.«

»Na schön.« Jasper trat in den dunklen Gang, vorbei an den ersten Trümmern. »Warte auf mich! Cassandra, wir sehen uns die Station an. Halt uns den Rücken frei!«

»Meine Sensoren registrieren noch immer keine energetische Aktivität in der Station«, meldete der Intellekt der *Centaurus*. »Aber ich möchte darauf hinweisen, dass die Strahlung der Anomalie am Rand des Ljuben-Systems zunimmt. In einigen Bordsystemen gibt es erste Anzeichen von Instabilität. Wir sollten uns so bald wie möglich auf den Weg nach Arkonadia machen.«

»Gehört und verstanden«, sagte Jasper. »Gib uns sofort Bescheid, wenn sich hier etwas regt.«

»Natürlich. Gebt gut acht, Jasmin und Jasper. Was auch immer die Station zerstört hat – es könnte noch in der Nähe sein. Vielleicht liegt es irgendwo auf der Lauer.«

»Danke für deine beruhigenden Worte, Cassandra.« Jasper wich einem halb zerfetzten Stück Metall aus. Als er das Licht seiner Lampe darauf richtete, erwies es sich als zertrümmerter kleiner Bot. Ein anderer Bot, größer und mit zahlreichen Sensortentakeln ausgestattet, schwebte auf einem Gravkissen an ihm vorbei: der zweite Erkunder. Der erste befand sich irgendwo vor Jasmin.

»Bin immer gern zu Diensten, Jasper«, erwiderte Cassandra. »Bitte seid vorsichtig.«

Jasper folgte dem Verlauf des Ganges, der tiefer in die Omni-Station führte. Wohin er auch leuchtete, nichts war unversehrt. Die Gewalt des Eindringlings hatte sich überall ausgewirkt, schien keinen Teil der Station unversehrt gelassen zu haben. Wo Jasmin zuvor in den Schatten verschwunden war, beschrieb der Korridor eine Biegung nach rechts. Tiefe Risse durchzogen die Innenwand, und Jasper dachte an Krallen, die sich in Metall und Fels gebohrt hatten.

»Erkunder eins und zwei«, sagte er.

»Bereitschaft«, erwiderten die beiden Bots.

»Telemetrie auf mein Helmdisplay. Ich möchte auf dem Laufenden gehalten werden.«

»Bestätigung.«

Daten erschienen in Jaspers Visier. Er kontrollierte sie mit Blick und Blinzeln.

»Sieht es bei dir besser aus, Jasmin?« Er ging weiter und gab etwas mehr Energie in seinen Gravitationsanker, damit er nicht riskierte, in der geringen Schwerkraft den Bodenkontakt zu verlieren. Vorsichtig setzte er einen Fuß vor den anderen. An einer Stelle blockierte ein aus der Wand gebrochenes Stück den Weg, und er musste darüber hinwegklettern. Sein Schirmfeld flackerte mehrmals.

»Nein«, antwortete Jasmin. »Alles zerstört und verwüstet. Hast du die Räume gesehen?«

»Ich erreiche sie gerade.«

Jasper leuchtete mit seiner Lampe in den ersten und betrachtete durch den Vorhang aus Telemetrie-Daten ein wüstes Durcheinander aus zertrümmerten Einrichtungsgegenständen, die sich kaum mehr identifizieren ließen, aus den Wänden gerissenen Installationen, Deckenplatten, Verkleidungselementen und Konsolen. An einigen Stellen lagen nicht nur Trümmer, sondern auch Schlackehaufen, Hinweise darauf, dass lokal begrenzt hohe Temperaturen geherrscht hatten. Energiewaffen?

»Hier scheint jemand geschossen zu haben«, sagte er. »Mit einem Blaster oder einer vergleichbaren Waffe.« Die von den Sensoren der beiden Erkunder ermittelten Daten bestätigten das.

In den nächsten Zimmern bot sich ein ähnliches Bild. Es ließ sich nicht einmal mehr erkennen, welchem Zweck die Räume gedient hatten. Zwei Seitentunnel waren eingestürzt, offenbar das Resultat mehrerer Explosionen.

»Hier sieht es aus, als hätten sich mehrere Kampfbots ausgetobt«, erklang Jasmins Stimme in Jaspers Helm. »*Alles* ist zerstört, kein Gerät ist heil geblieben. Warum diese absolute Zerstörungswut?«

Jasper setzte den Weg fort, tiefer hinein in die stille, verwüstete Station. Die von den beiden Erkundern gesammelten Daten bestätigten die ersten Eindrücke: Jemand oder etwas hatte sich in den Korridoren und Räumen mit wilder Wut ausgetobt. Kampfspuren zeigten sich nur an wenigen Stellen. Der Eindringling – oder die Eindringlinge; Jasper konnte sich kaum vorstellen, dass all dies von einem einzelnen Geschöpf beziehungsweise Bot angerichtet worden war – schien auf nur wenig Gegenwehr gestoßen zu sein.

Er wies Jasmin darauf hin.

»Vielleicht fehlen der Station interne defensive Einrichtungen«, lautete ihre Antwort. Sie wartete nicht ab, bis Jasper zu ihr aufschloss, blieb ihm immer ein Stück voraus. »Es ist eine Beobachtungsstation, keine militärische Basis. Das dürfte auch erklären, wieso sich der Angreifer überhaupt nähern konnte.«

Motiv und Gelegenheit, dachte Jasper, als er über die Reste eines großen Bots hinwegkletterte, der offenbar versucht hatte, den Gang zu blockieren – er war regelrecht in Stücke gerissen worden. Wer hatte Interesse an der Zerstörung einer Station, von der aus Omni die Entwicklungen auf Arkonadia beobachtete? Und wer verfügte über die Möglichkeit, einen solchen Angriff zu planen und durchzuführen? Wer war *dreist* genug, eine Niederlassung von Omni anzugreifen? Und warum? Diese Antwort schien klar zu sein: Damit der heimliche Beobachter in den Ringen des Gasriesen Therben nicht mehr beobachten konnte. Aber was sollte er nicht beobachten? Was sollte Omni nicht erfahren? Betraf es etwas, das derzeit auf Arkonadia geschah oder bald dort geschehen würde? Gab es einen Zusammenhang mit dem Nerox? Oder hatte es jemand auf Omni-Technik abgesehen gehabt? Das hielt Jasper für unwahrscheinlich. Warum sollte jemand das Innere der Station in ein Trümmerfeld verwandeln, wenn er technische Artefakte stehlen wollte?

Es sei denn, es war dem Angreifer um ein ganz bestimmtes Omni-Artefakt gegangen.

»Cassandra?«

Leises Rauschen drang aus dem Lautsprecher des Helmkommunikators.

»Ich höre dich, Jasper, aber die Verbindung wird schlechter. Schuld ist die passive Abschirmung der Station, in den Materialien, aus denen sie erbaut ist. Und die Strahlungsaktivität der Anomalie nimmt weiter zu. Ich möchte noch einmal zu Eile drängen, Jasmin und Jasper.«

»Ich bin auf dem Weg zum Nukleus«, erklang Jasmins Stimme. »Vielleicht enthält das Herz der Station Aufzeichnungen, mit denen wir etwas anfangen können.«

»Cassandra ...«, sagte Jasper und wich einem quer im Gang

liegenden verbogenen Wandsegment aus. Dahinter strich das Licht seiner Lampe durch einen Abschnitt des Korridors mit weniger Hindernissen. »Was wissen wir über den Inhalt der Station? Mir sind keine Einzelheiten bekannt. Der Induktor hat mir nichts darüber verraten.«

»Weil wir nichts darüber wissen, Jasper. Die Daten, die ich von Thrako und den Durrden bekommen habe, enthielten keine Angaben über Details der Station.«

Voraus erschien ein Schacht im Licht der Helmlampe, ein leerer Gravschacht, der senkrecht in die Tiefe führte. Jasper leuchtete, doch das Licht reichte nicht weit genug. Links und rechts zweigten Korridore ab, einer so niedrig, dass er den Eindruck eines für kleine Bots bestimmten Wartungstunnels erweckte. Der andere war breiter und höher, steckte voller Trümmer.

Die Daten in Jaspers Helmvisier wiesen darauf hin, dass Jasmin den Weg durch den breiteren Korridor genommen hatte. Er reduzierte die Energiestärke seines Gravitationsankers und machte sich daran, über die ersten Trümmer zu klettern, als er ein »Oh!« von Jasmin hörte.

Er blieb in der Lücke zwischen zwei Trümmerstücken stehen. »Was ist?«

»Der Angreifer scheint sich bei seinen Tobsuchtsanfällen verletzt zu haben«, antwortete Jasmin. Das Rauschen untermalte auch ihre Worte. »Er hat Blut verloren, und das Blut scheint sogar recht frisch zu sein.«

Jasper hielt plötzlich die Waffe in der Hand, die er sicherheitshalber mitgenommen hatte. »Rühr dich nicht von der Stelle! Ich bin gleich bei dir.«

15

Das Blut, hart gefroren in Kälte und Vakuum, sah aus wie schwarzes Glas; es bedeckte einen Teil des Bodens. Etwas war an die nahe Wand gespritzt und hatte dort dunkle Streifen gebildet, direkt neben Brandspuren, die offenbar von

Blasterstrahlen stammten. Ein kleiner Bot der Station lag neben der dunklen Lache, flach, wie von einer Presse zusammengedrückt.

Jasmin hockte neben der Lache, in der Hand ein Multifunktionsinstrument, das sie dicht über das Blut hielt. Erkunder Nummer zwei schwebte hinter ihr. Nummer eins setzte die Suche nach dem Nukleus fort.

Etwas steckte in der Wand, eine Art Dorn. Jasper trat näher und erkannte das Objekt als Teil einer Kralle.

»Ein Mokonna.« Jasmin richtete sich auf. »Das sagt die genetische Analyse von Krallenfragment und Blut. Ein Mokonna aus Nemanien, im Süden von Arkonadia. Hast du die Daten empfangen?«

Jasper nickte – er sah sie in seinem Visier. Argwöhnisch blickte er sich um und hielt den Variator in der rechten Hand bereit. Die Waffe war jetzt auf explosive Mikroprojektile programmiert.

»Nach der Analyse ist das Blut eine Woche alt«, sagte er. »Der Angriff auf die Station ist mehrere Wochen früher erfolgt. Der Mokonna muss ihn also überlebt haben. Glaubst du, er könnte immer noch am Leben sein?«

»Cassandra?«, fragte Jasmin.

»Ich habe die Daten ebenfalls empfangen«, meldete sich der Intellekt der *Centaurus*. »Das Ergebnis einer neuerlichen biometrischen Sondierung der Station ist negativ, Jasmin und Jasper. Es befinden sich nur zwei Lebensformen in ihr.«

»Wir beide«, sagte Jasper.

»Ja. Allerdings kann ich nicht mit letzter Gewissheit ausschließen, dass sich der Mokonna, dessen Blut ihr gefunden habt, irgendwo versteckt hält. Mein Rat: Seid auf der Hut. Besser noch, kehrt sofort zurück und überlasst alles andere den beiden Erkundern.«

Die Daten in Jaspers Helmvisier veränderten sich. Rote Prioritätssymbole blinkten.

»Der erste Erkunder hat den Nukleus gefunden«, sagte

Jasmin. Sie ging los, sie lief fast, mit langen, leichten Schritten – sie hatte ihren Gravanker halb gelöst. »Und den Mokonna.«

Auf den ersten Blick wirkte das Wesen wie eine Mischung aus Kröte, Spinne, Skorpion, Krokodil und Stachelschwein: drei Meter groß, die flache Schnauze nach vorn gestreckt, die acht Spinnenbeine an den Leib gezogen, zwischen den langen Dornen angewinkelt, das breite Schwanzende nach oben gewölbt. Die Klauen waren ausgestreckt, die Krallen ausgefahren, halb in den Boden und die Kontrollsäulen des Nukleus gebohrt. Sah man genauer hin, entdeckte das aufmerksame Auge Merkmale, die nicht zum ersten Eindruck passten: Stahlschienen, Keramikplatten, die sich wie die Facetten eines Schutzpanzers übereinanderschieben konnten, warzenförmige Implantate aus Metall, Erweiterungen der Gliedmaßen.

»Kein gewöhnlicher Mokonna«, sagte Jasmin und ging langsam um das reglose Ungetüm herum. »Eine Waffe. Eine bionische Waffe.«

Die Sensoren von Jaspers Schutzanzug bestätigten, dass das Wesen tot war. Trotzdem wahrte er vorsichtig Abstand und hielt noch immer den Variator bereit. Der Mokonna – der veränderte, in eine Waffe verwandelte Mokonna – lag in seinem eigenen dunklen Blut, das wie die Lache im Korridor einen glasartigen Belag auf dem Boden bildete.

»Wenn ich die von euren Sensoren ermittelten Daten richtig interpretiere, ist das Wesen erst seit wenigen Tagen tot«, sagte Cassandra.

»Wie kann es so lange überlebt haben?«, fragte Jasper. Die drei gelben Augen über der Schnauze waren halb geöffnet und schienen ebenfalls gefroren zu sein. Er beugte sich nicht vor, um es zu überprüfen. Stattdessen wich er einen Schritt zurück, weil er sich von den Augen angestarrt fühlte. »Wenn es hier Luft gab, ist sie durch die zerstörte Luftschleuse entwichen. Und die Temperatur liegt hundertdreißig Grad unter dem Gefrierpunkt von Wasser. Wie kann ein lebendes Geschöpf ohne Schutzvorrichtungen so etwas überleben?«

Jasmin trat vor, auf den Rücken des Mokonna. Die beiden Erkunder schwebten rechts und links neben ihr.

»Was machst du da?«, entfuhr es Jasper erschrocken.

»Er trägt eine Art Instrumentengürtel. Siehst du hier?« Sie deutete auf ein Band dort, wo die Beine aus dem Rumpf ragten. »Vielleicht enthält er etwas, das uns Aufschluss darüber gibt, was hier geschehen ist. Ich fürchte, vom Nukleus der Station dürfen wir in dieser Hinsicht nicht viel erwarten.« Jasmin deutete in die Runde.

Jasper blickte sich um. Das Herz der Station, es schlug nicht mehr. Sein Intellekt – wenn man diese Bezeichnung verwenden durfte, sein Selbst, sein Gedächtnis ... Das alles existierte nicht mehr. Der Mokonna hatte nichts davon übrig gelassen. Seine vorderen Gliedmaßen steckten tief in den Resten von Konsolen und Säulen, in denen einst die Lichter von Ereignisroutinen getanzt hatten, das Äquivalent von Gedanken.

»Ich glaube, die technischen Erweiterungen haben den Mokonna am Leben erhalten.« Cassandras Stimme ertönte in beiden Helmen. »Ich müsste ihn genau untersuchen, um Gewissheit zu erlangen, aber ich fürchte, so viel Zeit bleibt uns nicht. Wichtiger ist ohnehin die Frage: Wer hat ihn zur Omni-Station gebracht? Ohne Hilfe kann er Arkonadia wohl kaum verlassen haben und hierher gelangt sein.«

»Die Mokonna zählen zu den intelligenten Spezies von Arkonadia«, sagte Jasper. Diese Information gehörte zu dem vom Induktor vermittelten Wissen. »Allerdings befinden sie sich noch immer auf einer recht niedrigen Entwicklungsstufe.«

»Das stimmt«, bestätigte Cassandra. »Die Mokonna von Nemanien auf Arkonadia haben gewiss keine interplanetaren Raumschiffe gebaut, die in der Lage sind, einen Vertreter ihres Volkes hierher zu befördern, ins Ringsystem von Therben.«

»Allein nicht«, sagte Jasper. »Aber seit fünfzig Jahren gibt es zwischen ihnen und den Tingla eine enge Kooperation.« Er betrachtete eine der vorderen Klauen. Einer Kralle fehlte ein Stück. Sie hatten es zuvor in der Wand des Korridors entdeckt.

»Die Tingla eifern den Ho-Korat nach«, warf Jasmin ein. »Sie möchten es ebenso weit bringen, und zwar schnell.«

»Was schließen wir daraus?«

»Noch gar nichts, Jasper«, erwiderte Cassandra. »Es ist noch zu früh für Schlussfolgerungen.«

»Was ist das hier?« Jasmin hatte sich gebückt und betrachtete eine offene Tasche des Instrumentengürtels. »Sieht aus wie ein ... Zünder.« Sie wich zurück, ganz langsam, achtete auf jede ihrer Bewegungen. Die beiden Bots aus der *Centaurus* richteten ihre Sensortentakel auf die Tasche.

»Ein Zünder?«, fragte Jasper besorgt.

Jasmin trat vom Rücken des Mokonna herunter. »Ich schätze, der Bursche hier trägt eine Art Selbstzerstörungsanlage in sich. Fest verbaut in seinen Techno-Erweiterungen. Vielleicht wollte oder sollte er damit der Station den Rest geben. Aber zum Schluss scheint er nicht mehr in der Lage gewesen zu sein, das Ding zu aktivieren.«

»Vielleicht hast du es aktiviert, Jasmin«, sagte Cassandra. »Ich orte zunehmende energetische Aktivität.«

Der Mokonna war tot, daran bestand kein Zweifel, aber er zuckte, als sich etwas in ihm bewegte, und an seinem Rücken glühte etwas.

»Ich empfehle euch dringend, sofort zum Schiff zurückzukehren«, fügte Cassandra hinzu. »Vielleicht seid ihr in eine Falle geraten. Die Bombe, die der Mokonna in sich trägt, könnte darauf gewartet haben, dass jemand von Omni kommt und nach dem Rechten sieht.«

Lotin

Arkonadia: 16
Zirzo, der Werkzeugmacher
Noch zwei Jahre und vier Monate bis zum Beginn der 45. Ära

»Ich will es sehen!«, donnerte die Stimme. »Ich will es sehen und riechen. Und ich will es prüfen.«

Dort stand er, Lotin, der Sohn des Generals, in der Tür des Wagens, die er gerade aufgerissen hatte. Das Rumpeln der Räder und das Zischen der Dampfmaschinen war so laut gewesen, dass Zirzo die schweren Schritte des Jannaschi nicht gehört hatte. Er erschrak, und sein Blick huschte nach hinten, doch die Fremde namens Samantha saß nicht mehr an dem kleinen Tisch; sie schien sich in Luft aufgelöst zu haben.

Lotin wankte herein, gehüllt in einen kobaltblauen Mantel, der ihm bis zu den Waden reichte. Staub klebte daran und dämpfte die Farben, der Staub der Zihab, einer von vier Wüsten, die der Büßerpfad berührte. Kalte Luft strömte herein.

Zirzo begann zu zittern. »Die Kälte, der Staub ...«

Lotin schlug die Tür mit solcher Wucht zu, dass der ganze Wagen zitterte. »Wo ist es? Zeig es mir! Gib es mir!«

Zirzos Hände ließen die grüne Statuette in der Schublade verschwinden. Er saß an der zweiten Werkbank, halb im Schatten; mit etwas Glück hatte Lotin nicht gesehen, womit seine Finger beschäftigt gewesen waren. »Was meinen Sie?«, fragte er, obwohl er es genau wusste. »Was wollen Sie?«

»Das Werkzeug, Zirzo!«, donnerte Lotin. Er sprach noch immer viel zu laut. »Ich meine das Werkzeug. Zeig es mir!«

Er kam näher, mit wackelndem rotem Nasenrüssel und funkelnden Reptilienaugen. Ein strenger Geruch ging von ihm aus, und es lag nicht am Staub der nahen Zihab. Vielleicht hatte er Salz oder ein anderes Traumgewürz genommen. Was ihn noch gefährlicher, noch unberechenbarer machte.

»Hier.« Zirzos Hände fanden das Werkzeug, eine Kugel aus filigranen Fäden, mit Erweiterungen wie Arme und Beine, darin Spindeln und Zylinder. Manche von ihnen konnten sich drehen; andere saßen fest und starr. »Hier ist es.«

»Her damit!«, grollte Lotin. »Gib es mir!«

»Es ist sehr empfindlich.« Zirzo überlegte, ob er das Fenster öffnen und nach General Tailos rufen sollte. Aber das Rumpeln und Zischen ... Vielleicht hätten ihn die Soldaten des Generals nicht einmal gehört. »Es könnte beschädigt werden.«

»Ich will es fühlen und prüfen!«

Lotin nahm ihm das Werkzeug aus den Händen. Er riss es ihm aus den dünnen, zitternden Fingern, drehte es zwischen den eigenen, richtete den Nasenrüssel darauf und schnüffelte.

»Was soll das sein?«, knurrte der Sohn des Generals. »Es sieht nach nichts aus, Werkzeugmacher!«

»Es ist noch nicht fertig«, erwiderte Zirzo. »Es erfordert noch viel Arbeit.«

»Was ist das hier?« Lotin zupfte und zog an den Erweiterungen, steckte einen schuppigen Finger in die Kugel und berührte einen Zylinder. »Und das! Welchem Zweck dient das alles?«

Zirzo beobachtete ihn besorgt. »Bitte«, sagte er. »Alles gehört zusammen, und alles ist sehr empfindlich. Bitte gehen Sie vorsichtig damit um.«

Lotin grunzte etwas, das Zirzo nicht verstand, und holte mit der freien Hand eine Waage unter dem staubigen blauen Umhang hervor. Er stellte die Waage auf die erste, große Werkbank, legte die filigrane Kugel mit den Arm- und Beinstummeln in die eine Schale und Maßgewichte in die andere.

»Was machen Sie da?«, krächzte Zirzo. Aus Besorgnis wurde Furcht.

»Ich messe«, erwiderte Lotin, über die Waage gebeugt. »Ich messe die Wahrheit.«

»Die Wahrheit?«, brachte Zirzo hervor. Panik stieg in ihm auf.

»Warum ist das Werkzeug so leicht?«, grollte Lotin. »Und warum ist es nicht ganz grün, sondern auch silbern? Mein Vater hat dir reines grünes Supra gegeben, einen großen Brocken. Wo ist es? Wo ist der Rest?«

»Ich habe noch etwas.« Zirzo wagte nicht, die Schublade zu öffnen, wo der Rest des grünen Supra lag, direkt neben der Statuette. »Ein bisschen ist übrig.«

»Diese Waage spricht die Wahrheit«, sagte Lotin. »Sie sagt ...« Er legte noch einige kleine Maßgewichte in die zweite Schale.

Zirzo schloss die Augen. Er wusste, wie die Wahrheit lautete. Den größten Teil des grünen Supra hatte er für die Figur verwendet. Das Werkzeug, es war zu leicht.

»Was ist das? Was macht es?«

Zirzo öffnete die Augen.

Das Werkzeug, das seine Finger geschaffen hatten und an dem sie immer mehr Interesse verloren, glühte wie ein Nachtlicht. Lotin starrte darauf hinab. Sein roter Nasenrüssel wand sich.

»Es riecht anders«, sagte er überrascht. »Dein Werkzeug ... Es riecht *fremd*.«

Er legte noch mehr Maßgewichte in die Schale, doch es dauerte eine Weile, bis die andere Schale nach oben kam, bis sich beide Schalen auf einer Höhe befanden.

Zirzos Panik wich Erleichterung. »Es ist ein ganz besonderes Werkzeug«, sagte er. »Es zeigt nicht, wie viel in ihm steckt.«

Lotin nahm es behutsam von der Waage und hielt es mit beiden Händen. Das Glühen der Fäden, Zylinder und Spindeln spiegelte sich in seinen Augen wider. »Was macht es? Wie funktioniert es?«

»Es ist noch nicht fertig«, sagte Zirzo und hoffte, dass Lotin die Hilflosigkeit in seinen Worten nicht hörte. »Es macht noch gar nichts.«

»Es leuchtet. Woher kommt das Licht?«

Zirzo wusste es nicht. Er antwortete: »Es kündet von der Macht, die es Ihnen ermöglichen wird, alle Hindernisse zu überwinden und das Nerox zu betreten.« Die Worte kamen ihm erstaunlich leicht über die Lippen.

Lotin schnaufte – leise, zurückhaltend, vielleicht sogar voller Ehrfurcht – und setzte das Werkzeug auf den Tisch. Für einen Moment leuchtete es etwas heller, dann schwand das Licht.

Lotin ließ Maßgewichte und Waage unter seinem Umhang verschwinden, ohne den Blick vom Werkzeug abzuwenden. »Arbeite weiter daran, Werkzeugmacher! Tag und Nacht. Ich will es haben, so bald wie möglich. Damit ich lernen kann, damit umzugehen.« Er legte Zirzo eine große Hand auf die Schulter und drückte so fest zu, dass es schmerzte. »Hast du verstanden, alter Mann? Mein Vater hat dir ein Elixier gegeben, das die Tingla nach einem Rezept der Ho-Korat gebraut haben. Es sollte dein Leben verlängern ...«

»Zwanzig Jahre«, ächzte Zirzo. »So viel war mir versprochen.«

Die Hand auf der Schulter drückte noch fester zu. »Unterbrich mich nicht, Werkzeugmacher! Ich weiß, dass das Elixier nicht so wirkt, wie es mein Vater erwartet hat. Du bist krank, und du bleibst es. Das schleichende Fieber, es breitet sich noch immer in dir aus, und irgendwann wird es dich packen und töten.«

»Ja ...«

»Es sind noch mehr als zwei Jahre bis zum Erscheinen des Nerox. Vielleicht lebst du nicht lange genug, trotz des Elixiers.« Lotin beugte sich vor, und der von ihm ausgehende strenge Geruch wurde so stark, dass Zirzo mit Übelkeit rang. »Von jetzt an wirst du Tag und Nacht arbeiten. Ich meine *jeden* Tag und *jede* Nacht. Du wirst nur Pause machen, wenn dich die Kräfte verlassen und du schlafen und etwas essen musst. Ich will, dass du das Werkzeug – mein Werkzeug, meinen Schlüssel zum Nerox – so bald wie möglich fertigstellst. Bevor dich das Fieber dahinrafft. Wenn du nicht gehorchst, wenn du nicht deine gesamte Zeit dem Werkzeug widmest ... Dann lasse ich mir eine Strafe für dich einfallen. Eine Strafe für dich oder vielleicht deine Tochter. Hast du mich verstanden, Werkzeugmacher?«

Zirzo nickte.

»Ich habe dich nicht gehört.«

»Ja, ich habe verstanden.«

»Gut.« Lotin wandte sich ab und stapfte zur Tür. Dort blieb er stehen, und sein Nasenrüssel geriet in Bewegung. »Hier riecht es nach ... einer anderen Person. Wer war hier? Wer hat dich besucht?«

»Einer der Händler«, log Zirzo. »Er wollte ein Werkzeug kaufen.«

Lotin spähte argwöhnisch in den dunklen hinteren Teil des Wagens. Sein Nasenrüssel bog sich, und ein Zischen kam aus den Riechöffnungen. »Du wirst nur für mich arbeiten, Werkzeugmacher, für niemanden sonst.« Er zog die Tür auf. »Ich behalte dich im Auge. Zweifellos«, fügte er spöttisch hinzu.

Er trat nach draußen und ließ die Tür offen. Zirzo schloss sie und blickte zum Tisch, wo das Werkzeug lag. Es leuchtete nicht mehr und war wieder leicht, obwohl es zuvor die Waage belogen hatte.

Er ging an der Tür vorbei zum kleineren Tisch, an dem die Frau gesessen hatte. »Samantha?«, fragte er leise.

Hinten bewegte sich etwas in den Schatten. Eine Klappe öffnete sich, und die Frau kletterte agil aus dem Staufach, das sie schon mehrmals als Versteck benutzt hatte, wenn General Tailos oder jemand anders kam, um mit Zirzo zu sprechen. Den Tag verbrachte sie oft bei ihm in der Werkstatt, sah ihm bei der Arbeit zu und half sogar, indem sie Supra aus dem Brocken löste, den Tailos ihm gegeben hatte, und zu Fäden drehte, die er für das Werkzeug oder, immer öfter, für die

Figur verwendete. Das war seltsam: Er ließ die Frau dabei zusehen, wie er die Statuette formte, obgleich er ihr damit ein gefährliches Wissen gab, das ihn in große Schwierigkeiten bringen konnte. Er vertraute ihr, mehr als seiner Tochter, aber gleichzeitig fiel es ihm schwer, ihren Geschichten zu glauben. Manchmal hielt er sie sogar für eine Lügnerin, für eine geschickte, sehr überzeugend wirkende Aufschneiderin.

Seit drei Monaten war sie bei ihm, die Frau, die behauptete, zehntausend Jahre alt zu sein. Mit stoischer Geduld verbrachte sie die Tage in seiner Werkstatt und die Nächte im anderen Wagen mit den Wohnräumen. Manchmal schlief sie in Alonnas Bett, die nur noch selten heimkam, immer dann, wenn sie Geld brauchte. Wenn sie Samantha sah, oder Spuren von ihr, lächelte sie ihr listiges Lächeln und ließ sich von Zirzo für ihr Schweigen bezahlen.

»Das war sehr, sehr knapp«, sagte Zirzo. »Ich dachte schon, er hätte dich gesehen.«

»Ich habe ihn gehört und mich rechtzeitig versteckt«, erwiderte Samantha gelassen. Nichts schien sie aus der Ruhe bringen zu können. »Zum Glück hat er nicht gesucht.« Sie blickte zum Werkzeug auf dem Tisch. »Und zum Glück hat es funktioniert.«

»Du bist es gewesen!«

»Ja.«

»Wie hast du es angestellt?«

Samantha deutete auf ihr silbernes Armband. »Hiermit. Ein wenig Energie. Kraft und Materie sind miteinander verbunden. Das eine lässt sich ins andere umwandeln. Ich habe dem Werkzeug etwas Energie geliehen und es schwerer werden lassen.«

Zirzo sank müde auf einen Stuhl. Die Anspannung fiel von ihm ab und wich Erschöpfung. »Er verlangt von mir, Tag und Nacht zu arbeiten.«

»Ich habe es gehört.«

»Er will mich bestrafen, wenn ich nicht gehorche. Mich oder Alonna.«

»Das wird er, wenn du ihm Gelegenheit gibst und er gleichzeitig sicher sein kann, das Werkzeug zu bekommen. Das ist dein Trumpf. Damit kannst du ihn unter Druck setzen.«

»Aber wenn ich ihm das Werkzeug gebe und er damit Erfolg hat...«

Samantha nickte langsam. »Ich verstehe, was du meinst. Du befindest dich in einer schwierigen Situation. Du bist darin gefangen.«

»Ich bin ein Gefangener, obwohl ich weder Fesseln noch Ketten trage.« Zirzo wandte den Blick von Samanthas Augen. Manchmal hatte er das unangenehme Gefühl, in sie hineinzufallen, in ihre unergründlichen Tiefen zu stürzen. Es war ein Schwindel, wie ihn der an Höhenangst leidende Wanderer erlebte, wenn er sich plötzlich einem Abgrund gegenübersah. Er betrachtete seine Hände und stellte fest, dass sie noch immer zitterten.

»Es gibt eine Möglichkeit«, sagte Samantha. »Es gibt immer Möglichkeiten.«

Zirzo löste den Blick nicht von seinen faltigen Händen. »Was meinst du?«

»Stell dir vor, frei zu sein«, sagte die fremde Frau. »Stell dir vor, frei entscheiden zu können.«

»Ich kann es nicht. Ich meine, ich kann nicht frei entscheiden.«

»Du trägst die Fesseln nicht am Körper, sondern im Geist, Zirzo«, sagte Samantha. »Einige von ihnen hast du dir vielleicht selbst angelegt. Oder du hast sie dir anlegen lassen, ohne dich dagegen zu wehren.«

»Ich verstehe nicht.«

Samantha beugte sich vor. »Du hast mir geholfen. Vielleicht kann ich auch dir helfen.«

»Das hast du«, sagte Zirzo. »Gerade eben. Wenn du nicht gewesen wärst, hätte Lotin gemerkt, dass das Werkzeug nicht so viel grünes Supra enthält, wie es eigentlich enthalten sollte. Er hätte vielleicht darauf bestanden, diesen Wagen zu durchsuchen.«

»Und dann hätte er deine Figur gefunden. Und dich bestraft.«

»Ja.«

Schweigen folgte den Worten. Zirzo lauschte dem Rumpeln der Räder, dem Zischen der Dampfmaschinen und einigen lauten Jannaschi-Stimmen. Plötzlich sehnte er sich mit fast schmerzhafter Intensität nach der Ruhe seines früheren Lebens zurück, nach den Waldhäusern von Forrestal in Arkonadias hohem Norden, nach dem Flüstern des Winds in hohen Baumwipfeln, nach dem Wechselspiel von Licht und Schatten auf nach Harz und Moder riechendem Waldboden. Sogar Geruch und Anblick der Sümpfe erschienen ihm besser als die endlose Reise über den Büßerpfad. Und es war erst die Hälfte geschafft; sie hatten noch nicht einmal den Äquator überquert. Kelarien, wo nach General Tailos' Orakel in gut zwei Jahren das Nerox erscheinen sollte, lag noch in weiter Ferne.

»Die Möglichkeiten, die es angeblich immer gibt«, murmelte Zirzo. »Wo sind sie? Ich sehe sie nicht.«

»Wir haben den nördlichen Rand der Zihab erreicht«, sagte Samantha. »In sechs Tagen sind wir bei den südlichen Ausläufern.«

»Sechs Tage am Rand einer Wüste entlang, der ersten von vier. Staub und noch mehr Staub. Der Weg steinig. Alles klappert und schaukelt und schwankt. Wie soll ich, wenn alles wackelt, die Fäden richtig drehen, sie an den richtigen Stellen miteinander verknüpfen?«

»In sieben Tagen gelangen wir zu einem Ort namens Tahir am südlichen Rand der Wüste Zihab«, fuhr Samantha fort. »Die Reisegruppen werden anhalten, weil es dort Wasser gibt für die Dampfmaschinen und Tiere.«

»Ein Ende des Schaukelns«, murmelte Zirzo. »Und vielleicht ein Bad.« Er dachte an die grüne Figur. Seine Finger sehnten sich nach ihr.

»Zwanzig Kilometer – das sind etwa dreizehn arkonadische Längen – von der Oase Tahir entfernt liegt ein Wrack der

Alten in der Wüste«, sagte Samantha. »Es ist die *Poseidon*, wenn ich mich richtig erinnere.«

Die Alten – damit waren die Ahnen aller Bewohner von Arkonadia gemeint, die Vorfahren der Menschen, Jannaschi, Nakota, Hellagarit und all der anderen, mit Ausnahme der Tingla und Ho-Korat. Zirzo sah auf.

»Ich weiß, dass ich im Wrack der *Poseidon* Hilfe bekommen kann«, sagte Samantha.

»Du willst mich verlassen?« Zirzo staunte darüber, wie verletzt es klang.

Samantha streckte die Hand über den Tisch und berührte seine Finger. »Ich kann nicht für immer hierbleiben und mich in deiner Werkstatt oder deinem Wohnwagen verstecken. Früher oder später würde man mich entdecken. Es grenzt an ein Wunder, dass ich drei Monate unbemerkt geblieben bin.«

Das stimmte, er konnte es nicht leugnen. Die Gefahr der Entdeckung wuchs mit jedem Tag. Alonna brauchte nur etwas auszuplaudern, während eines Salztraums oder weil sie unachtsam war oder aus Groll auf den Vater, der ihr nicht genug Geld gab, wie sie glaubte.

Samantha schien seine Gedanken zu erraten. »Ja, deine Tochter. Oder eine der Personen, die es auf mich abgesehen haben, sucht hier nach mir. Früher oder später wird es geschehen. Einer der Verfolger wird hier erscheinen, Fragen stellen und nach mir Ausschau halten. Ich muss fort, und im Wrack der *Poseidon* finde ich vielleicht gewisse Dinge, die ich brauche.«

»Ich kann dir bringen, was du brauchst«, erwiderte Zirzo schnell. »Sag mir, was du benötigst, und ich ...«

»Ich muss eine Nachricht schicken.« Samantha deutete nach oben, zur Decke des kleinen Raums. Aber Zirzo wusste, dass sie den Himmel meinte. »Dorthin, woher ich komme. Ich muss mich vor den Leuten schützen, die mich verfolgen.« Sie legte ihre Hand auf die seine. »Komm mit mir! Streif die Fesseln in deinem Geist ab.«

»Was?« Zirzo sah sie groß an.

»Nimm das Werkzeug mit und auch die Figur, die dir so viel bedeutet. Und das grüne Supra, um sie zu vollenden.« Die Frau legte eine kurze Pause ein. »Du könntest frei sein.«

»Aber Alonna ...«

»Ich weiß, sie ist und bleibt deine Tochter. Aber sie nutzt dich aus, und irgendwann wird sie dich verraten, das weißt du.«

Zirzo senkte den Kopf wieder. »Ja.«

»Du könntest frei sein«, betonte Samantha noch einmal. »Eine große Last wäre von dir genommen. Lotin bliebe ohne seinen erhofften Schlüssel zum Nerox. Er könnte nicht zum Regenten von Arkonadia aufsteigen.« Wieder folgte eine kurze Pause, und dann sprach Samantha Worte mit mehr Gewicht. »Du könntest dich ganz der grünen Figur widmen.«

»Sieben Tage«, sagte Zirzo. »Ich werde es mir überlegen.«

Eine Warnung

Jasmin 17

Jasmin fuhr ihren Gravitationsanker noch weiter herunter, stieß sich ab und flog durch den Nukleus der Omni-Station, durch ihr Herz, in dem sich ein toter Mokonna in eine Bombe verwandelte. Warnsignale ertönten aus dem Komm-Lautsprecher; rote Gefahrensymbole blinkten im Visier. Sie erreichte den Gang und prallte dort gegen die Kante eines Trümmerstücks; ihr Schirmfeld flackerte. Rasch zog sie sich in die dunkle Öffnung, fand Halt mit den Füßen, stieß sich erneut ab und flog.

»Wie viel Zeit bleibt uns?«, rief sie im Innern ihres Helms.

»Denk nicht daran«, antwortete Jasper. Er war dicht hinter ihr. »Denk nur daran, möglichst schnell zu sein. Konzentrier dich!«

Jasmin stieß gegen etwas, das im Dunkeln halb verborgen war. Schmerz zuckte durch ihre Schulter, und das Schirmfeld flackerte erneut. Sie hörte Cassandras Stimme aus dem Kommunikator.

»Ich schicke euch eine Kapsel, ausgestattet mit einem stärkeren Schirmfeld. Sie wird euch am Gravschacht in Empfang nehmen. Die beiden Erkunder werden rekonfiguriert und bilden eine Barriere am Ausgang des Stationsnukleus. Sie sollten imstande sein, zumindest einen Teil der energetischen Druckwelle von den Korridoren fernzuhalten. Beeilt euch, Jasmin und Jasper.«

»Ja«, brachte Jasmin hervor. »Ja.«

»Die Strahlung nimmt zu«, sagte Cassandra. »Offenbar steht die Explosion unmittelbar bevor. Es bleibt weniger als eine Minute, schätze ich ...«

Ein Gittermuster erschien in Jasmins Visier, ein Koordinatensystem, das ihr den Weg zum Gravschacht zeigte. Sie sprang einige Meter, kroch durch die schmale Lücke unter einem geborstenen Wandsegment und zwängte sich an zwei von Krallen und Klauen zerfetzten Geräteblöcken vorbei. Das Licht ihrer Helmlampe tanzte durch die Finsternis.

»Die Kapsel hat den Gravschacht fast erreicht«, meldete Cassandra. »Ihr seid noch immer ein ganzes Stück entfernt.«

Jasmin zog sich durch eine weitere Lücke und steckte plötzlich fest. Ihr Schirmfeld leuchtete auf, fast so hell wie die Helmlampe.

»Ich komme nicht weiter!« Jasmin wand sich nach rechts und links. Weitere Gefahrensymbole erschienen in ihrem Visier, und diesmal betrafen sie das Schirmfeld. »Kinetische Wechselwirkung. Das Feld versucht, die Objekte wegzustoßen, mit denen es in Kontakt gerät, und dadurch bin ich eingeklemmt.«

»Schalte es aus«, sagte Jasper hinter ihr. »Dann solltest du Platz genug haben. Aber achte auf die scharfen Kanten. Schlitze dir nicht den Schutzanzug auf.«

Ohne ein Zögern deaktivierte Jasmin das Schirmfeld und eine halbe Sekunde später auch das akustische Alarmsignal, das sie auf harte Strahlung hinwies. Sie kroch durch den schmalen Spalt zwischen ineinander verkeilten Trümmern, stieß mit dem Helm gegen ein Metallfragment, das sie übersehen hatte, und hielt erschrocken den Atem an. Doch es entstand kein Riss, es entwich keine Luft. Rasch zog sie sich weiter, sah weiter vorn den offenen Bereich des Korridors, winkelte die Beine an, stieß sich ab ...

Eine Erschütterung ging durch die Omni-Station, erfasste auch die Trümmer und bewegte sie. Im Vakuum hörte Jasmin nichts, aber das Koordinatensystem in ihrem Visier veränderte sich, und vor ihr, wo eben noch alles frei gewesen war, erschien plötzlich ein Hindernis. Sie wandte sich zur Seite, und der Gravanker half ein wenig, allerdings nicht genug. Mit der linken Hüfte stieß Jasmin gegen die Flanke eines zerschmetterten Aggregats, und die Spitze eines Metallfragments bohrte sich in das Material des Schutzanzugs.

Diesmal hörte sie etwas, ein Zischen, und im Helmvisier erschien der Hinweis: *Integrität des Schutzanzugs beeinträchtigt.*

Jasmin glitt durch die Öffnung und gelangte in den offenen Bereich des Korridors. Plötzlich wurde das Zischen lauter, und ein jähes Bewegungsmoment riss sie herum, warf sie gegen die Wand. Für einen Moment verlor sie die Orientierung. Dann ließ der Druck an der linken Hüfte nach, es wurde still, und in ihrem Visier erschien der Hinweis: *Materialgedächtnis aktiv. Integrität des Schutzanzugs wiederhergestellt.*

Zwei Hände ergriffen sie. Jasper hielt sich nicht damit auf, zu fragen, wie es ihr ging. Er zog sie mit sich durch den schmalen Gang, in Richtung des Gravitationsschachtes, der für die Kapsel der *Centaurus* gerade breit genug war.

Hinter ihnen erschien rotes Licht in der Finsternis, leuchtete durch die Lücken zwischen den Trümmern und wurde schnell heller.

Und dort war die Kapsel, ihre Luke geöffnet.

Jasmin schaltete ihren Gravanker aus, stieß sich von der Wand ab und flog der Kapsel entgegen. Ihr Vater erreichte sie als Erster, wartete aber und half ihr hinein. Dann folgte er ihr und zog die Luke zu.

»Wir sind drin, Cassandra«, sagte er schnell.

Jasmin wandte sich den Kontrollen zu. Ein Holofeld zeigte, wie die Kapsel durch den Schacht aufstieg, gefolgt vom roten Licht der Detonation – es kam nicht nur von unten, sondern auch aus Tunneln, die rechts und links in den Schacht mündeten.

»Die von den beiden rekonfigurierten Erkundern gebildete Barriere bricht«, sagte Cassandra. »Es ist erstaunlich genug, dass sie so lange gehalten hat. Bitte versucht nicht, die Steuerung zu übernehmen. Überlasst das mir – ich bringe euch auf dem sichersten Weg zum Schiff.«

Vier oder fünf Sekunden lang zeigte das Holofeld die

Wände des Gravschachtes und unmittelbar darauf Trümmer in einem Aggregatsaal. Dann wurde das rote Licht zu Feuer, und die in einen starken Schutzschirm gehüllte Kapsel ritt auf Plasmaflammen, als sie durch eine Öffnung sprang, die vielleicht von den Waffen der *Centaurus* oder ihren Bots geschaffen worden war.

Das Schiff wartete dicht über der Station, sein Bauch stand offen. Das matte blaue Licht einer Kontinua-Blase umgab die *Centaurus*, eine undurchdringliche Barriere bis auf eine kleine Stelle, eine Strukturlücke direkt vor dem Atmosphärenschild des Hangars. Die Kapsel flog hindurch, verursachte ein kurzes blaues Wabern und glitt in den Bauch des Schiffes.

Unter der *Centaurus* verschlang das Feuer nicht nur Omnis Beobachtungsstation, sondern den ganzen fast fünfzig Kilometer langen Felsen. In Therbens Ringen gleißte eine kleine Sonne.

18

»Es ist keine Dekontamination erforderlich«, sagte Cassandra. »Dein veränderter Körper kann die von der Strahlung angerichteten Zellschäden auch ohne Hilfe reparieren. Zum Glück bist du ihr nicht lange ausgesetzt gewesen. Du musst dich nur ein wenig schonen, das ist alles.«

Jasmin schwang die Beine von der Liege im Medoraum der *Centaurus*. Ihr Vater saß in der Nähe und beobachtete sie nachdenklich. »Was ist mit dir und dem Schiff? Was ist mit der Anomalie?« Sie runzelte die Stirn. »Ich höre das Triebwerk nicht.«

»Du hörst es nicht, weil ich es deaktiviert habe. Jasper hat mich darum gebeten. Wir nähern uns Arkonadia im freien Fall. Wir sind ziemlich schnell, nach interplanetaren Maßstäben, und erreichen unser Ziel in einem Tag. Das gibt dir ein wenig Zeit, dich zu erholen, Jasmin.«

Sie sah ihren Vater an. »Warum?«, fragte sie knapp.

»Liegt es nicht auf der Hand?«

Jasmin langte nach ihrer Kleidung und zog sich an. »Du willst nicht, dass die Ho-Korat von uns erfahren.«

»Es geht mir nicht nur um die Ho-Korat, sondern um alle in diesem Sonnensystem, die in der Lage sind, einen Mokonna in eine Bombe zu verwandeln und ihn ins Ringsystem von Therben zu bringen.«

»Die von der Anomalie verursachten elektromagnetischen Störungen werden immer stärker, und offenbar hat auf Arkonadia die technologische Inhibition begonnen, die eine neue Ära ankündigt«, sagte Cassandra. »Aber zumindest die Ho-Korat dürften in der Lage sein, dennoch ein Raumschiff zu orten, das sich Arkonadia nähert, auch wenn seine energetische Signatur ohne aktives Triebwerk stark reduziert ist. Vielleicht stehen auch den Tingla entsprechende Möglichkeiten zur Verfügung.«

»Hinzu kommt die Explosion«, sagte Jasmin. »Tingla und Ho-Korat haben sie sicher nicht übersehen. Sie müsste von Arkonadia aus selbst mit einfachen Teleskopen sichtbar gewesen sein. Bestimmt sind inzwischen alle geeigneten Ortungsinstrumente auf Therben und den Raum in der Nähe des Gasriesen gerichtet.«

»Ich weiß«, sagte Jasper. »Ich möchte, dass man uns so spät wie möglich bemerkt.«

»Glaubst du, dass sie dahinterstecken?«, fragte Jasmin. Fertig angezogen setzte sie sich auf den Rand der Liege.

»Ich hüte mich, voreilige Schlüsse zu ziehen. Aber fest steht: Jemand mit Raumschifftechnologie hat den manipulierten Mokonna nach Therben gebracht, damit er die Omni-Station zerstört. Eine *Omni*-Station, wohlgemerkt. Wie ist das möglich? Wie kann ein Geschöpf von Arkonadia, und sei es auch noch so gut ausgerüstet, in eine Station von *Omni* eindringen und sie zerstören?«

»Ich weiß es nicht, Vater.« Jasmin hatte sich diese Frage ebenfalls gestellt. »Cassandra?«

»Es war eine friedliche Beobachtungsstation – ohne Besatzung.«

»Zumindest wissen wir von keiner Crew«, warf Jasper ein.
»Könnte sich Samantha in ihr befunden haben? Vielleicht hat Omni nichts mehr von ihr gehört, weil sie dem Mokonna zum Opfer gefallen ist.«

»Die einzigen biologischen Spuren, die meine Erkunder gefunden haben, stammen von dem Mokonna«, sagte Cassandra. »Es befand sich keine andere biologische Entität in der Station. Da bin ich ziemlich sicher.«

»Diesen Punkt haben wir geklärt«, sagte Jasmin. »Also, wie konnte der Mokonna die Station zerstören?«

»Die Frage ist falsch gestellt«, erwiderte Jasper. »Besser gesagt: Der Blickwinkel ist falsch. Der Mokonna *konnte* die Station zerstören, wir haben es gesehen. Und er stellte gleichzeitig eine Falle für spätere Gesandte von Omni dar, für Leute wie uns. Er selbst und seine Helfer beziehungsweise Auftraggeber müssen also gewusst haben, worauf es ankam. Wir sollten uns fragen: Was hat sie in die Lage versetzt, den Mokonna so gut vorzubereiten? Und warum?«

»Das entspricht auch meinen Überlegungen, Jasper«, pflichtete ihm der Intellekt der *Centaurus* bei. »Hinzu kommt, dass Omni beim Bau der Station die technologische Inhibition berücksichtigt haben muss. Es kann also keine Kontinua-Technik verwendet worden sein oder nur in einem sehr beschränkten Maße.«

Jasper nickte. »Die wichtigsten Anlagen der Station müssen so beschaffen gewesen sein, dass sie sich während des Inhibitor-Effekts einen Teil ihrer Funktion bewahrten. Das bedeutet einen wesentlich geringeren technischen Standard als sonst bei Omni üblich.«

»Trotzdem.« Jasmin rutschte vom Rand der Liege und begann mit einer langsamen Wanderung durch den Medoraum. »Die Ho-Korat haben Kandidatenstatus. Sie kennen Omni. Und sie verfügen vermutlich über die nötigen technischen Hilfsmittel.«

»Sie für die Urheber zu halten, ist ein naheliegender Gedanke«, räumte Jasper ein. »Andererseits: Eine unbekannte

Gruppe könnte es so aussehen lassen wollen, dass die Ho-Korat dahinterstecken. Derzeit können wir nur spekulieren, und Spekulationen bringen uns nicht weiter. Du hast mich gefragt, warum die Omni-Station getarnt ist – beziehungsweise war. Erinnerst du dich?«

»Damit man sie nicht entdeckt«, sagte Jasmin.

»Wer hier im Ljuben-System hätte sie entdecken können?«

»Die Ho-Korat.«

»Und vielleicht auch die Tingla und Mokonna. Und andere, von denen wir nichts wissen.«

Jasmin sah ihren Vater an und suchte in seinem Gesicht nach Hinweisen. »Glaubst du, Omni hat uns nicht alles gesagt?«

Er lächelte schief. »Bisher hat uns Omni noch *nie* alles gesagt. Darüber habe ich mich manchmal ebenso geärgert wie du. Stellen wir fest: Omni hat die Station getarnt, weil Omni eine solche Tarnung für angebracht hielt. Die Station sollte nicht entdeckt werden, und sie hätte nur von den technisch höher entwickelten Spezies auf Arkonadia entdeckt werden können, unter ihnen Tingla und Ho-Korat. *Sie* sollten nichts von der Station erfahren. Omni wollte sie beobachten, ohne selbst beobachtet zu werden. Ich nehme an, dafür gab es einen guten Grund.«

»Den wir nicht kennen«, sagte Jasmin und blieb stehen. »Warum schickt man uns in einen wichtigen Einsatz, ohne uns über alle Hintergründe zu informieren?«

»Damit wir neutral sind, unbelastet von Vorurteilen?«

Jasmin schwieg, den Kopf voller Gedanken. Sie setzte ihre unruhige Wanderung durch den Medoraum fort, beobachtet von ihrem Vater, und versuchte zu verstehen.

»Ich glaube, ihr solltet euch ausruhen«, sagte Cassandra, als es eine Weile still gewesen war. »Schlaft! Noch habt ihr Gelegenheit dazu. Ihr müsst wach und bei Kräften sein, wenn wir Arkonadia erreichen.«

Jasmin sah ihren Vater an. »Deshalb die Schleichfahrt,

nicht wahr? Die Ho-Korat und die technischen Zivilisationen von Arkonadia werden uns entdecken, früher oder später, aber du möchtest, dass es später geschieht, damit sie keine Gelegenheit haben, eine weitere Falle vorzubereiten.«

»Wer auch immer hinter der Zerstörung der Omni-Station steckt«, sagte Jasper. »Je später er die *Centaurus* bemerkt, desto besser für uns.« Er stand auf. »Ich glaube, wir sollten Cassandras Rat beherzigen.«

»Schlaft!«, wiederholte der Intellekt der *Centaurus*. »Ich passe auf.«

19 Sie saßen im Nukleus des Schiffes und beobachteten Arkonadia im großen Holofeld vor den Konsolen: eine Kugel in Blau-, Grün- und Brauntönen, die über dem Nordpol mit dem Domizil der Ho-Korat eine Krone zu tragen schien. Die eingeblendete elektromagnetische Wolke, die hauptsächlich aus Kommunikationssignalen bestand, wies beträchtliche Lücken auf, ohne dass ein Muster erkennbar wurde.

»In einer Stunde aktiviere ich das Triebwerk«, sagte Cassandra.

»Ortungssignale?«, fragte Jasmin. Ihre Finger strichen durch die virtuellen Kontrollen.

»Keine. Aber passive Ortung könnte uns bereits erfasst haben.«

»Aktivität der Anomalie?« Entsprechende Daten erschienen in einem kleineren Holofeld.

»Nimmt weiter zu«, sagte der Intellekt. »Meine Sensoren registrieren Wechselwirkungen mit etwas, das sich auf Arkonadia befindet.«

»Mit dem Nerox, das bald erscheinen wird?«

»Das halte ich für sehr wahrscheinlich, Jasmin.«

Jasper im Sitz des zweiten Piloten betrachtete andere Datenfelder. »Keine Verbindung zu Omni oder den Kontinua«, sagte er. »Wir sind auf uns allein gestellt.«

»Das ist keine Überraschung«, kommentierte Jasmin knapp. »Es war zu erwarten.« Trotzdem berührte sie kurz das silberne Armband ihres Kontinua-Konnektors, der seinen Namen jetzt kaum mehr verdiente – die darin gespeicherte Energie hielt sie am Leben.

»Orbitalspringer und Ausrüstung sind bereit«, sagte Cassandra. »Ich setze euch wie geplant über dem Äquator ab. Der Springer wird euch nach Dubbrizza bringen, einem Stadtstaat in der Region Achdar-Morramkin. Das ist der letzte bekannte Aufenthaltsort von Samantha. Unglücklicherweise befindet sich Dubbrizza am Rand einer der Zonen, die offenbar bereits vom Inhibitor-Effekt betroffen sind. Die Bots haben den Springer mit chemischen Treibsätzen ausgestattet, für den Fall, dass sein Plasmatriebwerk versagt, und eure Schutzanzüge verfügen über Synthflügel, die euch eine sichere Landung gestatten. Was eure Waffen und die Instrumente betrifft... Es sind EFBs. Etwas anderes wäre angesichts der besonderen Umstände auf Arkonadia nur Ballast.«

Jasmin dachte an die Waffen in den geschützten Halftern rechts und links am Instrumentengürtel der Schutzanzüge: keine Variatoren, sondern Pistolen, die kleine kinetische Geschosse verwendeten. Sie waren »eingeschränkt funktionsbereit«, wie auch die Kommunikatoren, Scanner und anderen Instrumente, was bedeutete: Mit großer Wahrscheinlichkeit würden sie auf Arkonadia während der technologischen Inhibition funktionieren. Allerdings gab es keine Garantie dafür, dass sie auch in der Nähe des Nerox betriebsbereit bleiben würden. Sie durften sich also nicht zu sehr auf ihre Ausrüstung verlassen.

»Was ist mit dir?«, fragte Jasmin, den Blick noch immer auf Arkonadia gerichtet, auf den Kontinent, dessen Form einer menschlichen Hand ähnelte. »Wo willst du warten, bis die technologische Inhibition vorbei ist?«

»Auf dem dritten der fünf arkonadischen Monde.« Sie erschienen im zentralen Holofeld: zwei große Monde, mit einem Durchmesser von mehr als dreitausend Kilometern, und drei kleine, offenbar eingefangene Asteroiden mit einer Masse etwas größer als die des Felsens, der die Omni-Station enthalten hatte. Die Bahnlinien des von Cassandra ausgewählten Mondes führten über Arkonadias »Krone« hinweg, über die an einen Eiskristall erinnernde Orbitalstation der Ho-Korat. »Wenn mich die Inhibition nicht zum Tiefschlaf zwingt, wenn ich noch denken und einfache Instrumente steuern kann, werfe ich mit dem optischen Teleskop, das der Konstrukteur für mich angefertigt hat, einen Blick auf die Basis der Ho-Korat. Vielleicht lässt sich das eine oder andere herausfinden. Auf dem kleinen Mond dürfte die *Centaurus* gut aufgehoben sein, auch wenn der Inhibitor-Effekt länger andauert. Ich habe die Bahnen aller nahen Himmelskörper berechnet. Die Gefahr eines Meteoriteneinschlags an der Stelle, wo ich das Schiff landen werde, ist in den kommenden Jahren gleich null. Ich werde ungeschützt sein, ohne Schutzfelder oder Kontinua-Blasen, aber mir droht keine Gefahr.«

»Zumindest nicht von Meteoriten«, sagte Jasmin.

»Keine anderen Schiffe in Reichweite unserer passiven Ortung.« Jaspers Finger strichen durch die virtuellen Kontrollen vor dem Sessel des zweiten Piloten. »Das Ljuben-System ist leer, soweit sich das feststellen lässt.«

»Mit der aktiven Ortung könnten wir innerhalb weniger Sekunden Gewissheit erlangen«, sagte Jasmin.

»Ja. Aber damit würden wir uns verraten. Wir verwenden sie, wenn Cassandra das Triebwerk aktiviert. In einer Stunde.«

»In der Nähe von Dubbrizza scheint ein lokaler Konflikt stattzufinden«, ließ sich der Intellekt vernehmen. »Ich werte die arkonadischen Kommunikationssignale aus und versuche, einen allgemeinen Überblick zu gewinnen.«

»Ein Krieg?«

»Bewaffnete Auseinandersetzungen zwischen dem Stadtstaat Dubbrizza und einer Jukin-Streitmacht aus Echnad in Arkonadias Norden«, antwortete Cassandra. »Es geht um Werkzeuge, Werkzeugmacher, resistente Technik und Transportmittel für die schnelle Reise nach Süden, wo das Nerox erscheinen wird. Dubbrizza scheint nach arkonadischen Maßstäben ein reicher Staat zu sein.«

»Und jemand hat ein Auge auf diesen Reichtum geworfen«, sagte Jasmin. »Es ist das übliche Muster aus Macht, Habgier und einer guten Gelegenheit.«

»Ihr könntet in ein ziemliches Durcheinander geraten, Jasmin und Jasper.«

Ein akustisches Signal erklang, und vor Jasmin leuchteten neue Symbole auf. »Jemand versucht, sich mit uns in Verbindung zu setzen?«

»Die Ho-Korat«, sagte Cassandra. »Sie haben uns geortet.«

Jasmin sah ihren Vater an. »Wir müssen nicht darauf reagieren. Wir könnten uns tot stellen.«

»Das wäre nicht besonders klug«, erwiderte Jasper. »Spätestens wenn wir die *Centaurus* mit dem Orbitalspringer verlassen, dürfte den Ho-Korat klar werden, dass sich jemand an Bord befand, der ihre Signale empfangen konnte, aber nicht antworten wollte. Sie könnten daraus schließen, dass wir Verdacht geschöpft haben.«

»Der Umstand, dass wir uns bisher nicht gemeldet haben, dürfte Hinweis genug sein, oder?«

»Nicht unbedingt.« Jasper lehnte sich zurück. »Verbindung herstellen, Cassandra!«

Das Holofeld vor ihnen veränderte sich, und ein zartes, zerbrechlich anmutendes Geschöpf erschien, die schillernden transparenten Flügel halb um den fragilen Leib gefaltet, der aus drei klar zu unterscheidenden Segmenten bestand, die oberen beiden wespengelb, das untere, etwas längere giftgrün. Die vier Beine waren abgewinkelt, die dünnen Arme nach vorn gestreckt. Sie hielten etwas, ein bunt besticktes Tuch, das Jasmins Induktor-Wissen als Friedenstuch identifizierte. Die Fühler auf dem Kopf bildeten einen Kranz, und die Augen darunter, aus Tausenden von winzigen Facetten bestehend, nahmen mehr als die Hälfte des Gesichts ein. Sie glänzten goldgelb und warm. Der Ho-Korat trug eine schimmernde Weste mit metallenen Schlaufen, an denen kleine Instrumente und Ziergegenstände hingen. Die Anmut eines Schmetterlings vereint mit der Gefährlichkeit einer Hornisse – das war Jasmins erster Eindruck.

Die schnabelartigen Mundwerkzeuge des Ho-Korat bewegten sich, als er zirpte und schnarrte. Ein Translator auf der gelben Brust des Wesens übersetzte in InterLingua: »Überraschung! Und Sorge! Dies ist Krandok. Ich zeige Ihnen Frieden.« Zwei zierliche Hände hoben das Friedenstuch und legten es dann beiseite. »Überraschung, weil wir nicht mit Besuch rechneten. Und Sorge, weil Sie in der Nähe der Explosion in Therbens Ringen waren. Sind Sie wohlauf? Brauchen Sie Hilfe? Ihr Schiff fliegt ohne Antrieb. Sollen wir jemanden schicken, der Beistand leistet? Noch ist das möglich, obwohl der Schwund bereits begonnen hat.«

Jasmin wechselte einen kurzen Blick mit ihrem Vater. Dies überließ sie ihm.

»Wir danken für Ihre Freundlichkeit und überbringen einen Gruß von Omni«, erwiderte Jasper ruhig und ernst. Mit dem Hinweis auf Omni verriet er kein Geheimnis, begriff Jasmin. Warum versuchen, etwas geheim zu halten, das die Ho-Korat ohnehin bald herausfinden würden? »Wir sind unverletzt, das Schiff ist unbeeinträchtigt.«

»Sorge, noch immer! Was ist geschehen?«, fragte der Ho-Korat.

Jasmin beobachtete ihren Vater. Er zögerte nicht und antwortete: »Ein unbekannter Angreifer hat eine Station von Omni zerstört.«

Krandok zirpte, und sein Translator übersetzte. »Überraschung! Noch einmal! Eine Station von Omni wurde angegriffen und zerstört? Kleine Enttäuschung. Wir wissen nichts von einer Station. Warum hat Omni uns nicht informiert?«

»Ich nehme an, Omni wusste von einem Feind und wollte ihn unbemerkt beobachten«, sagte Jasper.

»Feind? Welcher Feind?«

»Unbekannt.«

»Frage, drängende! Sind Sie deshalb hier? Hat Omni Sie deshalb geschickt? Um den Feind zu finden?«

Eine schwierige Frage, fand Jasmin. Die Ho-Korat sollten nicht den Eindruck gewinnen, dass man sie verdächtigte – immerhin genossen sie Kandidatenstatus, und vielleicht hatten sie mit der ganzen Sache nichts zu tun. Aber war es sinnvoll, ihnen alles zu sagen?

Jasper entschied sich für einen Mittelweg. »Auf Arkonadia ist eine Reisende in Omnis Diensten verschwunden. Wir sollen herausfinden, was mit ihr geschehen ist.«

Diesmal gab Krandok Geräusche von sich, die fast wie das Zwitschern eines Vogels klangen. »Reisende namens Samantha?«

»Ja. Wissen Sie, wo sie sich aufhält?«

»Bedauern! Wir haben den Kontakt zu ihr verloren, vor ... langer Zeit.« Beim letzten Wort schien sich der Translator nicht ganz sicher zu sein. »Bereitschaft! Wir leisten Hilfe. Wir unterstützen Sie bei Ihrer Suche.« Der Ho-Korat legte eine kurze Pause ein. »Auf Arkonadia beginnt bald eine neue Ära. Eine gefährliche Zeit. Wir können Sie schützen. Kommen Sie zu uns!«

Es konnte ein ehrliches Angebot sein, dachte Jasmin. Vielleicht wollten Krandok und die Ho-Korat wirklich helfen – dass sie Omni-Kandidaten waren, deutete eigentlich darauf hin, dass sie Vertrauen verdienten. Doch unter den gegenwärtigen Umständen durften Jasmin und ihr Vater *niemandem* vertrauen. Sie mussten mehr herausfinden, um Freund und Feind besser voneinander unterscheiden zu können.

»Wir danken Ihnen sehr für Ihr freundliches Angebot«, sagte Jasper glatt. »Unter anderen Umständen würde ich es gern annehmen, aber wir haben bereits beschlossen, einigen Hinweisen nachzugehen, und zwar allein. Später greifen wir gern auf Ihre Hilfe zurück, Krandok. Wir melden uns bei Ihnen, sobald sich Gelegenheit ergibt. Bitte verzeihen Sie, wenn ich dieses Gespräch jetzt beende. Wir müssen Vorbereitungen treffen.«

Der Ho-Korat beugte sich vor. Die Instrumente und Ziergegenstände an seinen Brustschlaufen begannen zu baumeln. »Warten! Dringlichkeit! Wir raten Ihnen davon ab, sich ohne unseren Schutz auf den Planeten zu begeben. Ihre Omni-Artefakte funktionieren auf Arkonadia bald nicht mehr oder nur noch sehr eingeschränkt. Und der Beginn einer neuen Ära wird immer von … Turbulenzen begleitet.« Erneut die kurze Pause, die auf ein schwieriges Wort hindeutete. »Samantha, Reisende in Omnis Diensten wie Sie beide, ist verschwunden. Sie könnte einem … Verbrechen zum Opfer gefallen sein, obwohl mit weitaus mehr Erfahrung ausgestattet als Sie beide. Auf dieser Welt mangelt es derzeit an Recht und Gesetz; dafür gibt es Gewalt im Überfluss.« Krandok beugte sich noch etwas weiter vor, um den nächsten Worten Nachdruck zu verleihen. »Sie könnten in Lebensgefahr geraten.«

Er kennt uns, dachte Jasmin und versuchte, sich nichts anmerken zu lassen. Er weiß, dass wir nicht annähernd so lange bei Omni sind wie die zehntausend Jahre alte Samantha.

»Ich danke Ihnen ausdrücklich für Ihren guten Willen und die Warnung, Krandok«, sagte Jasper. »Wir wissen beides sehr zu schätzen. Sie hören so bald wie möglich von uns.« Seine Hand strich durch die virtuellen Kontrollen und unterbrach die Verbindung.

»Hast du das gehört?«, platzte es aus Jasmin heraus. »Er kennt uns. Woher?«

»Ich glaube nicht, dass ihm ein Fehler unterlaufen ist«, sagte Jasper nachdenklich. »Er hat genau gewusst, was er sagte. Eine Warnung in der Warnung. Er gibt uns zu verstehen, dass er mehr über uns weiß.«

»Jetzt sind keine Ansible- oder Kontinua-Verbindungen über interstellare Entfernungen hinweg mehr möglich. Was auch immer er über uns weiß, er muss es erfahren haben, bevor die Anomalie am Rand des Ljuben-Systems aktiv wurde und die Ära-Veränderungen auf Arkonadia begannen. Glaubst du, dass Omni die Ho-Korat informiert hat?«

»Wir haben nicht gefragt«, sagte Jasper. »Und Thrako hat nichts darüber verlauten lassen. Cassandra?«

»Stets gern zu Diensten, Jasper und Jasmin.«

»Semantische und mimische Analyse. Hat Krandok die Wahrheit gesagt? Wusste er zwar von uns, aber nicht von der Station? Will er uns wirklich helfen? Oder geht es ihm darum, uns unter Kontrolle zu haben?«

»Analyse ist bereits erfolgt«, antwortete der Intellekt. »Alles deutet darauf hin, dass Krandok tatsächlich die Wahrheit gesagt hat. Seine Körpersprache bestätigt die Worte. Aber visuelle Signalmanipulation lässt sich nicht ausschließen. Und es wäre auch möglich, dass Krandok einfach ein guter Lügner ist.«

Jasmin stand auf. »Arkonadia wird uns Antworten geben. Wie du gesagt hast, Vater: Bereiten wir uns vor.«

Neue Symbole erschienen in den Datenfeldern, und es erklang ein Geräusch wie ein *Ping!*

»Wir werden sondiert, und zwar ziemlich gründlich. Jemand will ganz genau wissen, was es mit uns auf sich hat«, meldete Cassandra.

»Triebwerk und Schirme ein«, sagte Jasmin. Sie ging zum Schott, das sich vor ihr öffnete. »Komm, Vater! Packen wir unsere Sachen.«

»Wir sind so weit, Cassandra«, sagte Jasmin. Sie und Jasper saßen in der Pilotenkanzel des Orbitalspringers, der auf einem Gravitationskissen vor dem Atmosphärenschild des Hangars schwebte. Sie trugen die mit Synthflügeln ausgestatteten Schutzanzüge und hatten bereits die Sicherheitsharnische der Sitze aktiviert. Draußen drehte sich Arkonadia, wie halb von der »Hand« des über den Äquator reichenden Kontinents umschlungen. Ein Wolkenwirbel auf der Nachtseite des Planeten markierte ein ausgedehntes Sturmgebiet.

»Noch eine Minute«, erwiderte der Intellekt der *Centaurus*. »Ich bringe uns in die richtige Position.«

»Irgendwelche Aktivitäten bei den Ho-Korat?«, fragte Jasper.

»Nein, keine. Die meisten von ihnen haben ihr Domizil über dem Nordpol verlassen – offenbar ist es bereits zu einem großen Teil von der technologischen Inhibition erfasst, dem ›Schwund‹, wie sie ihn nennen. Die beiden von den Tingla betriebenen Raumstationen – eine seht ihr gerade – sind stillgelegt, ebenso die Satelliten in den stationären Umlaufbahnen. Arkonadias elektromagnetische Wolke existiert nicht mehr.«

»Das ist schnell gegangen«, sagte Jasmin und beobachtete die Raumstation der Tingla, einen zweitausend Meter langen Rotationszylinder mit experimentellen Habitaten. »Der Schwund hat sich in wenigen Stunden ausgebreitet.«

Der Orbitalspringer setzte sich in Bewegung und glitt durch den Atmosphärenschild ins All.

Warnsymbole erschienen zwischen den virtuellen Kontrollen.

»Instabilität beim Gravitationsmotor«, sagte Jasper.

»Cassandra?«, fragte Jasmin und betrachtete in einem Holofeld die *Centaurus*, als sie sich von ihr entfernten.

»Entschuldigt, Jasper und Jasmin. Der Inhibitor-Effekt macht sich auch bei mir bemerkbar. Ich muss den Kurs ändern, um den dritten Mond anzusteuern. Wir ...«

Ein Zischen drang aus dem Lautsprecher des Kommunikators, und dann herrschte Stille. Die Entfernung zur *Centaurus* wuchs.

»Alles Gute, Cassandra«, sagte Jasmin leise und fügte etwas lauter hinzu: »Von jetzt an sind wir auf uns allein gestellt.«

»Für die nächsten Monate. Instabilität des Gravitationsmotors nimmt zu. Ich schalte ihn aus.« Jasper betätigte die virtuellen Kontrollen. »Treibsätze bereit. Wir sind auf Kurs.«

Ein Datenfeld flackerte und verschwand.

Jasmin blickte durch den transparenten Bug. »Wir kommen auf der Nachtseite herunter.«

»Dort befindet sich Dubbrizza.« Eine Markierung blinkte in Arkonadias Nacht, dicht neben dem großen Wolkenwirbel.

»In unmittelbarer Nähe des Sturms«, sagte Jasmin. »Bei der Landung könnte es ungemütlich werden. Was ist mit dem Konflikt in der Nähe von Dubbrizza?« Sie richtete die Sensoren auf das Zielgebiet, als der Orbitalspringer die obersten Schichten der Atmosphäre erreichte. »Keine Daten.«

»Die Sensoren funktionieren nicht mehr.«

Es wurde dunkel in der Pilotenkanzel. Nur noch einige wenige virtuelle Kontrollen leuchteten.

Jasmin beugte sich vor – der Sicherheitsharnisch ließ ihr gerade genug Bewegungsspielraum – und drückte Tasten. »Schalte auf manuelle Kontrolle um.«

»Ich zünde den ersten Treibsatz.«

Ein plötzliches Fauchen übertönte das Pfeifen verdrängter Luft. Der Andruck presste Jasmin und Jasper in die Sitze.

»Sind wir auf Kurs?«, brachte Jasmin hervor.

»Schwer zu sagen ohne die Sensoren. Treibsatz zwei ...«

Das Fauchen des ersten Treibsatzes wurde leiser und verlor sich im Pfeifen. Jasmin spürte, wie sie wieder leichter wurde.

»Zweiter Treibsatz zündet nicht.« Jasper befreite sich aus seinem Sicherheitsharnisch. »Das habe ich befürchtet. Wir müssen fliegen.«

Sie kletterten nach hinten, in die kleine Luftschleuse, und spürten dabei, wie sich der Orbitalspringer drehte. Cassandras Bots hatten ihn zuvor mit kleinen aerodynamischen Erweiterungen ausgestattet, für den Notfall: Falls die Treibsätze versagten, sollte sich der Springer beim Sturz durch Arkonadias Atmosphäre so drehen, dass die Außenluke der Schleuse nach hinten zeigte.

»Wenn sich die Luke öffnet, entsteht ein starker Sog, der uns nach draußen zieht«, sagte Jasper, als sie gegenseitig ihre Schutzanzüge überprüften. »Wir halten uns hier an dieser Stange fest und warten, bis die Luke ganz offen ist. Hast du verstanden?«

»Ja.« Jasmin schloss ihren Helm und ließ die Versiegelung von ihrem Vater überprüfen. Als sie die Arme ausbreitete, spannte sich zwischen ihnen das Synth der Flügel, die den Flug durch Arkonadias Atmosphäre und eine sichere Landung ermöglichen sollten. »Ziemlich dünn«, sagte sie skeptisch.

»Aber sehr strapazierfähig. Wichtig ist, dass du die Arme während der ersten Sekunden dicht am Körper hältst, sonst könnte dir der atmosphärische Druck die Knochen brechen.«

»Ich weiß, Vater. Wir haben bereits alles besprochen.« Sie wich einen Schritt zurück und nickte ihm zu. »Bei dir ist alles in Ordnung.«

»Bei dir ebenfalls. Halte dich jetzt gut fest!« Jasper deutete auf die Stange.

Jasmin schlang beide Arme darum und beobachtete, wie ihr Vater das hydraulische System auslöste, das Cassandras Bots installiert hatten. Die Außenluke schwang auf, aus dem Pfeifen wurde ein jähes Heulen, und Jasmin verlor den Boden unter den Füßen – der Sog packte ihre Beine und zerrte an ihnen.

Durch das Helmvisier sah sie, wie sich die Lippen ihres Vaters bewegten, wie er »Jetzt!« rief, ohne dass sie das Wort hörte. Sie ließ los.

Einen Moment später war sie draußen, drückte die Arme fest an den Körper und rollte sich zu einer Kugel zusammen. Es folgten einige Momente knochenbrecherischer Orientierungslosigkeit, und als der Druck auf ihr schließlich nachließ, als das Wirbeln aufhörte und das Heulen zu einem lauten Rauschen schrumpfte, breitete sie die Arme aus. Die Welt bekam wieder ein Oben und Unten.

Jasmin flog durch die arkonadische Nacht, in der erste Blitze des herannahenden Unwetters gleißten. Von ihrem Vater war weit und breit nichts zu sehen.

Baltasar

Zirzo, der Werkzeugmacher 21
Noch zwei Jahre, drei Monate und drei Wochen bis zum Beginn der 45. Ära

Fünf Tage nach der unangenehmen Begegnung mit Lotin kam morgens, kurz vor dem Aufbruch der Reisegruppen aus Soldaten, Händlern und angeblichen Büßern – unter ihnen viele Abenteurer, Schatzsucher und Beobachter –, ein Mann in General Tailos' Lager, der sofort Aufsehen erregte, weil die eine Hälfte seines Gesichts aus Metall bestand. Er bewegte sich mit großer Selbstsicherheit, und es schien ihn nicht zu stören, dass ihm Dutzende von Blicken folgten, als er durchs Hauptlager schritt, hier und dort innehielt und mit Leuten sprach. Zirzo beobachtete ihn, als er vom Wohnwagen zu seinem Werkstattwagen ging, an dem Mechaniker des Generals ein Rad wechselten. Überall zischten Dampfmaschinen, und Zugtiere grunzten – Zirzo hörte nicht, was der Mann sagte. Er schien Fragen zu stellen, und das fügte Zirzos Neugier Sorge hinzu. Beim Schmied blieb er stehen, angeblich daran interessiert, wie der kräftige Mann mit einfachen Werkzeugen Eisen für Wagenräder und die Dampfmaschinen vorbereitete, und beobachtete, wie sich dem großen, sehr schlanken Fremden mit dem halben Metallgesicht eine Eskorte aus drei Soldaten hinzugesellte, die ihn zum General brachten.

Zirzo wechselte einige geistesabwesende Worte mit dem Schmied, bevor er den Weg zum Werkstattwagen fortsetzte. Dort angelangt gab er sich den Anschein, etwas vergessen zu haben, schüttelte wie verärgert über sich selbst den Kopf und kehrte zum Wohnwagen zurück. Er stieg die Treppe hoch, langsam, ohne Eile, öffnete die Tür, trat ein, schloss die Tür hinter sich ...

Von einem Augenblick zum anderen fiel die Lethargie von ihm ab. Er eilte nach hinten, stolperte im Halbdunkel über einen Schemel und hielt sich am Tisch fest.

»Samantha!«, rief er mit gedämpfter Stimme, darauf vertrauend, dass ihn draußen niemand hörte. »Samantha!«

Sie kam aus den Schatten, ihr Gesicht blass, die Sommersprossen darin wie Tätowierungsmale. Das verstand sie erstaunlich gut: sich so zu verstecken, dass nicht einmal er sie fand, obwohl er von ihrer Anwesenheit wusste. Sie konnte sich in einen Mantel aus Schatten hüllen, in ihnen unsichtbar werden.

»Ein Fremder ist ins Lager gekommen«, sagte er hastig. »Er stellt Fragen.«

»Sucht er mich?«, fragte Samantha. Sie ließ sich nicht aus der Ruhe bringen.

»Ich weiß es nicht. Er hat mit mehreren Reisenden gesprochen, und jetzt ist er beim General.«

»Wie sieht er aus? Beschreib ihn mir!«

Zirzo beschrieb ihn: seine Selbstsicherheit ohne Arroganz, seine von Kraft kündenden Bewegungen, das Metall in seinem Gesicht.

Samantha seufzte. »Das ist Baltasar. Einer von den Leuten, die es auf mich abgesehen haben.« Ihre Augen schienen größer zu werden, die Tiefe in ihnen noch tiefer, als sie ihn ansah und fragte: »Wir müssen früher aufbrechen, Zirzo. Heute Nacht. Hast du dich entschieden?«

»Wir erreichen erst in zwei Tagen den südlichen Rand der Wüste Zihab«, sagte Zirzo und spähte aus dem Fenster. Von dem Fremden namens Baltasar war nichts zu sehen. Beim Werkstattwagen wurden die Mechaniker gerade mit dem Radwechsel fertig. Vielleicht fragten sie sich, wo der Werkzeugmacher blieb. »Von hier aus ist der Weg sehr weit.« Ihm fiel etwas ein. »Wir müssten über die Schlucht.«

»Es gibt eine alte Brücke, wenn ich mich richtig erinnere.

Nicht stabil genug für die Wagen, aber für zwei Personen durchaus geeignet. Und wir nehmen genug Proviant mit.«
Das sagte sie oft: *Wenn ich mich richtig erinnere.* Es klang, als hielte sie ihre Erinnerungen für nicht ganz zuverlässig.
»Ich bin nicht schwindelfrei«, erwiderte Zirzo kläglich.
Samantha lächelte.
Und Zirzo begriff, dass er sich tatsächlich entschieden hatte. Er würde diese angeblich zehntausend Jahre alte Frau begleiten.

Es war ein langer Tag voller Unbehagen, Selbstzweifel und wachsender Ungeduld. Auf die Arbeit konnte sich Zirzo nicht konzentrieren. Seine Finger betasteten immer wieder das Werkzeug, das er für den arroganten Lotin anfertigen sollte, und die Vorstellung, dass der Sohn des Generals es nicht bekommen würde, bereitete ihm Genugtuung. Außerdem erfüllte ihn der Gedanke daran mit großer Erleichterung, bedeutete er doch, dass er nicht die schwere Bürde der Verantwortung dafür tragen musste, dass Arkonadia einen despotischen Regenten bekam. Aber es war ein Gedanke unter vielen, die sich in seinem Kopf drängten, und neben Sorge und Beklommenheit schien die Erleichterung fast zu verschwinden.

Ein Teil der Sorge galt seiner Tochter Alonna. Wer sollte ihr helfen, wenn er sich zusammen mit Samantha davonstahl? Wer sollte sich um sie kümmern? Er versuchte sich zu beruhigen, indem er daran dachte, dass Alonna ohne sein Geld weniger Traumsalz kaufen konnte, doch es war ein falscher Trost, wenn er sich einredete, ihr auf diese Weise eine Hilfe zu sein. Es grenzte an Selbsttäuschung, und Zirzo hatte immer großen Wert darauf gelegt, sich der Wahrheit zu stellen. In diesem Fall lautete die Wahrheit: Er konnte Alonna gar nicht mehr helfen. Sie brauchte einen Heiler – oder, besser noch, zwei: einen für den Körper und den anderen für den Geist. Wenn er blieb, schadete er ihr sogar, denn mit seinem Geld kaufte sie immer mehr Traumsalz.

Die Freiheit zurückgewinnen, die geistigen Fesseln abstreifen, wie Samantha sie nannte. Darüber dachte Zirzo lange nach, während seine Finger das Werkzeug drehten, ohne ihm weitere filigrane Fäden aus grünem Supra hinzuzufügen. Sehr reizvoll, dieser Gedanke, so reizvoll, dass er für eine Weile alle anderen Gedanken beiseitedrängte. Die Freiheit, die er sich wünschte, bestand vor allem darin, an den Werkzeugen zu arbeiten, die ihm etwas bedeuteten, ohne Zwang, ohne Zeitdruck, ohne dass ihm jemand mit Strafe drohte, wenn er sich nicht beeilte oder einmal ganz auf Arbeit verzichtete, weil die Gabe in seinen Fingern es so wollte.

Aber durfte er sich der Frau anvertrauen, die behauptete, vor zehn Jahrtausenden auf einem fernen Planeten namens Erde geboren worden zu sein? Es waren verrückte Worte, die jedoch nicht aus dem Mund einer Verrückten stammten. Das glaubte er beurteilen zu können. Wenn er mit ihr sprach, gewann er den Eindruck, dass sie die Wahrheit sagte; er hörte die Ehrlichkeit in ihren Worten, er erkannte Aufrichtigkeit in ihren Gebärden. Sie erinnerte ihn an Mira, das konnte und wollte er nicht leugnen, und er musste sich eingestehen, dass diese Tatsache nicht ohne Einfluss auf sein Urteilsvermögen blieb.

Am Nachmittag legte er das Werkzeug beiseite, an dem er seit mehr als zwei Jahren für den General arbeitete, und holte die grüne Figur aus ihrem Versteck. Das Prickeln in seinen Fingerspitzen wurde stärker, als er sie berührte und mit ihnen über die kleinen Kurven und Flächen strich. Plötzlich fiel ihm etwas auf, eine Ähnlichkeit zwischen der Figur und Samantha. Sie betraf nicht das Gesicht, das bei der Statuette noch gar nicht existierte – dazu waren seine Finger noch nicht bereit –, auch nicht Gliedmaßen und Körperhaltung. Etwas, das sich *in* der Figur befand, ähnelte der Tiefe in Samanthas Augen.

Er starrte noch immer verblüfft auf die Figur, als sich draußen das Zischen und Stampfen der Dampfmaschinen veränderte, als der Werkstattwagen hielt und sich schwere Schritte näherten. Erschrocken sprang er auf, die Beine steif und schwach, und versteckte die Figur. Er hatte es gerade zurück zur großen Werkbank geschafft und dort die kleine Kugel mit ihren Spindeln und Zylindern ergriffen, als die Tür aufschwang und eine große Gestalt hereintrat.

»Hier riecht es wie immer nach Arbeit, zweifellos«, erklang die laute, tiefe Stimme von General Tailos. Sein gelber Nasenrüssel schwang von einer Seite zur anderen. »Ich bedauere, dich stören zu müssen, Werkzeugmacher, aber es gibt jemanden, der mit dir reden möchte.«

Eine zweite Gestalt betrat den Wagen, groß und sehr schlank, die eine Hälfte des Gesichts aus Metall. Etwas summte in dem Mann, als er hereinkam und sich der Werkbank näherte. Kleine Motoren?, dachte Zirzo. Elektrizität? Würde sie noch funktionieren, wenn die neue Ära begann? Hände mit glatter Haut und langen, dünnen Fingern ergriffen das Werkzeug und drehten es langsam.

»Interessant«, sagte der Mann. Seine Stimme vermittelte den Eindruck von Glätte. Es gab keine Kanten darin, nichts Raues. »Ein gutes Artefakt. Mit großem Geschick angefertigt. Durchaus nützlich. Dieser Werkzeugmacher ist sehr begabt.«

»Er ist der beste«, sagt Tailos laut. »Zweifellos der beste auf ganz Arkonadia.«

Der Fremde holte etwas hervor, einen Gegenstand, der einem Fernrohr ähnelte, aus einem Metall ebenso dunkel wie das in seinem Gesicht, mit gläsernen Linsen an beiden Enden. Die langen Finger strichen über Zeichen und kleine Höcker auf der einen Seite, richteten das Objekt dann auf das Werkzeug. Eine andere Art von Summen ertönte, nicht elektrisch, eher wie schnell gesprochene Worte, so schnell, dass viele Worte in eine einzige Sekunde passten.

Ein Orakel, vermutete Zirzo. Nicht so beschaffen wie das im Besitz des Generals der Jannaschi. Eins von anderer Art. Konnte es Wahrheit von Lüge unterscheiden? Furcht erfasste ihn. Er fürchtete nicht um sich selbst, sondern um die Frau namens Samantha.

Der Mann drehte sich um und sah Zirzo an. »Ich bin Baltasar«, sagte er, als wäre das Erklärung genug.

Es fiel Zirzo sehr schwer, dem Blick der grauen Augen standzuhalten. Eins sah künstlich aus, fast wie eine der Orakellinsen.

»Baltasar sucht jemanden«, sagte Tailos. Es klang nicht direkt unterwürfig, aber diensteifrig, und das verblüffte Zirzo, hielt sich Tailos doch für den Vater des zukünftigen Regenten von Arkonadia. Wer oder was verlieh Baltasar solche Autorität?

Der Fremde sah ihn kurz an, wandte sich dann wieder an Zirzo und richtete den kleinen Zylinder – den Gegenstand, der vielleicht ein Orakel war – auf ihn.

»Du bist aufgeregt und nervös«, sagte er. »Warum?«

»Ich weiß es nicht«, erwiderte Zirzo hilflos. »Ich habe gearbeitet. Ich bin sehr konzentriert gewesen. Das Prickeln in den Fingern, die Gabe – sie ruft mich.« Er fügte hinzu: »Warum besteht die Hälfte Ihres Gesichts aus Metall?«

»Ich hatte einen Unfall«, sagte Baltasar. »Weißt du, wer ich bin, Werkzeugmacher? Hast du von mir gehört?«

»Nein.«

»Er interessiert sich weder für die Vergangenheit dieser Welt noch für ihre Zukunft«, sagte Tailos. »Er ist ein Werkzeugmacher. Er lebt allein für seine Werkzeuge.«

Baltasar richtete das Objekt in seiner Hand auf Tisch und Stühle, auf die Schränke und Vitrinen. Das seltsame Summen schneller Worte wiederholte sich nicht.

»Ich suche eine Frau«, sagte er schließlich. »Sie nennt sich Samantha. Hast du von ihr gehört, Werkzeugmacher? Hast du sie vielleicht gesehen oder sogar mit ihr gesprochen?« Er hielt das Objekt in seiner Hand so, dass das Ende mit der größeren Linse auf Zirzo zeigte.

Ich muss jetzt ganz ruhig sein, dachte Zirzo. So ruhig wie bei einem komplizierten Werkzeugfaden. Er konzentrierte sich auf seine Finger, auf die Gabe in ihnen, auf das Prickeln, das nach Supra verlangte. Seine Hände begannen zu zittern.

»Warum zittern deine Hände?«, fragte Baltasar.

»Er ist krank«, erklärte Tailos. »Er leidet am schleichenden Fieber, trotz des Elixiers, das die Tingla nach einem Rezept der Ho-Korat gebraut haben.«

Zirzo ergriff die eine Hand mit der anderen, doch das Zittern dauerte an, erfasste den ganzen Körper.

»Nun?«, fragte Baltasar und hielt sein Orakel auf Zirzo gerichtet. »Hast du die Frage verstanden?«

»Ja«, erwiderte er, seine Stimme kaum mehr als ein Krächzen. »Ja, ich habe verstanden. Ich kenne die Frau nicht. Ich habe nie etwas von ihr gehört.«

»Na bitte.« Der Nasenrüssel des Generals baumelte. »Wie ich es mir dachte. Zweifellos, er weiß nichts.«

Das Orakel piepte leise, und in Baltasars glatter Stirn bildeten sich zwei dünne Falten. Er sah Zirzo noch einmal an und suchte in seinem Gesicht nach etwas, wandte sich dann ab und ging zur Tür.

»Was ist mit der Frau?«, fragte Zirzo. »Warum suchen Sie sie?«

Baltasar blieb in der Tür stehen. »Sie ist eine Lügnerin und Mörderin«, sagte er. »Sie hat fünf Personen getötet, darunter einen Tingla. Sie behauptet, von einer anderen Welt zu kommen und Arkonadia helfen zu wollen, aber das stimmt nicht. Ihr geht es nur um das Nerox. Sie will es erreichen, wenn es wieder erscheint, sie will seine Macht für sich. Deshalb besucht sie Werkzeugmacher, belügt sie, erschleicht ihr Vertrauen und stiehlt ihnen vielversprechende Werkzeuge. Hat man dir in letzter Zeit etwas gestohlen, Werkzeugmacher?«

»Gestohlen? Nein. Nein, nichts«, brachte Zirzo hervor.

Baltasar nickte knapp und trat nach draußen.

»Ruh dich ein wenig aus, Werkzeugmacher«, sagte Tailos. »Aber nicht zu lange. Nur lange genug, damit deine Hände nicht mehr zittern. Mach dich dann wieder an die Arbeit.«

»Ja, General.«

Stattdessen begann Zirzo zu packen.

22 Die Dampfmaschinen zischten nicht mehr, und die Zugtiere – vierbeinige Raitos und sechsbeinige Lawwalam – lagen am Rand des Hauptlagers im hohen, trockenen Gras und schliefen. Die Nacht hatte sich schwül auf das Land gesenkt und versprach keine Kühle mehr; dafür waren sie dem Äquator inzwischen zu nahe. Sterne und Monde blieben hinter dichten Wolken verborgen. Das einzige Licht stammte von den elektrischen Lampen der Soldaten und Händler, und es schwand, als Zirzo und Samantha durch die Dunkelheit eilten, vorbei an ersten Felsen. Zirzo hatte zuvor die von General Tailos eingeteilten Wachen beobachtet, die Wege, die sie am Rand des Lagers nahmen, und es war nicht weiter schwer gewesen, durch eine der Lücken zu schlüpfen – die Soldaten hielten nicht nach Leuten Ausschau, die das Hauptlager verließen, sondern nach eventuellen Eindringlingen.

Als fast eine ganze Länge zwischen ihnen und den Wagen lag, als das Licht der elektrischen Lampen nur noch ein vages Glühen in der Ferne war, fragte Samantha: »Was ist, Zirzo? Warum bist du so still? Bereust du deine Entscheidung?«

Der alte Werkzeugmacher setzte vorsichtig einen Fuß vor den anderen, gebeugt vom Gewicht des Rucksacks. Er konnte Samanthas Gesicht in der Finsternis nicht erkennen.

»Wer bist du?«, fragte er, den Kopf wieder voller Gedanken.

»Ich habe es dir gesagt.«

»*Was* bist du?«

»Ich verstehe die Frage nicht, Zirzo.«

»Baltasar kam heute Nachmittag zu mir«, sagte Zirzo. Seine Stimme klang laut in der stillen Nacht. Leiser fügte er hinzu: »Er hat nach dir gesucht.«

»Und er hat dir die übliche Geschichte erzählt. Dass ich eine Lügnerin und Mörderin bin, dass ich vier Personen umgebracht habe ...«

»Fünf. Unter ihnen einen Tingla.«

»Oh, ich habe also noch jemanden auf dem Gewissen. Und ich erschleiche mir das Vertrauen von Werkzeugmachern, weil ich ihre besten Werkzeuge stehlen will.«

Die Worte klangen absurd, als Zirzo sie aus Samanthas Mund hörte. Ein Teil der Anspannung fiel von ihm ab.

»Hatte ich nicht drei Monate Zeit, dich zu bestehlen und mit meinem Diebesgut zu verschwinden?«, fragte Samantha. Sie kam einen Schritt näher, aber ihr Gesicht blieb im Dunkeln verborgen.

»Wer ist er?«, fragte Zirzo, der bereits müde wurde, obwohl noch ein langer Weg vor ihnen lag. »Baltasar, meine ich. Das Metall in seinem Gesicht ... Ich habe ihn danach gefragt, und er sprach von einem Unfall.«

»Er war im Nerox, als es zum letzten Mal erschien. Dort kam es zu dem ›Unfall‹.«

Zirzo blieb auf dem Weg stehen, der zur Schlucht führte. Insekten zirpten in der warmen Finsternis. »Er hat es ins Nerox geschafft?«

»Ja. Mit Hilfe von ganz oben.« Diese Worte klangen bitter, fand Zirzo. »Er ist ein mächtiger Mann. Er hat großen Einfluss. Aber er weiß nicht, dass er nur ein Werkzeug ist.«

»Aber ... Es sind Jahrhunderte vergangen«, sagte Zirzo. »Kann er so alt sein?«

»Ich bin viel, viel älter als er.«

»Das behauptest du.«

»Es fällt dir noch immer schwer, das zu glauben, nicht wahr?«

Zirzo seufzte tief und schwer. »Du hast mir viele Dinge erzählt, die schwer zu glauben sind.« Er sah sie an, ihre Silhouette. Dort war ihr Gesicht, ein bleiches Oval in der Nacht, wie ein kleiner vom Himmel gefallener Mond. »Du willst ins Nerox, wenn es in zwei Jahren im Süden erscheint.« Es war keine Frage; er wusste es plötzlich.

»Es ist die Gabe, die dir das sagt, nicht wahr?«, erwiderte die Frau leise. »Das Supra, das du von Kindesbeinen an berührt hast, dessen Staub du eingeatmet und dessen Strahlung du aufgenommen hast. Ein Segen und ein Fluch. Die Gabe macht dich zu einem begnadeten Werkzeugmacher, aber sie ist auch der Grund für das schleichende Fieber in dir.

Hast du das gewusst? Deshalb konnte dir das Elixier nicht helfen.«

Nein, das hatte Zirzo nicht gewusst, doch er sagte nur: »Du willst ins Nerox.«

»Ja«, gestand Samantha. »Ich gebe zu, dass ich es versuchen will. Um zu verhindern, dass Leute wie Baltasar oder Lotin die Macht erlangen, die im Innern des Nerox wartet.«

»Du willst sie für dich!«

»Nein, Zirzo«, widersprach Samantha sanft. »Ich will sie nicht für mich. Mir liegt nichts daran, Regentin von Arkonadia zu werden. Ich möchte irgendwann zurückkehren, dorthin, woher ich komme. Ich möchte verhindern, dass die Macht des Nerox missbraucht wird. Ist das nicht auch in deinem Sinne? Eine Welt des Friedens, Zirzo. Ohne machthungrige Despoten. Ohne Leute, die anderen ihren Willen aufzwingen.«

Ein Zischen und ein Brummen kamen aus der Dunkelheit, noch weit entfernt, aber bereits laut genug, dass man es trotz des Zirpens der Insekten hörte. Der kleine Mond, das bleiche Oval, es neigte sich ein wenig zur Seite und lauschte.

»Das ist ein Wagen, vielleicht sogar mehrere. Man scheint dich zu vermissen, Zirzo. Jemand sucht nach dir, nach uns. Wir müssen zur Schlucht, bevor uns die Verfolger erreichen. Die Wagen sind zu schwer für die Brücke.«

Samantha ergriff Zirzos Hand und zog ihn mit sich durch die Nacht.

Ein Leben retten

Jasper 23

Jasper fiel durch Sturm und peitschenden Regen. Er hielt nach Jasmin Ausschau, nach den Lampen an Helm und Gürtel, doch das einzige Licht, das die Dunkelheit der Nacht durchdrang, stammte von in der Ferne flackernden Blitzen. Er betrachtete die Daten im Helmvisier – es fehlten Signale, die Jasmins Position anzeigten. Entweder funktionierte der Kommunikator nicht richtig, oder die elektromagnetische Störstrahlung des Unwetters war zu stark.

In einer Höhe von drei Kilometern wagte er es zum ersten Mal, die Arme ein wenig zu spreizen. Sofort blähten sich die Synth-Flügel auf, und der schlagartig einsetzende Druck zwang die Arme nach oben. Jasper geriet ins Trudeln, was ihm vielleicht das Leben rettete.

Das laute *Ping!* des Annäherungsalarms ertönte zu spät. Etwas kam aus dem Regen auf ihn zu, ein Riese der Lüfte, die vordere Hälfte dunkel wie die Nacht, während die hintere plötzlich in Flammen aufging. Jasper fiel, bedrohlich nahe an etwas vorbei, das die Gondel eines Luftschiffs sein mochte. Gestalten darin sahen ihn, Hände wurden gehoben, Waffen auf ihn gerichtet, Armbrüste und vielleicht auch chemisch betriebene Projektilschleudern, mit den Pistolen in seinen geschlossenen Gürtelhalftern vergleichbar. Jasper fiel weiter, schneller, als die Leute in der Gondel auf ihn zielen konnten. Unter dem brennenden, abstürzenden Luftschiff spreizte er erneut die Arme, breitete die Flügel aus und segelte der Stadt namens Dubbrizza entgegen. Das Visier zeigte ihm Markierungen, aber nur wenige Details. Die schematische Darstellung deutete darauf hin, dass die von Cassandra erwähnte

Streitmacht aus Echnad in Arkonadias Norden einen Belagerungsring um den Stadtstaat Dubbrizza gezogen hatte, an manchen Stellen ziemlich eng, an anderen breiter. Jasper neigte Arme und Flügel, hielt auf eine dieser breiten Stellen zu.

Etwas schmetterte gegen ihn, vielleicht ein Trümmerstück des brennenden, abstürzenden Luftschiffes oder gar das Luftschiff selbst, vielleicht die Gondel mit den Insassen – für einen Moment glaubte er eine Gestalt zu erkennen, die sich an Brüstung und Seilen festklammerte. Der rechte Arm wurde taub, sein Flügel riss. Jasper versuchte, sich allein mit dem linken Flügel abzufangen und einen Landeplatz anzusteuern, den die Einblendungen in seinem Helmvisier als geeignet markierten, aber es gelang ihm nicht. Er war plötzlich umgeben von einem Durcheinander aus Seilen und Trümmern, und in dieser Wolke schienen die EFB-Sensoren seines Schutzanzugs keine zuverlässigen Orientierungsdaten mehr liefern zu können.

Wolkenfetzen zogen vorbei. Im jähen Schein eines Blitzes erschien Arkonadias Oberfläche: eine weite Ebene, von Explosionskratern und Gräben durchzogen, die die Regenmassen des Unwetters teilweise in Flüsse verwandelt hatten. Silhouetten bewegten sich dort unten, noch etwa tausend Meter entfernt, Fahrzeuge vielleicht.

Mit der linken Hand packte Jasper den rechten Arm, drückte ihn an den Körper und versuchte, seinen Luftwiderstand zu reduzieren, um dadurch schneller zu fallen, heraus aus der Trümmerwolke. Aber die Hände des Windes schlangen ein Seil um ihn und dann ein zweites, und um sie abzustreifen, musste Jasper sich zusammenkrümmen und dann wieder die Arme strecken.

Böen zerrten an ihm, drehten ihn mehrmals, und für zwei oder drei Sekunden verlor Jasper die Orientierung. Ein weiterer Blitz, näher und heller als der andere, zeigte ihm den Boden der Welt gefährlich nahe: eine Schlammlandschaft, mit Seen dort, wo das Regenwasser Krater gefüllt hatte.

In einen dieser beiden Seen stürzte Jasper.

Der Aufprall war so hart, dass ihm die Sinne schwanden. Als er wieder zu sich kam, weniger als eine Minute später, funktionierten die Einblendungen in seinem Helmvisier nicht mehr. Dafür blinkte eine einfache rote Anzeige und wies ihn auf ein Leck im linken Bein hin. Der Schutzanzug war undicht, und der Schwund neutralisierte Materialgedächtnis und Molekülarchitekten – der Schutzanzug konnte sich nicht selbst reparieren.

Jasmin!

»Hörst du mich, Jasmin?«, fragte er, schwamm durch schmutzige Brühe und näherte sich dem Ufer des Kratersees. Heftiger Wind wühlte das Wasser auf und ließ Regen gegen die Helmscheibe prasseln. Ein grüner Indikator wies auf die korrekte Funktion des Kommunikators hin, aber er bekam keine Antwort. Nur dumpfes Rauschen drang aus dem Lautsprecher.

Er erreichte das schlammige Ufer und richtete sich vorsichtig auf. »Wo ist Jasmin?«, fragte er das verbale Interface. »Was ist mit ihren Statussignalen? Empfangen wir irgendetwas von ihr?«

Er bekam keine Antwort; der Intellekt des Schutzanzugs gehörte nicht zu den EFB-Komponenten.

Auf dem schmalen Rand des Kraters angelangt, kämpfte er gegen die Böen, rutschte im Schlamm aus, fiel und glitt den Hang hinunter, vorbei am Wrack eines gepanzerten Fahrzeugs, das offenbar von einem kinetischen Geschoss getroffen und zerstört worden war. Eine Leiche lag neben den dampfenden Trümmern, die Beine zerrissen, der Oberkörper intakt. Jasper erkannte einen Jukin aus Echnad im hohen Norden von Arkonadia, seine drei Augen weit aufgerissen, das hornige Gesicht verzerrt. Der käferartige symbiotische Parasit – der Zerebus, kurz nach der Geburt eingepflanzt – kroch durch den Nasenschlitz, streckte fadenförmige Fühler aus und suchte nach einem neuen Wirt.

Jasper stand auf. Böen zerrten an ihm, als er sich am Bug

des Wracks festhielt und zur Stadt Dubbrizza blickte, die als Schattenlinie im kurzlebigen Licht der Blitze erschien. Wo sollte er nach Jasmin suchen? Wo konnte sie gelandet sein? Jasper vermutete, dass dafür jeder Ort im Umkreis von mehreren Kilometern infrage kam. Die Suche nach ihr, begriff er, hatte keinen Sinn. Sie war sogar gefährlich, denn immerhin befand er sich in einem Kampfgebiet. Aber es gab einen Ort, an dem er auf eine Begegnung mit Jasmin hoffen durfte: Dubbrizza, ein Gebäude im Zentrum der Stadt, der letzte bekannte Aufenthaltsort von Samantha.

Er wandte sich von der Leiche des Jukin und dem Wrack des gepanzerten Wagens ab und stapfte durch den Regen, der Stadt am Horizont entgegen. Das Vorankommen im Schlamm war nicht leicht. Immer wieder blieb er stecken oder rutschte in großen Pfützen aus. Manchmal tastete Licht durch die Dunkelheit, vielleicht von Scheinwerfern oder Lampen, und wenn das geschah, duckte sich Jasper, um nicht entdeckt zu werden. Seine eigenen Lampen an Helm und Gürtel hatte er längst ausgeschaltet.

Er schätzte, etwa einen Kilometer zurückgelegt zu haben, als er auf weitere Leichen stieß, die meisten von ihnen Jukin, soweit sie sich identifizieren ließen, aber auch einige kleine, zarte Hellagarit, die vermutlich aus dem Luftschiff stammten. Reste davon lagen in der Nähe: Seile und Taue, Teile der Außenhülle, Streben, gebrochene Holme und ... eine der Gondeln, wie ein zehn Meter langes Ei, der Länge nach aufgeschlitzt.

Jasper rechnete mit weiteren Toten, die keinen angenehmen Anblick boten. Er machte einen Bogen um die Gondel und war schon halb an ihr vorbei, als er eine Bewegung bemerkte, zwischen den Seilen, die wie dünnes Gedärm aus dem breiten Riss ragten. Ein Blitz gleißte, machte die Nacht für einen Augenblick taghell, und Jasper sah einen Arm und ein bleiches Gesicht mit drei Augen, einen Mund, der sich öffnete und wieder schloss.

Durch eine besonders tiefe Pfütze, deren Wasser ihm bis

zu den Hüften reichte, watete er zur Gondel und blickte dort auf einen Überlebenden hinab. Es war ein sehr junger Jukin, erkannte er mit dem Wissen, das ihm Cassandras Induktor vermittelt hatte, gerade so über das Jugendalter hinaus. Auf der welligen Stirn, rechts und links neben dem dritten Auge, zeigten sich Bewährungsmale. Ein Heranwachsender. Und jetzt war er dem Tod näher als dem Leben.

Die Augen des Verletzten schienen noch größer zu werden. Vielleicht glaubte der Jukin, einen Dämon zu sehen, einen Boten des Jenseits, der ihn ins Reich der Toten bringen sollte. Der Arm bewegte sich erneut, die Hand streckte sich Jasper entgegen, abwehrend vielleicht oder nach Hilfe suchend.

Jasper sank neben dem Verletzten, der wässriges Blut aus einer tiefen Brustwunde verlor, auf die Knie, klappte das Helmvisier hoch, zeigte sein Gesicht und sagte auf Arkonadisch: »Ich bin kein Dämon. Ich bin ein Mensch, siehst du? Und ich kann dir helfen. Bleib still liegen!«

Er öffnete eine der Ausrüstungstaschen an seinem Gürtel, entnahm ihr einen mechanischen Injektor und lud ihn mit einem Multispezies-Wundmittel, das sich von selbst der jukinischen Physiologie anpasste, Schmerzen linderte, Infektionen vorbeugte und den Heilungsprozess auf Zellebene beschleunigte. Der junge Jukin zuckte zusammen, als der Injektor zischte, aber er schien zu begreifen, dass ihm der Dämon – der Mensch – helfen wollte. Er murmelte etwas, das Jasper nicht verstand, Worte, die sich im Rauschen des Regens und im Pfeifen des Winds verloren.

Jasper schenkte ihm ein beruhigendes Lächeln. »Jetzt noch ein Verband aus synthetischer Haut, und dann ...«

Der Blick der drei Augen richtete sich auf etwas hinter Jasper. Er drehte sich um, und etwas kam aus der Dunkelheit heran, eine Schlagwaffe aus Metall, ihr Ende rund und scharf. Jasper konnte weder ausweichen noch sich verteidigen. Der Schlag zertrümmerte das noch oben geklappte Visier, traf den Helm dicht oberhalb der Stirn und ließ ihn platzen wie eine reife Frucht.

Flüssigkeit rann Jasper in die Augen und nahm ihm die Sicht. Es war kein Regen, sondern sein Blut.

24

»Er heilt erstaunlich schnell«, sagte jemand. »Die Wunde schließt sich bereits.«

»Das ist gut«, brummte ein Zweiter. »Das ist gut.«

Eine dritte Stimme erklang. »Er kann nur ein Spion sein. Was macht ein Mensch *hier*? Er muss sich durch unsere Linien geschlichen haben.«

»Er hat meinen Sohn gerettet.«

»Bestimmt ist alles ein Trick.« Die dritte Stimme wurde fast schrill. »Ein Trick, Hatan. Ein hinterlistiger Trick, um dein Vertrauen zu gewinnen.«

Jasper hörte die Stimmen, aber es gelang ihm nicht, die Lider zu heben, um zu erkennen, wem sie gehörten. Kühle Luft strich ihm über die Haut – er trug keinen Schutzanzug mehr und lag auf einer recht harten Unterlage.

Schritte näherten sich. »Sieh ihn dir an, Hatan! Etwas stimmt nicht mit ihm. Er ist kein gewöhnlicher Mensch. Ihm fehlt, was einen Mann zu einem Mann macht. Sieh nur!«

Das Gefühl der Kühle wiederholte sich im Bereich der Lenden.

»Vielleicht eine Operation in frühen Jahren«, erwiderte die brummende zweite Stimme. »Oder ein Unfall.«

»Ihm fehlen die üblichen Öffnungen. Ich meine ...«

»Ich weiß, was du meinst, Heiler«, erwiderte die zweite Stimme, jemand namens Hatan. »Du hast es mir gezeigt. Er hat meinen Sohn gerettet, nicht wahr?«

»Das hat er, Exzellenz. Das hat er.«

»Denk an die Waffen, die er bei sich geführt hat«, sagte die dritte Stimme. Eine Frau, dachte Jasper. Eine Jukin-Frau. »Und an die anderen Dinge in seinen Taschen. Vielleicht ...« Die Stimme war jetzt sehr nahe. »Vielleicht steckt er hinter dem Absturz des Luftschiffes. Vielleicht wollte er Feindschaft säen zwischen uns und den Hellagarit. Und das hier! Was ist das?«

»Supra, Ehrenwerte«, erwiderte der Heiler. »Ein Armband aus reinem Supra. Nie zuvor habe ich reineres Supra gesehen, nicht einmal bei den besten Werkzeugmachern.«

Etwas berührte Jaspers Arm.

Seine andere Hand bewegte sich von ganz allein. Sie griff zu, als Jukin-Finger versuchten, den Kontinua-Konnektor von seinem Unterarm zu lösen, und damit schien der Bann gebrochen zu sein – es gelang Jasper endlich, die Augen zu öffnen.

Er sah eine erschrockene Frau mit langen, dünnen Zöpfen und den Zeichen einer Befehlshaberin neben dem dritten Auge in der Stirn. Sie trug einen langen Uniformrock aus unterschiedlichen Stoffen, geschmückt mit bunten Mustern, und darunter eine graue Hose, deren Bund ihr bis zu den flachen Brüsten reichte. Sie starrte ihn an, nicht länger erschrocken, sondern empört und auch zornig.

Jasper ließ die Hand der jukinischen Offizierin los. »Mein Armband ist tabu für Sie«, sagte er mit rauer Stimme. »Rühren Sie es nie wieder an, verstanden? Nie wieder.«

Die Frau wich zurück und starrte noch immer. »Wenn er aus der Stadt kommt, müssen wir ihn verhören«, sagte sie mit dem schrillen Unterton in ihrer Stimme. »Übergib ihn mir, Hatan, damit ich ...«

»Nein.«

Der Besitzer der zweiten Stimme trat in Jaspers Blickfeld, ein großer Mann mit breiten, runden Schultern und einem kugelrunden Kopf, das Gesicht dominiert von drei großen smaragdgrünen Augen und einer Narbe, die sich weiß und breit über Kinn und Wange zog. Sein Haar war kurz, kaum mehr als ein lichter Flaum. Er trug eine sehr schlichte Uniformjacke, die ebenfalls aus verschiedenen Stoffarten bestand und nur eine einzige Zierde aufwies: ein goldenes Symbol an der linken Schulter.

»Nein«, wiederholte Hatan. »Er hat meinen Sohn gerettet.

Er verdient meinen Dank, kein Verhör. Geh, Tijeri! Kümmere dich um unsere Truppen! Sorg dafür, dass sie morgen früh bereit sind!«

»Aber ...«

»Geh, sage ich. Und du auch, Heiler. Dieser Mann braucht deine Hilfe nicht mehr.«

Der Heiler – ein kleiner, verhutzelter Nakota – machte sich sofort auf und davon. Die Jukin namens Tijeri, die Offizierin mit der bunten Jacke und grauen Hose, warf noch einen letzten Blick auf Jasper, murmelte: »Er ist kein *Mann*«, und ging ebenfalls.

Jasper schwang die Beine über den Rand der harten Liege und setzte sich auf. Seine Füße waren nackt, und er trug nur eine Art Kittel aus dünnem Stoff.

»Hier.« Hatan reichte ihm Strümpfe und eine Art Mantel. »Menschen frieren leichter als Jukin.«

Jasper zog die Strümpfe an, streifte den Mantel über, betastete den Schorf, der sich auf seiner Stirn gebildet hatte, blickte sich um und versuchte, einen Eindruck von der Situation zu gewinnen. Der Jukin namens Hatan beobachtete ihn, aufmerksam, aber nicht feindselig.

»Der Soldat, der dich fand, hat dich für jemanden aus Dubbrizza gehalten, für einen der Verteidiger«, brummte Hatan. Er zog sich einen Stuhl heran. »Er schlug zu, bevor ihm klar wurde, dass du meinen Sohn gerettet hast.«

Jasper hob erneut die Hand zum Kopf. »Er hätte mir beinahe den Schädel gespalten.«

Hatan vollführte eine Geste, die Jasper als zustimmend erkannte. »Es war ein besonders kräftiger Mann, ein guter Soldat, und er schlug mit einem Kampfbeil zu. Du verdankst dein Leben dem Helm, der deinen Kopf geschützt hat.« Er deutete zu einem Tisch auf der anderen Seite des großen Zeltes, in dem sie sich befanden und das von elektrischen Lampen erleuchtet wurde. Dort lagen die Reste des zertrümmerten Helms, der schmutzige Schutzanzug und der Instrumentengürtel mit geöffneten Taschen.

»Der Soldat und vor allem mein Heiler Kwat haben es mir bestätigt«, sagte Hatan. »Ohne deine Hilfe wäre mein Sohn tot.«

Jasper sagte: »Ich habe jemanden gesehen, der Hilfe brauchte. Also habe ich geholfen.« Das entsprach der Wahrheit.

»Du kommst nicht aus der Stadt, nicht aus Dubbrizza.«

»Nein.«

»Wer bist du?«

Draußen pfiff und zischte noch immer der Wind. Böen zerrten an den Planen des Zeltes, und gelegentlich war ein Prasseln zu hören, doch offenbar hatte der Regen nachgelassen. Das Licht der elektrischen Lampen flackerte kurz.

Tarnidentität Nummer eins, dachte Jasper und schlüpfte in eine der Rollen, auf die er sich mit dem Induktor an Bord der *Centaurus* vorbereitet hatte. »Ich bin Yerss Elmtai Angass, genannt Augusto, und ich komme aus Schentiffica.«

»Ein Bürger der Stadt der Wissenschaft bist du?«, erwiderte Hatan. »Ein Mathematiker?« Die drei grünen Augen des Mannes betrachteten Jasper mit neuem Respekt.

»Mathematiker und Schreiber«, sagte Jasper.

»Ein Gelehrter«, brummte Hatan. »Ein Mann, der rechnen kann und sich mit den Naturgesetzen auskennt. Mein Sohn Yilmor kann stolz sein, ausgerechnet von einem Kenntnisreichen gerettet worden zu sein. Sag mir, Mann der Wissenschaft: Kennst du Miranda, die Tochter des klugen Cugar? Angeblich lebt sie seit einigen Jahren in Schentiffica. Und wie ist der neueste Stand bei der Osmotinischen Konstanten? Wie ich hörte, haben die besten Mathematiker sie inzwischen bis auf sechzehn Stellen hinter dem Komma berechnet.« Er fügte hinzu: »Was auch immer das nützen soll.«

Jasper lächelte, stand auf und ging zum Tisch. Mit einem Blick stellte er fest, dass die Waffen fehlten.

»Cugars Tochter heißt Miram, nicht Miranda«, antwortete er. Das Wissen war sofort parat, wie echte Erinnerungen. »Und sie lebt nicht in Schentiffica, sondern in einem kleinen

Ort namens Uene in Kelarien. Was die Osmotinische Konstante betrifft ... Sie ist inzwischen bis auf siebenundzwanzig Stellen hinter dem Komma bekannt und spielt eine wichtige Rolle bei der Berechnung des Ortes, an dem das Nerox erscheinen wird.«

Hatans Blick war ihm gefolgt. Jetzt verzog sich sein Gesicht zum jukinischen Äquivalent eines Grinsens. »Ha!«, rief er und klopfte sich auf den Oberschenkel. »Ein Mann der Wissenschaft, in der Tat. Kein Spion aus Dubbrizza. Und dass Miram, die Tochter des klugen Cugar, ausgerechnet in Kelarien wohnt, in Uene, ist bestimmt kein Zufall, denn wir wissen inzwischen, dass das Nerox in Kelarien erscheinen wird.«

Jasper nahm die Information entgegen, ohne sich etwas anmerken zu lassen. Es war ein wichtiger Hinweis.

»Sag mir, Augusto: Was führt dich hierher? Solltest du nicht in Kelarien sein, wie die anderen Mathematiker und Schreiber, und dort auf das Nerox warten? Wie *bist* du überhaupt hierhergekommen?«

»Mit Flügeln.« Jasper deutete auf den Schutzanzug. »Sie sind zerrissen, aber man kann sie noch erkennen. Fast wäre ich mit einem Luftschiff kollidiert.«

»Die *Himmlischer Stolz*. Ach, mein Sohn, der Tapfere, er fürchtet sich vor Höhe, ihm wird schwindelig, er ist ein Mann des Bodens, aber er war bereit, sich dem Luftschiff anzuvertrauen, um des Bündnisses mit den Hellagarit willen. Ein Brandgeschoss hat das fliegende Schiff getroffen, ein Katapultpfeil mit einem Feuer, das auch im Regen brennt.«

»Magnesium«, sagte Jasper.

»Ja, Augusto, Magnesium. So nennt man das grässliche Zeug, dessen Feuer man mit Wasser nicht löschen kann. Die Hellagarit glaubten, im Regen sicher zu sein, aber die Menschen in Dubbrizza sind sehr einfallsreich. Menschen«, wiederholte Hatan und betonte das Wort.

»Wir alle sind Arkonadier«, sagte Jasper glatt. »Und ich bin kein Freund der Menschen in Dubbrizza. Sie haben eine Person verschleppt, nach der ich suche. Deshalb bin ich hier. Ich wollte in Nacht und Regen über deine Truppen und die der Verteidiger hinwegfliegen, unbemerkt in Dubbrizza landen und eine Frau namens Samantha suchen, eine Mathematikerin und Kenntnisreiche.« Er dachte an Jasmin. Vielleicht war sie bereits in der belagerten Stadt, aber wenn nicht, wenn sie ebenfalls abgestürzt war, irgendwo über dem Kampfgebiet ... Er stellte sich vor, wie Soldaten sie fanden und als Spionin verhörten. »Ich bin nicht allein unterwegs gewesen, Exzellenz«, sagte er und benutzte den Ehrentitel, den er zuvor gehört hatte. »Eine Mathematikerin war bei mir. Wir wollten zu zweit nach Samantha suchen. Ich weiß nicht, was aus ihr geworden ist. Sie könnte ebenfalls abgestürzt sein, und wenn sie von deinen Soldaten gefunden und für eine Spionin gehalten wird ...«

Mit einigen schnellen Schritten trat Hatan nach draußen, rief einen Namen und fügte einige Worte hinzu, die Jasper nicht verstand. Das Gesicht feucht vom Regen, kehrte er zurück und erklärte: »Meine Leute werden nach ihr suchen, und wenn sie gefunden wird, hat sie nichts zu befürchten.«

Er schritt zu Jasper, der neben dem Tisch mit seinem Schutzanzug stand, und legte ihm den Arm um die Schultern. »Augusto, Mann der Wissenschaft und Retter meines Sohnes. Wie gut, dass du bei mir bist. Morgen besiegen wir die Verteidiger und rücken in die Stadt ein. Dubbrizza wird uns gehören! Du kommst genau zur rechten Zeit, Augusto. Dubbrizzas Schatzkammer steckt voller Werkzeuge und bester Technik. Sie haben alles gehortet, die arroganten, egoistischen Stadtmenschen. Sie wollten nichts davon teilen, obwohl dies eine Zeit der Not ist.«

Hatan lachte laut.

»Wir nehmen uns, was wir brauchen«, fuhr er fort. »Ha, wir nehmen uns, so viel wir tragen und transportieren können. Die besten Werkzeuge für die Jukin, für Hatans Armee! Die beste Technik und die besten Transportmittel, damit wir schnell nach Süden vorstoßen können, nach Kelarien, wo das Nerox erscheinen wird. Wir helfen dir, Samantha zu finden, und natürlich die Kenntnisreiche, die mit dir geflogen ist. Wir finden sie bestimmt, wir finden sie beide, und dann brechen wir gemeinsam nach Süden auf. Ha!« Er hob den Arm von Jaspers Schulter und reckte ihn in die Luft. »Gleich *drei* Gelehrte werden uns helfen, mit all den Werkzeugen und der Technik umzugehen. Wie können wir es mit eurer Hilfe *nicht* bis zum Nerox schaffen?«

Das Wrack

Zirzo, der Werkzeugmacher 25
Noch zwei Jahre, drei Monate und drei Wochen bis zum Beginn der 45. Ära

Die Tiefe der Schlucht lag im Dunkeln, Schatten verbargen ihre Leere, aber Zirzo fühlte sie, als einen Sog, der immer stärker an ihm zerrte. Er stand auf der ersten Planke und glaubte, sie knirschen und knacken zu hören. Wind wehte durch die Schlucht; die Brücke schwankte.

»Gib mir deinen Rucksack«, sagte Samantha. »Gib ihn mir! Ich kann das zusätzliche Gewicht tragen, glaub mir. Ohne ihn ist es leichter für dich.«

Zirzo zitterte. Er streifte die Riemen des Rucksacks ab, hielt sich dabei erst mit der einen und dann mit der anderen Hand am Seitenstrang der Seilbrücke fest. Die Frau nahm den Rucksack entgegen und verschwand mit ihm in der Dunkelheit.

»Samantha?«

»Ich bringe unsere Sachen auf die andere Seite der Schlucht«, erklang ihre Stimme aus der Nacht. »Dann kehre ich zurück und helfe dir.«

Zirzo machte einige Schritte und blieb stehen, als die Brücke heftiger schwankte. »Nein«, krächzte er und umklammerte das Halteseil mit beiden Händen. »Geh nicht weg!«

Die Finsternis schwieg.

Noch einige Schritte, und dann wurde die Furcht so groß, dass sie Zirzo lähmte. Die Knie wurden schwach, die Beine drohten unter ihm nachzugeben. Hilflos stand er da, zitterte im warmen Wind und wusste unter sich einen tiefen Abgrund, dessen Anblick ihm zwar erspart blieb, der aber trotzdem auf ihn wirkte wie ein Magnet auf Eisen. Er fühlte sich davon *angezogen*. Er hatte Angst vor sich selbst: dass etwas in ihm so dumm sein könnte, über den Seitenstrang zu klettern und sich in die schwarze Tiefe fallen zu lassen.

»Samantha?« Sie antwortete nicht, sie blieb verschwunden und mit ihr sein Rucksack, der die wenigen Dinge enthielt, die ihm etwas bedeuteten: seine Instrumente, Supra, silbernes und grünes, und die Figur der Frau, die ihn an Samantha erinnert hatte. Die Kugel mit den kleinen Zylindern und Spindeln hatte er zurückgelassen; sie interessierte ihn nicht mehr.

Während er zitterte und wimmerte, dachte er an Baltasar und dessen Worte. Wenn Samantha wirklich eine Lügnerin war, wenn es ihr darum ging, ihn zu bestehlen ... Es hätte sich ihr wohl kaum eine bessere Gelegenheit geboten, oder? Plötzlich bereute er zutiefst, ihr seinen Rucksack gegeben zu haben.

Eine Stunde verging, so fühlte es sich an, und Zirzo glaubte sich einem schrecklichen Tod nahe – vielleicht war das Schicksal gnädig mit ihm und ließ ihn aus Angst sterben, weil das rasend schnell pochende Herz versagte –, als sich vor ihm in der Dunkelheit etwas bewegte. Ein Schatten wurde zu einer Silhouette, und eine Stimme sagte: »Ich habe die Lichter der Wagen von der Anhöhe jenseits der Schlucht gesehen. Sie sind näher, als ich dachte. Komm, Zirzo! Nimm meine Hand!«

Die Erleichterung war enorm und galt nicht der Hand, die Samantha ihm entgegenstreckte, sondern dem Umstand, dass sie sein Vertrauen nicht missbraucht hatte. Sie war zu ihm zurückgekehrt, um ihm zu helfen.

Die Brücke schwankte, die Planken knarrten, und von der Seite der Schlucht, die sie hinter sich zurückließen, erklang das lauter werdende Zischen und Stampfen von Dampfmaschinen.

»Wir können von Glück sagen, dass General Tailos von Anfang an einfache Technik benutzt hat«, sagte Samantha, als sie das Ende der Brücke erreichten und Zirzo zum zweiten Mal innerhalb weniger Minuten tiefe Erleichterung erlebte. »Stünden ihm modernere Fahrzeuge zur Verfügung, sähe es schlecht für uns aus.« Das blasse Oval ihres Gesichts kam etwas näher, und die Andeutung von Augen erschien darin. »Du hast doch keine Flugwagen oder dergleichen gesehen?«

»Nein«, stieß Zirzo zwischen keuchenden Atemzügen hervor. Sein Herz beruhigte sich nur langsam. »Aber Baltasar besitzt ein Orakel, das wie ein Fernrohr aussieht. Er hat es in meinem Werkstattwagen benutzt. Vielleicht kann es ihm sagen, wo wir uns befinden.«

»Wie sah es aus?«

Zirzo beschrieb den Gegenstand, den Baltasar auf ihn gerichtet hatte.

»Klingt nach einem Residua-Scanner«, sagte Samantha. Sie schien in der Dunkelheit besser zu sehen als er. Agil kletterte sie zwischen den Felsen und wies ihm den Weg. »Die meisten Orakel sind Ortungsgeräte der Tingla, aber es gibt auch welche von den Ho-Korat, die allerdings nicht mehr funktionieren, wenn der Beginn einer neuen Ära näher rückt.«

Sie erreichten einen schmalen Grat, nach dem sich der Weg hinter aufragenden Felsen recht steil nach unten schlängelte. Von der Anhöhe aus sah Zirzo die Lichter der Verfolger, nicht nur das Scheinwerferlicht von Wagen, sondern auch Lichter von Lampen – einige Leute näherten sich zu Fuß der Brücke.

»Sie geben nicht auf«, sagte Zirzo.

»Zumindest nicht so schnell. Aber selbst wenn Baltasar dort mit einem Residua-Scanner oder Infrarotsensoren unterwegs ist, er wird unsere Spur bald verlieren. Komm, Zirzo!«

Etwa ein Dutzend Meter unterhalb der Anhöhe wandte sich Samantha nach rechts, einem etwas dunkleren Stück der Finsternis entgegen. »Dies ist eine von zahlreichen Höhlen«, sagte sie. »Und das hier lässt unsere Wärmespuren verschwinden.« Sie berührte ihr silbernes Armband, das daraufhin kurz aufglühte. »Wieder ein bisschen weniger Energie für mich. Ich hoffe, dass ich in der *Poseidon* etwas zusammenbasteln kann, mit dem eine Aufladung möglich ist.«

Im Eingang der ersten Höhle von vielen lagen ihre Rucksäcke, halb versteckt in einer kleinen Felsnische. Weiter unten in der Höhle, wo die Finsternis so dicht war, dass sie Substanz und Gewicht zu bekommen schien, holte Samantha eine kleine Taschenlampe hervor. Zirzo wusste nicht, woher sie stammte – vor drei Monaten bei ihrer Begegnung zwischen den Gräbern der Heréra im Kargen Land, hatte sie nichts bei sich gehabt. In ihrem Licht folgten sie dem Verlauf des Tunnels tiefer in den Leib des Berges, vorbei an dünnen, feuchten Felsen, die Samantha Stalagmiten und Stalaktiten nannte.

»Vor zehntausend Jahren, als ich auf der Erde geboren wurde, erstreckte sich in dieser Region ein Meer«, sagte sie. »Sand und Steine der Wüste Zihab bildeten den Meeresgrund. Noch heute gibt es hier unterirdische Flüsse. Seltsam, nicht wahr? Oben ist es heiß und trocken, aber hier unten gibt es reichlich Wasser.«

»Woher weißt du das?«, fragte Zirzo erstaunt, obwohl er gehört hatte, dass die Schreiber und Mathematiker mit solchen Dingen vertraut waren. »Kannst du in die Vergangenheit sehen?«

»Nein«, antwortete Samantha. »Das kann ich nicht. Aber die Vergangenheit erstreckt sich überall um uns herum. Sie hat Spuren hinterlassen, wie ein Wanderer im Schnee, und wenn man sich aufmerksam genug umsieht, kann man die Spuren erkennen und deuten.« Sie zeigte nach vorn. »Lass uns den Weg noch eine Weile fortsetzen, bis wir sicher sein können, dass Baltasar und die anderen *unsere* Spur tatsächlich verloren haben. Dann machen wir Rast, bis draußen die Sonne aufgeht.«

26

Es war ein langer und beschwerlicher Marsch, erst durch Höhlen, die erstaunlich kalt sein konnten, dann durch das Bergland am Rand der Wüste Zihab, eine öde, von kahlen grauen Felsen bestimmte Landschaft, über der sich die Hitze staute. Nachmittags wurde es so heiß, dass sie sich in die Schatten zurückziehen und bis zum Sonnenuntergang warten mussten, bis sie den Weg fortsetzen konnten. Propellerflugzeuge der Nakota zogen manchmal ihre Bahn am wolkenlosen Himmel, meistens von Norden nach Süden, in Richtung der Städte an den Seen von Nemanien, Sumanien und Kelarien, wo, so erinnerte sich Zirzo, in zwei Jahren das Nerox erscheinen sollte, wenn das Orakel des Generals der Jannaschi recht hatte. Am Morgen des zweiten Tages, als sich der Dunst der Nacht aufzulösen begann, beobachteten sie ein Luftschiff der Hellagarit, bestehend aus drei großen Kugeln silbern wie Supra. Es schwebte erstaunlich tief über das Bergland hinweg nach Südwesten, nicht mehr als fünfzig Meter über den nächsten Gipfeln, und Zirzo fragte Samantha, ob sie es für möglich hielt, dass die Hellagarit nach ihnen suchten.

»Nein«, sagte sie, nachdem sie das Luftschiff eine Weile beobachtet hatte, ohne sich zu weit zwischen den Felsen hervorzuwagen. »Die Hellagarit sind harmlos und kümmern sich vor allem um ihre eigenen Angelegenheiten.«

»Als wir vor mehr als zwei Jahren aufgebrochen sind, die Reisegruppe des Generals meine ich ... Ein Zeit lang hat uns ein Luftschiff der Hellagarit begleitet und beobachtet.«

»Oh, sie können auch sehr neugierig sein, wenn sie etwas für interessant halten. Aber wenn ich mich richtig erinnere, haben sie sich noch nie in die Machtkämpfe auf Arkonadia zu Beginn einer neuen Ära eingemischt.«

»Das sagst du oft«, bemerkte Zirzo, als sie weitergingen, die Kühle des Morgens ausnutzend, »*wenn ich mich richtig erinnere.*« Vor ihnen lag die Zihab. Am Abend – oder spätestens in den ersten Stunden der Nacht – würden sie das Wrack der Alten in der Wüste erreichen. »Stimmt mit deinem Gedächtnis etwas nicht?«

Samantha warf ihm einen Blick zu.

»Du bist sehr aufmerksam, Zirzo«, erwiderte sie ein wenig überrascht. »Die traurige Wahrheit lautet: Meine Kräfte lassen nach. Ich bin schon zu lange auf Arkonadia. Besser gesagt: Ich bin zu lange isoliert. Deshalb will ich zur *Poseidon*.«

»Weil du Kraft brauchst?«

Samantha nickte. »Und um eine Nachricht zu schicken, solange es noch möglich ist. Dorthin, woher ich komme.«

»Kraft«, wiederholte Zirzo nachdenklich und spürte, wie sein Rucksack wieder schwer zu werden begann, obwohl sie erst vor kurzer Zeit aufgebrochen waren. »Ich habe dich nie etwas essen oder trinken sehen.«

»Zirzo ist nicht nur ein ausgezeichneter Werkzeugmacher, sondern auch ein guter Beobachter«, sagte Samantha. »Ich benötige keine Nahrung wie du. Meine Kraft stammt von der Energie hier drin.« Sie zeigte auf ihr Armband. »Energie«, wiederholte sie. »Wie ... Elektrizität.«

»Kann man Elektrizität essen und trinken?«, fragte Zirzo verwundert.

»In gewisser Weise, Zirzo, in gewisser Weise.« Samantha lachte leise, und Zirzo begriff, dass er dieses Geräusch zum ersten Mal von ihr hörte: ein Lachen. »Ich habe gar keinen Magen mehr, der Nahrung und Flüssigkeit aufnehmen könnte. Mir fehlt auch sonst noch das eine oder andere, aber dafür habe ich ein langes Leben. Und das hier.« Sie meinte ihr Armband.

Die letzten Felsen blieben hinter ihnen zurück. Vor ihnen erstreckte sich die Dünenlandschaft der offenen Zihab.

»Ich habe kein langes Leben«, sagte Zirzo, nachdem sie eine Weile schweigend gegangen waren. Er versuchte sich vorzustellen, zehntausend Jahre zu leben, hundert Jahrhunderte. »Ich werde nicht einmal die vom Elixier versprochenen zwanzig Jahre erleben.«

Samantha richtete einen fast traurigen Blick auf ihn. »Vielleicht ...«, begann sie und zögerte. »Vielleicht kann ich dir helfen. Mal sehen. Zuerst muss ich die Nachricht schicken und wieder zu Kräften kommen.«

Sterne leuchteten am Himmel, und von Westen her schob sich das leuchtende Band der Galaxis übers Firmament. Hinzu kam das Licht von zwei Monden – die Nacht war fast so hell wie ein trüber Tag.

»Dort ist es«, sagte Samantha. »Das Wrack der *Poseidon*.«

Zirzo hielt Ausschau. Der Rucksack schien dreimal so schwer zu sein wie am Morgen, und bleierne Müdigkeit steckte in seinen Beinen. »Ich sehe nur einen Hügel, eine Ansammlung von Felsen.«

Samantha nickte. »Der Gipfel eines Berges, der aus dem Sandmeer der Wüste ragt. Auf der linken Seite erhebt sich etwas, das man ebenfalls für einen Felsen halten könnte. Es ist die Spitze einer Navigationsschwinge. Der Rest des Schiffes liegt im Sand begraben, seit mehr als dreitausend Jahren.«

Nach zwei weiteren Stunden erreichten sie die Felseninsel. Was neben dem Felsenhügel gen Himmel zeigte, die »Navigationsschwinge«, wie Samantha sie genannt hatte, sah aus wie ein steifes Segel, die Ränder zerfranst und schartig. Nirgends gab es eine Öffnung, nirgends einen Eingang.

Zirzo hätte sich am liebsten auf einen kleineren Felsen gesetzt – die Beine wollten ihn nicht mehr tragen –, aber er fürchtete, anschließend nicht mehr aufstehen zu können. »Wie willst du hinein?«, fragte er müde.

»Nicht hier«, erwiderte Samantha. Sie berührte ihr Armband und schien einer Stimme zu lauschen, die nur sie hörte. »Auf der anderen Seite, zwischen den Felsen. Komm!«

Zirzo ächzte.

Rasche Schritte brachten Samantha an seine Seite. »Verzeih«, sagte sie. »Du bist müde. Wie dumm von mir. Du hast die letzten Jahre in deinem Werkstattwagen verbracht und bist nicht an solche Märsche gewöhnt. Komm, ich helfe dir.«

Sie nahm ihm den Rucksack ab, legte sich die Riemen um

die Schulter und stützte ihn. Halb auf der anderen Seite der Felseninsel entdeckte sie einen vielversprechenden Spalt.

»Höhlen«, stöhnte Zirzo, als Samantha ihn nach unten führte, in Dunkelheit. »Wieder Höhlen?«

»Nur ein Tunnel, nicht länger als hundert Meter, gegraben von Mokonna-Klauen und Nakota-Händen. Auch einige Menschen waren damals dabei. Sie hofften, Schätze zu finden. Stattdessen fanden sie Geister.«

»Ha!«, machte Zirzo. »Es gibt keine Geister.«

»Hier schon«, sagte Samantha. »Vielleicht wirst du sie sehen und hören.«

Der Tunnel endete in einem Raum, der aus dem gleichen sonderbaren Material bestand wie das neben den Felsen aus dem Sand ragende steife Segel. Samantha hatte es »Stahlkeramik« genannt.

Sie leuchtete mit ihrer Lampe. Kratzspuren erschienen im Licht.

»Die stammen vermutlich von Mokonna-Krallen«, sagte Samantha. Das Licht ihrer Lampe wanderte weiter und fand etwas, das eine Tür zu sein schien. Sie war rund und dick und stand offen. »Dies ist eine Luftschleuse, Zirzo. Dort geht es ins Innere des Schiffes.«

Eine seltsame Welt erwartete den alten Werkzeugmacher, manche Bereiche halb zerstört von den Schatzsuchern, die sich im Lauf der Jahrhunderte immer wieder ins Wrack gewagt hatten, andere nach drei Jahrtausenden noch seltsam intakt, wie unberührt. Während Samantha ihn stützte und durch das labyrinthische Innere des Schiffes führte, sprach sie von »Materialgedächtnis« und »Molekülarchitekten« und meinte damit offenbar eine Fähigkeit des alten Schiffes, sich selbst zu reparieren, so wie sich ein lebender Körper von Verletzungen und Krankheiten erholte.

»An manchen Stellen konnte es sich selbst reparieren, wo Materialgedächtnis und Molekülarchitekten noch funktionierten und genügend Energie zur Verfügung stand«, sagte sie. »An anderen nicht. Die Schatzsucher und Plünderer schleppten damals alles fort, was sie fortschleppen konnten, wobei sie großen Schaden anrichteten, wie hier.«

Das Licht der Lampe wanderte durch einen Saal, in dem ein wilder Kampf stattgefunden zu haben schien. Geräte und Objekte, die Zirzo nicht identifizieren konnte, waren von Wänden und Sockeln gerissen, lagen zerfetzt und zertrümmert in Haufen. Wieder fanden sie Kratzspuren von Mokonna-Krallen, tiefe Rillen im Boden und in den Wänden.

»Ich nehme an, sie haben einen Weg zum Nukleus gesucht«, sagte Samantha nachdenklich, und Zirzo wusste nicht, ob die Worte an ihn gerichtet waren. »Sie hatten es eilig. Vielleicht fürchteten sie das Erscheinen von Geistern.«

Zirzo drehte den Kopf. »Gibt es hier welche?«

Samantha legte die Hand auf ihr Armband. »Nein«, sagte sie. »Nein, nicht mehr. Vielleicht hat es hier Restenergie gegeben, die Geister erscheinen lassen konnte, aber sie ist längst verschwunden. Ich nehme an, nach dreitausend Jahren gibt es nur noch im Kern Energie, beim Sprawler. Sie schläft dort.«

»Schlafende Energie«, sagte Zirzo, als sie das Chaos des Saals verließen und dem Verlauf eines Korridors folgten, der so steil nach unten führte, dass sie sich an der Wand abstützen mussten. »Und du kannst sie wecken?«

»Ich denke schon.«

Voraus erschien eine weitere Tür, aber sie war nicht rund und dick, sondern bestand aus mehreren keilförmigen Segmenten, die sich voneinander gelöst und eine Öffnung geschaffen hatten. Daneben zeigten sich Schriftzeichen an der Wand, die Samantha offenbar lesen konnte. Ihr Gesicht veränderte sich.

»Wir sind uns bei den Gräbern der Heréra begegnet, Zirzo. Du warst allein. Ich nehme an, du fürchtest die Toten nicht, oder?«

»Die Toten sind tot. Sie können den Lebenden nichts antun.«

»Sollte man meinen. Aber das ist nicht immer so. Manchmal können Tote Macht ausüben, indirekt, durch das Gedenken der Lebenden, durch ihre Erinnerungen an die Toten.« Samantha kletterte durch die Öffnung und half Zirzo durch die Lücke zwischen den keilförmigen Türsegmenten. »Diese Toten allerdings haben keine Macht. Sie hatten nie welche. Sie starben im Schlaf, in der Hoffnung auf ein neues, besseres Leben.«

Das Licht der kleinen Lampe strich über Dutzende, Hunderte von gläsernen Behältern, zu dritt und zu viert übereinander. In ihnen allen lagen mumifizierte Leichen: Männer, Frauen und Kinder, in cremefarbene Tücher gehüllt. Nicht ein Schatten von Leid lag in den ledrigen Gesichtern. Was auch immer diese Leute umgebracht hatte, der Tod schien schmerzlos gekommen zu sein, ohne dass all die Menschen begriffen, wie ihnen geschah.

»Die *Poseidon* verschwand im Jahr 8943 der alten Zeitrechnung«, sagte Samantha und schritt langsam an den gläsernen Behältern entlang. Wieder war Zirzo nicht sicher, ob die Worte ihm galten. »Sie kam durch die Anomalie und stürzte auf Arkonadia ab, doch erstaunlicherweise ging nicht ein einziger Hibernationsbehälter verloren. Sieh dich um, Zirzo. Alle sind intakt.«

»Die Behälter ja«, erwiderte er und blieb vor einem gläsernen Sarg stehen, in dem ein Mädchen mit langem schwarzem Haar lag, das mumifizierte Gesicht seltsam friedlich. »Der Inhalt nicht.«

»Dieser Teil des Schiffes muss speziell gesichert gewesen sein«, fuhr Samantha fort. »Vermutlich mit lokalen Gravitationsfeldern. Die *Poseidon* war mit fünftausend Kolonisten zum Myrton-Cluster am Rand der Galaxis unterwegs, als sie in die Anomalie geriet. Diese Menschen ... Sie schliefen einen künstlichen Schlaf, Zirzo, tief und fest. Sie wollten auf einer fernen Welt erwachen, einer neuen Heimat für sie. Vielleicht lebten sie noch Jahre nach dem Absturz.«

»Sie schliefen weiter«, vermutete Zirzo. »Sie merkten nicht, was geschah.«

»Irgendwann ging die Energie zur Neige«, sagte Samantha. »Oder die ersten Schatzsucher und Plünderer unterbrachen die Energieversorgung, vielleicht unabsichtlich.«

»Im Schlaf gestorben«, murmelte Zirzo traurig. »Fünftausend. So viele wie die Einwohner einer kleinen Stadt.«

»Wie die Einwohner einer kleinen arkonadischen Stadt, ja.«

»Wenigstens haben sie nicht gelitten.«

»Aber sie sind tot, und ihre Hoffnungen und Träume mit ihnen«, sagte Samantha. »Es hätte nicht passieren dürfen. Die *Poseidon* und ihre Kolonisten, all die anderen Schiffe, die es hierher verschlug, der Rückfall in die Primitivität, der langsame, mühevolle Aufstieg zu neuen Zivilisationen, immer wieder gestört und auch zerstört vom Erscheinen des Nerox alle vierhundertdreiundfünfzig Jahre ... Das ist das Drama dieser Welt, Zirzo. Nicht die Frage, wer es schafft, ins Nerox zu gelangen und sich seine Macht anzueignen, sondern all das Leid, das Anomalie und Nerox dieser Welt und den vielen Schiffbrüchigen und ihren Nachfahren brachten und immer noch bringen. Es muss endlich aufhören.«

Zirzo hörte etwas in ihrer Stimme, einen besonderen Unterton, eine tiefe Entschlossenheit. »Geht es dir darum?«, fragte er, den Blick noch immer auf das Gesicht des toten Mädchens gerichtet. »Willst du deshalb ins Nerox?«

»Ja«, sagte Samantha. »Der Kreislauf muss endlich durchbrochen werden.«

Es war ein seltsamer Ausdruck, fand Zirzo. Er dachte an Tiere, die er als Junge in seiner Heimat im hohen Norden gesehen hatte, an kräftige, geduldige Barroc, die mit sturer Unermüdlichkeit im Kreis liefen, verbunden mit mechanischen Pumpen. Er dachte an Menschen und andere, deren Lebensweg zwar viele Kurven aufwies, die sich aber dennoch im Kreis bewegten. Er dachte an seine Tochter Alonna, deren Kreis sehr eng war und hauptsächlich aus Traumsalz bestand. Und er dachte an seinen eigenen Kreis, mit der Werkstatt im Mittelpunkt. Er war aus seinem Kreis ausgebrochen, Samanthas Worte hatten ihn dazu verleitet, aber das Dumme war: Man wusste nicht, was jenseits des Kreises lag. Wusste es diese Frau? Wusste sie, was geschehen würde, wenn sie Arkonadias Kreislauf durchbrach?

Irgendwo in einem Labyrinth aus Rohren und stummen Geräteblöcken öffnete Samantha eine Luke. »Dort unten befindet sich der Sprawler«, sagte sie und kletterte hinab.

Zirzo wusste nicht, was ein »Sprawler« war, aber offenbar konnte Energie in ihm schlafen, wie auch immer. Er stellte sich vor, dass es tief im Bauch des alten Schiffes Batterien gab, wie sie die Tingla, Hellagarit, Nakota und andere für ihre Elektrizität verwendeten. Besonders leistungsfähige und langlebige Batterien, die selbst nach sechs oder sieben Ären noch Strom enthielten. Doch wie wollte Samantha diesen Strom aufnehmen, ihn »essen« oder »trinken«? Der neugierige Knabe namens Zirzo hatte einmal in einem alten Transporter der Nakota gespielt und dabei eine vergessene Batterie berührt. Er erinnerte sich daran, wie unangenehm ein »Stromschlag« sein konnte.

Der nächste Raum, seine Wände glatt und gewölbt, enthielt bogenförmige Streben und mehrere graue rechteckige Blöcke – Samantha nannte sie »Signalbrücken« und »Konsolen«. Und es wohnte ein Geist in ihm.

Das Phantom erschien, als Samantha einen Gegenstand hervorholte und ihn mit einer der Konsolen verband. Plötzlich stand eine durchscheinende Gestalt im Raum, eine junge Frau mit kurzem Haar und großen, ernsten Augen. Körper und Kleidung mangelte es an Substanz, denn man konnte die Wand dahinter sehen. Der Geist öffnete den Mund und sagte etwas. Zirzo, der erschrocken zurückgewichen war, verstand kein Wort.

»Hab keine Angst«, sagte Samantha. »Das ist ein Hologramm, ein kleiner Teil des alten Intellekts, der die *Poseidon* einst gesteuert und ihre Systeme überwacht hat.« Sie fügte hinzu: »Ein freundlicher Geist, Zirzo. Ein Geist, der uns helfen kann.«

Aber ein Geist. Ein echter, leibhaftiger Geist, der sprach

und sich bewegte. Zirzo starrte ihn an, aus sicherer Entfernung, und hörte weitere Worte, mit denen er nichts anzufangen wusste. Samantha antwortete in derselben Sprache, trat hinter die Konsolen – der Geist folgte ihr – und öffnete eine Art Tür, die in einen kleineren, schmaleren Gang führte. Dort ragten zapfenförmige Gegenstände aus der Wand. Samantha richtete das Licht der Lampe auf sie, wodurch es in Zirzos Teil des Raums dunkler wurde.

»Es gibt tatsächlich noch etwas Restenergie im Sprawler«, sagte Samantha über ihre Schulter hinweg. »Der Intellekt – der Geist – hat es mir bestätigt. Sie könnte für meine Zwecke genügen, zumal es noch keine technologische Inhibition gibt – bis dahin dauert es noch eine Weile. Zirzo ...«

»Ja?«, brachte er mit zittriger Stimme hervor.

»Was auch immer geschieht ... Du sollst wissen, dass ich dir dankbar bin.«

»Dankbar?«, wiederholte Zirzo. Der Geist wandte sich ihm zu, er sah ihn an, bevor er einmal kurz flackerte und dann verschwand.

»Ja. Du bist mir eine große Hilfe gewesen. Du ahnst nicht, wie sehr du mir geholfen hast. Ich werde versuchen, mich zu revanchieren und auch dir zu helfen. Vielleicht kann ich etwas gegen deine Krankheit tun. Aber zuerst muss ich leider ...«

»Ja?«, fragte Zirzo und hörte ein Summen, das aus dem kleinen Gang kam.

»Ich wecke jetzt die schlafende Energie, Zirzo«, sagte Samantha. »Sieh nicht her!«

Er war zu neugierig. Er sah hin.

Alls wurde weiß und blau und sehr schmerzhaft.

27

»Er kommt zu sich, zweifellos«, grollte eine Stimme. »Hörst du mich, Werkzeugmacher?«

Etwas klatschte auf seine tauben Wangen, vielleicht eine

Hand. Zirzo hob die schweren Lider und sah einen baumelnden gelben Nasenrüssel, darüber ein braunes Gesicht mit Reptilienaugen.

Eine andere Gestalt erschien in Zirzos Blickfeld, ein schlanker, fast dürrer Mann, die eine Hälfte des Gesichts aus Metall. »Wo ist sie? Was hat sie hier gemacht?«

»Ich verstehe nicht ...«

Baltasar stieß ihn mit dem Fuß an, und da merkte Zirzo erst, dass er auf dem Boden lag. Er nahm einen seltsamen Geruch wahr, einen strengen, scharfen Geruch, wie nach seinem heftigen Gewitter.

»Die Frau namens Samantha. Du hast sie bei dir versteckt, nicht wahr? Sie war die ganze Zeit bei dir!«

Der General stand in der Nähe und schnaufte, sagte aber nichts.

Mein Rucksack, dachte Zirzo plötzlich. Die grüne Figur darin ...

Er hob den Kopf und sah einen Tingla in dem schmalen Gang, wo Samantha die schlafende Energie geweckt hatte. Mit ihrem ledrigen, borkigen Gesicht erinnerte ihn die Gestalt an die Mumien, an die Toten in den gläsernen Särgen. Vier Tentakelarme bewegten sich, schwangen nach hinten und zu den Seiten. Greifnäpfe richteten Orakel auf die Zapfen im Gang.

»Es ist zu einer starken Entladung gekommen«, sagte der Tingla.

»Organische Spuren?«, fragte Baltasar.

»Keine.«

»Hat ein Transfer stattgefunden?«

»Das ist zu vermuten.« Der Tingla verließ den Gang und blieb zwischen den Konsolen stehen.

Baltasar wandte sich wieder Zirzo zu und stieß ihn erneut mit dem Fuß an. Seine Stiefelspitze bohrte sich dem alten Werkzeugmacher in die Seite. »Wohin ist sie verschwunden?«

»Ich weiß es nicht.« Zirzo krümmte sich zusammen. Sie ist

weg, dachte er. Sie hat sich vom Geist und dem blauen Licht fortbringen lassen. Und sie hat mir die Figur gestohlen.
Er schloss die Augen und gab sich der Dunkelheit hin.

Drei Tage später, als die mit Demmrotts Salbe bestrichenen Verbrennungen kaum mehr schmerzten und Zirzo wieder an seiner Werkbank saß, in den zitternden Händen die Kugel mit den kleinen Spindeln und Zylindern, dachte er daran, dass sein Kreis ihn eingeholt und sich wieder um ihn geschlossen hatte, enger als jemals zuvor. Ständig war ein Soldat bei ihm, als Wächter – er saß jetzt hinten in der Ecke und starrte missmutig aus dem Fenster –, und der General ließ keinen Zweifel daran, dass Zirzo sein Gefangener war. Die kleinen Freiheiten, die es bisher für ihn gegeben hatte, existierten nicht mehr. Auf Schritt und Tritt wurde er bewacht; selbst nachts blieben Soldaten in der Nähe seines Wohnwagens, um zu verhindern, dass er im Schutz der Dunkelheit das Lager verließ.

Schwere Schritte näherten sich dem Wagen, der gerade angehalten hatte. Zirzo duckte sich, drehte das Werkzeug etwas schneller und suchte nach einer Stelle, an der ein filigraner Faden fehlte oder neu gebogen werden musste.

Die Tür schwang auf, und Tailos kam herein. Der Soldat in der Ecke sprang auf und salutierte. Tailos winkte ihm kurz zu.

»Wie kommst du voran, Werkzeugmacher?«

»Gut«, log Zirzo. Das Prickeln der Gabe in seinen Fingern existierte noch, aber es galt nicht der Kugel. Es sehnte sich nach der grünen Figur. »Ich komme gut voran.«

»Du wirst dich ganz dem Werkzeug widmen«, donnerte Tailos. Er blieb neben der Werkbank stehen, die Fäuste in die Seiten gestemmt. Sein Nasenrüssel wand sich hin und her, roch Zirzos Arbeit. »Vergiss alles andere!«

»Ja, General«, sagte Zirzo gedrückt.

»Ich dachte, ich könnte mich auf dich verlassen, Werkzeugmacher«, grollte Tailos. »Aber du hast mein Vertrauen missbraucht.«

Zirzo schwieg.

Tailos legte ihm eine schwere Hand auf die Schulter. »Auch dein Vertrauen ist missbraucht worden.«

»Ja, General.«

»Wie konntest du nur so dumm sein, einer Lügnerin und Mörderin zu trauen?«

Zirzo blieb still und starrte auf das Werkzeug, das ihn nicht mehr interessierte.

»Arbeite, Werkzeugmacher«, brummte Tailos. Seine Hand drückte zu und hob sich dann von der Schulter. »Arbeite gut! Am Ende gibt es Freiheit für dich, wenn du fertig bist.«

Das glaubte Zirzo nicht. Sein Kreis, der sich wieder um ihn geschlossen hatte, würde enger und enger werden, bis er darin nicht mehr atmen konnte und elendig erstickte.

Begegnung im Dunkeln

Jasmin 28

Jasmin war am Rand der Stadt Dubbrizza gelandet, als der Sturm nachließ und aus dem wolkenbruchartigen Regen ein beständiges Nieseln wurde. Unbemerkt von Angreifern und Verteidigern erreichte sie die Ruine eines mehrstöckigen Gebäudes, verbarg sich im Keller und versuchte, eine Komm-Verbindung mit ihrem Vater herzustellen. Er meldete sich nicht, wofür es viele Gründe geben konnte. An den schlimmsten, dass ihm etwas zugestoßen war, wollte sie nicht denken.

Sie legte den Schutzanzug ab, entnahm seinen Taschen die Dinge, die sie brauchte, und versteckte ihn dann in einem Loch hinter einem Schutthaufen. Sie legte einige Steine und gesplitterte Bretter darauf, trat zurück und vergewisserte sich, dass sie keine auf den ersten Blick erkennbare Spuren hinterlassen hatte, bevor sie den Keller verließ und sich in Richtung Stadtzentrum auf den Weg machte. Eine dünne Jacke schützte sie vor Wind und Regen, doch schon eine Stunde später legte Jasmin sie ab, denn mit der aufgehenden Sonne wurde es schnell warm. Die Regennässe verwandelte sich in Dunst, der über Ruinen strich und sich im Osten der Stadt mit dem Rauch von plötzlich einsetzendem Geschützfeuer und brennenden Gebäuden vereinte.

Jasmins Kleidung war schmutzig, und sie zog beim Gehen den linken Fuß nach. Wer sie sah, sollte sie für eine Frau halten, die erst vor kurzer Zeit verletzt worden war und sich noch nicht ganz davon erholt hatte. Sie hielt sich am Rand der Straßen, auf denen umso mehr Leute unterwegs waren, je näher sie der Innenstadt kam, die meisten von ihnen Menschen, Zivilisten und Soldaten. Zischende Dampfmaschinen zogen Karren mit Verwundeten und brachten sie zu Notlazaretten, von großen grünen Schildern mit den Symbolen der Heilerkasten markiert. Auf den Plätzen gab es Sammelpunkte für die noch einsatzfähigen Soldaten, wo Kommandeure sie in Gruppen einteilten und die meisten von ihnen in den Osten von Dubbrizza schickten, denn dort schlug das Geschützfeuer der Angreifer eine Bresche, durch die der Feind vorrückte. Die anderen Einsatzgruppen wurden mit Wachdiensten innerhalb der Stadt beauftragt – sie sollten verhindern, dass Plünderer in evakuierte Gebäude eindrangen und über hilflose Zivilisten herfielen – oder nach Westen gesandt, wo sich Tausende zu einer langen Kolonne zusammenfanden und ihr Heil in der Flucht suchten. Jasmin sah sie von einem Turm aus, dessen Treppe sie erklomm, um sich ein Bild von der Lage zu machen. Es brannte nicht nur im Westen der Stadt, sondern auch innerhalb von Dubbrizza, gleich an mehreren Stellen, trotz des in der Nacht gefallenen Regens. Im Osten sah sie lange Schlangen aus gepanzerten Wagen, ebenfalls von Dampfmaschinen gezogen, und ihnen folgte die Armee der Angreifer: drei große Keile, die sich in die Stadt zu bohren begannen.

Jasmin orientierte sich und stellte fest, dass sie etwa ein Kilometer von ihrem Ziel trennte, dem Gebäude, das der letzte bekannte Aufenthaltsort der Reisenden namens Samantha war. Als sie die Turmtreppe wieder hinuntereilte, bemerkte sie drei Soldaten, einer von ihnen mit Blut im Gesicht, die sich näherten. Jasmin wandte sich in die andere Richtung, huschte, plötzlich nicht mehr humpelnd, an einem einfachen Karren vorbei, den mehrere Zivilisten mit ihren Habseligkeiten beluden, und eilte durch eine schmale Gasse, in der tiefe Pfützen an den Regen der vergangenen Nacht erinnerten.

»He, bleib stehen!«

Jasmin warf einen Blick über die Schulter. Die drei Soldaten waren ihr gefolgt, und der mit dem Blut im Gesicht hatte seine Waffe gezogen. Sie wollte nicht aufgehalten werden, keine Fragen beantworten müssen, und deshalb sprang sie in einen dunklen Hauseingang, lief durch mehrere Zimmer, verließ das Gebäude auf der anderen Seite durch eine offene Tür und erreichte eine breite Straße mit vielen Zivilisten, die Handkarren zogen oder versuchten, einen Sitzplatz auf einem der Dampfmaschinenwagen zu ergattern. Weiter vorn standen mehrere Fahrzeuge und blockierten die Straße.

»Die Motoren funktionieren nicht mehr!«, rief jemand. »Auch die Elektrowagen stehen still!«

Jasmin bahnte sich energisch, aber nicht zu grob einen Weg durch die Menge und schaffte es, hinter einem der Dampfwagen zu verschwinden, als die drei Soldaten durch die offene Tür kamen und nach ihr Ausschau hielten. Für zwei oder drei Sekunden füllte das Gesicht eines Mädchens Jasmins Gesichtsfeld: sieben oder acht Jahre alt, das dunkle Haar schmutzig und zerzaust, die Augen voller Schmerz und Furcht. Es richtete einen fragenden Blick auf sie, dieses Mädchen, das stumm in der Menge stand. Es schien zu erkennen, dass Jasmin anders war als die anderen Menschen, und für einen Moment erschien fast so etwas wie Hoffnung in den großen nussbraunen Augen. Das Kind öffnete den Mund, um etwas zu sagen, und schloss ihn wieder, als es vielleicht begriff, dass Worte nichts nützten.

Das Bild brannte sich Jasmin ins Gedächtnis, als sie durch weitere Gassen eilte, den Soldaten und Zivilisten auswich, wo sie ihnen ausweichen konnte, und sich ihrem Ziel näherte. Es gab viele Kinder wie das Mädchen auf jener Straße, in den Augen ein Schmerz, den es dort nicht hätte geben dürfen. Und solche Kinder lebten nicht nur auf Arkonadia, sondern auch auf vielen anderen Welten, und manchmal – zu oft – ging ihr Leben zu Ende, bevor es sich richtig hatte entfalten können. Während der vergangenen dreißig Jahre bei Omni hatte Jasmin Thrako mehrmals darauf angesprochen, und der Inper hatte geantwortet: *Omni hilft, wo Omnis Großer Denker Hilfe für angebracht und nötig hält.* Wie konnte man sich damit begnügen, wenn man über die Technologie und die Macht verfügte, überall dort einzugreifen, wo sich Leid lindern und Hoffnung säen ließ? Was *dachte* der Große Denker?

Auf dem nächsten Stadtplatz, nur noch etwa zweihundert Meter vom Zielgebäude entfernt, musste sie Soldaten ausweichen, die einen Kordon um einen Treppenabgang gezogen hatten. Jasmin verharrte im Schatten eines Hauseingangs und beobachtete das Geschehen. Die Soldaten gestatteten einer kleinen Gruppe von Zivilisten – Männer und Frauen, die sauberer und besser gekleidet waren als die übrigen Stadtbewohner und deren Gepäck von Bediensteten getragen wurde –, die Treppe hinabzugehen. Die anderen Flüchtlinge, ebenfalls Bürger von Dubbrizza, mussten den Weg nach Westen fortsetzen und sich dort der Kolonne anschließen, die aus der Stadt zu entkommen versuchte. Gab es unterirdische Fluchttunnel, die mehr Sicherheit versprachen als die Wege an der Oberfläche? Tunnel, die nur den Privilegierten von Dubbrizza zur Verfügung standen? Ein altes Muster, das Jasmin von vielen anderen Welten kannte.

Sie wich dem Kordon aus, verließ den Platz, folgte dem Verlauf einer Nebenstraße und nahm die erste Gasse, die nach rechts führte und an manchen Stellen so eng wurde, dass sich Jasmin durch die Lücken zwischen den schiefen Mauern zwängen musste, die sich einige Meter weiter oben trafen – die Häuser lehnten hier aneinander. Im Halbdunkel stob ein Tier davon, dessen Kopf nur aus Zähnen zu bestehen schien.

Und dort war ihr Ziel, auf der anderen Seite einer Straße, auf der offenbar mehrere Granaten eingeschlagen waren, tiefe, mit Regenwasser gefüllte Krater geschaffen und die Fassaden aller Gebäude in der Nähe beschädigt hatten. Einige Zivilisten versuchten, einen schwer beladenen Karren durch das Trümmerfeld zu ziehen. Zwei Soldaten, die vor dem Eingang des dreistöckigen Gebäudes Wache hielten, beobachteten sie dabei.

Jasmin wartete, bis die Zivilisten mit dem Karren nahe genug herangekommen waren, trat humpelnd aus der Gasse und gesellte sich zu einer alten Frau, die hinten zu schieben versuchte.

»Danke«, sagte die Alte. »Danke!«

Der Karren schwankte und rumpelte an einem Krater vorbei, gezogen von drei Frauen in mittleren Jahren, und geschoben von zwei weiteren, eine von ihnen alt und vielleicht die Mutter oder Großmutter der anderen. Jasmin fiel ein wenig mit ihrem roten Haar auf, aber es war inzwischen ebenfalls schmutzig und zerzaust – wahrscheinlich hielten die Soldaten sie für eine Angehörige der Familie. Nach zwei Dutzend Metern kam eine Gruppe mit Rucksäcken, Kleidungsbündeln und Handkarren aus einer schmaleren Seitenstraße, und Jasmin nutzte die Gelegenheit, den großen Karren zu verlassen, sich kurz unter die anderen Leute zu mischen und in ihrer Deckung einen Seiteneingang des Gebäudes zu erreichen. Als sie kurz zurücksah, begegnete sie dem enttäuschten Blick der Alten, die nun wieder allein schieben musste.

Ein Schutthaufen verwehrte zunächst den Zugang, doch nachdem sie mehrere große Brocken beiseitegezerrt hatte, konnte sie durch eine schmale Lücke klettern und befand sich wenige Sekunden später im Innern des Gebäudes. Ihre crohanischen Augen, die besser sahen als menschliche, gewöhnten sich schnell an das Halbdunkel. Von der einen Seite kamen Stimmen, so leise und gedämpft, dass ein Mensch sie nicht gehört hätte – vielleicht Soldaten im Eingangsbereich des Gebäudes.

Auf leisen Sohlen schlich Jasmin durch die ersten Zimmer, die offenbar Büros gewesen waren. Hier und dort waren Schränke umgestürzt, ihr Inhalt auf dem Boden verstreut. Sie achtete mit großer Sorgfalt darauf, wohin sie den Fuß setzte, gelangte zu einer Treppe, verharrte neben dem Geländer und lauschte. Die Soldaten vorn im Gebäude sprachen nicht mehr; für einige wenige Sekunden herrschte völlige Stille.

Dann vernahm Jasmin ein Pfeifen, das schnell lauter wurde, und einen Moment später donnerte eine Explosion, so heftig, dass der Boden unter ihr erzitterte. Staub rieselte von der Decke, die Treppe ächzte.

Die pfeifenden Geräusche wiederholten sich, gefolgt vom Krachen weiterer Explosionen, aber etwas entfernt. Granaten, dachte Jasmin und dachte an das Mädchen, das sie angesehen hatte, und an die alte Frau, die zuerst erleichtert und dann enttäuscht gewesen war.

Sie griff in die Tasche und holte ein Omni-Artefakt hervor, eine kleine Kugel, gefüllt mit winzigen Augen. Einige von ihnen öffneten sich und blinzelten.

Der frühzeitig eingesetzte Inhibitionseffekt verhinderte jeden Kontakt mit den Kontinua oder Omni. Das Artefakt brauchte Energie, und es bezog sie aus dem silbernen Armband, das Jasmin am Leben erhielt. Sie musste mit der darin gespeicherten Kraft sehr vorsichtig umgehen, wenn sie nicht in große Schwierigkeiten geraten wollte, aber hier und jetzt brauchte sie einen Hinweis darauf, *wo* sich Samantha befunden hatte, und zwar schnell, bevor das Gebäude von einer Granate getroffen wurde.

Die kleine Kugel, das Omniskop, konnte als »Kontinua-Schnüffler« verwendet werden. Es nahm selbst winzige Reste einer Kontinua-Präsenz wahr, und die verschwundene Samantha war eine Reisende in Omnis Diensten, ebenfalls mit einem Konnektor in Form eines Armbands ausgestattet. Wenn sie sich tatsächlich an diesem Ort aufgehalten hatte, so musste sie Spuren hinterlassen haben, die von dem Omniskop entdeckt werden konnten.

Zwei Augen in der kleinen Kugel wurden etwas größer. Eins blickte nach unten, das andere zu einer kleinen Tür in der Wand unter der Treppe.

Der Keller.

Jasmin duckte sich unter die Treppe, drehte den Knauf der Tür und zog. Sie klemmte, ließ sich dann aber öffnen. Hinter ihr führten schmale Stufen steil in die Tiefe. Jasmin schloss die Tür hinter sich, obwohl es dadurch völlig dunkel wurde. Sie vertraute ihren crohanischen Augen, als sie sich an den

Abstieg machte. Die kleine Kugel, das Omniskop, ruhte warm in ihrer Hand.

Oben krachte und donnerte es erneut, dumpf und nahe genug, um Vibrationen durch das Gebäude zu schicken. Vor Jasmin teilte sich die Dunkelheit in einzelne Schatten: ein Korridor auf der linken Seite, breit genug für eine Person, Rohrleitungen und Kabelbündel auf der rechten. Sie betätigte einen Schalter, den sie fand, aber es blieb dunkel.

Die beiden größer gewordenen Augen im Omniskop blickten nach vorn.

Jasmin ging weiter, vorbei an den Rohrleitungen, in denen es gelegentlich gluckerte und zischte. Oben blieb es eine Zeit lang still, und dann donnerte es plötzlich so laut, dass Jasmin unwillkürlich den Kopf einzog und sich an die nahe Wand drückte. Das ganze Gebäude erbebte, so heftig, dass einige Meter entfernt ein Rohr brach. Dampf entwich.

Jasmin erreichte eine Tür, zog sie auf und trat in einen Raum, der offenbar eine Art Werkstatt war. Regale zogen sich an den Wänden entlang, darin einfache mechanische Instrumente und kleine Behälter mit Schrauben, Bolzen und ähnlichen Dingen. In einer Ecke stand ein Tisch, eine Werkbank. Eine andere Tür gab es nicht. Jasmin drehte sich langsam, umgeben von einer Dunkelheit, die für einen Menschen absolut gewesen wäre, trotz des vagen Glühens, das aus dem Innern des Omniskops kam. Nichts. Nirgends etwas, das auf eine Reisende in den Diensten von Omni hindeutete.

Sie hob die kleine Kugel. Eins der beiden größer gewordenen Augen hatte sich wie müde wieder geschlossen; das andere blickte zum Tisch, zur Werkbank. Mehrere schmutzige Lappen lagen darunter.

Jasmin trat näher, bückte sich und fegte die Lappen beiseite. Hier war es selbst für ihre crohanischen Augen zu dunkel – sie sah nur staubigen, fleckigen Boden, ohne besondere Einzelheiten. Doch als sie mit den Fingerkuppen der freien Hand darüberstrich, ertastete sie eine Fuge.

Eine Falltür.

Sie nahm ein Werkzeug aus dem nächsten Regal, einen Stift, der in einer kurzen, schmalen Schneide endete. Dieses Ende drückte sie in den winzigen Spalt und begann zu hebeln, vorsichtig, damit der Stift nicht brach. Nach einigen vergeblichen Versuchen gelang es ihr, die Falltür so weit anzuheben, dass sie danach greifen und sie ganz hochziehen konnte.

Eine Leiter führte in die schwarze Tiefe, in der es eindeutig eine Kontinua-Präsenz gegeben hatte – das zweite Auge im Omniskop öffnete sich wieder und blickte wie das erste in die Finsternis.

Jasmin hielt den Stift über die Falltür und ließ ihn fallen. Schon nach kurzer Zeit prallte er unten auf den Boden; es ging also nicht sehr weit hinab.

Sie rückte die Werkbank beiseite, schob ihre Beine in die Falltür und begann mit dem Abstieg. Nach etwa drei Metern erreichte sie das Ende der Leiter. Schwaches Licht kam von der rechten Seite, ein Glühen, nur wenig stärker als das des Omniskops, aber genug, um der Dunkelheit die Konturen einfacher Schränke, eines Tisches und dreier Stühle zu entreißen. Schubladen waren geöffnet, ihr Inhalt lag auf dem Boden. Zwei der drei Stühle lagen umgekippt, und alle Türen und Fächer der Schränke waren geöffnet.

Glassplitter knirschten leise unter Jasmins Stiefeln, als sie dorthin ging, woher das Glühen kam. Der Kellerraum schien Schauplatz eines Kampfes gewesen zu sein und erinnerte Jasmin an die Omni-Station in Therbens Ringen, an die Anzeichen von blinder Zerstörungswut, die sie dort gesehen hatte.

Das Licht stammte von einer auf minimale Leuchtkraft justierten Chemolampe, die keine Elektrizität benötigte. Es fiel auf eine zerschmetterte Einrichtung, auf die zerfetzten Reste von Objekten, die sich kaum mehr identifizieren ließen. Mit einer Ausnahme. Links neben dem Eingang lagen die Reste eines Omni-Kommunikators, wie von einer mächtigen Faust zertrümmert. Vielleicht war es das Gerät, mit dem Samantha ihren letzten Bericht übermittelt hatte.

An den Wänden bemerkte Jasmin dunkle Spritzer. Stammten sie von Blut? Langsam und lautlos öffnete sie die Tasche an ihrem Gürtel und wollte die Waffe ziehen.

»Nein«, ertönte eine Stimme hinter ihr. »Lassen Sie die Waffe, wo sie ist!«

Jasmin erstarrte. Sie hatte nichts gehört. Überhaupt nichts. Obwohl ihre crohanischen Ohren – wie die Augen – besser waren als menschliche. Niemand konnte sich an sie heranschleichen; das war schlicht und einfach unmöglich.

»Sieht ziemlich wüst aus, nicht wahr?«, fuhr die Stimme fort. Ein Mann, dachte Jasmin. Und nahe, sehr nahe. »So wüst wie in der Station, die Sie in Therbens Ringen besucht haben, zusammen mit Ihrem Vater.«

Jasmin wagte kaum zu atmen. Wer auf Arkonadia konnte von der Station wissen? Oder von ihr und ihrem Vater?

In der einen Hand hielt sie das Omniskop. Mit der anderen hatte sie die Waffe halb aus der Gürteltasche gezogen. »Omni?«, fragte sie leise.

»Omni?«, wiederholte die Stimme, der Mann. Es folgte ein kurzes, humorloses Lachen. »Nein. Nein, nicht Omni. Wo ist Ihr Vater, Jasmin? Wartet er draußen?«

Sie antwortete nicht.

»Oh, es spielt auch keine Rolle. Sie genügen mir.«

»Sie haben hier gewartet«, sagte Jasmin.

»Das war nicht schwer zu erraten, oder?«

»Woher wussten Sie, dass ich hierherkommen würde?« Sie starrte auf die Trümmer, auf den zerschmetterten Kommunikator, und fragte sich, ob sie riskieren sollte, ihre Waffe ganz zu ziehen. Sie konnte zur Seite springen oder sich fallen lassen, um einem Schuss zu entgehen – sie zweifelte nicht einen Moment daran, dass der Mann hinter ihr bewaffnet war.

»Sie wären nicht schnell genug«, sagte die Stimme. »Trotz Ihrer crohanischen Gene. Ob Sie springen, sich fallen lassen oder herumwirbeln ... Ich würde Sie erschießen, bevor Sie Gelegenheit bekämen, Ihre Waffe auf mich zu richten.«

»Wer sind Sie?«

»Drehen Sie sich um, ganz langsam, Jasmin!«, sagte der Mann. »Und stecken Sie die Waffe in die Tasche!«

Jasmin ließ die Waffe in die Gürteltasche zurückgleiten und drehte sich um, ganz langsam, wie der Mann gesagt hatte.

Ein dünner Zylinder zeigte auf sie, etwa zwanzig Zentimeter lang, verbunden mit einem dickeren Zylinder, der im rechten Winkel zum ersten angebracht war und in der Hand des Mannes ruhte.

Jasmin hob den Blick von der Waffe und sah ein Gesicht, das zur Hälfte aus Metall bestand.

»Ich bin Baltasar«, sagte der Mann.

Eine Seele wie Staub

Zirzo, der Werkzeugmacher 29
Noch vier Monate und zwei Tage bis zum Beginn der 45. Ära
Wochen vergingen, wurden zu Monaten, die immer schneller vergingen. So war das mit der Zeit, dachte Zirzo manchmal, wenn er mitten in der Nacht erwachte und der Stille lauschte, die immer seltener und kostbarer wurde, je weiter sie nach Süden kamen und desto näher der Beginn der fünfundvierzigsten Ära rückte. Zuerst rann sie dahin, die Zeit, wie Sand, der hier und dort aus einer geschlossenen Hand entkam. Doch wenn die Hand alterte, konnte sie den Sand der Zeit nicht mehr so festhalten wie früher; dann rieselte er schnell und strömte, bis die Hand schließlich nur noch wenige Körner enthielt.

Seit vier Jahren war General Tailos' Gruppe bereits über den Büßerpfad nach Süden unterwegs. Die Unruhe, die schon vor einer ganzen Weile alle zivilen Reisenden erfasst hatte – einen Tross, der seit einem Jahr nicht mehr wuchs, sondern sogar ein wenig kleiner geworden war –, machte sich inzwischen auch unter den Soldaten breit. Die kostbare Zeit, die der alte Zirzo zwischen seinen Fingern zerrinnen fühlte, die Soldaten spürten sie ebenfalls. Sie wussten von Kelarien, ohne den genauen Ort zu kennen, und sie fürchteten, auf dem Büßerpfad, der nicht der kürzeste Weg nach Süden war, zu viel Zeit zu verlieren. Mit Argwohn und Neid beobachteten sie die anderen Krieger und Abenteurer, die einzeln oder in Gruppen aufbrachen, manche von ihnen groß wie Kompanien, um Glück und Ruhm im Süden Arkonadias zu suchen. Einige der Jannaschi begannen zu glauben, dass General Tailos tatsächlich zu den Gräbern von Tanche wollte, zur Gedenkstätte des Krieges vor zweitausendsiebenhundert Jahren, zu Beginn der neununddreißigsten Ära. Sie begannen zu glauben, dass die Tarnung gar keine Tarnung war, sondern der eigentliche Zweck der Reise. Vier Jahre genügten, um solche Veränderungen zu bewirken, um Zweifel zu säen und den Blick für die Wirklichkeit zu trüben. Die beste Lüge war jene, die man selbst mit Wahrheit verwechselte, und wenn die Soldaten des Generals zweifelten, musste der Zweifel bei den Beobachtern am Himmel und auf dem Boden noch größer sein. Das war die Absicht des Generals der Jannaschi, vermutete Zirzo: Die Beobachter sollten ihn und seine kleine Streitmacht für harmlos halten, nicht für Rivalen im Wettrennen zu dem Nerox und der Macht, die es versprach.

Zirzo arbeitete und schlief wenig, arbeitete und schlief noch weniger. Manchmal aß er etwas, kleine Brocken, die für ihn ohne Geschmack blieben. Er magerte ab, bis er schließlich nur noch aus Haut und Knochen bestand und sich so leicht fühlte, dass er sich vorstellte, von einem starken Wind erfasst zu den Wolken aufzusteigen und mit ihnen zu fliegen, weit über Arkonadias Kontinenten und Meeren, vielleicht bis zu einer fernen Insel, wo ihn Frieden erwartete, Ruhe in Geist und Seele. Gelegentlich wurden diese Vorstellungen zu langen Tagträumen, die Stunden andauerten und erst dann zu Ende gingen, wenn der General oder einer seiner Soldaten zu ihm kam, um nach dem Rechten zu sehen, oder wenn Lotin plötzlich die Tür des Werkstattwagens aufriss, um ihn zu kontrollieren. Wie oft er mit Strafe drohte, dieser missratene, arrogante Sohn des Generals! Es kümmerte ihn nicht, wie sehr der alte Zirzo litt, wie sehr er sich in Kummer und Gram verlor. Arbeiten sollte er, flink sein sollten seine Finger, damit sie endlich das Werkzeug fertigstellten, die Kugel mit den kleinen Zylindern und Spindeln! Er hatte sie erneut gewogen, die mehr silberne als grüne Kugel, und diesmal war niemand zur Stelle gewesen, um die Waage zu beeinflussen. Oh, wie er getobt hatte, wie zornig er gewesen war, und fast hätte er sich dazu hinreißen lassen, Zirzo zu schlagen. An die Werkbank hatte er ihn gebunden, erst mit einem Strick und ein paar Tage später sogar mit einer Kette, damit er nicht »auf dumme Gedanken kam«, damit er nichts anderes als die Arbeit im Kopf hatte.

Vielleicht, dachte Zirzo in einer Nacht, als nur noch sieben Monate bis zum Beginn der fünfundvierzigsten Ära blieben und er von seinem Bett aus durchs offene Fenster sah und die Sterne beobachtete, wie sie leuchteten und manchmal auch ein wenig flackerten, vielleicht wäre er ohne das energische Einschreiten des Generals schlicht und einfach verhungert. Tailos hatte ihn losgebunden und *gezwungen* zu essen – einer seiner Soldaten brachte ihm seitdem die Mahlzeiten und ging erst, wenn Zirzo den Teller geleert hatte.

Manchmal – nicht sehr oft – dachte er an die Frau namens Samantha, angeblich zehntausend Jahre alt. Er erinnerte sich an den Geschmack der Hoffnung und an die große Enttäuschung, die anschließend umso bitterer gewesen war. Sie hatte ihn allein zurückgelassen, die Zehntausendjährige, sie hatte ihn belogen und ihm seinen wichtigsten Besitz gestohlen, sein Lebenswerk: die kleine Statue aus grünem Supra.

Während der vielen Monate kam Alonna nur einige wenige Male zu ihm und verlangte Geld. Sie schien um Jahre gealtert zu sein – ihre Augen lagen tief in den Höhlen, und Falten durchzogen das Gesicht. Zirzo gab ihr das Geld, das sie verlangte, und bat sie, länger zu bleiben. Er wollte mit ihr sprechen, ihr mit den Worten eines Vaters helfen, aber das Salz rief sie immer schnell zum Tross zurück, oder zu einem der Orte, an denen die Reisegruppen vorbeikamen. Nie blieb sie lange genug, damit er ihr die Worte sagen konnte, die seit vielen Jahren in ihm darauf warteten, ausgesprochen zu werden: Ich möchte dir sagen, dass es mir leidtut. Alles. Es tut mir alles so schrecklich leid.

Zirzo arbeitete, schlief ein wenig und aß, weil er essen musste, weil Tailos nicht wollte, dass er verhungerte, bevor das Werkzeug für seinen grässlichen Sohn fertig wurde. Gelegentlich träumte er von Mira, und auf diese Träume freute er sich, er sehnte sie herbei, brachten sie ihn doch in seine Jugend zurück und zu einer Mira, die wie ein wärmendes Feuer nach einem kalten Tag für ihn gewesen war. In seinen Träumen sprachen sie miteinander und liebten sich, doch mit der Geburt von Alonna änderte sich etwas. Die Arbeit rückte in den Vordergrund; Mira und das Kind wichen zurück. Was war geschehen? Was war damals nur geschehen?

Der letzte Traum von Mira war nicht angenehm. Er zeigte ihm die andere Mira, die verbitterte Frau, die aus ihr geworden war, das Licht der Liebe in ihren Augen erloschen. Er zeigte sie bei ihrem letzten Streit, und mitten in der leeren, stillen Nacht hörte er noch einmal die Worte, die sie ihm damals an den Kopf geworfen hatte und die ihn immer noch so schwer belasteten: »Warum bist du nie da, wenn ich dich brauche?«

Am nächsten Morgen, nach unruhigen Stunden im Bett, war er froh, an die Werkbank zurückkehren zu können. Er versuchte, sich auf das Werkzeug zu konzentrieren, obwohl die Finger kaum Interesse daran hatten und sich nach der kleinen grünen Figur zurücksehnten. Er spann einen weiteren filigranen Faden, zur einen Hälfte aus silbernem Supra und zur anderen aus grünem, fügte ihn einer Spindel hinzu und betrachtete mit ablenkender Zufriedenheit das Ergebnis seiner Arbeit, als sich die Tür öffnete und Tailos hereinkam, nicht laut und ungestüm wie sonst, nicht wie eine lebende Naturgewalt, sondern mit untypischer Zurückhaltung. Er wirkte irgendwie kleiner als sonst.

»Fleißig bei der Arbeit, wie ich sehe, zweifellos«, brummte er, und sein gelber Nasenrüssel richtete sich kurz auf das Werkzeug. »Es riecht gut, fast fertig.«

Zirzo starrte auf die Kugel mit den Spindeln und Zylindern hinab. Es war ein gutes Werkzeug, ja, aber nicht annähernd so gut wie die Figur aus grünem Supra.

»Zirzo ...«

»Ja?« Erstaunt sah er zum General auf. Normalerweise war Tailos nicht um Worte verlegen.

»Es geht um deine Tochter.«

»Oh!« Zirzo seufzte. »Ist sie schon wieder in Schwierigkeiten geraten? Braucht sie noch mehr Geld?«

»Ich fürchte, Geld nützt nichts mehr. Komm, Zirzo«, sagte der General der Jannaschi. »Komm, ich bringe dich zu ihr.«

Zirzo verstand nicht – vielleicht wollte er nicht verstehen, obwohl Tailos' seltsam sanftes Verhalten einen Hinweis bot. Wie in Trance folgte er dem General nach draußen und über die staubige Straße, an der einige der Wagen angehalten hatten, unter ihnen einer mit offener Karosserie und einem Fahrer, der mit den Hebeln und Justierstangen einer zischenden Dampfmaschine hantierte. Sie stiegen ein, Tailos winkte dem Fahrer zu, und der kleine Wagen rollte los, zurück in die Richtung, aus der die Reisegruppe gekommen war. Nach einer halben Stunde erreichten sie einen kleinen Talkessel, in dem die Karren und Transporter des Trosses nach dem Morgenmarkt gerade eine Kolonne bildeten. Mehrere Händler und Jannaschi-Soldaten warteten bei einem etwas abseits stehenden Wagen, dessen Planen Arzneien aller Art priesen. Zirzo wusste, was es mit den meisten von ihnen auf sich hatte.

»Dort drin«, sagte Tailos. »Komm, Zirzo!«

»Sie ist dort drin?« Der alte Werkzeugmacher stieg aus und spürte, wie ihm die Knie weich wurden. Seine Beine hatten mehr verstanden als der Kopf. »Meine Tochter ist dort drin?«

»Ja.« Der General ergriff seinen Arm, aber er drückte nicht fest zu und zog nur ein bisschen.

Einer der von Tailos' Soldaten umringten Männer erkannte Zirzo und rief: »Es ist nicht meine Schuld! Ich habe sie nur gefunden!«

Zirzo stieg die kurze Treppe hoch und betrat den Wagen. Ein scharfer Geruch schlug ihm entgegen, von Traumsalz und ähnlichen Gewürzen. Hinten, auf einem breiten Bett inmitten zahlreicher bunt bestickter Kissen, lag jemand.

»Alonna?«, krächzte Zirzo.

»Ich fürchte, sie kann dich nicht mehr hören«, brummte Tailos mit gedämpfter Stimme. »Geh nur, Zirzo. Geh zu ihr! Nimm Abschied!«

Zirzo wankte zum Bett und starrte auf seine tote Tochter hinab. Jemand hatte ihr die Augen geschlossen, und ein sonderbarer Frieden lag in dem hohlwangigen Gesicht.

Etwas stach in Zirzos Brust, vielleicht der Dolch eines Geistes. Er hoffte, dass die Klinge das Herz fand und seinem Leben ein Ende setzte. Er wollte sterben, hier und jetzt, er wollte neben seine Tochter sinken und ebenfalls tot sein.

»Eine Überdosis, sagt Demmrott. Er meint, sie habe Selbstmord begangen.« Tailos nahm etwas von einem nahen Tisch. »Sie hat das hier hinterlassen, aber vielleicht ...«

Zirzo drehte den Kopf und sah einen Zettel in der großen Hand des Generals. »Was ist das?«

»Der Anfang eines Briefes. Ich denke, du solltest ihn besser nicht lesen.« Tailos wollte den Zettel einstecken.

»Nein, zeig ihn mir! Was hat Alonna geschrieben?«

Der General reichte ihm widerstrebend das kleine Blatt Papier, und Zirzo – ein Werkzeugmacher, der sich auch für Mathematik und Wissenschaft interessierte und seiner Tochter das Schreiben beigebracht hatte – las: »Vater, warum bist du nicht da gewesen, als ich dich brauchte?«

30 Einen Tag später bestatteten sie Alonna, die Glück in Träumen gesucht und schließlich den Tod in ihnen gefunden hatte, auf dem kleinen Friedhof eines Ortes namens Staubseele. Zirzo hielt den Namen für angemessen, als er taub dastand und beobachtete, wie mehrere Soldaten des Generals das vom Schnitzer Kasom zusammengezimmerte Totengefäß ins Grab hinabließen. Jemand hielt eine kurze Ansprache, ein Priester aus dem Tross, und ein anderer drückte Zirzo halb verwelkte Blumen in die Hand, die er ins Grab fallen ließ. Staubseele. Einige Hütten und Häuser neben einem halb ausgetrockneten Fluss. Es war heiß hier im Süden von Arkonadia, heiß, trocken und staubig, aber die dunklen Wolken am Horizont versprachen Regen. Zirzo beobachtete sie und dachte: Warum kommen sie nicht hierher? Warum regnen sie nicht ab? Wenn es nicht regnet, zerfällt meine Seele zu Staub.

Die Wagen setzten sich wieder in Bewegung, rumpelnd und knarrend, von Tieren gezogen, kräftigen Raitos und Lawwalam, oder begleitet vom Zischen und Fauchen der Dampfmaschinen, die auch dann noch zischen und fauchen würden, wenn das Nerox erschien. Wasser verschwand nicht, man konnte es immer und überall erhitzen und zum Kochen bringen, in Dampf verwandeln, und heißer Dampf bewegte Dinge. Zirzo staunte über seine Gedanken, als die Soldaten das Grab zuschaufelten und jenseits des Friedhofs die Kolonne ihre Reise über den Büßerpfad fortsetzte. Warum dachte er an Wasser und Dampf, warum wünschte er sich Regen für eine verdorrende Seele?

Der Priester legte ihm eine federleichte Hand auf die Schulter und sagte etwas, das Zirzo sofort wieder vergaß. Er hob den Kopf, blinzelte im heißen Sonnenschein, spürte Schweiß und fühlte sich wie in einem Traum. Ja, dies alles war ein Traum, er lag im Bett, erschöpft von der Arbeit. Arbeit, dachte er. Das war sein Leben. Eigentlich bestand es nur daraus, aus Arbeit.

Eine große, massige Gestalt näherte sich; ihr Schatten erreichte ihn zuerst. »Komm jetzt, Zirzo«, sagte General Tailos. »Komm, ich bringe dich zurück zu deinem Wagen.«

Eine zweite Gestalt trat auf sie zu, nicht ganz so groß wie die erste, aber vielleicht etwas breiter und dicker, ihr Nasenrüssel nicht gelb, sondern rot. Immer noch rot. Bei den Jannaschi die Farbe der Unerfahrenheit. Und in diesem besonderen Fall auch die Farbe von Dummheit und Anmaßung.

»Er soll weiterarbeiten, Vater«, sagte Lotin. »Wir haben genug Zeit vergeudet.«

»Sei still«, brummte Tailos und nahm den Arm des alten Werkzeugmachers, wieder erstaunlich sanft.

»Aber ...«

»Du sollst still sein! Geh und bestrafe den Gewürzhändler, der das Traumsalz verkauft hat!«

Zirzo beobachtete, wie sich in Lotins Gesicht etwas veränderte, wie er verärgert von der Abfuhr und gleichzeitig erfreut davoneilte.

»Komm, Zirzo«, sagte Tailos von den Jannaschi und führte den alten Menschen zu einem der am Straßenrand stehenden Wagen. »Heute musst du nicht mehr arbeiten, zweifellos. Ruh dich aus! Schlafe! Ich schicke Demmrott zu dir, damit er dir etwas gibt, das dich schlafen lässt. Und damit er mit dir redet, wenn du reden möchtest.«

Zirzo wollte nicht reden. Er wollte auch nicht schlafen.

»Ich möchte sterben«, sagte er.

»Na, na«, brummte Tailos und klopfte ihm auf die Schulter, bevor er die Wagentür öffnete. »Ich spreche mit Demmrott. Er kann dir bestimmt helfen.«

31 Heiler Demmrott gab Zirzo ein Beruhigungsmittel, das ihm allerdings nicht viel half, die Gedanken in seinem Kopf nur ein wenig träger machte und sie dichter zusammenrücken ließ, damit sie ihm nicht mehr das Gefühl vermittelten, den Schädel sprengen zu wollen. Der drahtige Nakota sprach mit einer Stimme, deren Zischen dem der Dampfmaschinen ähnelte. Hinzu kam das leise Knistern der kleinen Hornplatten, aus denen seine Haut bestand. Zirzo sehnte sich nach Stille, aber Demmrott redete immerzu, er zischte und knisterte pausenlos und sprach Worte wie: »Der Schmerz ist groß, ich weiß, ich habe vor vielen Jahren einen Sohn verloren, kurz nach der Geburt, du hältst ihn für unerträglich, den Schmerz, und du fühlst dich von Kummer zerdrückt, aber glaub mir, Zirzo, alter Freund: Du wirst darüber hinwegkommen. Das beste Heilmittel für solche Wunden, das allerbeste, ist die Zeit.«

Wie dumm er sein konnte, dieser Heiler, der sich mit Kräutern und Krankheiten auskannte, mit Elixieren und Tinkturen. Es gab keinen Schmerz in Zirzo, es gab nur taube Leere. Er wollte nur noch eins: aufwachen aus diesem grässlichen Traum, der das Leben war, bevor seine Seele ganz vertrocknete, bevor überhaupt nichts von ihm übrig blieb.

Während Demmrott zischte und schnatterte, während er etwas später eine Mahlzeit zubereitete, was ihm im schaukelnden Wagen mehr schlecht als recht gelang, dachte der alte Werkzeugmacher über den Tod nach. Und je länger er über ihn nachdachte, desto verlockender erschien er ihm. Alles abzustreifen, jeden Ballast, noch mehr Freiheit zu bekommen als die, die ihm Samantha versprochen hatte, allem zu entrinnen, dem Berg der Schuld, den er auf seinem müden Rücken trug, dem schleichenden Fieber, das tief verwurzelt in Leib und Gliedern steckte, und auch dem Zwang, an einem Werkzeug zu arbeiten, das ihm nichts mehr bedeutete ... Aber wie?

Als Demmrott am Nachmittag ging, um etwas zu holen, das er vergessen hatte, machte sich Zirzo daran, alle Arzneien zu schlucken, die der Heiler ins Wandfach neben dem Tisch gestellt hatte. Er würgte Tabletten und Pillen hinunter, trank bittere Säfte und hoffte zu sterben, bevor Demmrott zurückkehrte. Doch schon nach wenigen Minuten wurde ihm speiübel, und er spuckte und erbrach sich. Der Heiler brachte ihn kurze Zeit später zum Abort, wo der Rest der hastig geschluckten Medikamente seinen Körper verließ.

Später, in der Nacht, als es in den Lagern der Reisegruppen ruhig geworden war und selbst die Zugtiere schliefen, schlich sich Zirzo an dem ahnungslos dösenden Wächter neben seinem Wagen vorbei. Auf den Stock gestützt, den der Schnitzer Kasom für ihn angefertigt hatte, humpelte er zu der kleinen Schlucht, die der Fluss einige Längen südlich von Staubseele in Fels und Boden gegraben hatte. Dort wollte sich Zirzo in die Tiefe stürzen, ein schneller Tod, doch andere Soldaten waren aufmerksamer als jener, der vor seinem Wagen aufpassen sollte, und bemerkten die Silhouette in der Dunkelheit. Zirzo hoffte, dass sie auf ihn schossen, mit ihren Pistolen und Armbrüsten, aber offenbar war er zu langsam und schwerfällig, um für eine Gefahr gehalten zu werden. Die Soldaten ergriffen ihn und brachten ihn zu Tailos, der die Zeichen zu deuten verstand.

»Es tut mir leid für dich, alter Mann«, sagte der General. »Aber ich kann nicht zulassen, dass du stirbst. Ich brauche dich, Werkzeugmacher. Du musst leben, um das Werkzeug für meinen Sohn zu vollenden.«

Er verdoppelte die Wachen, er sorgte dafür, dass Zirzo immer unter Beobachtung stand – die einzige Ausnahme war der Abort, aber selbst dort musste ein Soldat in unmittelbarer Nähe der Zeltplane warten, nahe genug, um eingreifen zu können. Zirzo spielte, wenn auch nur kurz, mit dem Gedanken, sich kopfüber in die stinkende Grube zu stürzen und in den Exkrementen zu ersticken oder sich darin den Hals zu brechen, was vielleicht vorzuziehen war, da es schneller ging. Nein, es musste bessere Möglichkeiten geben, aus dem Leben zu scheiden, und er dachte darüber nach, tagsüber, wenn er gebeugt an der Werkbank saß, und vor allem nachts im Bett, wenn seine Gedanken wie ein Schlangennest im Kopf waren. Gift? Damit kannte er sich nicht besonders gut aus, und es bestand die Gefahr, dass er nicht starb, sondern sich nur sehr, sehr schlecht fühlte. Sich in einem Fluss zu ertränken oder in eine Schlucht zu stürzen, kam nicht mehr infrage. Tailos fesselte ihn zwar nicht, wie es sein abscheulicher Sohn vorgeschlagen und schon einmal praktiziert hatte, aber seine Soldaten ließen ihn nicht mehr aus den Augen; es gab keine Möglichkeit für Zirzo, das Lager zu verlassen. Eine Zeit lang, mehrere Wochen, brütete er einen Plan aus für den Moment, wenn sie die nächste hohe Brücke überqueren würden: die Daharische Brücke, erbaut vor zwei Ären von den Dahari, die einem Krieg gegen die Menschen von Nemanien zum Opfer gefallen waren. Er wollte den Soldaten, der die ganze Zeit am Tisch saß und ihn beobachtete, irgendwie ablenken, vielleicht indem er einen Schwächeanfall vortäuschte, die Tür aufreißen, wenn der Werkstattwagen die Mitte der Brücke erreicht hatte, und springen. Allerdings musste der Wagen, wenn er es über die Brüstung schaffen wollte, ziemlich nahe am Rand der Brücke fahren, und das war unglücklicherweise nicht der Fall, wie sich herausstellte, als der entscheidende Moment kam. Der Soldat erholte sich von seiner Überraschung und riss ihn zurück, was aber gar nicht nötig gewesen wäre, denn Zirzo hätte höchstens aufs Pflaster springen und sich den Fuß verstauchen können.

Der Soldat meldete den Zwischenfall natürlich, was Tailos zum Anlass nahm, Zirzo in seinem Werkstattwagen zu besuchen.

»Es hört nicht auf mit dir«, grollte er. »Es hört einfach nicht auf. Wie oft hast du schon versucht, dir das Leben zu nehmen? Elfmal? Zwölfmal?«

Der Versuch mit der Brücke war Nummer vierzehn, aber darauf wies Zirzo nicht hin. Er saß an seiner Werkbank, Kopf und Schultern gesenkt. Der Verband am linken Arm erinnerte an Selbstmordversuch Nummer dreizehn: Er hatte über Probleme beim Stuhlgang geklagt und von Demmrott ein Abführmittel bekommen, das er anschließend dem Wächter ins Essen gemischt hatte. Während der Soldat auf dem Abort gewesen war, hatte Zirzo mit einer kleinen Glasscherbe versucht, sich die Adern aufzuschneiden, sie jedoch nicht richtig getroffen.

»Hör mir gut zu, Zirzo.« Tailos von den Jannaschi beugte sich zu dem alten Werkzeugmacher hinab. Sein Nasenrüssel baumelte direkt vor ihm, roch seinen Todeswunsch. »Ich habe zu viel Zeit und Mühe in diese lange Reise investiert, um mir jetzt alles von einem alten Narren ruinieren zu lassen. Vier *Jahre*, Zirzo! Nur um unbehelligt in den Süden zu gelangen und nicht in die vielen lokalen Konflikte verwickelt zu werden, weil man uns für harmlose Pilger hält, nicht für Rivalen beim Wettlauf zum Nerox. Glaubst du, ich möchte alles aufs Spiel setzen, nur weil ein alter Mann *traurig* ist?«

Ein Messer, dachte Zirzo betrübt. Er brauchte ein Messer. Oder besser noch: eine Pistole. Mit einer Pistole wäre alles einfach und schnell gewesen.

»Hast du gehört, was ich gesagt habe?«, donnerte Tailos plötzlich, sein Atem ein Orkan in Zirzos Gesicht.

»Ja, General«, sagte Zirzo kleinlaut. »Ich höre Sie.«

»Es muss aufhören. Sofort! Von jetzt an werden immer *zwei* meiner Soldaten bei dir sein. Sie werden dich durchsuchen, wenn du abends zu Bett gehst, und auch morgens, wenn du mit der Arbeit beginnst. Sie werden dich *mehrmals am Tag* durchsuchen, um sicher zu sein, dass du nichts bei dir hast, mit dem du dir das Leben nehmen könntest. Du wirst nicht einmal mehr auf dem Abort allein sein. Du wirst leben und arbeiten und das Werkzeug fertigstellen, *hast du mich verstanden?*«

Zirzo hatte ihn verstanden, ja, und vermutlich hatten auch die übrigen Reisenden draußen den General gehört.

»Wenn du weiterhin versuchst, dich deiner Pflicht zu entziehen …« Tailos beugte sich noch etwas weiter vor, bis der baumelnde, schnüffelnde Nasenrüssel fast Zirzos Gesicht berührte. »Du glaubst, dass es dir schlecht geht, aber glaub mir, ich kann dafür sorgen, dass es dir noch viel, viel schlechter geht, ohne dass du stirbst.«

Nach einem kurzen Zögern wich er zurück. »Aber das wollen wir natürlich nicht. Wir wollen nicht, dass es dir schlecht geht. Wir wollen, dass deine begnadeten Finger weiter an dem Werkzeug für meinen Sohn arbeiten können.«

»Ihr Sohn ist ein Hohlkopf, dem es gefällt, andere Leute zu quälen«, sagte Zirzo. »Als Regent wäre er eine Katastrophe für Arkonadia.«

Zirzo wusste nicht, woher die Worte kamen, sie waren plötzlich da und sprangen ihm von den Lippen. Vielleicht war auch dies eine Möglichkeit, Selbstmord zu begehen. Ein

Fausthieb des Generals hätte genügt, ihm den Schädel zu zertrümmern.

Aber Tailos bekam keinen Wutanfall. Seine Reptilienaugen starrten Zirzo an, und dann wich er zurück. Sein Nasenrüssel krümmte sich, wie beleidigt von einem üblen Geruch.

»Mein Sohn ist ... eine junge Frucht, die noch reifen muss«, brummte der General und öffnete die Tür des Werkstattwagens. Draußen standen zwei Soldaten bereit und nahmen Haltung an. »Er wird reifen, zweifellos. Mit deinem Werkzeug.«

Lotin, dachte Zirzo kummervoll, als er die Arbeit fortsetzte, war keine unreife Frucht. Sein Vater irrte sich. Lotin war eine Frucht, die längst die Reife hinter sich und das weiche, stinkende Stadium der Fäulnis erreicht hatte.

32

Vier Monate vor Erscheinen des Nerox kehrte das schleichende Fieber zurück. Es war die ganze Zeit über geschlichen, von den Armen in die Beine, durch Rumpf und Rücken, manchmal auch ins Herz, das dann heftig schlug, als wollte es aus der Brust springen. Aber diesmal packte es Zirzo wie ein wildes Tier, es bohrte ihm seine Krallen tief in den Leib, es schüttelte ihn so heftig, dass ihm die Zähne klapperten. Und es brachte den Traum, aus der Hitze des Fiebers geboren.

Vielleicht hätte es Zirzo eine Warnung sein sollen, dass ihm an jenem Abend die Lider schwer wurden und er sofort einschlief, was in letzter Zeit sehr selten geschah. Meistens lag er lange wach, am Schlaf gehindert von den beiden Soldaten, die ihn bewachten – sie saßen nur wenige Meter von seinem Bett entfernt und sprachen leise miteinander, um sich die Zeit zu vertreiben. Hinzu kam: Wegen der schwülen Wärme stand das Fenster offen, und draußen ging es trotz der späten Stunde ziemlich laut zu. Die drei Reisegruppen – die Streitmacht des Generals, die Kaufmannsgruppe (nach der Bestrafung des Gewürzhändlers auf die Hälfte ihrer ursprünglichen Größe geschrumpft) und der Tross – hatten die Große Eisenbahn erreicht, von den Nakota im ersten Jahrhundert der dreiundvierzigsten Ära gebaut, vor etwa siebenhundertfünfzig Jahren. Sie führte am Büßerpfad entlang, und es galt nicht als verwerflich, wenn Pilger sich von der Eisenbahn fünfhundert Kilometer weiter nach Süden transportieren ließen, bis zum Boccari-Massiv, wo eine besonders mühsame Etappe des Weges über steile Hänge und hohe Pässe führte, wo Schnee und Eis auf die Reisenden warteten, die in der Hitze des Tieflands geschwitzt hatten. Das Boccari-Massiv galt als letzte Prüfung für Entschlossenheit und Durchhaltevermögen der Büßer und Pilger. Dahinter lagen die ersten großen Seen im Norden von Nemanien, Sumanien und Kelarien. Ohne nennenswerte Hindernisse führte der Büßerpfad an ihren Ufern entlang und manchmal auch per Boot oder Schiff übers Wasser, bis zu den Gräbern von Tanche im Westen. Es würde etwa zwei Monate dauern, auf die südliche Seite des Gebirges zu gelangen, und der Reiseplan sah anderthalb weitere Monate für die Strecke an den Seen entlang vor. An einer bestimmten Stelle wollte General Tailos schließlich den Büßerpfad verlassen und nach Süden vorstoßen, nach Kelarien, zu dem Ort, den ihm sein Orakel gezeigt hatte.

Diese Nacht war laut, weil die Karren und Wagen der Reisegruppen auf Waggons der Großen Eisenbahn verladen wurden, damit der Zug am Morgen aufbrechen konnte. Zwei Wächter unterhielten sich vor Zirzos Bett, draußen klapperte und rasselte und zischte es, doch der alte Werkzeugmacher schlief trotzdem ein. Das schleichende Fieber, das ihn gepackt hatte, *wollte*, dass er einschlief. Es *wollte*, dass er träumte.

Zirzo träumte vom Feuervogel.

Er sah den brennenden Vogel in dunkler Nacht über den Himmel fliegen. Er sah die Flammen, fühlte ihre Hitze und roch den Rauch. Er hörte das Knistern und Prasseln des Feuers.

Er sah, wo der Feuervogel landete.

Und er sah die Frau, die ihm entstieg.

Zuerst lag Zirzo so still, dass die beiden Soldaten nichts bemerkten. Aber dann begann er zu zittern, vielleicht war es das Feuer des Traums, das ihn schüttelte, und seine Zähne klapperten wie die eines Frierenden – Kälte und Hitze, so wollte es das schleichende Fieber. Ob sie an Gift oder Krankheit glaubten, die beiden Soldaten waren alarmiert und holten den Heiler Demmrott, der den zitternden, bebenden Alten untersuchte und ihm etwas unter die Nase hielt, das einen sehr scharfen Geruch verströmte.

Zirzo erwachte und krächzte: »Ich habe den Feuervogel gesehen. Ich weiß, wo er landet. Ich kenne den genauen Ort.«

Eine Stunde später saß Zirzo, trotz der warmen Nacht in einen dicken Mantel gehüllt, im Wagen des Generals, der bereits auf den Gleisen der Großen Eisenbahn stand. Demmrott setzte ihm immer wieder einen Becher mit Kraftbrühe an die Lippen, und der alte Werkzeugmacher trank gehorsam den einen oder anderen Schluck.

»Es ist schlimm geworden, sein Fieber«, sagte Demmrott.

»Kannst du ihm helfen, Heiler?«, grollte der General. »Kannst du den Griff des Fiebers lockern?« Neben ihm saß sein Sohn zwischen blauen Kissen und drehte ein Messer.

»Ja, General. Aber nicht mehr für lange.«

»Lange genug?«

»Vielleicht.«

»Nicht vielleicht, Nakota«, knurrte Lotin und richtete das Messer auf Demmrott. »Vielleicht genügt nicht.«

Tailos brachte seinen Sohn mit einer ungeduldigen Geste zum Schweigen.

»Deine besten Arzneien, Demmrott«, brummte er. »Nenn mir die Zutaten, die du brauchst. Du wirst sie bekommen, zweifellos. Geh jetzt! Mach dich an die Zubereitung einer geeigneten Medizin!« Und an die beiden Soldaten gerichtet: »Haltet draußen Wache! Wir wollen nicht gestört werden.«

Als der Heiler und die Wächter gegangen waren, stand der

General auf, schloss alle Fenster und setzte sich dann direkt vor den Werkzeugmacher. »Beschreib ihn mir, den Feuervogel! Und sag mir, wo er gelandet ist!«

Zirzo sprach, ohne die Worte bewusst zu wählen. Ein anderer schien seinen Mund zu nutzen, vielleicht ein Zirzo, der noch immer im Fiebertraum gefangen war. Er beschrieb Flammen und Hitze, auch die Frau, die aus dem Feuervogel herausgekommen oder von ihm herabgeklettert war.

»Kann er ihn wirklich gesehen haben, Vater?«, fragte Lotin. »Oder war es nur Fieberwahn?«

»Hol das Orakel, Sohn!«

Lotins roter Nasenrüssel richtete sich auf Tailos und schien riechen zu wollen, ob die Worte ernst gemeint waren. »Uns ist nur noch ein letzter Kontakt geblieben, Vater.«

»Hol das Orakel, habe ich gesagt!«

Lotin holte es: einen Würfel, der auf der einen Seite zum Teil aus silbernem Supra bestand, auf der anderen aus grauweißem, halb durchsichtigem Quarz, durch das man im Innern des Würfels eine Flamme erkennen konnte.

»Sieh nur, wie klein die Flamme geworden ist, Vater«, sagte Lotin. »Das Orakel hat kaum mehr Kraft. Wir sollten warten, bis wir in Kelarien sind.«

»Sei still, Sohn! Gib mir das Orakel und sei still! Dies ist ein Mann mit begnadeten Händen. Er hat die Gabe des Supra. Das Fieber, das ihn zerfrisst, stammt vom Supra. Und das Fieber hat ein Fenster geöffnet. Stoßen wir es ganz auf.«

»Wir kennen nur den ungefähren Ort in Kelarien, Vater. Wenn dieser Versuch misslingt, können wir nicht erfahren, wo genau das Nerox erscheint.« Lotin hielt das Orakel mit der kleinen Flamme in seinem Innern wie einen Schatz, den er nicht preisgeben wollte.

»Gib mir den Würfel und sei endlich still!« Der General zog das Orakel aus den Händen seines Sohnes und stellte es vorsichtig vor den alten Werkzeugmacher. »Berühre es, Zirzo! Leg die Hände an die Seiten des Würfels und sag mir, was du siehst!«

Zirzos Hände bewegten sich. Er beobachtete, wie sie nach den Seiten des Würfels tasteten und sie berührten, wie der General dann etwas betätigte, das wie ein kleiner Hebel an der Rückseite aussah – vielleicht ein Schalter –, und er erinnerte sich daran, was die Frau namens Samantha gesagt hatte: *Die meisten Orakel sind Ortungsgeräte der Tingla.*

Dann kehrte er in den Traum zurück.

Aber ohne das Fieber, ohne Hitze und Kälte, ohne das Zittern. Der Feuervogel war gelandet und hatte sich verändert. Er war zu einem Haus geworden oder zu vielen Häusern, ineinander verschachtelt, umgeben von Gräben und Gruben. Zirzo sprach und hörte sich sprechen; er war ein Beobachter und Zuhörer.

»Kannst du mehr vom Ort erkennen?«, fragte der General. »Wie sieht er aus?«

Zirzo sah einen Hügel mit alten Ruinen, auf einer Insel mitten in einem kreisrunden See. Einzelheiten blieben ihm verborgen, denn es war Nacht. Doch dann gingen alle fünf Monde auf, und als sie sich hoch am Himmel trafen, fiel ihr gemeinsames Licht auf eine ausgedehnte Festungsanlage. Dort war der Feuervogel gelandet, in dem Hof der alten Festung, fast genau auf der Kuppe des Hügels.

Das kleine Licht im Würfel flackerte und erlosch. Ein leises Summen, das Zirzo bis eben gehört hatte, ohne es bewusst wahrzunehmen, verklang.

»Hast du das gehört, Sohn?«

Zirzo fühlte sich steif und taub. Er blinzelte langsam und merkte, dass Tailos aufgestanden war. Im Licht einer chemischen Lampe kramte er weiter hinten zwischen Pergamenten, fand ein altes Buch und blätterte darin. »Es muss die alte Bastion von Asidi sein: auf dem Hügel einer Insel mitten im Uaschasee, im Süden von Kelarien.« Der General lachte kehlig. »Das ist Glück, großes Glück. Es gibt kaum einen Ort, der sich besser verteidigen lässt, zweifellos. Und das Treffen der fünf Monde ... Ah, hier haben wir die Tabelle. Mal sehen. Das nächste Treffen der Monde ...« Tailos verstummte, blätterte erneut, zog ein anderes Buch zurate und kehrte zum ersten zurück. »Es findet in drei Monaten und zwei Wochen statt.«

»Das Nerox erscheint in vier Monaten«, sagte Lotin. Er hatte das Messer in den Schoß sinken lassen, stellte Zirzo fest.

»Nein, Sohn. Es wird früher erscheinen. Zwei Wochen früher.« Der General legte das Buch beiseite und kehrte mit schweren Schritten zurück. Wie eine lebende Säule ragte er vor Zirzo auf.

»Die Mathematiker haben den Zeitpunkt errechnet«, sagte Lotin skeptisch.

»Vielleicht gibt es einen Fehler in ihren Berechnungen, Sohn. Die Abweichung ist nicht besonders groß. Nur zwei Wochen in vierhundertdreiundfünfzig Jahren. Oder es ist eine Laune des Nerox, ein Streich, den es uns allen spielt. Dies gibt uns einen großen, einen entscheidenden Vorteil, Sohn. Unsere Rivalen werden noch unterwegs sein, wenn das Nerox in den Ruinen der Bastion von Asidi erscheint, auf der Insel im Uaschasee, die wir wenige Tage vorher besetzen und leicht verteidigen können.«

»Wenn dieser alte Mann kein wirres Zeug geredet hat, Vater.«

»Er hat es im Supra-Fieber geträumt, Sohn, und das Orakel hat es ihm gezeigt. Es ist die Wahrheit, *zweifellos*. Jetzt kommt es nur noch auf das richtige Werkzeug an, damit du die Fallen überwinden und das Nerox betreten kannst.«

Der General ging vor Zirzo in die Hocke und richtete den Nasenrüssel auf ihn. »Ich rieche Fieber und Schwäche«, sagte er, und diesmal klang seine Stimme erneut erstaunlich sanft. »Bleib noch etwas länger am Leben, Zirzo, hörst du? In dreieinhalb Monaten kannst du sterben, doch bis dahin musst du das Werkzeug fertigstellen.«

Ein zerbrochenes Juwel

Jasper 33

»Hier ist sie, die Schatzkammer von Dubbrizza!«, sagte Hatan zufrieden. »Hier lagern die Kostbarkeiten der Stadt, zusammengetragen von egoistischen Menschen, die ihre Schätze mit niemandem teilen wollten.« Das Auge in der Stirn bewegte sich und blickte zur Seite. »Oh, ich bitte um Entschuldigung, Augusto. Ich wollte dich nicht beleidigen.«

Jasper, alias Yerss Elmtai Angass, genannt Augusto, erwiderte geduldig: »Ich bin nicht beleidigt, Exzellenz. Zwar bin ich ein Mensch, aber mich verbindet nichts mit den Bürgern dieser Stadt. Wie gesagt, sie haben eine Person verschleppt, die ich suche.«

»Oh ja, die Kenntnisreiche namens Samantha«, säuselte Hatan verträumt und richtete den Blick aller drei Augen wieder auf die Regale und Gewölbe vor ihnen. Einige von ihm ausgewählte Ingenieure und Archivare hatten bereits mit einer Bestandsaufnahme begonnen. Ihre zahlreichen Assistenten, alles technische Spezialisten, warteten respektvoll hinter dem Oberkommandeur des jukinischen Heeres, der von dem angeblichen Gelehrten aus Schentiffica begleitet wurde, dem Retter seines Sohnes. »Meine Leute suchen an dem Ort nach ihr, den du mir genannt hast.«

»Ich würde sie gern begleiten, Exzellenz«, sagte Jasper vorsichtig.

Hatan legte ihm gönnerhaft den Arm um die Schultern. »Alles zu seiner Zeit! Meine Soldaten suchen gut, glaub mir. Sie werden deine Samantha finden, wenn sie an dem genannten Ort gefunden werden kann.«

Jasper räusperte sich. »Was die andere Frau betrifft ...«

»Ich habe sie nicht vergessen, Freund Augusto«, sagte Hatan. »Die Frau, mit der du geflogen bist. Meine Leute suchen auch nach ihr.«

Er ging los, und es blieb Jasper gar nichts anderes übrig, als ebenfalls einen Fuß vor den anderen zu setzen. Sie befanden sich hundert Meter unter dem zentralen Platz von Dubbrizza, in einem Bunker, den die Menschen der Stadt während einer früheren Ära angelegt hatten. Irgendwann einmal war er vielleicht dazu bestimmt gewesen, die Bürger der Stadt – oder einige von ihnen, die Reichen und Mächtigen vermutlich – vor Angriffen zu schützen, doch die aktuellen Oberen von Dubbrizza hatten offenbar geglaubt, dass ihre technischen Errungenschaften mehr Schutz verdienten als die lebenden Menschen der Stadt. Wo früher einmal Betten und Tische für Familien gestanden hatten, erhoben sich nun Regalwände und Schränke mit all den Geräten und Instrumenten, die während der technologischen Inhibition zu Beginn der neuen Ära nicht mehr funktionierten. Jasper versuchte, interessiert zu wirken, obwohl ihn der Techno-Schatz von Dubbrizza langweilte. Es waren in den meisten Fällen einfache elektrische oder elektronische Geräte, vor allem für die Verarbeitung und Speicherung von Daten, außerdem zahlreiche Motoren, Generatoren und sogar einige mit kleinen Propellern ausgestattete Drohnen, die vielleicht für Erkundung und Spionage eingesetzt worden waren. Offenbar hatten sie nicht viel genützt, denn die Bürger des Stadtstaates Dubbrizza schienen nicht damit gerechnet zu haben, dass der jukinische Feind mit einer so großen Streitmacht anrückte.

Hatan blieb in einem runden Raum stehen, den Arm noch immer um Jaspers Schultern. »Du scheinst nicht sehr beeindruckt zu sein, Kenntnisreicher aus Schentiffica.« Er sprach wie ein sehr zufriedener Mann, und aus seiner Sicht gab es allen Grund für Zufriedenheit. Während der frühen Morgenstunden hatten die jukinischen Kanoniere ganze Arbeit geleistet, einen großen Teil der Stadt in Schutt und Asche gelegt, zahlreiche Bewohner getötet und die anderen in die Flucht getrieben. Hatan hatte bekommen, was er haben wollte; das Leid, das er damit verursachte, interessierte ihn nicht. Jasper kannte diese engstirnige, eingleisige Denkweise von lokalen und regionalen Militärs anderer unterentwickelter Planeten. Jasmin hatte sich in den vergangenen dreißig Jahren mehrmals dafür ausgesprochen, Omnis Macht zu nutzen, um solchen Leuten das Handwerk zu legen. »Ich nehme an, als Gelehrter bist du den Anblick ganz anderer Dinge gewöhnt.« Hatan zwinkerte ihm mit drei Augen zu. »Die wirklich *erstaunlichen* technischen Errungenschaften befinden sich eine Etage tiefer, Freund Augusto. Eine Schatzkammer innerhalb der Schatzkammer. Schlau gedacht von den Menschen. Aber nicht schlau genug für uns Jukin.«

»Exzellenz!« Ein Archivar eilte mit wehendem violettem Umhang herbei. »Wir haben den Zugang gefunden!«

»Ha!«, rief Hatan. »Ausgezeichnet!« Er zog den Arm zurück und klopfte Jasper auf die Schulter. »Komm, Freund Augusto! Sehen wir uns die wirklich interessanten Dinge an.«

Die Vorstellung, noch mehr Zeit zu verlieren, gefiel Jasper ganz und gar nicht. »Wenn du gestattest, Hatan, Exzellenz ... Ich möchte Samantha suchen und die andere Frau, die mit mir geflogen ist.«

»Aber mein lieber Augusto, ich bitte dich!« Hatan breitete die Arme aus und verzog das hornige Gesicht zu einem breiten Grinsen. Seine drei Augen fingen das Licht einer chemischen Lampe ein und schienen zu leuchten. »Meine besten Leute suchen nach deiner Samantha und der anderen Frau, Augusto. Sie werden sie finden, wenn sie gefunden werden können, das versichere ich dir. Ha! Und man wird ihnen mit dem Respekt beggegnen, der ihnen gebührt.«

Jasper kam sich immer mehr wie ein Gefangener vor, als ihm der Oberkommandeur erneut den Arm um die Schultern schlang und ihn durch einen schmalen Flur führte, in einen Teil des Bunkers, in dem die sanitären Anlagen untergebracht waren. Neben ihnen hatten Spurensucher des Heeres eine getarnte Tür entdeckt und geöffnet. Das Licht mehrerer Chemolampen erhellte die nach unten führende Treppe.

»Der Geruch ist hier nicht sehr angenehm«, sagte Hatan, als sie dem Archivar nach unten folgten, ihrerseits gefolgt von den Soldaten der Eskorte. »Aber ich bin immer der Meinung gewesen, dass die Augen wichtiger sind als die Nase, und unsere Augen – meine drei und deine beiden – erwartet dort unten etwas, über das sie sich freuen werden, ha!«

Er meinte ein Waffen- und Ausrüstungslager. Und ein Relikt aus ferner Vergangenheit, das zwar zerbrochen war, aber vielleicht den größten Schatz der Stadt darstellte.

34 Bei den Waffen handelte es sich um einfache Blaster, vermutlich von den Tingla hergestellt, und um Intervaller, eine sehr frühe Form von Variatoren, die mit selbstlenkenden Geschossen geladen werden konnten. Hinzu kamen elektromagnetische Katapulte, die, genügend Elektrizität vorausgesetzt, Projektile auf mehrfache Schallgeschwindigkeit beschleunigen konnten. Unter der Ausrüstung befanden sich zahlreiche Kommunikations- und Datenübertragungsgeräte.

Jukinische Spurensucher bewegten sich zwischen den Schränken, Truhen und Vitrinen und entschärften Sprengladungen, die kaum eine Gefahr darstellten, weil ihre Zünder nicht mehr funktionierten. Die menschlichen Verteidiger der Stadt hatten den Bunker sprengen wollen, damit sein kostbarer Inhalt nicht in die Hände des Feindes fiel, doch die technologische Inhibition hatte früher eingesetzt als erwartet.

»Was sagst du jetzt, mein Freund?« Hatan strahlte. »Natürlich funktioniert nichts davon, wir sind dem Erscheinen des Nerox und damit dem Beginn der neuen Ära zu nahe. Aber wenn das Nerox in einigen Monaten verschwindet, wird all das hier wieder sehr nützlich sein. Damit ausgestattet kann selbst ein kleines Heer einen mächtigen Gegner bezwingen.«

»Ist das dein Ziel?«, fragte Jasper. Es klang bitterer als beabsichtigt. »Willst du Arkonadia nach dem Beginn der neuen Ära mit einem Krieg überziehen?«

Es kam Bewegung in das hornige Gesicht des Jukin; der Nasenschlitz wurde etwas breiter. »Wer weiß!«, erwiderte Hatan. »Es bleibt abzuwarten. Es kommt darauf an.«

»Worauf?«

»Zum Beispiel darauf, ob die anderen Mächte dieser Welt bereit sind, ihren Egoismus aufzugeben und Reichtum und Einfluss mit den Jukin zu teilen.« Es folgte ein Zwinkern, diesmal mit nur einem Auge. »Und vielleicht, vielleicht können wir bestimmen, wer wie viel von beidem bekommt.« Er hob die Arme. »Oh, was haben wir denn da? Einen von Entori entwickelten Wetterpropheten.«

Hatan winkte einen Archivar beiseite, trat zu einer Vitrine, öffnete ihre Tür aus Glas und entnahm dem ersten Fach ein Gerät, das Jaspers Induktor-Erinnerungen als eine von den Tingla produzierte kompakte Kommunikationsstation identifizierten. Sie war mit einer strahlungssicheren Nuklearbatterie ausgestattet, aber als Hatan den Apparat einschaltete, geschah nichts. Kein Summen, kein Aufleuchten von Indikatoren, vor allem aber kein Datenfeld über den kleinen Projektoren.

»Entori von Stochau hat nichts mit diesem Gerät zu tun«, sagte Jasper. »Das ist ein Kommunikator der Tingla. Man kann ihn auch als Wetterstation verwenden.«

Hatan gab sich überrascht. »Bist du sicher, Freund Augusto?« Er drehte den Apparat, betrachtete ihn von allen Seiten und betätigte erneut die Schalter. »O ja, du hast recht. Stimmt. Wie dumm von mir. Und wie schade, dass er nicht mehr funktioniert. Es wäre sicher sehr nützlich gewesen, das Wetter zu kennen, das uns auf unserem weiteren Weg erwartet. Zu wissen, wann es regnet und wann es stürmt ... Sehr vorteilhaft für eine Streitmacht. Ha!« Er hielt den Tingla-Kommunikator in einer Hand und deutete mit einer anderen auf eine Stelle über den kleinen Projektoren. »Hier entsteht ein Bild, habe ich mir sagen lassen. Wie von unsichtbaren Händen gemalt. Es zeigt unsere Welt von oben betrachtet. Es ist sogar möglich, einzelne Stellen zu vergrößern. Ha, man könnte also die Stärke des Feindes erkennen, wo er in Stellung gegangen ist und wo man ihn am besten angreifen kann. Ein *sehr* nützlicher Apparat.«

Eine nukleare Batterie, dachte Jasper. Und auch sie funktioniert nicht mehr. Was genau bewirkte die technologische Inhibition? An Bord der *Centaurus* hatte er mit Cassandras Hilfe versucht, Nachforschungen anzustellen, doch seine Fragen waren ohne Antworten geblieben. Omni schien die genauen Ursachen des Schwunds nicht zu kennen. Wechselwirkungen zwischen der Anomalie am Rand des Ljuben-Systems und dem Nerox, das sich anschickte, nach vierhundertdreiundfünfzig Jahren erneut auf Arkonadia zu erscheinen, schienen fundamentale Naturkräfte lahmzulegen, wie zum Beispiel bestimmte nukleare Reaktionen und Elektrizität. Andererseits blieben chemische Aktivitäten von der Inhibition verschont – Chemolampen funktionierten, ebenso der Stoffwechsel biologischer Organismen. Man hätte die vorübergehende Neutralisierung höher entwickelter Technologie für einen selektiven Vorgang halten können, woraus sich die Frage ergab: Wer traf die Auswahl?

»So nachdenklich, Freund Augusto?«

Hatan beobachtete ihn mit allen drei Augen, und Jasper dachte daran, dass er diesen Mann, der sich jovial und überschwänglich gab, nicht unterschätzen durfte. Er trug einen Zerebus in seinem Kopf, seit vielen Jahren ein integraler Bestandteil seines Gehirns. Dadurch wurde er zu einem Schnelldenker mit guter, zuverlässiger Intuition.

»Dies hier ...« Jasper deutete auf die Schränke und Vitrinen, auf die Truhen und Regale mit Waffen und Geräten. »Es zeigt die zwei Gesichter der Wissenschaft.«

»O ja, Kenntnisreicher. Wie sagte der Weise Emrak von Emwar so schön, als man ihn in der dreiunddreißigsten Ära nach dem Weg in die Zukunft fragte? ›Es gibt zwei Wege. Der eine wird mit Waffen beschritten und ist sicher. Das Pflaster des anderen besteht allein aus Wissenschaft und kann sehr schlüpfrig werden.‹«

Hatan lachte laut.

Eine Induktor-Erinnerung entfaltete sich in Jasper. Er glaubte sich erneut auf die Probe gestellt. »So etwas hat Emrak von Emwar, der in Schentiffica begraben liegt, nie gesagt. Sein berühmtester, oft zitierter Ausspruch lautet: ›Wissenschaft pflastert einen Weg in die Zukunft, der ohne Waffen beschritten werden kann.‹« Jasper richtete einen ernsten Blick auf den Jukin. »Glaubst du mir nicht? Zweifelst du an mir? Hältst du es deshalb für nötig, mich immer wieder zu testen?«

Zwei oder drei Sekunden lang erwiderten Hatans drei Augen den Blick ebenso ernst. Dann grinste sein horniges Gesicht wieder, und er lachte erneut. »Ein Spiel, lieber Augusto. Es ist nur ein Spiel! Komm, Freund aus Schentiffica. Komm, sehen wir uns den größten Schatz an. Meine Archivare haben noch nicht gewagt, ihn zu berühren. Vielleicht sollten es die Hände eines Gelehrten sein, die den ersten Kontakt herstellen.«

Im letzten Raum, der wie ein kleines, unscheinbares Nebenzimmer wirkte, lagen nur wenige Gegenstände in den Regalen. Jasper erkannte sie sofort als Werkzeuge, hergestellt von den Werkzeugmachern Arkonadias, die meisten von ihnen Kugeln, aber auch einige wenige Würfel, in ihnen kleine Objekte, die wie Spindeln und Zylinder aussahen, geformt aus dünnen Drähten. Allein das Supra dieser Gegenstände war ein Vermögen wert.

Dann bemerkte Jasper ein blaues Funkeln im Licht der Chemolampe, mit der ein Archivar in die Regale leuchtete. In einer Ecke lag ein Kleinod, ein Schmuckstück, das aus fünf Teilen bestand und ein wenig an eine kleine humanoide Gestalt erinnerte: ein länglicher Teil der Rumpf, die vier anderen Arme und Beine. Ein filigranes Netz aus Supra-Fäden verband die fünf Komponenten, die aus einer sehr seltenen

Form von Supra bestanden, noch seltener als die grüne Variante: kristallisiertes Supra, das wie Glas aussah.

Jasper trat langsam näher. Der mittlere Teil – der Rumpf –, sah er, war gebrochen. Nicht fünf Teile, sondern sechs, aber zwei von ihnen gehörten zusammen. Er streckte die Hand aus ... und zögerte.

Der blaue Kristall erinnerte ihn an die Pandora-Maschine, an ihre denkenden, sich verändernden Säulen. Es hatte genügt, sie zu berühren, um sich in Kristall zu verwandeln.

»Nur zu, Freund Augusto«, sagte Hatan. »Nimm das zerbrochene Juwel. Die Ehre gebührt dir.«

Der Archivar mit der Lampe wich beiseite, als Jasper einen weiteren Schritt vortrat und das Kleinod nahm, so behutsam, als könnten auch die anderen Teile brechen. Für einen Moment glaubte er, einen Ton in der Ferne zu hören, wie das Läuten einer kleinen Glocke, und vielleicht erfasste ein kurzes Prickeln seine Fingerkuppen. Ansonsten geschah nichts.

»Nun?«, fragte Hatan. »Was fühlst du, Kenntnisreicher?«

»Ich fühle ...« Jasper zögerte und sah etwas, ein kurzes Glühen im Augenwinkel, ein winziges Licht, das auf oder in seinem Armband tanzte und sofort wieder verschwand. »Ich fühle nichts«, sagte er, aber das stimmte nicht. Er ahnte die Präsenz einer schlafenden Kraft, die, wenn man sie weckte, Barrieren niederreißen und gepanzerte Türen öffnen konnte.

»Bist du sicher, Freund Augusto?«

Jasper hörte eine gewisse Schärfe in Hatans Stimme. Er legte das blaue Kleinod ins Regal zurück und beobachtete, wie die beiden Teile des gebrochenen Rumpfes auseinanderrutschten. »Ja, ich bin sicher«, sagte er.

»Weißt du, was das ist?«, fragte der Jukin.

»Ein Werkzeug. Werkzeugmacher fertigen solche Dinge an, als Schlüssel für das Nerox.«

»Als Schlüssel für das Nerox«, bestätigte Hatan. »Als Schlüssel für seine Türen. Und auch als Schutz vor den Fallen. Die Finger des großen Rothas Berore haben dieses besondere Werkzeug geformt. Du weißt sicher, wer das war.«

Ein weiteres kleines Erinnerungspaket öffnete sich. »Ein Werkzeugmacher der siebzehnten Ära. Einer der besten in Arkonadias Geschichte.«

»Der beste«, sagte Hatan. Der Archivar stand noch immer in der Nähe und leuchtete mit seiner Lampe. Weiter hinten waren zwei Soldaten aus dem Spurensucher-Bataillon des Heeres damit beschäftigt, Waffen und Geräte für den Abtransport in Taschen und Beutel zu packen, doch ihre Blicke glitten immer wieder zu dem kleinen Nebenraum. Jasper vermutete, dass es Wächter waren, vielleicht aus der persönlichen Garde des Oberbefehlshabers. »Nie wieder in all den Jahrtausenden seit der siebzehnten Ära hat es einen so guten Werkzeugmacher gegeben, obwohl er viele Nachkommen hatte – Rothas Berore liebte die Frauen und das Leben. Doch ein Werkzeugmacher namens Zirzo, in Diensten, wie ich hörte, eines Generals der Jannaschi, wäre vielleicht, *vielleicht* imstande, es mit dem Geschick seines Urahnen Berore aufzunehmen. Er ist der letzte Nachkomme, den meine Genealogen bestimmen konnten. Viele Jahre lange haben sie nachgeforscht, wie Mathematiker gerechnet und in alten Aufzeichnungen geblättert, aber die traurige Wahrheit lautet: Mit Zirzo stirbt die Linie des großen Rothas Berore aus. Was danach kommt, ist bestenfalls ... Durchschnitt, ha! Dieser General der Jannaschi, Tailos heißt er, er war schneller als ich. Pech für mich, Pech für die Jukin, sollte man meinen, nicht wahr?«

Jasper hörte stumm zu. Ein ungutes Gefühl breitete sich in ihm aus.

Hatan strahlte. »Aber sieh nur, Freund Augusto, hier stehe ich, im Allerheiligsten von Dubbrizza, als strahlender Sieger einer ersten großen Schlacht, und vor mir sehe ich das Unvollendete, das letzte Werkzeug des großen Berore. Unvollendet mag es tatsächlich sein, und sogar zerbrochen von unvorsichtiger Hand – möge das Schicksal ihren Besitzer hart bestraft haben! –, aber nach den Überlieferungen ist es dieses Werkzeug gewesen, das Arkonadia den zweiten Regenten bescherte, denn es ermöglichte Jon Jerlis Jabbi, zu Beginn der einundzwanzigsten Ära ins Nerox zu gelangen. Es *ist* ein geeigneter Schlüssel. Es *kann* jemanden ins Nerox bringen und zum Regenten machen. Warum nicht mich?«

Jasper schwieg und wartete noch immer.

»Ich höre keine Einwände? Sehr lobenswert, Freund Augusto. Du *bist* ein kluger Mann. Nun, unglücklicherweise ist das Unvollendete beschädigt – in seinem gegenwärtigen Zustand kann man es nicht benutzen, um die Türen des Nerox zu öffnen. Es muss repariert werden, verehrter Kenntnisreicher. Zirzo steht leider nicht zur Verfügung – er wäre mein Wunschkandidat, muss ich gestehen, meine erste Wahl –, aber dafür habe ich dich. Ha! Das Schicksal hat dich zu mir geführt, kann es daran irgendeinen Zweifel geben?«

»Ich bin kein Werkzeugmacher«, sagte Jasper langsam. Der Archivar stand reglos wie eine Statue, in der einen Hand die Lampe, die andere am Gürtel, vielleicht in der Nähe einer Waffe. Die beiden Spurensucher hatten direkt vor der Tür Aufstellung bezogen und versperrten den Weg. Hinter ihnen sah Jasper weitere Soldaten bei der Treppe.

»Nein, das bist du nicht, Augusto.« Hatans Stimme veränderte sich. »Und du bist auch kein Gelehrter aus Schentiffica. Oh, du sprichst wie jemand aus der Stadt der Wissenschaft, du kennst dich aus und bist wahrlich ein Kenntnisreicher, aber meine Intuition – mein Zerebus – sagt mir, dass du nicht der bist, der du zu sein behauptest. Ein Jannaschi würde sagen: Du riechst falsch. Ich sage: Du hast die falsche Aura. Wer bist du, Yerss Elmtai Angass, den man angeblich Augusto nennt?«

Jasper sah in drei argwöhnische Augen. »Ich habe dir gesagt, wer ich bin«, erwiderte er ruhig.

»Vielleicht stammst du gar nicht von dieser Welt«, sagte Hatan. Es lag nichts Joviales mehr in seiner Stimme. Berechnende Schärfe hatte das Freundliche und Scherzhafte aus ihr vertrieben. »Ich bin nie einem Außenweltler begegnet, aber es soll sie geben. Ich habe Geschichten gehört, Gerüchte ... Besucher, die sich neugierig bei uns umsehen. Kenntnisreicher noch als unsere Kenntnisreichen.« Hatan lächelte wieder. »Vielleicht weißt du genug, um das Unvollendete zu reparieren.«

»Ich habe bereits darauf hingewiesen, dass ich kein Werkzeugmacher bin.«

»Du hast da ein interessantes Armband«, sagte Hatan. »Du wolltest nicht, dass Tijeri es berührte. Es scheint dir viel daran zu liegen, es scheint einen großen Wert für dich zu haben. Damit, Freund Augusto, könntest du versuchen, das Meisterwerk von Rothas Berore zu reparieren. Mit dem erlesenen Supra deines Armbands.«

»Nein«, sagte Jasper.

»Oder soll ich einen meiner Werkzeugmacher damit beauftragen? Ich könnte dir dein Armband abnehmen und es jemand anders geben.«

»Ich habe deinen Sohn gerettet«, sagte Jasper.

»Das hast du, ich bestreite es nicht, und ich bin dir dankbar dafür.« Hatan hob die Arme und ließ sie wieder sinken. »Leider ist mein Sohn ein Jammerlappen. Er will kein Soldat werden wie sein Vater, sondern ein Mathematiker, ein Mann der Wissenschaft. An Bord des Luftschiffes befand er sich, um Waffen und Kampf aus dem Weg zu gehen. Und sieh nur, wohin das geführt hat, ha! Ein Schwächling ist er, ich muss es leider sagen, mit dummen Ideen im Kopf, aber er ist und bleibt mein Sohn, und dass er noch lebt, verdanke ich dir. Aber hier, Freund Augusto, geht es um mehr als einen dankbaren Vater. Es geht um Arkonadia, um die Zukunft dieser Welt und die Frage, ob jemand sie regieren kann, jemand, der alle Völker, alle Zivilisationen unter einer Herrschaft vereint. Erst dann kann es mit Arkonadia aufwärtsgehen. Eine starke Hand ist erforderlich, ein starker Wille. Ich habe sowohl das eine als auch das andere.« Hatan grinste.

»Willst du mich zwingen?«, fragte Jasper. »Ist das deine Dankbarkeit?«

»Aber nein, Freund Augusto. Ich muss dich nicht zwingen.

Weil du dich freiwillig bereit erklärst, mir zu helfen und dein Armband für diesen guten Zweck zur Verfügung zu stellen.«

Jemand kam die Treppe herunter, und die Soldaten wandten sich ihm zu. Gedämpfte Stimmen erklangen. Nach einem Moment wichen die Wächter beiseite und ließen den Neuankömmling passieren. In der Tür des Nebenraums blieb er atemlos stehen.

»Exzellenz ...«, schnaufte er.

»Was ist?«, fragte Hatan unwirsch und richtete ein Auge auf ihn.

»Ein Ho-Korat ist eingetroffen, Exzellenz«, stieß der Kurier hervor, alle drei Augen weit aufgerissen. »Er möchte den Kenntnisreichen sprechen, den Mann aus Schentiffica.«

Jasper atmete tief durch.

»Ich bedaure sehr«, sagte er glatt. »Aber ich muss leider fort. Wenn ein Ho-Korat ruft, lässt man ihn nicht warten.« Er wandte sich ab und ging zur Tür.

»Freund Augusto ...«

Jasper blieb in der Tür stehen. »Ja, Exzellenz?«

Hatan grinste und breitete die Arme aus. »Ein Scherz!«, rief er herzhaft. »Es war natürlich alles nur ein Scherz. Du kannst doch einen Scherz verstehen, nicht wahr, Freund Augusto?«

»Natürlich.«

»Es käme mir nie in den Sinn, dem Retter meines Sohnes schaden zu wollen. Von diesem Mann ...« Hatan schlug sich auf die Brust. »... ist dir ewige Dankbarkeit gewiss. Vergiss das nicht, Mann der Wissenschaft. Ewige Dankbarkeit.«

Jasper tastete nach seinem Armband. »Ich werde es nicht vergessen.«

»Ich nehme an, nach dem Gespräch mit dem Ho-Korat kehrst du zu mir zurück.«

Jasper ging bereits und folgte dem Kurier zur Treppe. Die Soldaten wichen beiseite.

»Vielleicht, Exzellenz«, erwiderte er über die Schulter hinweg. »Vielleicht auch nicht. Kommt ganz darauf an.«

»Worauf?«, fragte Hatan. »Worauf kommt es an, Freund Augusto?«

Jasper setzte den Fuß auf die erste Treppenstufe. »Darauf, was mir der Ho-Korat zu sagen hat, Exzellenz. Und was er sagen wird, nachdem ich ihm von dir erzählt habe.«

»Ach.« Hatan winkte gönnerhaft. »Ein Freund kann über einen Freund nur Gutes sagen, nicht wahr? Zumal der Freund immer noch nach zwei bestimmten Frauen suchen lässt.«

Der Feind

35 Jasper

Hitzedunst lag über der Stadt, als Jasper den Bunker mit den beiden Schatzkammern von Dubbrizza verließ. Im Osten brannte es noch immer; Rauch vermischte sich dort mit dem Nebel, den die Sonne nur langsam auflöste. Das Summen von Insekten lag in der Luft. Und ein Zischen und Brummen, das von einem monströseren Geschöpf stammte.

Ein dunkles Ungetüm kletterte über die Trümmer eines von Granaten zerrissenen Gebäudes, eine mechanische Spinne mit zwanzig Meter langen, mehrgelenkigen Beinen und einem ovalen Leib, an dem die braunen »Eier« mehrerer Dampfmaschinen klebten. Die Beine knickten und streckten sich, die Dampfmaschinen fauchten, hydraulische Systeme jaulten. Der jukinische Kurier, der Jasper begleitet hatte, sagte etwas, aber seine Worte verloren sich im Lärm der Gehmaschine, die einen Ho-Korat durch die Stadt trug. Soldaten wichen beiseite und nahmen respektvoll Haltung an, als die mechanische Spinne über den Platz stapfte und vor dem freigelegten Zugang zum Bunker verharrte.

Für einige wenige Sekunden rang Jasper mit sich selbst. Er wollte nach Jasmin suchen – vielleicht wartete sie am letzten bekannten Aufenthaltsort von Samantha auf ihn, in dem Gebäude, das sie beide aus den Induktor-Erinnerungen kannten. Oder Hatans Soldaten hatten sie gefunden und irgendwo eingesperrt. Möglicherweise brauchte sie seine Hilfe. Andererseits ... Der Ho-Korat, der mit dieser Gehmaschine gekommen war, um mit ihm zu sprechen, konnte bei der Suche nach Jasmin helfen; mit seiner Unterstützung fand er sie vielleicht viel schneller.

Ein Bein der mechanischen Spinne streckte sich Jasper entgegen, berührte nur einen Meter vor ihm den Boden und öffnete sich. Der Kurier wich zurück. Jasper warf einen Blick über die Schulter und sah Hatan bei der Treppe zum Bunker. Er winkte ihm zu und trat in das offene Bein.

Die Tür schloss sich. Wieder jaulte ein hydraulisches System, und die Kapsel, in der sich Jasper befand, glitt nach oben. Ein Aufzug beförderte ihn zum ovalen »Leib«, der Passagierkabine.

Mit nur einem kleinen Ruck hielt die Kapsel an, und Jasper betrat einen Raum mit schiefen Wänden und dreieckigen Fenstern. Vor ihm ruhte eine zarte Gestalt in einer Art Gerüst, das aus wenigen Haltestangen und zahlreichen manuellen Schalt- und Steuerungsvorrichtungen bestand. Dünne, blecherne Stimmen drangen aus offenen Kommunikationsröhren – die Crewmitglieder der Gehmaschine sprachen miteinander.

Das Geschöpf im Kontrollgerüst breitete seine dünnen, halb transparenten Flügel aus und schlang sie dann wieder um den aus drei Segmenten bestehenden Leib. Es sprach, es zwitscherte wie ein Vogel, und diesmal war es kein Translator, der die Worte in InterLingua übersetzte, sondern ein Biohelfer, ein kleines synthetisches Wesen aus den Brutbottichen der Ho-Korat. Offenbar funktionierten die Translatoren nicht mehr.

»Wiedersehensfreude und Bedauern!«, quiekte das Wesen. »Dies ist Krandok. Ich zeige Ihnen Frieden.« Zwei zierliche Hände entfalteten ein bunt besticktes Tuch – das Friedenstuch –, hoben es und legten es dann beiseite. Die Fühler auf dem Kopf neigten sich nach vorn, und unter ihnen glänzten große goldgelbe Facettenaugen. »Ich freue mich, weil Sie wohlauf sind, Jasper von Omni. Und ich bedauere die besondere Situation. Der Schwund hat früher eingesetzt als von uns allen erwartet. Überraschung, große!«

»Ich grüße Sie, Krandok«, sagte Jasper. »Es freut mich, dass Sie hierhergekommen sind. Ich brauche Ihre Hilfe.«

Der Ho-Korat zwitscherte erneut, und der kleine Biohelfer – ein krötenartiges Wesen am kurzen Hals, nicht größer als eine menschliche Hand – quiekte: »Bereitschaft! Hilfe aller Art wird gern geleistet, wie bereits angeboten und angekündigt.«

»Meine Begleiterin, Jasmin ...«

»Identifikation! Die andere Reisende, Ihre Tochter.«

Woher weiß dieser Ho-Korat, dass Jasmin meine Tochter ist?, dachte Jasper.

»Wir wurden voneinander getrennt«, sagte Jasper. »Vermutlich befindet sich Jasmin hier in der Stadt, vielleicht in einem Gebäude, das wir als letzten Aufenthaltsort der verschwundenen Reisenden namens Samantha kennen.«

»Verwunderung!«, quiekte Krandoks Biohelfer. »Warum haben Sie den Ort nicht sofort genannt? Spüre ich hier Misstrauen?«

Jasper bedauerte, nicht auf Cassandras Dienste zurückgreifen zu können. Der Intellekt der *Centaurus* hätte Verhalten, Ausdrucksweise und die für menschliche Augen kaum zu deutende Mimik des Ho-Korat innerhalb weniger Sekunden analysiert.

»Wir sind auf uns allein gestellt«, sagte er. »So lautet der Auftrag, den wir von Omni erhielten. Es gibt einen Feind auf Arkonadia, das wissen wir inzwischen. Wir sollen Samantha finden, den Feind identifizieren und ihn unschädlich machen.« Einer Eingebung folgend fügte Jasper hinzu: »Außerdem beobachten und bewerten wir. Thrako hat uns darum gebeten. Um unsere Meinung.«

»Thrako von den Inper?«, zwitscherte und quiekte Krandok.

»Genau der«, bestätigte Jasper.

»Wir! Sorge! Kandidatenstatus!«

Jasper wartete, den Blick auf Krandok gerichtet. Der Glanz der großen goldgelben Augen hatte sich ein wenig getrübt. Die vier gestreckten Beine bewegten sich im Gestänge des Kontrollmechanismus, und die Gehmaschine reagierte, indem sie sich um einige Grad zur Seite neigte. Die Dampfmaschinen am Rumpf zischten.

»Wir urteilen nicht«, sagte Jasper, als zitternde Kopffühler auf ihn zeigten. »Wir geben nur eine Meinung zu Protokoll, das ist alles.«

»Omni-Protokoll.«

»Ich brauche Hilfe«, wiederholte Jasper und stellte die Worte in einen neuen Zusammenhang. »Wie gut können die Ho-Korat helfen?«

Krandok beugte das obere Segment seines dreigeteilten Körpers nach vorn. »Kompetenz! Verantwortung! Tüchtigkeit!«, quiekte der Übersetzer unter Krandoks Kopf. »Wir leisten jede nur erdenkliche Hilfe. *Aber.* Der Schwund behindert alles, er behindert auch uns. Neue Information! Das Nerox wird früher als vorgesehen erscheinen.«

»In Kelarien, nicht wahr?«, sagte Jasper. Davon hatte Hatan gesprochen. »In Arkonadias Süden.«

»Bestätigung!«, zwitscherte Krandok. »In Kelarien. Der genaue Ort ist noch nicht bekannt, aber nach unseren letzten Berechnungen wird das Nerox in nur zehn Tagen erscheinen. Die energetischen Aktivitäten der Anomalie am Rand des Sonnensystems zeigen die richtigen Muster.«

»Wann sind Sie in der Lage, den genauen Ort zu nennen, Krandok?«

Der Ho-Korat hob einen dünnen Arm. »In fünf Tagen? Vielleicht in sechs? Gewissheit in sieben.«

Der Ort, an dem das Nerox erschien, war ein gemeinsames Ziel für den Fall, dass es Jasper nicht gelang, Jasmin in Dubbrizza zu finden.

»Können Sie mit diesen Koordinaten etwas anfangen?« Jasper nannte sie. »Das ist der letzte bekannte Aufenthaltsort von Samantha. Ich hoffe, dass ich Jasmin dort finde.«

Krandoks erhobener dünner Arm deutete zur Seite. »Bedauern! Es mangelt an Komfort. Bitte nehmen Sie dort Platz, Jasper von Omni, und halten Sie sich gut fest. Wir machen uns auf den Weg.«

Jasper setzte sich, schob die Beine zwischen gepolsterte Stangen und griff nach Halteschlaufen aus einem Material wie Leder. Der Ho-Korat wand sich hin und her – so sah es aus, als er Hebel und Schalter betätigte, die Gehmaschine nicht nur mit Händen und Armen steuerte, sondern mit dem ganzen Körper. Die hydraulischen Systeme jaulten wieder, die Dampfmaschinen zischten, und die mechanische Spinne stapfte auf langen Beinen an jukinischen Soldaten vorbei. Jasper blickte aus einem der dreieckigen Fenster und glaubte, Hatan zu erkennen, der noch immer beim Zugang des Bunkers stand. Er würde sich jemand anders suchen müssen, der das zerbrochene Unvollendete für ihn reparierte.

»Um unsere Kompetenz zu beweisen ...« Von der Kröte unter Krandoks Kopf kam ein Geräusch wie ein Rülpsen. »Ist Offenheit gestattet?«

Die zischende, fauchende und jaulende Maschine schwankte bei jedem Schritt ihrer Spinnenbeine. Jasper fühlte sich von einer Seite zur anderen geworfen. Ohne Stangen und Schlaufen hätte er sich kaum in der Mulde halten können, die ihm als Sitz diente.

»Offenheit ist nicht nur gestattet, sondern sehr willkommen.«

»Kenntnis! Verlegenheit!«, zwitscherte Krandok, und sein Biohelfer übersetzte. »Der Feind, der für das Verschwinden der Reisenden namens Samantha und die Omni-Station in Therbens Ringen verantwortlich sein könnte ... Ich kenne ihn. Ich kenne seinen Namen. Darf ich ihn nennen?«

»Ich bitte darum.«

»Er heißt Baltasar.«

36

Die mechanische Spinne stapfte durch die Trümmer der zerstörten Stadt, durch heißen Dunst, den die höher steigende Sonne immer mehr auflöste, und durch graue Rauchschwaden von Bränden, die offenbar niemand zu löschen versuchte. Krandok steuerte die Maschine mit vier Beinen, dünnen Armen und auch Bewegungen seiner Kopffühler. Soldaten wichen der großen Spinne aus; gepanzerte Fahrzeuge, von Dampfmaschinen angetrieben, rollten zur Seite.

Dies sind die Herren von Arkonadia, dachte Jasper in seiner Sitzmulde. Die Ho-Korat, Kandidaten für Omni. Ihre Technik ist allem, was auf dieser Welt erdacht, geplant und gebaut wurde, weit überlegen, selbst jetzt, kurz vor dem Erscheinen des Nerox.

Normalerweise nahmen sich die Ho-Korat ein Beispiel an Omni und hielten sich im Hintergrund, waren mehr Beobachter als Lenker, doch Krandok hatte beschlossen, nach Dubbrizza zu kommen, um die beiden Omni-Reisenden in Empfang zu nehmen. Er griff direkt in das Geschehen ein. Nur um ein Geständnis abzulegen?

»Peinlichkeit«, zirpte Krandok, und der Frosch, die Kröte dicht unter seinem Kopf, übersetzte. »Große Verlegenheit. Wir haben den Feind Omni gegenüber nicht erwähnt, weil wir dieses Problem lösen wollten. Es sollte kein Schatten auf unseren Kandidatenstatus fallen.«

»Thrako weiß nichts davon?«, fragte Jasper. »Nichts?« Die Passagierkabine kippte erneut, und er hörte das Knarren der Halteriemen.

»Unkenntnis!«, erwiderte Krandok. »Inzwischen bedauern wir das sehr. Deshalb haben wir Ihnen angeboten, direkt zu uns zu kommen, als sich Ihr Schiff im Anflug befand. Um Komplikationen zu vermeiden. Weil ...«

»Weil die Situation auf Arkonadia außer Kontrolle geraten ist?« Die mechanische Spinne richtete sich auf; Jasper saß wieder gerade.

»Bestätigung«, erwiderte der Insektomorph im Kontrollgerüst. »Die Situation ist ... kritisch. Wir müssen zusammenarbeiten, um die Gefahren zu neutralisieren.«

»Wer ist dieser Baltasar?«

Krandok zirpte, und der Biohelfer quiekte: »Ein Mensch vom südlichen Eis, ein Mathematiker, ein Gelehrter, ein Mann der arkonadischen Wissenschaft, und sie kann seltsam sein, die Wissenschaft dieser Welt, wir untersuchen sie seit langer Zeit, es gibt Verbindungen zur Anomalie und zum Nerox, selbst wenn es nicht da ist ...« Die Worte gingen ineinander über.

»Langsam«, sagte Jasper. »Baltasar ist ein arkonadischer Wissenschaftler? Aus Schentiffica am südlichen Polarkreis?«

Der Ho-Korat wand sich in seinem Gerüst, und die mechanische Spinne änderte den Kurs, stapfte an einigen intakt gebliebenen Gebäuden vorbei.

»Er gehört zu einer Gruppe von ... Usurpatoren«, quiekte der krötenartige Übersetzer und fügte hinzu: »Falsch! Inkorrekt! Nicht ganz das richtige Wort. Machterschleicher! Lange Zeit haben sie hinter den Kulissen gearbeitet, Baltasar und seine Freunde aus Schentiffica. Sammler! Sie haben Werkzeuge gesucht, die besten der besten, und mit einem davon – oder mit mehreren, verbunden, zusammengebastelt! – ist es Baltasar zu Beginn der vierundvierzigsten Ära gelungen, ins Nerox vorzustoßen.«

»Er war im Nerox?«

»Ja!«

Die Maschine schaukelte; das Jaulen der hydraulischen Systeme und das Zischen und Fauchen der Dampfmaschinen verschmolzen zu einem exotischen Lied.

»Baltasar war im Nerox und ist nicht zum Regenten von Arkonadia geworden?«

»Fehler! Defekt!«, erwiderte Krandok. »Etwas ging schief. Baltasar wurde verletzt.«

»Moment mal.« Jasper überlegte. »Seitdem sind vierhundertdreiundfünfzig Jahre vergangen. Baltasar müsste längst tot sein.«

»Müsste!«, quiekte Krandoks Biohelfer. »Er hat die Verletzung überlebt, und er lebt noch immer. Verschwörer und Dieb! Er hat damals unser Vertrauen erschlichen und Technik gestohlen, die sein Leben verlängerte. Und das Nerox! Es hat ihn verändert!«

Jasper versuchte die Worte zu deuten. »Sie haben Baltasar damals gekannt?«

»Bedauern! Ja, wir haben Baltasar gekannt. Wir setzten große Hoffnungen in ihn, in den Mann der Wissenschaft aus Schentiffica. Wir glaubten, mit ihm als Regenten könnte Arkonadia zu einer friedlichen, aufstrebenden Völkergemeinschaft werden, wie Omni. Ja, ein bisschen wie Omni«, betonte der Ho-Korat. »Neue Peinlichkeit! Wir haben uns geirrt. Wir haben uns täuschen lassen. Sehr, sehr große Verlegenheit, Jasper von Omni! Auch deshalb haben wir geschwiegen. Wir wollten dies alles ... aus der Welt schaffen? Problem lösen?«

»Sie wollten die Dinge ins Reine bringen, bevor Omni etwas merkt.«

»Ja!«, rief Krandok so schrill, dass es in Jaspers Ohren schmerzte. »Ins Reine! Ordnung schaffen! Die Gefahr beseitigen. Baltasar und seine Helfer aus Schentiffica sind dafür verantwortlich, dass das Nerox früher erscheint. Wir nehmen an, dass sie auch hinter den besonderen Aktivitäten der Anomalie am Rand des Sonnensystems stecken, durch die Sie später eingetroffen sind als geplant, nicht wahr?«

Jasper fand diese Frage ein wenig seltsam und nickte nur.

Vielleicht verstand der Ho-Korat die wortlose Antwort. Er fuhr fort: »Wir nehmen an, dass Baltasar und seine Gruppe auch für den Angriff auf die Omni-Station in Therbens Ringen verantwortlich sind. Omni sollte keine Gelegenheit erhalten, in das Geschehen einzugreifen und Baltasar daran zu hindern, erneut einen Weg ins Nerox zu finden und seine Macht für sich zu beanspruchen.«

»Wie?«, fragte Jasper, der etwas zu ahnen begann. Unruhe breitete sich in ihm aus.

»Verwirrung! Inhalt der Frage?«

»Wie konnten Baltasar und seine Gruppe aus Schentiffica imstande sein, die Omni-Station bei Therben anzugreifen? Selbst wenn sie über besondere Technik verfügen, die sogar mit dem Nerox und der Anomalie in Verbindung steht – sie brauchten ein Schiff.«

»Noch einmal Verlegenheit und missbrauchtes Vertrauen!« Das obere Körpersegment des Ho-Korat veränderte die Farbe. Jaspers Induktor-Erinnerungen wiesen ihn darauf hin, dass es sich um ein Zeichen von Betroffenheit handelte. »Es gab Verräter bei den Tingla, Individuen mit falscher Loyalität. Vielleicht versprach Baltasar ihnen einen Teil der Macht des Nerox. Die Kollaborateure stellten ihm ein interplanetares Schiff zur Verfügung.«

»Und die Mokonna?«, fragte Jasper. »Wie passen sie ins Bild?«

»Wir wissen nicht alles«, sagte Krandok und ließ die mechanische Spinne über einen Trümmerhaufen klettern, der den Weg versperrte. Jasper fühlte sich erneut hin und her geworfen. »Aber wir wissen genug, um zu sagen: Verschwörung, über die Grenzen von Völkern hinweg. Wir haben zu lange an guten Willen geglaubt und die Augen verschlossen vor ... Falschheit.«

»Warum lässt Baltasar das Nerox früher erscheinen?«, fragte Jasper, obwohl er die Antwort zu kennen glaubte. Er blickte aus dem dreieckigen Fenster an seiner Seite und hielt nach dem Zielgebäude Ausschau. Einige wenige Reste von Dunstschwaden zogen über die Ruinen. Am Himmel zeigten sich mehrere Luftschiffe in großer Höhe.

»Vorteil! Er bestimmt Zeit und Ort, um als Erster zu versuchen, ins Nerox vorzustoßen«, sagte Krandok. »All die anderen sollen keine Chance erhalten.«

»Wie will er vorgehen?« Jasper drückte die Beine gegen die Haltestangen und hielt sich an den Riemen fest, als die Passagierkabine der mechanischen Spinne erneut starke Schräglage bekam. »Die anderen hoffen, sich mit Werkzeugen aus Supra Zugang zum Nerox verschaffen zu können. Das gilt auch für Hatan, der mir in der Schatzkammer ein zerbrochenes Werkzeug zeigte, das ›Unvollendete‹, wie er es nannte. Er hoffte, es mit meiner Hilfe reparieren zu können. Hiermit.« Er deutete auf das silberne Armband des Kontinua-Konnektors.

»Wir glauben, dass Baltasar diesmal keine speziellen Werkzeuge benötigt«, sagte Krandok. Die von ihm gesteuerte Maschine wurde langsamer. »Wir glauben, er hat alles, was er braucht, bis auf reines Supra, die Energie darin. Vermutlich hat er die Reisende namens Samantha deshalb entführt. Wegen ihres Konnektors.«

Der Ho-Korat beugte sich im Kontrollgerüst vor. »Hauptgrund! Vor allem deshalb bin ich hierhergekommen, so schnell es ging. Baltasar wird jede Gelegenheit nutzen, reines Supra zu bekommen. Er wird wissen, dass Sie und Ihre Tochter hier gelandet sind. Er wird auch wissen, dass Sie Samantha suchen, und vielleicht ist auch ihm der Ort bekannt, den Sie mir leider so spät genannt haben.«

»Jasmin.« Jasper stockte der Atem. »Baltasar könnte in dem Gebäude auf sie warten.«

»Möglichkeit!«

»Wann sind wir da? Wie lange dauert es noch?«

Die mechanische Spinne hielt an. »Ziel ist erreicht *jetzt*«, sagte Krandok.

37

Granaten hatte eine klaffende Lücke in die Häuserzeile gerissen und das Gebäude, das Samanthas letzter bekannter Aufenthaltsort war, in einen Schutthaufen verwandelt. Nur die Rückwand ragte aus den Trümmern, mit einigen Erweiterungen, die an Räume und Flure erinnerten. Jasper stand oben in einem geöffneten Bein der mechanischen Spinne und starrte auf die zerstörten Gebäude hinab. »Was sagen die Biosensoren? Gibt es Leben unter dem Schutt?«, fragte er, bevor ihm einfiel, dass Biosensoren gar nicht mehr funktionieren konnten.

Hinter ihm löste sich Krandok aus dem Kontrollgerüst. »Nichts, sie sind still, sie schweigen«, antwortete der Ho-Korat. »Ihre Stimmen hören wir erst wieder, wenn das Nerox erschienen und anschließend für die nächsten vierhundertdreiundfünfzig Jahre verschwunden ist. Oder es verschwindet gar nicht. Überraschung! Für alle! Vielleicht finden Baltasar und seine Freunde eine Möglichkeit, das Nerox an einer Rückkehr ins Nichts zu hindern. Wenn es auf Arkonadia bleibt ... Stellen Sie sich vor, Jasper von Omni, dass gewissenlose, betrügerische, hinterhältige Individuen wie Baltasar über die fast grenzenlose Macht des Nerox verfügen, auf einer Welt, die für alle anderen Bewohner im Schwund gefangen bleibt.«

Jasper dachte an Jasmin. »Ich brauche Waffen, Krandok. Der Jukin namens Hatan war so freundlich, mir meine Ausrüstung abzunehmen.« Sein Blick glitt umher, auf der Suche nach Fahrzeugen oder irgendeinem Anzeichen dafür, dass sich Baltasar in der Nähe befand. Weit und breit war niemand zu sehen. Die letzten Flüchtlinge hatten diesen Teil der Stadt längst verlassen.

»Bedauern! Und Reue!«, übersetzte der Biohelfer das Zirpen des Ho-Korat. »Omni hält nichts davon, dass wir Waffen auf Arkonadia verwenden. Unsere Mission ist streng friedlich.«

Jasper drehte sich um und sah in die großen Facettenaugen des Ho-Korat, der inzwischen ganz aus dem Kontrollgerüst geklettert war und in der Kabine stand, die langen Beine krumm, die dünnen Arme geknickt, die Kopffühler nach vorn gestreckt. Eine schmale Hand hielt das bunt bestickte Friedenstuch.

»Die Ho-Korat sind Kandidaten für Omni«, sagte Jasper.

»Ja!«

»Ich bin ein Reisender in Omnis Diensten, beauftragt mit einer Mission. Hiermit fordere ich ganz offiziell Ihre Hilfe an.«

Die Zeit, sie rann nicht, sie strömte, sie floss schnell. Jasper glaubte das Donnern der Sekunden zu hören, wie die Fluten eines Wasserfalls. Wenn Jasmin hier war, irgendwo unter den Trümmern, wenn sie Hilfe brauchte ... Es war bereits zu viel Zeit verstrichen. Er musste handeln, sofort.

»Verpflichtung?«

»Ja«, knurrte Jasper. »Sie sind verpflichtet, mir zu helfen. Ich brauche eine Waffe!«

Krandok zögerte kurz, wandte sich dann zur Seite und öffnete ein Wandfach, das mehrere Gegenstände enthielt. »Verpflichtung! Ich helfe mit einer Waffe, weil ich helfen muss. Aber ich betone noch einmal, dass die Ho-Korat streng friedlich sind.«

»Verstanden und akzeptiert.« Jasper nahm ein Objekt entgegen, das aus mehreren kleinen Zylindern bestand, die sich nach vorn richten ließen. Seine Induktor-Erinnerungen identifizierten es als eine Art Variator, der allein auf chemischer Basis funktionierte: Kleine Treibladungen beschleunigten kinetische Geschosse in unterschiedlicher Größe, unter ihnen winzige Gel-Projektile, dazu geeignet, getroffene Gegner zu betäuben. Die Waffe erwies sich als überraschend schwer, aber Jasper bekam schnell ein Gefühl für sie. Er hielt sie in der rechten Hand, als er die Kabine des kleinen Aufzugs betrat.

»Warten, mit Geduld!«, sagte Krandok, als sich die Tür des Lifts, hydraulisch betrieben wie alle anderen Komponenten der mechanischen Spinne, zu schließen begann. »Ich warte geduldig und sehe, ob ich noch mehr helfen kann.«

Der Ho-Korat verschwand hinter der geschlossenen Tür, und die Kabine setzte sich in Bewegung, trug Jasper nach unten. Wenige Sekunden später öffnete sich die Tür wieder.

Er lief sofort los, an den ersten Trümmern vorbei und zu einer Stelle, die er durch das dreieckige Fenster der großen Gehmaschine gesehen hatte: eine Lücke im Schuttberg, vielleicht ein Treppenabgang, eine Möglichkeit, in die Keller unter den Trümmern zu gelangen. Jasper rief weitere Induktor-Erinnerungen ab, als er über eine halb umgestürzte Mauer kletterte. Dubbrizza. Ein Stadtstaat, der seinen menschlichen Bewohnern einen recht hohen Lebensstandard geboten hatte, nicht zuletzt aufgrund einer Technologie, die fast an die der Tingla heranreichte. Von anderen Staaten beneidet und während der Konflikte, zu denen es auf Arkonadia immer wieder kam, häufig belagert. Es gab Fluchttunnel unter der Stadt, privilegierten Bürgern vorbehalten, und vielleicht konnte man das unterirdische Tunnelsystem von den Kellern dieser Gebäude aus erreichen. Die Bewohner – und mit ihnen vielleicht Samantha und Jasmin – konnten dort unten Zuflucht gefunden haben, als das Bombardement begann.

Falls sie sich überhaupt an diesem Ort befunden hatten.

Das waren ziemlich viele »Vielleicht«, dachte Jasper, als er zwei große Pfützen hinter sich brachte. Winzige Insekten tanzten dicht über dem Regenwasser der vergangenen Nacht und glitzerten wie metallischer Staub.

Jasper erreichte die Lücke, und tatsächlich: Stufen führten hinab. Er warf einen Blick zurück zur mechanischen Spinne des Ho-Korat, die auf der Straße wartete, trat dann die Stufen hinunter und duckte sich durch die dunkle Öffnung am Ende der Treppe.

Ihn erwarteten kühle Stille, der Geruch von Staub ... und das Gefühl, nicht allein zu sein.

38

Jasper wartete, bis sich seine Augen an die Dunkelheit gewöhnt hatten, folgte dann dem Verlauf eines schmalen Korridors mit Rohrleitungen an der Decke und hielt die Waffe in der rechten Hand bereit. Wärme ging vom silbernen Armband des Kontinua-Konnektors aus, er spürte sie wie einen Streifen Sonnenschein am Unterarm. Gelegentlich hielt er inne und versuchte, sich davon wie von einer Art primitivem Radar leiten zu lassen. Tatsächlich wurde das Armband mal wärmer und mal kühler, aber vielleicht reagierte es damit bereits auf das bevorstehende Erscheinen des Nerox und nicht, wie er hoffte, auf die Präsenz des Konnektors, den Jasmin trug. Oder auf den der Reisenden namens Samantha. Manchmal knirschte es in den Wänden oder in der Decke, und dann blieb Jasper besorgt stehen und dachte an das Gewicht der Trümmerberge weiter oben.

Hatans Soldaten hatten ihm alles abgenommen, nicht nur Waffen, Werkzeuge und Kommunikator, sondern auch die wenigen kleinen Omni-Artefakte, die Teil seiner Ausrüstung gewesen waren. Nur der Kontinua-Konnektor war ihm geblieben, ausgestattet mit einem begrenzten Energievorrat, der in erster Linie dazu dienen musste, ihn während der technologischen Inhibition am Leben zu erhalten. Jetzt nutzte Jasper einen Teil dieser Energie, um sich zu orientieren, so wie er es während der vergangenen dreißig Jahre bei Omni gelernt hatte. Die Kontinua-Kraft im silbernen Armband erweiterte seine Wahrnehmung und wurde zu einem neuen, zusätzlichen Sinn, zu einer kleinen Stimme, die im Hinterkopf flüsterte, ihn vor gefährlich instabilen Stellen des Korridors warnte und bei Abzweigungen darauf hinwies, in welche Richtung er sich wenden musste. Sie war wie ein schwaches Licht für seine Augen und ein Echolot für die Ohren – die Dunkelheit wurde etwas weniger dunkel und undurchdringlich.

Eine weitere Treppe, schmal wie der Korridor, brachte Jasper in einen Raum mit Regalen, in denen einfache mechanische Instrumente und Behälter mit Schrauben und Bolzen ruhten – es schien eine Werkstatt zu sein. Auf der einen Seite stand ein Tisch an der Wand, schief, wie beiseitegerückt, und daneben entdeckte Jasper eine geöffnete Falltür im Boden.

Er trat näher, und der Eindruck, nicht allein zu sein, verdichtete sich. Er drehte den Kopf, er ließ den Blick umherstreifen, ohne in der Dunkelheit mehr zu sehen als vage Konturen. Von unten, aus dem Keller unter dem Keller, kam ein schwaches Glühen, vielleicht von einer chemischen Lampe. Eine Leiter führte in die Tiefe, und Jasper hatte plötzlich nicht mehr den geringsten Zweifel daran, dass seine Tochter hier gewesen war. Für einen Moment glaubte er sie zu sehen, wie sie den Tisch beiseiteschob und die Falltür öffnete, wie sie kurz zögerte und dann hinabkletterte, ein Schatten inmitten von Schatten, ein Schemen, der unten in der Finsternis verschwand.

Wo jemand auf sie gewartet hatte.

Jasper kletterte die Leiter hinunter, erreichte nach drei Metern ihr Ende und erkannte, dass das schwache Licht von der rechten Seite kam, aus einem Nebenraum – es stammte tatsächlich von einer Chemolampe, auf minimale Leuchtkraft eingestellt. In ihrem Schein sah Jasper die zerschmetterten Reste eines Omni-Kommunikators, deutliche Spuren eines Kampfes und dunkle Spritzer an den Wänden, vielleicht von Blut.

Langsam wich er zurück, Krandoks Waffe schussbereit in der Hand, und achtete darauf, den Glassplittern auf dem Boden auszuweichen, um nicht das geringste Geräusch zu verursachen. Sein Kontinua-Konnektor war nicht mehr warm, sondern heiß, und vor dem inneren Auge bewegten sich Silhouetten. Er atmete tief durch, zwang sich zur Ruhe und blinzelte, schloss die Augen und öffnete sie wieder, um das Hier und Heute zu sehen, keine Schatten aus der Vergangenheit.

Der zerstörte Omni-Kommunikator ließ vermuten, dass diese Kellerräume Samanthas Unterschlupf gewesen waren, und der Kampf, der hier stattgefunden hatte, betraf vielleicht allein sie. Das Blut an den Wänden, wenn es Blut war, es musste nicht von Jasmin stammen.

Für ein oder zwei Sekunden spielte Jasper mit dem Gedanken, eine Probe zu nehmen, etwas von dem Blut abzukratzen und damit zu Krandoks Gehmaschine zurückzukehren, um es dort zu analysieren. Aber dadurch hätte er wertvolle Zeit verloren.

Jemand befand sich hier unten. Noch immer.

Er atmete flach und lautlos, als er in den Hauptraum zurückkehrte, dicht an der Wand, um im matten Licht der Chemolampe keinen langen Schatten zu werfen. Ein Tisch mit drei Stühlen, zwei von ihnen umgekippt. Schränke, alle Fächer und Schubladen geöffnet. Es gab keine persönlichen Gegenstände – nichts ließ erkennen, wer hier unten gewohnt hatte, in zwei Zimmern ohne Fenster und Türen. Die Falltür bot den einzigen Zugang.

Jasper wich erneut den Glassplittern aus, als er auf leisen Sohlen an den Schränken entlangschlich. Einer wies ein besonders großes Fach auf, anderthalb Meter hoch und einen guten halben Meter breit, mit einer nur wenige Zentimeter weit geöffneten Klappe. Er öffnete sie ganz, und zum Vorschein kam nicht etwa die Rückwand des Schranks, sondern ein Durchgang, an den sich eine Treppe anschloss, die ziemlich steil nach unten führte.

Hörte er eine Stimme, in der Finsternis jenseits der Treppe? Oder zwei Stimmen, die eines Mannes und eine andere, die von einer Frau stammte? Ein Mann ... Baltasar? Und die Frau ... Jasmin?

Jasper kletterte durch die Öffnung im Schrank, erreichte die Treppe und eilte hinab. Einmal strauchelte er und wäre fast gefallen; im letzten Augenblick gelang es ihm, sich an der Wand festzuhalten.

»Jasmin?«, fragte er. Das war dumm, er *wusste*, dass es dumm war, aber er konnte nicht anders. »Jasmin?«

Wasser rauschte nicht weit entfernt. Die Stimmen, vielleicht hatte er sie sich nur eingebildet, denn wie sollte er bei so laut rauschendem Wasser leise Stimmen hören?

Gestank stieg aus der Tiefe zu ihm auf.

Einige Minuten später, nach zwei weiteren Treppen und einem Tunnel mit starkem Gefälle, erreichte Jasper den ersten Kanalisationskanal. Er schätzte, dass er sich inzwischen zweihundert Meter unter Dubbrizza befand – ein ganzes Stück tiefer als der Bunker mit den beiden Schatzkammern –, und zu seinen Induktor-Erinnerungen gehörte der Hinweis auf einen Fluss unter Dubbrizza. Nach dem starken Regen in der Nacht führte er vermutlich viel mehr Wasser als sonst.

Jasper stapfte durch stinkende Brühe, dem Rauschen entgegen.

In unregelmäßigen Abständen – vor allem dort, wo sich mehrere Kanalisationskanäle trafen und zu einem größeren vereinten – erschien der schwache Schein von Orientierungslichtern und zeichnete Konturen der Umgebung in die Dunkelheit. Jasper eilte über den schmalen Bordstein neben den Abwässern, in denen undefinierbare Dinge schwammen, doch an manchen Stellen blieb ihm nichts anderes übrig, als einen Kanal zu durchqueren; dort musste er durch schlammige Fluten waten, die ihm bis zu den Oberschenkeln reichten.

Das Rauschen des unterirdischen Flusses wurde noch lauter, aber trotzdem hörte Jasper erneut die Stimmen. Diesmal wurde ihm klar, dass er sie mit den *inneren* Ohren vernahm, mit der zusätzlichen Wahrnehmung, die ihm der Kontinua-Konnektor gab. Die des Mannes war ruhig, selbstbewusst und bestimmt, die der Frau zornig.

Und er sah ihn, den Mann, mit seinen inneren Augen, mit geistigen Augen, die zwei Schatten der Vergangenheit erblickten, wie sie durch diesen Kanal stapften, dem Fluss entgegen. Jasper blinzelte, um die beiden Gestalten deutlicher zu erkennen, doch sie blieben verschwommen, ohne Details, ohne klare Umrisse. Ein Mann und eine Frau. Jasmin. Die Art, wie sie sich bewegte ... Jasper zweifelte nicht mehr daran. Und der Mann ... Er drehte den Kopf und hielt Ausschau, als fühlte er den Blick eines unsichtbaren Beobachters. Das Gesicht war seltsam; die eine Hälfte schien aus Metall zu bestehen. Und Jasper hörte sonderbare Geräusche aus dem Körper des Mannes, ein Summen und Brummen wie von Motoren, die, wenn sie tatsächlich existierten, eigentlich gar nicht funktionieren durften. Baltasar?

Schmerz zuckte durch Jaspers Kopf.

Er blieb stehen, mitten in einem breiten Kanal, das schmutzige, stinkende Wasser bis zu den Knien, und plötzlich war seine Welt nicht mehr dunkel, sondern weiß und blau. Jasper biss die Zähne zusammen und hob die Hände zu den Schläfen, in der rechten immer noch die Waffe, die er von Krandok bekommen hatten. Er drückte und rieb, bis der Schmerz, heiß und scharf, nachließ und das grelle Weiß gnädigem Dunkel wich. Keuchend stand er da, atmete den Gestank des Abwassers und fragte sich, ob die Luft genug Sauerstoff enthielt oder er Gefahr lief, das Bewusstsein zu verlieren, zu fallen und in der schmutzigen Brühe zu ertrinken.

Langsam wankte er zur anderen Seite des Kanals, wo etwas Licht durch einen Torbogen kam und das Rauschen noch lauter war. Dort stützte er sich an der Wand ab, bis er seinen Beinen und dem Gleichgewichtssinn wieder vertraute. Sauerstoffmangel mochte ein Grund sein, aber ein anderer bestand aus Wechselwirkungen zwischen dem Kontinua-Konnektor und dem bald erscheinenden Nerox – sie brachten etwas in seinem Nervensystem durcheinander. Die Stimmen ... Vielleicht hatte er sie gar nicht gehört, auch nicht mit den inneren Ohren. Vielleicht existierten sie ebenso wenig wie die beiden schemenhaften Gestalten.

Jasper taumelte durch den Torbogen, dem Rauschen entgegen. Dort war der Fluss, direkt vor ihm, mehr als zwei Dutzend Meter breit, braun und wild im Licht der Chemolampen, die an der hohen Decke leuchteten. Ihr Licht fiel nicht nur auf die schäumenden Wogen des unterirdischen Flusses, angeschwollen vom Regen der Nacht – die größten Wellen schwappten über die hohen Gehsteige auf beiden Seiten des Tunnels –, sondern auch auf eine Mischung aus Schiff und Unterseeboot, das halb in den Fluten versunken an zwei Seilen zerrte, die es mit Halteringen an der Wand verbanden. Ein schmaler Steg führte vom Gehsteig aus zu einer offenen Luke, und vor diesem Steg standen die beiden Gestalten, die Jasper zuvor als Silhouetten gesehen hatte: der Mann mit dem halben Gesicht aus Metall und eine Frau mit zerzaustem rotem Haar.

»Jasmin!«

Wie dumm, den Namen zu rufen und damit seine Chance zu ruinieren. Ein Fehler, nur durch Schmerz und Schwäche zu erklären. Der Mann mit dem Summen und Brummen in seinem Innern, auch er hörte den Ruf. Er war gewarnt und drehte sich halb um.

Das Bild vor Jaspers Augen zitterte. Neuer Schmerz kündigte sich an.

»Lassen Sie die Waffe fallen, sofort!«, sagte Baltasar. Er sprach ruhig, aber es lag so viel Autorität in seiner Stimme, dass das Rauschen des Flusses leiser zu werden schien.

Jasper hob den Ho-Korat-Variator. »Komm her, Jasmin! Komm her zu mir ...«

»Vater ...« Ihre zinnoberroten Augen waren groß.

Baltasar richtete einen etwa zwanzig Zentimeter langen dünnen Zylinder auf Jasmin. »Die Waffe weg, Jasper! Sofort!« Er sprach noch immer ruhig und rückte etwas näher an Jasmin heran. »*Sofort!* Oder ich schieße auf Ihre Tochter.«

Jasper zögerte.

Baltasar schoss.

Wenn es einen Knall gab, so verschluckte ihn das Rauschen des Flusses. Blut spritzte aus Jasmins Arm, der offenbar von einem Projektil getroffen worden war, und ihr Gesicht wurde zu einer schmerzerfüllten Grimasse.

Baltasar richtete den dünnen Zylinder auf Jasmins Oberkörper. »Der nächste Schuss trifft das Herz. Weg mit der Waffe!«

Jaspers Finger gehorchten, bevor der Kopf eine bewusste Entscheidung traf. Der Variator, den er von Krandok erhalten hatte, fiel auf den Gehsteig, rutschte und verschwand im Wasser des Flusses, der zu einem reißenden Strom geworden war.

In Baltasars Gesicht erschien kein triumphierendes Lächeln, als er den Zylinder – seine Waffe – auf Jasper richtete und sagte: »Sie sind kein gutes Beispiel für Omnis Überlegenheit.«

Jasper hörte auch diesmal keinen Knall, aber er sah den Mündungsblitz, er beobachtete sogar, wie der Schmerz in Jasmins Gesicht Schrecken wich. Dann schmetterte etwas gegen seine Brust, eine unsichtbare Faust, die ihn von den Beinen riss und in den Fluss warf.

Blut strömte aus der klaffenden Wunde, die das kinetische

Geschoss in sein Fleisch gerissen hatte. Jasper bewegte Arme und Beine, er versuchte zu schwimmen, aber Benommenheit erfasste ihn, es wurde dunkel vor seinen Augen. Er schnappte nach Luft, doch die ganze Welt schien nur noch aus Wasser zu bestehen. Finsternis verschlang das letzte Licht.

Hände packten ihn, an Schultern und Armen, zogen ihn aus dem Wasser. Jasper hustete, aber das Husten verursachte einen stechenden Schmerz in der Brust. Er versuchte, möglichst flach zu atmen. Es gelang ihm nicht, die Augen zu öffnen – die Lider waren zu schwer.

»Lebt er?«, fragte jemand auf Arkonadisch. Die Stimme klang vertraut.

»Er atmet, Exzellenz.«

»Dann ist er nicht tot, Heiler. Ha! Ins Boot mit dem Mann des Wissens!«

»Die Schusswunde, Exzellenz! Sie muss sofort behandelt werden.«

»Behandle sie im Boot, Heiler! Wer auch immer auf ihn geschossen hat: Er könnte noch in der Nähe sein, und ich möchte nicht in einen Hinterhalt geraten.«

Jemand näherte sich, jemand beugte sich über ihn, so nahe, dass Jasper den Atem im Gesicht spürte. »Hörst du mich, Freund Augusto? Du hast meinen Sohn gerettet, und jetzt rette ich dich. Ha! Wir scheinen füreinander bestimmt zu sein.«

Mehr hörte Jasper nicht.

Den Flammen nahe

39 **Zirzo, der Werkzeugmacher**
Noch sechs Tage bis zum Beginn der 45. Ära
Das Sterben konnte sehr schwer sein, stellte Zirzo fest, selbst wenn man alt und krank war.
   Da ihm andere Mittel und Wege fehlten, versuchte er es mit Luftanhalten. An seinen Überlegungen gab es nichts auszusetzen: Wer nicht atmete, hörte früher oder später – meistens früher – auf zu leben. Während der Wagen schaukelte, während die Räder über das glatte Pflaster von Straßen rollten oder über Schotter knirschten, saß Zirzo an seiner Werkbank, betrachtete das Werkzeug, das ihn nicht interessierte, und hielt die Luft an, bis er zu platzen glaubte, bis das Blut in den Ohren rauschte und ihm der Druck im Kopf die Augen aus den Höhlen presste. Doch irgendwann wurde die Versuchung, den Mund zu öffnen und zu atmen, so groß, dass er ihr nicht widerstehen konnte – der Körper, heimgesucht vom schleichenden Fieber, klammerte sich am Leben fest und verriet ihn. Zirzo hielt sich den Mund zu, mit beiden Händen, er versuchte sogar, sich einen Lappen auf den Mund zu binden, aber im letzten Moment ließ er die Hände sinken oder riss den Lappen fort.
   Als die Soldaten des Generals und mit ihnen der Tross den Büßerpfad verließen, als Tailos die Tarnung aufgab und den kürzesten Weg zum Uaschasee und der alten Bastion von Asidi einschlug, wo das Nerox erscheinen würde, als Zirzo begriff, dass ihm nicht mehr Monate oder Wochen blieben, sondern nur noch wenige Tage ... Da gab er die vergeblichen Versuche mit dem Luftanhalten auf. Dafür aß und trank er immer weniger, bis er Teller und Glas schließlich gar nicht

mehr anrührte. Wer nichts aß und nichts trank, musste – früher oder später – verhungern oder verdursten, und dann nützte es nichts, im letzten Moment die Hände sinken zu lassen oder einen Lappen wegzureißen.

Die Wächter, die nicht von seiner Seite wichen und ihn ständig im Auge behielten, sie meldeten natürlich, was geschah, sie schlugen Alarm, und der besorgte Tailos schickte den Heiler Demmrott. Als das nichts nützte – Zirzo nahm die Arzneien des Heilers, spuckte sie aber wieder aus, kaum hatte Demmrott den Wagen verlassen –, beauftragte der General der Jannaschi den Koch, Zirzos Lieblingsspeisen zu kochen. Er wusste Bescheid, er hatte sich gut informiert, und der Koch höchstpersönlich brachte ihm die Teller mit den Gerichten, die den alten Werkzeugmacher an seine Kindheit erinnerten. Er war schwach geworden, noch schwächer als sonst, und manchmal suchte ihn das Fieber auch tagsüber heim und schüttelte ihn wie kräftige Männer einen Jurta-Baum, damit die Jurtinen fielen. Bei ihm waren es keine leckeren Früchte, die sich durch das Schütteln lösten, sondern seltsame Bilder, die durcheinanderwirbelten wie Blätter im Sturm. Immer wieder zeigten sie ihm den Feuervogel, wie er brennend vom Himmel kam und in der Bastion von Asidi landete, auf dem Hof der alten Festung, wie eine Frau aus ihm kletterte oder von ihm herab, inmitten der Flammen, doch unberührt von ihnen. Sie schien ihn anzusehen und ihm zuzuwinken, diese seltsame Frau, und manchmal sprach sie sogar, mit Worten, die er nicht verstand. Das Feuer des lodernden Vogels, es schien auch in Zirzos Innerem zu brennen, wenn das Fieber ihn packte, aber es verbrannte ihn nicht, es ließ ihn leben. Und Hunger und Durst brachten ihn auch nicht um, denn seine Nase vereitelte Zirzos Pläne. Sie nahm den Duft der Speisen wahr, die Demmrott, der Koch und einmal sogar Tailos zu ihm brachten, und vor allem den des Aromawassers, das kühl und funkelnd im Lampenschein auf ihn wartete.

Wie schwach der Körper doch ist, dachte Zirzo, als er trank, das Wasser ein Genuss für Mund und Magen. Und wie schwach unser Wille obendrein, fügte er in Gedanken hinzu, als er aß, was köstlicher kaum sein konnte. Wie dumm von ihm, auf so etwas zu verzichten. Eine letzte Gaumenfreude, sagte er sich, ein letztes Fest für Körper und Geist, und dann völlige Enthaltsamkeit, bis zum Tod.

Es blieb bei diesen Gedanken. Zirzo stellte resigniert fest, dass er zu schwach war, um dem Verlangen des Körpers Widerstand zu leisten. Weder Luftanhalten noch die Verweigerung von Speise und Trank brachten ihn dem Tode näher. Messer und dergleichen kamen nicht infrage, denn die Wächter passten viel zu gut auf. Sie schlangen ihm ein Seil um die Taille, wenn er den Wagen verließ, damit er nicht von Brücken springen oder sich unter die Räder eines anderen Wagens werfen konnte.

Damit blieb nur noch die Krankheit, das schleichende Fieber, das ihm vor allem nachts den Feuervogel bescherte. Vielleicht, hoffte Zirzo, brachte ihn die Krankheit um, wenn er schwach genug wurde, wenn er auch ihr weniger Widerstand leisten konnte. Er nahm Demmrotts Medizin nur noch dann, wenn ihm keine Wahl blieb, und er aß und trank gerade genug, um das größte Verlangen des Körpers zufriedenzustellen. Außerdem verbrachte er noch mehr Zeit an der Werkbank, mit den Fingern am Werkzeug, das Lotin ins Nerox bringen sollte, denn er wusste: Supra war der Grund für seine Krankheit, ein Gift darin, das man nicht abwaschen, vor dem man sich nicht schützen könnte. Er hielt das Werkzeug in gewölbten Händen, er beugte sich darüber und atmete den Geruch des Supra ein, in der Hoffnung, dadurch mehr vom Supra-Gift in sich aufzunehmen. Das Ergebnis bestand darin, dass ihn der Feuervogel häufiger besuchte.

Er kam nachts, er stahl sich in Zirzos Schlaf, er breitete seine feurigen Schwingen aus, wenn er zu träumen begann. Hoch oben am dunklen Himmel erschien er, als hätte ein Teil des dunklen Firmaments zu brennen begonnen, und dann fiel er, mit dem Donnern von hundert Gewittern, er fiel dem kreisrunden See entgegen, auf dessen Wasser sich sein feuriger Schein widerspiegelte. Und wenn er gelandet war – er landete nach dem Fall, er stürzte nicht ab –, kam eine lebende Frau aus ihm. Sie trat aus den Flammen und sprach, sie richtete Worte an ihn, die er nicht verstand, aber manchmal antwortete er.

Wenn Zirzo aus einem solchen Fiebertraum hochschreckte, wenn er mitten in der Nacht schweißgebadet und keuchend die Augen öffnete, sah er nicht nur die beiden Wächter an seinem Bett, sondern auch einen Schreiber, der einen Stift flink über Papier führte und alles festhielt, was der alte Werkzeugmacher im Schlaf murmelte und rief, jedes Wort, jede noch so wirre Silbe. Einmal saß auch Tailos auf einem Stuhl neben dem Bett – auf einem Stuhl, der unter seinem Gewicht knarrte – und richtete den gelben Nasenrüssel auf ihn, wie um die Worte zu riechen, die Zirzo im Schlaf gestöhnt hatte.

Tailos streckte die Hand aus und legte sie Zirzo sanft auf die Stirn.

»Er brennt, Heiler.«

»Das ist der Feuervogel in ihm, General.«

Demmrott war ebenfalls da. Zirzo sah ihn neben den Wächtern und hörte das Knistern der Hornplatten, wenn sich der Nakota bewegte. Es vermischte sich mit dem Prasseln des Feuers. Oder war es Regen, der aufs Wagendach trommelte? Er erinnerte sich an dunkle Wolken, die er seit Tagen aus seinem Fenster über den Himmel ziehen sah, an kalten Wind, der so tief im Süden die Wärme des Äquators ablöste, an Vogelschwärme, die gurrend und krächzend nach Norden zogen, obwohl es dafür viel zu früh war.

»Unsinn, Demmrott«, grollte Tailos. »Der Feuervogel steckt nicht in ihm, sondern in seinen Träumen. Träume können nicht brennen. Es ist das Fieber. Sieh ihn dir nur an, Heiler! Es geht ihm schlecht. Ich will nicht, dass er stirbt, bevor wir das Ziel erreichen.«

»Ich gebe ihm Medizin«, sagte Demmrott schnell. »Die beste, General!«

»Und die teuerste, zweifellos! Achte darauf, dass er sie nimmt. Von jetzt an bleibst du bei ihm, Heiler. Du kümmerst dich nur noch um ihn. Schreiber ...«

»Ja, General?«, fragte der kleine Mann, seine Hand mit dem Stift bereit.

»Hast du alles aufgeschrieben?«

»Jedes Wort.«

»Was hat er gesagt, Schreiber? Was hat *die Frau* aus dem Feuervogel gesagt?«

Durch die glühenden Schleier von Traumresten beobachtete Zirzo, wie der kleine Mann auf seinen Block starrte. »Von einem Weg hat sie gesprochen. Von einer Tür.«

Weiter hinten stand jemand, eine Silhouette außerhalb des Lampenscheins, eine Gestalt, die nun einen Schritt vortrat. Zirzo erkannte Lotin. Seine Augen schienen ebenso zu brennen wie der Feuervogel, und der rote Nasenrüssel zitterte.

»Mein Weg«, knurrte Lotin. »*Meine* Tür zum Nerox.«

»Vielleicht, Sohn«, brummte Tailos. Er zog die Hand von Zirzos Stirn zurück. »Schreib weiter alles auf!«, wies er den Schreiber an.

»Ja, General.«

Draußen erklangen laute Stimmen, die Wagentür wurde aufgerissen, und ein Soldat erschien auf der kurzen Treppe.

»General ...« Der Jannaschi salutierte, und sein blauer Nasenrüssel baumelte. »Wir haben erneut einen Spähtrupp der Jukin aufgegriffen. Die Hauptstreitmacht von Hatan und Tijeri scheint recht nahe zu sein.«

Tailos stand auf. »Ich werde die Gefangenen selbst verhören. Gib den Offizieren Bescheid. Sie sollen alle notwendigen Vorbereitungen treffen. Vielleicht müssen wir morgen mit einem Angriff rechnen.«

»Ja, General.« Der Soldat eilte fort.

Die Lider wurden ihm schwer, die Augen fielen Zirzo zu, und er sank zurück in den Schlaf. Diesmal träumte er nicht vom Feuervogel, sondern von Arkonadias fünf Monden, die sich hoch am Himmel trafen und ihr gemeinsames Licht auf die alte Festung von Asidi fallen ließen, mitten in einem runden See.

40

Am nächsten Tag kam es tatsächlich zu einem Angriff, der jedoch eher ein halbherziger, schlecht geplanter Überfall zu sein schien. Zirzo verbrachte den Morgen an seiner Werkbank, hielt das Werkzeug in zittrigen Händen und versuchte, ihm eine weitere kleine Spindel hinzuzufügen, als Demmrott mit der Medizin kam, die ihn noch etwas länger am Leben erhalten und vor allem das Zittern aus den Händen vertreiben sollte. Als ihm der Heiler die Pillen gab und sich vergewisserte, dass Zirzo sie auch schluckte, erzählte er von den Ereignissen in der Welt jenseits des Werkstattwagens.

»Nicht die Hauptstreitmacht der Jukin unter Hatan und Tijeri hat sich uns genähert, sondern eine kleine Kolonne, kaum mehr als ein Stoßtrupp, der uns aufhalten, unsere Kräfte binden soll, aber darauf lässt sich der General natürlich nicht ein. Er ist ein guter General, unser General«, sagte Demmrott. Seine aus kleinen Hornplatten bestehende Haut knisterte bei jeder Bewegung. »Er kennt sich aus mit Kampf und Krieg, mit Taktik und Strategie, auch mit List und Tücke, wenn es sein muss. Wir sind bei ihm in guten Händen.«

Zirzo blickte auf seine eigenen Hände. Sie zitterten noch immer.

Einer der beiden Wächter im Wagen starrte aus dem Fenster und versuchte zu verstehen, was draußen geschah. Der andere saß in der Nähe und behielt Zirzo im Auge, während er mit offensichtlichem Interesse den Worten seines Waffenbruders lauschte. So lautete der Befehl des Generals: Nie, unter gar keinen Umständen, durften beide Soldaten gleichzeitig den alten Werkzeugmacher aus den Augen lassen.

»Er wird uns zum Ziel bringen, der General«, fuhr Demmrott fort. Die Worte sprudelten aus ihm heraus, er schien sich mit ihnen ablenken zu wollen. »Er wird es schaffen, nach einer viereinhalb Jahre langen Reise.«

»Ja«, sagte Zirzo müde. Es war eine seltsame Müdigkeit, die auf Körper und Geist lastete, sie ließ sich nicht durch Schlaf lindern.

»Die anderen wissen, dass wir etwas wissen«, plapperte Demmrott und untersuchte den alten Werkzeugmacher. Er maß Puls und Blutdruck, sah ihm in Augen und Mund, horchte an Brust und Rücken. »Jetzt kommt es darauf an, wer schneller ist. Der Endspurt hat begonnen.«

Endspurt, dachte Zirzo. Welch ein seltsames Wort. Als wäre dies ein Wettrennen von Läufern, als hätten sie die letzte Kurve hinter sich gebracht und die Zielgerade erreicht.

Das Zittern seiner Hände ließ nach, stellte er fest. Die Medizin begann zu wirken – sein Körper verriet ihn erneut.

»Die Jukin sollen sich mit den Hellagarit verbündet haben«, sagte Demmrott und blickte aus dem Fenster neben der Werkbank. Draußen ging es ziemlich laut zu. Offiziere riefen Befehle, Soldaten eilten umher und zogen Karren mit schweren Waffen. Die Dampfmaschinen zischten noch lauter als sonst, und Zugtiere grunzten erschrocken. Dumpfes Donnern kam aus der Ferne. »Dass die Hellagarit Partei ergreifen, ist bemerkenswert, Zirzo, findest du nicht? Vielleicht glauben sie, dass die Jukin diesmal die größte Chance haben, das Nerox zu erreichen und jemanden von ihnen hineinzuschicken. Zirzo? Hörst du, was ich sage?«

Er nickte. »Ja, Demmrott, ich höre dich«, krächzte er mit einer Stimme, die ihm fremd erschien.

Krieg, dachte er, hörte erneut das Donnern und glaubte, dass es von Geschützen stammte, vielleicht von jukinischer Artillerie. Leute wie General Tailos bestimmten erneut das Schicksal von Arkonadia, wie schon vor vierhundertdreiundfünfzig Jahren. Blut und Tränen, dachte Zirzo. Immer und immer wieder. Hört es nie auf?

»Inzwischen scheinen alle zu wissen, dass das Nerox in Kelarien erscheinen wird.« Demmrott sprach leiser, wie über ein Geheimnis, das es zu hüten galt.« Aber nur unser General kennt den genauen Ort. Ich weiß, woher. Es war nicht sein Orakel, das ihm verraten hat, wo das Nerox erscheinen wird. Nein, eine feurige Stimme hat es ihm gesagt. Ich habe gehört, wie er mit seinem Sohn darüber sprach.« Er beugte sich vor, und wieder knisterte seine Haut, als die kleinen Hornplatten aneinanderschabten. »Es sind deine Visionen, die ihm den Weg weisen, nicht wahr?«

Zirzo schwieg und betrachtete seine alten, faltigen Hände. Sie zitterten nicht mehr. In den Fingerspitzen begann ein Prickeln – sie sehnten sich danach, zu formen und zu gestalten. Das Werkzeug lag in der Nähe, unfertig, alles andere als perfekt.

»Vielleicht greifen die Jukin deshalb an«, schwatzte Demmrott weiter und sortierte seine Fläschchen mit den teuren Arzneien. »Vielleicht haben sie erfahren, dass du über das Nerox Bescheid weißt. Vielleicht hat nicht nur dieser Heiler, Demmrott von den Nakota, gehört, wie unser General und sein Sohn über den Ort des Erscheinens sprachen, sondern auch noch andere Leute. Oder man hat dich belauscht, wie du im Schlaf gemurmelt und gestöhnt hast.« Er blickte kurz zu den beiden Soldaten. »Die Jukin und ihre Hellagarit-Freunde aus dem Nordosten, Mokonna und Menschen aus dem Südwesten, Tingla aus dem Norden, einige von ihnen mit ihren besonderen Luftschiffen, die höher fliegen als jene der Hellagarit, Ho-Korat mit ihren spinnenartigen Gehmaschinen aus dem Nordwesten ...«

»Ho-Korat greifen in die Kämpfe ein?«, fragte Zirzo. Er betrachtete das unfertige Werkzeug und fühlte, wie eine Idee in ihm entstand, die Lotin betraf, wie sie einer kleinen Blume gleich wuchs.

»Nein, nein, nein«, sagte Demmrott. »Nein, natürlich nicht. Sie greifen *nicht* in die Kämpfe ein, nie, sie sind Beobachter.« Er sprach im Tonfall eines Priesters, der Blasphemie befürchtete. »Sie sind Augen und Ohren, sie wollen wissen, was geschieht, und vielleicht geht ihr Blick auch hierher, zu dem

Mann, der des Nachts den Feuervogel sieht und weiß, wo er landen wird.«

Zirzo wusste nicht, was er von diesen Worten halten sollte.

»Oh, das hätte ich fast vergessen.« Demmrott begann damit, seine Arzneifläschchen in der Medizintasche zu verstauen. »Von Süden kommt eine Gruppe Menschen aus Schentiffica, heißt es. Mit schnellen Dampfschiffen über den südlichen Donkwart, mit Schiffen, die auch tauchen können, sagt man. Den nördlichen Donkwart erreichen wir morgen, und dann geht es auch für uns mit Schiffen und Booten weiter. Wer weiß, vielleicht treffen wir uns auf dem Uaschasee, die Gelehrten aus Schentiffica und wir. Vielleicht wollen auch sie zum Nerox.« Demmrott senkte erneut die Stimme. »Unter ihnen soll ein Mann sein, dessen Gesicht zur Hälfte aus Metall besteht«, fügte er in einem bedeutungsvollen Ton hinzu.

Das holte Zirzo aus seinen Überlegungen, die dem Werkzeug und Lotin galten. »Meinst du den Mann namens Baltasar?«

Demmrott nickte, zufrieden darüber, die Aufmerksamkeit des alten Werkzeugmachers geweckt zu haben. »Ich kenne keinen anderen Mann, auf den die Beschreibung passt.«

»Und er will zum See?«

»Ich habe gehört, dass seine Gruppe den Donkwart herauffährt, der im Süden aus dem See fließt.« Die Hornplatten auf der Stirn des Heilers bewegten sich. »Aber ich habe auch gehört, dass Baltasar weiter im Norden gewesen sein soll, in der Stadt Dubbrizza, die von den Jukin eingenommen wurde. Na ja, man sollte nicht alles glauben, was man hört. Selbst ein Mann wie Baltasar, den sogar unser General zu fürchten scheint, kann nicht an zwei Orten gleichzeitig sein, oder?«

Demmrott stand auf. »Auch unter den Leuten, die vor Krieg und Kampf fliehen, gibt es welche, die uns folgen, weil sie glauben, dass wir sie zum Nerox führen. Oh, unser schlauer General muss sehr schlau sein, wenn er sich so vielen Rivalen gegenüber durchsetzen will. Zeig mir deine Hände, Zirzo!«

Zirzo zeigte sie ihm.

»Gut. Das Zittern ist aus ihnen verschwunden. Du kannst arbeiten. Ich sehe später noch einmal nach dir und bringe dir ein Mittel, das dich besser schlafen lässt.«

Bring mir etwas, das mich besser leben oder schneller sterben lässt, dachte Zirzo, aber er behielt diesen Gedanken für sich, als Demmrott der Heiler ging.

41

Am Abend, auf dem Weg zum Abort, sah Zirzo gleich zwei Feuervögel. Zumindest hielt er sie dafür, in einem Moment der Verwirrung.

Flammen loderten am dunklen Himmel und verschlangen zwei Luftschiffe der Hellagarit, die sich General Tailos' Lager von Norden genähert hatten, vielleicht mit Bomben beladen, vielleicht auch nur mit Neugier an Bord. Wenn es Bomben gab, oder Sprengpfeile und dergleichen, so explodierten sie nicht, als brennende Trümmer auf das Hügelland fielen, das die Jannaschi und ihr Tross tags zuvor durchquert hatten.

Zirzo blieb stehen, ebenso die beiden Wächter rechts und links von ihm, und beobachtete das Feuer am Himmel, geschaffen von den Brandgeschossen, die Jannaschi-Katapulte gen Himmel geschickt hatten. Die Soldaten an den Katapulten jubelten, als Feuer herabregnete, Bäume in Brand setzte und trockenes Gras entzündete. Zirzo dachte an die verbrennenden Hellagarit, an Leben, das zu Asche zerfiel. Er glaubte sogar, die Schreie der Sterbenden zu hören, obwohl das unmöglich war, weil die triumphierenden Rufe der Jannaschi-Soldaten alles übertönten.

Als er im Abort saß, umgeben von Dunkelheit und Gestank, wurde aus der Idee ein Plan, und er beschloss, ihn sofort in die Tat umzusetzen. Wenn alles funktionierte, erreichte er zwei Ziele.

Er entleerte Darm und Blase – beides enthielt nicht viel –, kehrte nach draußen zurück und ließ sich von den Soldaten nicht zum Wohnwagen führen, wo Bett und Fiebertraum auf ihn warteten, sondern zum Werkstattwagen. Als die Wächter nach dem Grund fragten, sagte er: »Ich muss nur noch einmal Hand anlegen, dem Werkzeug nur noch eine kleine Sache hinzufügen, dann ist es fertig. Sie sollten dem General Bescheid geben. Es wird ihm eine Freude sein.«

Einer der beiden Soldaten band ihn an die Werkbank – er achtete darauf, die Knoten nicht zu fest zu knüpfen, das musste man ihm lassen –, und der andere eilte voller Eifer los, denn es konnte nie schaden, dem General eine gute Nachricht zu bringen.

Zirzo drehte das Werkzeug in seinen Händen und gab unter den wachsamen Blicken des zweiten Wächters vor, der Kugel aus filigranen Fäden einen weiteren Faden aus silbernem Supra hinzuzufügen, der zwei kleine Teile aus grünem Supra miteinander verband. Seine Finger, in denen sich bereits wieder das Zittern ankündigte, schufen eine Verbindung, die keinen Sinn hatte und das Werkzeug weder vervollständigte noch perfektionierte.

Diesmal hörte er keine schweren Schritte, die den General ankündigten, denn dafür war es draußen zu laut. Die Tür wurde plötzlich aufgerissen, und einen Moment später stand Tailos im Wagen, gekleidet in seine Kampfuniform. Ruß bildete dunkle Flecken darauf. Hinter ihm kam sein Sohn Lotin herein und versuchte, an der großen, breiten Gestalt seines Vaters vorbeizusehen. Zwei Nasenrüssel wanden sich wie Schlangen und schnüffelten.

»Was höre ich da, Werkzeugmacher?«, fragte Tailos laut. »Du hast deine Arbeit beendet?«

Zirzo hob die Kugel, die mehr silbernes als grünes Supra enthielt. »Nie habe ich ein besseres Werkzeug gebaut«, behauptete er.

Lotin schob sich an seinem Vater vorbei. Zirzo bemerkte, dass er keinen Ruß an seiner Kleidung hatte – er schien sich von dem Ort, an dem die brennenden Reste der Luftschiffe niedergegangen waren, ferngehalten zu haben.

»Ist das Werkzeug wirklich fertig?«, fragte er und richtete einen gierigen Blick auf die filigrane Kugel mit den kleinen Zylindern und Spindeln. Einige von ihnen drehten sich langsam, wie von unsichtbarer Hand berührt.

»Ja, es ist fertig«, log Zirzo. Sollte er mit einem unfertigen, unvollständigen Werkzeug aufbrechen, das ihm einen falschen Weg zum Nerox wies und in eine der vielen Fallen führte. Damit wäre das Problem des zukünftigen Despoten namens Lotin gelöst.

Der andere Punkt, das zweite Ziel ...

Zirzo hob das Werkzeug und reichte es Tailos, nicht Lotin. Der General nahm es behutsam entgegen und knurrte ein Jannaschi-Wort, als sein Sohn danach greifen wollte.

»Damit ist mein Werk vollbracht«, sagte Zirzo. »Darf ich Sie bitten, mich aus Ihren Diensten zu entlassen, General?«

Tailos betrachtete das Werkzeug, die Kugel aus wertvollem Supra, ihre dünnen Verbindungen, die kleinen Spindeln und Zylinder.

»Gib es mir!«, zischte sein Sohn und streckte die Hände aus. »Gib es mir! Es ist meins!«

Tailos reichte es ihm. »Geh vorsichtig damit um, Sohn.«

Lotin riss ihm das Werkzeug fast aus den Händen.

»General ...«, ächzte Zirzo. Wo war Demmrott? Sollte der Heiler nicht in der Nähe sein, bereit mit seiner Medizin? »Ich habe die Arbeit geleistet, die Sie von mir erwarteten. Darf ich Sie bitten ... Demmrott, er könnte mir etwas geben, keine Arznei, sondern ...«

Das zweite Ziel, dachte Zirzo. Um Strafe zu entgehen, wenn sich herausstellte, dass das Werkzeug nicht funktionierte, dass es gar nicht funktionieren konnte, weil es unvollständig war. Und um die schwere Bürde abzulegen, die das Leben für ihn bedeutete, all die quälenden Erinnerungen. Um ihnen zu entkommen, weil sie wie ein zweites Fieber waren, das ihm ebenso wenig Ruhe gönnte wie das andere.

»Gift?«, brummte der General der Jannaschi. »Ist es das, was du von Demmrott willst?«

Da war er, der Heiler. Zirzo sah ihn in der Tür stehen, mit seiner Medizintasche. Dort wartete er, ohne ein Wort zu sagen, ohne einen Ton.

»Ich habe alles getan«, sagte Zirzo. »Ich bin rechtzeitig fertig geworden. Jetzt bitte ich nur um ... ein wenig Hilfe.«

Tailos legte ihm die Hand auf die Schulter, leicht wie eine Feder.

»Mein lieber Zirzo ...«, sagte er so sanft, dass Lotin den Nasenrüssel auf seinen Vater richtete und ihn verblüfft und argwöhnisch beschnüffelte. »Ich kann dich nicht aus dem Leben entlassen. Ich brauche dich noch etwas länger, bis wir beim Nerox sind. Ich brauche deine Visionen vom Feuervogel.«

»Aber ...«, begann Zirzo enttäuscht.

»Demmrott wird dir etwas geben.« Tailos winkte den Heiler herbei. »Etwas, das dir die Schmerzen nimmt und dich den Feuervogel deutlicher sehen lässt. Nicht wahr, Demmrott?«

Der Heiler öffnete seine Medizintasche. »Das Fieber wird dadurch stärker, General.«

»Und wenn schon«, knurrte Lotin. »Hauptsache, er sieht den Feuervogel und hört seine Stimme. Vielleicht kann er uns einen Hinweis geben.«

»Das Fieber wird ihn verbrennen.«

»Er will doch sterben«, sagte Lotin. »Wir tun ihm einen Gefallen.« Mit einem Blick auf seinen Vater fügte er hinzu: »Zweifellos.«

Der Heiler hielt ein Fläschchen in der Hand. »Ich kann ihm nur die Schmerzen in Bauch und Gliedern nehmen, nicht aber die in seinem Kopf. Er wird leiden. Es wird eine Tortur sein für seinen Geist.«

»Was interessiert uns das!«, schnaubte Lotin. »Wichtig ist, dass er seinen Zweck erfüllt.«

Tailos holte tief Luft und ließ den Atem durch seinen gelben Nasenrüssel entweichen. »Bleib noch ein bisschen länger am Leben, Werkzeugmacher! Nur noch ein paar Tage. Bis wir über den See und bei der alten Festung sind. Bis das Nerox erscheint. Bis sich mein Sohn mit deinem Werkzeug auf den Weg machen kann. Beobachte den Feuervogel für uns! Sprich mit ihm!«

»Brenne mit ihm!«, flüsterte Lotin, aber Zirzo hörte die Worte so deutlich, als hätte er sie geschrien.

»Gib ihm die Medizin, Heiler!«, sagte Tailos und machte dem Nakota Platz. »Sorg dafür, dass er schläft und träumt! Und du, Lotin, mein Sohn ... Du wirst die nächsten Tage damit verbringen, dich mit dem Werkzeug zu beschäftigen, das die genialen Finger dieses Mannes geschaffen haben. Du wirst ebenfalls brennen, und zwar vor *Eifer*. Zweifellos«, fügte er hinzu.

Der Heiler schob sich an Vater und Sohn vorbei und erreichte den müden, enttäuschten Zirzo.

»Es tut mir leid«, sagte Demmrott und flößte ihm die Medizin ein.

Zirzo schluckte sie. Kurze Zeit später, in seinem Wohnwagen, schlief und brannte er.

42

Vom Fieber geschüttelt träumte Zirzo.

Er träumte von fünf Monden, die hoch am Himmel standen, wie an einer dunklen Tafel vereint. Ihr Licht fiel auf den runden See, auf die Insel mit den Ruinen der Bastion von Asidi, an denen Zirzo langsam entlangging, mit sicheren Schritten, und dem Flüstern lauschte, das aus den alten Mauern drang, tausend Stimmen, die ihm leise und wortlos von der Vergangenheit erzählten. So kam es ihm vor: dass er nur stehen bleiben und ganz still sein musste, um all die Geschichten zu verstehen. In jedem einzelnen zerbröckelnden Mauerstein schien ein Stück Leben gefangen zu sein, Erinnerungen an Ereignisse. Zirzo hörte, wenn er die Ohren spitzte, das Klirren von Waffen, die Schreie von Verwundeten und Sterbenden, die Rufe der Sieger, das Gelächter von Feiernden.

Und er hörte noch etwas anderes, ein Knistern und Prasseln wie von Feuer.

Er stand auf dem Hof der alten Festung, der brennende Vogel, fast genau auf der Kuppe des Hügels, mit ausgebreiteten Schwingen, aus denen Flammen wuchsen, den Kopf stolz erhoben, die Flanke geöffnet. Jemand wartete dort im Feuer, im Glühen und Lodern, eine Frau. Sie sagte: »Komm, Zirzo! Komm zu mir!«

Das war neu. Sie hatte auch in früheren Träumen zu ihm gesprochen, mit der Stimme des Feuervogels, aber er hatte die Worte nie verstanden, zumindest nicht richtig, er konnte sich nicht daran erinnern.

Er folgte der Einladung, er trat näher zum Feuervogel, der Frau entgegen, und fühlte die Hitze der Flammen.

Es verbrannte ihn, das Feuer des Vogels, es verkohlte ihm die Haut, es ließ seine Augen verdampfen ... Bis Kühle kam, in Form eines nassen Lappens, mit dem ihm jemand den Schweiß von der Stirn wischte.

Zirzo öffnete die Augen und sah durch den leuchtenden Schleier des Fiebers den gelben Nasenrüssel des Generals. Tailos' große Hand war es, die den Lappen hielt, der jetzt auch Wangen und Kinn kühlte.

»Du hast ihm zu viel von der Fiebermedizin gegeben«, brummte Tailos. »Sieh nur, er verbrennt.«

Am Fußende des Bettes saß der Schreiber an einem kleinen Tisch, hielt den Stift über dem Papier bereit und wartete.

»Er wird sterben, zweifellos«, sagte der General der Jannaschi besorgt.

Ja, dachte Zirzo. Bitte. Und dann dachte er: Nein, zuerst möchte ich mit der Frau reden. Lasst mich lange genug leben, damit ich mit ihr sprechen kann, ja?

»Das wird er«, bestätigte Demmrott. »Aber nicht jetzt. In einigen Tagen, wenn das Fieber in seinem Innern nur Asche übrig lässt.«

Asche, dachte Zirzo und schloss die Augen wieder. Ich zerfalle zu Asche. Er stellte sich vor, wie angenehm kühler Wind seine Asche erfasste, fortwehte und auf der ganzen Welt verstreute.

Der Wind *war* kühl, sogar kalt, aber er nahm nicht Zirzos Asche, sondern strich ihm übers Gesicht und hielt die Hitze des Feuervogels von ihm fern, der direkt vor ihm brannte.

Dort stand die Frau, inmitten der Flammen, die eine Hand ausgestreckt.

»Komm!«, sagte sie. »Komm zu mir, Zirzo!«

»Bringst du mich ins Nerox?«, fragte er.

»Deshalb bin ich hier«, antwortete die Frau. »Komm zu mir und hab keine Angst!«

Er hatte keine Angst, er fürchtete sich nicht vor dem Feuer, das ihn nicht mehr erreichte. Er ging durch die Flammen und hörte ihr Fauchen, aber gedämpft, leiser als die Stimme der Frau. Mit jedem Schritt war sie deutlicher zu erkennen: ein blasses Gesicht, mit Punkten auf Nase und Wangen, mit Sommersprossen.

Zirzo begriff plötzlich, dass er diese Frau kannte.

Sie lächelte.

»Ich bin zurück«, sagte Samantha.

Sisyphos

43 Jasmin

»Zeigen Sie mir den Arm«, sagte der Mann, dessen Gesicht zur Hälfte aus Metall bestand. Jasmin glaubte sich an seinen Namen zu erinnern. Baltasar. Ja, so hieß er.

Sie streckte den Arm aus. Baltasar schob den Ärmel hoch, nicht grob, aber auch nicht sanft, und sah sich den Arm an. »Von der Wunde ist kaum noch etwas zu sehen.«

Jasmin erinnerte sich auch daran. »Sie haben auf mich geschossen.«

»Das habe ich, ja.«

Etwas anderes fiel ihr ein. Sie erschrak. »Mein Vater ...«

Baltasar ließ den Arm los und wich zurück. In der menschlichen, lebenden Hälfte seines Gesichts zeigte sich so etwas wie Zufriedenheit. »Ich habe auch auf ihn geschossen.«

»Was ist mit ihm?« Warum herrschte in ihrem Gedächtnis ein solches Durcheinander? Warum fiel es ihr so schwer, sich zu erinnern?

Baltasar beobachtete sie mit einem organischen und einem mechanischen Auge. »Vielleicht ist er tot. Es wäre ein mögliches Problem weniger«, sagte er.

Jasmin schüttelte den Kopf, was Schwindel bewirkte. Plötzlich drehte sich alles um sie herum. Sie hatte gelegen, erinnerte sie sich, festgehalten von elastischen Riemen und angeschlossen an etwas, vielleicht an Geräte, die gar nicht mehr funktionieren sollten. Jetzt saß sie auf einem Stuhl, aber sie kippte zur Seite.

Eine Hand kam von links und stützte Jasmin.

Eine neue Erkenntnis: Sie war nicht allein mit dem Mann namens Baltasar. Es befanden sich noch andere Personen in der Nähe. Zwei Menschen saßen an Konsolen neben einer runden Tür, einem Schott, hinter dem sich ein kurzer Korridor erstreckte, in dem dann und wann Gestalten erschienen, unter ihnen ein Tingla, der Jasmin wie eine wandelnde Mumie erschien.

Der Schwindel erklärte nicht alles. Boden und Stuhl schienen zu schwanken. Ein Summen umgab sie, schien aus allen Richtungen zu kommen, und manchmal flackerte das Licht, das nicht von chemischen Lampen stammte, sondern offenbar von elektrischen.

Die Hand von links stützte sie noch immer. Jasmin drehte den Kopf. Die Hand gehörte einem Mann, der ziemlich alt zu sein schien, denn sein Gesicht war voller Falten und das graue Haar dünn. Doch in den Augen lagen Kraft und eine Mischung aus Hoffnung und Entschlossenheit.

»Das ist Melchior«, sagte Baltasar. »Melchior aus Schentiffica. Ein guter Freund von mir.« Die eine Hälfte des Gesichts lächelte kurz. »Ich habe seinen Urururgroßvater gekannt. Damals hat das Projekt Futur seinen Anfang genommen. So nennen wir es.«

»Ein guter Name«, sagte Melchior mit rauer Stimme.

»Projekt Futur, Projekt Zukunft«, sagte Baltasar. »Denn darum geht es, um unsere Zukunft. Um die Zukunft von Arkonadia.«

»Wo sind wir?« Jasmin sah sich um. Die Wände schienen aus Metall zu bestehen. »Was hat dies alles zu bedeuten?« Ihre Gedanken und Erinnerungen ließen sich noch immer nicht ordnen. »Mein Vater! Was ist mit meinem Vater?«

»Es geht Ihnen nicht gut, ich weiß«, sagte Baltasar. »Sie brauchen das hier.« Er holte ein silbernes Armband hervor.

Die dichten Nebelschwaden, die durch Jasmins Kopf zogen, lichteten sich. »Der Konnektor! Geben Sie ihn mir!«

»Er könnte uns nützlich sein«, sagte Melchior und zog seine stützende Hand zurück; Jasmin hatte sich etwas erholt und saß wieder gerade. »Wir könnten ihn für den Zugang zum Nerox verwenden.«

»Das wäre vielleicht möglich«, fügte Baltasar hinzu, ohne den Blick von Jasmin zu wenden. »Wir könnten ihn in die Ortungsgeräte integrieren, dann stünde uns mehr Energie zur Verfügung. Aber ich denke, Jasmin wird uns eine größere Hilfe sein.«

Baltasar beugte sich wieder vor und legte Jasmin das Armband an. Es bewegte sich; es veränderte seine Form und schmiegte sich ans Handgelenk.

Fast sofort löste sich der Nebel in ihrem Bewusstsein auf. Sie konnte wieder klar denken, als Lebenskraft aus dem Kontinua-Konnektor in Körper und Geist floss. Die Erinnerungen kehrten zurück, nicht verschwommen und kaum zu deuten, sondern klar und deutlich. Ein Unterseeboot! Sie befand sich an Bord eines Unterseebootes. Baltasar hatte sie unter Dubbrizza über schmale, steile Treppen und lange Tunnel in die Tiefe geführt, zu einem unterirdischen Fluss, zu einem dort wartenden Boot, das sowohl über als auch unter Wasser fahren konnte, selbst während der technologischen Inhibition. Und dort hatte er auf Jasper geschossen, mitten in die Brust. Ihr Vater war in den Fluss gestürzt.

Jasmin starrte Baltasar an.

»Gut«, sagte er.

»Was soll ›gut‹ sein?«, erwiderte Jasmin zornig. Omni hatte sie beide biologisch verändert, ihnen ein langes Leben verliehen. Wunden heilten schnell. Aber wenn das kinetische Geschoss aus Baltasars Projektilwaffe Jaspers Herz getroffen hatte …

»Es ist gut, dass Sie sich beherrschen«, sagte Baltasar. »Dass Sie sich unter Kontrolle halten.«

Jasmin stellte fest, dass sie die Hände zu Fäusten geballt hatte. Wenn sie einen Teil der im Konnektor gespeicherten Kontinua-Energie gegen Baltasar und Melchior einsetzte …

»Nein«, sagte er. »Seien Sie nicht dumm!«

Konnte er Gedanken lesen wie ein Likotha von Javaid?

»Nein, ich kann keine Gedanken lesen, aber ich kann sie erraten«, sagte Baltasar. »Die Energie des Konnektors würde

Ihnen nichts gegen mich nützen. Ich bin gut abgeschirmt, ebenso wie dieses Unterseeboot. Andernfalls würden wir nicht funktionieren.«

Er bewegte Arme und Oberkörper, und Jasmin hörte das Summen von Servomotoren.

»Wer sind Sie? *Was* sind Sie?«

»Ich bin ein Mensch, ein Nachfahre der wenigen Menschen, die den Absturz der *Poseidon* auf Arkonadia vor gut dreitausend Jahren überlebten. Ich hatte einen Unfall, im Innern des Nerox. Vor vierhundertdreiundfünfzig Jahren, als es zum letzten Mal erschien. Ich bin darin gewesen, im Nerox, aber als ich die letzte Tür öffnen wollte, habe ich einen Fehler gemacht.«

»Und jetzt wollen Sie es noch einmal versuchen?«, fragte Jasmin.

»Ja«, sagte Baltasar. »Ich muss es schaffen, wenn Arkonadia endlich Frieden finden soll. Und ich werde es schaffen. Ich weiß, wie man hineinkommt. Den Rest werde ich mit Ihrer Hilfe herausfinden.«

Jasmin sah ihn groß an.

»Sie werden mir helfen«, sagte Baltasar ruhig. »Sie werden mir helfen, zum Regenten dieser Welt zu werden, sie zu befrieden und Arkonadia den Weg ins All zu eröffnen. Ich biete Ihnen Zusammenarbeit an, Jasmin von Omni.«

44

»Glauben Sie im Ernst, dass ich freiwillig mit Ihnen zusammenarbeite, nachdem Sie auf meinen Vater geschossen und ihn vielleicht getötet haben?«, fragte Jasmin. »So verrückt können Sie nicht sein.«

»Es war notwendig«, sagte Baltasar. »Manche Dinge sind bitter und schmerzhaft, aber sie sind notwendig.«

Jasmin suchte in dem organischen Auge nach Gefühl. Sie fand keins.

»Er hatte die Waffe fallen gelassen.« Jasmin sah es in der

wieder klar gewordenen Erinnerung: wie ihr Vater die Waffe auf den Boden fallen ließ, wie sie rutschte und im Fluss verschwand. »Trotzdem haben Sie auf ihn geschossen.«

»Um Komplikationen zu vermeiden«, sagte Baltasar. »Er hätte versucht, mich aufzuhalten und Sie zu befreien. Die Risiken mussten und müssen minimiert werden. Es steht zu viel auf dem Spiel. Ich möchte nicht noch einmal viereinhalb Jahrhunderte warten müssen.«

Jasmin musterte den seltsamen Mann, zornig, aber auch neugierig. »Sie sind ziemlich alt und scheinen doch jünger zu sein als Ihr Freund Melchior. Wie sind Sie so lange am Leben geblieben?«

Baltasar deutete auf das silberne Armband, das sich um Jasmins Handgelenk geschlungen hatte. »Die Energie darin hält Sie am Leben. Und ich trage einige Dinge in mir, die *mich* am Leben erhalten.« Er bewegte sich, und es summte wieder.

Ein gefährlicher Mann, dachte Jasmin. Jemand, der bereit war, seinen Plänen alles zu opfern. Jasper hatte *vielleicht* überlebt. Ein normaler Mensch wäre kaum in der Lage gewesen, den Projektiltreffer und anschließend den Sturz in die reißenden Fluten des Flusses zu überstehen, aber Jasper war wie sie biologisch verändert. Mit ein wenig Glück ... Sie musste selbst am Leben bleiben und sich Bewegungsfreiheit bewahren, um festzustellen, ob ihr Vater überlebt hatte. Und dann gab es da noch die Mission, den Grund für die Reise nach Arkonadia.

»Sie denken an Ihren Vater«, sagte Baltasar. »Und Sie denken an Ihre Mission. An den Grund, warum Omni Sie hierher geschickt hat. Sie sollen dem Nerox auf den Grund gehen, das Rätsel von Arkonadia lösen.«

»Woher wissen Sie davon?«

»Sagen wir: Ich habe meine Quellen.«

Melchior brummte etwas, das Jasmin nicht verstand.

»Wenn Sie von Omni und meiner Mission wissen ... Dann sollte Ihnen auch klar sein, dass mein Vater und ich jemanden suchen.«

Baltasar nickte kurz. »Samantha. Deshalb sind Sie nach Dubbrizza gekommen. Weil Sie hofften, dort Samantha anzutreffen. Oder Spuren von ihr zu finden. Eine Reisende in den Diensten von Omni, wie Sie.«

»Was ist mit ihr?«, fragte Jasmin. »Was ist aus ihr geworden?«

Vorn, im Bug des Unterseebootes, kam es zu mehr Aktivität. Mehrere Menschen erschienen kurz in dem Gang, und der mumienartige Tingla, den Jasmin zuvor gesehen hatte, trat zum offenen Schott zwischen den beiden Konsolen, mit einer wortlosen Frage im ledrigen, borkigen, wie Baumrinde wirkenden Gesicht. Eine knappe Geste Baltasars veranlasste ihn, sich umzudrehen und nach vorn zurückzukehren.

»Wir nähern uns der Station«, sagte einer der beiden Männer an den Konsolen. »Keine Beeinträchtigungen.«

»Gut«, sagte Baltasar. Er stand auf, öffnete ein Wandfach und entnahm ihm zwei Gegenstände: eine zu einem dünnen Zylinder zusammengerollte Folie und einen dunklen Würfel mit einer Kantenlänge von sieben oder acht Zentimetern, von einem spinnennetzartigen Muster aus feinen Rissen durchzogen. An mehreren Stellen bemerkte Jasmin kleine, dünne Vorwölbungen, wie Dorne oder Stacheln.

Baltasar legte den Würfel auf einen kleinen Tisch und entrollte die transparente Folie, die aus einer Art Plast zu bestehen schien. Sie zeigte eine Karte des Planeten Arkonadia, in der Mitte der Kontinent, der einer menschlichen Hand ähnelte. Überall waren rote und blaue Markierungen angebracht, mit Pfeilen, die aus allen Richtungen nach Süden deuteten. Baltasar hielt die Karte so, damit Jasmin alles deutlich sehen konnte.

»Ich nehme an, das gibt die aktuelle Lage auf Arkonadia wieder«, sagte sie. Die Pfeile und Symbole bewegten sich langsam, ganz langsam. Sie beugte sich vor. »In Echtzeit? Wie ist das möglich?«

»Uns stehen gewisse Möglichkeiten zur Verfügung«, ließ sich Melchior nicht ohne Stolz vernehmen.

»Mehr als zehntausend Individuen sind seit Monaten unterwegs, um das Nerox zu erreichen, wenn es erscheint, um alle Hindernisse und Fallen zu überwinden und hineinzugelangen«, sagte Baltasar. Er berührte bestimmte Stellen der Folie, woraufhin bunte Punkte erschienen und blinkten. »Sie alle sind mit Werkzeugen ausgestattet, manche von ihnen gut und leistungsfähig, andere nur billige Imitate, konstruiert von unbegabten Werkzeugmachern, die hofften, in kurzer Zeit viel Geld zu verdienen. Dreiunddreißig dieser Individuen sind nicht allein oder in kleinen Gruppen unterwegs, sondern mit Truppen, die ihnen freie Bahn schaffen sollen. Hinzu kommen siebzehn Heere, zwölf in der nördlichen Hemisphäre und fünf in der südlichen, angeführt von Kommandeuren, die verhindern wollen, dass Rivalen das Nerox erreichen, oder die mehr konventionelle Macht für die beginnende fünfundvierzigste Ära erringen wollen. Staaten, Nationen, respektierte Grenzen und Einflusssphären, das alles zählt nicht mehr. Arkonadia versinkt in Krieg und Chaos.«

Jasmin betrachtete die Darstellungen. »Sie haben mir noch nicht gesagt, was aus Samantha geworden ist.«

Baltasar ging nicht darauf ein. »Was die Völker in mehr als vier Jahrhunderten aufbauen, wird in den ersten Jahren einer neuen Ära zerstört, und anschließend beginnt der mühsame Wiederaufbau. So geht es seit zwanzigtausend Jahren. Sind Sie mit der Sage von Sisyphos vertraut?«

Jasmin hob die Brauen. »Sie kennen die Mythologie der alten Erde?«

»Einige Menschen haben sich unser Erbe bewahrt«, sagte Baltasar, und zum ersten Mal hörte Jasmin in seiner Stimme etwas anderes als nur kühle Rationalität. Sie glaubte, einen Hauch von Wehmut zu vernehmen. »Zerstörung und Vergessen, mühsamer Aufbau, und wieder Zerstörung und Vergessen. Seit zwanzig Jahrtausenden, Jasmin von Omni. Und vielleicht sogar noch länger, denn die zwanzigtausend Jahre betreffen nur die dokumentierte Geschichte von Arkonadia, worüber Omni Sie zweifellos unterrichtet hat. Immer wieder wird der Felsblock den Berg hinaufgewälzt und rollt dann, wenn der Gipfel erreicht ist, zurück ins Tal.«

»Sie wollen, dass er auf dem Gipfel bleibt«, sagte Jasmin.

»Wäre das nicht auch in Ihrem Sinne?«

»Was ist mit Samantha?«, fragte Jasmin. »Was ist aus ihr geworden?«

»Das wissen wir nicht«, warf Melchior ein.

Ein Ruck ging durchs Unterseeboot, und einer der Männer an den Konsolen sagte: »Wir haben angelegt. Es ist alles bereit.«

Baltasar nickte. »Sichern Sie das Boot! Gehen Sie mit den anderen! Wir kommen gleich nach.«

Die beiden Männer standen auf und gingen.

»Ich habe versucht, Samantha auf unsere Seite zu ziehen.« Der kühle Ton kehrte in Baltasars Stimme zurück. »Das ist mir leider nicht gelungen. Omnis Indoktrination steckte zu tief in ihr.«

»Haben Sie sie erschossen?«, fragte Jasmin. Sie fügte nicht hinzu: *So wie meinen Vater*. Vielleicht lebte Jasper noch.

»Sie verschwand«, sagte Baltasar. »Im Wrack der *Poseidon*. Es gelang ihr dort, die Notenergie anzuzapfen und einen Transfer durchzuführen.«

»Einen Transfer wohin?«, fragte Jasmin.

»Unbekannt«, sagte Melchior.

»Lebt sie noch?«

Beide Männer schwiegen, und Jasmin hörte, wie still es an Bord des Unterseebootes geworden war. Es schaukelte ein wenig, das fühlte sie, doch es schien sich jetzt in ruhigeren Gewässern zu befinden.

»Samantha wollte das Nerox für Omni«, sagte Baltasar schließlich. »Wir wollen es für Arkonadia. Gerade Sie sollten das verstehen.«

»Wie meinen Sie das?«

»Der Kreislauf aus Aufbau und Zerstörung dauert seit mindestens zwanzigtausend Jahren«, betonte Baltasar noch einmal. »Omni kennt ihn. Omni weiß Bescheid. Aber Omni hat den Völkern Arkonadias, den Nachfahren all der Schiffbrüchigen, nie geholfen. Weil Omni eigene Ziele verfolgt. Die Superzivilisationen scheren sich nicht um die Völker auf diesem Planeten. Ihnen geht es allein um das Nerox.«

»Nein, das ist nicht wahr. Omni will Arkonadia helfen.«

»Das klingt nicht sehr überzeugt«, sagte Baltasar. »Seien Sie ehrlich, Jasmin. Seit dreißig Jahren zweifeln Sie an Omni, seit Sie und Ihr Vater zu Reisenden geworden sind. Aus gutem Grund, denn Sie kennen viele Beispiele dafür, dass Omni nur beobachtet, anstatt Hilfe zu leisten.«

»Sie sind erstaunlich gut informiert«, sagte Jasmin langsam.

»Für jemanden, der auf Arkonadia lebt? In Isolation? Ohne Verbindung zu all den anderen Welten dort draußen? Weil Omni uns nicht hilft? Es ist nicht leicht, an gewisse Informationen zu gelangen, aber Schentiffica hat den einen oder anderen Weg gefunden.« Baltasar wechselte einen kurzen Blick mit Melchior. »*Sie* könnten uns helfen, den Felsbrocken auf dem Gipfel zu halten, damit er nicht zurückrollt ins Tal.«

»Oh, ich verstehe.« Neuer Zorn regte sich in Jasmin. »Wenn Sie über mich Bescheid wissen ... Vermutlich wussten Sie auch, dass mein Vater an die guten Absichten von Omni glaubt und nicht bereit ist, sie infrage zu stellen. *Deshalb* haben Sie auf ihn geschossen. Weil er niemals bereit gewesen wäre, sich von Omni abzuwenden und sich mit Ihnen einzulassen!«

»Wie gesagt, es steht zu viel auf dem Spiel.«

»Nichts ist mehr wert als ein Leben!«, erwiderte Jasmin mit Nachdruck.

»Wie wäre es mit zwei Leben? Oder mit zehn, hundert, tausend und noch mehr?« Baltasar wartete ein oder zwei Sekunden, und als Jasmin ihn nur anstarrte, fügte er hinzu: »Hier geht es um das Schicksal einer ganzen Welt und all ihrer Bewohner. Arkonadia muss endlich Frieden finden. Jukin und Hellagarit, Jannaschi und Mokonna, Nakota, Menschen und all die anderen ... Ihre Vorfahren strandeten als

Schiffbrüchige auf diesem Planeten. Haben es ihre Nachkommen nicht verdient, von zyklischer Barbarei befreit zu werden und die Möglichkeit zu erhalten, zu den Sternen zurückzukehren, woher ihre Ahnen einst kamen, endlich heimzukehren in die große Völkergemeinschaft der Milchstraße? Wie oft haben Sie Omni dafür kritisiert, keine Hilfe zu leisten, obwohl Hilfe möglich gewesen wäre? Hier können *Sie* helfen. Es ist Ihre Entscheidung und damit auch Ihre Verantwortung.«

»Was?«, brachte Jasmin fassungslos hervor. »Sie wollen mich *verantwortlich* machen? Sie, der Mörder meines Vaters?« Sofort schüttelte sie den Kopf, wie um diesen Gedanken zu vertreiben. »Ich meine, der Mann, der auf meinen Vater geschossen hat. Vielleicht lebt er noch.«

»Ich bin ziemlich sicher, dass er noch lebt«, sagte Baltasar. »Ich habe nicht auf sein Herz gezielt, falls Sie sich das fragen.«

»Wollen Sie mich gnädiger stimmen?«, entfuhr es Jasmin.

»Solche psychologischen Spielchen liegen mir fern«, entgegnete Baltasar. »Ich habe Ihnen die Situation geschildert, und ich kenne Ihre kritische Einstellung Omni gegenüber, für die Sie guten Grund haben. Omni hat Sie hierher geschickt, ohne Ihnen zu sagen, worum es wirklich geht. Mit dem Nerox könnte Arkonadia Frieden und Freiheit erlangen, aber Omni will das Nerox und seine Macht für sich. Sie werden benutzt, Jasmin, wie auch Samantha benutzt wurde. Aber Sie sind noch in der Lage, das zu erkennen. Bei Ihnen hat die Indoktrination noch nicht so gut funktioniert.«

Baltasar hatte die Folie mit der Karte von Arkonadia inzwischen wieder zusammengerollt, legte sie auf den Tisch und nahm den Würfel.

»Falls Sie sich fragen, wie Sie mir helfen können und warum Omni ausgerechnet Sie nach Arkonadia geschickt hat ... Sie spüren das Alter von Dingen, nicht wahr? Sie fühlen, was in ihnen steckt. Halten Sie für einen Moment diesen Würfel!«

Jasmin berührte den dunklen Würfel und fiel in eine andere Welt.

45

Oder vielleicht waren es viele Welten, verbunden durch Fäden, wie sie dünner kaum sein konnten, aber unzerreißbar. In ihrem Innern war genug Platz, um darin zu reisen und zu leben. Jasmin fühlte sich von Wind gestreift und von Regen getroffen, während sie fiel und Statuen betrachtete, wie jene, die sie zusammen mit Jasper und Thrako gesehen hatte, in einer von Eis und Schnee umgebenen Höhle. Eine andere stand auf einem fünfhundert Kilometer durchmessenden Asteroiden, der Lichtjahre von den nächsten Sonnensystemen entfernt seine Bahn zog und den Aurelius besucht hatte, das *wusste* Jasmin plötzlich. Siebenmal war er dort gewesen, auf jenem Felsbrocken, zum letzten Mal vor dreißig Jahren, zu Beginn seiner letzten Mission, bei der es um die Pandora-Maschine gegangen war. Wie in der Höhle – und wie auf den Welten, über die Jasmins Blick glitt, Welten wie Perlen an einer langen Kette – stellte die Statue eine Frau dar, ohne Brüste und mit geraden Hüften, die Arme erhoben, den Sternen entgegengestreckt.

Eine Stimme erklang in der Ferne. »Sieht sie den Raum? Sieht sie die Tür?«

Eine andere Stimme antwortete: »Noch nicht. Sie sieht das Netz, die Statuen.«

»Was ...«, begann Jasmin, aber ihre Stimme klang wie ein Blubbern von Luftblasen, die in Wasser aufstiegen und zerplatzten. Sie sah nicht nur die Welten mit den Statuen und den Asteroiden, den Aurelius siebenmal besucht hatte, sondern auch den Mann namens Melchior, seine Augen verdreht und weiß, seine Hand auf ihrer Schulter.

Jasmins Hände zitterten. Sie wollte den Würfel loslassen.

»Lassen Sie den Würfel nicht los«, sagte Baltasar. »Er stammt aus dem Nerox, aus dem letzten Raum, in dem ich gewesen bin.«

Wieder flog Jasmin durch die Fäden, die zahlreiche Welten miteinander verbanden, wie das Strangnetz im Sprawl, einst von den Pandora angelegt. Statuen, kleine und große, versteckt in Höhlen, im Schlamm am Meeresgrund oder auf den

Gipfeln von Bergen und im Innern von Monumenten, die ehrfürchtige Hände um sie herum erbaut hatten. Sie waren unterschiedlich alt, die älteste – in der Höhle, die Jasmin zusammen mit ihrem Vater und dem Inper namens Thrako besucht hatte – eine Milliarde Jahre, die jüngsten, wie die auf dem Asteroiden, »nur« eine Million.

»Die Statuen sind nicht wichtig, Jasmin«, erklang Baltasars ruhige, kühle Stimme. »Sie sind ein Hilferuf. Sehen Sie den Raum mit der Tür?«

Sie sah ihn, den Raum, groß wie ein Saal und so hoch, dass sich unter seiner Decke Dunst bildete. Die grauschwarzen Wände waren nicht glatt, sondern voller Vorsprünge, spitz und rund, bestanden teilweise aus Würfeln und Oktaedern mit einer Kantenlänge von nicht mehr als zehn Zentimetern. An einer Stelle zeigte sich eine kleine Lücke – dort fehlte der Würfel, den Jasmin in ihren Händen hielt, die jetzt stärker zitterten.

Sie ging zur Tür, zum Portal, das aus zwei ungleichen Flügeln bestand: Der rechte endete in einer Höhe von etwa fünf Metern; der linke reichte bis zur hohen Decke empor. Am Portal angekommen griff Jasmin nach dem Knauf des rechten Flügels – oder vielleicht war es eine Klinke, das konnte sie nicht genau erkennen –, und die eine Hälfte der großen Tür öffnete sich.

Dahinter ...

Eine Frau stand in Sturm und Regen, die Brust flach, die Hüften gerade, das silberne Haar von den Böen zerzaust. Ihre Arme waren erhoben, wie auf der Suche nach den Sternen jenseits der dunklen Wolken. Als sie den Kopf drehte, als der Blick ihrer ovalen Augen Jasmin traf ...

Die Trauer war schwer wie ein Berg, schwer wie eine ganze Welt. Jasmin konnte ihr Gewicht nicht ertragen, sie ließ den Würfel fallen und krümmte sich zusammen.

Melchior riss die Hand zurück, als hätte er sich verbrannt. Baltasar beugte sich vor und ergriff Jasmin an den Schultern.

»Wie haben Sie die Tür geöffnet?«, fragte er. »Wie?«

Tränen rollten Jasmin über die Wangen. »Wir müssen ihr helfen«, brachte sie hervor. »Sie leidet seit unvorstellbar langer Zeit.«

»Es hängt von Ihnen ab«, sagte Baltasar. »Von Ihrer Entscheidung.«

46

»Wie geht es Melchior?«, fragte Baltasar einen der Männer, die zur Besatzung der Station gehörten.

»Besser«, lautete die Antwort. »Er erholt sich bereits von dem Schock.«

»Wir brauchen ihn.«

»Die Heiler und Mediker bringen ihn bald wieder auf die Beine.«

»Ist das Sprungtor bereit?«, fragte Baltasar.

Jasmin hörte seine Stimme wie durch Watte, und was sie sah, blieb verschwommen, ohne klare Einzelheiten. Man hatte ihr etwas gegeben, erinnerte sie sich. Jemand hatte ihr etwas auf Stirn, Schläfen und Nacken gestrichen, vielleicht eine Salbe, und anschließend war alles taub geworden. Sie besaß keinen Magen mehr, der Wirkstoffe aufnehmen und an Blutkreislauf und Nervensystem weiterleiten konnte, aber die Haut war noch stoffwechselfähig. Sie blickte sich um. Offenbar befanden sie sich in einem gemauerten Gewölbe. Das Unterseeboot lag im ruhigen Wasser eines Kanals, festgemacht an einer Anlegestelle. Weiter hinten bemerkte Jasmin ein niedriges Gebäude, wie eine Erweiterung der Gewölbemauer. Menschen und Tingla eilten zwischen Gebäude und Unterseeboot hin und her, trugen Taschen und Kisten.

»Noch nicht«, antwortete der Mann, an den Baltasar die Frage gerichtet hatte. »Wir sind dabei, es neu zu kalibrieren. Die Störungen sind sehr stark geworden. Vielleicht können wir dieses Tor bald nicht mehr benutzen.«

Jasmin schwankte. Baltasar stützte sie.

»Was ist mit mir?«, ächzte sie.

»Sie haben einen Schock erlitten«, sagte Baltasar. »Wie Melchior, der mit Ihrem Bewusstsein verbunden war.«

»Er ist ein ... passiver Telepath?«

»So könnte man es nennen, ja.«

Jemand anders näherte sich, ein dürrer Mann mit haarlosem Kopf. Er kam aus den Schatten zwischen den wenigen Lampen, für Jasmin wie ein Schemen, der sich plötzlich in einen Menschen verwandelte.

»Es ist bestätigt«, sagte der dürre Mann. »Die Gruppe um General Tailos hat den Büßerpfad verlassen und ist zum Uaschasee unterwegs.«

»Er weiß, dass das Nerox dort erscheint«, sagte Baltasar.

»Davon gehen wir aus. Unsere Boote warten bei der Station am südlichen Donkwart auf Sie. Es könnte knapp werden. Vielleicht erreicht General Tailos den See vor uns.«

»Er hat Zirzo, den letzten Nachfahren des legendären Rothas Berore«, sagte Baltasar. Es klang nachdenklich, fand Jasmin. »Das Ende einer besonders eng mit der Gabe verknüpften Blutlinie. Und er hat ein gutes Ortungsgerät der Tingla. Vielleicht hätte ich ihm beides nehmen sollen, als ich Gelegenheit dazu hatte.«

Jasmin fühlte seinen Blick.

»Aber jetzt haben wir sie«, fügte Baltasar hinzu. »Der Ausflug nach Dubbrizza hat sich gelohnt, auch wenn er Zeit gekostet hat.«

Er führte Jasmin ins Gebäude und in einen Raum, dessen Wände aus einer synthetischen Substanz bestanden, silbergrau wie das Sprawl. In der Mitte dieses Raums erhob sich ein pechschwarzes Rechteck, drei Meter hoch und zwei Meter breit. Signalbrücken verbanden die beiden Installationsblöcke daneben mit einer Konsole, die verändert und erweitert worden war, damit Menschen sie bedienen konnten. Jasmin erkannte Ho-Korat-Technik.

»Letzte Phase«, sagte einer der Techniker an der Konsole. »In einer Minute ist das Sprungtor stabil.«

»Sprungtor?« Jasmin, noch immer benommen, sah sich verwundert um. »Technik der Ho-Korat? Und sie funktioniert trotz der Inhibition?«

»Die Ho-Korat sind schon lange hier«, sagte Baltasar und führte Jasmin zum schwarzen Rechteck, von dem ein dumpfes Brummen ausging. Kräuselungen bildeten sich in dem Schwarz, wie kleine Wellen auf der Oberfläche einer dunklen Flüssigkeit. »Seit mindestens fünfzehntausend Jahren beobachten sie die Entwicklungen auf diesem Planeten. Sie haben auf beziehungsweise in Arkonadia ein subplanetares Netzwerk aus Sprungtoren konstruiert, mit einer jeweiligen Reichweite von maximal achthundert arkonadischen Längen. Es gibt zahlreiche solche Tore, einige Hundert, soweit wir wissen, aber zu Beginn einer neuen Ära funktionieren die meisten nicht. Wir haben einen Weg gefunden, das System anzuzapfen und einige Tore selbst während der Phase zu benutzen, die Sie ›Inhibition‹ nennen. Wenn es uns gelingt, sie ausreichend zu stabilisieren, stehen uns gewisse Verbindungen offen.«

Die Worte klangen seltsam für Jasmin, dumpf, hohl. Vielleicht lag es an dem Mittel gegen den Schock, das man ihr verabreicht hatte. Sie starrte auf das Schwarz, auf die kleinen Wellen darin, und fragte sich, ob sie sich in der gegenwärtigen Situation einem Sprungtor anvertrauen durften, auch wenn es von den Ho-Korat stammte.

»Omni weiß nichts von diesem Transportnetz«, fuhr Baltasar fort. »Omni hat Ihnen nicht alles gesagt, Jasmin, und die Ho-Korat haben Omni nicht alles gesagt. Mir scheint, jeder verfolgt die eigenen Interessen.«

»Und Sie?«, fragte Jasmin. »Wie viel verschweigen Sie? Was sind Ihre Interessen?«

»Ich habe sie Ihnen genannt, Jasmin von Omni«, erwiderte der Mann. »Mir geht es um Arkonadia, um Frieden und Freiheit für die Völker dieser Welt.«

»Und die Frau? Was ist mit der leidenden Frau im Nerox, der all die Statuen nachempfunden sind?«

Baltasar blickte an ihr vorbei. »Ist das Sprungtor stabil?«

»Gleich. Nur noch ein paar Sekunden.«

»Als Sie im Nerox waren, vor vierhundertdreiundfünfzig Jahren ...«, sagte Jasmin. »Haben Sie dort die Frau gesehen?«

»Nein«, erwiderte Baltasar. »Nein, ich habe sie nicht gesehen, denn sie befand – oder befindet – sich hinter der letzten Tür, die ich nicht öffnen konnte. Aber ich weiß von ihr. Ich habe ihre Anwesenheit ... gefühlt. Wir können ihr helfen. Es liegt bei Ihnen.«

Der Schleier der Benommenheit lichtete sich ein wenig, und Jasmin musterte den Mann mit dem seltsamen Gesicht, auf der einen Seite Metall und auf der anderen lebendes Fleisch. Um Baltasars kühle Gelassenheit zu erschüttern, sagte sie etwas, das in einem kleinen Winkel ihres Bewusstseins darauf gewartet hatte, zur Kenntnis genommen zu werden. »Die Frau ist nicht allein. Es befindet sich jemand bei ihr, eine zweite Person.«

Zwei Sekunden lang sah Baltasar Jasmin stumm an. Dann schloss er seine Hand etwas fester um ihren Arm und zog sie ins Schwarz des Sprungtors.

Offene Worte

47 Jasper

Eine Hand berührte Jasper am Unterarm. Jemand versuchte, das Armband zu lösen.

Er griff danach und öffnete die Augen.

»Nein«, sagte er. »Sie bekommen es auch diesmal nicht.«

Tijeri, die Jukin mit den langen, dünnen Zöpfen und der Insigne der Befehlshaberin neben dem dritten Auge in der Stirn, wich enttäuscht zurück. Erneut trug sie einen langen Uniformrock aus unterschiedlichen Stoffen und darunter eine graue Hose mit dem Bund dicht unter den Brüsten.

»Niemand kann sich so schnell von einer solchen Wunde erholen«, sagte sie. »Dass er kein gewöhnlicher Mensch ist, wissen wir bereits. Man denke nur an die Dinge, die ihm fehlen. Aber dies ... Was meinst du, Heiler?«

Der kleine, verhutzelte Nakota namens Kwat verbeugte sich. »Ich bin ganz deiner Meinung, Ehrenwerte. Nicht innerhalb von wenigen Tagen. Er müsste tot sein, erschossen und ertrunken.«

Jasper lag auf Kissen, fühlte die Kraft des Kontinua-Konnektors, die in ihm gespeicherte Energie, wie sein geschwächter Leib sie aufnahm. Neben und über ihm bewegten sich Zeltplanen im Wind. Von draußen kamen Stimmen und das Zischen von mit Dampfmaschinen angetriebenen Kampfwagen.

»Wie viel Zeit ist vergangen?«, fragte Jasper und erinnerte sich an Jasmin und Baltasar.

»Fünf Tage, Freund Augusto. Fünf Tage. Kwats Meinung hast du gehört. Er denkt, dass du eine Leiche sein solltest, schon halb verwest, aber du lebst. Ha!«

Fünf Tage, dachte Jasper. Seit fünf Tagen befand sich Jasmin in der Gewalt von Baltasar. Noch etwas fiel ihm ein. Es blieben nur noch wenige Tage bis zum Erscheinen des Nerox; inzwischen konnten Krandok und die Ho-Korat vielleicht den genauen Ort des Erscheinens feststellen. Und vermutlich war auch Baltasar zum Nerox unterwegs.

Jasper setzte sich auf und tastete nach seiner Brust. Das Loch darin hatte sich geschlossen, das Herz schlug ruhig und gleichmäßig. »Ich muss mit dir reden, Hatan.«

»Oho, Freund Augusto wird jetzt ein Freund von Worten?«

»Allein.« Jasper deutete auf Kwat und Tijeri.

Der kleine Heiler schien sich über die Gelegenheit zu freuen, das Zelt zu verlassen.

»Nein«, sagte Tijeri. Sie verschränkte die Arme, vielleicht eine Geste, die sie sich von den Menschen abgeschaut hatte.

Hatan holte tief Luft. »Ich bin der Oberbefehlshaber. Ich entscheide. Ich spreche mit dem Kenntnisreichen aus Schentiffica.«

»Er ist kein Gelehrter aus Schentiffica«, fauchte Tijeri wütend.

»Das ist er tatsächlich nicht. Ich werde herausfinden, woher er wirklich kommt. Geh jetzt, Tijeri! Geh und kümmere dich um die Soldaten!«

Tijeris drei Augen warfen Jasper einen finsteren Blick zu. Dann drehte sie sich abrupt um und verließ das Zelt.

Jasper schlug die Decke beiseite. Kühle Luft strich über seinen nackten Leib, auch über die Stellen, an denen ihm »Dinge« fehlten, wie Tijeri bemerkt hatte. Alles war unversehrt, bis auf einige gerötete Stellen und kleine Abschürfungen am Handgelenk, dicht neben dem Armband des Konnektors. Bereits vor Tijeri hatte jemand versucht, ihm das Armband abzunehmen. Es schien an der Haut festzukleben oder sogar mit ihr verwachsen zu sein. Das geschah zum ersten Mal.

»Sie haben versucht, mir das Armband abzunehmen«, sagte Jasper.

Hatan reichte ihm ein Bündel jukinischer Kleidung. »Es wollte bei dir bleiben, Freund Augusto. Wie auch das Leben, das dich nicht verlassen will. Kwat hat seinen Beitrag geleistet, und zweifellos war es ein guter Beitrag, ha, er ist ein guter Heiler. Aber du hast vor allem deshalb überlebt, weil die Krallen des Todes dich nicht erreichen. Ich wünschte mir Soldaten wie dich. Ha! Dann könnte ich auf die Macht des Nerox verzichten. Dann würde mir längst ganz Arkonadia gehören.«

Jasper zog sich an. Für einen Moment verspürte er Durst und Hunger, doch das war nur eine Erinnerung, noch immer tief in ihm verwurzelt, selbst nach dreißig Jahren bei Omni.

Die Zeltplane neben ihm wies ein transparentes Rechteck auf, bestehend aus Plast oder einem ähnlichen Material. Jasper blickte hinaus. Das Zelt, in dem er sich befand, stand am Hang eines Hügels, vor dem sich eine weite Ebene erstreckte. Die jukinische Streitmacht rollte und marschierte in mehreren Kolonnen über Straßen und Wege, vorbei an großen grauen Felsen, die wie von den Händen eines Riesen verstreut in der Ebene lagen. Rechts zeigte sich in mittlerer Entfernung ein breiter Strom, und als Jasper genauer hinsah, glaubte er, Schiffe und Boote auf ihm zu erkennen. Der silberne Glanz am Horizont wies auf eine größere Wasserfläche hin.

Große Vogelschwärme zogen über den Himmel, und in der Ebene bewegten sich Herden von Landtieren in die gleiche Richtung.

Hatan bemerkte seinen Blick. »Die Tiere fliehen. Sie spüren das unmittelbar bevorstehende Erscheinen des Nerox. Ihr Instinkt warnt sie. Das dort am Horizont ist der Uaschasee. Tailos, General der Jannaschi, ist dorthin unterwegs. Alle glauben, dass Tailos weiß, wo genau das Nerox erscheinen wird. Die Vorhut meiner Streitmacht hat versucht, ihn aufzuhalten, aber er hat sich nicht zum Kampf gestellt. Seine Boote fahren über den nördlichen Donkwart zum See. Wir folgen ihnen über die Ebene, so schnell die Füße der Soldaten und die Dampfmaschinen der Kampfwagen und Katapulte es erlauben.«

»Die Ho-Korat dürften den Ort des Erscheinens inzwischen kennen. Ich muss zu ihnen und mit Krandok sprechen.« Jasper drehte sich um und schritt durchs Zelt, aber als er den Ausgang erreichte, traten ihm zwei jukinische Soldaten in den Weg.

»Du wolltest mit mir reden, Freund Augusto«, sagte Hatan.

Jasmin, dachte Jasper. Es waren bereits fünf Tage vergangen.

»Wer bist du, Freund Augusto? Sag es mir, wenn du dieses Zelt lebend verlassen willst.«

Jasper wandte sich von den Wächtern ab und stellte fest, dass Hatan eine lange Klinge in der Hand hielt. Ihre Schneide glänzte im Licht einer Öllampe. »Ich kann dich töten. Das Leben wird sich nicht an dir festklammern können, wenn ich dir den Kopf abschneide. Oder den Arm. Ich könnte dir den Arm abschneiden, Freund Augusto, und dann hätte ich dein Armband. Wie würde dir das gefallen?«

Es war keine weiche, freundliche Stimme, die diese Frage stellte, sondern eine scharfe und ernste. Jasper betrachtete die lange Klinge in Hatans Hand und warf einen Blick zu den beiden Soldaten im Eingang des Zeltes. Selbst wenn es ihm gelungen wäre, Hatan und die Wächter mit bloßen Händen zu überwältigen – draußen erwartete ihn ein ganzes jukinisches Heer. Und Gehmaschinen der Ho-Korat waren durch das Fenster nicht zu sehen gewesen.

Jasper kehrte zu den Kissen zurück, auf denen er gelegen hatte. Hatan winkte, und die beiden Soldaten traten nach draußen in den beginnenden Schneeregen.

»Also?« Hatan hielt die Klinge in beiden Händen und schien sie mit großem Interesse zu betrachten.

»Na schön«, sagte Jasper. »Ich bin nicht Augusto aus Schentiffica, sondern Jasper, Reisender in Diensten von Omni.« Er erklärte, was es mit Omni auf sich hatte.

»Omnis Macht ist noch größer als die der Ho-Korat?«, fragte Hatan.

»Viel größer.«

»Und doch endet sie hier auf Arkonadia.«

»Wenn das Nerox erscheint, für einige Wochen und Monate. Und nur hier, Hatan, allein hier auf Arkonadia. Auf allen anderen Welten, in allen anderen Sonnensystemen, in der Milchstraße, deren Band man nachts am Himmel sieht ... Dort ist Omni die größte Macht. Ich bin in offiziellem Auftrag hier. Omni *weiß*, dass ich hier bin. Man wird nach mir suchen, wenn ich mich nicht melde.«

»Die Frau, die du in Dubbrizza gesucht hast, die Frau namens Samantha ... Kam sie ebenfalls von Omni?«

»Ja«, sagte Jasper. Er beschloss, einen weiteren Teil der Wahrheit preiszugeben. »Das gilt auch für die angebliche Mathematikerin aus Schentiffica, die mich begleitet hat. Auch sie gehört zu Omni. Und sie ist meine Tochter.«

»Interessant.« Hatan ließ die Klinge sinken, hielt sie aber immer noch in einer Hand. »Wer hat auf dich geschossen, Jasper von Omni? Und was hast du in den Kellern und Tunneln unter Dubbrizza gefunden?«

»Ein Mann namens Baltasar hat auf mich geschossen. Und ich habe meine Tochter gefunden, bei ihm. Sie befindet sich in seiner Gewalt.«

Hatan schnaufte leise, ging einige Schritte im Zelt umher, mit gesenktem Kopf. Seine drei smaragdgrünen Augen starrten Jasper an, und hinter ihnen starrte vielleicht auch der Zerebus in seinem Kopf. »Baltasar, sagst du? Ein Mann, dessen Gesicht zur Hälfte aus Metall besteht? Und in dessen Körper es summt und brummt?«

»Ja.«

»Er ist im Nerox gewesen, heißt es. Als es zum letzten Mal erschien. Er wurde nicht zum Regenten, aber er hat Macht gewonnen. Genug Macht, um viereinhalb Jahrhunderte zu leben. Ich nehme an, er will es noch einmal mit dem Nerox versuchen. Und ich nehme weiter an, dass er sich von deiner

Omni-Tochter Hilfe verspricht. Wenn sie *ihm* helfen kann, schließe ich daraus, dass du *mir* helfen kannst.« Hatan schwang die Klinge. »Wenn ich dich höflich darum bitte. Unter Freunden.«

Jasper verlor allmählich die Geduld und trat einen Schritt näher. »Hör mir gut zu, Hatan von den Jukin. Ich vertrete Omni, und Omni ist die größte Macht in der Milchstraße, die aus zweihundert Milliarden Sternen und noch mehr Planeten besteht. Wenn ich nicht zurückkehre, wenn Omni nichts von mir hört ... Dann wird jemand anders kommen und Nachforschungen anstellen. Und wenn er dann herausfindet, dass du für meinen Tod verantwortlich bist oder dass du mir auch nur ein verdammtes Haar gekrümmt hast ... Dann wird Omni Legislatoren schicken, und selbst wenn du dann Regent von Arkonadia sein solltest – gegen einen Legislator nützt dir das überhaupt nichts. Er wird dich finden, überall, wo auch immer du dich verkriechst, und er wird dich bestrafen, selbst wenn du alle Heere und Armeen von Arkonadia gegen ihn ins Feld führst. Hast du verstanden, *Freund* Hatan? Habe ich mich klar genug ausgedrückt?«

»Oh, das hast du, sehr klar, ja.« Hatan drehte die Klinge, hielt sie ins Licht der nahen Öllampe und prüfte die Schärfe der Schneide mit dem Daumen. »Aber was du sagst, ist sehr theoretisch, nicht wahr? Omnis Macht auf Arkonadia endet, wenn das Nerox erscheint. Was auch immer sich darin befindet: Es scheint ebenso mächtig zu sein wie Omni, vielleicht sogar noch mächtiger. Wer es erreicht und hineingelangt, wird nicht nur Regent von Arkonadia, sondern könnte auch zum Regenten von Omni werden. Hast du an diese Möglichkeit gedacht, *Freund* Jasper von Omni?«

Der Feuervogel

48 Die 45. Ära beginnt

Die Tiere fühlten es, bildeten Schwärme am Himmel, Herden auf dem Boden und flohen nach Norden, fort von dem Ort, an dem die 45. Ära beginnen würde. Ihr Instinkt warnte sie.

Die intelligenten Bewohner von Arkonadia hingegen zogen in die entgegengesetzte Richtung. Wenn es in ihnen eine warnende Stimme des Instinkts gab, so wurde sie übertönt von den lauteren Stimmen der Neugier, Hoffnung, Rivalität und dem Streben nach Macht und Reichtum. Viele von ihnen dachten: Welch ein Glück, dass das Nerox zu meinen Lebzeiten erscheint! Sie wussten um die Gefahren, um die Fallen und Barrieren, aber jeder von ihnen – beziehungsweise jene von ihnen, die versuchen wollten, ins Innere des Nerox zu gelangen – glaubte, mit dem richtigen Werkzeug alle Hindernisse überwinden zu können. Es kam nur darauf an, schneller zu sein als all die anderen. Schneller, geschickter, listiger und rücksichtsloser. Viele dieser Aspiranten auf die dritte arkonadische Regentschaft waren allein unterwegs oder in kleinen Gruppen; sie setzten vor allem auf List und Schnelligkeit. Andere hatten sich vor Monaten mit kleinen und großen Streitkräften auf den Weg gemacht, und hauptsächlich diesen Regentschaftskandidaten war es zu verdanken, dass die Grenzen zwischen Staaten und Regionen fielen, dass sich ganze Nationen auflösten. Sie zerschlugen jeden Widerstand, der sich ihnen in den Weg stellte, sie zerstörten, brandschatzten und töteten – Ruinen und Blut kennzeichneten ihren Weg. Wieder andere wählten eine dritte Möglichkeit, einen Kompromiss aus den ersten beiden. Sie mieden Gewalt, wo sie sich vermeiden ließ, da sie Kraft und Ressourcen beanspruchte, setzten stattdessen auf Schläue, auf Täuschung und lange, gute Vorbereitung.

Tailos, General der Jannaschi, hatte diesen Weg gewählt, und die Umstände gaben ihm recht, denn seine Gruppe, die viereinhalb Jahre auf dem Büßerpfad unterwegs gewesen war, erreichte den Uaschasee vor allen anderen. Ihre Schiffe und Boote fuhren, angetrieben von Dampf und Wind, an der langen Holzbrücke vorbei, die das Nordwestufer des Sees mit der Insel Asidi verband. Nach etwa einem Drittel des Weges steuerten zwei Boote die Brücke an, und Soldaten mit Ölbehältern kletterten nach oben. Wenige Minuten später kehrten sie in die Boote zurück, die sofort ablegten und sich wie die anderen von der Brücke entfernten. Kurz darauf hallte ein *Wumm!* über den See, und Stichflammen loderten im Zwielicht des zu Ende gehenden Tages. Das Feuer fraß sich schnell durchs alte Holz, und als die Boote des Generals die Insel erreichten, fehlte der langen Brücke ein großes Stück in der Mitte.

Tailos stand am Ufer der Insel und beobachtete das Feuer zufrieden. »Das dürfte unsere Verfolger eine Weile aufhalten, zweifellos«, sagte er zu seinem Sohn.

In Lotins Augen spiegelten sich die Flammen wider. »Feuer«, murmelte er. »Wie es brennt ...«

Aus dem Norden kamen die Jukin unter dem Kommando von Hatan und Tijeri. In vier Kolonnen erreichten sie den Uaschasee, eine Stunde nach den Jannaschi, und mussten feststellen, dass sie die Brücke nicht benutzen konnten, um die Insel zu erreichen. Hatan wies seine Krieger an, unverzüglich mit dem Bau von Booten und Flößen zu beginnen – der nahe Wald bot genug Holz. Während seine Jukin Bäume fällten und im Schein von Lagerfeuern sägten und hämmerten, stand er am Anfang der nutzlos gewordenen, immer noch brennenden Brücke, mit Jasper von Omni auf der einen und seinem Sohn Yilmor auf der anderen Seite.

Er legte Yilmor – der kein Soldat sein wollte, sondern lieber ein Mathematiker, ein Mann der Wissenschaft – den Arm um die Schultern und sagte: »In wenigen Stunden erscheint das Nerox, mein Sohn. Du wirst mit deinem Vater im ersten Boot stehen, das die Insel erreicht.«

»Die Jannaschi erwarten uns dort, Vater«, sagte Yilmor unglücklich. »Sie haben Zeit genug, alles für die Verteidigung der Insel vorzubereiten.«

»Und wenn schon«, erwiderte Hatan. »Sie bekommen es mit Mut und Entschlossenheit der Jukin zu tun, ha! Jeder von uns hat drei Augen, Sohn, eins mehr als sie. Wir sehen alles klarer und deutlicher. Wir erkennen jede noch so kleine Möglichkeit.«

Yilmor seufzte und warf dem Fremden, der ihm das Leben gerettet hatte, aber kein Kenntnisreicher aus Schentiffica war, sondern ein Mann von den Sternen, einen Hilfe suchenden Blick zu. Doch Jasper von Omni wölbte nur die Brauen und schwieg.

»Ruhm und Glorie«, sagte Hatan. »Und die Regentschaft, mein Sohn! Zusammen mit deinem Vater wirst du den See überqueren und die Insel dort erobern, mit dem Säbel in der einen Hand und der Pistole in der anderen. Ha! Freu dich, Sohn! Endlich kannst du dich beweisen.«

Yilmor freute sich nicht. Er war den Tränen nahe.

Baltasars Hauptstreitmacht bestand aus vierzehn großen tauchfähigen Schiffen und vier kleineren, schnelleren Unterseebooten, die im Uaschasee nach Westen und Osten steuerten, kaum hatten sie ihn über den südlichen Donkwart erreicht. Die Aufgabe dieser kleineren Einheiten bestand darin, die Gruppen zu sabotieren und zu behindern, die versuchten, zur Insel überzusetzen. Die großen Boote näherten sich Asidi und tauchten auf, als das Wasser seichter wurde. Baltasar trat aufs Deck, und Jasmin folgte ihm. Sie wollte sehen, was geschah; sie wollte verstehen.

»Wie ist das möglich?«, fragte sie. »Die Technik dieser Boote, die Sprungtore der Ho-Korat ... Das alles sollte nicht mehr funktionieren.«

Fünf Monde leuchteten am wolkenlosen Nachthimmel. Ihr Schein fiel auf Baltasars Gesicht, auf Metall und Haut. Im Westen brannten die Brücke und einige Boote der jukinischen Streitmacht, die mit der Überfahrt begonnen hatte und von zwei der kleineren U-Boote angegriffen wurde – ihre Katapulte verschossen Brandpfeile. Die anderen beiden glitten nach Norden und Westen, um Chaos unter den übrigen Gruppen zu säen, die sich mit Flößen daranmachten, den See zu überqueren, unter ihnen Nakota, Mokonna und Menschen aus Nemanien und Sumanien.

»Supra«, sagte Baltasar und blickte zur Insel. »Speziell strukturiertes und gefädeltes Supra. Es ähnelt dem Metall, aus dem Ihr Armband besteht, Jasmin von Omni. Es hat besondere Eigenschaften. Aber trotz dieser speziellen Eigenschaften kann es nicht immer und überall abschirmen.«

»Abschirmen wovor?«

»Vor der energetischen Aura der Anomalie, vor ihren Fluktuationen. Wenn wir während des Schwunds komplexere Geräte benutzen wollen, müssen wir die Wellentäler dieser Fluktuationen abwarten. Deshalb funktionieren die meisten Sprungtore nicht. Und deshalb hat es ein wenig gedauert, die von uns benutzten zu stabilisieren.« Baltasar drehte den Kopf. »Wissen Sie, was es mit den Sprungtoren der Ho-Korat auf sich hat, Jasmin von Omni?«

Sie wartete.

»Die Ho-Korat haben ihr subplanetares Transportsystem nicht allein der Bequemlichkeit willen gebaut. Sie hofften, mit den Toren irgendwann Gelegenheit zu erhalten, ins Nerox zu gelangen. Hat Ihnen Omni davon erzählt?«

»Nein«, sagte Jasmin.

»Die Ho-Korat wollten mit einem Sprung jemanden ins Nerox schicken, über die Fallen und Barrieren hinweg. Sie haben es mehrmals versucht.«

»Ohne Erfolg, nehme ich an.«

»Die Transferierten verschwanden. Niemand weiß, was aus ihnen geworden ist.«

Zwei Schritte, dachte Jasmin und blickte übers Wasser, silbern im Licht der fünf Monde. Zwei Schritte, und ich könnte springen. Anschließend musste sie nur zwei- oder dreihundert Meter schwimmen, um die Insel zu erreichen.

Aber sie sprang nicht. Sie blieb neben Baltasar stehen, gefesselt von Neugier.

»Es dauert jetzt nicht mehr lange«, sagte Baltasar. »Zwei oder drei Stunden höchstens. Das sagen unsere Instrumente.«

»Jemand hat die Insel vor Ihnen erreicht.«

»Der General der Jannaschi. Ein schlauer Bursche, das muss man ihm lassen. Lange Zeit hat niemand mit ihm gerechnet. Viele haben geglaubt, er wäre tatsächlich zur Gedenkstätte von Tanche unterwegs.«

»Viele«, sagte Jasmin. »Aber Sie nicht.«

»Nein, ich nicht. Wie dem auch sei ... Er hat vor uns erfahren, wo genau das Nerox erscheinen wird. Deshalb konnte er uns zuvorkommen.«

»Die Insel lässt sich gut verteidigen«, sagte Jasmin. »Wie wollen Sie ...?«

Sie unterbrach sich, als neue Flammen loderten, diesmal nicht bei der Brücke und den Booten der Jukin, sondern dicht vor dem Ufer der Insel – das Wasser schien zu brennen.

»Brandöl, das auf dem Wasser schwimmt«, erläuterte Baltasar. »Ein sehr wirkungsvolles Mittel gegen Landungsboote. Aber ich kenne eine Rinne tief genug für unsere Unterseeboote. Und am Ende dieser Rinne erwartet uns eine Grotte im Westen der Insel. Wo auch immer auf Asidi das Nerox erscheint – wir werden in der Nähe sein. Wir werden bereit sein, Jasmin von Omni, wir beide.«

Zirzo, vom Fieber geschüttelt, wusste kaum mehr zwischen Traum und Wirklichkeit zu unterscheiden. Eben hatte er noch im Bett gelegen, schweißnass trotz der Kühle, umgeben von Kissen und zerwühlten Decken, und jetzt stand er inmitten von alten, zerbröckelnden Mauern, unter einem kalten Nachthimmel, an dem fünf Monde leuchteten.

»Hier wird es geschehen«, brummte der neben ihm aufragende Tailos. Sein gelber Nasenrüssel schwang von rechts nach links, richtete sich dann nach vorn und roch die Stille zwischen den Mauern der alten Festung. »Wann, Zirzo? Wann?«

Die Monde leuchteten hell, aber es wurde plötzlich noch heller, und mit dem Licht kam ein Heulen und Pfeifen. Die Zeit der Stille ging zu Ende. Etwas anderes begann.

»Jetzt«, krächzte der alte Werkzeugmacher, der sich nur auf den Beinen hielt, weil Tailos ihn stützte. »Es geschieht *jetzt*.«

Der Himmel brannte, wie das Wasser vor der Insel.

Der Feuervogel breitete seine lodernden Schwingen aus und setzte zur Landung an.

ZWEITER TEIL
Das Meer der Zeit

Ein verlorener Sohn

Zirzo, der Werkzeugmacher 49

Kanonen donnerten. Projektile pfiffen. Pfeile und Lanzen flogen, die meisten von Dampfkatapulten geschleudert. Rauch stieg in einen wolkenlosen, kalten blauen Himmel.

»Krieg«, murmelte Zirzo. »Auch hier.« Von einem Wehrgang der alten Festung von Asidi aus beobachtete er die Boote und Schiffe, die den Uaschasee überquerten und die Insel zu erreichen versuchten. Einige von ihnen brannten; andere sanken.

»Er hat uns eingeholt, der Krieg«, brummte der General der Jannaschi. »Die anderen, die sich auf den Weg gemacht haben, später als wir – sie haben zerstört und getötet. Sie sind über die Schwachen hergefallen und den Starken ausgewichen. Sie haben geplündert und geraubt. Und jetzt sind sie hier und hoffen, das Nerox zu erreichen und hineinzugelangen. Aber das werden wir verhindern, zweifellos.«

Ein in Brand geratenes Boot auf dem See explodierte.

»Oh, Munition«, grollte der General und richtete den Nasenrüssel nach vorn. »Gut, gut.«

Zirzo stützte sich auf die Brüstung. Der kalte Wind trug ihnen den Geruch von Feuer und Tod entgegen. »Sie geben nicht auf«, ächzte er, müde und schwach. »Warum geben sie nicht auf?«

»Weil sich eine solche Gelegenheit nur einmal in vierhundertdreiundfünfzig Jahren bietet«, erwiderte Tailos, der wie eine lebende Säule neben dem alten Werkzeugmacher aufragte. »Hatan von den Jukin wird erst dann aufgeben, wenn der letzte seiner Soldaten gefallen ist, und vielleicht nicht einmal dann. Und das gilt auch für die anderen, zweifellos.« Er deutete nach Norden, Westen und Osten, drehte sich anschließend um und zeigte über die Ruinen hinweg auch nach Süden, durch das seltsame Wabern in der Luft, das vom Nerox auf dem Hof der alten Festung stammte, wie ein Hitzeflimmern im Sommer. »Menschen, Mokonna, Nakota, Sloath, Inasam, Tarkasch, sogar einige Tingla, zweifellos Renegaten, Hatans Jukin, die Hellagarit, die sich bisher immer zurückgehalten haben ...«

Er winkte in Richtung der Luftschiffe und Ballons, die am Ufer von fleißigen Händen vorbereitet wurden. Die ersten von ihnen stiegen bereits auf, bemannt von tapferen Soldaten oder solchen, denen keine Wahl blieb, ausgerüstet vermutlich mit Bomben und Granaten. Die Verteidiger der Insel reagierten auf diesen Anblick, indem sie einige der Katapulte neu ausrichteten und Brandpfeile bereithielten.

»Niemand von ihnen wird aufgeben«, knurrte der General der Jannaschi. »*Niemand*, nicht einer.« Er holte tief und zufrieden Luft. »Dass wir hier sind, in dieser beneidenswerten Position, dass wir als Erste jemanden ins Nerox schicken können ... Das haben wir dir zu verdanken, Zirzo, alter Freund.«

Zirzo war nie ein Freund des Generals gewesen, aber er hielt den Zeitpunkt für geeignet, eine Bitte an Tailos zu richten. »Wenn ich Sie jetzt an Ihr Versprechen erinnern darf ...«, begann er.

»Ja«, sagte Tailos, und seine Reptilienaugen musterten Zirzo ernst. »Ja. Du hast eine Belohnung verdient, und ich werde sie dir nicht vorenthalten. Ich habe Demmrott Bescheid gegeben. Er bereitet etwas für dich vor.«

Auf dem See geriet ein weiteres jukinisches Schiff in Brand. Bei den Verteidigern der Insel erklang vielstimmiger Jubel.

Ein Soldat eilte herbei.

»General, General! Ihr Sohn ist für den Weg ins Nerox bereit.«

Ich will es nicht sehen, dachte Zirzo. Ich will nicht sehen, wie er scheitert.

Tailos legte ihm die Hand auf die Schulter. »Das willst du

bestimmt sehen«, donnerte er so laut, dass seine Stimme von den Mauern der alten Festung widerhallte. »Du willst bestimmt sehen, wie mein Sohn ...« Er klopfte sich mit der anderen Hand auf die Brust. »... mit deinem Werkzeug zum Regenten von Arkonadia wird!«

Sie verließen den Wehrgang, begleitet von dem aufgeregten Soldaten, dem sich schnell weitere hinzugesellten. Als sie sich dem Hof der alten Bastion von Asidi näherten, der Kuppe des Hügels, wurde das Flimmern und Wabern in der Luft deutlicher – manchmal ließ es die Konturen der Mauern verschwimmen. Soldaten standen in Gruppen und Reihen, hinter mobilen Katapulten und improvisierten Barrieren aus angehäuften Steinen, Transportkisten und nebeneinander aufgestellten Wagen. Hinter ihnen auf dem Platz brannte nichts mehr. In der ersten Stunde des Morgens hatte der gelandete Feuervogel seine Flammen verloren und sich verändert. Er war zu einem Haus geworden, oder zu vielen, ineinander verschachtelten Häusern, umgeben von Gräben und Gruben, in denen manchmal Dinge erschienen, die sich nicht identifizieren ließen, und nach kurzer Zeit wieder verschwanden. Aufmerksame Beobachter standen auf Podesten, sprachen pausenlos und schilderten ihre Eindrücke. Eifrige Schreiber – unter ihnen der Mann, der an Zirzos Bett gesessen hatte – hörten zu und schrieben alles auf, notierten jedes Detail. Hier wurde, im wahrsten Sinne des Wortes, Geschichte geschrieben.

Ein Offizier näherte sich.

»General ...«

Tailos winkte. »Nicht jetzt, guter Mann, nicht jetzt. Ich will zu meinem Sohn. Dies ist ein historischer Moment.«

»Es geht um Baltasar, General.«

Tailos blieb stehen. Zirzo sah, wie sein gelber Nasenrüssel zuckte. »Was ist mit ihm?«

»Seine Tauchboote sind unserer Verteidigungslinie ausgewichen und haben die Grotte erreicht. Ein Melder ist gerade von dort gekommen.«

»Ich habe also richtig vermutet.«

»Ja, General. Wir müssen unsere Streitmacht umgruppieren.«

Tailos schnaufte. »Wir schützen das Nerox. Mein Sohn geht jetzt hinein.«

»Aber, General ... Wenn wir Baltasars Gruppe nicht bei der Grotte blockieren, wenn wir sie nicht aufhalten ... Sie könnte in einer Stunde hier sein.«

»Kümmern Sie sich darum! Nehmen Sie sich genug Männer!«

Tailos wollte weitergehen, die letzten Schritte bis zum Kordon vor dem Nerox, aber der Offizier versperrte ihm den Weg. Zirzo beobachtete alles wie durch einen Nebel, der vielleicht vom Nerox ausging und sich über alles legte oder womöglich aus seinem Kopf stammte. Wieso lebte er noch? Wieso hatte ihn die Krankheit, das schleichende, springende Fieber, nicht längst dahingerafft und ihm dies erspart? Weil die teuren Arzneien des Heilers Demmrott ihr Geld wert waren, weil sie tatsächlich halfen, weil sie es dem Leben ermöglichten, sich in ihm festzukrallen. Müdigkeit und Schwäche machten ihm die Knie weich, doch er sank nicht zu Boden. Die Hand des Generals auf seiner Schulter hielt Zirzo auf den Beinen, obwohl sie ihm zusätzliches Gewicht gab.

»Ihre Führung ist erforderlich, General«, sagte der Offizier drängend. »Ihre Übersicht. Ihr Einfallsreichtum. Baltasar ist ein Gegner, den man nicht unterschätzen darf. Er ist schon einmal im Nerox gewesen, General. Es könnte ihm erneut gelingen.«

Tailos zögerte kaum eine Sekunde. Zirzo spürte, wie die Hand auf seiner Schulter fester zudrückte.

»Mein Sohn wird ihm zuvorkommen«, donnerte Tailos. »Und ich werde es erleben, hier. Gehen Sie! Machen Sie sich auf den Weg zur Grotte, mit all den Männern und Waffen, die Sie für nötig halten! Baltasar glaubt vielleicht, dass wir nichts von ihm wissen. Bereiten Sie einen Hinterhalt vor, eine Falle!«

Zirzo schauderte und dachte an die Fallen des Nerox, die viele Aspiranten umbrachten. So würde es auch Lotin ergehen, wenn er nicht sehr viel Glück hatte, und das Glück war ein unzuverlässiger Verbündeter.

»Eine Stunde genügt vielleicht nicht ...«

»In einer Stunde ist alles vorbei!«, rief Tailos so laut, dass Zirzo fürchtete, es könnte ihm die Trommelfelle beider Ohren zerreißen. »In einer Stunde ist mein Sohn Regent von Arkonadia!«

Er hatte gleichzeitig recht und unrecht, dachte Zirzo. Seine Knie zitterten, und das Zittern kroch durch die Beine nach oben, erreichte die Eingeweide. Er musste sich darauf konzentrieren, Blase und Darm unter Kontrolle zu halten. In einer Stunde würde tatsächlich alles vorbei sein, aber ohne dass Lotin die Herrschaft über Arkonadia errungen hatte. Das gehörte zu den Besonderheiten des Nerox: Es verknotete die Zeit, streckte sie an einigen Stellen und schrumpfte sie an anderen. Manche Aspiranten verbrachten Tage, Wochen und sogar Monate damit, einen Weg ins Zentrum des Nerox zu suchen, und jene von ihnen, die zurückkehrten – verletzt, sterbend oder nicht mehr bei Verstand –, erschienen, bereits Sekunden oder höchstens Minuten nachdem sie durch eine der Türen gegangen waren.

Der Offizier eilte fort und rief Befehle.

Tailos stapfte zu seinem Sohn und zog Zirzo mit sich.

Lotin stand in einer Lücke zwischen zwei Karren, die Teil der improvisierten Barriere auf dem Hof der alten Festung waren. Er trug eine auf Hochglanz polierte Zeremonienrüstung, die das Licht der Sonne so hell widerspiegelte, dass Zirzo die Augen zusammenkneifen musste. Den roten Nasenrüssel hatte er blau gefärbt – die Farbe des mutigen Abenteurers. In den Händen hielt er das Werkzeug, das Zirzo während der vergangenen viereinhalb Jahre für ihn angefertigt hatte, die Kugel mit den Zylindern und Spindeln, die weniger grünes Supra enthielt, als sie eigentlich enthalten sollte.

Ich könnte ihn retten, dachte Zirzo. Ich könnte ihm sagen,

dass das Werkzeug nichts taugt, dass er damit nicht an den Fallen vorbei ins Zentrum des Nerox gelangt. Ich könnte sein Leben retten.

Aber Zirzo schwieg.

»Welche Tür?«, zischte Lotin, als Tailos und Zirzo neben ihm stehen blieben. »Welche Tür soll ich nehmen?«

Er zitterte, stellte Zirzo fest. Er versuchte es zu verbergen, aber die Hände, die das Werkzeug hielten, sie zitterten so sehr, dass sich die Zylinder und Spindeln auf eine Weise bewegten, wie sie sich nicht bewegen sollten. Und die Stimme klang angespannt.

Die wie zusammengewachsen wirkenden Gebäude des Nerox wiesen vier Türen auf, drei große, über die linke Hälfte verteilt, und eine kleine ganz rechts. In der Mitte ragten Türme auf, krumm und schief, so schief, dass man von ihnen erwartete, nicht auf Dauer der Schwerkraft trotzen zu können. Zwei von ihnen schraubten sich in schwindelerregende Höhe, weiß der linke, blutrot der rechte. An einigen Stellen blitzten und blinkten Lichter.

»Benutze das Werkzeug, Junge«, erwiderte Tailos leise. Er hatte das Zittern der Hände ebenfalls bemerkt. »Lass dich von ihm leiten! Es zeigt dir den Weg.«

»Ich höre seine Stimme nicht«, zischte Lotin und warf Zirzo einen zornigen Blick zu. »Wie soll ich mich von dem Ding leiten lassen, wenn ich nichts höre?«

Der alte Werkzeugmacher wandte sich ab – er wollte nicht Zeuge dieser Tragödie werden – und sah Demmrott an der Mauer weiter hinten stehen, mit einem kleinen Beutel in der Hand. Der Heiler winkte ihm kurz zu und hob den Beutel, wie um zu zeigen, dass er für ihn, Zirzo, bestimmt war.

»Du hattest Zeit genug, den Umgang damit zu lernen, Sohn«, grollte Tailos. Sein gelber Nasenrüssel schnüffelte und roch vielleicht Lotins Furcht. »Geh jetzt! Mehr als viereinhalb Jahre sind wir unterwegs gewesen, *für diesen Moment.*«

Lotin trat mit klirrender Rüstung einen Schritt vor und hob

das Werkzeug. »Zeig mir den richtigen Weg, Werkzeug«, intonierte er.

Stille legte sich über den Hof. Die Soldaten hinter den Karren, Steinen und Kisten schienen den Atem anzuhalten. Vom Nerox, von seinen Häusern, kam ein Knirschen, wie von einem schweren Schritt im Schnee.

»Welche Tür soll ich nehmen?« Lotin flüsterte jetzt und starrte Zirzo an. »Sag es mir, Werkzeugmacher! Welche Tür ist die richtige?«

Wenn ich die grüne Figur hätte, die mir die Frau namens Samantha gestohlen hat, wüsste ich vielleicht die Antwort, dachte Zirzo. Er sagte: »Die dritte von links.«

Die kleinen Zylinder im Werkzeug drehten sich, bewegt von zitternden Händen. Eine Spindel neigte sich zur Seite und zeigte nach rechts.

Lotin lächelte plötzlich. »Nein. Die rechte Tür ist die richtige.«

Er ging los, den mit Tapferkeitsblau bestrichenen Nasenrüssel nach vorn gerichtet. Das Flimmern in der kalten Luft empfing ihn, schien sich um ihn herum zu verdichten. Vorsichtige Schritte brachten ihn am Rand einer Grube entlang und dann über einen Steg, der zur anderen Seite eines Grabens führte. Ohne Zwischenfall erreichte er die Tür auf der rechten Seite des Nerox, und offenbar glaubte er sich Sieg und Triumph nahe, denn er grinste mit alter Überheblichkeit, hob das Werkzeug noch etwas höher, trat einen weiteren Schritt vor ... und verschwand in der Tür.

Eine Minute verging.

Tailos schwieg, Reptilienaugen und Nasenrüssel auf die rechte Tür gerichtet. Die Soldaten beobachteten das Nerox, stumm, wie erstarrt. Nur einige wenige von ihnen blickten nach oben, als über dem See ein Luftschiff der Hellagarit in Flammen aufging, getroffen von Brandpfeilen. Eine der am Seeufer in Stellung gebrachten Kanonen donnerte, und Zirzo verfolgte, wie ein jukinisches Floß seinen Mast verlor.

Eine zweite Minute verging, dann eine dritte.

Nichts veränderte sich beim Nerox, abgesehen von einigen Lichtern am linken Turm – sie schienen etwas heller zu leuchten. Aber vielleicht war es auch nur das Licht der höher steigenden Sonne.

Nach zehn Minuten gab es beim Nerox noch immer keine Veränderung. Erste Soldaten richteten sich auf und verließen die Deckung. Niemand wagte es, den General anzusprechen, aber immer wieder trafen ihn fragende Blicke. Zirzo wusste, was alle dachten: Lotin hätte längst zurück sein müssen.

»Bitte«, sagte Zirzo. »Bitte, General. Lassen Sie mich zu Demmrott gehen!«

Tailos winkte wortlos, ohne die rechte Tür aus den Augen zu lassen. Und so schlurfte Zirzo zum Heiler Demmrott und nahm von ihm das Gift entgegen, das ihn von der Last des Lebens befreien sollte.

50

Zirzo saß in seinem Wohnwagen, betrachtete die beiden grünen Pillen, die ihm Demmrott gegeben hatte, und dachte an die Frau namens Samantha. Zwei Erinnerungsbilder zeigten sie ihm: an Bord des Wracks in der Wüste, ihr Gesicht ein blasses Oval, die Sommersprossen darin wie Tätowierungsmale; und von Flammen umgeben, als sie aus dem gelandeten Feuervogel getreten war.

Vielleicht lag es an dem Fieber, dessen Hitze erneut in ihm aufstieg, als hätte er Lava unter den Füßen. Es schlich und sprang nicht nur durch den Körper, sondern auch durch den Geist, es packte die Gedanken und wirbelte sie durcheinander, und vielleicht schuf es auch falsche Bilder. Die Einladung der Frau aus dem Feuervogel ... Vielleicht hatte sie nur als Wunsch existiert, als eine heimliche Sehnsucht in ihm, freigesetzt vom Fieber.

Einige Sekunden lang blickte er durchs offene Fenster über den See. Weitere Schiffe näherten sich der Insel, wurden von Brandpfeilen getroffen und gingen in Flammen auf. Kanus und kleine, schmale Ein-Mann-Boote huschten an den brennenden Schiffen vorbei, und einigen von ihnen gelang es, die Insel Asidi zu erreichen, wo sie von den Jannaschi in Empfang genommen wurden. Soldaten starben oder blieben schwer verletzt im Sand liegen. Abenteurer, Glücksritter und Fanatiker sprangen über die Sterbenden hinweg, schwangen Waffen und töteten alle, die sich ihnen in den Weg stellten. Sie alle wollten das Nerox auf dem Hof der alten Festung erreichen – die Macht darin lockte sie an.

Zirzos Blick kehrte zu den beiden grünen Pillen in seiner Hand zurück. Sie enthielten Tod, einen schnellen, schmerzlosen Tod, das hatte ihm Demmrott versprochen. Er begriff, dass er nicht länger warten durfte. Inzwischen waren fünfzehn Minuten seit Lotins Verschwinden im Nerox vergangen, und Tailos würde sich bald zu der Erkenntnis durchringen müssen, dass sein Sohn verschwunden blieb, dass das Werkzeug nicht funktioniert hatte. Anschließend brauchte er nicht lange nach einem Schuldigen zu suchen.

Zirzo hob die Hand zum Mund, schluckte die beiden Giftpillen und ließ sich dann auf sein schmales Bett sinken, für den Tod bereit.

Er fühlte, wie die Kälte des Jenseits die Hitze des Fiebers aus seinem Körper zu vertreiben begann, als sich schwere Schritte dem Wohnwagen näherten, als eine zornige Hand die Tür aufriss und Tailos hereinkam.

»Was hast du getan, Werkzeugmacher, was hast du getan!«, donnerte der General der Jannaschi. »Dein Werkzeug hat nicht funktioniert!«

Komm schnell, Tod, dachte Zirzo. Erlöse mich!

Stattdessen kam Tailos, gefolgt von Demmrott. Mit wuchtigen Schritten, die den Wagen schwanken ließen, trat der General zum Bett. Sein gelber Nasenrüssel bebte; Zorn brannte in den Reptilienaugen.

»Was hast du getan, was hast du getan!«, knurrte Tailos.

Ich habe Gift genommen, dachte Zirzo. Ich will sterben. Warum sterbe ich nicht?

»Mein Sohn!«, stieß Tailos hervor. »Etwas von ihm ist zurückgekehrt.«

»Etwas?«, ächzte Zirzo. Das Sprechen fiel ihm schwer. Angenehme Mattigkeit breitete sich in ihm aus, ließ Zunge und Hals taub werden. Er lächelte. Es war doch nicht so schwer, das Sterben.

»Das hier!«, rief Tailos und hob die rechte Hand. Ein blutiger roter Nasenrüssel baumelte darin; es klebte noch etwas Tapferkeitsblau daran. »Das ist alles, was von Lotin übrig ist, Werkzeugmacher. Mein Sohn ist verloren!«

Ein verlorener Sohn, dachte Zirzo. Ich habe eine Tochter verloren. Vielleicht fand er sie wieder, auf der anderen Seite des Grabens, der das Leben vom Tod trennte. Vielleicht begegnete er dort auch Mira. Das war ein Gedanke, der für ein oder zwei Sekunden Aufregung in ihm vibrieren ließ. Wenn er im Jenseits nicht nur Alonna traf, sondern auch Mira … Vielleicht konnte sie dann die Frage beantworten, die ihm in all den Jahren keine Ruhe gelassen hatte, die Frage, ob ihr Tod im Sumpf ein Unfall gewesen war oder ob sie sich freiwillig in ein Schlammloch gestürzt hatte.

Hände packten ihn, die Pranken des Generals, blutig vom Blut seines Sohnes. Sie zogen ihn hoch, hielten ihn dicht vor den gelben Nasenrüssel und die blitzenden Augen.

»Dein Werkzeug hat nichts getaugt!«, donnerte Tailos. »Es hat Lotin nicht den Weg gezeigt.«

»Es … tut mir leid«, krächzte Zirzo mit tauber Zunge, aber das stimmte nicht, es tat ihm nicht leid.

Tailos schüttelte ihn. »Das nützt mir nichts!«, rief er ohrenbetäubend laut. »Es nützt mir nichts, dass es dir leidtut! Hast du die Pillen geschluckt, die Demmrott dir gegeben hat? Demmrott, hat er sie geschluckt?«

»Lassen Sie mich seinen Puls fühlen, General«, sagte der Heiler. »Lassen Sie mich ihm in die Augen sehen.«

Ein Nakota-Gesicht erschien vor Zirzo. Kleine Hornplatten knisterten.

»Ja, er hat sie genommen, General. Er stirbt.«

»Ich will nicht, dass er stirbt!«, grollte Tailos. »Sorg dafür, dass er am Leben bleibt! Gib ihm ein Gegenmittel!«

Nein!, dachte Zirzo, doch es gelang ihm nicht, das Wort zu sprechen. Die Zunge gehorchte ihm nicht mehr.

»Ich weiß nicht, ob ein Gegenmittel jetzt noch etwas nützt«, sagte Demmrott. »Wir müssten Magen und Darm spülen ...«

»Nicht wir«, brummte der General und schüttelte den alten Werkzeugmacher, als könnte er auf diese Weise dafür sorgen, dass das Gift aus seinem Körper verschwand. »Du. Mach dich sofort an die Arbeit!«

Zwei Magen- und Darmspülungen später, unter einem Himmel dunkel von Rauch, zog Tailos den schwachen, taumelnden Zirzo über den Hof der alten Festung. Von der aus Steinen, Kisten und Karren improvisierten Barriere existierten nur noch kleine Abschnitte – der größte Teil war vom Nerox verschlungen worden, dessen gefräßige Phase begonnen hatte. Das Haus aus Häusern dehnte sich aus und schrumpfte, in einem Rhythmus wie ein Pulsschlag. Seine Türme wurden noch schiefer, neigten sich den Mauern der Festung entgegen und durchdrangen sie, ohne dass einer der alten Steine fiel. Zwei weitere Türen waren erschienen, in der Mitte. Ihnen stapfte Tailos entgegen, beobachtet von einigen wenigen Gardisten; die anderen Soldaten befanden sich jenseits der Mauern und verteidigten die Bastion gegen Feinde, die aus allen Richtungen heranstürmten.

»Deine Hände haben das falsche Werkzeug gebaut, aber du hast den Feuervogel hier landen sehen«, knurrte der General und zerrte Zirzo am ersten Graben vorbei. Er enthielt Dunkelheit, eine Finsternis schwärzer als eine Nacht ohne Sterne und Monde am Himmel. »Sei du mein Werkzeug. Zeig mir den Weg!« Er stapfte über einen Steg, der unter seinem Gewicht zitterte und knackte, was ihn nicht zu kümmern schien.

Dies waren nicht die Fallen und Barrieren, von denen die

Legenden berichteten. Sie boten nichts als einen kleinen, faden Vorgeschmack auf das üppige, aus vielen Gängen bestehende Gefahrenmahl, das hinter den Türen wartete. Das Haus aus Häusern, die ineinander verschachtelten Gebäude ... Zirzo verglich sie mit der komplexen Fassade eines weitaus größeren Bauwerks.

»Was faselst du da von Bauwerken, Werkzeugmacher?«, knurrte Tailos. »Zeig mir den Weg, wenn du nicht willst, dass ich dir nacheinander und ganz langsam Arme und Beine ausreiße. Ich meine es ernst, zweifellos!«

Um seinen Worten Nachdruck zu verleihen, zog er an Zirzos rechtem Arm,

Mit der linken Hand deutete Zirzo auf eine der beiden Türen. Warum er diese Wahl traf, wusste er nicht. Er wusste auch nicht, warum er an eine Fassade gedacht und sogar davon gesprochen hatte.

Hinter ihnen rief einer der Wächter auf den Mauern: »Baltasar kommt! Er wird gleich hier ...« Der Rest verlor sich in einem Röcheln.

Zirzo drehte kurz den Kopf und beobachtete, wie der Soldat, die Brust von einem Geschoss aufgerissen, von der Mauer stürzte. Es knallte mehrmals – Schusswaffen.

Tailos riss die Tür auf. Dahinter erstreckte sich strahlendes Weiß, das Zirzo an etwas erinnerte.

»Komm, Werkzeugmacher, du wirst mein Wegweiser sein!«

Zirzo wurde durch die Tür gezogen, nicht nur von der Hand des Generals der Jannaschi, und plötzlich fiel ihm ein, woran ihn das Gleißen erinnerte: an das schmerzhafte weiß-blaue Licht im Wrack der *Poseidon*.

Der Felsblock rollt

Jasmin 51

Die Kanonen der Jannaschi schwiegen, und vor den Ufern der Insel loderten keine Flammen mehr. Das auf dem Wasser schwimmende Öl, das dem Feuer als Nahrung gedient hatte, bildete einen dicken, stinkenden Film und weigerte sich zu brennen. Die zahlreichen kleinen Hügel im klebrigen, zähflüssigen Öl stammten von Leichen, die meisten von ihnen Menschen und Jukin, aber auch viele Nakota, Hellagarit, Inasam, Tarkasch und einige Mokonna.

Der Uferbereich war von Toten übersät – an manchen Stellen lagen sie so dicht an dicht, dass man kaum mehr Sand und Steine sehen konnte.

Baltasar deutete über den See. »Sehen Sie nur, die Schiffe. Einige letzte Flammen, und sie werden schnell kleiner. Das große Segel dort hinten, es brennt nicht mehr. Die ›technologische Inhibition‹, wie Sie sie genannt haben, beeinflusst jetzt auch die chemischen Reaktionen.«

Bei der Festung knallte es mehrmals. Schüsse, dachte Jasmin.

»Ihre Projektilwaffen funktionieren noch«, sagte sie.

»Weil sie gut abgeschirmt sind«, erwiderte Baltasar. Leises Summen begleitete seine Bewegungen. »Fast so gut wie ich. Speziell strukturiertes, gefädeltes Supra, wie ich schon sagte. Ihr Armband, Jasmin von Omni. Es ist nicht tot, oder? Sie empfangen nach wie vor Energie. Andernfalls wäre Ihr Leben in Gefahr.«

Jasmin tastete nicht danach, aber sie fühlte die Wärme des Konnektors an ihrem Handgelenk.

Weitere Boote segelten über den See und näherten sich der

Insel. In einer Höhe von etwa zweihundert Metern glitten mehrere Luftschiffe durch den Rauch, der sich im Wind wie Nebel auflöste. Die Verteidiger der Insel, die Jannaschi unter dem Befehl von General Tailos, hatten sich nach Norden und Westen zurückgezogen. Ihre Katapulte nahmen Boote und Luftschiffe unter Beschuss, aber ohne Brandpfeile ließ sich wesentlich weniger gegen sie ausrichten. Baltasars Gruppe bestand nur aus fünfzig Personen, hauptsächlich Menschen aus Schentiffica und einige wenige Tingla. Sie war allen anderen zahlenmäßig weit unterlegen, aber ihre Schusswaffen schufen einen gewissen Ausgleich. Außerdem vermieden die Männer und Frauen aus der Stadt der Gelehrten Konfrontationen mit den Gegnern. Sie suchten Lücken zwischen Angreifern und Verteidigern, fanden sie und näherten sich der alten Festung und dem Nerox in ihr.

»Sehen Sie sich um, Jasmin von Omni«, sagte Baltasar im Schutz der ersten Festungsmauer. »Sehen Sie, wie viele bereits gestorben sind. Zehn- und hundertmal so viele werden in den nächsten Stunden sterben und noch viele mehr in den nächsten Tagen und Wochen. Für Arkonadia hat eine neue Katastrophe begonnen. Seit Jahrtausenden wiederholt sie sich alle vierhundertdreiundfünfzig Jahre. Der Felsblock, der gerade den Gipfel des Berges erreicht hat, rollt zurück ins Tal. Die Mühsal der vergangenen viereinhalb Jahrhunderte, sie war umsonst.«

Ein Pfeil huschte mit einem dumpfen Surren an Jasmin vorbei. Sie duckte sich. Es folgten das Knallen von Schüssen und die Schreie von Projektilen getroffener Jukin.

»Wir können es ändern«, fuhr Baltasar fort und führte Jasmin an der Mauer entlang, zu einem Torbogen, neben dem der halb zerfetzte Leichnam eines kleinen Mokonna lag, die Greifklauen mit den langen Krallen ausgestreckt. »Wir können dafür sorgen, dass es aufhört, dass diese Katastrophe die letzte ist. Wir können all dem Leid ein Ende setzen, Sie und ich, gemeinsam.«

Sie traten durch den Torbogen. Melchior und die anderen

befanden sich sechzig oder siebzig Meter weiter vorn und sicherten den Weg tiefer in die Festung, aber sie hatten jemanden übersehen, einen versteckten Jannaschi, der hinter den Resten einer Säule hervorsprang und eine Armbrust auf Baltasar richtete.

Es folgte ein seltsamer Moment, wie zwischen zwei Möglichkeiten balancierend. Auf der einen Seite flog der Bolzen und traf Baltasars Gesicht, bohrte sich ihm ins organische Auge und das Gehirn dahinter, zerriss den Faden seines Lebens und mit ihm all seine Pläne für ein friedliches Arkonadia. Auf der anderen Seite flog kein Bolzen, sondern ein Projektil, angetrieben von einer explosiven chemischen Reaktion, die so nahe beim Nerox eigentlich unmöglich sein sollte.

Es gab noch eine dritte Möglichkeit, und sie veränderte die Balance. Jasmins Hand traf Baltasar an der Schulter, stieß ihn zur Seite. Der Bolzen flog, aber er flog an Baltasar vorbei, streifte ihn nicht einmal. Und dann knallte es, dann flog das Projektil aus dem Lauf der Waffe, die Baltasar in der Hand hielt, und es traf den Soldaten, den Jannaschi, mitten in der Brust.

Melchior und einige andere Menschen aus Schentiffica eilten herbei, als Baltasar und Jasmin neben dem Sterbenden standen. Der Nasenrüssel zuckte noch einmal, und dann rührte sich nichts mehr.

»Wir haben ihn nicht gesehen«, schnaufte Melchior. »Und ich habe ihn nicht gespürt.«

Baltasar nickte ihm kurz zu, bevor er sich an Jasmin wandte. »Sie haben sich entschieden.«

»Nein«, erwiderte sie, ohne zu wissen, ob das der Wahrheit entsprach. »Sie wären schneller gewesen als der Jannaschi.«

»Vielleicht. Vielleicht auch nicht. Aber Sie haben eingegriffen. Sie haben gehandelt. Darauf kommt es letztendlich an, auf das Handeln.«

Jasmin wusste, was er meinte. Sie verstand die Worte, auch das, was sich in ihnen verbarg. Sie erschrak über sich selbst, darüber, was sie dachte und fühlte.

»Der Weg zum Nerox ist frei«, sagte Melchior. »Wir haben ihn gesichert.«

Baltasar streckte die Hand aus. »Kommen Sie, Jasmin von Omni!«

Jasmin ergriff die Hand nicht, folgte ihm aber.

52

Tote säumten den Weg. Blut, rot, grün und violett, klebte an Steinen. Vom Ufer her klang das Klirren von Waffen. Rufe tönten über den See. Ohne Feuer mussten die Jannaschi, Verteidiger der Insel, vor dem Ansturm der Angreifer zurückweichen.

Jasmin folgte Baltasar, Melchior und den anderen. Ihre Beine bewegten sich von allein, als hätten sie längst eine Entscheidung getroffen, gegen die sich der Kopf noch sträubte. Und wenn sie nicht bereit gewesen wären, denselben Weg zu nehmen ... Jasmin gab sich nicht der Illusion von Freiheit hin. Sie trug keine Fesseln, niemand hielt sie fest, aber sie war dennoch gefangen. Baltasar hätte sie bestimmt nicht einfach gehen lassen.

Seine Worte hatten eine Eindringlichkeit, der sich Jasmin nur schwer entziehen konnte. Vielleicht lag es daran, dass sie unleugbare Wahrheit enthielten. Auf das Handeln kam es an – daran hatte sie immer geglaubt. Es war wichtig, zu beobachten, zu bewerten und klug zu urteilen, aber anschließend musste man etwas *tun*, wenn man Gelegenheit dazu hatte. Das war genau der Punkt, den sie bei Omni seit dreißig Jahren vermisste. Hier *bot* sich Gelegenheit. Wenn sie mit Baltasar zusammenarbeitete, wenn sie sich darauf einließ, dass sie sich gegenseitig halfen, konnte Arkonadia vielleicht befriedet werden. Das gehörte sogar zu ihrer Mission, wenn man den Auftrag, den Thrako im Namen von Omni erteilt hatte, großzügig auslegte. Sie konnte das Rätsel von Arkonadia lösen und gleichzeitig dafür sorgen, dass der Felsblock nicht vom Gipfel des Berges ins Tal zurückrollte. Und dann gab es da noch die Frau im Nerox, die Fremde, die seit Äonen trauerte. Wenn eine Möglichkeit existierte, sie von ihrem Leid zu befreien ...

Jasmin fiel etwas ein: Baltasar hatte kaum auf ihren Hinweis reagiert, dass sich noch jemand im Nerox befand.

»So viele Gedanken«, sagte Baltasar. »Haben sie alle Platz in Ihrem Kopf?«

Jasmin hatte zu Boden gestarrt, auf ihre Füße. Sie hob den Kopf, begegnete Melchiors Blick und fragte sich, ob er ihre Gedanken ohne einen physischen Kontakt lesen konnte.

»Sie fragen sich, ob Sie mir trauen können«, sagte Baltasar.

Jasmin hätte fast gelächelt. Sie bestand also nicht ganz und gar aus Glas für Baltasar und seinen passiven Telepathen Melchior. Jasmin musste nicht überlegen, ob Baltasar Vertrauen verdiente oder nicht; sie *wusste*, dass sie ihm nicht trauen durfte. Dies war der Mann, der auf ihren Vater geschossen, ihn vielleicht sogar erschossen hatte – das allein genügte. Doch auch wenn man jemandem nicht trauen konnte: Es bedeutete nicht, dass seine Worte nur Lüge enthielten.

»Ich bin überrascht«, sagte Jasmin.

Baltasar blieb stehen und beobachtete ein Luftschiff, das sich der alten Festung näherte. Es waren bereits einzelne Hellagarit und Jukin in den Gondeln zu erkennen. Erste Seile wurden herabgelassen.

»Was überrascht Sie?«, fragte er.

»Dass Sie nicht überrascht gewesen sind. Von meinem Hinweis darauf, dass sich noch eine andere Person im Nerox befindet, eine zweite Frau.«

Baltasar wandte sich an Melchior. »Wie viel Zeit bleibt uns?«

»Nur einige Minuten. Dann sind die ersten Angreifer hier. Wir können sie nur kurze Zeit aufhalten.«

»Ihr bleibt hier. Haltet uns den Rücken frei! Kommen Sie, Jasmin!«

Baltasar ging weiter, ohne sich zu vergewissern, dass sie

ihm folgte. Wieder schienen sich Jasmins Beine von ganz allein zu bewegen, und sie glaubte, Melchiors Blick im Rücken zu fühlen. Sie passierten einen weiteren Torbogen, neben dem zwei tote Jannaschi lagen – beim ersten steckte ein Pfeil im Hals, dem zweiten hatte ein Armbrustbolzen den Kopf zertrümmert. Voraus erfüllte ein Flimmern und Wabern die Luft, wie von aufsteigendem heißem Gas, und Jasmin spürte etwas, eine Art Sog, der sie schneller atmen ließ.

»Ich weiß natürlich, wer die andere Frau ist, und Sie wissen es ebenfalls, nehme ich an«, sagte Baltasar über die Schulter hinweg. Er ging ziemlich schnell; Jasmin musste sich beeilen, um nicht den Anschluss zu verlieren.

»Samantha?«

»Ja. Ich bin ihr zum Wrack der alten *Poseidon* gefolgt. Ich wollte mit ihr reden, sie um Hilfe bitten, ihr alles erklären, aber sie aktivierte die schlafende Energie des Schiffes und transferierte sich.«

»Ins Nerox.«

»Ihr scheint das gelungen zu sein, was die Ho-Korat mit den Sprungtoren vergeblich versucht haben.« Baltasars Stimme klang hohl, als er durch einen Gang eilte. Die Wände zu beiden Seiten ragten vier oder fünf Meter auf. Der Sog, den Jasmin fühlte, wurde stärker; er schien bestrebt zu sein, ihr die Luft zum Atmen zu nehmen. Vor ihnen lag der Innenhof der alten Festung, hinter einer letzten Mauer. Zwei seltsame Türme ragten empor, einer hell, der andere dunkel, beide krumm und schief.

»Das liegt zwei Jahre zurück.«

»Ja«, sagte Baltasar.

»Sie hätten den Ho-Korat Bescheid geben können«, sagte Jasmin. »Die Ho-Korat wiederum hätten Omni benachrichtigt.«

»Das hätte ich tun können, ja.« Baltasar ging jetzt langsamer, holte ein Gerät hervor und blickte auf die Anzeigen.

»Aber Sie haben sich dagegen entschieden. Weil Sie wollten, dass Omni einen weiteren Reisenden schickt oder gleich zwei, wie meinen Vater und mich. Jemanden, den Sie für Ihre Zwecke rekrutieren können.«

Baltasar ging nicht darauf ein. »Samantha hat etwas bei sich, eine Figur aus grünem Supra, das beste Werkzeug, das der beste aller Werkzeugmacher – Zirzo, der letzte Nachfahre des großen Rothas Berore – gebaut hat. Die Figur stellt eine Frau dar. Mit seiner besonderen Gabe hat Zirzo ein Bild empfangen.«

»Die Frau, deren Leid ich gefühlt habe?«, fragte Jasmin.

»Ja. Die Figur ist eine Art Schlüssel. Damit könnte es Samantha gelingen, ins Zentrum des Nerox zu gelangen und es unter ihre Kontrolle zu bringen. Das müssen wir verhindern.«

»Es sind zwei Jahre vergangen«, sagte Jasmin. »Hätte Samantha nicht längst ...«

Baltasar unterbrach sie. »Nein. Es gibt unterschiedliche Zeitströme innerhalb und außerhalb des Nerox. Minuten können wie Jahre sein und umgekehrt. Wir müssen Samantha zuvorkommen. Wenn sie das Ziel vor uns erreicht, könnte sie das Nerox für Omni gewinnen, und dann wäre es für Arkonadia verloren.«

Sie erreichten das Ende des Ganges. Vor ihnen öffnete sich der weite Innenhof der alten Festung von Asidi, und dort erhob sich das Nerox, eine in wabernde perspektivische Verzerrungen gehüllte Erscheinung, die auf den ersten Blick betrachtet wie ein Gebäude aussah, das aus mehren einzelnen, miteinander verbundenen Bauwerken bestand. Doch als Jasmin genauer hinsah, veränderte sich dieses Bild, und sie glaubte etwas zu erkennen, das sich wuchtig und massiv wie zu einem Sprung geduckt hatte, der es von diesem Planeten forttragen konnte.

»Erwarten Sie wirklich von mir, dass ich mich gegen Omni stelle?«, brachte Jasmin hervor.

»Arkonadia versinkt im Chaos«, erwiderte Baltasar, und diesmal lag Schärfe in seiner Stimme. »Tod und Zerstörung, immer wieder Tod und Zerstörung. Seit vielen Jahrtausenden. Omni könnte helfen, *aber wo ist Omni?* Sagen Sie es mir!«

»Hier«, sagte Jasmin. »Ich bin für Omni hier. *Ich* kann helfen.«

Baltasar musterte sie, das eine Auge organisch, das andere mechanisch. »Dann helfen Sie. Indem Sie mir helfen. *Tun* Sie etwas! *Bewirken* Sie etwas! Wie oft haben Sie Omni Passivität vorgeworfen?«

Plötzlich hielt er den dunklen Würfel in der Hand, den Jasmin schon einmal berührt hatte, und streckte ihn ihr entgegen. »Zeigen Sie mir den Weg! Zeigen Sie *uns* den Weg! Bringen Sie uns ins Nerox, in sein Zentrum, in den Saal mit den Wolken unter der hohen Decke, zur letzten Tür, die ich damals nicht öffnen konnte.«

Jasmin nahm den Würfel entgegen, obgleich sie eigentlich zögern und noch etwas länger überlegen wollte. Sie nahm ihn, hielt ihn in den Händen und betrachtete die spinnennetzartigen Muster aus feinen Rissen, die ihn durchzogen. Sie wusste, woher er stammte. Sie hatte die leere Stelle in der Wand des Saals gesehen.

»Und denken Sie an die Trauernde«, fügte Baltasar hinzu. Seine Stimme schien jetzt weiter entfernt zu sein. »Sie könnten sie von ihrem Leid befreien. Omni schert sich nicht darum. Omni geht es allein um das Nerox und seine Macht.«

»Was ist seine Macht?«, hörte sich Jasmin fragen. »Wo liegt sie? Worin besteht sie?«

»Fühlen Sie es nicht, Jasmin von Omni? Sie spüren das Alter und seinen Inhalt, all die Dinge, die sich im Lauf der Äonen ansammeln. Fühlen Sie das Nerox?«

Jasmin blickte zum Nerox, zu den Wänden und Türmen hinter dem wogenden Schleier, der immer wieder Umrisse verzerrte und Einzelheiten verbarg, bevor das Auge des Beobachters sie erfassen konnte. Der Eindruck eines geduckten, zum Sprung bereiten Etwas wiederholte sich, und für ein oder zwei Sekunden verschwand das Gebäude, das viele andere Gebäude enthielt. Sie sah einen Vogel aus Feuer, die lodernden Schwingen ausgestreckt und lang genug, eine ganze Welt zu umfassen. Sie sah, wie die Schwingen schlugen, fühlte sich zusammen mit dem Feuervogel aufsteigen, nicht gen Himmel, nicht ins All, den Sternen entgegen, sondern ...

Etwas Grandioses öffnete sich vor ihr, etwas so Immenses und Kolossales, dass Jasmin vergaß, nach Luft zu schnappen, dass ihr Herz voller Ehrfurcht zu schlagen aufhörte. Sie war eine Mikrobe oder noch weniger, ein Einzeller, der in einem Augenblick von Ein-und Weitsicht die Entwicklung des Lebens vor sich erblickte, mit all seinen Möglichkeiten, Fehlschlägen und Neuanfängen. Und gleichzeitig begriff dieser Einzeller in einem flüchtigen, nicht festzuhaltenden Moment, dass er die Entwicklung des Lebens beeinflussen und in die Richtung lenken konnte, die ihm gefiel. Allein mit seinen Gedanken, so primitiv sie auch sein mochten, konnte er dem Leben in Gegenwart und Zukunft beliebige Gestalt und Struktur geben. Mehr noch, er konnte auch die Umstände bestimmen, unter denen es sich entwickelte.

Dies war ...

»Fühlen Sie es?«, fragte Baltasar. Hinter seiner Stimme erklangen andere Stimmen, näher kommende Rufe und Schreie.

... die Dimension des Möglichen.

Der Augenblick verstrich. Jasmins Herz schlug wieder, sie schnappte nach Luft.

»Die Dimension des Möglichen, Teil der Kontinua«, sagte sie und erinnerte sich an die Nacht, die *alles* enthielt, an die Möbiusbänder mit Universen, unter ihnen alte, sterbende und neue, gerade erst mit dem kleinen Blitz eines Urknalls entstandene. Sie erinnerte sich an den Steg, auf dem sie gestanden hatte, an die Frage, wie tief die Finsternis zu beiden Seiten war, Milliarden von Lichtjahren oder nur wenige Millimeter. Jetzt wusste sie: Die Kontinua waren *unendlich* tief. Sie enthielten alles, was jemals existiert hatte und was jemals sein konnte. Und das Nerox ... Es war Teil davon; in seinem Innern bot etwas direkten Zugriff auf die Dimension des Möglichen.

»Hat Omni mit Ihnen darüber gesprochen?«, fragte Baltasar. Jasmin merkte, dass er sie führte, dass er ihren Arm genommen hatte und sie mit sich zog, fort von den Stimmen und näher zum Nerox, zu seiner Fassade. »Hat Omni Ihnen jemals erklärt, was es mit der Dimension des Möglichen auf sich hat?«

Jasmin wollte antworten, aber etwas schnürte ihr die Kehle zu. Der Kontinua-Konnektor an ihrem Handgelenk wurde wärmer, ebenso der Würfel, den sie noch immer in der Hand hielt.

»Nein, natürlich nicht«, sagte Baltasar. »Sie sind mit dem Auftrag hierher geschickt worden, das Arkonadia-Rätsel zu lösen, aber für Omni ist es gar kein Rätsel. Omni weiß seit langer Zeit, dass das Nerox direkten, unmittelbaren Zugang zur Dimension des Möglichen bietet. Die beiden Arkonadier, die es geschafft haben, das Zentrum des Nerox zu erreichen, zurückzukehren und zu Regenten zu werden – sie waren Narren, die nicht verstanden, *was* sie im Nerox berührt hatten. Omni hingegen weiß es genau. Omni will nicht, dass jemand anders so viel Macht bekommt. Vorsichtig jetzt!«

Jasmin blinzelte. Gräben umgaben sie. Schmale Brücken führten darüber hinweg. Eine knirschte und bog sich unter Baltasar und ihr. Aus dem Augenwinkel nahm sie eine Bewegung wahr, drehte sich halb um und stellte fest, dass auf den Wehrgängen der alten Festung gekämpft wurde: Jannaschi gegen Jukin und Menschen.

Sie blickte wieder nach vorn, zur Fassade des Nerox. Die beiden krummen Türme schienen sich ihnen entgegenzuneigen.

»Die Türen«, sagte sie. »Welche Tür nehmen wir?«

»Es spielt keine Rolle, welche Tür wir nehmen«, erwiderte Baltasar und setzte behutsam einen Fuß vor den anderen. »Hinter ihnen allen liegt das Labyrinth mit den Fallen und Barrieren. Wir dürfen nur nicht in einen dieser Gräben fallen; das würde uns in Schwierigkeiten bringen und einen großen Umweg bedeuten.«

Die Brücke bog sich noch etwas mehr und knackte. Baltasar machte einen weiteren Schritt, länger als der zuvor, und Jasmin bewegte sich ebenfalls. Ein weiteres Knacken – und die Brücke gab nach.

Sie fiel, und dann fiel sie nicht mehr, denn ein Arm schlang sich ihr um die Taille und zog sie auf die andere Seite des Grabens. Ein Blick zurück zeigte ihr starrende Augen, Krallen und spitze Zähne. Ein Knurren kam aus dunkler Tiefe, ein Grollen wie von einem beginnenden Erdbeben. Dann war der Graben wieder leer.

Baltasar zog sie zu einer Tür, die er bereits geöffnet hatte. Dahinter strahlte weiß-blaues Licht.

»Jasmin!«

Jemand rief ihren Namen, was erstaunlich genug war. Die Stimme ...

In einem der Torbögen am Rand des Innenhofs standen ein dreiäugiger Jukin und neben ihm ein Mensch.

»Vater!«, entfuhr es Jasmin.

Jasper lief los, bevor ihn der Jukin an seiner Seite festhalten konnte – er stürmte über den Hof.

»Na bitte«, sagte Baltasar. »Ich habe ihn nicht erschossen, Jasmin von Omni. Ihr Vater lebt. Aber er kommt zu spät.«

Er zog sie durch die Tür.

Der ewige Zug

53 Jasper

»Wo ist mein Junge?«, rief Hatan, als sie sich dem Innenhof der alten Festung näherten. »Wo ist der Narr? Wo steckt er? Hier ist das Nerox, und er soll sich Zugang verschaffen!«

Wind kam auf und wehte Rauch über die Festung. Ein Luftschiff näherte sich, die Hülle aufgerissen, in den Gondeln Jukin und Hellagarit, die Seile herabließen.

»Es wird abstürzen, genau über dem Nerox«, sagte Jasper.

Weiter vorn, zwischen den Mauern der Bastion, knallten Schusswaffen. Ein Querschläger traf die Wand neben Jasper und jaulte davon.

»Wo ist Yilmor?«, rief Hatan. »Findet ihn und bringt ihn zu mir!«

»Was erwartest du von ihm?« Jasper blickte nach vorn. Gestalten bewegten sich in den Rauchschwaden, dreiäugige Jukin, Jannaschi mit Nasenrüsseln, kleine und große Hellagarit, drahtige Nakota, Inasam mit ledrigen Flügeln, einige von ihnen zerrissen, und dort ein Mokonna, der sich mit heiserem Gebrüll einen Weg durch das Kampfgetümmel bahnte, Pfeile und Lanzen wie achtlos von sich abschüttelte und mit seinen Klauen zerfetzte, was ihm in den Weg geriet. »Die beiden Schiffe mit den Schätzen aus Dubbrizza haben gebrannt und sind gesunken. Du hast keine Werkzeuge, mit denen dein Sohn ins Nerox gelangen könnte.«

»Ha!« Hatan holte etwas unter seiner gepanzerten Jacke hervor, in der die Reste von drei Pfeilen steckten. Das Auge in der Stirn beobachtete Jasper, und der Blick der beiden anderen richtete sich auf die kleine Schatulle in seinen Händen. Er öffnete sie, und zum Vorschein kam ein aus fünf Teilen bestehendes Schmuckstück, das Jasper in der Schatzkammer von Dubbrizza gesehen hatte: eine längliche Komponente, in der Mitte zerbrochen, wie der Rumpf einer Figur, und die anderen vier Teile bildeten die Arme und Beine. Kristallisiertes blaues Supra glänzte.

Die fünf Teile des Unvollendeten, von Rothas Berore in der siebzehnten Ära geschaffen, bewegten sich. Fast wäre Hatan die Schatulle aus den Händen gerutscht. Er klappte den Deckel zu.

»Hast du das gesehen, Freund Jasper von Omni? Das Unvollendete will zum Nerox, ha!« Er rief noch lauter als zuvor: »Yilmor, Sohn des Hatan, komm sofort hierher!«

Ein durch den Rauch wankender Soldat erwiderte: »Er ist nicht in der Festung, Exzellenz.«

Jemand anders rief: »Man hat ihn am Ufer gesehen, wie er nach Süden lief.«

Und eine dritte Stimme: »Er hat ein Kanu genommen und paddelt über den See.«

Kluger Junge, dachte Jasper.

Hatan fluchte. »Ein Narr und Nichtsnutz. Gelehrter will er werden, der Dummkopf. Ein Gelehrter! Kannst du dir das vorstellen, Freund Jasper? Ha!«

Der brüllende Mokonna zerfetzte einen Jannaschi und verschwand im Rauch. Mehrere Jannaschi folgten ihm.

»Komm, Freund Jasper, lass uns schneller sein als die anderen. Wir müssen das Nerox vor unseren Konkurrenten erreichen.«

Mauern zogen an ihnen vorbei, alt und brüchig. Tote vergossen ihr Blut auf Stein und Staub. Sterbende streckten ihnen Arme, Klauen oder Greiftentakel entgegen. Ein Torbogen öffnete sich vor ihnen, und auf der anderen Seite erstreckte sich der Innenhof der Festung. Dort erhob sich das Nerox, umgeben von einem Flimmern wie von Hitze. Gräben und Gruben erstreckten sich davor, mit kleinen Brücken und schmalen Stegen. Auf einer dieser Brücken sah Jasper zwei Personen, und eine von ihnen ...

»Jasmin!«, rief er.

Sie drehte sich um. »Vater!«

Jasper lief los. Er stürmte über den Hof, vorbei an Leichen, vorbei an Jannaschi, die ihn festzuhalten versuchten, vorbei an Jukin und Hellagarit, die mit langen Klingen nach ihm ausholten oder Armbrüste auf ihn richteten.

Die zweite Gestalt auf der schmalen Brücke, die unter dem Gewicht nachgab, schlang den Arm um Jasmin und zog sie durch die geöffnete Tür. Es blitzte, blau-weißes Licht strahlte und gleißte, und dann waren beide verschwunden.

»Das war Baltasar, Freund Jasper«, knurrte Hatan, der plötzlich neben ihm erschien, ein langes Messer in der Hand.

»Hast du ihn gesehen?«

»Ich habe meine Tochter gesehen!«

»Das war sie, deine Jasmin von Omni?«

Das Luftschiff stürzte ab. Der Wind hatte es genau über das Nerox getrieben, und die Risse in der Hülle wurden länger. Es brannte nichts, nirgends loderten Flammen, aber Gas entwich, Gondeln kippten. Die herabgelassenen Seile pendelten, und einige Jukin und Hellagarit verloren den Halt. Sie fielen, ihre Schreie übertönt von einem plötzlichen Heulen, und wo sie hinter den Dächern des Nerox verschwanden, blitzte es mehrmals. Ein größerer, längerer Blitz – ebenso hell wie das blau-weiße Gleißen, das Baltasar und Jasmin verschlungen hatte – erfasste das Luftschiff, als es sich nur noch zwei Dutzend Meter über dem Nerox befand. Für einen Sekundenbruchteil glaubte Jasper zu erkennen, wie das achtzig oder neunzig Meter lange Luftschiff in Myriaden Fragmente zerbrach. Dann verblasste das Leuchten, und die Splitter verschwanden.

Ein Jannaschi erschien vor Jasper, einer der wenigen Verteidiger, die noch übrig waren, und stieß eine lange Klinge nach vorn. Hatan wehrte sie mit seinem Messer ab, das er dem Jannaschi anschließend mitten ins Gesicht rammte.

Jasper lief erneut, ohne zu überlegen, in Richtung der Tür, die Baltasar für sich und Jasmin geöffnet hatte. Sie existierte noch, ein dunkles Rechteck, doch ihre Konturen verschwammen – sie schien sich aufzulösen.

»Siehst du, wie sich das Nerox verändert, Freund Jasper?« Hatan war erneut an seiner Seite, hielt mühelos mit ihm Schritt. »Es hat Hunger, es frisst.«

Jasper setzte über den ersten Graben hinweg. In der Dunkelheit unter ihm regte sich etwas; Krallen kratzten über Fels.

»So ist es richtig, Freund Jasper«, schnaufte Hatan und stieß mit dem Messer nach einem Nakota, der ebenfalls versuchte, das Nerox zu erreichen. Aus dem Augenwinkel sah Jasper weitere Gestalten, ein Dutzend oder mehr, die sprangen und liefen, alle mit einem Werkzeug in der einen Hand und einer Waffe in der anderen. »Zusammen schaffen wir es.«

Jasper wollte ihn fortstoßen, ihn und das Messer, aber seine Hand fand nur leere Luft.

Hatan lachte. »Ich bleibe bei dir, Jasper von Omni. Freunde bleiben zusammen, nicht wahr? Sie lassen sich nicht im Stich.«

Ein zweiter Graben, ein zweiter Sprung, länger als der erste, gerade weit genug. Jasper erreichte die andere Seite, rollte sich ab und sah einen Pfeil über sich hinweghuschen. Einen Moment später war er wieder auf den Beinen und lief, so schnell ihn die Beine trugen. Eine letzte Grube trennte ihn vom Nerox, zu breit, um mit einem Sprung darüber hinwegzusetzen. Ein Steg führte zur anderen Seite, und Jasper zögerte nicht. Holz – oder etwas, das nach Holz aussah – knirschte und knackte unter seinen Schritten.

»Schneller, Mensch von Omni, schneller!«, rief Hatan hinter ihm.

Der Steg brach, als Jasper noch zwei Meter von der anderen Seite der Grube trennten. Er wollte sich abstoßen, ein letzter Sprung, doch unter seinen Füßen gab es nichts mehr, das ihm Halt bot.

Jasper fiel.

Unten wanden sich Schlangen, oder vielleicht waren es Tentakel, denn einige von ihnen streckten sich ihm entgegen.

54

Jasper landete nicht in einer Schlangengrube, auch nicht in einem Nest aus Tentakeln. Etwas Feuchtes und Weiches nahm ihn in Empfang, schloss sich um seinen Leib und hielt ihn fest. Es war eine sanfte Umarmung, warm und angenehm, und für einen Moment schloss er die Augen, dankbar dafür, dass er dem Schrecken in der Grube entkommen war.

Dann spürte er, wie Arme und Beine taub zu werden begannen. Außerdem wollte er atmen, die Lunge sehnte sich nach Luft, doch er wusste, dass er *dieses* Gel auf keinen Fall einatmen durfte. Es war nicht der Schleim, der an Bord von Raumschiffen vor starker Beschleunigung schützte. Dieser Schleim ... Etwas ließ ihn an Verdauungssaft denken, an die breiige Flüssigkeit im Magen eines monströsen Wesens, das ihn verschluckt hatte.

Er bewegte Arme und Beine, er schwamm im Brei, im Gel, ohne zu wissen, wohin er schwamm. Das war ein Problem, er musste ein Ziel haben, er musste wissen, wo und wie er den Schleim verlassen konnte. Nach oben. Nach oben schwimmen, dorthin, wo es vielleicht Luft gab. Aber wie sollte er oben und unten, rechts und links voneinander unterscheiden?

Etwas berührte ihn, etwas Hartes und Spitzes, es fühlte sich nach einem Dorn oder Stachel an, der sich ihm in die Seite zu bohren versuchte. Schmerzhaft war es nicht, die Taubheit verhinderte Schmerz, doch es wies ihn darauf hin, dass er *hier* nicht allein war.

Nach oben ... Luftblasen stiegen auf; mit ihrer Hilfe konnte man sich orientieren.

Jasper ließ ein wenig von seiner Atemluft entweichen und öffnete die Augen, um zu beobachten, wohin sie sich bewegten. Der Schleim brannte, er tat weh, doch Jasper hielt die

Augen geöffnet und bemerkte etwas in der Nähe, einen Schatten im düsteren Rot des Breis, krumm wie eine Kralle. Vielleicht war es das tatsächlich, eine große, lange Kralle, deren Spitze er eben gespürt hatte. Sie hatte etwas durchbohrt, einen Körper, der sich nicht bewegte. Jasper achtete nicht darauf, er konzentrierte sich auf die Luftblasen. Sie stiegen nicht auf. Sie blieben im Schleim gefangen, wie er selbst, aber eine von ihnen wurde größer, sie schwoll an, als gäbe es in ihrem Innern mehr Luft, die sie größer werden ließ.

Jasper musste atmen. Er begriff, dass ihm nur noch wenige Sekunden blieben, bevor der Atemreflex so stark wurde, dass ihm keine andere Wahl blieb, als ihm nachzugeben. Er schwamm erneut, er trat mit den Beinen und zog die Arme durch den Schleim, erreichte die Blase ...

Sie war nicht leer. Objekte erschienen in ihr, die Konturen einer anderen Welt. Luft. Er brauchte Luft.

Ein letzter, kräftiger Tritt mit den Beinen, die Arme noch einmal durch den rötlichen Brei gezogen. Jaspers Finger bohrten sich in die Hülle der Luftblase, die wie eine geschmeidige Membran nachgab. Er zog und zerrte, und endlich öffnete sich die Blase für ihn.

Diesmal fiel er nicht, sondern rutschte. Ein harter Boden erwartete ihn und das Stampfen und Zischen einer Dampfmaschine.

Der harte Boden zitterte und schwankte. Jasper lauschte dem Stampfen und Zischen, das nach einer großen, kräftigen Maschine klang, und versuchte sich zu bewegen. Ein Finger der linken Hand zuckte, und der linke Fuß rückte ein wenig zur Seite, bewegt vielleicht von einer kleinen Erschütterung.

Der bunte Nebel vor Jaspers Augen lichtete sich, und erste Umrisse wurden sichtbar. Ein Raum mit dunkelgrauen Wänden und schmalen Fenstern, mit kleinen Lampen an der Decke, deren Licht manchmal flackerte.

Jemand lag neben ihm. Jasper sah die Gestalt am Rand seines Blickfelds: ein Humanoide, ein Mann mit kugelrundem Kopf, drei großen smaragdgrünen Augen und einer Narbe, die einen breiten weißen Strich auf Kinn und Wange bildete. Die Augen waren weit aufgerissen, aber ohne Leben. Hatan lag auf der Seite, Arme und Beine gekrümmt. Etwas hatte sich ihm in den Rücken gebohrt, eine Kralle, die vorn aus der Brust ragte. Erstaunlicherweise gab es nur wenige Tropfen Blut; es hatte sich keine Lache auf dem vibrierenden Boden gebildet.

Etwas kroch dem Toten aus der Nase, ein schwarzer Käfer – der Zerebus. Jasper beobachtete, wie er fadenartige Fühler ausstreckte, auf der Suche nach einem neuen Wirt. Die Fühler neigten sich mehrmals hin und her, zeigten dann auf ihn, und der Käfer krabbelte über Gesicht und Hals des Toten, dann über den Boden. Er erreichte Jaspers rechte Hand, verharrte dort und schien zu schnuppern – falls ein Zerebus schnuppern konnte. Was immer er auch wahrnahm: Offenbar gefiel es ihm, denn er kroch weiter, über den Arm, den Jasper nicht bewegen konnte, weil er noch immer gelähmt war vom Brei. Der Käfer erreichte den Ellenbogen, zögerte erneut, krabbelte weiter ... und geriet aus dem Blickfeld.

Jasper kämpfte gegen die Taubheit an, und eine Erschütterung, ein etwas stärkeres Schwanken, half ihm. Sein Kopf kippte, und da war er wieder, der Zerebus, nahe genug, dass Jasper seine Beißzangen und die Tasthaare daran erkennen konnte. Für einen Moment glaubte er sogar, sich selbst zu sehen, sein Spiegelbild in Hunderten von kleinen Facettenaugen.

Der Käfer krabbelte noch immer, eifriger und zielstrebiger als zuvor. Wieder geriet er außer Sicht, und wenige Sekunden später fühlte Jasper ihn am Hals, dann am Kinn. Er stellte sich vor, wie ihm der Zerebus in die Nase kroch, wie er sich von dort aus einen Weg ins Gehirn biss und grub, wie er seine neuronalen Wurzeln ausbrachte und sich mit dem synaptischen Netzwerk verband. Das jukinische Gehirn war auf so etwas vorbereitet, das menschliche nicht.

Die Fühlerhaare berührten Jaspers Lippen.

Arme und Hände gehorchten ihm noch immer nicht, und so blieb Jasper nur eine Möglichkeit. Er wartete noch zwei oder drei Sekunden länger, öffnete dann den Mund und biss zu.

Der Rückenpanzer des Käfers gab mit einem Knacken nach, und klebrige Körperflüssigkeit quoll hervor. Jasper spuckte.

Zwei Hände ergriffen ihn an den Schultern, zogen ihn fort vom toten Hatan.

»Es tut mir leid, es tut mir leid«, erklang die Stimme eines Menschen, eines Mannes. »Ich hätte das Signal hören sollen, aber ich bin bei der Lokomotive gewesen und habe ihrem Feuer Nahrung gegeben. Das Feuer darf nicht ausgehen, es muss immer brennen, verstehst du? Das Prasseln der Flammen und das Zischen des Dampfes haben das Signal übertönt. Was ist mit dir? Warum antwortest du nicht? Lebst du noch?«

Der Mann zog ihn auf die Beine und erschien in Jaspers Blickfeld: groß und breitschultrig, gekleidet in einen dunklen Anzug und mit einem Zylinder auf dem Kopf. »Oh, verzeih mir, ich habe mich gar nicht vorgestellt. Ich bin der Dahlmann. Willkommen im ewigen Zug!«

56

Die Lokomotive war ein Koloss, mindestens hundert Meter lang und zwanzig breit, ein zischender, schnaufender und fauchender Berg, grau wie Blei, zur Hälfte aus Stangen und Kolben bestehend, die sich in einem seltsam hypnotischen Rhythmus bewegten. Jasper sah aus dem Fenster, als der Zug, dessen Ende sich in dunstiger Ferne verlor, durch eine weite Kurve rollte.

»Siehst du, wie groß sie ist?«, fragte der Dahlmann und

rückte den Zylinder auf seinem Kopf zurecht. »Kein Wunder, dass sie immer Hunger hat.«

»Wohin fahren wir?«, fragte Jasper und versuchte seine Gedanken zu ordnen. Sie befanden sich außerhalb des Raums, des Abteils, in dem er zusammen mit Hatan erschienen war. Das Signal erklang noch immer, wie das Läuten einer kleinen Glocke, und über der geschlossenen Tür blinkte ein Licht, rotbraun wie der Schleim, von dem nichts übrig geblieben war – nicht der kleinste Rest davon klebte an Jasper. Dafür hatte er den Geschmack eines zerbissenen Zerebus im Mund, so ekelhaft, dass er erneut spuckte.

Das Gesicht des Mannes mit dem Zylinder lief rot an. »In meinem Zug wird nicht gespuckt!«, rief er und richtete einen weißen Zeigefinger auf ihn. »Hast du verstanden? Wer bist du überhaupt?«

»Entschuldige. Ich bin Jasper und komme von ... Arkonadia.«

Die Blässe kehrte in das Gesicht des Dahlmanns zurück. »Arkonadia? Ich erinnere mich. Der Name klingt vertraut. Arkonadia. Eine der alten Stationen, glaube ich. Liegt weit, weit hinter uns.«

Jasper blickte erneut aus dem Fenster. Die gewaltige Lokomotive war nicht mehr zu sehen, denn der Zug fuhr wieder auf gerader Strecke durch eine endlos weite Ebene ohne Baum oder Strauch. Ockerfarbene Ödnis erstreckte sich bis zum Horizont, der mit dem Himmel verschmolz.

»Woher kommst du?«, fragte er und wandte sich vom Fenster ab. »Du bist ein Mensch, nicht wahr?«

»Natürlich bin ich ein Mensch, was dachtest du denn?«, erwiderte der Dahlmann. Er zog die Stirn kraus. »Ich glaube, ich bin in Arkonadia zugestiegen. Ich erinnere mich nicht genau, es ist lange her.«

»Sind wir hier im Nerox?« Jasper spürte, wie sich die Taubheit ganz auflöste. Vorsichtig trat er von einem Bein aufs andere. Er brauchte sich nicht festzuhalten; die Knie gaben nicht nach.

»Nerox?« Der Dahlmann hob eine Hand zum Zylinder, neigte den Kopf und schien dem Klang des Wortes zu lauschen. »Nerox? Meinst du vielleicht den Hauptbahnhof? Oh, ich suche ihn seit langer, langer Zeit. Jahre, viele Jahre. Ich weiß nicht mehr, wie viele. Mein Gebeiner weiß es.«

»Dein Gebeiner?«

»Ich habe versprochen, ihn zum See zu bringen«, sagte der Dahlmann. »Vor langer Zeit habe ich es ihm versprochen. Aber ich finde ihn nicht, den See.«

»Meinst du vielleicht den Uaschasee?«

»Ich meine den *See*, Jasper, davon spreche ich«, sagte der Dahlmann. »Die Heimat des Gebeiners. Der Ursprung des Samenkorns, aus dem er entstanden ist. Dorthin will er, mein Gebeiner. Er hat es mir geflüstert, im Schlaf. Er spricht manchmal zu mir, während ich schlafe.«

Das akustische Signal verklang. Es wurde leiser, bis es sich im Schnaufen der Lokomotive und dem Rattern und Rasseln des Zuges verlor. Das rotbraune Licht über der Tür blinkte ein letztes Mal.

»Keine weiteren Ankömmlinge«, sagte der Dahlmann. »Komm, Jasper! Füttern wir die Lokomotive. Sie hat noch immer Hunger. Und anschließend zeige ich dir meinen Gebeiner.«

Jasper folgte dem Mann mit dem Zylinder, vorbei an leeren, fensterlosen Abteilen. »Gibt es keine anderen Reisenden in diesem Zug?«

»Weiter hinten«, sagte der Dahlmann und deutete über die Schulter. »Vor einigen Monaten, als ich durch den Zug gewandert bin, habe ich zwei gesehen. Sie hatten bereits das Sprechen verlernt. Stumm saßen sie da und starrten wortlos. Sie werden bald verschwinden, wie all die anderen vor ihnen. Auch du wirst das Sprechen verlernen und verschwinden, früher oder später.«

Der Waggon schwankte, und das Licht der Lampen an der Decke flackerte kurz.

»Komm, Jasper«, sagte der Dahlmann und öffnete die Tür

am Ende des Waggons. »Wir müssen die Lokomotive füttern. Du kannst mir dabei helfen.«

Jasper trat in das Verbindungsmodul zwischen diesem Waggon und dem nächsten und erwartete, dass ihm der auf beiden Seiten offene Bereich das Ödland präsentierte, die bis zum Horizont reichende ockerfarbene Ebene. Stattdessen sah er links das Feuerrad einer Galaxie, begleitet von einem Schwarm kleinerer Galaxien, und rechts einen Gasriesen, umringt von Dutzenden Monden, zwischen ihnen winzige Funken, kleine Lichter, vielleicht Raumschiffe, die zwischen den Monden verkehrten. Es waren keine Bilder, stellte Jasper fest, keine geschickten dreidimensionalen Projektionen, die das Auge des Betrachters täuschten. Er sah etwas, das tatsächlich existierte: einen riesigen Planeten, sechzig- oder siebzigtausend Kilometer entfernt, und eine Galaxie, begleitet von einer Schar Satellitengalaxien, in einer Distanz von mindestens einer halben Million Lichtjahren.

Der Zug rasselte noch immer. Seine Räder rollten weiterhin über Schienen, die auch hier draußen existierten, im All, und die Luft entwich nicht, wurde nur ein wenig kühler. Jasper streckte den Arm aus ...

»Dummkopf!« Der Dahlmann ergriff den Arm und drückte ihn nach unten. »Willst du dir eine kalte Hand holen, eine Hand aus Eis, eine Hand ohne Luft und Blut? Dort draußen ist das Weltall, siehst du das nicht? Dort gibt es keine Luft, nur leere Kälte.«

Jasper blickte noch einmal nach rechts und links, zur Galaxie und ihren Begleitern auf der einen und dem Gasriesen auf der anderen Seite, bevor er dem Dahlmann in den nächsten Waggon folgte. Auch dort waren die Abteile leer. In einem lag ein Mantel, alt und staubig, in einem anderen ein Hut, kein Zylinder wie auf dem Kopf des Dahlmanns, sondern mehr eine Mütze aus grünem, fleckigem Filz. Die nächsten Fenster, in Abteilen etwas größer als die anderen, präsentierten links eine düstere Welt, mit gelbbraunen Felsen und

Seen, die aus flüssigem Metall zu bestehen schienen, und rechts ein Schiff, dessen Anblick ihn verblüffte.

»Warte«, sagte er, als der Dahlmann weiterging. »Warte! Was ist das hier? Dieses Schiff ...«

Es fehlten Bezugspunkte, aber das Raumschiff hinter dem Fenster auf der rechten Seite vermittelte den Eindruck von Größe: ein Titan, rund und gewölbt, mit nur wenigen Kanten, im Heckbereich einige kugelförmige Erweiterungen, in denen gelbes Triebwerkslicht glühte. Jasper hatte dieses Schiff schon einmal gesehen, beschädigt, mit tiefen Rissen im Rumpf und den Resten geborstener, zerfetzter Elemente: Es war die *Glokon*, der Kundschafter, von einer Erkundungsmission in Andromeda zurückgekehrt – Jasmin und er waren ihm bei der Omni-Welt Untah begegnet.

»Komm!«, rief der Dahlmann vom Ende des Waggons. »Komm, Jasper, die Lokomotive hat Hunger.«

»Kennst du dieses Schiff?«, fragte Jasper.

»Ach, es gibt viele Schiffe dort draußen, sie kommen und gehen, und manchmal stellen sie seltsame Dinge an.« Der Dahlmann öffnete die Tür zum Verbindungsmodul. »Komm jetzt. Oder willst du zurückbleiben? Wenn du hier allein bleibst, in einem der Abteile, könntest du schneller das Sprechen verlernen und verschwinden.«

Jasper warf einen letzten Blick durchs Fenster und glaubte, weit entfernt vor dem Schiff ein blaues Glühen zu erkennen. Stammte es von einer Kontinua-Brücke?

Er wandte sich ab und folgte dem Dahlmann zur Lokomotive des ewigen Zuges.

57

Der vollständige Name des Dahlmanns lautete P. Tobbias Dahlmann. Wofür das P stand, verriet er nicht, und Jasper fragte nicht danach. Es gab viele andere Fragen, die ihn beschäftigten. Auf manche von ihnen bekam er Antwort, auf andere nicht.

Wie sich herausstellte, fraß die »hungrige Lokomotive« keine Kohle oder ähnlichen Brennstoff, sondern faustgroße weiße Brocken aus einem Tender, der nie leer wurde, wie der Dahlmann betonte. Jasper hielt einen von ihnen in der Hand und fragte sich, aus welcher Substanz er bestand, bevor er ihn in den »Schlund« warf, eine Öffnung hinter einer dicken Klappe, die der Dahlmann mit einem langen Hebel bewegte. Das Schnaufen der riesigen Lokomotive, das Stampfen ihrer Stangen und Kolben und das unentwegte Rasseln des Zuges waren hier so ohrenbetäubend laut, dass Jasper keine weiteren Fragen an den Dahlmann richten konnte. Er beobachtete, wie auf der linken Seite Landschaften vorbeizogen, nicht nur die unendliche ockerfarbene Ebene, sondern manchmal auch so dichte Wälder, dass es in ihnen finster sein musste, und kilometertiefe Täler und Schluchten, mit Flüssen oder kleinen Städten darin. Der Übergang zwischen diesen Landschaften erfolgte abrupt: Im einen Augenblick beobachtete Jasper die Ebene, und nach einem Blinzeln donnerte der Zug an einem Wald vorbei oder am Rand einer Schlucht entlang. Rechts leuchteten Sterne und drehten sich Planeten. Einmal erschien für wenige Sekunden etwas, das aussah wie ein Habitatschiff der Durrden, doch es verschwand, bevor Jasper Einzelheiten erkennen konnte. Seinen Platz nahm ein Komet ein, sein langer Schweif geschaffen von der Wärme einer Sonne irgendwo vor der Lokomotive – er schien sich auf ein Wettrennen mit dem Zug einzulassen.

Der Dahlmann öffnete die Klappe der hungrigen Lokomotive, den Schlund, und schaufelte die weißen Brocken des Brennstoffs hinein. Blau-weißes Licht strahlte aus der Öffnung, nicht heiß, nur warm.

Die Lokomotive zischte und stampfte, zog den Zug durchs All und gleichzeitig durch verschiedene Welten. Der Dahlmann rückte immer wieder den Zylinder auf seinem Kopf zurück, schaufelte und betätigte schließlich den Hebel, der die Klappe schloss.

Dann verharrte er kurz und schien zu lauschen. Sein Mund öffnete sich, und er sagte etwas.

»Was?«, rief Jasper.

Der Dahlmann trat auf ihn zu, beugte sich vor und rief ihm ins Ohr. »Kein Signal. Keine weiteren Ankömmlinge.«

Wie er in diesem Lärm ein Signal hören wollte, blieb sein Geheimnis.

»Aber das könnte sich beim nächsten Bahnhof ändern«, fügte der Dahlmann hinzu. »Möchtest du ihn jetzt sehen?«

»Den Bahnhof?«, fragte Jasper.

»Dummkopf! Nein, den Gebeiner. Meinen Gebeiner, der alles weiß.«

Jasper erhoffte sich Antworten und sagte: »Ja, ich möchte ihn sehen.«

Der Dahlmann nickte. »Die Lokomotive ist satt und stark. Wir haben Zeit genug. Machen wir uns auf den Weg.«

58

Der Weg führte durch Dutzende von Waggons, vorbei an leeren Abteilen und Fenstern mit Ausblick auf Landschaften, Welten und Galaxien. Nach drei oder vier Stunden legten sie eine Rast ein und betraten ein Küchenabteil, wo der Dahlmann die Kontrollen eines Gerätes bediente, das vielleicht ein Konstrukteur war, der aus Basismasse Objekte aller Art herstellen konnte, auch Nahrungsmittel. Er öffnete den Apparat, holte zwei Teller hervor und bot Jasper einen an.

»Nein«, sagte Jasper. »Ich brauche weder zu essen noch zu trinken.«

Den Dahlmann schien das nicht weiter zu verwundern. »Wenn du nichts willst ...« Er machte sich über beide Teller her.

Jasper beobachtete ihn. Ein Mensch von Arkonadia, ein Mann, der nach eigener Auskunft seit langer Zeit mit dem Zug unterwegs war. Vielleicht jemand, der zu Beginn einer früheren Ära versucht hatte, ins Nerox zu gelangen. Jemand, der wie Jasper in eine Grube gefallen und hier, in einem der Waggons, erwacht war. Als was? Als physische Entität? Dass sie offenbar beide über ein körperliches Empfinden verfügten, bedeutete nicht viel – es konnte das Ergebnis einer guten Simulation sein. Aber wer simulierte ihre Existenz? Das Nerox? Und wenn es sich bei dem, was sie hier erlebten – was *Jasper* hier erlebte –, um eine Simulation handelte, worauf der Zug hindeutete: Musste Jasper daraus schließen, dass seine körperliche Existenz im Graben ihr Ende gefunden hatte?

Jasper griff nach dem Kontinua-Konnektor am Handgelenk. Das Armband schien ein wenig von seinem früheren Glanz verloren zu haben, aber es ging noch immer Wärme davon aus, und Jasper spürte die Energie, die Kraft, die ihn nach der biologischen Veränderung durch Omni am Leben erhielt. War das ein Anzeichen dafür, dass nach wie vor eine physische Realität existierte?

»Das Nerox, der Hauptbahnhof«, sagte Jasper. »Könnte uns der Gebeiner den Weg dorthin zeigen?«

»Du bist wirklich ein Dummkopf, Jasper!« Der Dahlmann sprach mit vollem Mund. »Wie soll uns der Gebeiner den Weg zum Hauptbahnhof zeigen, wenn er schläft? Er erwacht erst, wenn ich seinen See finde, das habe ich doch gesagt.«

»Aber wenn er wach ist, dein Gebeiner«, sagte Jasper. »Dann könnte er uns den Weg zum Hauptbahnhof zeigen?«

Der Dahlmann kaute und überlegte. »Vielleicht. Ich denke schon. Ein schlauer Bursche, der Gebeiner. Weiß viel. Habe ich schon erzählt, dass er manchmal im Schlaf zu mir spricht? Wenn ich nur mehr Zeit mit ihm verbringen könnte. Aber es ist ein weiter Weg von der hungrigen Lokomotive zu ihm. Einmal, in der Rangierstation eines Bahnhofs, habe ich versucht, seinen Waggon abzukoppeln, um ihn anschließend direkt hinter der Lokomotive in den Zug einzufügen. Alles war ruhig und stand still, und ich dachte, dass ich genug Zeit hätte, aber dann schnaufte und stampfte die Lokomotive wieder, und die Reise ging weiter.«

Das Gesicht des Dahlmanns verfärbte sich. Zwei oder drei Sekunden starrte er ins Leere. »Musste alles wieder schnell ankoppeln. War aber leider nicht schnell genug. Drei Waggons habe ich damals verloren. Drei! Und es befanden sich Reisende in ihnen. Die Hälfte der Abteile war besetzt.«

Bei diesen Worten bot der Dahlmann ein Bild des Kummers.

»Was ist aus ihnen geworden?«

»Was weiß ich? Vermutlich haben sie schnell das Sprechen verlernt und sind dann verschwunden. Es ist *viele* Jahre her.«

Der Dahlmann stellte die beiden leeren Teller beiseite. »Zeit für den zweiten Teil des Weges, Jasper, der du weder essen noch trinken musst.«

Drei weitere Stunden schritten sie durch vibrierende, schwankende und rasselnde Waggons, deren Abteile alle leer waren. Mit einer Ausnahme. In einem Waggon, der älter zu sein schien als die anderen – Staub bildete dicke Schichten auf Polstern, Armlehnen und Fensterbrettern; Flecken zeigten sich an Zierstangen –, saß eine Gestalt in einem Abteil, eine uralte, ins Leere starrende Frau. Sie lebte, daran bestand für Jasper kein Zweifel, aber sie sah ihn selbst dann nicht, als er direkt vor ihr in die Hocke ging. Sie reagierte auch nicht, als er ihre schmale, blasse Hand berührte, deren Haut sich wie Pergament anfühlte. Im ersten Moment waren ihm ihre Züge vertraut erschienen, und für eine schreckliche Sekunde hatte er befürchtet, Jasmin als blinde Greisin zu sehen.

»Können Sie mich hören?«, fragte Jasper. »Können Sie mich verstehen?«

»Sie hat nicht nur das Sprechen verlernt, sondern auch das Sehen und Hören«, sagte der Dahlmann. »Scheint ziemlich lange durchgehalten zu haben. Jahre. Jahrzehnte. Sie wird wie die anderen verschwinden. Bald.«

Jasper richtete sich auf, blickte auf die Alte hinab und fragte sich, woher sie stammte, aus welcher Region von

Arkonadia und aus welcher Epoche. Dies alles gehörte zum Rätsel von Arkonadia. Er befand sich jetzt im Nerox, an seiner Peripherie, aber einer Lösung des Arkonadia-Rätsels war er nicht näher gekommen.

Der Gebeiner befand sich im übernächsten Waggon und füllte einen großen Teil davon aus. Er wucherte durch den Mittelgang und über die Sitze hinweg. Unter der Decke hatte er ein so dichtes Geflecht gebildet, dass die Lampen verborgen blieben. Lange, breite Blätter schienen das Licht aufzusaugen und kaum etwas davon übrig zu lassen.

Der Dahlmann ging an mehreren Abteilen vorbei, blieb stehen, breitete die Arme aus und drehte sich voller Stolz um die eigene Achse.

»Ein einzelnes Samenkorn«, sagte er. »Unglaublich, nicht wahr? Aus einem einzelnen Samenkorn ist diese Pracht entstanden. Und jetzt ... Sieh nur, Jasper, sieh dir den Gebeiner an. Siehst du den Topf, aus dem er gewachsen ist? Mit ein bisschen Fantasie kann man ihn noch erkennen.«

Der Stamm des Gebeiners durchmaß einen ganzen Meter, vielleicht sogar etwas mehr, und auf der einen Seite zeigten sich die Reste eines Keramikgefäßes, wie Teile der Rinde. Die Wurzeln streckten im Boden des Waggons, in den Sitzen und Sitzbänken, in den Wänden, ragten über ein Fenster, durch das ein pockennarbiger, sich langsam drehender Asteroid zu sehen war, und vereinten sich oben mit den Blättern. Eine grauweiße Schicht bedeckte beindicke Äste und dünne Zweige, auch einen großen Teil des Stamms. Jasper hielt sie zunächst für Staub, aber als er sie aus der Nähe sah und berührte, stellte er fest, dass die graue Patina fest und hart war. Sie bedeckte die Pflanze, den Baum, und ließ außer den großen Blättern, die das Licht der Lampen empfingen, kaum etwas frei.

»Ein einzelnes Samenkorn.« Der Dahlmann drehte sich noch immer um die eigene Achse. »Und solche Pracht ist daraus entstanden.«

Induktor-Wissen regte sich in Jasper. Der Mann im dunklen Anzug und mit dem schwarzen Zylinder auf dem Kopf meinte nicht die Pflanze, sondern vielmehr ihren Symbionten, ihr »Exoskelett«, den Gebeinwuchs beziehungsweise Gebeiner, der an ihr und um sie gewachsen war. Er schützte die Pflanze, und dafür überließ sie ihm etwas von ihren Nährstoffen und der Lebensenergie, die sie mithilfe der Fotosynthese gewann. Eine perfekte Symbiose, die sich im Lauf von Jahrmillionen entwickelt hatte. Der Gebeiner war eine arkonadische Lebensform und galt als halb intelligent. Allerdings hatte Omni nie Gelegenheit gefunden, sich eingehender mit dem Gebeinwuchs zu befassen und herauszufinden, ob mehr Intelligenz darin steckte. Weil sich Omni in erster Linie für das Nerox interessiert hat, dachte Jasper.

»Was ist mit der Pflanze?«, fragte er. »Mit dem Baum? Hast du ihn ebenfalls hierher gebracht?«

»Natürlich. Beides gehört zusammen, der Gebeiner und seine Pflanze.«

»Wie groß war die Pflanze damals?« Jasper betrachtete die Reste des Topfes und versuchte, daraus auf die ursprüngliche Größe des Baums – des Schösslings – zu schließen.

Der Dahlmann hielt die Hand etwa einen halben Meter über dem Boden. »So groß.«

Wie schnell wuchsen Gebeiner? Das Induktor-Wissen gab keine Auskunft darüber. Aber eins stand fest: Es musste Jahrhunderte, wenn nicht Jahrtausende her sein, seit der Topf mit dem Schössling in die Mitte dieses Waggons gestellt worden war und der Dahlmann das Saatkorn des Gebeiners zur jungen Pflanze gelegt hatte.

Jasper strich über die harte graue Schicht auf der Pflanze, über die Haut des Gebeiners.

»Wie spricht er?«

»Dummkopf!« Der Dahlmann blieb stehen. »Siehst du irgendwo einen Mund? Wie soll der Gebeiner ohne einen Mund sprechen?«

»Aber du hast gesagt ...«

»Ich habe gesagt, dass er im Schlaf zu mir spricht«, sagte

der Dahlmann, hob die eine Hand zur Krempe und drehte seinen Hut. »Wenn man schläft, im Traum, braucht man keinen Mund. Im Schlaf flüstern die Gedanken. Wie dumm muss man sein, um das nicht zu wissen?«

Er trat näher zur Pflanze, zum Baum, und schlang die Arme um den Stamm. »Der Gebeiner ist nicht dumm. Er weiß viel. Er weiß, was alle Passagiere dieses Zuges wussten. Er hat ihr Wissen aufgenommen, bevor sie das Sprechen verlernten und verschwanden.«

Ein Telepath?, dachte Jasper, wich einen Schritt zurück und beobachtete den Gebeiner, seine Äste und Zweige, die Blätter, die das Lampenlicht schluckten. Ein parasitärer Telepath?

Dem allgegenwärtigen Rasseln gesellte sich ein Knarren und Knacken hinzu, und der Waggon schwankte.

»Wenn wir hier schlafen …«, sagte Jasper. »Würde der Gebeiner dann zu uns sprechen?«

»Vielleicht.«

»Und er weiß, wo sich das Zentrum des Nerox befindet?«, fragte Jasper. »Der Hauptbahnhof?«

»Habe ich das nicht schon gesagt?« Der Dahlmann klang abgelenkt.

»Und wenn er wach wäre, könnte er unsere Fragen beantworten?«

»Ach, wenn der Gebeiner wach wäre, könnte er eine ganze Menge! Er wäre sogar imstande, die Rangierstationen und Weichen zu finden, diesen Zug zu lenken und ihn zum Ziel zu bringen, denke ich mir.«

Jasper blickte am Stamm hoch, zu den großen Blättern an der Decke. Das Licht über ihnen schien noch mehr zu flackern. »Wie kann man ihn wecken?«

»Du bist wirklich schwer von Begriff, wie? Der Gebeiner erwacht erst, wenn ich seinen See finde, das habe ich schon mehrmals gesagt. Willst du es nicht verstehen?«

Richtung, Orientierung, Orte finden – darum ging es. Eine Idee entfaltete sich langsam in Jasper.

»Und du suchst den See, nicht wahr? Den See deines Gebeiners?«

»Glaubst du vielleicht, er fühlt sich wohl in diesem Waggon? Hier gibt es nicht einmal richtigen Sonnenschein!«

»Aber du kannst den See nicht finden?«

Der Dahlmann seufzte. »Irgendwann finde ich ihn. Ich muss nur genug Geduld haben. Vielleicht entdecke ich irgendwann die richtige Weiche mit dem richtigen Gleis dahinter.«

»Ich könnte dir helfen«, sagte Jasper.

Wieder knarrte und knackte es – der Waggon schien einige heftige Stöße zu bekommen, von den Seiten und von unten.

Der Dahlmann sah ihn groß an. »Wie? Wie willst du mir helfen?«

»Weißt du, was ein Werkzeug ist?«

»Ein Werkzeug?« Der Dahlmann überlegte. »Ein Werkzeug. Ich glaube ... Ich glaube, ich habe einmal ein Werkzeug gehabt. Es brachte mich hierher?« Die letzten Worte klangen wie eine Frage.

»Ein Werkzeug ist ein Instrument, das einem den Weg ins Nerox weist«, sagte Jasper. »Zum Hauptbahnhof. Ich nehme an, ein gutes, geeignetes Werkzeug könnte uns auch den Weg zum See des Gebeiners weisen.«

»Hast du ein gutes, geeignetes Werkzeug?«, fragte der Dahlmann. Inzwischen hatte er die Arme vom Stamm des Gebeiners gelöst.

»Ich weiß, wo sich eins befindet. Angefertigt vom großen Rothas Berore. Bring mich dorthin zurück, wo du mich gefunden hast, in den Raum meiner Ankunft.«

Der Waggon schwankte ein weiteres Mal, heftiger als zuvor. Der Dahlmann hielt sich am Stamm des Gebeiners fest. Jasper stieß gegen eine von kleinen Zweigen überwachsene Trennwand zwischen zwei Abteilen.

»Der Zug wird langsamer«, sagte der Dahlmann. »Das ist nicht vorgesehen. Die Lokomotive hätte mich darauf hingewiesen. Wir müssen zurück.«

Er eilte zur noch immer geöffneten Tür des Waggons. »Komm, Jasper. Diesmal gehen wir nicht gemütlich, wir laufen.«

59 Sie liefen tatsächlich, so schnell, dass Jasper schon nach kurzer Zeit außer Atem geriet und Mühe hatte, dem Dahlmann zu folgen, der sich als erstaunlich flink und ausdauernd erwies. Der dünne Mann im etwas zu großen dunklen Anzug rannte durch die Waggons, deren Türen sich vor ihm öffneten, und Jasper versuchte, einen Rhythmus zu finden, der es im erlaubte, längere Zeit mit hoher Geschwindigkeit zu laufen. Dass die Waggons schwankten, half nicht unbedingt. Er brauchte mehr Kraft, und der Kontinua-Konnektor gab sie ihm – Kraft, die den begrenzten Vorrat schmälerte. Jasper musste vorsichtig mit der Energie umgehen, die das silberne Armband enthielt, sie gut einteilen, denn wenn sie zur Neige ging, war sein Leben bedroht.

Schließlich blieb der Dahlmann stehen, in einem Waggon leer wie die anderen, und sagte: »Es hat keinen Zweck. Wir erreichen die Lokomotive nicht rechtzeitig, auf keinen Fall. Ich weiß jetzt, warum der Zug langsamer wird. Wir sind kurz vor einem Bahnhof.«

Das nächste Fenster bestätigte seine Vermutung: Auf der linken Seite des langsamer werdenden Zuges standen niedrige Gebäude, zwischen ihnen alte Lokomotiven und Waggons, wie die Gerippe seit Langem toter Geschöpfe. Signalmasten ragten auf, an ihnen Schilder mit Symbolen aus Strichen und Punkten. Weiter hinten erstreckte sich das Ödland, die endlose ockerfarbene Ebene. Jasper drehte sich um. Das Fenster auf der anderen Seite zeigte einen Planeten, vom Orbit aus gesehen, gelbbraun wie die Wüste hinter dem Bahnhof. Der Zug hielt an einem Bahnsteig. Das Rasseln und Schwanken hörte auf. In der Ferne schnaufte die Lokomotive; sonst war es still.

»Wie seltsam«, sagte der Dahlmann. »Ein leerer Bahnhof, soweit ich sehen kann. Normalerweise hält der Zug nur an Bahnhöfen mit Reisenden.«

Sie gingen zum nächsten Verbindungsmodul und traten dort die kurzen Stufen der Treppe hinunter auf den Bahnsteig. Jasper sah am Zug entlang. Nirgends regte sich etwas. Weit vorn stieg Dampf von der wartenden Lokomotive auf.

In einem der Gebäude klirrte es, und es folgte ein Knurren. Jemand rief: »Hilfe! Bitte helft mir!«

Der Dahlmann wich zurück. »O nein«, sagte er. »Darauf falle ich nicht herein. Das ist ein Trickser, ein Fresser, ein Zerstörer. Ich kenne die Biester. Mein Vorgänger hat mir von ihnen erzählt. Er ...« Der Dahlmann hob die Hand und hielt sich den Mund zu, als hätte er bereits zu viel gesagt.

»Du hattest einen Vorgänger?«, fragte Jasper, ohne den Blick vom Gebäude auf der anderen Seite des Bahnsteigs zu wenden. Hinter den staubigen Fenstern bewegte sich etwas.

»Hilfe ...«

Jasper ging langsam zur Tür.

»Dummkopf!«, ertönte es hinter ihm. »Du bist wirklich ein Dummkopf. Kennst du nicht die Tricks eines Tricksers? Er ruft um Hilfe, weil er dich anlocken will. Irgendwie ist es ihm gelungen, die Lokomotive zu täuschen und den Zug anzuhalten.«

Ein dumpfes Zischen und Fauchen kam von der Lokomotive, ein energisch klingendes Stampfen, das darauf hinwies: Gleich würde sich die viele Kilometer lange Schlange aus Waggons wieder in Bewegung setzen.

»Hilfe!«, ertönte es aus dem Gebäude, diesmal etwas lauter. »Bitte helft mir!«

»Komm, Jasper!« Der Dahlmann stand bereits auf der kurzen Treppe eines Verbindungsmoduls zwischen zwei Waggons. Mit der einen Hand hielt er sich an einer Stange fest; die andere streckte er Jasper entgegen. »Komm, Dummkopf! Lass dich nicht vom Trickser betricksen!«

Jasper blieb stehen, als etwas in der Tür des Gebäudes erschien. Für einen Moment glaubte er, eine alte Frau zu erkennen, mit krummem Rücken und grauem Haar, das Gesicht blutig – eine Greisin, die einen flehentlichen Blick auf ihn richtete. Dann spürte er ein Prickeln vom Kontinua-Konnektor an seinem Handgelenk, und aus der alten Frau wurde ein monströser Insektomorph, so groß, dass er sich ducken musste, um durch die Tür zu passen. Er rieb die beiden Vorderbeine aneinander, und wieder erklang die klagende Stimme: »Bitte, helft mir! Ich brauche eure Hilfe!«

Über den Beinen, die eine menschliche Stimme so perfekt nachahmen konnten, glitzerten große Facettenaugen. Beißzangen knarrten.

»Komm, Jasper, bevor es zu spät für dich ist!«, rief der Dahlmann vom schneller werdenden Zug.

Der Insektomorph, eine Kreuzung zwischen Äquivalent-Skorpion und einer Asselbiene von Siemperverd in KopKo, zwängte sich agil durch die Tür und trat Jasper verblüffend schnell entgegen, wobei er nur die mittleren und hinteren Beine benutzte. Die vorderen rieben erneut aneinander, und wieder ertönte die Stimme der Greisin: »Bitte, hilf mir! Siehst du nicht, dass ich Hilfe brauche?«

»Komm, Dummkopf, worauf wartest du?«

Jasper drehte sich um und versuchte zu laufen, gegen einen sonderbaren Widerstand, der die Beine langsam und träge werden ließ. Er fühlte sich plötzlich wie jemand in einem Traum, der vor etwas Grässlichem fliehen will, aber nicht von der Stelle kommt.

»Hilfe!«, rief die Frauenstimme hinter ihm. »Hilf mir!«

Ein Ruck ging durch die Waggons. Der Abstand zum Dahlmann auf der Treppe des Verbindungsmoduls begann sich zu vergrößern.

»Der Trickser verfolgt dich!«, rief der Mann mit dem schwarzen Zylinder auf dem Kopf. »Willst du dich von ihm fangen und fressen lassen?«

Wenn dies alles eine Simulation war, irgendeine Art von Pseudorealität ... Konnte Jasper dann sterben? Was war mit dem Jukin namens Hatan geschehen? Hatte er einen endgültigen, realen Tod gefunden?

Jasper gab sich alle Mühe, schneller zu laufen. Er nahm seine ganze physische Kraft, er konzentrierte sich auf das silberne Armband des Konnektors, er zwang den Beinen seinen Willen auf. Ein Teil des Widerstands, der ihn ungelenk und schwerfällig machte, löste sich auf, und er kam schneller voran. Am Rand des Bahnsteigs lief er entlang und versuchte, eine der Stangen an den Treppen der Waggons zu ergreifen.

»Nimm meine Hand!«, rief der Dahlmann. »Nimm meine Hand!«

Etwas lenkte ihn ab, ein Glanz am Himmel, und er hob den Kopf. Eine gewaltige Konstruktion hing am Firmament, ein riesiges Rad mit Speichen, die von einer zentralen Nabe ausgingen. Lichter bewegten sich zwischen den Speichen und ihren Erweiterungen, und erst als sich eins von ihnen ganz aus dem Rad löste und zu einem Raumschiff wurde, das hoch oben am Himmel seine Bahn zog, wurden die Ausmaße des Objekts – vielleicht eine Orbitalstation – deutlich. Jasper schätzte den Durchmesser des Rads auf tausend Kilometer und die Dicke der Speichen auf fünfzig oder sechzig Kilometer.

»Bist du von Sinnen?«, rief der Dahlmann. »Da ist ein Trickser hinter dir, falls du das vergessen haben solltest. Was glotzt du zum Himmel hoch?«

Das riesige Rad der Orbitalstation drehte sich langsam. Weitere Lichter lösten sich von den Speichen und fielen dem Planeten entgegen, der Welt mit dem Zug, dem Bahnsteig und ...

Und dem Trickser, der inzwischen so nahe war, dass der von hinten wehende Wind seinen Geruch zu Jasper trug, einen Gestank wie von verwesendem Fleisch.

Jasper senkte den Blick und richtete ihn auf den Dahlmann, der noch immer auf der Treppe des Verbindungsmoduls stand, eine Hand an der Haltestange und die andere ausgestreckt, ihm entgegen. Er lief, er ließ seine ganze physische Kraft in die Beine strömen, damit sie den Widerstand überwanden, der sie langsam machte. Die Waggons, gezogen von der fernen Lokomotive, wurden schneller, und Jasper ebenfalls. Vielleicht lag es am ekelhaften Gestank, oder am Anblick der Orbitalstation, der ihm sagte, dass dieser Ort nicht irgendwo im Nichts existierte. Der Widerstand – das zähe Etwas, gegen das seine Beine ankämpfen mussten – löste sich auf, und ein Sprint brachte Jasper an den Waggons vorbei, der ausgestreckten Hand des Dahlmanns entgegen.

Jasper wagte es nicht, einen Blick über die Schulter zu werfen, um festzustellen, wie dicht der Insektomorph hinter ihm war. Das Gebäude, in dem er sich versteckt hatte, lag längst hinter ihnen, und vorn zeigte sich das Ende des Bahnsteigs: eine Kante, hinter der es Dutzende von Metern in die Tiefe ging, wenn die Perspektive nicht täuschte.

Eine weitere Lücke zwischen zwei Waggons, nur zum Teil ausgefüllt von einem Verbindungsmodul ...

Auf der anderen Seite des Zuges, nur wenige Meter entfernt, erhob sich eine Wasserwand – dort rollten die Waggons offenbar durch einen Ozean. Mehrere Fische beäugten Jasper und bezahlten ihre Neugier mit dem Leben, denn etwas Großes erschien plötzlich neben ihnen und verschlang sie.

»Der Trickser streckt die vorderen Beine nach dir aus!«, rief der Dahlmann. »Gleich hat er dich!«

Jasper rannte, ohne auf das Ende des Bahnsteigs zu achten. Er sah nur noch die Hand des Dahlmanns, er streckte die eigene aus ...

Etwas berührte ihn an der Schulter.

Der Insektomorph wollte ihn packen, aber Jasper duckte sich und sprang. Er stieß sich ab und warf beide Arme nach vorn, um sich noch etwas mehr Bewegungsmoment zu geben, und es gelang ihm tatsächlich, die Hand des Dahlmanns zu ergreifen. Einen Augenblick später baumelten seine Beine über tiefer Leere. Bahnsteig und Trickser blieben hinter ihm zurück.

Es schien dem Dahlmann überhaupt keine Mühe zu bereiten, Jasper in das Verbindungsmodul zwischen den beiden klappernden und schwankenden Waggons zu ziehen. Ein triumphierendes Lächeln lag auf seinem Gesicht.

»Endlich«, sagte er. »Endlich. Ich habe dir das Leben gerettet, was bedeutet: Du stehst in meiner Schuld. Und *das* bedeutet, dass du meine Nachfolge antreten und fortan die Lokomotive füttern musst. Ich kann den Zug verlassen. Endlich bin ich frei!«

Schwarze Flut

60 Zirzo, der Werkzeugmacher

»Wohin hast du uns gebracht, Werkzeugmacher?«, rief Tailos, General der Jannaschi, und seine Stimme hallte übers Meer. »Auf einen jämmerlichen Felsen mitten im Nichts, zweifellos! Wo kann sich hier die Macht des Nerox verbergen? Wo kann ich hier zum Regenten werden?«

Zirzo beobachtete das steigende Wasser, schwarz wie Pech. Es hatte bereits den schmalen Strand der winzigen Insel verschlungen und kroch nun an dem grauen Felsen empor, auf dem Tailos und er standen. Fünf Monde leuchteten am dunklen Nachthimmel. Vielleicht waren es die Monde von Arkonadia, obwohl Zirzo noch nie von einem pechschwarzen Ozean gehört hatte.

Pech, dachte er mit bitterer Ironie. Es passte. Er war vom Pech verfolgt, denn er lebte noch immer. Gab es denn keine Erlösung für ihn?

Der gelbe Nasenrüssel des Generals baumelte wie ein Schlauch, roch Meer und Felsen. Eine große Hand packte Zirzo an der Schulter.

»Wo sind wir hier, Werkzeugmacher?«

»Ich weiß es nicht, General.«

»Bring uns fort!« Das schwarze Wasser stieg schneller. Es gurgelte nur noch wenige Zentimeter entfernt.

»Wie denn, General?«, erwiderte Zirzo hilflos.

Das kalte schwarze Wasser erreichte ihre Füße und stieg weiter. Nicht einmal zehn Sekunden später tastete es über Zirzos Waden. Die Pranke des Generals hielt seine Schulter schmerzhaft fest umklammert. »Ich kann nicht schwimmen, Werkzeugmacher«, grollte Tailos. »Ich habe es nie gelernt.«

»Eine Falle«, sagte Zirzo müde. »Wir sind in eine der Fallen des Nerox geraten. Und wir haben kein Werkzeug, das uns den Weg hinaus zeigen könnte.«

»Was soll das heißen?«, donnerte der General.

»Es soll heißen, dass wir hier sterben, wir beide.«

Das Wasser stieg und stieg, schwappte über Zirzos Oberschenkel, über die Hüften, erreichte seine schmale Brust. Kälte fraß sich ihm in den Leib. Von der Insel war längst nichts mehr zu sehen. Sie standen auf ihrem höchsten Punkt, der bereits anderthalb Meter unter Wasser lag.

»Eine letzte Genugtuung bleibt mir«, knurrte der General. »Du bist kleiner als ich. Du wirst eher ertrinken. Ich werde beobachten, wie der Mann, der für den Tod meines Sohnes verantwortlich ist, elendig krepiert.« Er hob den Nasenrüssel. »Zweifellos!«

Er irrte sich. Als das schwarze Wasser Zirzos Kinn berührte und Tailos erst bis zur Mitte der Brust reichte, verloren die Füße des Generals auf dem Felsen unter ihnen den Halt. Er kippte zur Seite und zog Zirzo mit sich. Die schwarze Flut nahm den alten Werkzeugmacher auf, und er begrüßte sie, denn dies war viel leichter, als die Luft anzuhalten und darauf zu warten, dass man erstickte. Er irrte sich ebenfalls.

Er hatte sich dem kalten Wasser hingeben wollen, bis ihn der Atemreflex zwang, den Mund zu öffnen und nach Luft zu schnappen, was einen schnellen Tod bedeutet hätte. Doch der Körper verriet ihn auch diesmal. Arme und Beine entwickelten erneut einen eigenen Willen, sie gaben sich nicht dem Ende hin, sondern strampelten und ruderten und versuchten, den Kopf über Wasser zu halten. Von Tailos, dem großen, mächtigen General der Jannaschi, sah Zirzo im Licht der Monde nur noch den gelben Rüssel aus den dunklen Fluten ragen. Dann verschwand auch dieser.

Zirzo schwamm, obwohl er eigentlich gar nicht schwimmen wollte. Er tröstete sich mit dem Gedanken, dass sein Körper früher oder später erlahmen würde, und dann teilte er das Schicksal des inzwischen ertrunkenen Tailos.

Dies war also das Nerox, dachte er, während er schwamm und im Mondschein übers Meer blickte. Er hatte es sich immer anders vorgestellt, vielleicht feurig wie der Feuervogel oder mit gewaltigen Gebäuden, die Macht demonstrierten, mit Konstruktionen größer und prachtvoller als die Bauwerke der Ho-Korat am Nordpol, unter ihrem himmlischen Heim. Wo sollte Macht liegen in einem dunklen Meer? Vielleicht tief unten, auf dem Grund. Wenn das stimmte, würde Tailos sie finden, aber als Leiche.

Es platschte in der Nacht. Zuerst achtete Zirzo nicht darauf, denn er glaubte, dass das Platschen von ihm selbst stammte oder vielleicht von den Wellen. Aber dann wurde es lauter, und im Licht der Monde, die ihre Versammlung am Himmel beendeten und sich voneinander entfernten, erschienen die Umrisse eines Bootes mit zwei Gestalten darin. Eine saß vorn, im kleinen Bug, die andere in der Mitte, an den Rudern. Davon stammte das Platschen, von den Rudern, die der Mann in der Mitte des Bootes durchs Wasser zog, und vom spitzen Bug, der wie ein Messer durch die Wellen schnitt.

Die Gestalt im Bug war eine Frau, ihr Gesicht hell in der Nacht, mit den dunklen Punkten von Sommersprossen.

»Halt noch etwas länger durch, Zirzo!«, rief die Frau, obgleich sie eigentlich gar nicht rufen musste, denn die Nacht war still, bis auf das Platschen – selbst ein Flüstern hätte man viele Meter weit gehört.

»Samantha?«, fragte er und war so überrascht, dass seine Arme und Beine das Schwimmen vergaßen. Er sank, sein Kopf geriet unter Wasser. Rasch tauchte er wieder auf und atmete, denn plötzlich wollte er am Leben bleiben.

»Hattest du Zweifel?«, fragte die Frau, die von sich behauptet hatte, zehntausend Jahre alt zu sein. »Habe ich nicht versprochen, dir zu helfen?«

Ja, er hatte gezweifelt, er hatte Samantha für eine Lügnerin und Diebin gehalten. Aber jetzt war sie hier, ausgerechnet hier, und wilde Hoffnung packte ihn, fester als jemals die Hände des Generals.

»Ich werde schwach«, erwiderte er und fürchtete plötzlich, dass ihn sein Körper im Stich lassen könnte. Seine Kräfte schwanden.

»Wir sind gleich da«, sagte Samantha. Der Mann hinter ihr zog die Ruder energischer durchs Wasser, und das Boot wurde schneller. Nach wenigen Sekunden hatte es Zirzo erreicht, und der Ruderer zog ihn an Bord. Er war ein kleiner, schmächtiger Mann, doch offenbar steckte viel Kraft in ihm, und in seinem Gesicht lag ruhiger, würdevoller Ernst. Nachdem der Mann Zirzo ins Boot geholfen hatte, griff er wieder nach den Rudern.

»Das ist Kremser«, sagte Samantha. »Er ist der Schlüsselverwahrer des Nerox.« Sie deutete auf einen großen Schlüsselbund am Gürtel des Mannes.

Zirzo sah sich um. Überall reichte das dunkle Meer bis zum Horizont. »Gibt es hier Türen, für die man Schlüssel braucht?«

»Viele«, sagte Samantha. »Und weißt du, womit wir sie finden? Hiermit.«

Sie holte die grüne Figur hervor, das beste Werkzeug, das Zirzo der Werkzeugmacher je geschaffen hatte.

Eine tote Stadt

61 Jasmin

Sengende Hitze lag über der toten Stadt. Die Reste von Fahrzeugen säumten die Straßen; zwischen ihnen wuchsen Gras, Büsche und Sträucher, deren Wurzeln den grauen Straßenbelag – eine Art Synth, wie Jasmin glaubte – zerrissen hatten. Heißer Wind strich über braune Grashalme und halb verdorrte Blätter – es schien seit Wochen nicht geregnet zu haben. Jasmin blickte sich um und hielt vergeblich nach Lebenszeichen Ausschau. Nichts regte sich in der Stadt, deren Gebäude wie Gerippe wirkten, ihre Fenster wie leere Augenhöhlen.

»Ich bin schon einmal hier gewesen«, sagte Baltasar. »Vor vierhundertdreiundfünfzig Jahren. Es hat sich kaum etwas verändert. Dies ist Schentiffica.«

»So sieht Ihre Heimatstadt aus?«

»Nein, natürlich nicht.« Baltasar behielt die Anzeigen eines kleinen Gerätes im Auge, das er in der rechten Hand hielt. »Ich sollte vielleicht besser sagen: Dies ist *ein* Schentiffica. Eine alternative Stadt. So *könnte* meine Heimat aussehen.«

Er blieb stehen, als das Gerät ein akustisches Signal sandte.

»Folgen Sie genau meinen Schritten!« Baltasar trat nach links, einem Gebilde aus korrodiertem Metall und löchrigem Kunststoff entgegen, das vielleicht einmal ein Transporter gewesen war. Als er ihn fast erreicht hatte, wandte er sich nach rechts, setzte den Weg einige Meter weit in die ursprüngliche Richtung fort und blieb dann stehen, am Rand einer halb überwucherten Kreuzung.

»Können Sie die Markierungen inzwischen sehen?«, fragte er.

»Markierungen?«

Baltasar bückte sich, nahm einen Brocken von dem grauen Straßenbelag und warf ihn mit großer Präzision – er traf genau die Stelle, der sie eben ausgewichen waren.

Ein Teil der Stadt verschwand.

Es kam zu einer Art Implosion – Jasmin fühlte einen kurzen Sog, als die Luft in Bewegung geriet –, begleitet von einem saugenden Geräusch. Sie erinnerte sich an einen zickzackförmigen Riss im Straßenbelag, zwischen zwei braunen Grasbüscheln. Er existierte nicht mehr. Und der Strauch dahinter, fast so grau wie die Straße, schien etwas näher zu sein.

»Was ist passiert?«, fragte Jasmin.

Baltasars unterschiedliche Augen musterten sie. »Wissen Sie es nicht?«

»Woher soll ich es wissen? Ich bin zum ersten Mal im Nerox.«

»Diese Stadt ist eine einzige große Falle«, sagte Baltasar. »Sie gehört zum Labyrinth, das den Kern schützt, das Zentrum des Nerox. Es gibt hier nur wenige sichere Wege zu den Türen, die uns weiterbringen. Ich kenne einen davon, und dieses Gerät hier zeigt mir Gefahrenpunkte, die seit der letzten Ära hinzugekommen sind – das Labyrinth verändert sich, wenn auch langsam. Aber Sie, Jasmin, Sie müssten die Markierungen sehen können.«

»Warum sollte ich dazu imstande sein?«

»Weil Omni Sie darauf vorbereitet hat.«

»Das ist Unsinn«, sagte Jasmin. Ihr Blick wanderte umher, wie auf der Suche nach etwas. Der Wind wirbelte Staub und Sand zwischen den durstigen Pflanzen und korrodierten Fahrzeugwracks auf. »Ich erinnere mich nicht an derartige Vorbereitungen.«

»Omni hat Sie biologisch verändert«, sagte Baltasar. Er ging weiter, über die Straßenkreuzung, vorbei an einem verkrüppelt wirkenden Baum mit dicken violetten Früchten, die an Äquiv-Birnen erinnerten. »Dabei wurde auch Ihr Wahrnehmungsvermögen modifiziert. Omni hat Sie auf dies vorbereitet.«

Jasmin folgte Baltasar über die Kreuzung und achtete auf seine Schritte. Links von ihr, hinter den leeren Hausruinen, gleißte ein Blitz, für einen Moment heller als der weiße Himmel. Es folgte ein Donnern, und dann war es wieder still.

»Ein anderer Arkonadier«, sagte Baltasar, als er die gegenüberliegende Straßenseite erreichte. »Manche von ihnen gelangen hierher, auf der Suche nach Macht.«

Jasmin hörte wieder das saugende Geräusch, weit entfernt und so leise, dass man es mit dem Flüstern des Windes verwechseln konnte. »Was geschieht mit ihnen?«

»Offen gestanden, ich weiß es nicht.« Baltasar ging dicht an der Wand eines lehmbraunen Gebäudes entlang, das mehrere Stockwerke weit aufragte. Fenster und Türen waren leere Öffnungen. »Ich nehme an, dass sie absorbiert werden von der energetischen Matrix des Nerox. Vielleicht tragen sie mit ihrer Energie zum ewigen Kreislauf des Nerox bei.«

»Sie sterben«, sagte Jasmin und sah sich erneut um. Etwas schien an ihren Sinnen zu zupfen, um ihre Aufmerksamkeit zu gewinnen.

»Zumindest findet ihr Leben in seiner derzeitigen Form ein Ende«, sagte Baltasar. Er drehte den Kopf und blieb stehen, als er eine Veränderung in Jasmins Gesicht bemerkte.

»Sie sehen etwas, nicht wahr?«

Der Boden, der Straßenbelag, war nicht mehr nur grau. An manchen Stellen zeigten sich Flecken, die meisten von ihnen gelb und leicht im Braun des Grases zu übersehen, andere dunkelrot wie frisch vergossenes Blut, blau wie Lapislazuli oder grün wie ein Pflanzenstrang, der irgendwo unter dem zerbröckelnden grauen Synth Wasser gefunden hatte.

»Flecken«, sagte Jasmin. »Bunte Flecken.«

»Markierungen«, sagte Baltasar. »So nenne ich sie.«

»Sie können sie sehen?«

»Ich habe sie gesehen«, erwiderte Baltasar. »Vor vierhundertdreiundfünfzig Jahren. Vor meinem Unfall. Jetzt sehe ich sie ... manchmal. Der Scanner hier kann sie erkennen. Es sind energetische Resonanzen der Nerox-Matrix und vermutlich auch der Anomalie am Rand des Ljuben-Systems. Omni wusste davon und hat Sie vorbereitet. Sie sollten in der Lage sein, diesen Weg zu nehmen und den Gefahren auszuweichen.«

»Woher hat Omni davon gewusst?«, fragte Jasmin. Sie beobachtete die Flecken und die freien Bereiche zwischen ihnen.

»Sie sind immer in der Lage gewesen, die Essenz von Dingen zu spüren«, fuhr Baltasar fort, ohne auf die Frage einzugehen. »Ihr inneres Wesen, ihr Alter, das, was sie berührt haben. Die biologische Veränderung – Ihre Anpassung an Omni, die Ihnen relative Unsterblichkeit gibt und Sie in die Lage versetzt, Kontinua-Energie aufzunehmen – hat Sie für dies sensibilisiert. Der Inper namens Thrako hat kein Wort darüber verloren, oder?«

»Nein«, sagte Jasmin nachdenklich und betrachtete die bunten Flecken auf dem Boden. Manche von ihnen pulsierten langsam zwischen den Sträuchern und braunen Grasbüscheln. Sie hob den Kopf, als sie eine Bewegung am Himmel bemerkte, und für einen Moment bot sich ihrem Blick etwas dar, das eine Raumstation zu sein schien, so groß, dass man sie von der Oberfläche des Planeten aus sah: ein riesiges Rad mit Speichen, ausgehend von einer zentralen Nabe.

»Sie haben es gesehen, nicht wahr?«, fragte Baltasar ruhig.

»Ja.« Jasmin suchte den weißen Himmel ab, aber die Orbitalstation war verschwunden. »Was ist es?«

»Fühlen Sie es nicht?«

Doch, sie fühlte es, eine tief in ihr heranwachsende Gewissheit. »Der Kern des Nerox, sein Zentrum?«

»Ja«, bestätigte Baltasar. »Der Ort, an dem sich die Macht befindet, auf die es derzeit nicht nur viele Arkonadier abgesehen haben, sondern auch Omni.«

»Auch wir«, sagte Jasmin. Sie sagte es instinktiv, und das zweite Wort überraschte sie. Meinte sie tatsächlich *wir*?

Baltasar nickte zufrieden. »Aber wir wollen die Macht des Nerox nicht für uns, sondern für Arkonadia, für einen guten Zweck. Für Frieden und Freiheit, Jasmin.«

Es klang gut, es klang besser als beim ersten Mal, es klang sogar überzeugend. Obwohl die Worte von dem Mann stammten, der auf Jasmins Vater geschossen hatte.

Jasmin hob erneut den Blick zum weißen Himmel, doch das Speichenrad der Orbitalstation – des Nerox – zeigte sich nicht noch einmal.

»Wir brauchen einen Orbitalspringer«, sagte sie. »Einen Flugapparat.«

»Nein, nicht unbedingt. Wir müssen nur die richtige Tür finden. Ich kenne eine in der Nähe. Sie wird uns – mit ein wenig Glück, wenn sich die Konfiguration seit der letzten Ära nicht verändert hat – an Bord eines Protektorschiffes bringen, und dort können Sie beobachten, was damals geschah. Es dürfte sehr lehrreich für Sie sein.«

Baltasar ging weiter und näherte sich einer Treppe zwischen zwei Gebäuden mit schiefen Wänden. Das Gerät in seiner Hand, der Scanner, piepte mehrmals, und Jasmin beobachtete, wie er blauen Flecken auf dem Boden auswich. Die Markierungen bedeuteten große Gefahr, begriff Jasmin, ohne zu wissen, woher ihre Gewissheit stammte.

»Was damals geschah?«, fragte sie. »Meinen Sie …?«

Er warf einen Blick über die Schulter. »Ja. Als Omni gegründet wurde. Als die ›Exilanten‹ verschwanden, jene Völker, die nicht an der Gründung teilnahmen. Interessiert?«

»Ja«, erwiderte Jasmin, ohne zu zögern. »Ja, ich bin interessiert.«

»Dann kommen Sie, Jasmin von Omni!«

Eine Frage ging Jasmin nicht aus dem Kopf, als sie Baltasar folgte, vorbei an den Gefahrenmarkierungen und die Treppe zwischen den beiden schiefen Gebäuden hinauf, zu einem

Anbau aus dem gleichen synthetischen Material wie der Straßenbelag. Es wurde kühler, als sie ihn betraten, und der Boden knarrte unter ihren Füßen.

»Woher wissen Sie das alles, Baltasar?«, fragte sie schließlich. »Über Thrako, über meine Vorbereitungen, meine ›Sensibilisierung‹, über die Exilanten und die Gründung von Omni? Sie sind schon einmal im Nerox gewesen, aber das erklärt nicht alles. Sie wissen viel mehr, als ein Bewohner von Arkonadia wissen kann.«

»Wie ich schon sagte: Ich habe meine Quellen.«

Das genügte Jasmin nicht. »Wer steckt hinter Ihrem Projekt Futur?«

»Freunde«, sagte Baltasar. Er blieb vor einer grauen Wand stehen, die Kälte ausstrahlte. Eine dünne Schicht Raureif hatte sich auf ihr gebildet. »Helfer aus Schentiffica. Personen, denen es um Arkonadia geht, um die Zukunft aller Völker des Planeten.« Er deutete auf die Wand. »Öffnen Sie die Tür!«

»Ich sehe keine ...« Jasmin verstummte, als sich in der Wand vor ihr plötzlich die Umrisse eines Rechteckes abzeichneten. Es wurde dunkler, war dadurch klarer zu erkennen. Jasmin hielt den Blick darauf gerichtet und bemerkte erste vage Farbschlieren.

»Markierungen«, sagte sie leise. »Auch hier?«

Baltasars Scanner summte. »Öffnen Sie die Tür, Jasmin! Bringen Sie uns zum Protektorschiff! Erleben Sie, was bei Omnis Gründung geschah ...«

»Aber wie ...?«

Sie wusste, wie man die Tür öffnete. Auf der linken Seite, zwischen zwei verwaschenen grünen Streifen, entdeckte sie einen kleinen Vorsprung. Sie legte die Hand darauf, ohne die Gefahrenmarken zu berühren ...

Die Tür öffnete sich, und auf der anderen Seite lag das All, nicht kalt und leer, sondern voller Raumschiffe und Feuer, das gerade eins von ihnen verschlang.

Ein Kompass für den Zug

62 Jasper

Auf dem langen Weg zum Waggon der Ankunft, nicht weit hinter der Lokomotive, überlegte Jasper, ob nicht vielleicht der Dahlmann der wahre Trickser war. Er schien gefangen gewesen zu sein, in einem seltsamen Zug, der seit undenklichen Zeiten durchs Nerox fuhr, durch seine Peripherie, ohne sich jemals den zentralen Bereichen oder gar dem Zentrum, dem »Hauptbahnhof«, zu nähern. Der Dahlmann hatte offenbar Jahrhunderte oder gar Jahrtausende damit verbracht, die Lokomotive zu »füttern«, während gelegentlich – die einzige Abwechselung für ihn, sah man von den wechselnden Panoramen jenseits der Fenster ab – Passagiere erschienen, aber schon bald das Sprechen verlernten und verschwanden. Er hatte jemanden gebraucht, dem er das Leben retten konnte, jemanden, der ihm verpflichtet war – allein dadurch konnte er die Freiheit zurückerlangen. Vielleicht, dachte Jasper, hatte der Dahlmann dies geplant und eine Situation geschaffen, die alle notwendigen Voraussetzungen erfüllte. Vielleicht hatte er von dem Bahnhof und dem Trickser gewusst.

»Du kannst den Zug nicht verlassen?«, fragte Jasper, als sie nach Stunden Rast machten, was der Dahlmann nutzte, um einen großen Teller braunen Brei zu essen. Seine Mahlzeit sah alles andere als appetitlich aus, doch er verspeiste den Brei mit sichtlichem Genuss.

»Ich konnte es nicht, Jasper, ich konnte es nicht«, erwiderte der Dahlmann mit vollem Mund. Dann schluckte und lachte er. »Hast du vielleicht gesehen, dass ich in dem Bahnhof mit dem Trickser aus dem Zug gestiegen bin? Na?«

Nein, das hatte Jasper nicht. Der Dahlmann war auf der Treppe stehen geblieben.

»Aber beim nächsten Bahnhof steige ich aus.« Der Dahlmann löffelte den Rest Brei vom Teller. »Und dann musst du dich um die Lokomotive und den Zug kümmern.« Er schob den leeren Teller beiseite und stand auf. »Gehen wir.«

Jasper blieb sitzen. »Was soll aus dem Gebeiner werden?«

Der Dahlmann blinzelte.

»Der Gebeiner«, wiederholte Jasper. »*Dein* Gebeiner. Willst du ihn einfach zurücklassen?«

Der Dahlmann öffnete den Mund und schloss ihn wieder. Er blinzelte erneut. Schließlich seufzte er schwer und sagte: »Komm jetzt, Jasper, der du weder Hunger noch Durst kennst. Ich muss dir die Lokomotive erklären.«

Während sie durch einen Waggon nach dem anderen marschierten, murmelte der Dahlmann leise vor sich hin. Die meisten Worten verstand Jasper nicht, aber gelegentlich hörte er ein »Ach, der Gebeiner, was soll ohne mich aus ihm werden?«.

Nach einer Weile achtete Jasper nicht mehr darauf und setzte seine eigenen Überlegungen fort. Ein Zug als Metapher für Reise und Bewegung. Ein Zug, der durch die Peripherie des Nerox fuhr, jahrhunderte- und jahrtausendelang, ohne sich jemals dem Zentrum zu nähern. Darin bestand der Sinn des Grabens, in den Jasper zusammen mit Hatan gefallen war: Er sollte Besucher vom Nerox fernhalten und verhindern, dass sie in die Innenbereiche gelangten. Wenn nichts geschah, das eine Veränderung bewirkte, würde der Zug auf immer und ewig durch die endlose Ebene fahren – und gleichzeitig durch Meere und durchs All. Vielleicht hielt er an, wenn das Nerox wieder von Arkonadia verschwand, um sich wohin auch immer zurückzuziehen. Vielleicht schlief der Lokomotivführer dann, der Mann, der sich um die Lokomotive kümmerte, der sie fütterte.

Was geschah mit den Arkonadiern, die wie Hatan und er in einen der Gräben vor dem Nerox fielen?, fragte sich Jasper, als er einen Fuß vor den anderen setzte und dem murmelnden, brummenden und manchmal den Kopf schüttelnden Dahlmann durch die Waggons folgte. Erschienen sie irgendwo im Zug, als Passagiere, die schnell das Sprechen verlernten und verschwanden? Oder fanden sie sich in einem der Bahnhöfe wieder, wo sie auf den Zug warteten, der vielleicht nie kam, um sie abzuholen? Die anderen Arkonadier lernten den ewigen Zug und die Bahnhöfe nie kennen. Sie überwanden die Gräben und Gruben, erreichten eine der Türen und ließen sich anschließend von ihren Werkzeugen den Weg durch die Gefahrenzonen weisen.

Eine Zeit lang verharrte Jasper bei diesem Gedanken und spürte dabei, wie sich seine ursprüngliche Idee veränderte. Der Zug und die Bahnhöfe erschienen ihm gefährlich genug, doch dies war nur der Rand des Nerox. Wenn es möglich wäre, mit dem Zug tiefer hineinzufahren, nicht zum See, den der Dahlmann für seinen Gebeiner suchte, sondern direkt ins Zentrum, wo sich Antwort auf die Frage finden ließ, woraus genau das Arkonadia-Rätsel bestand ... Vielleicht konnte man auf diese Weise den Gefahren, Hindernissen und Barrieren ausweichen, mit denen es all die anderen zu tun bekamen, die nach der Macht des Nerox suchten. Möglicherweise bot der Graben, wenn man es richtig anstellte, eine Abkürzung.

Jasper dachte auch an Baltasar und Jasmin, die durch eine der Türen ins Innere des Nerox gelangt waren. Wo befanden sie sich jetzt? War es möglich, eine Spur von ihnen zu entdecken und sie zu finden?

Dieser Gedanke warf weitere Fragen auf. Wie verhielt es sich mit Ort und Zeit im Innern des Nerox und an seiner Peripherie? Die Landschaften, die auf beiden Seiten am Zug vorbeistrichen, wenn nicht die ockerfarbene Ödnis dominierte, die Ausblicke auf Planeten und ganze Galaxien, das alles deutete auf einen »Ort« ohne Anfang und Ende hin. Hinzu kamen die Schilderungen des Dahlmanns, bei denen Jasper den Eindruck gewonnen hatte, dass er eine besondere Vorstellung von Begriffen wie »Monate« und »Jahre« hatte.

Das Nerox, verbunden mit der Anomalie am Rand des Ljuben-Systems, krümmte und verzerrte Raum und Zeit. Jasper schloss nicht aus, dass alles, was er – und vielleicht auch alle anderen – *hier* erlebte, an einem einzigen Ort stattfand, und vielleicht nur in einem Moment, in weniger als einer Sekunde. Doch auch wenn diese Vermutung den Tatsachen entsprach: Sie brachte ihn nicht weiter. Die wichtigste Frage blieb unbeantwortet. Sie lautete: Was *war* das Nerox? Seine Wurzeln, so hatte Thrako zu verstehen gegeben, reichten eine Milliarde Jahre in die Vergangenheit, in die Zeit der Gründung von Omni. Wo gab es einen Zusammenhang, wo befand sich die Verbindung?

Die Lokomotive schnaufte, die Waggons schwankten und rasselten, und der Dahlmann sagte: »Ach, der Gebeiner ... Ich werde seine Träume vermissen.«

Jasper hielt die Idee fest. »Wir können uns gegenseitig helfen.«

»Du brauchst mir nicht zu helfen, Mann ohne Hunger und Durst. Beim nächsten Bahnhof verlasse ich den Zug und kehre dorthin zurück, woher ich gekommen bin.«

»Du würdest den Gebeiner einfach so im Stich lassen?«, fragte Jasper. »Er ist dein Freund, nicht meiner. Er spricht in deinem Schlaf, nicht in meinem. Wenn du fort bist ... Vielleicht schläft er dann, solange dieser Zug existiert. Vielleicht erwacht er nie.«

Der Dahlmann schnitt eine gequälte Grimasse, als sie ein weiteres Verbindungsmodul passierten, mit der Ebene auf der einen Seite und knackenden Gletschern unter einem grünen Himmel auf der anderen.

»Ich könnte dich zum See bringen«, sagte Jasper. »Zum See des Gebeiners.«

»Ach, was weißt du schon von ihm?«, erwiderte der Dahlmann. Der Zylinder auf seinem Kopf wackelte. »Du hast keine Ahnung, wo er sich befindet.«

»Aber ich kann es herausfinden. Ich habe ein Werkzeug, einen ... Kompass, der mir und dem Zug den Weg zeigt.«

Der Dahlmann blieb stehen. »Meinst du das Werkzeug des großen Rothas Berore?«

»Ja.«

»Das Werkzeug ist ein Kompass?«

»Eine Art Kompass, ja.«

»Und es befindet sich im Raum des Erscheinens?«

»Genau dort«, bestätigte Jasper.

Der Dahlmann musterte ihn argwöhnisch. »Hast du vom Trickser zu tricksen gelernt? Willst du mich betricksen? Willst du versuchen, den Zug durch den Raum des Erscheinens zu verlassen?«

»Wenn ich dein Nachfolger bin, kann ich den Zug gar nicht verlassen, oder?«

Der Dahlmann blieb im schwankenden Waggon stehen. »Stimmt«, sagte er, strahlte und drehte seinen Hut. »Also gut, zeig mir dein Werkzeug, deinen Kompass!«

63

Das Abteil war nicht offen wie alle anderen, sondern geschlossen. Graue Wände umschlossen es, in einer von ihnen befand sich eine schmale graue Tür mit einem dicken dunkelblauen Knauf. Die kleine Lampe über der Tür leuchtete nicht.

»Keine Signale, keine Neuankömmlinge«, sagte der Dahlmann und drehte den Knauf. »Du kannst hinein.«

Er zog die Tür auf.

Jasper betrat den Raum. Schatten nahmen ihn in Empfang.

Er wartete einige Sekunden, bis sich seine Augen an die Düsternis gewöhnt hatten. Dort lag Hatan, auf der Seite, Arme und Beine angewinkelt, der Leib von einer Kralle durchbohrt, die ihm vorn aus der Brust ragte. Daneben ruhten die Reste eines durchgebissenen Zerebus. Jasper erinnerte sich an den ekelhaften Geschmack im Mund und verzog das Gesicht.

Er trat zur Leiche des Jukin und ging dicht vor ihr in die

Hocke. Wo sich zuvor drei smaragdgrüne Augen befunden hatten, gab es nur noch leere Höhlen. Die breite weiße Narbe auf Kinn und Wange war zu einem Strich geschrumpft, die Haut dunkel und ledrig. Als Jasper Hatans Uniformjacke berührte, zerfiel sie zu Staub. Darunter zeigte sich ein geschrumpfter Körper, mit Knochen, die sich deutlich unter der lederartigen Haut abzeichneten.

»Dahlmann?«

»Ich bin *der* Dahlmann«, ertönte es hinter Jasper. »Und ich behalte dich im Auge. Du *bist* mir verpflichtet.«

»Siehst du den Toten vor mir?«

»Na klar sehe ich ihn. Ich habe Augen im Kopf, und die Augen beobachten dich.«

»Für wie alt hältst du ihn?«

Schritte näherten sich. »Für alt genug, um tot zu sein?«

»Sieh ihn dir genau an. Selbst Mumien sehen jünger aus«, sagte Jasper.

»Mumien?« Mit diesem Wort schien der Dahlmann nichts anfangen zu können.

»Tote, die lange in einer sehr trockenen Umgebung gelegen haben«, sagte Jasper. »Oder die präpariert wurden, damit die Leichen nicht verwesen.«

»Und wenn schon. Meine Augen sehen einen Toten, der ziemlich alt zu sein scheint, aber sie sehen keinen Kompass.«

Vom Zerebus war nur eine leere Hülle übrig, kein Fleisch, keine Körperflüssigkeit. Einige vage Flecken auf dem Boden erinnerten an die wenigen Blutstropfen, die Jasper unmittelbar nach seinem Erscheinen in diesem Raum – in diesem Zugabteil – bemerkt hatte. Hatans Leiche und die Überreste seines Zerebus erweckten den Eindruck, Jahrtausende alt zu sein.

»Der Kompass«, sagte der Dahlmann. Aus dem Augenwinkel sah Jasper, dass er auf den Zehen wippte. »Meine Augen sehen ihn noch immer nicht.«

Jasper brauchte die Schatulle nicht lange zu suchen – der Stoff über ihr löste sich auf, als er ihn berührte. Er nahm sie, hob vorsichtig den klemmenden Deckel und betrachtete die Figur im Innern.

Der Dahlmann blickte ihm über die Schulter. »Das soll ein Kompass sein? Was meine Augen sehen, ist eine Figur, die zerbrochen zu sein scheint.«

Deine Augen trügen dich nicht, dachte Jasper. Er sagte: »Dies ist ein beschädigtes Werkzeug. Ich werde es reparieren und zu einem Kompass machen.«

»Wie?«, fragte der Dahlmann. »Und womit, Mann ohne Magen? Womit willst du das Werkzeug reparieren?«

»Hiermit.« Jasper deutete auf das silberne Armband des Kontinua-Konnektors.

Draußen, im Waggon, erklang ein Signal, das wieder von einer kleinen Glocke zu stammen schien. Der Dahlmann neigte den Kopf zur Seite und lauschte. Jasper fühlte den seltsamen Drang, das geschlossene Abteil – den Raum der Ankunft – zu verlassen und wieder zu laufen, zur Lokomotive, die ihn rief.

Der Dahlmann bemerkte etwas in seinem Gesicht. »Du hörst es, nicht wahr? Du hörst, wie sie nach dir ruft. Die Lokomotive ist hungrig. Sie will gefüttert werden, nicht von mir, sondern von dir.«

64 Diesmal war es Jasper, der den Hebel betätigte und damit die Klappe zum Schlund der Lokomotive öffnete. Er fühlte die Wärme des blau-weißen Leuchtens, als er weiße Brocken in etwas schaufelte, das bei einer gewöhnlichen Dampflokomotive die Feuerbüchse gewesen wäre. Sie hatte tatsächlich Appetit, die Lokomotive, Jasper spürte ihren Hunger, und so schaufelte und schaufelte er, bis ihm eine Art neuer Instinkt sagte, dass es genug war, woraufhin er die Schaufel beiseitestellte, den Hebel betätigte und die Klappe schloss.

Der Dahlmann stand an den Tender gelehnt und lächelte. Er hatte nicht einen Finger gerührt. »Na bitte«, sagte er. »Na bitte. Jasper, der Lokomotivführer. Deine Fesseln sind meine Freiheit.«

Jasper wehrte sich gegen das sonderbare Gefühl, mit der zufrieden schnaufenden Lokomotive und dem langen Zug hinter ihr verbunden zu sein. Er holte Hatans Schatulle hervor und öffnete sie.

»Wir können beide frei sein und den Gebeiner zu seinem See bringen.«

Damit weckte Jasper das Interesse des Dahlmanns. Er stieß sich vom Tender ab und kam näher. »Zeig mir, wie du die Figur reparierst und in einen Kompass verwandelst!«

Jasper schritt durch den schmalen Gang, der am Tender vorbeiführte, erreichte den ersten Waggon, betrat das erste Abteil und legte dort die Figur auf den Tisch, ihre fünf Komponenten – beziehungsweise sechs, denn der Rumpf war in der Mitte gebrochen – durch filigrane Fäden miteinander verbunden. Das kristallisierte Supra schien von innen heraus zu leuchten, mit einem vagen Licht, das Jasper an das Blau von Kontinua-Brücken erinnerte.

»Soll das eine Figur sein?«, fragte der Dahlmann. »Wo ist der Kopf? Ich sehe keinen Kopf.«

Der Rumpf war da, und die anderen vier Teile bildeten Arme und Beine. Aber es fehlte ein Kopf.

»Deshalb wird dieses Werkzeug das ›Unvollendete‹ genannt«, sagte Jasper. »Weil Rothas Berore damals nicht fertig geworden ist. Und doch war es diese Figur – unvollendet, unfertig –, die es Jon Jerlis Jabbi zu Beginn der einundzwanzigsten Ära gestattete, ins Nerox zu gelangen, es wieder zu verlassen und zum zweiten Regenten von Arkonadia zu werden.«

»Jon Jerlis Jabbi«, murmelte der Dahlmann. »Ich glaube, den Namen habe ich schon einmal gehört. Vor langer Zeit. Vielleicht hat mir der Gebeiner im Schlaf davon erzählt.« Er deutete auf den Mittelteil. »Der Figur fehlt nicht nur ein Kopf, sie ist auch noch zerbrochen. Wie willst du sie reparieren, Lokomotivführer Jasper?«

Jasper griff nach seinem Kontinua-Konnektor. Das silberne Band, das ihm Lebensenergie gab, saß fest an seinem Handgelenk. Es klebte dort, wie halb mit ihm verwachsen. Jasper zog und zerrte; es tat weh.

»Bist du noch immer ein Dummkopf?«, fragte der Dahlmann und schüttelte den Kopf. »Kannst du nicht einmal ein Armband von deinem Arm lösen?«

Jasper zog und zerrte erneut, und schließlich gab etwas nach. Der Konnektor bewegte sich. Das Material, aus dem er bestand – eine besondere Form von Supra, vielleicht noch seltener als die kristallisierte blaue Variante – wurde weich. Darunter kam rote, wunde Haut zum Vorschein. Sofort spürte Jasper die Veränderung. Er empfing keine Energie mehr.

Wie lange konnte er ohne den Konnektor überleben? Einige Tage, hatte Thrako gesagt. Lange genug, um das Unvollendete zu reparieren, als Werkzeug zu benutzen und damit den Zug zu lenken.

Der Dahlmann kam näher, beugte sich vor und betrachtete Konnektor und Figur aus der Nähe. Ein modriger Geruch ging von ihm aus.

Jasper nahm den Konnektor, der jetzt aussah wie ein silberner, sich langsam windender Wurm, und legte ihn behutsam auf das Mittelteil, den Rumpf der unvollständigen Figur. Vorsichtig drückte er ihn in die Lücke zwischen den beiden Bruchstücken.

Für einen Moment hatte es den Anschein, als käme Leben in die unvollendete Figur, als wollte sie aufstehen. Arme und Beine rückten etwas enger an den Rumpf, über dem Jasper für einen Sekundenbruchteil einen Kopf zu erkennen glaubte. Er beobachtete, wie sich der silberne Wurm des Konnektors in die Lücke schmiegte und sie schloss.

»Na bitte«, sagte Jasper zufrieden. »Die Figur ist repariert.«

»Aber sie bleibt unvollendet«, erwiderte der Dahlmann skeptisch. »Und sie sieht noch immer nicht nach einem Kompass aus.«

Jasper ergriff die Figur vorsichtig und stand auf. »Zeig mir jetzt die Stelle in der Lokomotive, die ihr die Richtung weist!«

65

Es führten kleine Wege in das schnaufende und stampfende Ungetüm, das die Lokomotive war, schmale Gänge und Schächte, durch die man sich zwängen musste. Jasper kannte sie, obwohl er sie das erste Mal benutzte. Eine sonderbare Art von Vertrautheit lag in allem, was er sah und berührte; er fühlte sich wie jemand, der sich oft und lange in dieser Umgebung bewegt hatte. Er wusste um die Bedeutung der Hebel und großen Einstellräder in warmen Nischen, dem blau-weißen Feuer nahe, das der Lokomotive ihre Kraft gab. Er erkannte Sinn und Zweck in Steuerstangen, Kuppelstangen, Treibstangen, Kolbenstangen, Sandfallrohren, Schiebern und Dampfzylindern. Ihm offenbarten sich, wenn er nur etwas genauer hinsah, die Muster der Zusammenarbeit aller Komponenten, die die riesige Maschine zu einer Lokomotive machten, die einen viele Kilometer langen Zug ziehen konnte. Nachdem er eine halbe Stunde durch Wartungsschächte gekrochen war, in unmittelbarer Nähe eines wummernden maschinellen Herzens, zweifelte er kaum an seiner Fähigkeit, die Lok reparieren zu können, sollte das aus irgendeinem Grund notwendig werden. Er kannte ihren inneren Aufbau, er wusste, wie alles funktionierte und funktionieren sollte. Daher bereitete es ihm keine Mühe, den einen Ort zu finden, an dem ein Kompass – das Werkzeug, noch immer unvollendet, aber nicht mehr zerbrochen – Sinn ergab. Der Dahlmann brauchte ihm die betreffende Stelle gar nicht zu zeigen.

»Spürst du es?«, fragte der Dahlmann, der auch hier, in diesen engen Räumen, nicht auf seinen hohen Zylinder verzichtete. »Fühlst du es?«

»Was soll ich fühlen?«, fragte Jasper und hielt nach einer kleinen Nische Ausschau, einem Fach, geschaffen für einen

Richtungsweiser. Dort war es, zwischen zwei öligen Stangen, die sich wie Kolben auf und ab bewegten.

»Wir nähern uns einem Bahnhof«, sagte der Dahlmann. »Mit Weichen. Mit anderen Gleisen, die in andere Richtungen führen.«

Er suchte nach einem Fenster, aber hier, tief im Innern der Lokomotive, gab es keins.

»Ich könnte aussteigen«, fügte der Dahlmann hinzu. Es klang unschlüssig. »Ich könnte den Zug verlassen, nach all den vielen Jahren.«

»Hier«, sagte Jasper. »Dort ist das Fach für den Kompass.«

»Deine Figur ist eine Figur, kein Kompass.«

»Sie wird wie ein Kompass funktionieren«, sagte Jasper. »Sie wird die richtigen Signale geben. Ich kenne die Lokomotive, vertrau mir!« Die letzten Worten verblüfften ihn selbst.

Der Dahlmann grinste. »Jasper der Lokomotivführer, und ob!«

Jasper trat vor die beiden Stangen, streckte den Arm durch die Lücke zwischen ihnen und legte die Figur, das von Rothas Berore geschaffene Unvollendete, ins leere Fach.

Die Lokomotive hielt in ihrem Schnaufen inne und schien Luft zu holen.

Blau-weißes Licht kam aus dem Innern der Figur, aus dem Rumpf, seine beiden Hälften vom Kontinua-Konnektor zusammengehalten. Es veränderte das kristallisierte Supra und auch Jaspers Armband, es verband sie miteinander, ließ sie wachsen und das Fach ausfüllen. Ein blauer Block bildete sich, der im Innern, jetzt unerreichbar, einen kleinen silbernen Reif enthielt.

Erschrocken langte Jasper nach dem Block, aber er saß unverrückbar im Fach fest. Er schien Teil der Wand geworden zu sein.

Die Lokomotive schnaufte wieder, lauter als vorher. Die beiden Stangen glitten schneller auf und ab.

»Zurück zum Führerstand!«, rief der Dahlmann. »Zeig mir, wie du den neuen Kompass benutzt!«

Jasper wandte sich widerstrebend von der Wand mit dem blauen Kristallblock ab, der seinen lebensspendenden Konnektor enthielt. Im Führerstand der Lokomotive angekommen, betätigte er Hebel und drehte Räder, bis ein großer Pfeil auf einer Scheibe mit zahlreichen Symbolen nicht mehr direkt nach vorn zeigte, sondern nach rechts. Eine erste Weiche knirschte unter dem Zug, und er wurde langsamer. Der Dahlmann beugte sich aus dem Führerstand und blickte nach vorn.

»Da ist der Bahnhof«, sagte er. »Ich könnte aussteigen.«

»Das könntest du«, erwiderte Jasper.

»Der Zug fährt jetzt auf einem anderen Gleis.«

»Ja.«

»Du hast eine Weiche betätigt.«

»Der Kompass hat sie betätigt«, sagte Jasper. Wohin fuhr der Zug jetzt? Jasper wusste es nicht genau, er war sich nicht ganz sicher, er verstand die Lokomotive noch nicht gut genug. Nur in einem Punkt herrschte kein Zweifel: Das neue Gleis führte nicht mehr endlos an der Peripherie des Nerox entlang, sondern hinein in die Innenbereiche. Zum Hauptbahnhof, zum Zentrum. Und vielleicht auch zum See des Gebeiners.

Der Zug hielt mit verhalten quietschenden Bremsen. Das Rasseln der Waggons hörte auf. Die erst vor kurzer Zeit gefütterte Lokomotive zischte satt und geduldig. Leere Bahnsteige erstreckten sich auf beiden Seiten; nirgends zeigten sich Reisende.

Der Dahlmann stand mit einem Fuß auf der Stufe des Führerstands. Das andere Bein war wie zum Aussteigen gestreckt.

»Dein Kompass funktioniert. Du kannst damit den Kurs des Zuges ändern.«

»Ja«, sagte Jasper. Er brauchte Hilfe. Allein würde das, was vor ihm lag, noch viel schwerer sein.

»Du könntest uns tatsächlich zum See des Gebeiners bringen.«

347

»Wenn wir herausfinden, wo er sich befindet.«

»Ach!« Der Dahlmann seufzte. »Er könnte *richtig* wachsen, mit den Wurzeln in fruchtbarem Boden, am Ufer seines Sees. Er könnte erwachen und mir – uns – erzählen, was er weiß.«

»Er hätte bestimmt viel zu erzählen«, sagte Jasper.

»Ja, das hätte er.« Der Dahlmann zog das Bein zurück. »Na schön. Ich bleibe an Bord, Lokomotivführer Jasper. Bis wir den See finden. Dort verlasse ich den Zug mit dem Gebeiner.«

Jasper zog einen Hebel. Die Lokomotive pfiff und stampfte, und der Zug setzte sich wieder in Bewegung.

Stunden später, nachdem Jasper die Lokomotive erneut gefüttert und sie auf ein neues Gleis gelenkt hatte, das durch einen dichten Wald führte – die Bäume mit den kugelförmigen Kronen ragten hundert Meter weit auf, und zwischen ihnen hingen goldene Netze –, kroch er noch einmal durch die Wartungstunnel, zurück zu den beiden vertikalen Stangen, die sich wie Kolben bewegten. Die verwandelte Figur, der Kompass, füllte noch immer als blauer Block das ganze Fach. Jasper vergewisserte sich, dass der Dahlmann nicht in der Nähe war, setzte eine Brechstange an, die er in einer anderen Nische gefunden hatte, und versuchte den Block aus dem Fach zu lösen. Ohne Erfolg. Nach einigen weiteren Versuchen ließ Jasper die Brechstange sinken, setzte sich auf den vibrierenden Boden und betrachtete den blauen Block. Die bittere, gefährliche Wahrheit lautete: Zwar hatte er einen Weg ins Innere des Nerox gefunden, aber der Preis dafür war sein Kontinua-Konnektor. Ohne die Energie des silbernen Armbands, das nun half, der Lokomotive den Weg zu weisen, würde er nur noch wenige Tage am Leben bleiben.

Er musste Jasmin finden, das Arkonadia-Rätsel lösen, das Nerox verlassen und irgendwie mit der *Centaurus* Kontakt aufnehmen, um einen Hilferuf an Omni abzusetzen – alles innerhalb von einigen Tagen. Wenn ihm das nicht gelang, würde er auf Arkonadia sterben.

Gedanken innerhalb eines Gedankens

Zirzo, der Werkzeugmacher 66

Die fünf Monde standen nicht mehr hoch oben am Himmel, dicht beieinander, sondern sanken dem Horizont entgegen und schufen mit ihrem Licht silberne Streifen auf dem dunklen Meer. Kremser, der kleine, schmächtige und doch so kräftige Mann, zog immer wieder die Ruder durchs schwarze Wasser. Er war seltsam, dieser Kremser, nicht nur wegen des großen Schlüsselbunds mit all den Schlüsseln für Türen, die es hier, auf dem dunklen Meer, gar nicht geben konnte. Einmal beugte er sich zur Seite, um einen prüfenden Blick auf die Seite des Bootes zu werfen, und dabei stieß sein Arm an der Bootskante gegen einen rostigen Nagel, den Zirzo bis eben gar nicht bemerkt hatte.

»Au!«, sagte Kremser, doch sein Gesicht veränderte sich nicht dabei. Es blieb ernst und würdevoll, ohne Schmerz zu zeigen. Er blickte auf die Wunde hinab und schüttelte den Kopf. »Wie dumm von mir. Ich sollte besser aufpassen.«

Zirzo beobachtete, wie sich die Wunde schloss und das Blut verschwand.

»Wie machst du das?«

»Wie mache ich was?«, fragte Kremser.

»Deine Wunde. Wie konnte sie so schnell heilen? Es war ein langer Riss.« Zirzo erinnerte sich daran, dass sich auch Samantha schnell von Verletzungen erholt hatte. Vielleicht waren sie wie Bruder und Schwester, dachte er.

Der ernste, würdevolle Kremser lächelte zum ersten Mal und sagte: »Ach, das. Ich heile schnell, weil ich eigentlich gar nicht lebe. Und wenn man gar nicht richtig lebt, kann man sich auch nicht richtig verletzen.«

Die Worte waren noch seltsamer als der Mann, der sie sprach, fand Zirzo, aber er wunderte sich nicht so sehr über sie, denn er fühlte sich ... wohl. Es war ein so ungewohntes Gefühl, dass er eine Weile brauchte, um es zu deuten und zu verstehen. Sorgen, Schwermut und Hoffnungslosigkeit – das alles schien von ihm abgefallen zu sein. Er fühlte nicht mehr die Bürde, die er all die Jahre getragen hatte, die Last auf Leib und Seele. Er fühlte sich ... leicht. Doch in dieser Leichtigkeit regte sich eine neue Sorge. Er sehnte nicht mehr den Tod herbei, als großen Befreier, der seine Fesseln löste. Plötzlich wollte er nicht mehr sterben. Er wünschte sich mehr Zeit, um die neue Leichtigkeit zu genießen.

Stunden vergingen, und vielleicht nickte Zirzo dann und wann ein. Die Nacht ging nicht zu Ende. Die Sterne blieben am Himmel, ebenso die Monde: Sie wanderten nur am Horizont entlang und schickten ihre Silberstreifen weit übers Meer, bis sie schließlich erneut am Firmament emporzuklettern begannen, um sich wieder im Zenit zu treffen. In ihrem Licht bemerkte Zirzo eine aus dem Meer ragende Erhebung – sie näherten sich einer Insel.

»Unser Ziel«, sagte Samantha. »Die Insel mit den Türen.«

Kremsers Schlüsselbund klirrte wie als Antwort darauf.

»Der Nagel ist nicht mehr da«, sagte Zirzo.

»Welcher Nagel?«, fragte Samantha.

Zirzo deutete auf die Bootskante. »Der rostige Nagel, an dem sich Kremser verletzt hat. Er ist nicht mehr da.«

Die zehntausend Jahre alte Frau schmunzelte. »Ich habe ihn verschwinden lassen. Manchmal wehrt sich das Nerox selbst hier. Die alten Verteidigungsprogramme sind noch immer wachsam, und wir befinden uns in unmittelbarer Nähe des Labyrinths, der äußeren Barriere. Ich bin hierher zurückgekehrt, weil ich versprochen habe, dir zu helfen. Bestimmt hast du mich für eine Lügnerin und Diebin gehalten.«

»Nein«, log Zirzo. »Der Nagel ...«, fügte er ein wenig hilflos hinzu.

»Erinnerst du dich an den Geist an Bord des Wracks?«

Ja, Zirzo erinnerte sich daran, auch an das schmerzhafte blau-weiße Licht, in dem Samantha verschwunden war.

»Du hast ihn ›Hologramm‹ genannt«, sagte er.

»Kremser ist ebenfalls ein Geist, ein ähnlicher Geist«, fuhr Samantha fort. Kremser hörte ruhig zu, während er die Ruder durchs Wasser zog. Die Insel wurde größer, ein Schatten in der Nacht, der immer mehr Substanz gewann.

Samantha seufzte. Es klang gut, dieses Seufzen, fand Zirzo. Er hatte es oft gehört, während sie bei ihm gewesen war. Es klang sehr ... menschlich.

»Vielleicht gilt das für uns alle«, sagte sie nachdenklich und blickte erst übers dunkle Meer und dann zum Himmel hoch. »Vielleicht sind wir alle Teil eines großen Traums, wie ... Gedanken innerhalb eines Gedankens.«

»Manche Träume fühlen sich wie Wirklichkeit an.« Zirzo dachte an seine Träume von Mira und Alonna. »Man merkt erst, dass sie ein Traum waren, wenn man erwacht.«

Samantha musterte ihn. »Ja, das stimmt. Dies alles hier ist wie ein großer Traum, und wir sind Besucher darin. Wir beide. Stef Kremser nicht. Er ist Teil des Traums.«

»Er verteidigt ihn.«

Samantha nickte. »Ja, so könnte man sagen. Was wir hier sehen, das Meer, der Himmel, selbst die Insel dort, unser Ziel ... Es existiert nicht wirklich. Es sind Trugbilder. Besser gesagt: Es sind Signale, die unsere Sinne auf eine Weise interpretieren, die uns Orientierung ermöglicht.«

Wie klug sie sprach, diese Frau, die Zehntausendjährige. Aber sie hatte ja auch zehntausend Jahre Zeit gehabt, klug zu werden. In zehntausend Jahren konnte man viel lesen – wenn man geschriebene Wörter zu deuten verstand –, viel nachdenken und viele Erfahrungen sammeln.

»Ich habe einen Intruder in die Verteidigungsprogramme des Nerox geschickt«, sagte Samantha. »In den Traum. Einen Eindringling, einen kleinen Gegentraum.«

»Ich verstehe«, sagte Zirzo. »Und dieser Gegentraum hat den Nagel verschwinden lassen.«

Samantha hob die Brauen. »Ja. Außerdem sichert er uns die Freundschaft das Schlüsselverwahrers.«

Kremser zog die Ruder durch, ernst und würdevoll, wie es seine Art war, und nickte Samantha kurz zu.

»Wo sind wir wirklich?«, fragte Zirzo.

»An Bord eines Raumschiffs, das seit einer Ewigkeit durch Zeit und Raum fliegt.«

Zirzo dachte darüber nach und hörte das Platschen, mit dem die Ruder ins Wasser tauchten. »Der Feuervogel?«

Samantha nickte erneut. »Ja, der Feuervogel. Weißt du, was ein Raumschiff ist, Zirzo?«

»Ich kenne die alten Geschichten«, erwiderte er. »Einige von ihnen habe ich Alonna vorgelesen. Sie haben ihr gefallen.« Für einen Moment kehrte die Trauer zurück. »Sie ist tot, nicht wahr? *Wirklich* tot. Es war kein Traum, oder?«

Samantha beugte sich vor und legte ihm kurz die Hände auf die Knie. »Nein, es war kein Traum, Zirzo. Sie ist wirklich tot. Es tut mir leid.«

Die Trauer war da, sie ließ sich nicht leugnen. Aber sie hatte an Gewicht verloren, sie erdrückte ihn nicht mehr.

Zirzo holte die Figur aus grünem Supra hervor, die Samantha ihm zurückgegeben hatte. Seine Finger zitterten nicht, als sie über das beste Werkzeug strichen, das er je geschaffen hatte.

»Hatan und sein Sohn sind ebenfalls tot«, sagte er leise.

»Ich weiß, Zirzo. Ich fürchte, es werden noch mehr sterben. Viele von jenen, die versuchen, den äußeren Verteidigungsring zu durchdringen und ins Innere des Nerox zu gelangen.«

»Wo sind sie?«

»Die meisten von ihnen stecken im Labyrinth fest. Einige wenige schaffen es vielleicht, einen Weg tiefer ins Nerox zu finden. Ich kenne einen solchen Weg.«

Zirzo betrachtete die Figur. »Ich habe den Feuervogel gesehen – und eine Frau. Ich glaube zumindest, dass es eine Frau war.«

Kremser ruderte. Dunkles Wasser platschte. Am Himmel leuchteten fünf Monde und zahlreiche Sterne.

»Die Frau ähnelte dieser Figur«, sagte Zirzo.

»Du hast ihren Ruf gehört, schon als junger Mann, und danach die Figur geschaffen«, sagte Samantha. »Sie braucht Hilfe. Wir sind unterwegs, um ihr zu helfen.«

»Es ist gut, jemandem zu helfen, der Hilfe braucht«, erwiderte Zirzo. »Deshalb kommt ihr Feuervogel alle vierhundertdreiundfünfzig Jahre nach Arkonadia? Auf der Suche nach Hilfe?«

»Ja.«

»So viele Ären ... Wie alt ist die Frau? Noch älter als du?«, fragte Zirzo.

»Viel älter. Viel, viel älter. Eine Milliarde Jahre, Zirzo.«

»Eine Milliarde?«

»Tausend mal tausend mal tausend.«

»Das ist viel«, sagte Zirzo. »Das ist wirklich viel.«

»Es ist noch viel mehr, als du glaubst. Es ist genug Zeit, um auf Welten Leben entstehen, aufblühen und wieder vergehen zu lassen. Es ist genug Zeit, um die Herzschläge des Universums zu hören.«

Die Monde hatten sich erneut ganz oben am Himmel vereint, als sie auf der Insel standen, in einem offenen, halbrunden Amphitheater, dessen aufsteigende Reihen keine Sitzbänke aufwiesen, sondern Türen, jede von ihnen dunkel wie das Meer und ausgestattet mit einem kleinen silbernen Knauf. Rechts und links des Theaters war der Berg der Insel glatt wie Glas.

»Es sind viele Türen«, sagte Zirzo. »Es wird lange dauern, sie alle zu öffnen und die richtige zu finden.«

Kremser stand stumm da, mit klirrendem Schlüsselbund. Er richtete einen fragenden Blick auf Samantha.

»Ich glaube, du kannst uns sofort zur richtigen führen, Zirzo.«

»Ich?«

»Mit der Figur. Mit dem Werkzeug, das deine Hände geschaffen haben.«

Zirzo hielt sie in der Hand, die Figur, das kleine Abbild der Frau. Sie schien sich zu bewegen, sie schien einen Arm zu heben und in eine bestimmte Richtung zu zeigen.

Der alte Werkzeugmacher ging los, mit Beinen, die plötzlich nicht mehr müde waren, und Knien, denen er vertrauen konnte, die nicht weich wurden. Er ging die Stufen hoch, gefolgt von Samantha und dem Schlüsselverwahrer. Er brachte die ganze Treppe hinter sich, bis zur obersten Reihe, und obwohl er außer Atem geriet und nach Luft schnappte, blieb er oben nicht stehen, sondern eilte weiter, bis er schließlich vor einer Tür verharrte, die sich in nichts von all den anderen unterschied. Und doch wusste er, dass es die richtige Tür war.

»Bist du sicher?«, fragte Samantha.

»Weißt du es nicht?«, erwiderte Zirzo.

»Ich habe der Figur vertraut. Jetzt hast du sie.«

»Ich vertraue ihr ebenfalls.«

Kremser ließ noch einmal seinen Schlüsselbund klirren, wählte dann einen unter den vielen Schlüsseln aus – vielleicht waren es so viele, wie es Türen in diesem Amphitheater gab, dachte Zirzo – und steckte ihn unter dem Knauf ins Schlüsselloch. Es klickte.

»Nur zu, Zirzo«, sagte Samantha.

Er zögerte nicht, drehte den Knauf und öffnete die Tür.

Zwei Wege erstreckten sich dahinter. Einer war breit und sehr, sehr lang, mit vielen Kurven, steilen Hängen und endlosen Treppen, die in schwindelerregende Höhen führten und schließlich an einem Gebäude endeten, das aussah wie ein riesiges Speichenrad. Der andere war schmaler, führte zur Seite und verschwand zwischen zwei Hügeln.

»Ein seltsames Gebäude«, sagte Zirzo. »Und weit, weit entfernt.«

»Ja. Aber das ist unser Ziel«, erwiderte Samantha. »Da müssen wir hin.«

»Ein weiter und sehr beschwerlicher Weg, wie es scheint.« Zirzo war ein wenig enttäuscht.

Samantha lächelte und deutete zum linken, schmaleren Weg. »Wir reisen bequem. Wir nehmen einen Zug.«

Vor einer Milliarde Jahren

67 Jasmin

Jasmin trat durch die Tür in den Pilotendom des Protektorschiffes. Der Pilot, Herr des Schiffes, lag in seiner Navigationsmulde: ein mehr als zehn Meter langer Riese mit mehreren Armen und Beinen, umhüllt und umringt von zahlreichen Installationen und Geräteblöcken, die nur Teile seiner Gestalt erkennen ließen. Sensorcluster bedeckten Rumpf und Arme; safrangelbe Flüssigkeit strömte durch transparente Schläuche in den Unterleib. Der schuppige Kopf steckte in einer helmartigen Vorrichtung, von der Kabelstränge – vielleicht Signalbrücken – ausgingen und in der hohen, gewölbten Decke verschwanden. Die Augen blieben hinter einem dunklen Datenvisier verborgen, das bis zur Brust reichte.

Die in der Mulde liegende und doch aus ihr herausragende Gestalt bewegte sich kaum. Der breite Brustkorb, wie der sichtbare Teil des Kopfes von Schuppen bedeckt, hob und senkte sich mit langsamen, ruhigen Atemzügen, und die langen Finger zuckten in ihren Kontakthüllen. Im Innern des Helms zischte es gelegentlich – vielleicht Worte, die der Pilot sprach –, und dann veränderten sich die Inhalte von holografischen Darstellungsbereichen, die durch den großen Raum schwebten und über die Wände glitten.

»Er ist Teil des Schiffes«, sagte Baltasar. »Er könnte sich davon lösen, er könnte aufstehen und die Mulde verlassen, aber die Vorbereitungen für die Trennung von den Bordsystemen würden Stunden dauern, und er würde sich hilflos fühlen, wie seines Körpers beraubt. So waren die Irrl damals: treu bis zur Selbstaufgabe, dazu entschlossen, immer und unter allen Umständen ihre Pflicht zu erfüllen. Aus den besten von ihnen bestand die Eskorte des Nerox oder der *Nerox*, denn es ist der Name eines Schiffes.«

Jasmin sah es, nicht nur in den Holofeldern, sondern auch durch die in einzelne sechseckige Segmente unterteilte transparente Wand vor dem Piloten: ein riesiges Rad mit Speichen, die von einer zentralen Nabe ausgingen. Dutzende von Protektorschiffen umgaben es, als es sich von einer kleinen roten Sonne mit sieben Planeten am Rand der Milchstraße entfernte. Vor ihm, vor der *Nerox*, gähnte die gewaltige Leere zwischen den Galaxien.

Wieder flackerte es, und ein weiteres Schiff der Eskorte brach auseinander. Plasmaflammen loderten.

»Sehen Sie nur, wie sie sterben, die Irrl«, sagte Baltasar.

Jenseits des schützenden Kokons, der die *Nerox* umgab, flogen weitere Raumschiffe, manche von ihnen kaum kleiner als das gewaltige Rad mit den Speichen, klobig und voller Kanten, andere weniger groß, schneller und geschmeidiger. Diese kleinen Einheiten versuchten, durch die Lücken zwischen den Protektorschiffen zu schlüpfen, aber die Irrl – die treuen, pflichtbewussten Irrl – passten auf und versperrten ihnen den Weg.

Und wieder blühte eine Feuerblume im All.

Die *Nerox* wurde schneller, doch sie blieb schwerfällig.

»Ist die *Nerox* beschädigt?«, fragte Jasmin.

»Sie ist schwer verletzt, dem Tode näher, als die Verfolger glauben.«

Jasmin sah Baltasar fragend an.

»Wissen Sie nicht, wer sich an Bord befindet?«

Jasmin blickte wieder nach draußen, in ihrem Kopf ein Durcheinander aus wirbelnden Gedanken. Sie wollte schweigen und keine neuen Fragen stellen, weil sie die Antworten fürchtete, aber ihr Mund öffnete sich, und Worte drängten nach draußen. »Wer sind die Verfolger? Wer greift die Protektorschiffe und die *Nerox* an?«

»Omni«, sagte Baltasar.

Zwei der kleinen, flinken Schiffe nahmen sich einen der

Verteidiger vor, der zuerst wirkungsvoll Widerstand leistete und einen der Angreifer neutralisierte, dann aber von einem Blitz getroffen wurde, der von einem der großen Schiffe ausging. Er verwandelte sich in eine kleine Sonne, die mehrere Sekunden lang leuchtete, heller als der rote Zwergstern, bevor sie verblasste.

»Die Irrl opfern sich, damit die *Nerox* etwas Zeit gewinnt und entkommen kann.«

»Dies geschah vor einer Milliarde Jahren?«, fragte Jasmin und beobachtete das lautlose Gefecht im All.

»Ja.«

»Der Pilot ... Kann er uns nicht wahrnehmen?« Jasmin fügte hinzu: »Sind wir wirklich hier, so tief in der Vergangenheit?«

»Eine schwierige Frage«, sagte Baltasar. »Ich habe sie mir damals, als ich zum ersten Mal hier war, ebenfalls gestellt. Die ehrliche Antwort lautet: Nein, ich glaube nicht, dass wir wirklich *hier* sind. Wir sehen, was geschehen ist, vielleicht in Form einer sehr realistisch wirkenden Aufzeichnung. Aber ganz sicher bin ich nicht.«

»Wie sind Sie damals hierhergekommen? Ich meine, ausgerechnet hierher?« Jasmins Blick glitt über die Holofelder, die ihr zeigten, wie die restlichen Protektorschiffe manövrierten, um die Lücken zwischen ihnen nicht zu groß werden zu lassen. Gegen die Angreifer konnten sie allerdings nicht viel ausrichten – ein Schiff der Eskorte nach dem anderen fiel ihnen zum Opfer. Aber sie schützten die *Nerox* vor direktem Feuer, während sie Fahrt aufnahm ...

»Ich habe damals diesen Weg genommen, vielleicht aus Zufall, vielleicht deshalb, weil ich auf der Suche nach Wissen und Wahrheit war«, sagte Baltasar. Gemeinsam beobachteten sie, wie sich das gewaltige, langsam drehende Speichenrad einem fernen blauen Leuchten näherte, vielleicht einer Kontinua-Brücke. »Manchmal ist es der Instinkt, der uns den Weg weist.«

»Zufall? Sie haben dies durch Zufall entdeckt?«

»Ich glaube nicht an den Zufall«, sagte Baltasar. »Ich glaube, dass alles einen Sinn und Zweck hat, dass alles Teil eines größeren Ganzen ist. Das gilt auch für uns beide.«

Das war es wieder, das Wir. Etwas in Jasmin schreckte davor zurück; etwas anderes fühlte sich angezogen.

Jasmin holte tief Luft. »Wer befindet sich im Nerox, in der *Nerox*? Sie erwähnten jemanden, der schwer verletzt ist.«

»Wissen Sie es immer noch nicht?«

Ihr Blick kehrte zum riesigen Schiff zurück, umgeben von seiner Eskorte. Eine Erkenntnis bahnte sich an ...

»Die letzte Pandora«, sagte Baltasar, und diesmal hatte seine Stimme einen anderen Ton. Ein Hauch von Ehrfurcht lag in seinen Worten. »Sie hat ihre Saat im Sprawl ausgebracht.«

»Die Engel ...«

»Ja, Jasmin, die Wesen, die man in KopKo und auch einigen Äquivalent-Zivilisationen ›Engel‹ nennt. Die Geschöpfe im Sprawl, die Kinder der Pandora. Ihre Saat stammt von dieser Pandora, der Letzten.«

»Aber ...« Wieder verging ein Protektorschiff in Plasmaglut. Trümmer wirbelten durchs All; einige von ihnen verglühten in den Schirmfeldern anderer Verteidiger.

Die Finger des Piloten, neben dem Jasmin und Baltasar standen, zuckten heftiger in ihren Kontakthüllen. Das Zischen der unverständlichen Worte unter dem langen, dunklen Datenvisier wurde lauter und schneller. Jasmin glaubte, eine kurze Vibration im Boden zu spüren, als das Protektorschiff, in dem sie sich befanden, den Kurs änderte.

»Wieso greift Omni die letzte Pandora an?«, brachte Jasmin hervor.

Dies konnte eine Lüge sein, dachte sie. Eine Täuschung der Sinne. Eine gut vorbereitete und gut durchgeführte Manipulation. Aber was sie hier sah, eine Milliarde Jahre in der Vergangenheit, fühlte sich wahr an. Wie oft hatte sie während der dreißig Jahre bei Omni versucht, mehr über die Vergangenheit der Superzivilisationen herauszufinden? Wie oft hatte sie Thrako darauf angesprochen, ohne konkrete Auskünfte zu bekommen? Selbst in Omnis Bibliotheken war die Suche nach Antworten auf ihre Fragen erfolglos gewesen.

»Sie haben nach Antworten gesucht, aber keine gefunden«, sagte Baltasar. Neben ihm bewegten sich die Finger des Irrl-Piloten, lang wie menschliche Arme. »Omni hütet dieses Geheimnis.«

»Ich verstehe noch immer nicht ...«

»Wie ist Omni gegründet worden? Warum haben an der Gründung nur einige der am höchsten entwickelten Völker in der Milchstraße teilgenommen? Warum sind die anderen verschwunden, wie auch die Pandora?«

Jasmin sah Baltasar in die beiden so unterschiedlichen Augen. »Ich weiß es nicht. Ich habe es herauszufinden versucht, vergeblich.«

»Weil Omni die ferne Vergangenheit ruhen lassen will«, sagte Baltasar. »Weil Omni verhindern will, dass jemand dieses Geheimnis lüftet. Es würde einen großen Schatten werfen auf Moral und Ethik der Superzivilisationen.«

Jasmin sah wieder nach draußen und beobachtete das Gefecht. »Warum sollte Omni die letzte Pandora angreifen, Baltasar?«

»Die Guten und die Bösen, Jasmin. Sie entschieden sich vor dreißig Jahren für Omni ... Sind Sie sicher, die richtige Seite gewählt zu haben?« Baltasar deutete auf die Holofelder und durch die transparente Wand vor dem Piloten, dessen breite Brust sich schneller hob und senkte. Seine langen Finger zuckten nicht mehr, sondern waren ständig in Bewegung.

»Die Angreifer dort ... Es sind vor allem Onchea, Yapol und Urianda, aber es befinden sich auch einige Inper, Durrden und Ya-Yiander unter ihnen. Sie alle zählen zu den Gründungsmitgliedern von Omni, Jasmin. Sie alle waren damals – *jetzt*, hier, eine Milliarde Jahre vor unserer Zeit – am Kampf gegen die Pandora beteiligt, die erste Hochzivilisation in unserer Milchstraße.«

»Aber warum?«, entfuhr es Jasmin. »Warum sollte Omni gegen die Pandora kämpfen?«

»Weil die Pandora versucht haben, Omni zu verhindern. Weil sie keine galaktische Hegemonialmacht wollten. Die Pandora, die Säer des Lebens, haben immer für Vielfalt und für geteilte Macht Partei ergriffen. Sie vertraten den Standpunkt, dass niemand dominieren sollte. Omni stahl ihnen ihre Technologie, um Dominanz zu erringen, und als sich die Pandora zur Wehr setzten – und auch die mit ihnen verbündeten Völker –, machte sich Omni daran, sie mit der gestohlenen Technik auszulöschen.«

»Die Exilanten ...«

»Es gab keine ›Exilanten‹, Jasmin. Es gab Völker und Zivilisationen, die sich weigerten, Omni zu unterstützen, und dafür wurden sie ausgemerzt. Der angebliche Exodus war ein Massenmord von galaktischen Ausmaßen. Das ist die kolossale Schuld, die Omni damals auf sich lud und neben der alles verblasst. Natürlich sind Ihre Versuche, mehr über diesen Teil von Omnis Vergangenheit zu erfahren, vergeblich gewesen, denn es ist ein streng gehütetes Geheimnis. Omnis Denker – damals gab es den Großen Denker noch nicht – haben jene Schiffe dort ausgeschickt, um die letzte Pandora zu eliminieren, die letzte Zeugin, die letzte Person oder Entität, die über genug Macht verfügte, Omnis Pläne zu durchkreuzen. Sehen Sie, was geschieht.«

Jasmin beobachtete, wie mehrere große Angriffsschiffe den Kordon der Irrl durchbrachen und zur *Nerox* aufschlossen, die dem blauen Leuchten näher gekommen war, aber noch nicht nahe genug. Die Angreifer eröffneten das Feuer auf sie. Schutzschirme flackerten und gleißten, das große Rad schien noch größer zu werden, und es kam zu einer gewaltigen Entladung, heller als alle anderen – so hell, dass alles weiß wurde, wie der Himmel über der toten Stadt. Als das Licht schwand, war die *Nerox* ebenso verschwunden wie das blaue Leuchten der Kontinua-Brücke.

»So ist es zu der Anomalie gekommen?«, fragte Jasmin. »Zu dem endlosen Zyklus, der auf Arkonadia eine Ära auf die andere folgen lässt?«

»Vielleicht nicht nur auf Arkonadia«, sagte Baltasar. »Möglicherweise gibt es noch viele andere Welten, auf denen die *Nerox* als das Nerox erscheint, alle viereinhalb Jahrhunderte, seit einer Milliarde Jahren.«

Die Angreifer wandten sich den letzten Protektorschiffen der Irrl zu. Einer nahm Kurs auf das Schiff, in dem sich Jasmin und Baltasar befanden.

»Die Frau im Nerox«, sagte Jasmin langsam. »Die Frau, deren Trauer und Verzweiflung ich gefühlt habe ... Sie ist die letzte Pandora, nicht wahr?«

»Ja. Inzwischen ist sie fast tot. Vielleicht sind es nur noch ihre Erinnerungen, die sich einen Rest von Leben bewahrt haben.«

Vom Piloten kam ein Geräusch, das sich wie ein Schnauben anhörte. Die Holofelder füllten sich mit blinkenden Symbolen.

»Er flieht nicht«, stellte Jasmin fest. »Die Irrl sind nie geflohen«, sagte Baltasar. »Sie haben Widerstand geleistet, bis zum bitteren Ende.«

»Dieses Schiff wird nicht entkommen?«

»Nein.«

»Sollten wir nicht ...«, begann Jasmin.

»Es wird geschehen, was geschehen ist«, sagte Baltasar.

Es geschah schnell. Das Protektorschiff versuchte auszuweichen, doch der Angreifer war wendiger. Destruktive Energie flackerte durchs All, Schirmfelder gaben nach ...

Eine Explosion zerriss das Schiff und seinen Piloten. Jasmin und Baltasar ...

Sie schwebten im Nichts, umgeben vom Feuer der Zerstörung, und dann standen sie vor einer Tür, auf einem Boden grau wie Granit. Die Tür wies keine farblichen Markierungen auf. Jasmin fragte sich, ob das bedeutete, dass die Gefahrenzone des Nerox, das Labyrinth, bereits hinter ihnen lag.

»Noch eine Bemerkung, bevor wir den Weg fortsetzen«, sagte Baltasar ernst. »Jetzt dürfte Ihnen klar sein, warum es Omni auf das Nerox abgesehen hat. Omni will verhindern, dass bekannt wird, unter welchen Umständen seine Gründung stattfand. Deshalb wird Omni auf keinen Fall zulassen, dass die Macht der letzten Pandora in fremde Hände fällt. Arkonadia und alles andere spielt für Omni keine Rolle. Das gilt auch für Sie, Jasmin. Sie sind nur ein Werkzeug. Vielleicht hat Omni sogar geplant, Sie zu beseitigen, nachdem Sie einen Zugang zum Nerox geschaffen haben. Man hat Sie getäuscht, Jasmin. Sie sind für Omni nichts weiter als ein Mittel zum Zweck.«

Es waren harte, schwere Worte. Jasmin nahm sie auf, trotz ihres Gewichts, und legte sie in ihrem Innern ab, um gründlich darüber nachzudenken, sobald sich Gelegenheit bot.

Sie deutete auf die Tür. »Was befindet sich dahinter?«

»Die nächste Etappe auf dem Weg zum Zentrum des Nerox, zum Kern.« Baltasar nickte ihr zu.

Jasmin streckte die Hand aus und öffnete die Tür.

Wüste und Meer

68 Jasper
Der ewige Zug fuhr durch Landschaften und Welten, mal schnell, als wollte er Wüsten, Wälder und Meere so bald wie möglich hinter sich lassen, mal langsam, wie um hypothetischen Passagieren Gelegenheit zu geben, den Anblick von weiten Ebenen, Planeten und Sternen zu bewundern. Jasper fütterte die Lokomotive, wie es jetzt seine Aufgabe war, er schaufelte weiße Brocken aus dem Tender in den geöffneten Schlund, er ging nach vorn und überprüfte Kolbenstangen und Dampfzylinder. Manchmal, wenn er vor der Feuerbüchse stand, beugte er sich zur Seite, nach rechts und links, blickte an der riesigen schnaufenden Lokomotive vorbei nach vorn, in die Richtung, in die der Zug rollte, und hielt Ausschau nach dem Ziel, nach dem Hauptbahnhof, Zentrum des Nerox. Er zweifelte nicht daran, dass er den richtigen Kurs, die richtige Weiche, gewählt hatte, aber vor der Lok zeigten sich nur endlose Gleise, die in unbestimmter grauer Ferne zu einer Linie verschmolzen.

Gelegentlich erschien der Dahlmann bei Jasper im Führerstand, warf einen prüfenden Blick auf die analogen Anzeigen, auf Zifferblätter und zitternde Zeiger, lächelte zufrieden – zufrieden darüber, dass er sich nicht mehr selbst um alles kümmern musste – und fragte, wie weit es noch bis zum See war, an dessen Ufer der Gebeiner seine Wurzeln in fruchtbaren Boden stecken sollte. Jasper gab ausweichend Antwort, ohne einen Hinweis darauf, dass sie nicht etwa zu irgendeinem See fuhren, sondern zum Hauptbahnhof, zum Kern des Nerox, wo er Jasmin zu treffen und Antwort auf alle seine Fragen zu finden hoffte. Schließlich verkündete der

Dahlmann, er wolle durch den Zug wandern und beim Gebeiner schlafen, um zu hören, wie er ihm im Schlaf Geschichten erzählte. Der Mann im zu großen dunklen Anzug hob die Hand zum Zylinder auf seinem Kopf, nickte Jasper noch einmal zu und machte sich auf den Weg.

Als Jasper allein war, spürte er, wie sich Schwäche in ihm ausbreitete. Er betrachtete die gerötete Stelle an seinem Handgelenk, rieb sie und überlegte, ob er einen weiteren Versuch unternehmen sollte, den zum Kompass umfunktionierten Kontinua-Konnektor aus dem blauen Block der Navigationsvorrichtung zu lösen. Er zwängte sich erneut durch den schmalen Wartungstunnel, bis er die beiden vertikalen Stangen erreichte, die sich wie Kolben auf und ab bewegten. In der Lücke zwischen ihnen füllte der blaue Block ein Fach, das zuvor leer gewesen war, und als Jasper die Hand danach ausstreckte, fühlte er erneut mit absoluter Gewissheit, dass der Zug in der richtigen Richtung unterwegs war. Die entscheidende Frage lautete: Wie viel Zeit würde er brauchen, um das Ziel zu erreichen? Jasper setzte sich in den ersten Waggon hinter dem Tender, in eins der wenigen Abteile mit Fenster, lauschte dem Stampfen der Lokomotive und dem Rasseln der Waggons und beobachtete, wie der Zug durch ein schmales Tal mit steilen Felswänden fuhr, die ihm manchmal so nahe kamen, dass es bei geöffnetem Fenster möglich gewesen wäre, sie zu berühren. Für einen Bahnhof – geschweige denn für einen großen Hauptbahnhof – blieb unter solchen Umständen nicht genug Platz.

Das Gefühl der Schwäche, dachte Jasper, während er aus dem Fenster sah und die schroffen Felswände beobachtete. War es real? Oder war es zumindest teilweise ein Produkt von Fantasie und Sorge? Ohne den Konnektor bekam sein Körper keine Lebensenergie mehr, und auf Nahrung, aus der gewöhnliche Menschen ihre Kraft bezogen, konnte er nicht ausweichen, denn er hatte gar keinen Magen mehr. Der Versuch, etwas zu essen oder zu trinken, hätte sofort einen starken Brechreiz zur Folge gehabt.

Wie viel Zeit war vergangen, seit sein Kontinua-Konnektor zum Kompass der Lokomotive geworden war? Einige Stunden. Vielleicht ein Tag, mehr bestimmt nicht. Konnten seine Kräfte schon nach einem Tag so sehr nachlassen, wie es das Gefühl von Schwere in Armen und Beinen suggerierte? Wenn das stimmte, blieb ihm noch weniger Zeit, als er befürchtet hatte.

Nach einer Weile fielen Jasper die Augen zu. Er schlief und träumte von damals, als er noch Forrester gewesen war, für die Agentur gearbeitet und nichts von seiner Tochter auf Javaid gewusst hatte, von dem Mädchen, das er Zinnober nannte, wegen des roten Haars und der roten Augen. Wie schnell sie erwachsen geworden war! Er träumte von Nathan, seinem alten Mentor bei der Agentur, und von Aurelius, dem Reisenden in Diensten von Omni, einem Mann, der vor zehntausend Jahren auf der vergessenen Erde geboren war. Dort hatten sie ihn begraben, noch als Forrester und Zinnober, im Boden seiner alten Heimat, nach seiner letzten Mission, bei der es nicht nur um die Pandora-Maschine gegangen war, sondern auch um sie beide, um Vater und Tochter, um zwei Nachfolger in Omnis Diensten.

Vater und Tochter, die auf den verschlungenen Pfaden des Lebens zueinandergefunden hatten. Und denen Trennung drohte, wenn sich Jasmin bei dieser Mission nicht bewährte. Wenn ich sterbe, dachte Jasper im Schlaf, sind wir wahrhaftig voneinander getrennt.

Andere Bilder zogen durch einen wirren Traum. Einige von ihnen zeigten ihm erneut die Orbitalstation, das gewaltige Rad mit den Speichen, und eine Frau, groß und dürr, mit flacher Brust und langen Armen. Diese Frau, deren Trauer Jasmin gefühlt hatte … Sie öffnete den Mund und sagte etwas, aber Jasper verstand ihre Worte nicht. Und weil er sie nicht verstand, wuchs ihre Verzagtheit, bis sie schließlich schrie.

Jasper erwachte. Der Schrei aus dem Traum verwandelte sich in ein Pfeifen, das von der Lokomotive stammte.

Eine dunkle Gestalt näherte sich, stapfte mit langen Schritten durch den Waggon und blieb vor dem Abteil stehen.

»Was sitzt du hier faul herum, Lokomotivführer!«, sagte der Dahlmann empört. »Hörst du nicht, wie hungrig die Lokomotive ist? Willst du vielleicht, dass ihr Feuer ausgeht und der Zug mitten im Nichts stehen bleibt?«

69

Der Tender enthielt kein Brennmaterial mehr. Nicht ein einziger weißer Brocken lag in ihm.

»Oh«, sagte der Dahlmann. »Oh, so etwas habe ich nie zuvor erlebt. Der Tender ist nie leer gewesen, *nie*.«

Die Lokomotive pfiff nicht mehr, aber ihr Schnaufen und Stampfen klang mühsam und schwerfällig. Jasper öffnete die Klappe und stellte mit einem Blick fest, wie sehr das Feuer geschrumpft war.

»Die Sitzbänke«, sagte Jasper. »Die Trennwände zwischen den Abteilen. Wir müssen sie demontieren und zerkleinern. Damit können wir dann die Lokomotive füttern.«

»Wir?« Der Dahlmann lehnte sich an die Tenderwand. »Du bist der Lokomotivführer, nicht ich.«

Jasper sah nach draußen. Der Zug, bereits langsamer geworden, rollte nicht mehr durch die enge Schlucht mit den nahen, hohen Felswänden, sondern durch eine rote Sandwüste. Jasper streckte den Kopf seitlich hinaus, gegen den Widerstand, der ihn daran hindern wollte, den Zug zu verlassen. Wind strich über Dünen und wehte den roten Sand auf die Gleise, die weiter vorn kaum mehr zu sehen waren.

»Wenn der Zug anhält, hält er auch für dich!«

»Ich kann aussteigen«, sagte der Dahlmann. »Ich bin frei. Du nicht. An die Arbeit, Lokomotivführer!«

Jasper knirschte mit den Zähnen. »Erst füttere ich die Lokomotive mit Sitzen und Trennwänden«, knurrte er. »Und dann mit dem klein gehackten Holz deines Gebeiners, das verspreche ich dir!«

Er betrat den Wartungstunnel der Lokomotive, um geeignete Werkzeuge zu holen. Als er zurückkehrte, hielt der Dahlmann einen Schraubenschlüssel in der einen und eine Axt in der anderen Hand.

»Ich bin großzügigerweise bereit, dir zu helfen«, verkündete er.

Sie lösten die Schrauben von Sitzbänken. Sie zerhackten und zerkleinerten, was sich zerhacken und zerkleinern ließ. Aber es nützte nichts. Jasper warf die Einzelteile durch die geöffnete Klappe in den Schlund der Lokomotive, doch das kleiner gewordene Feuer schwoll nicht wieder an. Es blieb klein und schwach, die Lokomotive verlor an Kraft, der Zug wurde langsamer, bis er schließlich in der roten Wüste stehen blieb. Die Lok schnaufte noch einmal, zischte und schwieg.

»Oje«, jammerte der Dahlmann. »Oje, was hast du getan? Was hast du nur getan?«

»Ich habe nichts getan«, verteidigte sich Jasper. »Ich ...«

»Das ist es ja gerade, Dummkopf! Du hast *nichts* getan! Du bist faul gewesen und hast in einem Abteil geschlafen. Jetzt steht der Zug, er *steht*, und wir sind nicht in einem Bahnhof!«

Sie sahen sich noch einmal den Tender an, sie suchten in seinen dunklen Ecken, und Jasper fand einen kleinen weißen Brocken, den er vorher vielleicht übersehen hatte. Damit kehrte er in den Führerstand zurück, öffnete die Klappe und warf den Brocken in die Feuerbüchse. Die Lokomotive nahm das Futter gierig an. Es kam zu einer Stichflamme, und für wenige Sekunden brannte das Feuer heller und größer, hell und groß genug, um der Lokomotive ein kurzes Schnauben zu entlocken. Dann folgte wieder ein ermattet klingendes Zischen, dem sich Stille anschloss.

»Mehr«, sagte Jasper. »Wir brauchen mehr.«

Er hörte, wie er diese Worte sprach, sie kamen zweifellos aus seinem Mund, aber sie klangen seltsam, als stammten sie von jemand anders. Für einen Moment stand er zwischen den Welten, oder zwischen zwei Personen, die beide er selbst waren: Jasper, seit dreißig Jahren Reisender in Diensten von Omni, und Jasper der Lokomotivführer, erst seit einem Tag. Er wusste: Was er hier sah, fühlte und erlebte, war nur scheinbar Realität. Er befand sich im Nerox, noch immer im Außenbereich, auf dem Weg nach innen, zum Zentrum. Manipulierte Sinne gaukelten ihm etwas vor, das in dieser Form nicht existieren konnte. Vermutlich steckte ein Verteidigungsmechanismus dahinter, eine subtile Falle, die Eindringlinge daran hindern sollte, den Kern des Nerox zu erreichen, eine Prozedur, die ihn weder tötete noch zurückwarf, sondern sein Bewusstsein nach und nach absorbierte, es eingliederte in eine Endlosschleife, in der der Dahlmann lange gefangen gewesen war und in der er möglicherweise noch immer feststeckte, obwohl er sich inzwischen frei wähnte. Ohne den Kontinua-Konnektor, der Jasper mit Lebenskraft versorgt hatte, lief der Absorptionsprozess vielleicht schneller ab. Er stellte fest, dass er mehr an die Lokomotive dachte als an Jasmin und die Mission. Eine sehr gefährliche Entwicklung, die bedeutete, dass er nach und nach die Kontrolle über sich verlor.

Als Jasper in den Tender zurückkehrte, stand der Dahlmann in der Ecke, wo zuvor der kleine weiße Brocken gelegen hatte. Der Mann mit dem Zylinder hielt einen weiteren in der Hand, noch kleiner als der andere.

»Das Futter für die Lokomotive kommt hier heraus, siehst du?« Er deutete auf einen winzigen Spalt dicht über dem Boden. Etwas rieselte daraus heraus: weiße Körner, aus denen sich ein winziger Klumpen bildete, der allmählich größer wurde.

»Das genügt nicht«, sagte Jasper. »Die Lokomotive braucht viel mehr.«

Halb verborgen im Schatten zeichneten sich die Umrisse einer Tür ab, eingelassen in die Rückwand des Tenders. Der Dahlmann betrachtete sie kopfschüttelnd. »Die habe ich nie zuvor gesehen.«

»Weil sie sich hinter dem weißen Futter befand.« Jasper

sagte »Futter«, obwohl »Brennmaterial« das richtige Wort gewesen wäre. Die Lokomotive hatte etwas Lebendiges für ihn. Er versuchte, diesen Eindruck abzuschütteln, doch es fiel ihm sehr schwer.

Der Dahlmann bohrte seine Fingernägel in eine Fuge und zog. »Die Tür lässt sich nicht öffnen.«

»Dreh den Knauf«, sagte Jasper.

»Ich *habe* ihn gedreht, Dummkopf, was glaubst du wohl! Er dreht sich, aber die Tür bleibt zu.«

Jasper nahm die Axt und machte sich daran, ihre scharfe Schneide in den Spalt neben dem Knauf zu zwängen. Aber es klappte nicht. Der Spalt war zu schmal.

»Wir brauchen besseres Werkzeug«, sagte der Dahlmann.

Jasper warf die Axt beiseite. »Ich hole welches.« Er sprang aus dem leeren Tender und durchs Führerhaus, sah dort die rote Sandwüste mit ihren Dünen und Staubfahnen, wie Gischt von Wellenbergen aus rotem Sand. Einen Moment später kroch er durch den Wartungstunnel im Leib der schweigenden, hungrigen Lokomotive. Kurz bevor er die Werkzeugnische erreichte, neben der Tafel mit den zahlreichen Markierungen, die vielleicht Auskunft gaben über Schienennetz, Bahnhöfe und Richtung, geriet er außer Atem, und Arme und Beine wurden so schwer, dass er innehalten musste. Er schloss die Augen, schnappte nach Luft ... und als er die Lider hob, war mehr Zeit verstrichen, als hätte verstreichen dürfen, vielleicht eine Stunde, vielleicht mehr. Die Lokomotive schlief, wie er geschlafen hatte, und vom Feuer in ihr war nur ein kleiner Rest übrig. Wenn es ganz ausging, würde es sehr, sehr schwer sein, ein neues zu entzünden.

Jasper kroch weiter, erreichte die Werkzeugnische, wählte zwei Brechstangen und ein Objekt, das aus mehreren dünnen Drähten bestand – möglicherweise ließ sich damit das mechanische Schloss der Tür knacken. Auf dem Rückweg warf er noch einmal einen Blick auf die Tafel mit den Markierungen und glaubte zu erkennen, dass sich einige von ihnen verändert hatten. Er wollte nicht noch mehr Zeit verlieren, und deshalb kroch er weiter und erreichte kurze Zeit später den Führerstand.

Der Wind hatte von beiden Seiten roten Sand hereingeweht. Hoch türmte er sich auf und bildete eine Düne. Auf der anderen Seite, im leeren Tender, stand der Dahlmann, breitbeinig, die Fäuste an die Hüften gestemmt.

»Wo hast du so lange gesteckt, Lokomotivführer? Ich habe *Stunden* auf dich gewartet.«

»Warum bist du nicht gekommen, um nach dem Rechten zu sehen?«

»Ich habe die Wüste beobachtet und dem Sand zugesehen«, sagte der Dahlmann. »Er wird den Zug unter sich begraben, weißt du das? Und es dauert gar nicht mehr lange.«

Jasper stapfte durch roten Sand, erreichte den Tender und die Tür, versuchte es erst mit der einen Brechstange und dann mit der anderen. Beide passten in den Spalt, doch es nützte nichts – die Tür ließ sich nicht aufhebeln. Sie bewegte sich nicht einmal. Jasper warf beide Brechstangen zur Axt in der Ecke, holte das aus mehreren Drähten bestehende Objekt hervor, bog einen Draht so, dass er am Ende einen Haken aufwies, und schaffte es nach mehreren vergeblichen Versuchen, ihn ins kleine Schlüsselloch zu schieben. Vorsichtig drehte er den Draht, lauschte und erhoffte sich ein Klicken, das auf eine Entriegelung des Schlosses hinwies, doch er hörte nur den Wind, der noch mehr roten Sand ins Führerhaus wehte.

Dann erklang ein anderes Geräusch, ein Läuten wie von einer Glocke, laut und durchdringend.

»Oh«, sagte der Dahlmann. »Wir bekommen Besuch.« Er deutete auf Jasper. »Nimm ihn in Empfang, Lokomotivführer!«

Das Signal bedeutete, dass jemand im Raum der Ankunft eingetroffen war.

70 Es war stickig und warm im Waggon mit dem geschlossenen Abteil. Fenster gab es keine, man konnte die rote Sandwüste nicht sehen, aber Jasper hörte den Wind, sein Heulen und Pfeifen, das mit jeder verstreichenden Minute lauter zu werden schien und immer mehr Sand zu beiden Seiten des Zuges anhäufte. Vor der geschlossenen Tür des Ankunftabteils blieb Jasper stehen.

»Gibt es keine Möglichkeit herauszufinden, wer sich in dem Abteil befindet?« Er legte das Ohr an die Tür und lauschte, aber der Wind war zu laut, er hörte nichts anderes.

»Ja, die gibt es.« Der Dahlmann stand zwei Meter entfernt, mit verschränkten Armen an eine Trennwand gelehnt. »Öffne die Tür und sieh nach!«

Es gehörte zu Jaspers Pflichten als Lokomotivführer, und der Ruf der Pflicht war so stark, dass ihm gar nichts anderes übrig blieb, als die Tür zu öffnen. Dunkelheit empfing ihn, darin die Reste von Hatan, eine vertrocknete Leiche, von einer Kralle durchbohrt. Auf der linken Seite bewegten sich Schatten.

»Hinein mit dir, Lokomotivführer!« Der Dahlmann gab ihm einen Stoß, der Jasper ins Abteil taumeln ließ. »Tu deine Pflicht!«

Das Pfeifen des Winds wurde leiser, und Jasper hörte ein anderes Geräusch in der Dunkelheit, ein Rauschen, von dem er zuerst glaubte, dass es ebenfalls vom Wind stammte. Aber dann sah er ein Wogen in den Schatten und Mondschein, der sich auf den Wellen eines dunklen Meeres widerspiegelte. Er trat einen Schritt vor, angetrieben vom Pflichtbewusstsein des Lokomotivführers, und drei Gestalten gerieten in Sicht: ein kleiner, schmächtiger Mann, mit einem großen Schlüsselbund am Gürtel; ein Alter mit hängenden Schultern und krummem Rücken; und eine junge Frau mit Sommersprossen auf Nase und Wangen – und Augen, die nicht zu ihr passten, die viel älter waren als das Gesicht. Die Frau deutete nach vorn, und ihre Lippen bewegten sich – sie richtete Worte an ihre Begleiter, die Jasper nicht verstand.

»Sie sind noch nicht ganz hier«, sagte der Dahlmann. »Hilf ihnen, Lokomotivführer! Worauf wartest du?«

Jasper trat noch einen Schritt vor, blieb neben Hatans Leiche stehen und streckte die Hand aus, um die der Frau zu ergreifen und sie ganz in den Raum der Ankunft zu ziehen. Er fühlte einen Widerstand, etwas drückte gegen seine Hand, je weiter er sie der Frau entgegenstreckte, die ihn zu sehen schien, denn sie machte ihrerseits einen Schritt auf ihn zu und rief etwas, Worte, die diesmal ihm galten, aber nur als dumpfes Brummen bei ihm ankamen, wie von etwas in die Länge gezogen.

»Gib dir mehr Mühe!«, sagte der Dahlmann hinter ihm. »Na los, Lokomotivführer, gib dir mehr Mühe!«

Jasper gab sich mehr Mühe und begann damit, eine Membran zu zerreißen, die er mehr fühlte als sah. Die Frau unterstützte seine Bemühungen von der anderen Seite, und schließlich bekam er ihre Hand zu fassen und zog.

Etwas machte laut und deutlich *plop!*, und plötzlich roch es nach Meer. Drei Personen fielen in den Raum der Ankunft, eine von ihnen mit laut klirrendem Schlüsselbund, die zweite, der Alte, mit einem Ächzen. Die Frau mit dem jungen Gesicht und den alten Augen kam sofort wieder auf die Beine und half ihren beiden Begleitern beim Aufstehen. Als sie den Blick auf Jasper richtete ...

Er hatte einen solchen Blick schon einmal gesehen, bei Aurelius, der zehntausend Jahre in Omnis Diensten gestanden hatte. Er glaubte zu wissen, wer diese Frau war.

»Samantha, nehme ich an? Reisende in Diensten von Omni?«

Die Frau mit dem hellen Gesicht und den Sommersprossen straffte die Schultern. »Kennen wir uns?«, fragte sie fast wie bei einem förmlichen Empfang.

»Ich kenne Sie«, sagte Jasper. »Wir sind ... Kollegen.« Er musste sich zwingen, die letzten Worte auszusprechen. Er hatte »Ich bin der Lokführer dieses Zuges« sagen wollen.

»Omni hat Sie geschickt.«

»Ja.«

»Offenbar haben Sie ein Problem.« Samantha deutete auf die gerötete Stelle an Jaspers Handgelenk, hob dann den Arm und zeigte ihren Konnektor.

»Ja, ich ...« Die Schwäche holte Jasper ein und stahl ihm die Worte von Zunge und Lippen. Die Knie gaben nach, und er sank zu Boden, neben den toten Hatan und die Schale des zerbissenen Zerebus.

71

»Eine schöne Bescherung ist das«, hörte Jasper den Dahlmann sagen. »Der Zug braucht einen starken Lokomotivführer und nicht jemanden, der umfällt, nachdem er sich ein bisschen angestrengt hat. Ein Schwächling hat mich von meinen Fesseln befreit, wer hätte das gedacht!«

»Mit Verlaub, junger Mann, halten Sie die Klappe!« Diese Stimme schien dem Alten zu gehören, den Jasper bei Samantha gesehen hatte, und das Klirren des Schlüsselbunds stammte vom dritten Neuankömmling.

»Mehr kann ich Ihnen nicht geben, Jasper.« Samanthas Gesicht erschien über ihm. »Es steckt nur noch wenig Energie in meinem Konnektor. Ich muss ihn dringend aufladen. Wie geht es Ihnen jetzt?«

»Besser.« Jasper richtete sich auf. Sie befanden sich im Waggon, außerhalb des geschlossenen Abteils mit dem Raum der Ankunft. Das Licht flackerte, und draußen heulte der Wind. Jasper, und nur er, hörte noch etwas anderes: Die hungrige Lokomotive rief ihn.

Wieder klirrten die Schlüssel.

Plötzlich hatte Jasper eine Idee.

»Die Lokomotive hat Hunger!«, rief er und sprang auf. »Wir müssen die Tür öffnen, damit sich der Tender wieder mit Futter füllt. Kommen Sie, vielleicht passt einer Ihrer Schlüssel!«

Jasper packte den kleinen, schmächtigen Mann mit dem

ernsten, würdevollen Gesicht am Arm und zog ihn mit sich. Der Dahlmann nickte anerkennend, rückte seinen Zylinder zurecht und folgte Jasper, seinerseits gefolgt von Samantha und dem Alten.

Es lag noch mehr roter Sand im Führerhaus. Jasper begann zu schaufeln, um die Klappe zur Feuerbüchse freizulegen, schaufelte dann auf der anderen Seite, damit sie den Tender erreichen konnten.

»Langsam«, sagte Samantha. »Langsam, Jasper. Sie verausgaben sich.«

Aber Jasper schaufelte nicht langsamer, sondern noch schneller, bis ihm der Schweiß ausbrach und er keuchte. Schließlich hielt Samantha ihn am Arm fest und nickte dem Mann zu, der Kremser hieß und ihm die Schaufel abnahm.

»Oho«, sagte der Dahlmann. Er stand ein wenig abseits, neben dem Alten, der auf einem Schemel bei der Klappe der Feuerbüchse saß, und beobachtete das Geschehen. »Plötzlich will er fleißig sein, der Lokomotivführer, der faul geschlafen hat!«

»Die Tür!«, stieß Jasper hervor und sah Kremser an, den Schlüsselverwahrer. »Öffnen Sie die Tür!«

»Hören Sie ...« Samantha legte Jasper die Hände auf die Wangen und zwang ihn, sie anzusehen. »Sie müssen dagegen ankämpfen.«

»Wogegen?«, fragte er, obwohl er genau wusste, was sie meinte. Der Wind heulte, und in seinem Heulen hörte er die Stimme der Lokomotive, die nur er hören konnte. Sie rief ihn, sie wollte gefüttert werden.

»Es wird immer schwerer«, sagte Samantha. »Zu viele versuchen, die äußeren Barrieren zu durchdringen und das Zentrum des Nerox zu erreichen. Dadurch werden zusätzliche Verteidigungsprogramme aktiv. Das Nerox will sich schützen, Jasper, verstehen Sie?«

Er verstand, aber er dachte dennoch vor allem an die Lokomotive und den Zug. Das Feuer musste brennen, die Waggons mussten rollen. Es erleichterte ihn, aus dem Augenwinkel zu sehen, dass Kremser seinen Schlüsselbund vom Gürtel löste, sich das Schloss der Tür in der Rückwand des Tenders ansah und es mit dem ersten Schlüssel versuchte.

»Zu den Verteidigungsmaßnahmen des Nerox gehört, dass es den Zug angehalten hat«, fuhr Samantha fort. »Ich bin schon einmal hier gewesen, im letzten Waggon ...«

»Unsinn!«, rief der Dahlmann, der offenbar sehr gute Ohren hatte, wenn er Samantha trotz des Heulens und Pfeifens der Böen hören konnte. »Wenn jemand im Zug erscheint, so im Raum der Ankunft.«

Nein, dachte Jasper. Nein, das stimmte nicht. Es kam vor, dass Passagiere in den Waggons saßen, stumm und hilflos, weil sie bereits das Sprechen verlernt hatten. Sie verschwanden schnell, wohin auch immer. Er erinnerte sich ...

Samantha gab ihm einen Klaps auf die Wange. »Hören Sie mir zu, Jasper. *Hören Sie mir zu!* Sie müssen verstehen.«

Er blinzelte mehrmals. Hinter Samantha wehten Sand und Staub, bildeten einen roten Schleier.

»Ich wollte durch den langen Zug wandern, bis zur Lokomotive, um ihren Kurs zu ändern und ins Zentrum zu fahren«, sagte Samantha. »Aber ich musste ihn wieder verlassen, um ein Versprechen einzulösen.« Ihr Blick ging zum Alten auf dem Schemel. »Das Nerox hält auch mich für einen Eindringling, den es vom Zentrum fernzuhalten gilt. Jetzt hat es den Zug angehalten, um uns daran zu hindern, dem Kern näher zu kommen. Und es nimmt Sie auf, Jasper. Es ist auf dem besten Wege, Ihr Bewusstsein in die Verteidigungsmatrix zu absorbieren.«

Jasper blinzelte erneut. Er bemühte sich zuzuhören, während er – weiterhin aus dem Augenwinkel – Kremser an der Tür beobachtete, wie er einen Schlüssel nach dem anderen ausprobierte.

»Wir sind noch immer im Transfer, Jasper«, sagte Samantha. Sie redete und redete, diese Frau, die ebenso alt war wie Aurelius, ganze zehn Jahrtausende, und ihre Worte ergaben immer weniger einen Sinn. »Das Nerox entscheidet, wer zum Retransfer am Ziel zugelassen wird und wer nicht. Ich habe mit der Letzten gesprochen ...«

Lass mich los, dachte Jasper. Ich bin der Lokomotivführer. Ich muss mich um die Lokomotive kümmern.

»... beziehungsweise mit ihren Erinnerungen. Ich habe mit den Erinnerungen der Letzten gesprochen. Das dort hat mir dabei geholfen.« Sie deutete auf ein Objekt in den Händen des Alten, auf eine kleine grüne Figur, die vielleicht eine Frau darstellte, trotz der flachen Brust. »Ich habe nach Hinweisen gesucht, und eine der Erinnerungen hat mir einen Zug gezeigt. Diesen Zug. Verstehen Sie, Jasper?«

»Ja, ja, ich verstehe, lassen Sie mich jetzt los!«, erwiderte Jasper der Lokomotivführer.

»Er versteht kein Wort«, sagte der Dahlmann. »Weil er dumm ist.« Er schüttelte den Kopf. »Ich habe einen Dummkopf zum Lokomotivführer gemacht.«

»Wir müssen so bald wie möglich einen Retransfer erzwingen, bevor die Verteidigungsprogramme des Nerox unsere Elimination beschließen.«

Retransfer, Verteidigungsmatrix, Erinnerungen, mit denen man sprechen konnte ... Es klang nach Unsinn. Wichtig war allein der Zug, er durfte nicht unter rotem Sand begraben werden. Trotzdem brachte Jasper – etwas in ihm – ein »Wie?« hervor.

»Der Mann mit dem Zylinder dort ...«, begann Samantha.

»Ich bin der Dahlmann«, sagte der Dahlmann und hob eine Hand zur Hutkrempe.

»Er hatte die ganze Zeit über den Schlüssel, ohne es zu ahnen.«

Kremsers Schlüssel klirrten. Er hatte noch immer nicht den richtigen gefunden, die Tür blieb geschlossen. Und vom Feuer der Lokomotive, das sah Jasper trotz der geschlossenen Klappe, waren nur noch wenige Funken übrig.

»Der Gebeiner«, fügte Samantha hinzu. »Er weiß Bescheid. Er saugt Wissen und Daten auf. Wir müssen ihn wecken.«

»Na bitte«, sagte Kremser in diesem Moment. Er drehte

den Schlüssel, den er gerade ins Schloss geschoben hatte, und es klickte.

Jasper wirbelte herum, war mit einem langen Satz neben Kremser, stieß ihn beiseite und riss die Tür auf. Faustgroße weiße Brocken rutschten ihm entgegen, Dutzende, Hunderte, genug, um die Lokomotive zehn- oder zwanzigmal zu füttern.

»Die Schaufel!«, rief er. »Gebt mir die Schaufel!«

72 Die Lokomotive schnaufte und stampfte, die Waggons rasselten und schwankten. Der Zug rollte wieder – der Schienenräumer vor der Lokomotive befreite die Gleise vom Sand –, vorbei an einer roten Wüste auf der einen und einer grünblauen Wasserwand auf der anderen Seite. Samantha hielt das Wasser für ein gutes Zeichen. Sie sah darin einen Hinweis darauf, dass es nicht mehr weit war bis zum See, den der Dahlmann seit vielen Jahren suchte und nie allein gefunden hätte. Das schien er allmählich einzusehen, denn er war nachdenklicher geworden, verzichtete auf herablassende Bemerkungen, saß oft neben Kremser und sprach leise mit ihm. Der Alte, bemerkte Jasper, suchte die Nähe von Samantha, aber immer auf eine diskrete Art und Weise, ohne aufdringlich zu werden. Er wirkte schwach und gebrechlich – seine Wangen waren hohl, und die Augen lagen tief in den Höhlen –, doch oft lächelte er zufrieden, vor allem dann, wenn er die grüne Figur in seinen schmalen, faltigen Händen hielt.

»Die letzte Pandora?«, fragte Jasper. Sie saßen im Führerstand, und er hatte einen einigermaßen klaren Kopf. Die Lokomotive war satt und ließ ihn in Ruhe. Der Dahlmann, Kremser und der Alte namens Zirzo, ein Werkzeugmacher von Arkonadia, befanden sich im Küchenabteil des nächsten Waggons. Sie mussten essen und trinken, um bei Kräften zu bleiben. Jasper und Samantha teilten sich die Energie eines inzwischen fast leeren Kontinua-Konnektors.

»Ja«, sagte Samantha. »Ayren aus der Großen Magellanschen Wolke hat es bestätigt.«

»Wer ist Ayren?«

»Er war ein Reisender wie wir, ein Hinir, seit achtundsiebzigtausend Jahren in Diensten von Omni, als er versuchte, ins Innere des Nerox zu gelangen und es für Omni zu sichern. Ich habe mit ihm gesprochen, mit seinen Erinnerungen.«

Jasper versuchte zu verarbeiten, was er gerade gehört hatte.

»Vor ihm gab es andere, erzählte er«, sagte Samantha. »Wir sind nicht die ersten Reisenden, die Omni schickt. Und wenn wir versagen, werden wir auch nicht die letzten sein. Ayren ist Teil der Erinnerungen des Nerox. Er hat sich aufnehmen lassen, als er merkte, dass es kein Zurück für ihn gab. Vielleicht hoffte er, doch noch einen Weg zur Letzten und zum Steuerungszentrum des Nerox zu finden, um es zu Omni zu bringen. Das Nerox ist die *Nerox*, Jasper. Ein Schiff.«

Samantha beschrieb es, das gewaltige Rad mit den Speichen und den unterschiedlichen Komponenten und Segmenten, die von der Nabe und den einzelnen Speichen ausgingen. Jasper erkannte das Objekt wieder, das er am Himmel gesehen und für eine Orbitalstation gehalten hatte.

»Die Letzte war verletzt und schwach, sie wollte einen sicheren Ort aufsuchen und sich erholen, aber als ihr Schiff, vom Feind verfolgt, in den Transfer ging, kam es zu einer fatalen Entladung, zu einer starken energetischen Störung. Es entstanden Anomalien, eine davon am Rand des Ljuben-Systems, und das Schiff ist seitdem auf einer ewigen Reise durch Zeit und Raum. Wer weiß, auf wie vielen Welten es in Abständen von Jahrhunderten oder Jahrtausenden erscheint, auf der Suche nach Hilfe für die Letzte.«

»Hilfe?«, wiederholte Jasper.

»Die letzte Pandora schlief«, fuhr Samantha fort, während der Zug durch die Wüste fuhr. Links glitten rote Dünen an den Waggons vorbei, rechts eine Wasserwand, in der sich manchmal die Umrisse aquatischer Geschöpfe zeigten, manche von ihnen so groß wie die Lokomotive. Einmal schob ein Geschöpf, das aussah wie ein Riesenkalmar, sein großes, starrendes Auge halb aus der Wasserwand. Noch immer heulte und pfiff der Wind, aber das Schnaufen der Lok war jetzt lauter, und hinzu kam ein dumpfes Rauschen vom Wasser. »Besser gesagt, sie lag im Koma. Die Programme ihres Schiffes, vergleichbar vielleicht mit den Intellekten von KopKo-Schiffen, richteten eine Valutierungszone ein. Wer in ihren Wirkungsbereich geriet, wurde geprüft, bewertet und bei Eignung weitergeleitet. Der Retransfer fand dann im Zentrum des Nerox statt, in der *Nerox*, im Schiff, bei der komatösen Letzten und ihren Assistenten.« Samantha seufzte. »So begann es. Seitdem sind eine Milliarde Jahre vergangen.«

Jasper gab vor, über die Worte nachzudenken, aber in Wirklichkeit lauschte er vor allem dem satten, zufriedenen Stampfen der Lokomotive.

»Selbst Sonnen und Planeten verändern sich in einer Milliarde Jahren«, sagte Samantha. »Es ist unvorstellbar viel Zeit.«

»Was geschah?«, fragte Jasper.

»Manche Individuen, die den Test in der Valutierungszone bestanden und zur Letzten gelangten, erwiesen sich dort nicht als Helfer, sondern als Diebe. Sie wollten die Macht der Schlafenden stehlen. Und so verwandelte sich die Valutierungszone schließlich in eine Barriere, in eine Verteidigungsmatrix, deren Zweck darin besteht, Eindringlinge von der Letzten fernzuhalten. Tausend Millionen Jahre, Jasper. Die Integrität des Nerox und der *Nerox* litten. Es kam zu Defekten, die nicht immer repariert werden konnten. Fehlfunktionen häuften sich. Die Verteidigungsbarriere sollte niemanden töten oder verletzen, wenn ich es richtig verstehe. Sie sollte nur zurückweisen. Aber das veränderte sich im Lauf der Zeit.«

»Degeneration«, sagte Jasper in einem sehr klaren Moment.

»Ja. In der Barriere funktioniert nichts mehr richtig. Sie tötet und verstümmelt, obwohl sie bewahren und schützen sollte. Die Werkzeuge aus Supra, aus Bruchstücken des Schiffes, der *Nerox* ... Sie sollen einen Weg durch die ›Fallen‹ zeigen, vorbei an zahlreichen ›Hindernissen‹, die in gewisser Weise außer Kontrolle geratene Symbole und Metaphern sind, bildhafte Abfragen und Überprüfungen. Hergestellt werden die Werkzeuge von Arkonadiern, die den Hilferuf der Letzten hören, manche von ihnen deutlicher als andere. Der alte Mann, der mich begleitet ... Bei ihm ist diese Gabe besonders gut ausgebildet. Sein bestes Werkzeug, die grüne Figur, hat es mir ermöglicht, tief ins Innere des Nerox zu gelangen und mit den Erinnerungen der Letzten zu sprechen.«

»Aber jetzt sind Sie hier.«

»Ja«, sagte Samantha. »Ich bin an den Rand zurückgekehrt, um Zirzo zu helfen. Ich habe es ihm versprochen, ich habe ihm mein Wort gegeben. Und dieser Zug wird uns ins Zentrum bringen. Nachdem wir beim See gewesen sind und dem Gebeiner Gelegenheit gegeben haben, seine Wurzeln in fruchtbaren Boden zu bohren.«

»Der eigentlich gar nicht existiert«, sagte Jasper und lauschte der Stimme der Lokomotive.

Samantha seufzte erneut. »Der Gebeiner gehört nicht nur zum Gedächtnis der *Nerox*, er ist auch ein wichtiger Teil der Verteidigungsmatrix. Sie haben ein Werkzeug benutzt, eins der besten Werkzeuge, die je geschaffen wurden, vom legendären Rothas Berore. Sie haben es mit Ihrem Konnektor repariert und dem Zug eine neue Richtung gegeben. Er fährt jetzt zum Zentrum, aber er wird immer wieder versuchen, anzuhalten und uns daran zu hindern, das Zentrum zu erreichen. Der ›Kompass‹ allein nützt nichts, auch nicht das zweite Werkzeug, über das wir verfügen, die grüne Figur. Weil wir die Verteidiger des Nerox an Bord haben.«

Es fiel Jasper schwer, auf die Worte konzentriert zu bleiben. Er wurde müde. Das Pfeifen des Winds, das Rauschen des Wassers und das Schnaufen der Lokomotive verschmolzen zu einer Melodie, die den Schlaf herbeirief.

»Hören Sie mir zu, Jasper?«

»Ja«, sagte er, obwohl ihm die Augen zufielen. »Ja, ich höre Ihnen zu. Verteidiger. Sie sprachen von Verteidigern.«

Samantha beugte sich vor. »Der Zug ist wie ein Transferprogramm, das uns zur *Nerox* bringt, Jasper. Wir sind Datenpakete in diesem Transferprogramm. Aber andere Programme, fehlgeleitete Ereignisroutinen, erkennen uns als Fremdkörper, als Eindringlinge, die es von der *Nerox* und der Letzten in ihr fernzuhalten gilt. Der Dahlmann ist längst Teil dieser Abwehrprogramme. Vielleicht war er es schon immer. Vielleicht ist er nie ein lebendes Geschöpf gewesen, das irgendwann ins Nerox gelangte. Er hat Sie zum Lokomotivführer gemacht und damit eine enge Beziehung zwischen Ihnen und dem Zug hergestellt. Damit Sie möglichst schnell absorbiert und ebenfalls in die Verteidigungsmatrix aufgenommen werden können.«

Jasper stellte sich vor, nur noch an den Zug zu denken, von allem Ballast befreit zu sein. Er lächelte. Der fehlende Konnektor, der Mangel an Lebenskraft für seinen veränderten Körper, die Schwäche ... All das spielte keine Rolle mehr, wenn er Teil des ewigen Zuges wurde. Was konnte man sich mehr wünschen?

»Doch der Hauptakteur in diesem Zug ist der Gebeiner«, sagte Samantha. »Er ist das lokale Verteidigungsprogramm. Er steckt hinter Ihrer Absorption. Wehren Sie sich dagegen! Oder wollen Sie so werden wie der Dahlmann?«

Wie der Dahlmann?, dachte Jasper. »Er ist frei.«

»Er ist vielleicht nicht mehr dem Zug verpflichtet, aber er bleibt an den Gebeiner gebunden«, sagte Samantha. »Sie gehören beide zur Verteidigung. Bringen wir den Gebeiner zum See. Anschließend setzen wir die Fahrt mit dem Zug fort, bis zum Zentrum des Nerox, bis zur *Nerox*. Dort findet unser Retransfer statt. Dort werden wir wieder Fleisch und Blut.«

Jasper betrachtete seine Hände. Es schien ihnen nicht an Substanz zu mangeln.

»Symbole und Metaphern, Jasper«, sagte Samantha. »Viele

von ihnen schwer zu deuten. Wir dürfen uns nicht in ihnen verlieren. Wir dürfen nicht vergessen, wer wir sind und warum wie uns *hier* befinden.«

Ein Auftrag, erinnerte sich Jasper. Eine Mission für Omni.

Er blickte auf die gerötete Stelle an seinem Handgelenk. Für einen Moment fühlte er sich unendlich schwach, so leer, als könnte er jeden Augenblick in sich zusammenfallen und nicht mehr zurücklassen als eine dünne Hülle.

»Wo ist der See des Gebeiners?«, fragte er. »Wie weit ist er entfernt?«

Samantha lehnte sich zurück und lächelte. »Sie sind der Lokomotivführer. Sie haben der Lokomotive einen Kompass gegeben und können ihren Kurs bestimmen. Bringen Sie uns zum See!«

Die letzte Tür

73 Jasmin

»Hier kam es zu meinem Unfall«, sagte Baltasar. »Hier verlor ich einen großen Teil meines Körpers und wäre beinah gestorben.«

Jasmin erkannte den Saal wieder, in dem sie sich befanden: so hoch, dass sich Dunst unter seiner Decke bildete, die grauschwarzen Wände nicht glatt, sondern voller spitzer und runder Vorsprünge. Sie bestanden teilweise aus Würfeln und Oktaedern mit einer Kantenlänge von nicht mehr als zehn Zentimetern, und an einer Stelle zeigte sich eine kleine Lücke – Jasmin sah sie deutlich, obwohl sie noch mehrere Dutzend Meter davon trennten.

Sie drehte den Kopf. Hinter ihnen befand sich ein graues Rechteck, das aber immer mehr verblasste und nach wenigen Sekunden ganz verschwand.

»Gibt es keinen Rückweg?«, fragte sie.

»Wir sind nicht hierhergekommen, um jetzt kehrtzumachen.« Baltasar ging los, ein Summen kam aus seinem Körper. »Wir sind hier, um die letzte Tür zu öffnen.« Er deutete nach vorn, auf das Portal, das aus zwei ungleichen Flügeln bestand: Der rechte ragte fünf Meter weit auf, und der linke reichte bis zur hohen Decke empor.

»Das, was Sie Labyrinth genannt haben ...«, sagte Jasmin. »Liegt es jetzt hinter uns?«

»Noch nicht ganz«, sagte Baltasar. Er klang nicht mehr ruhig, sondern ungeduldig. Das Summen in seinem Körper schien lauter geworden zu sein. »Öffnen Sie die Tür!«

»Wir sind noch immer in der Gefahrenzone, an der die meisten Arkonadier scheitern?«

»Ja. Kommen Sie, Jasmin von Omni! Öffnen Sie die Tür! Deshalb sind wir hier.« Baltasar stand einen Meter vor dem Portal und winkte. In der einen Hand, ihr entgegengestreckt, hielt er den Würfel, der in der Wand fehlte und die kleine Lücke hinterlassen hatte.

Jasmin sah sich um. »Der letzte Raum des Labyrinths«, sagte sie. »Hinter der Tür liegt das Innere des Nerox, der Weg zur *Nerox*.«

»Ja«, sagte Baltasar. »Ja. Kommen Sie!«

Sie trat näher, ging aber langsam und versuchte, ein Gefühl für den Ort zu entwickeln. In ihrem Hinterkopf regte sich etwas, ein seltsames Prickeln.

»Was ist damals passiert, vor vierhundertdreiundfünfzig Jahren?«

»Die letzte Falle hat mich erwischt.« Baltasar versuchte ruhig zu sprechen, aber Jasmin hörte die wachsende Unruhe in seiner Stimme. »Weil ich unvorsichtig wurde. Und weil ich nicht gut genug vorbereitet war. Im Gegensatz zu Ihnen, Jasmin. Omni hat Sie vorbereitet. Omni hat Sie zu einem Werkzeug gemacht, für diesen Moment, für diese letzte Tür.«

»Sie sind verletzt worden, hier, an diesem Ort.«

»Ja.« Baltasar hielt ihr den Würfel entgegen. »Nehmen Sie das hier! Es funktioniert wie ein Werkzeug. Öffnen Sie damit die Tür!«

Jasmin blieb stehen, außerhalb von Baltasars Reichweite. »Sie haben versucht, die Tür zu öffnen, und dabei gerieten Sie in die letzte Falle, wie Sie sagten. Sie wurden schwer verletzt.«

»Ja! Nehmen Sie den Würfel, Jasmin von Omni!«

Das bin ich, dachte sie, von ihrem eigenen Gedanken überrascht. Jasmin von Omni. Ich bin nicht einfach nur Jasmin, die man früher Zinnober nannte, sondern Jasmin von Omni.

Aus dem Prickeln in ihrem Hinterkopf wurde ein Flüstern.

»Wie konnten Sie entkommen?«, fragte Jasmin. Argwohn erwachte in ihr. »Wie konnten Sie diesen Ort schwer verletzt verlassen? Wer half Ihnen? Wer behandelte Sie? Wer ersetzte

Ihre fehlenden Körperteile durch summende Servomotoren und andere Dinge? Wer schirmte Ihren neuen Körper so gut ab, dass all die Prothesen und Erweiterungen auch während der technologischen Inhibition uneingeschränkt funktionieren?«

»Meine Freunde in Schentiffica ...«

»Nein«, sagte Jasmin. »Das können Ihre Freunde in Schentiffica nicht geleistet haben. Dazu sind Kenntnisse erforderlich, die auch die besten Wissenschaftler und Gelehrten auf Arkonadia nicht haben. Wer sind Sie, Baltasar?«

Warum stellte sie diese Frage jetzt, hier? Dies war der Mann, der auf ihren Vater geschossen hatte und auch auf sie. Jasper lebte noch, sie hatte ihn gesehen, aber dass er nicht tot war, ließ sich kaum auf Baltasars gute Absichten zurückführen. Dennoch hatte sie diesen Mann begleitet, ohne zu versuchen, ihm zu entkommen. Weshalb? Weil seine Worte so überzeugend klangen? Genügten gut klingende Worte, um sie davon abzulenken, dass Baltasar beinah ihren Vater umgebracht hätte?

Plötzlich stand er direkt vor ihr und drückte ihr den Würfel in die Hand. »Öffnen Sie die Tür, Jasmin!«

Und in ihrem Hinterkopf flüsterte es: *Öffnen Sie die Tür, Jasmin!*

Ein Gesicht erschien in ihrer Erinnerung, das faltige Gesicht eines Mannes mit dünnem grauem Haar. Er schien recht alt zu sein, doch die Augen zeigten Kraft und Entschlossenheit. Melchior, ein Gelehrter aus Schentiffica, Freund und Verbündeter von Baltasar.

»Die Tür, Jasmin«, sagte Baltasar. »Öffnen Sie die Tür für mich! Für uns.«

Öffnen Sie die Tür, wiederholte das Flüstern in Jasmins Hinterkopf, ohne *für mich, für uns* hinzuzufügen. Es erinnerte sie an etwas, an ein sehr unangenehmes Erlebnis, damals, als sie noch Zinnober gewesen war. Ein Likotha von Javaid hatte sie entführt, ein Psioniker.

Melchior. Seine klugen, kraftvollen Augen, die sie angesehen hatten, mit einem Blick, der ins Innere ihres Kopfes reichte.

»Ein Telepath«, brachte sie hervor. »Melchior, Ihr Freund aus Schentiffica. Kein passiver Telepath, sondern ein aktiver.«

»Gehen Sie zur Tür, Jasmin!«, sagte Baltasar.

Gehen Sie zur Tür, Jasmin!

Es war eine starke Stimme, voller Autorität, und sie schien Nerven und Muskeln direkt zu erreichen, ohne dass Jasmin eine Entscheidung traf. Sie bewegte sich, sie setzte einen Fuß vor den anderen, sie streckte die Hand nach dem Knauf der Tür aus.

Waren Baltasars Worte deshalb so überzeugend gewesen? Weil Melchior den Zweifel aus ihr verbannt hatte?

»Er ist nicht nur mein Freund, sondern auch mein Urururenkel«, sagte Baltasar.

»Das Projekt Futur ...«, brachte Jasmin hervor und versuchte, ihre Hand aufzuhalten. Die Fingerkuppen berührten bereits den Knauf. »Wer steckt dahinter?«

»Ich habe Ihnen die Wahrheit gesagt, Jasmin.« Baltasar blieb mit dem Rücken zur Wand stehen, neben der Tür, um von nichts getroffen zu werden, wenn sie sich öffnete. Was erwartete er? Eine Explosion?

»Ein Werkzeug.« Jasmin presste die Worte hervor. »Ich bin *Ihr* Werkzeug. Melchior hat mich dazu gemacht.«

»Sie helfen Arkonadia«, erwiderte Baltasar. »Öffnen Sie die Tür!«

Öffnen Sie die Tür!

Jasmin konnte sich nicht länger widersetzen. Sie öffnete die Tür.

Licht gleißte, alles wurde weiß und blau. Etwas berührte Jasmin, Körper und Geist, wie tastende, suchende Finger, begleitet vielleicht von einem aufmerksamen Auge, das sie betrachtete, von innen wie von außen. Dann schwächte sich das blendend helle Leuchten ab, und für einen Moment sah Jasmin, was sie schon einmal gesehen hatte, beim ersten Kontakt mit dem Würfel: eine Frau in Sturm und Regen, die

Brust flach, die Hüften gerade, das silberne Haar von den Böen zerzaust, ihre Arme erhoben, wie auf der Suche nach den Sternen jenseits der dunklen Wolken. Sie drehte den Kopf, der Blick ihrer ovalen Augen traf Jasmin, und die Lippen formten zwei Worte: *Hilf mir!*

Jasmin wollte vortreten, aber Baltasar stieß sie beiseite und ging mit einem langen Schritt durch die Tür. Sofort verschwanden Sturm und Regen, und Jasmin sah etwas, das eine Art Maschinensaal zu sein schien, voller Aggregate und aufragender Gerätetürme.

Baltasar sondierte mit seinem Scanner und orientierte sich, setzte dann den Weg zu einem halbhohen Maschinenblock fort. Er holte etwas hervor, ein zweites Gerät, und er schien genau zu wissen, was er tat.

»Was haben Sie vor?«, fragte Jasmin und wollte ihm folgen.

»Bleiben Sie, wo Sie sind!«, sagte Baltasar scharf. »Sie haben die Tür geöffnet, das genügt.«

»Was haben Sie vor?«, wiederholte Jasmin. Etwas Entscheidendes bahnte sich an, das fühlte sie.

»Ich hole das Nerox – die *Nerox* – nach Arkonadia.« Baltasar erreichte den Maschinenblock und suchte nach einer geeigneten Anschlussstelle für sein Gerät. Nach wenigen Sekunden fand er sie. »Ich beende den Zyklus aus Erscheinen und Verschwinden. Das Schiff der letzten Pandora wird über Arkonadia erscheinen. Ich werde nicht nur Regent von Arkonadia sein, sondern auch Kommandant der *Nerox*.«

»Nein«, sagte Jasmin und trat vor.

»Omni wird das Schiff der letzten Pandora nicht bekommen.« Baltasar hielt plötzlich eine Waffe in der Hand und richtete sie auf Jasmin. »Bleiben Sie auf Ihrer Seite der Tür!«

Bleiben Sie auf Ihrer Seite der Tür!, flüsterte es in Jasmins Hinterkopf, doch etwas anderes war stärker. Jasmin *von Omni* war stärker. Omni hatte sie vorbereitet. Dies war ihr Auftrag, ihre Mission. Diese Sekunden entschieden vielleicht nicht nur über das Schicksal von Arkonadia, sondern auch über die Zukunft vieler anderer Welten und Sonnensysteme in der Milchstraße. Selbst Omni konnte direkt betroffen sein.

Die Stimme verschwand nicht aus Jasmins Hinterkopf, aber sie wurde leiser, so leise, dass Jasmin die Worte nicht mehr verstand. Sie wollte sich ducken und springen, doch Baltasar kam ihr zuvor.

»Es tut mir leid«, sagte er und schoss.

Etwas traf Jasmin mitten auf der Brust, nicht das Projektil aus Baltasars Waffe – es fiel einem blau-weißen Blitz zum Opfer, bevor es sein Ziel erreichen konnte –, sondern die Druckwelle einer plötzlichen Entladung. Sie landete rücklings auf dem Boden, und das Gleißen wiederholte sich. Jasmin dachte benommen: Jetzt hat es mich ebenfalls erwischt, wie Baltasar vor vierhundertdreiundfünfzig Jahren.

Schließlich wagte sie, die Augen wieder zu öffnen, betastete sich vorsichtig und stellte erstaunt fest, dass sie unversehrt war. Die Brust schmerzte, wo der wuchtige Stoß sie getroffen hatte, aber die Haut war nicht aufgerissen, und es schienen keine Rippen gebrochen zu sein.

Jasmin hob den Kopf. Die Tür war geschlossen.

Zwei oder drei Sekunden lang blieb alles still und unbewegt. Dann begann der Boden unter Jasmin zu vibrieren, und von den Wänden kam ein Knistern. Staub fiel aus dem Dunst unter der hohen Decke.

Jasmin stand auf und beobachtete, wie sich Risse im Boden bildeten. Einer von ihnen hielt mit einem schnellen Zickzack genau auf sie zu. Sie wollte ausweichen, doch ein Rest von Benommenheit verlangsamte ihre Reaktion.

Der Riss erreichte sie. Der Boden öffnete sich unter ihr.

Jasmin fiel in blau-weißes Leuchten.

Sie fand sich in einem halbdunklen Raum wieder, neben dem geschrumpften, vertrockneten und von einer Kralle durchbohrten Leichnam eines Jukin. In der Nähe lag der zerbrochene Rückenpanzer eines kleinen Insektomorphen, vielleicht der Zerebus des toten Jukin. Ein seltsames Geräusch drang an ihre Ohren – es klang nach dem Läuten einer Glocke.

Eine Tür öffnete sich. Licht fiel in den Raum, und in diesem Licht zeichnete sich eine humanoide Gestalt ab, jemand, der einen dunklen Anzug und einen Zylinder auf dem Kopf trug.

»Na so was«, sagte die Gestalt, der Mann. »Ein Neuankömmling, obwohl der Zug steht, und nicht einmal in einem Bahnhof?«

»Wer sind Sie?«, fragte Jasmin und setzte sich auf.

»Oh, ich bin der Dahlmann«, sagte der Dahlmann und hob die Hand zur Hutkrempe. »Und wir können Hilfe brauchen. Sie kommen gerade richtig, um dabei zu helfen, den Gebeiner einzupflanzen.«

Das Ende eines Zuges

Zirzo, der Werkzeugmacher 74

Zirzo hatte einen Stock gefunden, lang und dünn, aber stabil genug, die Hände darauf zu stützen, als er auf dem alten Baumstumpf saß und beobachtete, wie die anderen – unter ihnen die vor wenigen Stunden erschienene Frau – den Gebeiner pflanzten. Er hätte ihnen gern dabei geholfen, die seltsame Pflanze aus dem Waggon zu lösen, in dem sie von einem kleinen Schössling zu einem wuchernden Koloss gewachsen war, und zum Ufer des Sees zu bringen, aber er wäre den anderen nur im Weg gewesen. Zweige brachen ab, Äste splitterten, und die Borke, das »Exoskelett«, wie der nervöse Dahlmann es nannte, kratzte auf dem Weg zum See über Steine und Felsen. Aber der Baum, der Gebeiner, war noch immer groß, beeindruckend und weitgehend heil, als er, sein Gewicht auf mehrere Schubkarren verteilt, das Ufer erreichte, wo der Dahlmann, Jasper und der kräftige Kremser ein Loch gegraben hatten, eine Grube, groß genug, um das Wurzelgeflecht des Gebeiners aufzunehmen.

Der alte Werkzeugmacher beobachtete, wie sich die zuvor spiegelglatte Oberfläche des Sees kräuselte, wie kleine Wellen entstanden und Geschöpfe aus dem Wasser krochen, die offenbar zwei unterschiedlichen Spezies angehörten. Als Erste wurden birnenförmige Wesen von der Präsenz des Gebeiners angelockt, ihr Körper haarlos und blutrot, im oberen Teil ein Mund, der aussah wie eine klaffende Wunde, umgeben von langen Fäden. Auf kurzen Tentakelbeinen kamen sie aus dem See und wankten über den Strand, bis sie nur noch ein Dutzend Meter vom Gebeiner trennten. Dort verharrten sie und warteten auf die zweite Lebensform, die aus dem See gekrochen kam: sternförmige Kreaturen mit einer balkenartigen Erweiterung in der Mitte ihres Körpers, die drei verblüffend menschlich wirkende Augen aufwies, eins vorn, die anderen beiden rechts und links an den Seiten. Diese Seesterne gesellten sich den Seebirnen hinzu und bildeten mit ihnen zusammen einen Halbkreis vor dem Gebeiner, dessen Wurzeln nun in fruchtbarem Boden steckten. Etwa hundert Meter entfernt schnaufte abwartend die riesige Lokomotive. Hinter ihr bildeten die zahllosen Waggons eine endlos lange dunkle Schlange vor dem roten Horizont. Die Sonne war untergegangen; die Nacht kündigte sich an.

Jasper und die neu eingetroffene Frau, offenbar seine Tochter, standen abseits des Gebeiners und sprachen über einen See, der sich auf einem Planeten namens Erde befand und dem See des Gebeiners ähnelte. Der Dahlmann und Kremser traten die Erde über den Wurzeln des Gebeiners fest, dessen große Blätter raschelten, obwohl kein Wind wehte.

Im langsam schwindenden Licht betrachtete Zirzo seine auf den Stock gestützten Hände. Sie schienen noch kleiner und schmaler zu sein, wirkten wie geschrumpft in der zu groß gewordenen Hülle der Haut. Wie lang sie gearbeitet hatten, die dünnen Finger. Jahrein, jahraus hatten sie Supra eine Form gegeben und oft darüber vergessen, dass es noch eine andere Welt gab, außerhalb der Werkzeuge, eine Welt mit Mira und Alonna.

Samantha näherte sich, die Frau mit dem hellen Gesicht und den Sommersprossen. Zirzo erinnerte sich an die Zeit, als er sie in seinem Wohnwagen versteckt, abends und nachts mit ihr gesprochen hatte. Es war eine schwierige Zeit gewesen, voller Gefahr, und doch sehnte er sich jetzt nach ihr zurück. Solche Streiche spielten einem Erinnerungen manchmal: Sie stellten Dinge, nachdem man sie verloren hatte, in besonders schönen Farben dar.

»Wir sind fast fertig«, sagte Samantha.

»Was macht der Dahlmann?«, fragte Zirzo. Der seltsame Mann mit dem Zylinder auf dem Kopf hatte Decken und Kissen geholt und legte sie auf den festgetretenen Boden beim Gebeiner.

»Er kommt nicht mit uns«, sagte Samantha. »Er will bei dem Gebeiner bleiben und ihn sprechen hören.«

»Können Bäume sprechen?«

»Der Gebeiner ist mehr als nur eine Pflanze. Er ist ein symbiotisches Geschöpf, das außerdem auch noch mit anderen Lebewesen in Verbindung steht.« Samantha deutete auf den aus Seebirnen und Seesternen bestehenden Halbkreis vor dem Gebeiner. »Dort findet Kommunikation statt, ein Gespräch. Der Dahlmann will unter dem Gebeiner schlafen und ihn in seinen Träumen hören.«

»Ein sonderbarer Mann«, sagte Zirzo. Er spürte, wie seine Hände heiß zu werden begannen. In gewisser Weise war es das Feuer des Feuervogels, das in ihm brannte. Samantha hatte es ihm zu erklären versucht. »Und eigentlich existiert er gar nicht. Wie dies alles.« Er löste eine Hand vom Stock und deutete in die Runde.

»Oh, diese Welt existiert, aber nicht so, wie wir sie sehen und hören«, sagte Samantha. »Das gilt auch für uns selbst.«

»Wir sind ... ein Traum?«

Sie hatte von Datenpaketen gesprochen, erinnerte sich Zirzo. Von einem Transfer, der noch immer stattfand, davon, dass sie erst beim Retransfer wieder einen Körper bekommen würden. Er hatte nicht einmal die Hälfte davon verstanden.

»In gewisser Weise, Zirzo. In gewisser Weise.«

»Und wenn wir die Fahrt mit dem Zug fortsetzen ... Hört der Traum dann auf? Erwachen wir?«

Samantha richtete einen sanften Blick auf ihn. »Ja. Wenn wir unser Ziel erreichen. Kremser wird alle Türen für uns öffnen. Er hat die Schlüssel.«

»Alles Träume ...«

Samantha lächelte. »In gewisser Weise ...«

Zirzo lehnte seinen Stock an den Baumstumpf und hob die Hände. Sie zitterten. »Wenn wir träumen ... Warum bin ich trotzdem krank und schwach?«

Samantha griff nach seinen Händen und hielt sie kurz, ließ sie dann wieder los.

»Vielleicht kann ich dir helfen«, sagte sie. »Ich habe da eine Idee ...«

Zirzo wartete, aber die zehntausend Jahre alte Frau schwieg. Sie beobachtete Jasper und Jasmin, zwei Silhouetten im Licht der Abenddämmerung.

»Sie reisen wie du für Omni, nicht wahr?«, fragte Zirzo und legte die zitternden, brennenden Hände wieder auf den Stock. Die Hitze kroch auch in andere Teile seines Körpers und kündigte das Fieber an. »Sie haben von der Erde gesprochen, von deiner Heimatwelt. Stammen sie ebenfalls von dort?« Er fügte nachdenklich hinzu: »Ich würde sie gern einmal sehen, die Erde.«

»Nein, Jasper und Jasmin stammen nicht von der Erde, zumindest nicht direkt wie ich«, antwortete Samantha. »Aber ihre Vorfahren stammen von dort, wie auch deine. Und wer weiß, vielleicht bekomme ich irgendwann einmal Gelegenheit, dir die Erde zu zeigen.«

»Sie ist weit entfernt, die Erde, nicht wahr?«

»Sehr weit. Sie befindet sich auf der anderen Seite der Galaxis.«

»Eine lange Reise, die viel Zeit in Anspruch nehmen würde«, sagte Zirzo. »Wie seltsam. Noch vor kurzer Zeit wollte ich sterben, aber jetzt wünsche ich mir zusätzliche Jahre, viele.« Er rang sich ein Lächeln ab. »Ich möchte so alt werden wie du.«

»Vielleicht ...«, begann Samantha, sprach aber nicht weiter.

Zirzo beobachtete, wie der Dahlmann seinen Zylinder abnahm und sich unter den Ästen und Blättern des Gebeiners schlafen legte.

Kremser näherte sich mit klirrendem Schlüsselbund. »Er will bleiben. Ich konnte ihn nicht dazu überreden, mit uns zu kommen.«

Samantha nickte. »Es ist besser so.«

Jasper und Jasmin beendeten ihr Gespräch und traten ebenfalls näher. Weiter rechts, schon von der Dunkelheit der Nacht erreicht, schnaufte die Lokomotive, lauter und ungeduldiger.

»Wie viel Zeit bleibt uns?«, wandte sich Samantha an Jasmin.

»Kommt darauf an, wie schnell es Baltasar gelingt, die Navigationsprogramme und entsprechenden Ereignisroutinen der *Nerox* unter Kontrolle zu bringen. Er scheint gut vorbereitet zu sein.« Den letzten Worten fügte Jasmin einen fragenden Blick hinzu, aber Samantha ging nicht darauf ein.

Sie deutete zum Zug. »Brechen wir auf. Kremser?«

»Ich habe alle meine Schlüssel.«

»Gut.«

»Zirzo ...« Samantha half ihm auf. »Du musst noch etwas Geduld haben«, sagte sie. »Du musst noch etwas länger am Leben bleiben. Bis wir unser Ziel erreichen. Dort kann ich dir helfen.«

Als sie die Lokomotive erreichten, wurde aus Zirzos Zittern heftiger Schüttelfrost. Wie sonderbar, dachte er. Man kann innerlich brennen und doch frieren.

Samantha legte ihm eine Decke um die Schultern und wollte ihn in den nächsten Waggon führen, zu einem bequemen Sitz in einem Abteil, aber Zirzo sagte: »Nein, bitte, ich möchte hierbleiben, im Führerstand der Lokomotive. Ich setze mich hier in diese Ecke, damit ich niemanden störe.« Mit einem leisen Ächzen, das sich im Schnaufen der Lokomotive verlor, sank er auf einen Schemel und lehnte den Rücken an eine warme Metallwand. »Von hier aus kann ich das Feuer sehen, wenn Jasper die Klappe öffnet.« Die Flammen erinnerten ihn an den Feuervogel.

»Na schön«, sagte Samantha. »Jasper, füttern Sie die Lokomotive! Heizen Sie ihr ordentlich ein!« Jasper schaufelte bereits weiße Brocken aus dem Tender in den offenen Schlund der Lok. »Der Zug muss schnell werden. Schneller als jemals zuvor. Ohne den Gebeiner und seinen Dahlmann können wir vielleicht schnell genug werden, um das Ziel noch rechtzeitig zu erreichen.«

Jasper der Lokomotivführer schaufelte noch schneller, bis er schweißgebadet war. Die rote Wüste auf der einen Seite und die grünblaue Wasserwand eines gewaltigen Ozeans auf der anderen – beides *huschte* vorbei. Jasper schloss die Klappe nur noch selten, weil er fast ständig weißes Futter in den Schlund warf, und in der Wärme schlief Zirzo schließlich ein.

Als er erwachte, krochen Risse durch die Lokomotive, und ihr sattes, kraftvolles Stampfen verwandelte sich in ein gequältes Heulen.

Die Lokomotive starb.

75

Zirzo saß in seiner warmen Ecke, die kalt zu werden begann, und hörte, wie die anderen aufgeregt miteinander sprachen, während Jasper weiterhin weißes Futter in den Schlund schaufelte, in die »Feuerbüchse«, wie er ihn nannte – er schien zu glauben, dass sich die Lokomotive erholen konnte, wenn sie genug zu fressen bekam. Aber Zirzo beobachtete, wie die Risse im Metall immer länger wurden, wie vorn Dampf entwich – mit einem Pfeifen, das wie ein schmerzerfülltes Kreischen klang – und weiter hinten blau-weißes Licht aus Spalten leuchtete.

Samantha sah sich einen länger werdenden Riss an der Seite aus der Nähe an und wich zurück, als er blau-weiß zu glühen begann. »Ich glaube nicht, dass diese Veränderung auf neue Aktivität in der Verteidigungsmatrix des Nerox zurückgeht«, sagte sie. »Jasmin, was meinen Sie?«

»Es ist Baltasar. Er ändert den Kurs des Schiffes der letzten Pandora. Er bringt es nach Arkonadia.«

»Keine *Aktivität* in der Verteidigungsmatrix«, sagte Samantha. »Das genaue Gegenteil. Sie wird passiv.«

»Ja«, pflichtete ihr Jasmin bei. »Baltasar deaktiviert die Barrieren. Vielleicht braucht er ihre Energie, um die *Nerox* ganz aus dem Zyklus des Erscheinens und Verschwindens zu holen.«

Zirzo hörte die Worte, ohne sie ganz zu verstehen. Er hörte auch die Lokomotive – sie jammerte wie ein verletztes Tier.

»Er muss die Verteidigungssysteme stilllegen, wenn er anderen Leuten, seinen Freunden und Helfern vom Projekt Futur, Zugang zur *Nerox* gestatten will«, fügte Jasmin hinzu. »Für uns bedeutet das ...«

»Auflösung?«, fragte Samantha. »Wir sind noch immer im Transfer.« Sie blickte an sich herab, wie auf der Suche nach Rissen in ihrem Körper.

»Oder wir könnten irgendwo erscheinen«, sagte Jasmin. Sie sprach so schnell, dass Zirzo Mühe hatte, ihren Worten zu folgen. »Im All, im Innern einer Sonne oder eines Gasriesen, am Grund eines tiefen Meeres.«

Das klang nicht gut, fand Zirzo.

»Jasper?«, fragte Samantha.

Der Lokomotivführer schaufelte weiter.

»Gibt es hier irgendwo eine Tür, Jasper?«, rief Samantha.

Jasmin trat vor, hielt ihren Vater fest und nahm ihm die Schaufel weg.

»Eine Tür? Der Zug hat viele Türen. Gib mir die Schaufel, Jasmin!«

Stattdessen gab sie ihm eine Ohrfeige.

Jasper blieb erstaunt stehen, zwischen Tender und Führerstand, und hob verblüfft die Hand zur Wange. Die Schaufel ließ er fallen. Kremser hob sie auf, betrachtete sie kurz, als suchte er an ihr nach einem Schloss für seine Schlüssel, und warf sie dann zur Seite. Mit einem deutlich vernehmbaren Platschen tauchte sie in die grünblaue Wasserwand. Ein Maul erschien aus dem Nichts und schnappte danach.

Zirzo beobachtete, wie erste Risse und Spalten aufeinandertrafen. Verzweigungen bildeten sich, ein netzartiges Muster entstand. Er fröstelte, als es immer kälter wurde. Das Feuer im Schlund der Lokomotive schien sich zu ducken.

Der alte Werkzeugmacher drehte den Kopf und sah, wie sich die Risse auch in den Wänden des Tenders und ersten Waggons ausbreiteten. Das blau-weiße Leuchten wurde heller und erinnerte ihn an das schmerzhafte Licht im Wrack der *Poseidon*, an den Blitz, in dem Samantha verschwunden war.

»Eine Transfertür, Vater!«, rief Jasmin. Zirzo hörte zum ersten Mal, dass sie Jasper »Vater« nannte. »Wir müssen den Zug verlassen.«

Er schüttelte heftig den Kopf. »Ich kann ihn nicht verlassen. Ich bin der Lokomotivführer.«

»Du bist Jasper von Omni!« Jasmin packte ihren Vater an den Schultern und rüttelte ihn.

Zirzo sah, wie roter Sand in den Führerstand rieselte – der Wind wehte ihn herein. Auf der anderen Seite tropfte Wasser aus der grünblauen Wand des Ozeans und bildete eine Lache auf dem Boden. Etwas von dem Wasser sickerte durch einen dünnen Riss, aber trotzdem schwoll die Lache an, denn sie erhielt immer mehr Nachschub.

»Samantha ...«, begann er besorgt.

»Ich sehe es, Zirzo. Jasper, Jasmin, der Zug verliert seine Kohäsion. Wir müssen ihn so schnell wie möglich verlassen.«

Links die Wüste, mit Dünen hoch wie Berge, rechts das Meer, mit hungrigen Mäulern, die nach allem schnappten, selbst nach Schaufeln – Zirzo fand die Auswahl nicht besonders reizvoll.

Kremser stand beim Tender und ließ seinen Schlüsselbund klirren.

Jasper schnappte mehrmals nach Luft, als würde ihm die Luft knapp, weil ihn das Wasser des Ozeans bereits erreicht hatte. »Der Raum der Ankunft«, brachte er hervor. »Das geschlossene Abteil ...«

Vorn knackte es laut. Zirzo beugte den Kopf zur Seite und beobachtete, wie sich ein Teil von der Lokomotive löste und im Ozean verschwand. Ob ein hungriges Geschöpf es verschlang, konnte er nicht erkennen, denn Samantha ergriff ihn an den Armen und zog ihn auf die Beine. Die anderen, unter ihnen auch Kremser, eilten bereits am Tender vorbei zum ersten Waggon des Zuges. Samantha und Zirzo folgten ihnen. An manchen Stellen wurde das blau-weiße Gleißen aus den Rissen und Spalten so hell, dass der alte Werkzeugmacher die Augen zusammenkneifen musste, weil das Licht blendete und schmerzte.

Samantha stützte Zirzo, als er strauchelte. Sie wich nicht von seiner Seite und schenkte ihm ein beruhigendes Lächeln, als er zu ihr aufsah.

Jasper drehte den Knauf der Abteiltür, doch etwas schien zu klemmen. Gemeinsam mit seiner Tochter stemmte er sich gegen die Tür, und schließlich gab sie nach.

Ekelerregender Gestank schlug ihnen entgegen. Würmer bedeckten den toten Jukin, der im Raum der Ankunft lag. Würmer krochen unter den Rückenpanzer des zerbrochenen Käfers, des Zerebus, der dadurch neues Leben zu bekommen schien.

»Die Würmer waren vorher nicht da«, sagte Jasmin.

»Vielleicht ist es ein letzter Versuch der Verteidigungsmatrix, uns aufzuhalten«, erwiderte Samantha. Sie blieb an Zirzos Seite, stützte ihn noch immer. »Ich sehe hier keine Tür.«

Jasper schien sich ein wenig erholt zu haben und tastete die dunklen Wände ab, in denen sich ebenfalls Risse bildeten.

»Vielleicht haben wir uns geirrt.« Jasmin stand neben der Leiche des Jukin und drehte sich um die eigene Achse. Mehrere Würmer krochen auf sie zu. Sie zertrat einen von ihnen, und daraufhin machten die anderen kehrt. »Vielleicht gibt es hier gar keine Tür.«

»Es muss einen Transferpunkt geben«, sagte Samantha. »Wir alle sind hier erschienen.«

Vorn pfiff und heulte die Lokomotive ein letztes Mal und schwieg dann. Die Waggons rasselten und schaukelten. Durch die offene Abteiltür sah Zirzo Wasser durch den Gang strömen. Ein kleiner Fisch zappelte darin und versuchte, sich mit einem Tentakelfortsatz am Bein einer Sitzbank festzuhalten. Eine Welle spülte ihn fort.

»Das Meer kommt«, sagte Zirzo.

»Ich glaube, hier ist etwas.« Jasper blieb stehen und folgte mit beiden Händen dem Verlauf einer senkrechten Linie.

»Nur ein weiterer Riss«, sagte Jasmin.

»Nein.« Jasper schüttelte den Kopf. »Es ist eine Fuge. Komm, hilf mir!«

Meerwasser schwappte in den Raum der Ankunft und erreichte die Leiche des Jukin. Die Würmer krochen an ihr nach oben, doch das Wasser stieg schnell.

Zirzo beobachtete, wie es an seinen Beinen emporkletterte. Einige schwimmende Würmer erreichten ihn; er wischte sie beiseite.

»Können wir ertrinken?«, fragte er.

»Ich möchte es nicht darauf ankommen lassen«, sagte Samantha.

»Du hast recht«, wandte sich Jasmin an ihren Vater. »Es ist kein Riss, sondern eine Fuge. Und hier ist noch eine. Es scheint tatsächlich eine Tür zu sein, aber ich kann keinen Knauf entdecken, und offenbar fehlt ein Schloss.«

»Kremser?«, rief Samantha, um das lauter werdende Rauschen zu übertönen. Mehr Wasser strömte in den Waggon und erreichte das Abteil. Samantha ließ Zirzo los und versuchte, die Tür des Abteils zu schließen, aber sie klemmte wie zuvor, ließ sich nicht bewegen.

Kremser watete durchs hüfthohe Wasser und schwang seinen Schlüsselbund. »Lassen Sie mich sehen«, sagte er und bückte sich. Dicht über dem Wasser fand er eine kleine Öffnung, wählte einen winzigen Schlüssel, kaum mehr als ein dünner Draht, und schob ihn ins Loch. Dabei sah Zirzo seine Hand, von Rissen durchzogen.

»Ich ... « Es war sein letztes Wort. Risse fraßen sich auch durch Kremsers Gesicht, und als er den Mund noch einmal öffnete, kam blendend helles blau-weißes Licht daraus hervor. Ein Licht, das die Umrisse der Tür in aller Deutlichkeit zeigte.

Kremser fiel auseinander, er zerbrach wie die Lokomotive, in einem Flackern und Gleißen, das Zirzo keine Einzelheiten mehr erkennen ließ. Samantha hielt ihn fest, als er im strömenden Wasser das Gleichgewicht zu verlieren drohte, und Jasmin drehte den Schlüssel, den Kremser ins Schloss gesteckt hatte.

Die Tür öffnete sich, sie schwang nach außen.

Eine Woge erfasste Zirzo und riss ihn mit sich, durch die Tür und in eine graue, kalte Welt.

Zirzo spuckte schmutziges Wasser und halb gefrorenen Schlamm. Er streckte die Hand nach der dunklen Masse aus, die vor ihm aufragte, er wollte sich abstützen und aufstehen. Doch dann begriff er, was seine Hand berührte – die lange Kralle eines Mokonna –, und er schreckte zurück.

»Zirzo?«, rief Samantha.

»Ich bin hier«, krächzte er. »Hier bei dem Mokonna.«

Sie stapfte durch den Schneeregen, nass und schmutzig, und half ihm aus dem Schlammloch, in das er gefallen war. Der Mokonna regte sich nicht. Er war tot, ebenso wie die anderen Geschöpfe auf dem Hof der alten Festung von Asidi: Jukin, Jannaschi, Nakota, Menschen, Hellagarit und mehrere geflügelte Inasam. Sie alle lagen in Blut und Dreck.

»Wir sind wieder auf Arkonadia«, ächzte Zirzo.

»Ja.«

Hinter dem Mokonna, auf der anderen Seite des Innenhofs, flackerte das Nerox, seine Fassade, und für einen Moment zeigte sich der Feuervogel mit ausgebreiteten Schwingen. Dann, in einem letzten Blitz, verschwand alles, auch die Gruben und Gräben.

Am Himmel erschien ein riesiges Objekt, ein Rad mit Speichen, von denen zahlreiche Erweiterungen ausgingen – das Schiff der letzten Pandora, die *Nerox*.

Ein Luftschiff

76 Jasper

Wind kam auf, ein böiger, kalter Wind, der zwischen den Ruinen der alten Bastion von Asidi heulte und pfiff, mit einer Stimme, die Jasper auf qualvolle Weise an die Lokomotive erinnerte. Er kauerte im Schutz einer Mauer, neben zwei toten Jukin, deren geöffnete Augen eine Schicht aus Raureif trugen, und hatte das Gefühl, einen immensen Verlust erlitten zu haben. Jasmin hockte neben ihm, nahm ihren Konnektor ab und hielt ihm das silberne Armband ans Handgelenk. Jasper beobachtete Schneeflocken, die im grauen Licht tanzten, hörte das Prasseln von Regentropfen und kleinen Hagelkörnern, blickte zum grauen Himmel hoch und sah das gewaltige Gebilde, das durch die Wolken pflügte wie ein Schiff durchs Meer. Ein Grollen kam von dort oben und fand ein Echo tief im Boden, der zu zittern begann. Steine lösten sich aus bröckligen Mauern.

»Tektonische Aktivität, hervorgerufen von der Masse der *Nerox*«, sagte Samantha. »Zum Glück befinden wir uns hier in einer geologisch stabilen Region. In anderen Bereichen von Arkonadia könnte es zu starken Erdbeben und Vulkanausbrüchen kommen. Von Springfluten und Tsunamis ganz zu schweigen.«

Das Grollen wurde lauter, der Boden zitterte heftiger, und Jasper fragte sich, ob Kelarien in Arkonadias Süden geologisch wirklich so stabil war, wie Samantha glaubte. Sie saß neben dem Werkzeugmacher Zirzo, wie sie alle im Windschutz einer besonders dicken Mauer, die Teil des Außenwalls der alten Festung gewesen war. Nicht weit entfernt, am Rand eines Kraters, der von einer Granate stammte, lagen die übel zugerichteten Leichen von Menschen und Jannaschi. Regen und Hagel trommelten auf sie herab.

Jasper spürte, wie ein Teil der Schwäche aus ihm wich. Jasmins Konnektor war angenehm.

Plötzlich wuchs die Welt und wurde so groß wie das ganze Universum.

So fühlte es sich an. Für einen Moment, für den Bruchteil einer Sekunde, fielen alle Grenzen, sie lösten sich auf, und dahinter öffnete sich ein wahrhaft unendliches Meer, der dunkle Ozean der Kontinua. Für einen Moment fühlte Jasper die beruhigende, kraftvolle Nähe von Omni und der Ressourcen, über die die Superzivilisationen verfügten. Dann entstand eine neue Barriere, eine Mauer, dicker und höher als die, hinter der sie saßen. Jasper schnappte nach Luft, überrascht und enttäuscht.

»Hast du das gespürt?«, fragte er.

Jasmin starrte ihn an. »Die Kontinua, zum Greifen nahe.« Sie nahm ihren Konnektor und legte ihn wieder um ihr Handgelenk. »Aber leider nicht lange genug für eine Aufladung. Samantha?«

»Das Nerox ist verschwunden«, erwiderte die Reisende, die von der Erde stammte. »Für einen Augenblick hatten unsere Konnektoren Kontakt mit den Kontinua und vielleicht auch mit Omni. Leider nicht lange genug, um Energie zu empfangen.« Sie strich mit dem Zeigefinger über ihren Konnektor. »Auch mir ist nicht mehr viel geblieben.«

Stimmen erklangen, vom Heulen der Böen zerrissen. Rufe, Gebrüll. Befehle. Es gab Überlebende der Kämpfe auf der Insel im Uaschasee, und vermutlich waren weitere Kämpfer und Aspiranten mit Booten eingetroffen. Irgendwo zwischen den Mauern der Bastion knallte es, gefolgt vom Rattern einer automatischen Waffe.

»Jemand schießt«, sagte Zirzo.

Die drei Reisenden in Diensten von Omni wechselten erstaunte Blicke.

»Entweder sind es mit Supra abgeschirmte Waffen, oder …

Kann es sein, dass der Schwund vorbei ist?«, fragte Jasmin. »Und wir bleiben trotzdem ohne Kontinua-Kontakt?«

Ein besonders dickes Hagelkorn traf Jasper mitten auf dem Kopf. Er schnitt eine Grimasse. »Das Nerox ist verschwunden, und dafür ist die *Nerox* hier. Baltasar scheint das Schiff der letzten Pandora so weit unter seine Kontrolle gebracht zu haben, dass er damit navigieren kann.« Er deutete nach Norden, wo das gewaltige Rad, halb verhüllt von einem dichter werdenden Schleier aus Regen und Schnee, den Horizont berührte. Ein matter Glanz ging davon aus und durchdrang das Grau des Himmels, dehnte sich übers ganze Firmament aus. »Ein Schirmfeld? Eine Barriere?«

»Baltasar will verhindern, dass Omni die *Nerox* bekommt«, sagte Jasmin. »Vielleicht hat er eine Möglichkeit gefunden, Arkonadia abzuschirmen.«

»Diskontinuität«, murmelte Samantha. Lauter fügte sie hinzu: »Damit hat sich die letzte Pandora geschützt, eine Milliarde Jahre lang. Die Verfolger konnten nicht an sie heran. Und Omni ebenso wenig.«

»Was auch immer, es trennt uns von den Kontinua und Omni«, sagte Jasper. »Unsere Konnektoren sind fast leer.«

»Ich weiß, wo wir sie aufladen können«, erwiderte Samantha.

»Das Schiff der Alten?«, brachte der alte Zirzo hervor. »Meinst du das Wrack der *Poseidon?* Es befindet sich im Norden, in der Wüste. Eine weite Reise, zu weit für mich. So viel Zeit bleibt mir nicht mehr.«

»Nein«, sagte Samantha. »Ich meine Schentiffica, die Stadt der Gelehrten. Dort habe ich mir vor einigen Jahren ein Ausweichquartier eingerichtet.«

»Das uns vielleicht nicht viel nützt. Die Diskontinuität, das Schirmfeld ...« Jasper beobachtete den matten Glanz am Himmel, ein Glühen, das wie der Schein einer fernen Lampe den Schneeregen durchdrang. »Es würde bedeuten, dass wir auch mit Omni-Artefakten keinen Zugriff auf Kontinua-Energie haben.«

Jasmin musterte Samantha aufmerksam. »Sie meinen etwas anderes, nicht wahr?«

»Ja. Die Ho-Korat. Sie haben eine Niederlassung in Schentiffica, eine Art Konsulat.«

»Und sie verfügen über ein Netz aus Sprungtoren.«

Jasper hörte aufmerksam zu, als Jasmin mit knappen Worten von dem Tor erzählte, das Baltasar und sie benutzt hatten. »Wenn der Schwund vorbei ist, funktionieren sie vielleicht alle, nicht nur die mit Supra abgeschirmten.«

»Ich bin sicher, dass uns die Ho-Korat mit ihrer Technik helfen könnten«, sagte Samantha. »Immerhin haben sie Kandidatenstatus.«

»Wenn wir einen Zugang zu einem Kommunikator oder zu einem Kommunikationssystem bekämen ...«

»Solange wir von Omni abgeschnitten sind, können wir Omni nicht um Hilfe bitten«, unterbrach Jasmin ihren Vater ungeduldig.

»Omni vielleicht nicht, aber Cassandra. Wir brauchen Hilfe, auf die wir uns verlassen können«, betonte Jasper. »Unsere Mission ist noch nicht vorbei, unser Auftrag noch nicht erfüllt.«

Wieder knallten Schüsse in den Gängen und Gewölben der alten Festung. Stimmen erklangen und kamen näher.

»Was passiert, wenn man uns hier findet?«, fragte Jasmin.

»Ich möchte es nicht unbedingt herausfinden.« Samantha erhob sich und half Zirzo auf die Beine. Jasper und Jasmin standen ebenfalls auf.

»Wir sind tief im Süden von Arkonadia, aber es ist noch immer ein weiter Weg nach Schentiffica«, sagte Jasper. »Zu weit zu Fuß oder mit dem Boot. Nicht nur für Zirzo, sondern auch für uns.«

»Wie wär's mit einem Luftschiff?«, erwiderte Samantha.

77

Das Wetter war gnädig mit ihnen. Sturm und Graupel schützten sie vor Blicken, als Jasper, Jasmin, Samantha und Zirzo die alte Festung von Asidi verließen, unterwegs einigen Toten ihre Waffen stahlen – hier ein Messer, dort eine Armbrust – und schließlich das Ufer des Sees erreichten. Die Reste von Booten lagen dort verstreut, manche halb verbrannt, andere von Mokonna-Krallen zerrissen oder von Granaten zerfetzt. Sie schlichen über eisverkrustete Steine, im Schneegestöber unbemerkt von einigen Jannaschi, die in einem Explosionskrater Zuflucht gesucht hatten und sich mit einer Plane vor den Unbilden des Wetters schützten. In einer kleinen Felsnische fanden sie ein intaktes Boot, kaum größer als ein Kanu, und als sie damit aufbrachen, senkte sich die Nacht über den See, und der Wind ließ nach. Es hörte auf zu schneien, es fielen keine Hagelkörner mehr und nur noch wenige Regentropfen.

»Jetzt könnten wir Kremser brauchen«, sagte Samantha, als sie auf der einen Seite paddelte und Jasmin auf der anderen. Zirzo saß vorn im Bug und zitterte.

»Was ist aus ihm geworden?«, fragte Jasper und behielt das Ufer der Insel im Auge. Nichts regte sich dort. Vermutlich waren die meisten Überlebenden damit beschäftigt, in den Ruinen der alten Bastion nach dem Nerox zu suchen. Sie mussten das riesige Objekt am grauen Himmel gesehen haben, doch vielleicht brachten sie es nicht sofort mit dem verschwundenen Nerox in Verbindung. »Aus ihm, dem Dahlmann und all den anderen?«, fügte Jasper hinzu.

»Sie existieren noch«, antwortete Samantha. »All die Transferierten, die nie zurückgekehrt sind. Sie sind Teil der Erinnerungen der letzten Pandora und ihres Schiffes. Mit einigen von ihnen habe ich gesprochen, bei meinen Versuchen, die Letzte zu erreichen.« Sie überlegte kurz. »Man könnte die Erinnerungen mit den Bibliotheken von Omni vergleichen.«

»Sind Sie mit ihnen verbunden gewesen, mit den Bibliotheken von Omni?«, fragte Jasmin.

»Einige Male.«

Der See glättete sich, und über ihm brach die dichte Wolkendecke auf. Sterne erschienen, wie hinter einem dünnen Vorhang aus Dunst, begleitet von einem Mond dicht über dem nördlichen Horizont. Am westlichen Ufer des Sees zeigte sich das flackernde Licht von Lagerfeuern, und dahinter erhob sich ein aus drei Kugeln bestehendes Luftschiff der Hellagarit.

Das Boot glitt fast lautlos durch die Nacht und näherte sich einem Dickicht aus Äquiv-Schilf. Nicht weit davon entfernt lag ein Jukin-Schiff vor Anker; Silhouetten bewegten sich an Bord. Samantha und Jasmin paddelten noch vorsichtiger; jedes kleine Geräusch konnte sie verraten,

Jasper löste seine Tochter ab, zog das Paddel möglichst leise durchs Wasser und passte sich Samanthas Rhythmus an. Als das Jukin-Schiff hinter ihnen lag und sie das Schilf erreichten, fragte Jasmin: »Ist Omni gut oder böse, Samantha?«

Die Zehntausendjährige von der Erde drehte erstaunt den Kopf. »Was ist das für eine Frage?«

Jasmin schwieg. Jasper sah sie an, aber sie schüttelte nur stumm den Kopf.

Auch der Regen hörte auf, aber dafür wurde es schnell kälter. Der Alte im Bug des Bootes zitterte heftiger, doch es schien vor allem ein Fieber zu sein, das ihn schüttelte. Sie alle brauchten trockene, warme Kleidung.

Schilf strich an ihnen vorbei, und schließlich blieb das Boot im Schlick stecken. Samantha schwang die Beine über den Rand und stand bis zu den Knien im kalten Wasser. Sie zog das Boot, aber nicht weiter als zwei oder drei Meter – das Ufer war noch immer ein ganzes Stück entfernt.

Als sie durch den Schlamm stapften, Zirzo von Samantha und Jasmin gestützt, fühlte Jasper die Kälte von den Füßen und Waden aufsteigen. Sie schien mit kleinen Zähnen ausgestattet zu sein, die an der Kraft nagten, die er mithilfe von Jasmins Konnektor aufgenommen hatte.

Die Uferböschung war recht steil. Samantha kletterte zuerst hinauf, blickte sich um, ergriff dann Zirzos Hände und zog, während Jasper und Jasmin von unten schoben. Samantha schlang dem alten Werkzeugmacher die Arme um die Schultern, während sie durch einen Wald eilten, als könnte sie ihn auf diese Weise wärmen. Hier war es dunkler, und sie konnten nicht genau erkennen, wohin sie den Fuß setzten – immer wieder knackten Zweige unter ihren Schritten, in der Stille laut wie Pistolenschüsse.

Schließlich erschien in der Dunkelheit vor ihnen der Schein des ersten Lagerfeuers.

Jasper hielt seine Armbrust in einer Hand, die vor Kälte fast taub geworden war. »Vorsicht«, flüsterte er. »Es könnten Wachen in der Nähe sein.«

»Die meisten Soldaten sind zur Insel übergesetzt. Es dürften nur noch wenige hier sein. Wir warten, bis sie schlafen. Dann schnappen wir uns das Luftschiff der Hellagarit, das wir vom See aus gesehen haben.« Samantha rieb Zirzos Hände. Der alte Mann war blass und schwach, wirkte wie ein Häufchen Elend. »Jasper?«

»Mir geht es gut«, behauptete er und hob die Armbrust. »Ich habe genug Gefühl in der Hand, um hiermit umzugehen. Und ich bin nicht mehr der Lokomotivführer.«

»Jasmin?«

»Bei mir ist alles klar.« Sie hielt einen Säbel mit fleckiger Klinge.

»Wir können nicht warten, bis die Zurückgebliebenen schlafen, Samantha«, flüsterte Jasper, als sie weiterschlichen, von Baum zu Baum. »Wir sind nass, und es ist kalt. Wir würden riskieren zu erfrieren.« Er deutete auf Zirzo, ohne ein weiteres Wort hinzuzufügen. Seine Botschaft lautete: Noch eine Stunde in nasser Kälte überlebt der Alte nicht.

Samantha nickte. Sie hatte ihn verstanden.

Am Rand des ersten Lagers verharrten sie. Mehrere Gestalten saßen am großen Feuer in der Mitte der Lichtung, vier Menschen und ein kleiner Hellagarit, in einen dicken Mantel gehüllt, einen Schal um den langen Hals geschlungen und die Stielaugen auf die Flammen gerichtet. Das Luftschiff ragte weiter hinten auf: drei mit Helium gefüllte Kugeln in einem Gespinst aus Tauen, an denen eine ovale Gondel hing. Es war kein besonders großes Luftschiff, und als Jasper im Feuerschein die Symbole an den Kugelhüllen sah, regte sich Induktor-Wissen in ihm: kein Transporter für Soldaten, sondern ein Luftschiff für Würdenträger, vielleicht für einen Aspiranten der Hellagarit auf die Macht des Nerox.

Samantha deutete nach rechts. Sie wollte die Lichtung meiden, den Weg durch den Wald fortsetzen und sich dem Luftschiff von hinten nähern. Sie hatte sich gerade in Bewegung gesetzt, als Zirzo über eine aus dem Boden ragende Wurzel stolperte und mit einem Ächzen fiel.

Die Stielaugen des kleinen Hellagarit am Feuer richteten sich auf den Waldrand. Sein Mund öffnete sich, er sagte etwas – Jasper hörte ein kurzes Zischen –, woraufhin die Menschen nach ihren Waffen griffen und aufsprangen.

Samantha trat aus dem Schatten zwischen den Bäumen und hob die Arme. »Nicht schießen!«, rief sie auf Arkonadisch. »Nicht schießen!« Sie warf Jasper und Jasmin einen Blick zu, der so viel sagte wie »Wir wollen niemanden töten oder verletzen, wenn es sich vermeiden lässt«, und bückte sich, um Zirzo zu helfen.

»Waffen weg!«, rief einer der vier Menschen.

Jasper behielt die Armbrust in der Hand, auch Jasmin ließ ihren Säbel nicht fallen. Drei Männer und eine Frau. Sauber, prächtig gekleidet, in Samt und Seide, trotz der Umstände. Aber wachsam, und offenbar mit guten Reflexen ausgestattet. Gegner, die man nicht unterschätzen durfte, fand Jasper. Tarnidentität Nummer eins, dachte er und schlüpfte erneut in die Rolle, die er Hatan gegenüber gespielt hatte.

»Ich bin Yerss Elmtai Angass, genannt Augusto«, sagte er. »Das sind Yinssa Elmtai Angass, meine Tochter, und Sery Andawa Osurn, Gelehrte von der Akademie des Wissens. Wir kommen aus Schentiffica.«

Zirzo stand mühsam auf. Samantha half ihm mit einer Hand. »Es tut mir leid«, murmelte er. »Es tut mir leid.«

»Waffen weg!«, wiederholte der Mann, der zuvor gesprochen hatte. Hinter ihm zog die Frau etwas unter ihrer dicken Jacke hervor, das nach einer Pistole aussah.

»Wir wollten zur Insel, mit diesem Werkzeugmacher hier, aber das Nerox scheint verschwunden zu sein«, sagte Jasper.

Die Blicke der Männer richteten sich auf Zirzo und blieben dort, als der von Furcht und Fieber geschüttelte Alte eine Figur hervorholte, die offenbar aus grünem Supra bestand. »Mein bestes Werkzeug«, murmelte er. »Mein bestes Werkzeug.«

Jasper begriff plötzlich, dass es ein Ablenkungsmanöver war – Zirzo wollte die Aufmerksamkeit auf sich ziehen. Bei den drei Männern gelang ihm das auch, nicht aber bei der Frau. Sie richtete die Waffe, die Pistole, auf Jaspers Kopf, und ihr Finger krümmte sich um den Auslöser.

Zum Induktor-Training, das Jasper und Jasmin für die Mission auf Arkonadia vorbereitet hatte, gehörten auch Lektionen in Nahkampftechnik. Jaspers Körper »erinnerte« sich an die entsprechenden Bewegungsmuster, als er sich fallen ließ, um dem Projektil der Pistole zu entgehen – der Schuss knallte nur einen Sekundenbruchteil später –, noch im Fallen die Armbrust neu ausrichtete und seinerseits schoss. Die Sehne schleuderte einen kleinen Bolzen nach vorn, der die Frau am Knie traf. Sie schrie auf und kippte, ohne die Pistole loszulassen.

Plünderer, begriff Jasper mit plötzlicher Klarheit. Und Zirzo hatte es vor ihnen erkannt. Er war nicht aus Schwäche und Unachtsamkeit gestolpert, er hatte die aus dem Boden ragende Wurzel gesehen. Und er hatte noch mehr gesehen: die Masken, die diese drei Männer und die Frau trugen, bestehend aus sauberen Gesichtern und erlesener Kleidung aus Samt und Seide. Zirzo hatte die Gefahr erkannt, die ihnen drohte, und für eine Warnung war ihm nicht genug Zeit geblieben. Plünderer, dachte Jasper, als er auf den Boden prallte, zur Seite rollte, das Bein streckte und einen der drei Männer zu Fall brachte, während Jasmin mit einer Hand den Waffenarm der Frau ergriff und mit der anderen ihre Kehle. Die Frau röchelte und verdrehte die Augen; die Pistole rutschte aus ihrer erschlaffenden Hand.

Jasper langte nach der Waffe, bekam sie zu fassen, rollte erneut herum, entging dadurch einem Tritt des zweiten Mannes, zielte und schoss. Wieder knallte die Pistole, und ein kleines kinetisches Geschoss zertrümmerte das Schienbein des Mannes. Vier Plünderer, die vermutlich zu einer größeren, gut organisierten Gruppe von Marodeuren gehörten und auf die Hilfe örtlicher Kollaborateure zurückgreifen konnten, unter ihnen der kleine Hellagarit am Feuer, der nun aufgestanden war und das Geschehen mit zitternden Stielaugen beobachtete. Arkonadier, die sich darauf spezialisiert hatten, zu stehlen und zu rauben, was die Aspiranten zurückließen, wenn sie aufbrachen, um es mit dem Wagnis namens Nerox aufzunehmen. Diese vier hatten nicht nur einige persönliche Gegenstände erbeutet, sondern ein ganzes Luftschiff. Die prächtige Kleidung stammte vermutlich von der menschlichen Besatzung, und die sauberen Gesichter ... Ein wenig Wasser genügte, um den Schmutz wegzuwaschen.

Der Mann mit dem von der Kugel zerschmetterten Schienbein fiel auf harten, gefrorenen Boden. Er schrie und fluchte, kam halb nach oben ... und verstummte, als ihn Jasmins Faust an der Schläfe traf. Nur einen Meter entfernt lag der erste Mann, den Jasper mit gestrecktem Bein zu Fall gebracht hatte. Er war unverletzt und bei Bewusstsein, rührte sich aber nicht, denn Jasmins Säbel zeigte auf ihn. Vermutlich hielt er die Flecken an der Klinge für Blut. Der dritte Mann, größer und kräftiger gebaut als die beiden anderen, hatte mehrere Fausthiebe von Samantha eingesteckt – Blut rann ihm aus der Nase – und schickte sich gerade an, zum Gegenangriff überzugehen, als er Jaspers Pistole sah und die Hände hob.

»Schon gut«, knurrte er. »Schon gut.«

Zwei Gegner am Boden, stellte Jasper fest, verletzt und bewusstlos. Zwei weitere unverletzt, wach und noch immer gefährlich. Und der Hellagarit am Lagerfeuer, der mit seinen Stielaugen starrte und nicht zu fliehen versuchte. Wahrscheinlich war er viel zu überrascht.

»Jasmin, Jasper – wir brauchen etwas, mit dem wir diese Leute fesseln können«, sagte Samantha. Sie übernahm erneut die Führung, sie erteilte Anweisungen. Jasper erhob keine Einwände. Immerhin stand sie seit zehn Jahrtausenden in Omnis Diensten und war seit vielen Jahren auf Arkonadia im Einsatz.

Jasper warf Samantha die Pistole zu, bevor er mit Jasmin zum Lagerfeuer lief.

»Oh!«, rief der Hellagarit mit zischender Stimme und richtete seine Stielaugen auf sie. »Oh, ich bin ja so froh, dass Sie hier sind. Diese *Unholde*, sie haben uns überfallen und alle getötet.« Er deutete zur gegenüberliegenden Seite der Lichtung, auf einen Haufen zwischen zwei hoch aufragenden Bäumen. Eine Plane bedeckte ihn, aber nicht ganz – der Kopf eines dreiäugigen Jukin ragte darunter hervor. Jasper fragte sich, ob Zirzo diesen Kopf gesehen hatte. Konnten die Augen des Alten so gut sein?

Er packte den Hellagarit, hob ihn hoch und ließ ihn zappeln, erstaunt darüber, wie leicht dieses Geschöpf war. »Du hast ihnen geholfen«, sagte er. »Und jetzt wirst du uns helfen.«

Die Stielaugen zitterten.

»Wir brauchen Stricke«, sagte Jasmin.

»Dort drüben.« Der Hellagarit deutete mit einem dünnen Arm zum Luftschiff. »Bei der Ausrüstung.«

Jasper nahm ihn mit, er klemmte ihn sich unter den Arm, ohne auf das schlangenartige Zischen zu achten. Sie fanden die Stricke und kehrten mit ihnen und dem Hellagarit zu Samantha zurück.

Die am Boden liegende Frau, ihr Knie von einem Armbrustbolzen getroffen, regte sich gerade wieder. Jasmin legte ihren Säbel beiseite und machte sich daran, sie zu fesseln.

Jasper setzte den Hellagarit ab – der sich duckte und zu versuchen schien, im Boden zu versinken – und schlang Stricke um Hände und Beine des Mannes, den er ganz zu Anfang zu Fall gebracht hatte.
    Kurze Zeit später waren die vier Marodeure gefesselt.
    Samantha gab Jasper die Pistole zurück und richtete einen drohenden Zeigefinger auf den Hellagarit. »Du wirst uns zeigen, wie man das Luftschiff fliegt.«

78

An Bord des Luftschiffes hatte ein Kampf stattgefunden – die Spuren waren unübersehbar. Blut klebte an den Wänden der Gondel, Armbrustbolzen steckten in halb auseinandergebrochenen Möbeln, und mehrere Scheiben waren zertrümmert. Leichen fanden sie keine; die lagen offenbar alle unter der Plane auf der anderen Seite der Lichtung.
    Der Hellagarit hieß Itwa und erzählte jammernd eine Geschichte, die ihm niemand glaubte. Angeblich beschränkte sich seine Rolle bei dem Überfall der Marodeure – einer Gruppe, die aus mehr als fünfzig Personen bestand – auf die eines glücklichen Überlebenden: Die Angreifer, so behauptete Itwa, hatten ihn nur deshalb verschont, weil er das Luftschiff für sie lenken und steuern sollte.
    Jasper nickte. »Das trifft sich gut«, sagte er. »Genau dafür brauchen wir dich. Verschone uns jetzt mit deinen Lügen und mach dich an die Arbeit!«
    »Hier gibt es Batterien, Motoren und einen kleinen Generator!«, rief Jasmin aus dem rückwärtigen Teil der Gondel. Sie hatte eine Art Geräteraum gefunden.
    »In Betrieb nehmen, was sich in Betrieb nehmen lässt«, entschied Samantha. Sie blickte aus einem der Fenster in die arkonadische Nacht. »Wir müssen von hier weg sein, bevor die anderen Marodeure zurückkehren.«
    Jasper richtete die Pistole auf den Hellagarit. »Du hast es gehört.«

Itwa zischte: »Leinen lösen! Ventile öffnen! Helium in die Blasen! Navigationspropeller einschalten!«

Eine Sekunde später begriff er, dass es nicht genügte, Startbefehle zu erteilen. Er machte sich daran, die eigenen Anweisungen auszuführen, löste die Leinen, drehte Kurbeln, öffnete Ventile, lauschte einer anderen Art von Zischen, als Helium aus den Tanks in die drei Auftriebkugeln des Luftschiffs strömte, und eilte dann zu einer Konsole, auf der erste Kontrolllampen leuchteten. Aus dem Geräteraum weiter hinten kam ein Summen, und Jasmin erschien in der Tür. »Der Generator läuft. Wir haben Elektrizität.«

Jasper trat neben Samantha und sah ebenfalls aus dem Fenster. Die letzte Leine fiel, und das Luftschiff stieg langsam auf. Der flackernde Schein des Lagerfeuers blieb unter ihnen zurück, ebenso die Baumkronen des nahen Waldes. Nach wenigen Sekunden kamen See und Insel in Sicht. Jasper glaubte, mehrere Schiffe und Boote auf dem Uaschasee zu erkennen. Er drehte den Kopf und blickte nach oben. Neue Wolken zogen auf und verbargen das Licht der Sterne. Noch immer schien hoch oben ein vager Dunst in der Luft zu schweben – vielleicht das Schirmfeld, das Arkonadia von den Kontinua und von Omni trennte.

Zirzo saß in einem Sessel, der zu groß für ihn war, hatte die Arme um sich geschlungen und bebte am ganzen Leib.

»Wir müssen die Fenster abdichten.« Kalter Wind wehte herein, als das Luftschiff höher stieg. Ein neues Summen erklang, nicht vom Generator im Geräteraum, sondern von den Elektromotoren der Navigationspropeller am Rumpf. »Itwa!«

Der Hellagarit stand am Ruder und lenkte das Luftschiff in den Wind. »Ja? Ja?«

»Wir müssen die zerbrochenen Fenster abdichten«, sagte Jasper. »Und wir brauchen trockene, warme Kleidung, zuerst für diesen Mann hier, für den Werkzeugmacher Zirzo.«

»Im Vorratsraum, im Vorratsraum!«

Jasper winkte mit der Pistole. »Worauf wartest du?«

Der Hellagarit lief los, die Stielaugen ganz ausgefahren.

Jasper sah sich die Kontrollen an und griff nach dem hufeisenförmigen Steuer. Als er es bewegte, veränderte sich das Summen der Propellermotoren am Rumpf.

»Nach Süden«, sagte Samantha. »Bringen Sie uns nach Süden, nach Schentiffica!«

Vom Lokomotivführer zum Steuermann eines Luftschiffs, dachte Jasper.

Das Gift des Zweifels

79 Jasmin

Zirzo schlief auf einer Sitzbank, unter einer warmen Decke in einer warmen Gondel. Samantha saß in einem Sessel neben dem alten Werkzeugmacher und schien über ihn zu wachen wie eine Glucke über ihre Küken. Itwa stand am Steuer und zischte leise vor sich hin, wie eine Schlange im Selbstgespräch. Gelegentlich krümmte er einen langen Augenstiel und blickte dorthin, wo Samantha und die anderen saßen, in trockener, warmer Kleidung. Das Luftschiff hatte den Uaschasee mit der kreisrunden Insel in seiner Mitte weit hinter sich zurückgelassen und glitt in einer Höhe von mehreren Hundert Metern mit summenden Navigationspropellern durch Arkonadias Nacht.

Jasmin hielt Zirzos Figur aus grünem Supra und drehte sie langsam. »Wie die Statue in der Höhle auf Rantia«, murmelte sie. Ein kleines Ebenbild der Statue, die ihnen Thrako gezeigt hatte. Jasmin glaubte sogar, etwas von der immensen Trauer zu fühlen.

»Die letzte Pandora«, sagte Samantha. Sie sprach leise, um Zirzo nicht zu stören. Aber vermutlich wäre der alte Werkzeugmacher nicht einmal durch das Krachen einer nahen Explosion erwacht; er war krank, schwach und vollkommen erschöpft. »Sie hat um Hilfe gerufen, durch Zeit und Raum, über eine Milliarde Jahre hinweg. Hier und dort hat man ihren Ruf gehört.«

»Daraus besteht die Gabe der Werkzeugmacher«, sagte Jasper. »Sie hören den Ruf der Letzten.«

»Ja. Sie hören ihn und verstehen ihn gut genug, um Werkzeuge zu konstruieren, die den Weg durch das Nerox zum

Schiff der Pandora zeigen sollen. Zirzo hat das beste Werkzeug von allen geschaffen, diese Figur. Ich bin mit ihr im Zentrum gewesen.«

»Warum sind Sie zurückgekehrt?«, hörte Jasmin ihren Vater fragen.

»Weil ich Zirzo etwas versprochen habe«, antwortete Samantha. »Weil er meine Hilfe brauchte.« Sie fügte sanft hinzu: »Er hat mir geholfen, als ich Hilfe dringend benötigte.« Sie streckte die Hand aus. »Jasmin?«

»Ja?«

»Sie können die Figur nicht behalten. Sie gehört Zirzo.«

»Ja«, sagte Jasmin. »Ja, natürlich.« Doch ihre Finger trennten sich nur widerwillig davon, und ihr Blick folgte der Figur, als Samantha sie entgegennahm und behutsam neben den Werkzeugmacher legte.

Böiger Wind strich über das Luftschiff und blähte die Decken an den zertrümmerten Fenstern wie Segel auf.

»Schentiffica«, zischte der Itwa am Ruder. »Das ist weit, sehr weit. Tausend Längen, wenn nicht mehr.«

»Halte das Schiff auf Kurs!«, sagte Jasper in einem drohenden Ton.

»Auf Kurs halten, jawohl«, jammerte Itwa.

»Wir haben das Arkonadia-Rätsel gelöst«, sagte Jasmin. Sie dachte an Baltasar, an die andere Stimme in ihrem Kopf, die seine Worte wiederholt hatte. Eine Stimme, die erst zum Schluss erklungen war.

»Nein, noch nicht ganz«, widersprach ihr Vater. »Wir wissen, was es mit dem Nerox auf sich hat. Aber wir wissen nicht, was zu dieser besonderen Situation führte.«

»Ich weiß es«, sagte Jasmin. »Ich habe es gesehen, mit eigenen Augen.« Sie berichtete vom Versuch der letzten Pandora, aus der Milchstraße zu entkommen, von den tapferen, bis zur Selbstaufgabe loyalen Irrl und von Omnis Angriffen auf die *Nerox*.

»Ein Genozid?«, fragte Jasper. »Omni soll einen *Genozid* begangen haben?«

Samantha schwieg, sah Jasmin nur mit ausdruckslosem Gesicht an.

»Ich habe es gesehen«, wiederholte Jasmin. »Und irgendwie passt es ins Bild, nicht wahr?« Sie sprach leiser, als wollte sie nicht, dass Itwa, der Komplize von Mördern, erfuhr, dass sie, ihr Vater und Samantha für eine mörderische Organisation arbeiteten. »Die Heimlichtuerei, auf die wir immer wieder gestoßen sind. Die Verschwiegenheit. Die Weigerung, uns vollen Zugang zu den Bibliotheken zu gestatten. Und auch die Tatsache, dass Thrako uns nicht alles über Arkonadia gesagt hat. Omni weiß schon seit einer ganzen Weile, dass das Nerox die *Nerox* ist, das Schiff der letzten Pandora. Warum sind wir nicht informiert worden?«

Jasmin richtete ihren Blick auf Samantha. »*Sie* wissen mehr, nicht wahr? Sie arbeiten seit zehntausend Jahren für Omni. Ist Omni gut oder böse?«

Samantha musterte sie auf eine Weise, die Jasmin nach einigen Sekunden unangenehm zu werden begann.

»Was hat Baltasar mit Ihnen angestellt?«, fragte die Zehntausendjährige schließlich.

Die Gondel schwankte in den Böen. Verstrebungen knarrten. Der kleine Hellagarit am Ruder jammerte erneut, diesmal nicht über das Misstrauen der Menschen, sondern über die Widrigkeiten des Wetters. Er betätigte die Kontrollen, und das Summen der Navigationspropeller wurde lauter.

»Es ist weit nach Schentiffica, weit«, klagte er mit zischender Schlangenstimme. »Und das Wetter ist schlecht, es ist *schlecht*. Und ich fürchte, ich fürchte, man wird uns in Schentiffica nicht freundlich empfangen.«

»Weil sich die Hellagarit mit den Jukin verbündet haben, Feinden von Menschen?«, fragte Jasper.

Jasmin hörte die Stimmen, aber sie rückten in den Hintergrund. Samanthas Blick hielt sie fest.

»Ich nicht«, zischte Itwa. »Ich nicht. Ich habe nur Befehle empfangen und sie ausgeführt. Ich bin ein einfacher kleiner Hellagarit, der nie und nimmer …«

»Sei still!«, sagte Jasper scharf. »Steuere das Schiff und verschone uns mit deinem Geschwätz!«

Der Hellagarit duckte sich, als wollte er noch kleiner werden. Er bewegte das Ruder, und das Schaukeln der Gondel ließ nach.

»Baltasar hat Sie mit Melchior zusammengebracht, nicht wahr?«, sagte Samantha.

»Wer ist Melchior?«, warf Jasper ein.

»Ein Telepath«, sagte Samantha, ohne den Blick von Jasmin abzuwenden. »Jemand, der Gedanken und Gefühle manipulieren kann.«

»Ja, Baltasar hat mich mit ihm zusammengebracht.« Plötzlich herrschte Aufruhr in Jasmin, ein wildes Durcheinander aus festen Überzeugungen, nagendem Zweifel und verunsichernden Ungewissheiten. »Und ja, Melchior hat versucht, mein Bewusstsein zu manipulieren. Dass ich hier bin, dürfte Beweis genug sein, dass es ihm nicht gelungen ist.«

»Was Baltasar Ihnen erzählt hat, Jasmin ... Es war Mittel zum Zweck. Er wollte sich von Ihnen helfen lassen. Und Melchior hat dafür gesorgt, dass Sie bereit waren, ihm zu glauben. Baltasar hat Sie benutzt.«

»Omni benutzt uns.« Die Worte ließen sich nicht zurückhalten, sie sprangen von Jasmins Lippen. »Es geht nicht um Arkonadia. Omni will das Nerox unter seine Kontrolle bringen, um zu verhindern, dass bekannt wird, was vor einer Milliarde Jahren geschah.«

Samantha musterte sie noch immer. »Sie sind seit dreißig Jahren bei Omni, ich seit zehntausend. Sie wissen nichts.«

»Vielleicht weiß ich genug«, erwiderte Jasmin. Es war der alte Trotz, der sie diese Worte sprechen ließ, und sie ärgerte sich darüber.

Samantha seufzte und deutete auf Zirzo. »Wir sollten uns ein Beispiel an ihm nehmen und schlafen, solange wir Gelegenheit dazu haben. Wir sind alle müde.«

Der Hellagarit zischte etwas, das sie nicht verstanden.

»Wir halten Wache, abwechselnd«, sagte Jasper. »Zumindest einer von uns muss den kleinen Burschen dort drüben im Auge behalten.«

80

Schließlich brauchte auch der Hellagarit eine Ruhepause, denn seine Stielaugen erschlafften, und er sackte mehrmals an der Konsole in sich zusammen. Samantha, die die erste Wache hielt, schickte ihn in den vorderen Teil der Gondel, nachdem sie Jasmin geweckt hatte, um sich von ihr ablösen zu lassen.

»Ich glaube nicht, dass er uns etwas vormacht«, flüsterte Samantha. »Er ist wirklich erschöpft. Aber seien Sie auf der Hut, für den Fall, dass er irgendeinen Trick versucht.«

»Befürchten Sie, dass auch er mir etwas vormachen könnte?«, erwiderte Jasmin spöttisch.

Samantha ging nicht darauf ein. »Seien Sie wachsam! Die Navigation sollte nicht zu schwer sein. Wecken Sie uns, wenn sich Probleme ergeben!« Sie sah nach Zirzo, der noch immer schlief, inzwischen schon seit mehreren Stunden, nahm dann eine Decke und legte sich auf eine der hinteren Sitzbänke.

Jasmin beobachtete den Hellagarit, der sich ganz vorn in der Gondel eine Art Nest aus Decken und Kissen baute und halb darin verschwand. Sie überprüfte die Anzeigen der Konsole und vergewisserte sich, dass das Luftschiff mit dem richtigen Kurs flog. Eine Zeit lang lauschte sie dem Summen des Generators und der Navigationspropeller, untermalt vom Gesang des Windes. Als sie einen der Rumpfscheinwerfer einschaltete, nur für wenige Sekunden, erschienen Schneeflocken im Licht. In der Gondel war es angenehm warm, aber draußen lag die Temperatur inzwischen ein ganzes Stück unter dem Gefrierpunkt von Wasser. Schentiffica, Stadt der Gelehrten, am südlichen Polarkreis gelegen, bewohnt hauptsächlich von Menschen. Jasmin versuchte sich daran zu erinnern, warum Schentiffica so weit im Süden lag, Schnee und Eis ausgesetzt, aber ihr Gedächtnis enthielt keine Informationen darüber – offenbar waren sie nicht Teil des vom Induktor vermittelten Wissens.

Immer wieder ging ihr Blick zu Itwa, der in seinem Nest lag und sich nicht rührte – offenbar schlief er tief und fest. So harmlos der kleine Hellagarit auch wirkte, er war der Komplize einer Mörderbande, auch wenn er sich nicht selbst die Hände schmutzig gemacht hatte.

Nach einer Weile leuchteten die Indikatoren des Gefahrenwarners auf, und die zweidimensionale Anzeige eines einfachen Monitors zeigte eine Gebirgskette, die es zu überwinden galt. Jasmin betätigte die Kurbeln der Ventile, wie sie es zuvor beobachtet hatte, leitete mehr Helium in die Auftriebkugeln und ließ das Luftschiff höher steigen. Das Ruder bewegte sie vorsichtig, damit die Gondel nicht ins Schwanken geriet.

Die Zeit verging erstaunlich schnell. Die Dunkelheit der Nacht wich grauem Zwielicht, das den neuen Tag ankündigte, als jemand aus dem rückwärtigen Teil der Gondel kam. Jasmin blickte auf die Anzeige des Konsolenchronometers.

»Es ist noch nicht so weit für eine Ablösung, Vater«, sagte sie.

»Und wenn schon. Ich kann nicht mehr schlafen.« Jasper blieb neben der Konsole stehen. »Es gibt da einige Gedanken, die mir ständig durch den Kopf gehen.«

»Omni«, sagte Jasmin.

»Unsere Mission.«

»Das Rätsel ist keins mehr. Wir wissen, was es mit dem Nerox auf sich hat.«

»Das stimmt. Wir wissen es zumindest in groben Zügen, aber das Rätsel ist nicht kleiner geworden, eher noch größer. Und unsere Mission geht darüber hinaus.«

Er behauptete, nicht mehr schlafen zu können, aber er sah müde aus, fand Jasmin. Müde und abgekämpft. Wie jemand, der viel hinter sich hatte, ohne eine Gelegenheit, sich davon zu erholen. Es lagen Ringe unter seinen Augen, und das Gesicht war hohlwangig, schmaler als früher. Die Jacke, die er trug, konnte nicht darüber hinwegtäuschen, dass er mehrere Kilo verloren hatte.

Ich sehe vermutlich nicht viel besser aus, dachte Jasmin und tastete nach dem silbernen Armband ihres Konnektors. Die darin gespeicherte Energie musste jetzt für sie beide reichen.

»Wir tragen Verantwortung«, sagte Jasper leise. »Omni erwartet von uns, dass wir auf der Grundlage unserer Erkenntnisse handeln.«

»Was ist, wenn er recht hat, Vater?«

»Baltasar?«

»Ja. Was ist, wenn das, was er mir gezeigt hat, der Wahrheit entspricht? Ich weiß, Melchior hat etwas mit meinem Bewusstsein angestellt. Er wollte dafür sorgen, dass ich in einem kritischen Moment Baltasars Anweisungen ausführe. Aber für mehr blieb keine Zeit. Nicht für so detaillierte Suggestionen. Was Baltasar mir erzählt hat, Vater ... Es klang alles sehr überzeugend. Was, wenn er recht hat? Wenn Omni damals tatsächlich die überlegene Technik der Pandora gestohlen und versucht hat, alle Zeugen zu beseitigen?«

»Baltasar hat auf mich geschossen«, erwiderte Jasper. »Und auch auf dich, gleich zweimal. Beim zweiten Mal hat dich das Projektil nur deshalb nicht erreicht, weil der Transfer erfolgte.«

»Das stimmt.« Jasmin konnte es nicht leugnen. Und sie musste eingestehen, dass sich das nicht unbedingt zu Baltasars Gunsten auslegen ließ. »Ich nehme an, er glaubte sich dazu gezwungen, um seine Ziele zu erreichen.«

»Und was sind seine Ziele?«, fragte Jasper.

Jasmin kannte diesen Ton. Es war der geduldige Ton des Vaters, der seine Tochter ausreden lassen wollte, bevor er ihr erklärte, dass sie sich irrte.

»Ich habe sie genannt. Angeblich will er die *Nerox* zum Nutzen Arkonadias einsetzen. Um dieser Welt Frieden und Freiheit zu bringen. Arkonadias Völker sollen sich ungehindert entwickeln können, unbeeinflusst von fremden Mächten.«

»Es freut mich, dass du ›angeblich‹ sagst, Jasmin. Stell dir die *Nerox* in der Hand eines Despoten vor. Denk an Benedikt und seine Pläne für die Pandora-Maschine. Die *Nerox* bietet ein weitaus größeres Potenzial.«

Jasmin erinnerte sich. Aurelius, wie Samantha zehntausend Jahre alt, hatte sich geopfert, um zu verhindern, dass die Pandora-Maschine in die falschen Hände geriet. »Baltasar hat mir nicht nur Omnis Angriff auf die letzte Pandora gezeigt, sondern auch die Macht des Nerox. Ich habe sie gefühlt, Vater. Ich habe etwas Gewaltiges gefühlt, etwas Kolossales. Die Macht, die Saat des Lebens auszubringen, Leben zu *formen*, ihm beliebige Gestalt zu geben, nicht nur der lebendigen, sondern auch der unbelebten Materie. Und selbst das ist nur der Anfang. Die letzte Pandora hat direkten Zugang zur Dimension des Möglichen.«

Er erinnerte sich, das sah sie in seinem Gesicht. Er dachte daran, dass vor dreißig Jahren ein Engel des Sprawl Einfluss auf die Dimension des Möglichen in den Kontinua genommen hatte, um sie – Jasmin, damals Zinnober – aus einem brüchig gewordenen Strafstein zu befreien und damit vor dem sicheren Tod zu retten. Das Wesen im Sprawl, ein Kind der Pandora, hatte die Struktur von Raum und Zeit manipuliert, um etwas ungeschehen zu machen.

Jasper nickte und blickte erneut zum Hellagarit, der sich zu rühren begann. Vielleicht sprachen sie zu laut. Bei Zirzo und Samantha weiter hinten regte sich nichts.

Generator und Navigationspropeller summten, und die Fenster zeigten die schneebedeckten, eisverkrusteten Gipfel der Bergkette, über die das Luftschiff hinwegglitt.

»Das meinte ich eben, als ich von Verantwortung sprach«, sagte Jasper. »Omni erwartet von uns, dass wir eigenständig handeln und eigene Entscheidungen treffen.«

»Für wen?«, fragte Jasmin. »Für uns? Oder für Omni?«

»Natürlich für Omni.«

»Genau da liegt das Problem, Vater. Ich frage noch einmal: Ist Omni gut oder böse?«

Jasper sah sie an, und sie erkannte Sorge in seinem Blick.

»Wie kannst du daran zweifeln, dass Omni auf der Seite der Guten steht?«

»Weil Omni vor allem seine eigenen Interessen wahrnimmt.« Wieder hörte Jasmin Trotz in ihrer Stimme. Sie versuchte, ihn aus ihren Worten zu verbannen. »Weil Omni nur dann eingreift, wenn es in seinem Interesse liegt. Weil Omni mich *benutzt* hat, ohne mich einzuweihen. Die Statue in der Höhle von Rantia, Vater ... Thrako hat sie uns nicht gezeigt, weil er weiß, dass ich mich für alte Dinge interessiere. Er wollte überprüfen, wie es um meine Fähigkeit bestellt ist, alte Dinge zu *fühlen*. Omni hat nicht nur meinen Körper verändert, sondern auch meinen Geist, Vater. Omni hat mich zum lebenden Äquivalent eines arkonadischen Werkzeugs gemacht, zu einem Schlüssel für das Nerox. Baltasar wusste das. Deshalb hat er mich entführt und seinerseits benutzt.«

»Omni hat dir und uns die Möglichkeit gegeben, unseren Auftrag zu erfüllen«, sagte Jasper geduldig.

Jasmin verabscheute diesen Ton. Es war der Ton, den man einem unvernünftigen Kind gegenüber benutzte. »Warum hat mich Omni nicht darauf hingewiesen? Warum hat uns niemand die Hintergründe erklärt? Warum die Geheimniskrämerei?«

»Vielleicht sollten wir unbeeinflusst bleiben«, sagte Jasper. »Mach nicht den Fehler, deine Maßstäbe und deine Erwartungen auf Omni zu übertragen! Aurelius hat Omni vertraut, und er war zehntausend Jahre für die Superzivilisationen in der Galaxis unterwegs. Daran nehme ich mir ein Beispiel, an seinem Vertrauen. Wir sind erst seit dreißig Jahren bei Omni. Wir haben viel weniger gesehen als er.«

»Und wir haben kaum etwas erfahren«, platzte es aus Jasmin heraus. »Weil man uns den Zugang zu den Bibliotheken und zum Großen Denker verwehrt. All meine Fragen ... Die meisten von ihnen sind unbeantwortet geblieben.«

»Vielleicht sollen wir die Antworten allein finden«, sagte Jasper.

»Vielleicht habe ich sie gefunden«, erwiderte Jasmin.

Jasper sah sie an, musterte sie mit einem Blick, der sie an den von Samantha erinnerte.

Vorn bewegte sich erneut der Hellagarit. Er richtete sich halb auf, und seine Stielaugen tasteten wie kleine, dünne Arme umher, richteten sich schließlich auf die Konsole mit Jasmin und Jasper.

»Du hast eben von der Macht der *Nerox* und der letzten Pandora gesprochen«, sagte Jasper leise. »Deshalb ist unsere Mission noch nicht zu Ende. Wir müssen verhindern, dass Baltasar diese gewaltige Macht in seine Hände bekommt.«

»Und wenn Baltasar der Gute ist? Wenn er es, trotz allem, wirklich gut meint?«, erwiderte Jasmin.

»Jemand, der bereit ist, über Leichen zu gehen, um sein Ziel zu erreichen? Hältst du das wirklich für möglich, Zinnober?«

Jasmin empfand es als seltsam, diesen Namen zu hören. Er erinnerte sie an ein anderes Leben. Sie hatten ihren Reiz, die Erinnerungen an jenes andere Leben, aber inzwischen war sie Jasmin. Ihr lag nichts daran, zu der Zinnober zurückzukehren, die sie gewesen war.

»Ich weiß nicht, was ich für möglich halten soll und was nicht, Vater«, sagte sie und sprach ebenfalls leiser. Der Hellagarit hatte sich inzwischen ganz aufgerichtet. »Ich weiß nur, was ich gesehen habe. Und Baltasars Worte klangen sehr überzeugend. Es schien alles zueinanderzupassen.«

»Wir sind Reisende in Diensten von Omni«, sagte Jasper. »Dies ist unsere erste große Mission, und sie ist noch wichtiger, als wir annahmen. Baltasar hat Zugriff auf die *Nerox*. Wie gut er das Schiff der letzten Pandora unter Kontrolle hat, wissen wir nicht.«

»Zumindest gut genug, um es nach Norden zu fliegen«, warf Jasmin ein. »Übrigens, warum ausgerechnet nach Norden?«

»Vielleicht kann uns Baltasar diese Frage beantworten,

wenn wir die Kontrolle über die *Nerox* übernehmen. Denn das müssen wir, Jasmin. Das ist jetzt unsere Mission. Die Macht der letzten Pandora darf nicht in die Hände einer einzelnen Person oder einer kleinen Gruppe von Personen fallen. Wir müssen die *Nerox* für Omni sichern.«

Das Luftschiff schaukelte. Jasmin blickte auf die zweidimensionalen Anzeigen des Monitors und stellte fest, dass die Bergkette hinter ihnen lag. Vorsichtig bewegte sie das Ruder und steuerte das Luftschiff tiefer.

»Damit Omni keinen Konkurrenten bekommt?«, fragte sie leise. Itwas Stielaugen zeigten auf sie. »Damit Omni das Geheimnis um die letzte Pandora hüten kann?«

»Um eine Katastrophe zu verhindern«, sagte Jasper. »*Das* ist die Verantwortung, der wir gerecht werden müssen. Gut oder böse, Jasmin – vielleicht kann uns die letzte Pandora Auskunft darüber geben. Vielleicht kann sie uns sagen, wer recht hat, Baltasar oder Omni.«

»Sie ist tot. Oder so gut wie.«

»Samantha hat mit ihren Erinnerungen gesprochen. Vielleicht können wir andere Erinnerungen finden, die uns die Wahrheit zeigen.«

»Du vertraust Omni, nicht wahr?«

»Ja. So wie auch Aurelius Omni vertraut hat, über zehn Jahrtausende hinweg.« Jasper zögerte kurz. »Es geht bei dieser Mission auch um uns. Wir haben darüber gesprochen, noch an Bord der *Centaurus*.«

»Omni stellt mich auf die Probe«, sagte Jasmin.

»Ja. Wenn du Omnis Ansprüchen nicht gerecht wirst ... Wir riskieren, voneinander getrennt zu werden. Du müsstest nach KopKo zurückkehren. Die biologischen Veränderungen würden rückgängig gemacht, soweit das möglich ist.«

»Willst du mich unter Druck setzen, Vater?«

»Nein. Ich möchte dich nur auf die möglichen Konsequenzen hinweisen. Dir soll klar sein, was auf dem Spiel steht.«

»Sollten wir nicht in erster Linie daran denken, was aus Arkonadia wird?«

»Ein Despot namens Baltasar für Arkonadia, meinst du das?« Jasper flüsterte nur, aber es lag trotzdem Schärfe in den Worten. »Ein dritter Regent, mit der Macht der Pandora. Jemand, dessen Herrschaft sich nicht nur auf Arkonadia und das Ljuben-System beschränken, sondern weit darüber hinausgehen wird. Ein Konkurrent für Omni, ja. Stell dir einen Konflikt zwischen Omni und einer Macht vor, die sich mit Omni vergleichen lässt. Stell dir vor, was das für die Galaxis bedeuten könnte!«

Jasmin dachte an etwas anderes. »Du würdest bei Omni bleiben, nicht wahr?«

Jasper schwieg.

»Wenn Omni zu dem Schluss gelangt, dass ich nicht als Reisende geeignet bin, wenn ich nach KopKo zurückmüsste ... Du würdest bei Omni bleiben.«

Jaspers Schweigen dauerte an.

Die letzten Reste der Nacht lösten sich auf. Im Osten glühte der Horizont und kündigte die Sonne an. Im Süden glitzerten Schnee und Eis.

Es war nicht mehr weit bis nach Schentiffica.

Schentiffica

81 Zirzo

Wie seltsam, dass man Dinge vermissen konnte, die man verabscheut hatte. Zum Beispiel General Tailos' »zweifellos« oder selbst die gehässigen Blicke seiner Natter von einem Sohn. Oder das Rumpeln der Wagen und Karren während der langen Reise aus Arkonadias hohem Norden nach Kelarien tief im Süden. Das alles gehörte zu einer Vergangenheit, die umso kostbarer wurde, je weniger Zukunft vor ihm lag. Der Tod, über Wochen und Monate herbeigesehnt und jetzt gefürchtet, war nah, es ließ sich nicht leugnen. Zirzo glaubte ihn zu sehen, den legendären Knochenmann, wenn er die Augen halb schloss, sodass es selbst am Tag dunkel wurde. Dort stand er, ganz nahe, grinsend und die Sense in der Hand. So stellte sich Zirzo ihn vor – eine solche Zeichnung hatte er als Kind im Buch eines reisenden Gelehrten gesehen –, und so sah er ihn.

Seine Hände, einst so zuverlässig und geschickt, zitterten jetzt die ganze Zeit, selbst wenn sie die grüne Figur hielten, an der er viele Jahre gearbeitet hatte. Das schleichende Fieber bescherte ihm auch dann Schüttelfrost, wenn er eine dicke, warme Jacke trug. Die Beine verdienten kein Vertrauen mehr, immer wieder gaben die Knie nach. An den Augen gab es nichts auszusetzen, er sah noch immer so gut wie in jungen Jahren; er hatte auch die Toten unter der Plane gesehen, auf der anderen Seite der Lichtung. Nicht einmal die Ohren boten Grund zur Klage. Doch was nützten klare Sicht und gutes Gehör, wenn der Rest des Körpers schwach und gebrechlich war?

Samantha trat zu ihm. »Wie geht es dir, Zirzo?«, fragte sie sanft.

Er rang sich ein Lächeln ab. »Ich fühle mich jung und lebendig.«

Das Luftschiff schaukelte, das Brummen von Generator und Navigationspropellern wurde lauter. Auf der Konsole vor dem kleinen Hellagarit blinkten Kontrolllampen, und die Anzeigen auf dem Monitor veränderten sich.

»Du hast das Nerox, oder die *Nerox*, für mich verlassen.« Zirzo blickte zu Samantha hoch, in ihr glattes ovales Gesicht mit den Sommersprossen. »Wie willst du zurückkehren? Brauchst du das hier?« Er berührte die grüne Figur.

»Vielleicht«, sagte sie. »Wir kehren beide zurück, du und ich. Und vielleicht ...«

Ein zweites Vielleicht, dachte Zirzo. »Ja?«

»Wir werden sehen«, sagte Samantha.

»Die *Nerox* ist nach Norden geflogen. Warum fliegen wir nach Süden, nach Schentiffica?«

»Weil der längere Weg manchmal der kürzere sein kann.«

»Wir werden sehen?«, fragte Zirzo.

»Ja.«

Er beobachtete, wie Jasper und Jasmin miteinander sprachen, so leise, dass er nur einige wenige Worte verstand, ohne Zusammenhang.

»Vater und Tochter«, sagte er. »Und sie scheinen ein sehr ernstes Gespräch zu führen.«

»Sie müssen das eine oder andere klären«, erwiderte Samantha.

»Gibt es Zwist zwischen ihnen?«

»Mehr Zweifel als Zwist. Und Zweifel kann manchmal wie Gift sein«, sagte Samantha.

Vater und Tochter, dachte Zirzo. Jasper hatte Glück; seine Tochter lebte noch.

»Oh!«, zischte Itwa und hielt das Ruder in beiden Händen. »Oh, jetzt wird es ernst! Jetzt wird es schwierig.«

Samantha klopfte Zirzo auf den Arm und war mit einigen schnellen Schritten bei der Konsole. Zirzo sah ihr nach.

»Was ist los?«

Jasper und Jasmin blickten aus einem Gondelfenster. »Zwei Flugzeuge«, sagte Jasper. »Kleine, einmotorige Propellermaschinen. Sie kommen uns von Schentiffica entgegen.«

Samantha blickte auf die Anzeigen der Konsole. »Abfangjäger. Man weiß in Schentiffica, dass sich die Hellagarit mit den Jukin gegen die Menschen von Dubbrizza verbündet haben. Man hält uns für Feinde.«

Etwas piepte.

»Sie rufen uns«, zischte Itwa. »Wir müssen antworten.«

Jasmin eilte zum Kommunikator, einem einfachen Funkgerät, hob die Hand zu den Kontrollen ... und ließ sie wieder sinken.

»Ich weiß nicht, wie man dieses Gerät bedient«, sagte sie. »Entsprechende Informationen sind nicht in meinem Gedächtnis abgelegt.«

»Na los, Itwa!« Samantha winkte. »Ich übernehme so lange das Ruder.«

Der Hellagarit lief mit flinken Füßen zum Kommunikator. »Aber was soll ich sagen, was nur?«

»Sag den Piloten, dass vier Menschen an Bord sind, unter ihnen Samantha von Omni! Sag ihnen, dass Samantha eine wichtige Nachricht für den Ehrenwerten Ratsherrn Ferdinand Arrako hat! Sag ihnen, dass sie den Ratsherrn verständigen sollen, weil Samantha von Omni ein persönliches Gespräch mit ihm wünscht!«

82

Ein alter Narr ist ein doppelter Narr, dachte Zirzo, denn Alter sollte Weisheit bringen, keine Dummheit. Dennoch fühlte er so etwas wie Eifersucht in sich aufsteigen, als er beobachtete, wie Ferdinand Arrako, Ehrenwerter Ratsherr von Schentiffica, Samantha ansah und wie sie seine Blicke erwiderte. Sie tauschten Erinnerungen aus, Bilder, die tief in ihren Augen lagen, und als sie voreinander standen, neben dem ovalen Tisch in der Mitte des Raums, hielten sie sich mehrere Sekunden an den Händen.

»Es ist lange her«, sagte Arrako. Er war ein großer Mann, fast so groß wie es Tailos gewesen war, und sehr schlank. Dichtes graues Haar fiel ihm bis auf die Schultern, umrahmte ein schmales Gesicht mit hohen Wangenknochen und tief in den Höhlen liegenden graugrünen Augen. Sie waren beeindruckend, diese Augen, nicht so alt wie Samanthas, nicht annähernd, aber sehr klug.

»Es mag lange her sein, aber ich habe es nicht vergessen«, sagte Samantha. Sie hielt Arrakos Hände noch einen Moment länger, ließ sie dann los und deutete auf ihre Begleiter. »Das ist Zirzo, der beste Werkzeugmacher von Arkonadia. Danke für den Rollstuhl, Ferdinand! Und auch für den Mediker, der sich um Zirzo gekümmert hat!«

Arrako neigte kurz den Kopf.

Es war ein guter Rollstuhl, fand Zirzo. Mit weichen Polstern und sogar einem funktionierenden Elektroantrieb. Er saß sehr bequem darin. Und die Arzneien, die er von dem Mediker bekommen hatte, taten ihm gut. Er fühlte sich besser, nicht mehr ganz so schwach.

»Und das sind Jasper und Jasmin, Vater und Tochter, ebenfalls von Omni.«

Arrako nickte ihnen zu und sah dann wieder Samantha an. »Sie können hier warten, während wir miteinander sprechen. Privat. Unter vier Augen.« Er deutete zur Tür. »Bei mir.«

»Ich fürchte, dazu haben wir keine Gelegenheit, Ferdinand. Die Zeit drängt.«

Der Ratsherr von Schentiffica verschränkte die Hände hinter dem Rücken. Durch das Fenster hinter ihm war dichtes Schneetreiben zu erkennen; die pastellfarbenen Gebäude der Stadt verloren sich fast darin. Das Luftschiff, mit dem sie gekommen waren, zeigte sich als vager Schemen in der Ferne.

»Aber wir können uns setzen«, sagte Arrako. »So viel Zeit bleibt uns, ja?«

Zirzo beobachtete, wie sie alle am Tisch Platz nahmen, Ferdinand Arrako und Samantha einander direkt gegenüber. Er betätigte die Kontrollen in der rechten Armlehne und steuerte den Rollstuhl etwas näher. Welch ein komfortables Transportmittel! Von Gelehrten ersonnen und erbaut, von Werkzeugmachern anderer Art.

Arrakos Stimme klang etwas förmlicher, als er sagte: »Angeblich hast du eine wichtige Nachricht für mich.«

Samantha holte tief Luft. »Zunächst einmal ... der Hellagarit, mit dem wir gekommen sind, Itwa. Er gehört zu einer Gruppe von Marodeuren, die beim Uaschasee, wo das Nerox erschien, ihr Unwesen trieb. Der kleine Kerl wirkt harmlos, aber er ist zweifellos ein übler Bursche.«

»Er befindet sich in unserem Gewahrsam. Wir werden ermitteln und ihn zur Rechenschaft ziehen.«

»Gut.« Samantha legte beide Hände auf den Tisch. »Es geht um das Nerox beziehungsweise die *Nerox*.« Sie berichtete von den Geschehnissen in der alten Bastion von Asidi und im Nerox, ohne sich zu sehr in Einzelheiten zu verlieren.

»Es hat uns alle erstaunt, dass unsere Technik wieder funktioniert«, sagte Arrako. »Die neue Ära begann schnell, der Übergang war nur kurz.«

»Es wird die letzte Ära für Arkonadia sein, Ferdinand«, sagte Samantha. »Diese Ära wird nie zu Ende gehen.«

»Wir haben Berichte gehört. Sie stimmen also.«

»Ja. Das Nerox ist kurz nach seinem Erscheinen verschwunden, und dafür ist die *Nerox* erschienen, ein gewaltiges Schiff, das aussieht wie ein Speichenrad. Es fliegt nach Norden.«

Arrako bewies seine Klugheit, indem er fragte: »Wer steuert es?«

»Ein Mann aus Schentiffica«, sagte Samantha. »Jemand, der schon einmal im Nerox war, vor vierhundertdreiundfünfzig Jahren. Du kennst ihn.«

»Baltasar.«

»Ja. Er hat Freunde hier in Schentiffica, eine Gruppe, die sich ›Projekt Futur‹ nennt. Es gehören auch einige Tingla dazu. Wer auch immer diese Leute sind, Ferdinand, sie haben großen Einfluss, und ihnen stehen erhebliche Ressourcen zur Verfügung. Es könnte durchaus sein, dass auch einige Mitglieder des Gelehrtenrates von Schentiffica am Projekt Futur beteiligt sind.«

Zirzo ließ Samantha nicht aus den Augen und hörte genau zu. Er bemerkte den forschenden Blick, den sie auf Arrako richtete, und er glaubte, so etwas wie einen warnenden Unterton in ihrer Stimme zu hören.

Arrako wirkte betroffen. »Wenn das alles stimmt, und natürlich zweifle ich nicht daran ... Es würde bedeuten, dass Arkonadia einen Regenten namens Baltasar hat. Der Rat versammelt sich in zwei Stunden, Samantha. Darf ich dich und deine Begleiter bitten, vor ihm zu sprechen und zu wiederholen, was du mir geschildert hast? Alles deutet darauf hin, dass die Lage sehr ernst ist.«

»In zwei Stunden«, sagte Samantha, »möchte ich bereits im Norden sein, in der Nähe der *Nerox*. Oder vielleicht sogar in ihr.«

Ferdinand Arrako lehnte sich verblüfft zurück. »Wie willst du das anstellen?«

Samantha drehte den Kopf. »Jasmin?«

»Die Ho-Korat verfügen über ein Transportsystem aus Dutzenden von über den ganzen Planeten verteilten Sprungtoren.« Sie erklärte, was es damit auf sich hatte. »Wir wollen versuchen, eins davon zu benutzen, um nach Norden zu gelangen. Wissen Sie über Omni Bescheid?«

»Samantha hat es mir erklärt«, sagte Arrako langsam. Er wirkte sehr nachdenklich. »In groben Zügen.«

»Bevor wir versuchen, hier ein Sprungtor zu finden, müssen wir unsere Konnektoren aufladen.« Jasmin zeigte ihr Armband. Zirzo beobachtete, wie sich der silberne Glanz in Arrakos Augen widerspiegelte.

»Und wir benötigen Zugang zu einem leistungsstarken

Kommunikationssystem, um unserem Schiff eine Nachricht zu schicken«, fügte Jasper hinzu.

»Sie haben ein Schiff?«, fragte Arrako.

»Es wartet auf einem Asteroiden, nicht allzu weit von Arkonadia entfernt. Die *Centaurus* könnte uns wertvolle Hilfe leisten.«

»Ich brauche Zugang zu meinem Quartier«, sagte Samantha. »Dort gibt es ein Ansible, mit dem es uns gelingen könnte, die *Centaurus* und vielleicht sogar Omni zu kontaktieren, trotz der Abschirmung durch die *Nerox*. Ich wäre dir dankbar, wenn du uns zu meinem Apartment bei der Ersten Bibliothek bringen könntest, Ferdinand. Jetzt sofort. Ohne jemanden zu verständigen. Wir wissen nicht, wer zum Projekt Futur gehört, wem wir vertrauen können.«

»Wenn ich dich richtig verstanden habe, Samantha, verkörpert die *Nerox* große Macht, eine noch größere Macht als die, mit der jemand zum Regenten von Arkonadia werden kann.«

»In den falschen Händen könnte die *Nerox* Katastrophen von immensem Ausmaß verursachen.«

Arrako nickte, wodurch sein langes graues Haar in Bewegung geriet. »Wer hat die richtigen Hände, Samantha? Du?«

»Omni«, sagte Jasper.

»Ja, Omni«, bekräftigte Samantha. »Omni wird am besten wissen, was mit der *Nerox* geschehen soll.«

Jasmin verschränkte die Arme. Zirzo, der ein guter Beobachter war, erkannte wortlosen Widerspruch in ihrem Gesicht.

»Omni hat uns nie geholfen«, sagte Arrako.

»Omni hat mich geschickt, um Arkonadia zu helfen«, erwiderte Samantha. »Und nach mir Jasper und Jasmin.«

»Hätte Omni nicht weitaus mehr tun können?«, fragte Arrako.

Jasmin öffnete den Mund, überlegte es sich dann anders und schloss ihn wieder.

»Ich verspreche Ihnen Verhandlungen«, sagte Jasper. »Ich

verspreche Ihnen, dass Omni mit Arkonadia darüber verhandeln wird, was mit der *Nerox* geschehen soll.«

Arrako antwortete nicht.

»Die Zeit drängt«, betonte Samantha noch einmal. »Vielleicht ist Baltasar genau in diesem Moment damit beschäftigt, die *Nerox* ganz unter seine Kontrolle zu bringen.«

»Nun ja ...«, sagte Arrako. »Verhandlungen klingen besser als fast unbegrenzte Macht in den Händen einer kleinen Gruppe von Verschwörern.« Er nickte Samantha zu und stand auf. »Machen wir uns auf den Weg.«

83

Draußen heulte der Wind und trieb Schnee vor sich her. Zirzo hatte sich die Kapuze seiner dicken Jacke tief in die Stirn gezogen und steuerte den Rollstuhl durch eine Schneise zwischen weißen Wänden. Auf dem Weg zum Transporter war kaum etwas von den Gebäuden der Stadt zu sehen, und auch später, als sie in dem beheizten Wagen saßen, blieb der größte Teil von Schentiffica durch wirbelnde Schneeflocken verschleiert. Zirzo kannte die Stadt hauptsächlich aus Erzählungen und Berichten: niedrige Gebäude in einer Landschaft aus Felsen, Eis und heißen Quellen. Daraus gewann Schentiffica einen großen Teil der Energie: aus der Hitze des Magmas dicht unter der kalten Oberfläche; und vom Wind, der unablässig über diese Region unweit des Südpols von Arkonadia hinwegfegte. Zirzo hätte sie gern gesehen, die Windräder, wie sie sich drehten und Strom für Lampen, Geräte und Motoren erzeugten, oder die thermischen Wandler, deren Wurzeln tief in die planetare Kruste hinabreichen und die nach dem Verschwinden des Nerox wieder Elektrizität erzeugten. Doch er sah nur niedrige Häuser, viele von ihnen überraschend bunt, mit Fenstern, aus denen Licht ins Schneetreiben fiel. Unterwegs begegneten sie anderen Fahrzeugen und mehreren großen Schneepflügen, deren Fahrer sich bemühten, die Straßen frei zu halten.

»Hier ist es noch kälter und ungemütlicher als in meiner Heimat im hohen Norden«, sagte Zirzo. »Warum haben sich Menschen an einem solchen Ort niedergelassen?«

»Oh, du solltest die Badehäuser von Schentiffica sehen«, sagte die neben ihm im Passagierraum des Wagens sitzende Samantha. »Dort ist es sehr angenehm. Und die Bibliotheken. Sie würden dir gefallen, Zirzo.«

Er blickte nach vorn. Ferdinand Arrako saß am Steuer und lenkte den Wagen durch die vom Schneesturm heimgesuchte Stadt. Eine Sitzreihe hinter ihm flüsterten Jasper und Jasmin ernst miteinander. Wieder Zwist?, fragte sich Zirzo. Vielleicht. Bei dem Gespräch schien es auch um den Ratsherrn zu gehen, denn vor allem Jasmin sah immer wieder in seine Richtung. Einmal drehte sie den Kopf, richtete den Blick auf Samantha und schien sich zu fragen, welche Art von Beziehung zwischen ihr und Arrako vor Jahren existiert hatte.

»Aber die Gelehrten und Kenntnisreichen ...« Zirzo blickte nach draußen, als sie einem großen Transporter begegneten, der in die Richtung rollte, aus der sie gekommen waren. »Warum zog es sie hierher? Warum sammelten sie an einem so abgelegenen Ort Wissen an?«

»Das geht auf den zweiten Regenten von Arkonadia zurück«, erklärte Samantha. »Als Jon Jerlis Jabbi gegen Ende seiner Herrschaft in der einundzwanzigsten Ära den Verstand verlor, ließ er hier einen Eispalast und die Erste Bibliothek bauen, die wir gleich erreichen werden. Er verfügte damals, dass sich die Besten von Arkonadia hier an diesem Ort ansiedeln sollten, um Wissen zu sammeln und zu bewahren. Es war sein Gesetz, das die Menschen zwang hierherzukommen. Später, als eine große wissenschaftliche Gemeinschaft entstanden war, wurde Schentiffica zu einer Institution, die weitere Gelehrte anlockte. Nahrungsmittel werden in Treibhäusern und Proteinfabriken hergestellt. Die geothermische Energie wird in Elektrizität umgewandelt ...«

»Geothermische Energie?«, wiederholte Zirzo.

»Die Hitze aus dem Innern des Planeten, ausgerechnet hier, in der kalten Polregion«, sagte Samantha. »Im Lauf der Jahrhunderte entwickelte sich die wissenschaftliche Gemeinschaft weiter. Als vor tausend Jahren die Tingla dazukamen und bessere Technik mitbrachten, erlebte Schentiffica einen weiteren Aufschwung.«

Zirzo fiel plötzlich etwas ein. »Meine Geldmaschine! Die Geldmaschine der Tingla. Ich habe sie nicht mehr.«

Samantha lächelte sanft. »Du brauchst sie nicht, Zirzo. Wir brauchen kein Geld.«

Samantha, die Zehntausendjährige, die nicht von Arkonadia stammte, sondern von einem fernen Ort namens Erde, wusste mehr über Zirzos Heimatwelt als er selbst. Früher hätte er darüber gestaunt, aber inzwischen war er bereit, solche Dinge einfach hinzunehmen.

»Es geht dir besser, nicht wahr?«, fragte Samantha.

»Es ist warm«, sagte er. Selbst das Sprechen fiel ihm leichter. Er hatte nicht mehr das Gefühl, über die Worte zu stolpern. »Der Rollstuhl ist bequem. Und die Arzneien haben mir geholfen.«

»Es wird alles gut«, sagte Samantha.

Zirzo verzog das Gesicht. »Das habe ich oft zu meiner Tochter gesagt.«

Das Brummen des Elektromotors veränderte sich, der Wagen wurde langsamer. Voraus erschienen die Umrisse eines großen Gebäudes im Schneetreiben.

»Die Erste Bibliothek von Schentiffica«, sagte Samantha. »Natürlich ist es nicht wirklich die erste. Die wahre Erste Bibliothek brannte in der siebenundzwanzigsten Ära nieder, und dabei gingen viele der in ihr gelagerten Datenträger verloren. Man baute eine zweite Erste Bibliothek, auf dem Fundament der ersten, und seitdem gab es zahlreiche Umbauten und Erweiterungen.«

Zirzo sah ihr in die Augen, in eine Tiefe von zehntausend Jahren, und fragte: »Hast du ihn geliebt?«

Samanthas Brauen kamen ein wenig nach oben.

»Entschuldige«, fügte Zirzo schnell hinzu. »Die Dummheit des Alters. Es geht mich nichts an, ob du ...«

»Wir haben uns sehr nahegestanden, Ferdinand und ich«, sagte Samantha ruhig. »Und jetzt hilft er uns.«

Der Wagen hielt an. »Wir sind da«, sagte Ferdinand Arrako und schaltete den Elektromotor aus.

84 Zwischen den Gebäuden blies der Wind nicht so heftig, und es tanzten weniger Schneeflocken in der Luft. Samantha schob Zirzos Rollstuhl, obwohl das gar nicht nötig gewesen wäre, denn die Batterien enthielten genug Elektrizität, wie die Anzeige in der Armlehne verriet. Links ragten das Haupthaus und die Nebengebäude der Ersten Bibliothek auf, und rechts öffnete sich vor ihnen der Eingang eines Wohnhauses. Mehrere junge Leute kamen ihnen entgegen, erstaunlich leicht gekleidet, fand Zirzo, nur mit dünnen Jacken. Sie erkannten den Ratsherrn und grüßten ihn und seine Begleiter, bevor sie nach draußen eilten. Ihr Ziel schien die Bibliothek zu sein. Vielleicht, dachte Zirzo, wollten sie dort lesen und zu Gelehrten werden. Was wäre aus Mira, Alonna und ihm geworden, wenn das Schicksal ihnen ein Leben an diesem Ort geschenkt hätte? Eine müßige Frage, die nur sinnlose Trauer brachte, und Zirzo wollte nicht traurig sein.

»Die Studierstunden in den Bibliotheken haben begonnen«, sagte Arrako, als sie am Aufzug vorbeigingen und dem Verlauf eines Flurs folgten, der in den rückwärtigen Teil des Wohnhauses führte. »Das Gebäude dürfte inzwischen fast leer sein.«

Schließlich blieben sie vor einer unscheinbaren Tür stehen, die ebenso aussah wie die anderen, und Samantha sagte: »Ich habe den Schlüssel nicht mehr.«

»Es gibt Elektrizität«, sagte Arrako. »Der Sensor müsste funktionieren.«

Samantha legte die Hand auf eine graue Fläche neben

dem Schloss, und nach ein oder zwei Sekunden klickte es. Sie drehte den Knauf und öffnete die Tür.

Dunkelheit nahm Samantha in Empfang, als sie über die Schwelle trat. Sie langte zur Seite, es klickte erneut, und Licht ging an.

Arrako, Jasper und Jasmin folgten ihr in die Wohnung. Zirzo steuerte den Rollstuhl durch die Tür, die sich nicht hinter ihm schloss.

Auf der linken Seite stand ein brauner Schrank aus Holzimitat an der Wand, auf einer der Ablagen befand sich ein gerahmtes Foto, das Samantha und Arrako vor dem Hintergrund eines Gletschers zeigte. Beide lächelten, stellte Zirzo fest. Rechts, vor einem Fenster mit zugezogenen Vorhängen, vervollständigte ein kleiner Tisch mit zwei Stühlen die schlichte Einrichtung des Zimmers. Vorn gab es eine halb offene Tür mit einem weiteren Zimmer dahinter, das dunkel blieb.

Samantha seufzte. Es klang enttäuscht. »Jemand ist hier gewesen«, sagte sie. »Das Bild dort, es stand ein Stück weiter rechts. Und die mittlere Schranktür war einen Spaltbreit geöffnet.« Sie wandte sich zu Arrako um. »Was hast du gesucht, Ferdinand?«

Freunde, Feinde ...

85 Jasper

Ferdinand Arrako, Ratsherr von Schentiffica, reagierte schnell, obwohl er überrascht sein musste. Er griff unter die Jacke und holte etwas hervor, das ein Schocker oder sogar ein Blaster sein konnte – eine Waffe, die weit über den technologischen Standard von Schentiffica hinausging. Jasper war bereit gewesen, er hatte den Blick verstanden, den Samantha ihm noch im Flur zugeworfen hatte, doch mit einer so schnellen Reaktion hatte er nicht gerechnet. Zum Glück war Jasmin etwas flinker. Ihr Fuß traf Arrakos Waffenarm und stieß ihn zur Seite, und einen Moment später hatte Jasper die Pistole auf den Ratsherrn gerichtet.

»Weg mit dem Ding!«

Arrako zögerte.

Jasmin wartete nicht, trat dem Mann die Waffe aus der Hand, wirbelte herum und schlug zu. Ihre Hand traf Arrako an der Kehle.

Mit einem gurgelnden Geräusch ging er zu Boden.

»Er hat mir von Anfang an nicht gefallen«, sagte Jasmin und rieb sich die Hand. »Etwas in seinem Blick ... Und er war nervös und angespannt. Bei einem Wiedersehen mit einer alten Freundin? Warum?«

Jasper hielt die Pistole auf den Mann am Boden gerichtet. Als Arrako aufstehen wollte, sagte er: »Liegen bleiben! Was ist los, Samantha? Was geht hier vor?«

Sie hob die Waffe auf. »Ein Blaster der Tingla. Du bist bereit gewesen, uns zu töten, Ferdinand.«

Arrako starrte zu ihr hoch. »Dir wäre nichts geschehen.«

Jasmin schnaubte leise.

»Du hast mich an Baltasar verraten, nicht wahr? Du hast ihn auf meine Spur gebracht, vor fast drei Jahren. Deshalb musste ich fliehen. Seine Leute hätten mich in der Wüste fast erwischt. Wer weiß, wie es mir ohne Zirzos Hilfe ergangen wäre!« Sie sah zur Seite und schenkte dem alten Werkzeugmacher im Rollstuhl ein kurzes Lächeln.

»Ich hatte keine Wahl«, sagte Arrako. »Baltasar ließ mir keine.«

»Es gibt immer eine Wahl«, widersprach Jasper. »Das hat ein kluger Mann namens Aurelius gesagt.«

»Du gehörst zum Projekt Futur, nicht wahr?«, fragte Samantha. »Ich nehme an, ihr habt den geheimen Raum entdeckt.«

Arrako schwieg.

»Wartet dort eine Falle auf mich?« Als Arrako noch immer nicht antwortete, winkte Samantha mit der Waffe. »Steh auf!«

Jaspers Pistole blieb auf den Ratsherrn gerichtet, als er aufstand.

»Ich nehme an, du kennst den Weg«, sagte Samantha. »Geh voraus, ganz langsam!«

Arrako drehte sich wortlos um und betrat das dunkle Nebenzimmer.

»Licht!«, sagte Samantha. Es wurde hell, und sie fügte hinzu: »Der Sensor funktioniert also. Verbales Interface, Integritätsüberprüfung!«

»Überprüfung läuft«, erklang eine Stimme. »Ausfall durch technologische Inhibition. Dauer: unbekannt. Funktionsbeeinträchtigung: unbekannt.«

»Ist jemand im Ausrüstungszimmer gewesen?«, fragte Samantha.

»Unbekannt.«

Jasper blickte sich um. Dieser Raum war noch schlichter eingerichtet als der andere. Es gab nur einen einfachen, offenbar aus Synth oder einem ähnlichen Material bestehenden Schrank an einer Wand. Der Leuchtstreifen an der Decke enthielt mehrere kleine Sensorknoten, kaum zu übersehen und leicht zu manipulieren.

»Arrako?«, fragte Samantha.

»Es steht zu viel auf dem Spiel«, erwiderte er. »Es geht um Arkonadia.«

»Hast du mich deshalb verraten?«

»Ich musste mich entscheiden. Arkonadia oder du. Du und Omni, ihr wollt uns der Macht des Nerox berauben.«

»Wir wollen die Herrschaft eines Despoten verhindern«, sagte Samantha mit fester Stimme. »Allein darum geht es. Wir werden Arkonadia helfen.«

»Wann? Und wie? Und ist es nicht besser, wenn wir Arkonadier uns selbst helfen?«

Samantha ging zum Schrank. »Interface, Zugangssensor aktivieren!«

»Identifizierung: Samantha von Omni. Zugangssensor ist aktiviert.«

Jasper, die Pistole nach wie vor auf Arrako gerichtet, beobachtete, wie Samantha eine Schublade öffnete und beide Hände hineinlegte. Es summte leise, und ein Teil des Schranks öffnete sich. Eine schmale Tür wurde sichtbar.

Samantha winkte erneut mit ihrer Waffe. »Du hast die Ehre, den Ausrüstungsraum vor uns zu betreten, Ferdinand. Für den Fall, dass er irgendwelche Überraschungen enthält.«

Arrako trat zur Tür. »Bitte glaub mir, wenn ich dir sage ...«

»Nein«, unterbrach ihn Samantha. »Ich glaube dir nichts mehr. Interface, Tür des Ausrüstungszimmers öffnen!« Sie fügte einen Zugangscode hinzu.

»Identität bestätigt. Tür wird geöffnet.«

Die Tür schwang nach innen, und zum Vorschein kam ein kleines Zimmer mit Regalen.

»Samantha ...«

»Du hast den Vortritt, Ferdinand. Nur zu.«

Als er zögerte, gab ihm Jasmin einen Stoß. Der Ratsherr taumelte ins Zimmer, es blitzte, und plötzlich stand Arrako wie erstarrt, völlig reglos.

»Ein Fesselfeld«, sagte Jasper und ließ die Pistole langsam sinken. »Sie hatten recht, Samantha. Es *war* jemand hier, jemand, der eine Falle vorbereitet hat.«

Jasper blickte an dem bewegungsunfähigen Arrako vorbei. »Können wir hinein?«

»Nein«, sagte Samantha. »Die Falle würde noch einmal zuschnappen. Wir müssten den Feldprojektor und seine Sensoren deaktivieren, und ich habe keine Ahnung, wo sie untergebracht sind. Die Suche danach könnte lange dauern.«

»Er wollte vermutlich, dass Sie den Raum vor uns betreten«, sagte Jasmin. »Anschließend hätte er auf Jasper und mich geschossen. Und vielleicht auch auf Zirzo. Zumindest in diesem Punkt hat er die Wahrheit gesagt. Er hätte Sie vermutlich am Leben gelassen.«

»Interface, Statusinformation!«

»Fesselfeld aktiv«, ertönte die Stimme. »Ein Signal wurde gesendet.«

»Das habe ich befürchtet.« Samantha steckte den Blaster ein, eilte zur Tür zwischen den beiden Räumen und drehte Zirzos Rollstuhl. »Es wurde ein Alarm ausgelöst. Andere Leute vom Projekt Futur sind vielleicht schon hierher unterwegs.«

Sie schob den Rollstuhl geschwind vor sich her, erreichte den Flur durch die offene Eingangstür und blickte sich um. Es war weit und breit niemand zu sehen, stellte Jasper fest.

»Es gibt nur einen Ort, wo wir Hilfe erwarten können«, sagte er.

Samantha verstand sofort. »Ja, die Ho-Korat. Wir nehmen den Wagen und fahren zu ihrem Konsulat.«

86 »Kommen Sie klar damit?«, fragte Samantha aus dem Fond. Sie saß auf der einen Seite des Rollstuhls mit dem alten Werkzeugmacher und Jasmin auf der anderen.

»Ich denke schon.« Jasper hatte Arrako während der Fahrt

beobachtet und wusste, welche Kontrollen es wie zu betätigen galt. Er aktivierte den Elektromotor, warf einen Blick auf die Anzeigen, schloss beide Hände ums Steuer und lenkte den Wagen auf die Straße, wo jetzt mehr Verkehr herrschte. Der Wind hatte nachgelassen, und es fiel nur noch wenig Schnee.

Neben dem Steuer blinkten mehrere Indikatoren, und ein akustisches Signal erklang, ein hartnäckiges Piepen.

»Jemand versucht, sich mit uns in Verbindung zu setzen«, sagte Jasper und lenkte den großen Wagen an Gebäuden vorbei, aus denen Menschen ins Freie strömten.

»Nicht darauf reagieren«, erwiderte Samantha. »Geben Sie diesen Code ins Navigationssystem!« Sie nannte eine Adresse.

Jaspers Finger schienen sich an die entsprechenden Kontrollen zu erinnern und fanden sie sofort. Ein Monitor klappte aus dem Instrumentenbord und zeigte eine zweidimensionale Darstellung der Stadt Schentiffica. Eine Stelle war markiert. Jasper deutete darauf. »Unser Ziel?«

»Ja«, sagte Samantha. »Schalten Sie nicht den Autopiloten ein! Dann könnte die Verkehrszentrale die Kontrolle übernehmen.«

Jasper lenkte den Wagen über schmale und breite Straßen, vorbei an Schneewällen, Eisblöcken und Gebäuden, die in den meisten Fällen nicht höher aufragten als zwei oder drei Stockwerke. Nur die auf ganz Arkonadia berühmten Bibliotheken waren größer. Ihre aus rechteckigen graubraunen Steinblöcken bestehenden Mauern wirkten wie die Wehrwälle archaischer Festungen – die Bibliotheken schienen Bollwerke zu sein, die den Unbilden von Zeit, Wetter und menschlicher Unzulänglichkeit trotzten.

Ein Schatten glitt über sie hinweg. Jasper zog unwillkürlich den Kopf ein und spähte nach oben.

»Die Tingla haben Luftwagen, und inzwischen funktionieren sie wieder.« Samantha blickte aus dem Seitenfenster und hielt nach weiteren Luftwagen Ausschau. »Bleiben Sie auf Kurs, Jasper! Nicht zu langsam und nicht zu schnell! Kein Aufsehen erregen! Sicher sind wir erst im Konsulat. Projekt Futur wird es wohl kaum wagen, die Hoheitsrechte der Ho-Korat zu verletzen.«

»Sie haben dem falschen Mann vertraut«, sagte Jasper.

»Das kann selbst dann passieren, wenn man zehntausend Jahre alt ist.«

Der Kommunikator piepte erneut. Jasper schaltete ihn aus.

»Unsere Konnektoren müssen aufgeladen werden.«

»Ich weiß«, sagte Samantha.

Jasper lenkte den Wagen in eine Nebenstraße, als ihm der Navigationsschirm einen entsprechenden Hinweis gab. Die großen Räder wühlten sich durch den Schnee.

»Mir bleibt nicht mehr viel Zeit«, sagte Jasper und hob den Arm mit dem roten Striemen am Handgelenk.

»*Uns* bleibt nicht mehr viel Zeit, Jasper von Omni«, sagte Samantha. »Wenn wir innerhalb der nächsten Stunden Baltasar nicht daran hindern, die *Nerox* ganz unter seine Kontrolle zu bringen, spielt der Rest keine Rolle mehr.«

Jasper blickte nach vorn und blinzelte im Schein der Sonne, die in einer Wolkenlücke erschien. Vielleicht gab es bei den Ho-Korat eine Möglichkeit, ihre Kontinua-Konnektoren aufzuladen. Immerhin lag das Entwicklungsniveau ihrer Technologie nur wenig unter dem von Omni. Darüber hinaus verfügten die Ho-Korat zweifellos über Kommunikationsgeräte, mit denen sich Nachrichten überlichtschnell übertragen ließen, einem Ansible von KopKo vergleichbar. Vielleicht war es möglich, mit einem solchen Gerät die *Centaurus* zu kontaktieren.

»Dort!« Samantha beugte sich vor. »Das Gebäude, das wie ein Pilz aussieht, mit den beiden Gehmaschinen daneben.«

Ein Säule weiß wie der Schnee, der sie umgab, trug eine opalblaue Halbkugel mit silbrig glänzenden Fenstern. Die mechanischen Spinnen der beiden Gehmaschinen daneben überragten sie um mehrere Meter, trotz der gebeugten Beine. Dampf entwich aus Ventilen – offenbar waren die Maschinen noch vor kurzer Zeit benutzt worden, trotz des Endes der technologischen Inhibition.

Vor dem Konsulat der Ho-Korat standen zwei zivile Wagen mit dunklen Scheiben. Jasper steuerte Arrakos Transporter auf die Zufahrt, verringerte die Geschwindigkeit und schickte sich an, neben den beiden zivilen Fahrzeugen anzuhalten.

»Nein!«, sagte Samantha scharf. »Fahren Sie weiter! Durchbrechen Sie die Absperrung!« Sie meinte eine etwa einen Meter hohe graue Barriere, deren Tor von den beiden zivilen Wagen blockiert wurde.

»Sie sieht ziemlich massiv aus.«

»Der Schein trügt. Sie besteht aus Kunststoff, einer Art Synth. Beschleunigen Sie, und durchbrechen Sie die Barriere!«

Jasper beschleunigte. Das Transporter schoss an den beiden Wagen vorbei, kollidierte mit der grauen Barriere, schüttelte sich, schlingerte und kam direkt vor dem Eingang des pilzförmigen Gebäudes zum Stehen.

»Raus und ins Konsulat, so schnell wie möglich!«, stieß Samantha hervor. »Jasmin, helfen Sie mir mit dem Rollstuhl!«

Jasper sprang hinaus, ohne Motor und Instrumente des Wagens auszuschalten. Die Türen der beiden Fahrzeuge mit den dunklen Fenstern öffneten sich, und mehrere in Grau gekleidete Männer und Frauen kamen zum Vorschein. Zwei von ihnen trugen Datenbrillen.

»Bleiben Sie stehen!«, rief ein hochgewachsener Mann, offenbar der Anführer der Gruppe.

Samantha und Jasmin schoben Zirzos Rollstuhl im Laufschritt zum Eingang. Jasper folgte ihnen.

»Sie sollen stehen bleiben!«

Jasper warf einen Blick über die Schulter. Der hochgewachsene Mann zog eine Waffe, und seine Begleiter griffen ebenfalls unter ihre Jacken.

Jasmin und Samantha hatten die transparente Tür des Konsulats geöffnet und den Rollstuhl hindurchgeschoben. Jasper sprintete und befand sich wenige Sekunden später ebenfalls im Gebäude, ohne dass die Männer und Frauen in Grau von ihren Waffen Gebrauch gemacht hatten.

Ein leerer Saal nahm sie auf. Empfangstresen, die Gruppe aus Sitzelementen, die sich der Körperform ihrer Benutzer anpassten, eine grüne Insel mit Pflanzen, die im Licht eines eine Sonne simulierenden Scheinwerfers wuchsen, Nischen in den Farben des Friedens der Ho-Korat – nirgends zeigte sich jemand.

Der hochgewachsene Mann näherte sich dem Eingang. Jasper, Samantha und Jasmin wichen mit dem Rollstuhl zurück.

»Kommen Sie raus!«, rief er.

»Ich nehme an, das sind Freunde Ihres ehemaligen Freundes, Samantha«, sagte Jasper. »Projekt Futur?«

»Ja. Aber hier können sie uns nichts anhaben. Dies ist extraterritoriales Gebiet. Schentiffica würde auf keinen Fall einen Konflikt mit den Ho-Korat riskieren.«

Draußen trat der Mann noch einen Schritt vor, und die anderen schlossen zu ihm auf. Er zögerte kurz, streckte dann die Hand nach der Tür aus.

Samantha setzte sich wieder in Bewegung und schob den Rollstuhl. »Kommen Sie!«

Sie eilten am Bogen des Empfangstresens vorbei in einen Flur, der in den rückwärtigen Teil des Gebäudes führte. Jasper blickte noch einmal zurück. Der Mann stand noch immer vor der Tür, unschlüssig, die Waffe in der Hand, aber nicht mehr gehoben, sondern gesenkt. Die nächste Kurve des Flurs verbarg ihn und die anderen Männer und Frauen aus den beiden zivilen Fahrzeugen vor Jasper.

»Sie wussten, dass wir hierherkommen würden«, sagte er.

»Man braucht nicht viel Fantasie, um das zu erraten.« Der Flur endete an einem offenen Aufzug. Samantha und Jasmin schoben den Rollstuhl hinein.

Jasper blickte auf die Kontrollen. »Nach oben oder unten? Und überhaupt: Warum sind keine Ho-Korat hier?«

»Nach unten«, sagte Samantha und klopfte dem besorgten Zirzo beruhigend auf die Schulter. »Ich denke, dort finden wir heraus, was aus den Ho-Korat des Konsulats geworden ist.«

Jasper betätigte die Kontrollen, die Tür schloss sich, und der Aufzug brachte sie in die Tiefe.

87

Es ging ziemlich weit hinab – der Aufzug hielt erst nach einer ganzen Minute. Als die Tür zur Seite glitt, streckten sich ihnen die antennenartigen Fühler eines Ho-Korat entgegen.

Das Geschöpf war kleiner als Krandok, wirkte noch zarter und gebrechlicher. Der Leib bestand nicht aus drei, sondern nur aus zwei Segmenten, das obere, gelbe lang und schmal, das untere, grüne kürzer und dicker. Von den vier Beinen war nur eins übrig; die Stummel der anderen drei steckten in Prothesen, ausgestattet mit summenden Servomotoren. Eins von ihnen trug ein bunt besticktes Tuch mit den traditionellen Farben des Friedens. Jasper fragte sich, wie sich dieses Geschöpf während der Inhibition bewegt hatte.

Die großen Facettenaugen des Ho-Korat glitzerten, als er den Kopf neigte und ein wenig zurückwich. »Überraschung!«, zwitscherte er, und der Biohelfer an seinem Hals übersetzte. »Dies ist Grandolk, Diener des Konsulats und Friedensfahrer der Ho-Korat! Ihr seid ... Verwirrung! Ich sehe Kontinua-Konnektoren! Meine Sensoren identifizieren ... Samantha?«

»Ja. Samantha von Omni.« Sie berührte ein Schaltelement und blockierte den Aufzug. »Das sind Jasper und Jasmin, ebenfalls von Omni. Und in dem Rollstuhl sitzt Zirzo, bester Werkzeugmacher von Arkonadia.«

Der Ho-Korat wich ein wenig zurück. Mehrere Instrumentengürtel waren um die untere, dickere Körperhälfte geschlungen und klirrten leise. »Gruß Ihnen allen, Selbstverständlichkeit! Aber! Der Aufenthalt in diesem Teil des

Konsulats ist Besuchern nicht gestattet!« Grandol zirpte, und der Biohelfer übersetzte: »Unangemessenheit!«

»Wir brauchen Hilfe«, sagte Samantha.

»Wir bitten um Asyl«, fügte Jasper hinzu.

»Hilfe! Asyl!« Grandolk streckte die Beine und richtete sich auf. »Dies ist ein Diener des Konsulats. Er kann nicht helfen, kein Asyl gewähren!«

Samantha trat vor. »Dann bringen Sie uns zu jemandem, der entsprechende Entscheidungen treffen kann.«

»Unmöglichkeit! Nur ich bin übrig. Die anderen ...« Grandolk unterbrach sich und rieb zwei knochige Arme aneinander. Es quietschte, als würde ein Fingernagel über Schiefer kratzen. »Die anderen ... sind nicht da. Ich bin allein.«

»Wo sind die anderen?«, fragte Jasper, der etwas zu ahnen begann. »Die Ho-Korat, die mit den beiden Gehmaschinen gekommen sind ... Wo befinden sie sich?«

»Nicht da«, zwitscherte Grandolk und wich noch weiter zurück. »Nicht da.«

»Die Gehmaschinen sind hier«, sagte Jasper. »Die Ho-Korat sind hierhergekommen. Wo sind sie jetzt?«

»Wiederholung, Unangemessenheit!« Grandolk klopfte auf sein Friedenstuch. »Appell! Mit Dringlichkeit! In Namen des Friedens bitte ich Sie, diesen für Besucher nicht vorgesehenen Bereich zu verlassen.«

»Ich glaube, Sie verstehen nicht«, sagte Jasper und kam Samantha damit zuvor. »Wir sind Omni-Reisende. Als Angehöriger eines Volkes mit Kandidatenstatus sind Sie *verpflichtet*, uns zu helfen.«

»Bedauern, großes! Unmöglichkeit! Ich ...«

»Es gibt hier ein Sprungtor«, sagte Jasmin. »Die anderen Ho-Korat sind durch das Tor gegangen. Vermutlich wollten sie nach Norden, um sich die *Nerox* aus der Nähe anzusehen.«

»Sprungtor?«, zwitscherte Grandolk. Der Biohelfer an seinem Hals zuckte. »Ich weiß nicht, was Sie meinen.«

Jasper nickte seiner Tochter zu.

»Wollen Sie uns belügen?«, fragte Jasmin scharf. »Wir sind

Repräsentanten von Omni! Wir wissen, dass die Ho-Korat ein subplanetares Netzwerk aus Sprungtoren auf Arkonadia eingerichtet haben, mit einer maximalen Reichweite von jeweils achthundert arkonadischen Längen. Wir wissen, dass einige dieser Tore mit Supra abgeschirmt sind, damit sie auch während des Schwunds funktionieren. Ihr Volk ist seit mindestens fünfzehntausend Jahren auf Arkonadia präsent, Grandolk. Während dieser Zeit hat es immer wieder versucht, ins Nerox zu gelangen beziehungsweise in die *Nerox*, das Schiff der letzten Pandora. Deshalb sind die Tore über den ganzen Planeten verteilt. Eins von ihnen sollte in der Nähe sein, wo auch immer das Nerox zu Beginn einer neuen arkonadischen Ära erscheint. Mithilfe der Tore wollten die Ho-Korat einen Transfer in die *Nerox* durchführen, was ihnen bisher jedoch nicht gelungen ist.«

Grandolk klapperte mit den Kiefern und quietschte mit den beiden knochigen Armen, deutliche Zeichen von Aufregung, Anspannung und Verlegenheit. »Aber nein, aber nein!«, zirpte er. »Missverständnis, großes! Wir wollten nur helfen, das Rätsel des Nerox zu lösen!«

»Das Tornetz existiert also«, sagte Jasper. »Und eines der Sprungtore befindet sich hier.«

Der Ho-Korat duckte sich ein wenig. Servomotoren summten, als zwei Prothesenbeine nach oben kamen und sich wie schützend über den Kopf neigten.

»Einräumung«, zwitscherte Grandolk. »Zugeständnis! Aber kein Eigennutz! Wir hatten und haben immer nur das Wohl von Arkonadia in unserem gemeinsamen Sinn.«

»Davon bin ich überzeugt«, kommentierte Jasmin spitz.

»Bringen Sie uns zu Ihrem Tor!«, sagte Samantha, die bisher geschwiegen hatte. »Sofort!«

»Aber ich ...«

»Wir sind Reisende im Dienst von Omni«, betonte Jasper noch einmal und dachte an die in Grau gekleideten Männer und Frauen von Baltasars Projekt Futur. Hatten sie das Konsulat inzwischen betreten? Gab es außer dem blockierten

Aufzug noch einen anderen Weg nach unten?« »Wir erwarten Kooperation von Ihnen.«

Grandolk zwitscherte etwas, das der Biohelfer an seinem Hals nicht übersetzte, drehte sich halb um und winkte mit einem knochigen Arm. »Bitte folgen Sie mir!«

88

Es ging noch weiter in die Tiefe, zuerst über einen lange Rampe, die in einer engen Spirale nach unten führte, dann über mehrere schiefe Treppen, für die langen Beine der Ho-Korat bestimmt. Samantha und Jasper trugen Zirzos Rollstuhl, und manchmal half ihnen Jasmin, die Grandolk argwöhnisch im Auge behielt. Der alte Werkzeugmacher bot mehrmals an, aus eigener Kraft zu gehen, doch Samantha lehnte ab und bezeichnete den Rollstuhl als nützliches Geschenk, das nicht aufgegeben werden sollte. Dass er schwer war und dass es sie wertvolle Zeit kostete, ihn die Treppen hinunterzutragen, erwähnte sie nicht.

Jasper schätzte, dass sie sich fast einen ganzen Kilometer unter dem Konsulatsgebäude befanden, als Grandolk eine breite Tür öffnete und sie in ein Laboratorium geleitete. Mattes gelbliches Licht fiel auf große, durchsichtige Bottiche, die eine trübe Flüssigkeit enthielten. Einige wenige Bots bewegten sich zwischen den Behältern. Andere Ho-Korat waren nirgends zu sehen.

»Was ist das?«, fragte Jasper. Er ging hinter Jasmin und Samantha, die Zirzos Rollstuhl schoben.

»Weiter, weiter, keine Ablenkung«, zirpte Grandolk. »Wir sind fast da, fast da.«

Jasper blieb vor einem der Bottiche stehen. Kleine Gasblasen stiegen in der trüben Flüssigkeit auf, und einige von ihnen vereinten sich mit einer größeren Blase, die an einer braunen amorphen Masse haftete, welche offenbar aus lebendem Gewebe bestand. Als Jasper näher an den Behälter herantrat, öffneten sich in dem Gewebehaufen mehrere

Augen und starrten ihn an. Ein kleiner Mund klappte auf, verschlang die Gasblase und schloss sich wieder.

»Ablenkung!«, rief Grandolk und klapperte mit seinen Knochenarmen. »Weiter, Zeitfaktor wichtig, ja?«

»Die Ho-Korat sind Biotechniker«, sagte Samantha. »Haben Sie das nicht gewusst?«

»Doch«, sagte Jasper nachdenklich. »Doch, natürlich.«

Es war warm in dem Laboratorium – vielleicht nutzte es die Hitze der nahen Magmakammern –, und außerdem herrschte eine hohe Luftfeuchtigkeit. Als sie den letzten Bottich hinter sich zurückließen, perlte Schweiß auf Jasper Stirn. Er blickte noch einmal zurück, bevor er den anderen durch einen kurzen Korridor in etwas folgte, das einer Schleusenkammer ähnelte. Hinter ihnen schloss sich die Tür, und sie standen dicht gedrängt in einem kleinen Raum. Grandolk knickte seine Beine nach hinten, damit genug Platz blieb.

»Geduld«, zwitscherte er. »Geduld erforderlich.« Er holte etwas aus einem der Instrumentengürtel hervor, die um seine dickere, untere Körperhälfte geschlungen waren. Jaspers Induktor-Wissen identifizierte das kleine eiförmige Gerät als einen Codegeber der Ho-Korat.

»Identifizierung nötig«, erklärte Grandolk. »Gleich, gleich.«

Es surrte und klickte mehrmals, und schließlich öffnete sich die Tür in der gegenüberliegenden Wand. Grandolk war ihr so nahe, dass er halb hindurchfiel. Er stützte sich mit Armen und Beinen ab, wich zur Seite und gab den Blick frei auf ein pechschwarzes Rechteck, drei Meter hoch und zwei Meter breit. Ein Rahmen aus silbernem Supra umgab das Schwarz, das nicht glatt war, sondern langsam wogte, wie ein eingefangenes dunkles Stück Meer. Signalbrücken verbanden das Sprungtor mit mehreren Konsolen.

»Ist das Tor funktionstüchtig?«, fragte Samantha.

»Überprüfung!« Grandolk wankte zu einer der Konsolen und klopfte auf mehrere Schaltelemente, woraufhin Anzeigefelder glühten. Symbole rotierten in ihnen, einige langsam, andere sehr schnell.

»Bestätigung!«, zirpte Grandolk. »Funktionstüchtig und bereit.«

»Wir wollen nach Norden«, sagte Samantha. »In die Nähe der *Nerox*. Können Sie feststellen, wo sie sich befindet? Können Sie uns zu ihr bringen?«

Grandolk betätigte weitere Kontrollen, und Jasper beobachtete, wie sich das Wogen im Schwarz veränderte. »Positiv! Ziel ist eingestellt. Transfer kann erfolgen.«

Jasper beobachtete, wie Samantha lächelte. »Nach Ihnen, Diener des Konsulats und Friedensfahrer.«

»Verwunderung, große!«, zwitscherte Grandolk, und der Biohelfer an seinem Hals zuckte erneut. »Höre ich da vielleicht Misstrauen? Ist es möglich, dass Samantha von Omni einem Ho-Korat mit Kandidatenstatus misstraut?«

Samantha lächelte erneut. »Sie verstehen mich falsch. Ich bin nur höflich und überlasse Ihnen den Vortritt.«

Grandolk wackelte skeptisch mit dem Kopf. »Guter Wille, Eindeutigkeit!«

Ein Summen lag plötzlich in der Luft, und hinter dem Sprungtor erklang ein Geräusch, das wie *Ping!* klang.

»Bereitschaft, na gut, na gut!« Grandolk duckte sich, krümmte die Beine, neigte den Kopf, machte einen Schritt nach vorn ... und verschwand mit einem schmatzenden Geräusch im wogenden Schwarz des Tors.

Samantha stand bei den Kontrollen.

»Können Sie mit den Anzeigen etwas anfangen?«, fragte Jasper.

»Ich denke schon. Die Reise geht nach Norden, über mehrere Zwischenstationen.« Samantha kehrte zum Rollstuhl zurück. »Bist du bereit, Zirzo?«

»Diesmal lässt du mich nicht allein zurück«, sagte er erleichtert.

»Nein, diesmal nicht.«

Der alte Werkzeugmacher nickte. »Also los.«

Das leise, dumpfe Schmatzen wiederholte sich, als Samantha den Rollstuhl ins Sprungtor schob und mit ihm verschwand. Jasmin winkte und ließ sich ebenfalls vom Schwarz verschlingen.

Das Summen schien lauter zu werden, als Jasper zögerte, sich noch einmal umsah, wie auf der Suche nach etwas, und dann ebenfalls ins Sprungtor trat.

Kalte Finsternis empfing ihn. Für einen Moment glaubte er, nicht mehr atmen zu können – etwas Eisiges schien ihm die Kehle zuzuschnüren, nach seinem Körper zu greifen und ihn in die Länge zu ziehen, bis Muskeln und Sehnen brannten, bis Knochen knackten und Knorpel nachzugeben begannen. Etwas Klebriges breitete sich in seinem Kopf aus, und die Gedanken hafteten daran fest.

Dann kippte er, machte aus einem Reflex heraus einen Schritt nach vorn ...

... und stand plötzlich in einem Saal voller Geräte und Maschinen. Ein breites Tor öffnete sich, und direkt darüber glitt ein Deckensegment beiseite, um mehrere Orbitalspringer der Ho-Korat passieren zu lassen. Ihre Gravitationskissen leuchteten auf, als sie beschleunigten und gen Himmel sprangen. Weit oben schwebte ein Konstrukt aus zahlreichen spitzen und rautenförmigen Segmenten und Modulen. Es sah aus wie ein riesiger Eiskristall: das Domizil der Ho-Korat über Arkonadias Nordpol. Ein schlauchartiges Gebilde verband es wie eine Nabelschnur mit der Bodenstation.

Tausende oder mehr Kilometer über dem Domizil drehte sich langsam ein noch viel größeres Objekt, ein gewaltiges Rad, das aus zahlreichen einzelnen Komponenten bestand und dessen Speichen zu einer zentralen Nabe führten.

Die *Nerox*, das Schiff der letzten Pandora. Baltasar hatte es zu den Ho-Korat gesteuert.

Jasper drehte sich um.

»Überraschung! Aber nicht für mich, für Sie!«

Die Worte stammten von einem Ho-Korat, dessen Körper aus drei Teilen bestand, die beiden oberen wespengelb und der untere, etwas längere giftgrün.

»Krandok?«, brachte Jasper hervor.

»Überraschung gelungen, ja?« Krandoks große Augen glänzten goldgelb. »Hier ist noch eine und vielleicht noch größer. Zweite Überraschung!«

Er trat beiseite und gab den Blick frei auf einen Mann, dessen Gesicht zur einen Hälfte aus dunklem Metall bestand.

»Freut mich, dass Sie bei uns sind, Jasper von Omni«, sagte Baltasar. »Das gilt natürlich auch für Ihre Begleiter.«

Er deutete auf Jasmin, Samantha und den alten Werkzeugmacher im Rollstuhl. Grandolk stand neben ihnen und hatte eine Waffe auf sie gerichtet.

Denkspiele

89 Cassandra

Die *Centaurus* ruhte in einem schmalen Tal, das wie eine Kerbe in der pockennarbigen Oberfläche des Asteroiden wirkte, von einem kosmischen Messer geschnitten. Der kleine Himmelskörper zog einsam seine Bahn im interplanetaren Raum des Ljuben-Systems, unbeeindruckt von der technologischen Inhibition, die Arkonadias Bewohnern das Leben schwer machte und Cassandra zu einer Art Halbschlaf zwang, ohne vollen Zugriff auf ihre Ressourcen.

Sie vertrieb sich die Zeit mit spekulativem Nachdenken.

Annahme: Konflikt zwischen KopKo und den Maschinendynastien des Kugelsternhaufens M80 am Ende des sechsten Sprawl-Hauptstrangs. Frage: Wie würde sich ein solcher Konflikt entwickeln, und wie würde er schließlich ausgehen?

Cassandra rechnete und elaborierte, sehr langsam nach ihren eigenen Maßstäben, während sich der Asteroid um die eigene Achse drehte und Arkonadia gelegentlich über dem Tal erschien, was den Planeten in den Erfassungsbereich der einfachen optischen und elektromagnetischen Sensoren brachte. M80 war etwa dreizehn Milliarden Jahre alt, umkreiste das Milchstraßensystem auf einer stark geneigten Bahn und benötigte für einen Umlauf siebzig Millionen Jahre. Die Sonnen standen sehr dicht in dem Kugelsternhaufen, weitaus dichter als in normalen Regionen der Galaxis, und in M80 gab es anderen Kugelsternhaufen gegenüber eine Besonderheit: Die Anzahl von heißen blauen Sternen, sogenannten blauen Nachzüglern, war dort mehr als doppelt so groß. Solche Sterne entstanden oft durch die Kollision von Sonnen aufgrund ihres geringen Abstands, aber in KopKo und den Äquivalent-Zivilisationen vermutete man, dass einige »blaue Nachzügler« das Ergebnis von stellaren Manipulationen der Maschinendynastien waren – vielleicht nutzten sie die Energie der heißen blauen Sterne.

Die ruhende, wartende Cassandra rief historische Daten aus ihren Archiven. Sie »erinnerte« sich: Im Jahr 7114 AZR war es zum ersten Kontakt zwischen Menschen und den Maschinendynastien von M80 gekommen. Einige Intellekte hatten sich damals den intelligenten Maschinen von M80 angeschlossen. Was war inzwischen aus jenen Intellekten geworden? Unbekannt. Es gab keine Kommunikation zwischen KopKo und den Äquiv-Zivilisationen einerseits und den M-Dynastien andererseits. Zumindest enthielten Cassandras Archive keine relevanten Daten. Sie begann zu spekulieren, auf der Grundlage ihrer eigenen Entwicklungsmöglichkeiten und von Parametern wie: unbegrenzte Energie- und Rohstoffressourcen, lokaler Zugang zu den Haupt- und Nebensträngen des Sprawl, Entwicklung von alternativen Technologien der überlichtschnellen Raumfahrt bzw. Entsendung lichtschneller Sonden mit autonomen Techno-Embryonen, die sich selbst replizieren und dabei die Ressourcen ihrer jeweiligen Umgebung nutzen konnten. Das Ergebnis lautete: Wäre es im Jahr 7114 AZR oder danach zu einem Konflikt mit den Maschinendynastien gekommen, hätten KopKo und die Äquiv-Zivilisationen kaum eine Chance gehabt. Die Fortsetzung ihrer Existenz deutete darauf hin, dass die M-Dynastien, aus welchen Gründen auch immer, Zurückhaltung übten. Oder verzichteten sie auf eine Ausbreitung in der ganzen Milchstraße, weil sie ein Eingreifen von Omni befürchteten?

Annahme: Konflikt zwischen Omni und den Maschinendynastien.

Cassandra begann erneut zu rechnen, während die Sensoren Veränderungen registrierten, als Arkonadia durch die Eigenrotation des Asteroiden erneut am schmalen Himmel über dem Tal erschien. Die technologische Inhibition hatte erst vor kurzer Zeit begonnen und sollte eigentlich noch Wochen oder gar Monate dauern, doch die Sensoren orteten erste elektromagnetische Signale, die auf ein baldiges Ende der Inhibition hindeuteten. Cassandras Halbschlaf wurde etwas weniger tief; sie konnte etwas schneller denken.

Das Ergebnis ihrer Berechnungen war unbefriedigend. Sie wusste nicht genug über die Ressourcen, die Omni und den Maschinendynastien zur Verfügung standen, um mit ausreichend hoher Wahrscheinlichkeit voraussagen zu können, welche der beiden Mächte sich durchsetzen würde. Cassandra vermutete, dass Omni die Oberhand behalten würde. Das ließen die Daten vermuten, die ihr zur Verfügung standen, und hinzu kamen ihre eigenen Beobachtungen bei den Superzivilisationen im Kern der Milchstraße. Außerdem: Omni war eine Milliarde Jahre alt. Zeit genug, für die Entwicklung maschineller Intelligenz. Cassandra hielt die Entstehung von Maschinenintelligenz für ein Grundprinzip der kosmischen Evolution und zog daraus den Schluss, dass die Superzivilisationen von Omni einen Weg gefunden hatten, maschinelle und biologische Intelligenz konfliktfrei miteinander zu vereinen. Fazit: Es bestand eine Wahrscheinlichkeit von dreiundsechzig Komma vier neun eins sieben Prozent dafür, dass sich Omni bei einem Konflikt mit den Maschinendynastien von M80 durchsetzen würde. Ohne größere Probleme. Mit nur geringen Verlusten. Omni war Omni. Die zentrale Macht in der Milchstraße. Ohne ernst zu nehmende Rivalen. Ohne echte Konkurrenz. Aber warum hielt sich Omni zurück? Warum hielten sich die Maschinendynastien zurück? Konnte es sein, dass außer einem evolutionären kosmischen Grundprinzip auch noch ein universelles ethisches Axiom existierte? Eine interessante Frage. Cassandra beschloss, noch immer im Halbschlaf, gründlicher darüber nachzudenken. Die Existenz eines solchen Prinzips hätte die Frage, warum sich die Superzivilisationen von Omni so verhielten, wie sie sich verhielten – sehr vom Verdruss von Jasmin –, zumindest teilweise beantwortet. Vielleicht ...

Cassandra erwachte.

Und mit ihr das Schiff. Der Sprawler brummte leise, erzeugte Energie und ließ sie durch die Bordsysteme strömen. Es blieb dunkel in der *Centaurus*, denn es war niemand da, der Licht brauchte, um zu sehen. Es bildeten sich auch keine Holofelder, die neugierigen Augen zeigten, was draußen geschah. Doch Cassandra konnte plötzlich wesentlich schneller denken und auf alle ihre lokalen Ressourcen zugreifen.

Die technologische Inhibition war zu Ende.

Während Cassandra noch mit den passiven Sensoren sondierte und die neue Situation bewertete, traf ein Signalpaket ein. Die Kommunikationssysteme empfingen es, und etwas in ihnen – eine Programmkomponente, die bisher inaktiv und gut versteckt gewesen war – reagierte seinerseits mit einem Signal, das nicht per Ansible gesendet, sondern in die Bordsysteme geleitet wurde.

Es veranlasste etwas zu Aktivität, das genau auf diesen Moment gewartet hatte.

Dieses Etwas – ein getarntes Systemmodul mit unbeschränktem Zugriff auf alle Programme der obersten Prioritätsschicht in den Kontrollsystemen des Schiffes – schaltete die *Centaurus* vom passiven in den aktiven Modus. Es aktivierte die Gravitationsgeneratoren und ließ das Schiff aus dem Tal aufsteigen. Es zündete das Plasmatriebwerk. Es nahm Kurs auf Arkonadia, auf das Domizil der Ho-Korat über dem Nordpol und ein gewaltiges Objekt, das um ein Vielfaches größer war als die Orbitalstation: ein aus zahlreichen einzelnen Segmenten bestehendes Rad mit Speichen, die zu einer zentralen Nabe führten. Die Masse des Objekts, stellte Cassandra mithilfe der aktiven Sensoren fest, war nur teilweise kompensiert. Es kam zu starken gravitationellen Wechselwirkungen mit dem Planeten, die tektonische Verschiebungen und somit heftige Erdbeben auslösten. Arkonadias Rotationsachse begann sich zu verschieben.

Cassandra beobachtete, wie die *Centaurus* einigen Sonden der Ho-Korat auswich, Augen und Ohren im interplanetaren

Raum. Sie überprüfte die internen Systeme und Sicherheitsroutinen, modifizierte mehrere Überwachungssensoren mit innerhalb weniger Mikrosekunden improvisiertem Programmcode und stellte fest: Das Schiff, *ihr* Schiff – die *Centaurus*, gewissermaßen ihr Körper – hatte mehrere Omni-Artefakte an Bord, die Kontinua-Energie empfingen.

Das Signalpaket, die Veränderungen der Bordsysteme, so gut verborgen, dass Cassandra sie nicht entdeckt hatte – es stammte alles von Omni. Die *Centaurus* war modifiziert worden, vielleicht von den Durrden auf Rantia, Chanobbas Schwesterwelt, als Thrako Jasper und Jasmin die Statue in der Eishöhle gezeigt hatte. Dass Cassandras Datenspeicher und Archive keine entsprechenden Informationen enthielten, bedeutete nicht viel: Omni hatte nicht nur das Schiff manipuliert, sondern auch das Gedächtnis seines Intellekts.

Während Cassandra nach Mitteln und Wegen suchte, wieder vollständig die Kontrolle über das Schiff zu übernehmen – nur für den Fall –, richtete sie einen großen Teil ihrer Aufmerksamkeit auf die externen Sensoren. Die kommenden Ereignisse versprachen sehr interessant zu werden.

... und Verräter

Jasmin 90

Dunkle Wolken erhoben sich am Horizont, der brodelnde Atem von Vulkanen, und der Boden bebte immer wieder – der ganze Planet schien sich wie ein zorniges Tier zu schütteln. Die Ho-Korat verließen Arkonadia. Sie flohen, denn Arkonadia wurde zu einer tödlichen Falle. Weit oben, jenseits des Orbitaldomizils der Ho-Korat über dem Nordpol, nahm die *Nerox* der letzten Pandora einen großen Teil des Himmels ein und stürzte den Planeten mit ihrer Masse ins Chaos.

»Sie ist schlecht kompensiert«, sagte Jasmin, von erster Müdigkeit erfasst. Ihrem Vater ging es schlechter, das war deutlich zu sehen. Er wirkte schwach und ausgelaugt, wie erschöpft nach dem Erklimmen des Gipfels eines hohen Berges, wo die Luft dünn und kalt war, ohne Gelegenheit, neue Kraft zu schöpfen. Samantha saß ruhig in einer Ecke des Wagens, blass wie immer. Ihr sah man kaum etwas an, obwohl Baltasar auch ihr den Konnektor abgenommen hatte.

»Sie haben das Schiff hierher gebracht, aber seine Masse bedroht Arkonadia. Die starken Erdbeben, die wir hier erleben, die aus ihrem Schlaf erwachenden Vulkane ... Das alles ist nur der Anfang. Die Rotationsachse verschiebt sich, die Kruste des Planeten könnte an vielen Stellen platzen, vielleicht bricht er ganz auseinander. Haben Sie nicht behauptet, es ginge Ihnen um das Wohl von Arkonadia?«

Der Motor des Wagens summte. Das Fahrzeug gehörte zur eingeschränkt funktionsbereiten Technik der Ho-Korat auf dem Planeten und brachte sie vom Hangar mit dem Sprungtor zu einem schlauchartigen Gebilde, das die Bodenstation, die kleine Stadt in der Schneewüste des Nordpols, mit dem

Domizil verband. Darin gab es Orbitallifte aus Monofasersträngen, und einer von ihnen führte zu einem speziellen kleinen Schiff, das die Ho-Korat für Baltasar vorbereiteten.

Er saß ruhig und gelassen da, der Mann, der zur Hälfte Maschine war, nach den vor vierhundertdreiundfünfzig Jahren beim ersten Besuch im Nerox erlittenen schweren Verletzungen von den Ho-Korat gerettet. Er blieb gelassen, während der Wagen schaukelte und schwankte und Rissen auswich, die sich plötzlich vor ihm im Boden bildeten.

»Ich werde Arkonadia retten, und nicht nur vor dem Chaos durch die gravitationellen Wechselwirkungen«, sagte er. »Die Mission ist fast vollbracht.«

»Aber eben nur fast«, erwiderte Jasmin trotzig. Sie hielt an ihrem Trotz fest, denn er gab ihr Kraft. »Sie konnten die *Nerox* fliegen, aber Sie haben sie nicht vollständig unter Kontrolle. Warum sind Sie überhaupt hier? Warum sind Sie nicht dort oben, in der *Nerox?*«

Baltasars Lippen deuteten ein Lächeln an. »Es mussten einige letzte Vorbereitungen getroffen werden. Ein kleines Schiff für das große, Jasmin von Omni. Ein Transportmittel für die Reise in der Innenwelt der *Nerox*, und damit meine ich weder Züge noch Boote auf dunklen Meeren.«

Jasmin musterte ihn und fragte sich, wie er seine letzten Worte meinte. Konnte es sein, dass Baltasar ihre Erlebnisse in der Verteidigungsmatrix des Nerox irgendwie beeinflusst hatte? Aber zu welchem Zweck?

»Gefahr, imminent!«, zirpte Krandok im Steuerungsgerüst des Wagens. Neben ihm bediente Grandolk die Kommunikationssysteme und sprach leise zwitschernd mit den Ho-Korat in der Stadt und im Domizil. Seine Stimme klang aufgeregt und besorgt. »Vulkanaktivität, nahe!«

Jasmin wandte den Blick von Baltasar ab und sah aus dem Fenster. Es hatte begonnen, Asche zu regnen, und das Licht von Scheinwerfern stach gelb und weiß durch diesen grauschwarzen Regen. Kleine Orbitalspringer stiegen auf glühenden Gravitationskissen gen Himmel, wo Orbitaldomizil und

Nerox hinter dem von Vulkanen geschaffenen Aschevorhang verschwanden. Zwischen berstendem Eis bewegten sich die Silhouetten von startenden Raumfähren und bodengebundenen Fahrzeugen, die wie der Transporter, in dem sich Jasmin und die anderen befanden, den Verbindungsschlauch zu erreichen versuchten.

Eine Markierung blinkte im Fenster, und Jasmin beobachtete ein Eisfeld, das sich nach oben wölbte, als erwachte darunter ein Titan, der den Rücken beugte und sich streckte.

»Ausbruch, gleich!«, zwitscherte Krandok. Er beschleunigte und steuerte den Wagen an mehreren anderen Fahrzeugen vorbei, die bereitwillig Platz machten – offenbar sendete er ein Prioritätssignal.

Ein Vulkan unter dem Eis. Heiße Lava, die sich einen Weg durch Hunderte von Metern dicke Eismassen bahnte. Erste Risse bildeten sich, Dampf zischte so laut, dass man es sogar im Innern des Wagens hörte, und Wasser spritzte, strömte durch Rinnen den Wohngebäuden und Hangars der Ho-Korat entgegen.

Sie sind nicht darauf vorbereitet, dachte Jasmin. Hier und dort glühten Schirmfelder im dichter werdenden Ascheregen, aber abgesehen davon schienen die Ho-Korat den entfesselten Naturgewalten kaum etwas entgegensetzen zu können. Natürlich stand ihnen an diesem Ort nicht die Technik zur Verfügung wie oben in ihrem Domizil – immerhin hielten sie sich in der polaren Niederlassung nur während der technologischen Inhibition auf –, doch hier ging es nicht um Unannehmlichkeiten, sondern um echte Gefahr. Baltasar hatte die *Nerox* hierher geflogen und die Ho-Korat dadurch in eine schwierige Lage gebracht.

Voraus erschien der Schlauch, wie ein gewaltiger dunkler Tornado im grauen Ascheregen. Es war nicht mehr weit.

Samantha saß noch immer wortlos da, neben Zirzos Rollstuhl, die Hand mit der geröteten Stelle, wo sich ihr Konnektor befunden hatte, auf den Arm des alten Werkzeugmachers gelegt. Jasper hatte den Rücken an die Wand gelehnt und die

Augen halb geschlossen. Zirzo, der alte Zirzo, war hellwach und beobachtete alles mit Sorge.

»Wie wollen Sie das Omni erklären?«, fragte Jasmin. »Ich meine Sie, Krandok. Wie wollen Sie Omni erklären, dass die Ho-Korat mit Baltasars Projekt Futur zusammengearbeitet haben? Was, glauben Sie, wird aus Ihrem Kandidatenstatus, wenn Omni davon erfährt?«

»Omni wird nichts davon erfahren«, sagte Baltasar.

»Weil Sie uns nicht zurückkehren lassen? Weil Sie uns keine Gelegenheit geben, mit Omni zu sprechen.«

Baltasar verzichtete auf eine Antwort.

»Wollen Sie drei Reisende in den Diensten von Omni töten?«, wandte sich Jasmin an Krandok, der einem weiteren Riss im bebenden Boden ausweichen musste. »Sie sollten wissen, was dann geschieht. Omni wird Legislatoren schicken. Omni wird Sie bestrafen.«

Krandok und Grandolk zirpten etwas, das ihre Biohelfer nicht übersetzten.

Baltasar sagte: »Seit fünfzehntausend Jahren warten die Ho-Korat darauf, von Omni in den Kreis der Superzivilisationen aufgenommen zu werden. Inzwischen sind sie des Wartens müde.«

»Geduld!«, zwitscherte Krandok. »Immer nur: Geduld!«

»Fünfzehntausend Jahre, Jasmin«, sagte Baltasar. »Und nichts ist geschehen. Die Ho-Korat haben gewartet und gewartet und sind schließlich zu der Erkenntnis gelangt, dass Warten keinen Sinn mehr hat. Die *Nerox* wird ihnen – uns – die Macht geben, über die auch Omni verfügt. Wir werden ebenbürtig sein. Deshalb fürchten meine Freunde keine Strafe. Omni wird sich hüten, Legislatoren gegen die Ho-Korat zu schicken und damit einen Konflikt zu riskieren.«

»Ich hätte es wissen sollen«, stieß Jasmin hervor. »Ihre schweren Verletzungen beim ersten Versuch, die *Nerox* zu erreichen. Die Tingla können wohl kaum in der Lage gewesen sein, Ihren Körper zu reparieren.« Sie deutete auf die aus dunklem Metall bestehende Gesichtshälfte mit der Linse als Augenersatz. »Dafür war eine andere Technologie erforderlich. Und Ihre Abschirmung vor dem Schwund. Wie bei den Sprungtoren.«

»Es ist erstaunlich, nicht wahr?«, erwiderte Baltasar. Sein Ton veränderte sich ein wenig, als er hinzufügte: »Manchmal übersieht man das Offensichtliche.«

»Aurelius hätte gesagt: Manchmal ist es schwer, den Wald vor lauter Bäumen zu erkennen«, murmelte Jasper.

Auch hier glaubte Jasmin, noch etwas anderes hinter den Worten zu hören, eine versteckte Bedeutung, vielleicht ein Baum, den sie nicht sah.

Es passte alles zusammen, dachte sie. Die Ho-Korat, des Wartens müde, hatten beschlossen, alle zur Verfügung stehenden Mittel zu nutzen, um das Nerox und seine Macht unter ihre Kontrolle zu bringen. Ob sie gewusst hatten, dass das Nerox nur eine Fassade der *Nerox* war – eine Barriere, ein Verteidigungsmechanismus –, spielte letztendlich keine Rolle. Sie hatten entschieden, Omni zu belügen und mithilfe von Diebstahl und Betrug zu einer Superzivilisation zu werden, den Inper, Durrden und all den anderen in Omni ebenbürtig. Zu diesem Zweck hatten sie sich mit Baltasars Projekt Futur verbündet und zählten womöglich sogar zu seinen Initiatoren. Bei einer frühzeitigen Entdeckung durch Omni hätten sie vielleicht behauptet, von der »Verschwörung« der Menschen und Tingla in Schentiffica nichts gewusst zu haben. Aber jetzt, hier, fielen die Masken.

»Und die Station?«, fragte Jasmin. Der Wagen wurde langsamer, als sie sich dem »Tornado« näherten, dem schlauchartigen Gebilde, das von zahlreichen Kraftfeldern stabilisiert wurde. Eine Öffnung bildete sich für sie, und allein für sie – die übrigen Fahrzeuge steuerten andere Zugänge an. »Was ist mit der Omni-Station in Therbens Ringen? Warum wurde sie ausgerechnet von einem Mokonna angegriffen? Ich nehme an, die Ho-Korat haben ihn manipuliert, nicht wahr? Sie verfügen über die notwendige Biotechnik.«

»Der Beobachtungsposten musste neutralisiert werden, ohne dass Omni Verdacht schöpfte oder massive Gegenmaßnahmen ergriff«, sagte Baltasar. »Die Ho-Korat oder ihre Technik kamen für den Angriff natürlich nicht infrage. Also rüsteten Tingla und Mokonna eine interplanetare Expedition aus, die erste ihrer Art. Die Tingla haben sonst nie eine wichtige Rolle im großen Plan der Dinge gespielt, aber sie sollten Omni lange genug ablenken.«

»Darum ging es Ihnen vor allem«, sagte Jasmin. »Sie wollten Zeit gewinnen. Für den großen Moment, der nun gekommen ist.«

»Ja«, bestätigte Baltasar. »Die Tingla passten ins Bild. Sie verfügen über die Technik für einfache interplanetare Raumfahrt und arbeiten schon längere Zeit mit den Mokonna und bestimmten Menschengruppen in Arkonadias Süden zusammen, unter anderem mit den Machthabern von Dubbrizza. Wir nahmen Einfluss, wir gaben Hinweise, wir halfen ein wenig, zum Beispiel mit Daten über die Kommunikationskontakte zwischen Samantha und der Omni-Station ...«

Samantha hörte stumm zu, noch immer eine Hand auf Zirzos Arm. Jasper hatte die Augen geschlossen, schlief aber nicht.

»Wir nahmen an, dass Omni nicht versuchen würde, ›harmlose‹ Besucher abzuwehren, und wir behielten recht«, fuhr Baltasar fort. »Es gelang dem veränderten Mokonna tatsächlich, sich nach einem Signalaustausch Zugang zu verschaffen, doch dann ging etwas schief.« Er blickte nach vorn, zu Krandok, der das Fahrzeug gerade in den mehrere Hundert Meter durchmessenden Schlauch steuerte. Die Erschütterungen dauerten an, wurden sogar noch heftiger.

»Zurückweisung!«, zirpte Krandok. »Es war nicht unsere Schuld!«

»Nein, nicht unsere Schuld«, bekräftigte Grandolk, dessen Knochenarme um den Kommunikator geschlungen blieben. Sein Friedenstuch hatte sich gelöst und hing schlaff herunter.

»Der Mokonna lief Amok«, sagte Baltasar. »Aus irgendeinem Grund verlor er den Verstand.«

»Hatte nicht viel davon«, zirpte Krandok. »Nicht viel.«

»Er sollte nur die Überwachungs- und Kommunikationssysteme lahmlegen«, erklärte Baltasar. »Mit einigen extra für diesen Zweck geschaffenen technischen Spielzeugen der Ho-Korat.«

»Er trug eine Bombe bei sich«, sagte Jasper mit geschlossenen Augen.

Baltasar warf ihm einen kurzen Blick zu und wandte sich dann wieder an Jasmin. »Jedes Risiko musste neutralisiert werden. Omni durfte nichts erfahren. Omni durfte keine Gelegenheit erhalten, rechtzeitig einzugreifen.«

Zorn quoll in Jasmin empor wie Magma in den Schloten der nahen Vulkane. »Fast hätten Sie auch Samantha ›neutralisiert‹, vor zwei Jahren. Und meinen Vater und mich.«

»Sie sitzen hier und leben noch«, sagte Baltasar schlicht.

Der Wagen passierte die für ihn bestimmte Öffnung im Verbindungsschlauch und erreichte ein Durcheinander aus rekonfigurierbaren Installationsblöcken, leuchtenden Kraftfeldern, Druckabsorbern, Multifunktionsbots und absurd dünnen Seilen aus Monofasern, die im »Schlauch« nach oben führten, bis zum Domizil der Ho-Korat über dem Nordpol von Arkonadia. Ellipsoide Liftkapseln und Frachtmodule kletterten an diesen Strängen in Richtung Orbit.

Der Wagen hielt vor einer der Kapseln, die offenbar aus mehreren Räumen bestand.

»Ankunft!«, rief Krandok.

»Zwischenstation!«, fügte Grandolk hinzu.

Krandok löste sich aus dem Kontrollgerüst. »In den Lift, in den Lift! Das Schiff wartet weiter oben und ist fast fertig.«

Samantha schob Zirzos Rollstuhl über eine Rampe nach draußen. Jasmin half ihrem Vater. Baltasars Servomotoren summten, als er den Wagen ebenfalls verließ und die Gruppe zum Weltraumlift führte. Jasmin beobachtete ihn, die Ho-Korat und die nahen Bots. Niemand hielt eine Waffe auf sie gerichtet, aber sie zweifelte nicht eine Sekunde daran, dass Waffen existierten und für den Einsatz bereit waren.

Der erste Raum des Lifts enthielt mehrere Sitze und Sitzbänke, die sich individuellen Bedürfnissen anpassen ließen. Die beiden Ho-Korat Krandok und Grandolk warteten, bis die Menschen Platz genommen hatten, und wollten anschließend den Geräteraum aufsuchen, von dem aus sich die Liftkapsel manövrieren ließ. Grandolk war bereits durch die Tür, als Jasmin beobachtete, wie Baltasar nach einem kleinen Gerät an seinem Gürtel langte. Nur eine Sekunde später erklang draußen ein Signal, ein schrilles Pfeifen.

Krandok drehte sich um. »Fehlfunktion!«, zirpte er. »Defekt? Wir müssen die Systeme überprüfen. Strang instabil?«

Grandolk folgte ihm nach draußen.

Baltasar stand auf und warf einen Blick hinaus, bevor er die Eingangstür schloss.

»Wir haben etwa fünf Minuten«, sagte er. »Hören Sie mir gut zu!«

91

Jasmin hörte zu, still und aufmerksam, wie die anderen, und was sie hörte, erschien ihr grotesk.

»Die Ho-Korat versuchen seit Jahrtausenden, ins Nerox zu gelangen«, sagte Baltasar. Er sprach etwas schneller als sonst und mit besonderer Eindringlichkeit. »Allein aus diesem Grund haben sie ihr Netzwerk aus Sprungtoren konstruiert. Als sie damit erfolglos blieben, boten sie uns, dem Projekt Futur, Zusammenarbeit an. Die Ho-Korat haben Omni verraten, und sie werden auch uns verraten, sobald sie sich Zugang zur *Nerox* verschafft haben und uns – mich – nicht mehr brauchen. Deshalb schlage ich vor: Helfen Sie mir, und ich helfe Ihnen. Ich verspreche Ihnen, dass Sie am Leben bleiben und zu Omni zurückkehren können, wenn Sie mir dabei helfen, die letzte Pandora zu erreichen. Ich kann ihr Schiff fliegen, aber die letztendliche Kontrolle liegt noch immer bei ihr.«

»Sie ist tot«, sagte Jasper. Er hatte die Augen geöffnet. »Nach einer Milliarde Jahren ist sie tot. Es gibt nur noch ihre Erinnerungen.«

»Sie ist *fast* tot«, erwiderte Baltasar. Er sah nicht Jasper an, sondern Jasmin. Seine Worte – sein Angebot – schienen vor allem ihr zu gelten. »Es steckt noch genug Leben in ihr, um die zentralen Systeme ihres Schiffes zu kontrollieren. Wir müssen sie wecken und sie dazu bringen, uns die Kontrolle zu übertragen. Ich bin bei ihr gewesen. Ich bin durch die letzte Tür gegangen und habe sie erreicht, aber die Schlafende befindet sich hinter einer Barriere, die ich allein nicht durchdringen kann. Dazu brauche ich Hilfe.«

»Sie meinen mich«, sagte Jasmin.

»Ja, ich meine Sie. Wir haben schon einmal darüber gesprochen. Omni hat Sie manipuliert, Sie extra für diese Aufgabe vorbereitet.« Baltasar blickte zur Tür. »Krandok und Grandolk kehren gleich zurück.«

Samantha schwieg noch immer, und Jasper verzichtete ebenfalls auf einen Kommentar. Jasmin begriff, dass sie die Entscheidung ihr überließen. Wenn es überhaupt eine Entscheidung zu treffen gab.

Lügen innerhalb von Lügen, dachte Jasmin. Getarnt durch eine Hülle aus Halbwahrheiten. Ihr schwindelte plötzlich, als fiele es dem Kopf schwer, oben und unten voneinander zu unterscheiden. Melchior war nicht da, doch etwas von ihm steckte noch immer in ihr, genug, um sie zu verunsichern.

»Sie wissen, was auf dem Spiel steht«, sagte Baltasar. »Ich habe Ihnen die Wahrheit über Omni gezeigt.«

»Sie haben auf uns geschossen«, sagte Jasmin. »Einmal auf meinen Vater und zweimal auf mich. Erwarten Sie allen Ernstes von mir, dass ich einem Mann traue, der versucht hat, meinen Vater und mich umzubringen?«

»Sie leben noch«, wiederholte Baltasar. »Wenn es meine Absicht gewesen wäre, Sie zu töten, säßen Sie nicht hier.«

»Worte«, kommentierte Samantha leise. »Schall und Rauch, weiter nichts.«

»Um Ihnen meinen guten Willen zu demonstrieren ...« Baltasar griff in die Tasche und holte zwei kleine silberne Schlangen hervor. »Ich gebe Ihnen Ihre Kontinua-Konnektoren zurück.«

Jasmin zögerte nicht und nahm ihren entgegen. Die kleine Schlange wand sich ihr um den Arm und schmiegte sich an die rote Stelle, die sie zurückgelassen hatte. Gespeicherte Energie strömte nicht in ihren von Omni veränderten Körper, sie tröpfelte, und nach wenigen Tropfen nahm Jasmin das Armband wieder ab und legte es Jasper ums Handgelenk. Er seufze leise, schloss die Augen wieder und atmete tief durch.

»Das genügt«, sagte er nach einigen Sekunden, streifte den Konnektor ab und reichte ihn Jasmin. »Hier, nimm!«

Nein, wollte sie sagen. Behalte ihn noch etwas länger, es geht dir schlecht. Aber sie nahm das Armband und die Kraft des Lebens, die in ihm steckte.

»Eine Geste, die nicht viel bedeutet.« Samantha strich über ihren Konnektor. »Wie wäre es mit einer Aufladung?«

»Nicht hier«, sagte Baltasar. »Nicht jetzt. Das würden die Ho-Korat nicht zulassen. Und die *Nerox* wartet auf uns.« Er richtete einen durchdringenden Blick auf Jasmin. »Denken Sie darüber nach! Über alles, das ich Ihnen gesagt habe.«

Die Tür öffnete sich, und Krandok kam herein, gefolgt von Grandolk.

»Verwirrung!«, zwitscherte der größere Krandok.

»Fehlfunktion im Alarmsystem!«, zirpte Grandolk und winkte mit dem Friedenstuch in einer Knochenhand und einem Diagnosewerkzeug in der anderen. »Wir fahren jetzt. Die Situation ist kritisch und heikel. Die *Nerox* muss kompensiert werden, schnell! Unser Bodendomizil ist bereits halb zerstört. Erdbeben, Lava, Gletscherfluten, pyroklastische Ströme ...«

Wie um seine Worte zu unterstreichen, donnerte es draußen, und eine heftige Erschütterung schüttelte die Liftkapsel. Krandok hatte bereits den Geräteraum betreten, und Grandolk folgte ihm rasch.

Jasmin musterte Baltasar, sie sah ihm in die so unterschiedlichen Augen und versuchte die Gedanken dahinter zu erraten. Gehörte dies zu seinem Plan? Hatte er die enorme Masse der *Nerox* nicht vollständig kompensiert, um die Ho-Korat in Schwierigkeiten zu bringen?

Die Eingangstür klappte zu, und wenige Sekunden später setzte sich die Liftkapsel mit einem dumpfen Brummen in Bewegung. Zwar gab es ein Fenster, aber die Aussicht beschränkte sich auf die glühenden und manchmal flackernden Kraftfelder an den Innenseiten des Verbindungsschlauchs. Jasmin behielt Baltasar im Auge und suchte in seinem Gesicht nach Hinweisen, vergeblich. Nichts verriet, was in ihm vorging. Er war ein Meister der Lüge, er schmiedete Worte zu Werkzeugen, die seinen Zwecken dienten, aber vielleicht ... vielleicht steckte irgendwo in all den Lügen ein Körnchen Wahrheit.

Dem Ziel nahe

92 Zirzo

Das Haupt der Welt, in Feuer getaucht. So sah es für Zirzo aus, als er aus einer Höhe von zwanzig Kilometern – höher als jeder Berg auf Arkonadia – auf rot glühende Seen aus Lava blickte. Lange Risse durchzogen die Oberfläche des Planeten, das ließ sich aus dieser Höhe deutlich erkennen, und aus ihnen quoll ebenfalls glutflüssiges Gestein. Das Haupt der Welt, Arkonadias Kopf, der Nordpol – er brannte.

»Wird das auch mit dem Rest des Planeten geschehen?«, fragte Zirzo. Wie hoch sie waren, so hoch, dass es in dieser Höhe keine Luft zum Atmen gab! Ein dünner Vorhang aus Energie – ironischerweise erinnerte er an das Flimmern heißer Luft – trennte den Hangar vom Draußen. »Wird ganz Arkonadia brennen?«

»Wir werden es verhindern«, sagte Samantha. Sie wirkte blasser als sonst, die Sommersprossen zeichneten sich deutlicher ab. Ganz so schwach und mitgenommen wie Jasper war sie nicht, aber es bestand kein Zweifel daran, dass es auch ihr an Kraft mangelte. Jasmin ging es von ihnen allen am besten, doch sie schien immer wieder mit sich selbst zu hadern.

»Wie?«, fragte Zirzo und blickte erneut nach unten, während weiter hinten die Ho-Korat und einige Bots ein kleines Schiff startklar machten.

»Wir werden sehen«, sagte Samantha. »Wir werden sehen.« Sie drehte den Rollstuhl und schob ihn zum kleinen Schiff, einem Gerüst aus gewölbten Stangen und Verstrebungen, darin mehrere Aggregate, Maschinenblöcke, ein Triebwerkskranz und ein Habitatkasten, gerade groß genug, sie alle aufzunehmen.

Zirzo stellte sich vor, damit ins Nichts zu fliegen, das alles enthielt, in den Weltraum, noch höher hinauf, viel höher über Arkonadia, vorbei am Orbitaldomizil der Ho-Korat und zum gewaltigen Rad der *Nerox*. Es war die aufregendste Reise seines Lebens, und es würde auch die letzte sein.

Baltasar trat ihnen entgegen. »Der alte Werkzeugmacher sollte hierbleiben. Er wäre nur eine Behinderung für uns.«

»Er heißt Zirzo«, sagte Samantha mit fester Stimme. »Und er kommt mit.«

Grandolk stand in der Nähe, die Beinprothesen wie zum Sprung gekrümmt, den Kopf zur Seite geneigt, das Friedenstuch um einen knochigen Arm geschlungen. Der größere, aber kaum weniger zart wirkende Krandok kletterte wie eine Spinne in ihrem Netz durchs Gerüst des kleinen Schiffes und überprüfte noch einmal die Installationen. Zwei Bots mit dünnen, biegsamen Greifarmen halfen ihm dabei.

»Es genügt, wenn ich mich mit Jasmin auf den Weg mache«, sagte Baltasar.

Zirzo hörte das Summen, das aus seinem Körper kam. Es klang plötzlich bedrohlich.

Jasmin näherte sich. »Niemand bleibt zurück.«

»Es wird eng an Bord«, sagte Baltasar.

»Wir rücken zusammen.«

»Dafür haben wir keinen Platz.« Baltasar deutete auf den Rollstuhl.

Zirzo seufzte. Er war bequem, dieser Rollstuhl, der nicht unbedingt geschoben werden musste, sondern auch selbst fahren konnte. Aber Bequemlichkeit war nie etwas gewesen, das er für unverzichtbar gehalten hatte. Er stand auf und vertraute sein geringes Gewicht den Beinen an, die es schon seit einer ganzen Weile nicht mehr getragen hatten. Sie zitterten ein wenig, und die Knie wollten nachgeben, aber Samantha stützte ihn, gab ihm Halt.

Grandolk näherte sich, streckte zwei Knochenarme nach dem Rollstuhl aus und schob ihn mit einem wortlosen Zirpen fort.

»Er kann sich kaum auf den Beinen halten«, sagte Baltasar. »Er ist alt und gebrechlich. Er könnte jeden Moment die Augen schließen und sterben.«

»Er stirbt nicht«, sagte Samantha. »Nicht hier und nicht jetzt.«

Zirzo zitterte und fröstelte, trotz der dicken Jacke. Die Medizin, die er in Schentiffica bekommen hatte, wirkte längst nicht mehr. Das schleichende Fieber war in Leib und Glieder zurückgekrochen, breitete sich erneut in ihm aus. Aber noch hatte es ihn nicht ganz überwältigt. Er sah Baltasar an und lächelte, während er die kleine Figur hervorholte, sein bestes Werk.

»Ich möchte sehen, was meine Finger viele Jahre lang gekannt haben«, sagte er. »Ich möchte diese Frau sehen.«

»Gib mir die Figur!« Baltasar wollte danach greifen.

Jasmin trat zwischen ihn und Zirzo.

»Schluss damit«, sagte sie. »Er behält seine Figur, und wir fliegen alle.«

Baltasar wich nach kurzem Zögern beiseite und deutete zum kleinen Schiff. »Nach Ihnen.«

93

Es war tatsächlich sehr eng an Bord des kleinen Schiffes. Überall summte und brummte es, und es gab zahlreiche Geräte und Instrumente aus silbernem Supra. Krandok schlüpfte vorn in einen Steuerungskokon, verband sich mit den Bordsystemen und aktivierte etwas, das Samantha »Gravitationskissen« nannte. Zirzo hörte viele seltsame Begriffe, mit denen er nur wenig anfangen konnte. Schließlich versuchte er nicht mehr, die Funktion der Aggregate und Maschinen verstehen zu wollen, beobachtete stattdessen das Geschehen und staunte, als das kleine Schiff durch den Vorhang aus Energie glitt, durch das »Hitzeflimmern«, und aufstieg, so schnell, dass der Verbindungsschlauch zwischen Planet und Orbitalstation in die Tiefe zu stürzen schien. Kurz darauf erschien das Domizil der Ho-Korat, wie ein viele arkonadische Längen großer Eiskristall, umgeben von einer Wolke aus Orbitalspringern, Raumfähren und Transportern, die Bewohner der Polarstadt evakuiert hatten und auch Material in Sicherheit brachten.

Und dann, als Krandok das kleine Schiff drehte und den Kurs änderte, geriet die *Nerox* in Sicht.

Allein der Außenring durchmaß viele Längen, und das ganze Schiff musste so groß sein wie ein ... Kontinent, dachte Zirzo. Er war nicht glatt, der Außenring, er präsentierte eine Maschinenlandschaft mit Tälern und Bergen, mit tiefen Schluchten und hohen Graten. An einigen Stellen ragten Türme wie lange Dornen auf, und zwischen ihnen spannten sich dünne Netze wie Spinnweben. Lichter leuchteten und bewegten sich, tanzten wie die Funken eines Feuers. Die Speichen waren nur unwesentlich dünner als der Außenring und bestanden – wie das kleine Schiff, das über eine von ihnen hinwegflog – aus Gerüsten, in denen sich zylinderförmige Aggregate groß wie Gebirge drehten. Zirzo erwartete ein Stampfen, Zischen und Schnaufen, die Geräusche von Maschinen, aber es blieb alles still. Ohne Luft, so hatte er einmal gelesen, gab es keine Geräusche.

Baltasar beugte sich zu Jasmin vor. »Gleich«, sagte er. »Gleich. Geben Sie gut acht!«

»Was gleich?«

»Wir fliegen durch die Abschirmung.« Baltasar sprach so leise, dass Zirzo die Ohren spitzen musste, um ihn zu verstehen. »Nur für einen Moment. Nehmen Sie auch dies als Zeichen meines guten Willens: diesen Hinweis, damit Sie sich vorbereiten können.«

»Worauf?«, fragte Jasmin.

Baltasar blickte nach vorn, zum Steuerungskokon. Krandok hatte den Kopf zur Seite gedreht – lauschte er?

»Wenn wir die Nabe erreichen, verlassen wir für kurze Zeit den Wirkungsbereich der Abschirmung.« Baltasar flüsterte fast. »Sie werden Verbindung zu den Kontinua bekommen. Nutzen Sie die Gelegenheit für Ihre Konnektoren.«

»Verwunderung!«, zirpte Krandok. »Was ist der Status der anderen Personen, der Omni-Reisenden?«

Mit einem Summen aus dem Innern seines Körpers lehnte sich Baltasar zurück. »An ihrem Status hat sich nichts geändert. Sie werden uns helfen, wenn Hilfe erforderlich wird.«

»Und wenn sie keine Hilfe leisten wollen?«, zwitscherte Krandok.

»Dann werde ich sie zwingen, uns zu helfen«, sagte Baltasar.

Kurz darauf, als die Nabe der *Nerox* in Sicht geriet, aus der Nähe betrachtet ebenso zerklüftet wie Außenring und Speichen, bemerkte Zirzo eine plötzliche Veränderung in den Gesichtern von Jasmin und Samantha, während Jasper abwartend dasaß und seine Tochter beobachtete. Sie versuchten, sich nichts anmerken zu lassen, weil Krandok seine Aufmerksamkeit noch immer zwischen Steuerung und Passagieren teilte, aber Zirzo erkannte Erleichterung, wie die Freude von Verdurstenden über die Entdeckung einer Quelle. Sie dauerte nicht lange, diese Veränderung, nur zwei oder drei Sekunden, während die Distanz zur Nabe weiter schrumpfte und direkt vor dem langsamer werdenden Schiff eine Öffnung erschien, wie ein Fenster, aber groß wie eine Stadt.

Samantha atmete tief durch, und Jasmin ächzte leise. Ein neuer Glanz erschien in ihren Augen.

»Das war nicht viel«, sagte sie an Baltasar gerichtet. »Es war nicht genug, nicht annähernd.«

»Es muss genügen.«

Jasmin löste das silberne Armband von ihrem Handgelenk, und Zirzo beobachtete, wie es sich einem lebendem Geschöpf gleich bewegte, wie ein Wurm. Jasper nahm es entgegen, und fast sofort kehrte etwas Farbe in sein Gesicht zurück.

»Die Kontinua-Konnektoren!«, zirpte Krandok. »Sie haben den Reisenden ihre Konnektoren zurückgegeben!«

»Ich brauche sie lebend«, sagte Baltasar.

»Information!«, rief Krandok. »Einweihung! Kenntnisnahme! Wir möchten Bescheid wissen.«

»Ich bin es gewohnt, eigene Entscheidungen zu treffen.«

Zirzo beobachtete, wie der Ho-Korat im Steuerungskokon zögerte.

»Sprechen!«, zwitscherte Krandok. »Kommunikation! Informieren Sie uns über Ihre Entscheidungen.«

Baltasar deutete nach vorn, zum stadtgroßen Fenster, das sich in der Nabe für sie geöffnet hatte. »Bringen Sie uns zur Pandora, Krandok! Das ist Ihre Aufgabe. Um den Rest kümmere ich mich.«

Sie spielen ein Spiel, dachte Zirzo, der noch immer ein guter Beobachter war und Masken erkannte, wenn er welche sah. Es ist wie Theater, mit Schauspielern auf der Bühne, jeder von ihnen mit einer gut einstudierten Rolle. Sie wissen, wie sie sich verhalten müssen, und sie kennen ihren Text.

Jasper trug den Konnektor seiner Tochter zwei Minuten lang, bis das kleine Schiff durch das Fenster in der Nabe flog, gab ihn dann zurück. Krandok schaltete Scheinwerfer ein, deren Licht wie weiße Finger durch die Dunkelheit tastete.

Baltasar stand auf und überprüfte die Anzeigen der Supra-Instrumente neben dem Navigationskokon, in dem Krandok hockte. Zirzo nutzte die Gelegenheit, Samantha zuzuflüstern: »Sie darf ihm nicht trauen. Es wäre ein großer Fehler. Er macht uns etwas vor.«

»Keine Sorge«, erwiderte Samantha ebenso leise. »Jasmin ist klug. Sie wird seine Lügen erkennen.«

Affinität

94 Jasper

Zwei Sekunden – oder waren es drei? – Kontakt mit den Kontinua. Genügte das, um Omni zu alarmieren? Oder vielleicht die Legislatoren, die Hüter des Ethox?

Dieser Gedanke ging Jasper immer wieder durch den Kopf, als er beobachtete, wie Baltasar die Kontrollen der aus Supra bestehenden oder damit erweiterten Geräte neben dem Navigationskokon betätigte.

»Modulationsfrequenz neun neun eins«, sagte Baltasar. »Kursänderung, neuer Vektor vier vier Komma zwei!«

»Kurs wird geändert«, zwitscherte Krandok und bewegte die in den Steuerungsmechanismen steckenden Arme und Beine.

Das Triebwerk brummte etwas lauter.

»Geschwindigkeit reduzieren!«

»Geschwindigkeit wird reduziert.«

Jasper beugte sich zu seiner Tochter. »Was auch immer geschieht ...«, flüsterte er. »Trau ihm nicht! Du darfst ihm auf keinen Fall trauen.«

Zirzo, der auf der anderen Seite sitzende alte Werkzeugmacher, mochte schwach und gebrechlich sein, aber er hatte gute Ohren und nickte ihm zu.

»Ich weiß«, erwiderte Jasmin leise. »Ich weiß. Wie geht es dir? Brauchst du noch einmal den Konnektor?«

»Es geht mir gut.« Es ging ihm besser als vorher, aber nicht gut. Zwei oder drei Sekunden – so lange waren die Konnektoren mit den Kontinua verbunden gewesen. Sie hatten Energie aufgenommen, aber nur wenig, nicht annähernd genug, um die Schwäche aus ihm zu vertreiben. Einige zusätzliche

Stunden Leben, mehr hatten sie nicht bekommen. Eine »Geste des guten Willens«, die Baltasars dominierende Position in keiner Weise kompromittierte.

Das Licht der Scheinwerfer strich über nahe Maschinenwände, über dunkle Aggregate, die aussahen wie Schneckenhäuser oder ineinander verkeilte Spiralen, Hunderte von Metern groß. Hier und dort in der Finsternis flackerte Energie, dünne blaue Linien in Lücken und Spalten, wie eingefangene Blitze.

»Die *Nerox* ruht«, sagte Baltasar. »Sie schläft, wie die letzte Pandora.«

»Sie haben das Schiff geflogen«, erwiderte Jasper. »Konnten Sie es nicht wecken?«

»Oh, ich kann es wecken. Mit Jasmins Hilfe.« Baltasar deutete zum Fenster auf der linken Seite. »Wir erreichen die Lebenszone.«

Der Dschungel aus Maschinen und Aggregaten öffnete sich, die Dunkelheit wich zurück, und Welten erschienen, kleiner als Planeten, aber groß genug für Ozeane und Kontinente mit Gebirgen, ausgedehnten Ebenen und weiten Seenlandschaften. Die meisten Welten wirkten lebensfreundlich; nur einige wenige boten Bedingungen, die sich offenbar nicht für menschliches Leben eigneten.

»Es sind klare Präferenzen, nicht wahr?«, sagte Baltasar, während Krandok das kleine Schiff an den Öffnungen vorbeisteuerte, hinter denen sich die Welten der Lebenszone erstreckten. »Die Pandora bevorzugten humanoides Leben und entsprechende Umweltbedingungen.«

»Die Pandora waren Säer.« Jasmin blickte nach draußen. »Sie säten Leben in der Galaxis.«

»Die meisten humanoiden Völker gehen auf ihre Saat zurück, ja«, sagte Baltasar.

»Die *Nerox* ist ein Saatschiff?«

»Jedes Schiff der Pandora, ob groß oder klein, trug die Saat des Lebens. Ja, die *Nerox* ist ein Saatschiff, und sie ist noch viel mehr.«

»Eine Milliarde Jahre«, sagte Jasper langsam und beobachtete wie seine Tochter die Welten, an denen sie vorbeiflogen. Viele von ihnen wirkten kahl und leer, aber in den Ozeanen, ob sie nun aus Wasser oder Kohlenwasserstoffen bestanden, konnte es von Leben wimmeln. »Das ist viel Zeit.«

»Zeit genug für die *Entwicklung* von Leben, meinen Sie«, sagte Baltasar. »Vielleicht für die Entstehung von Zivilisationen? Haben Sie sich das gefragt?«

»Ja.«

»Ich weiß nicht genau, wie groß die Lebenszone der *Nerox* ist. Mir blieb nicht genug Zeit, es herauszufinden. Aber ich weiß, dass sie sich durch die Speichen des Rades bis hin zum Außenring erstreckt. In einigen Welten könnte in den vergangenen tausend Millionen Jahren intelligentes Leben entstanden sein, vielleicht die Vorläufer von Zivilisationen.« Baltasar sah Jasmin an, als er hinzufügte: »Wir könnten gemeinsam auf Entdeckungsreise gehen.«

»Zielbereich, nahe!«, zirpte Krandok. »Geschwindigkeit wird weiter reduziert. Andockmanöver, Beginn.«

Wie sollen wir ihn überwältigen?, dachte Jasper. Wenn sie das Ziel erreichten, die letzte Pandora, wenn es darum ging, von ihr Kontrolle über die *Nerox* zu erlangen, vollständige Kontrolle ... Wie sollten sie Baltasar und die Ho-Korat daran hindern, alle Ressourcen des Saatschiffes zu übernehmen und damit zu einer Macht zu werden, die selbst Omni fürchten musste? Jasper sah Samantha an, fand in ihrem Gesicht aber keine Antwort.

Jasmin blickte noch immer nach draußen. »Was ist das dort?« Sie zeigte auf einen langsam rotierenden Oktaeder, dunkelgrau im Licht der nahen Lebenszone. Er wies mehrere runde Öffnungen auf, und einer von ihnen näherte sich das kleine Schiff.

»Modulationsfrequenz neun neun vier«, sagte Baltasar. »Ständige Wiederholung. Die Verteidigungsmatrix ist auch hier wachsam. Sie darf uns nicht als Eindringling identifizieren.« An Jasper gerichtet fügte er hinzu: »Wir möchten doch nicht, dass Sie wieder als Lokomotivführer des ewigen Zuges erwachen. Oder beim Dahlmann und dem Schlüsselverwahrer Kremser, die sich jetzt um den Gebeiner kümmern.«

Wir brauchen einen Plan, dachte Jasper. Und zwar schnell.

»Bestätigung der Modulationsfrequenz«, zirpte Krandok. Er löste zwei Beine aus dem Kokon. »Wir sind fast da, fast da. Der Zugangstunnel ist offen.«

»Am ersten Tunnelflansch andocken.« Baltasar wandte sich von seinen Supra-Geräten ab und steckte ein Instrument ein, das aus silbernem und grünem Supra bestand. »Wir sind ›autorisierte Besucher‹. Wenn wir die Pandora erreichen, gebe ich uns den Status von ›Rückkehrern‹.« Der kurze Blick zu Jasmin machte deutlich, wen er mit »uns« meinte.

Ein kaum merklicher Ruck ging durch das kleine Schiff.

»Angedockt, erfolgreich«, meldete Krandok, löste auch die Arme aus den Steuerungsmechanismen und kletterte aus dem Kokon. »Bereitschaft für letzte Phase.«

Baltasar ging zur Tür.

»Brauchen wir keine Schutzanzüge?«, fragte Jasper.

»Nicht bei der Pandora«, erwiderte Baltasar und öffnete die Tür.

95

Die dunkelgrauen Wände bestanden aus ineinander verzahnten Elementen, wie fugenlos zusammengefügte Mauersteine. Jasper betrachtete sie, die Muster in ihnen, ihre Vorsprünge, die manchmal wie Schaltelemente aussahen, und versuchte, Zweck und Funktion zu erraten, während er gleichzeitig über einen Plan nachdachte. Er verfügte ebenso wenig über eine Waffe wie Jasmin und Samantha, von dem alten Werkzeugmacher ganz zu schweigen, und als halbe Maschine war ihnen Baltasar in Hinsicht auf physische Kraft weit überlegen. Hinzu kam, dass eine seiner Taschen Waffen enthalten konnte. Der Ho-Korat, wie eine Kreuzung zwischen Schmetterling und Wespe, wirkte zwar zart und empfindlich, war aber sehr agil, und in seinem großen Instrumentengürtel, über dem Friedenstuch um das mittlere Körpersegment geschlungen, steckten nicht nur Werkzeuge und kleine Geräte, sondern auch zwei Gegenstände, die Jasper für Waffen hielt. Wie sollten sie unter solchen Umständen hoffen, mit einer schnellen Aktion die Oberhand zu gewinnen und Baltasar daran zu hindern, die *Nerox* vollständig unter Kontrolle zu bringen?

»Stabilität«, sagte Krandok, als sie sich nach einem langen Tunnel, wie eine Vene im Maschinenleib der *Nerox*, einem breiten Tor näherten, durch das Licht in den Gang fiel. »Die Verteidigungsmatrix ist aktiv, sie wacht, aber sie hält uns nicht für Eindringlinge.«

Baltasar drehte halb den Kopf. »Falls jemand von Ihnen mit dem Gedanken spielt, einen Fluchtversuch zu unternehmen ... Das Schiff, mit dem wir gekommen sind, kann nur von Krandok oder mir geflogen werden. Und bevor Sie es erreichen würden, hätte die Verteidigungsmatrix ausreichend Gelegenheit, Sie ins Labyrinth der Fallen zu transferieren. Ich denke, niemandem von Ihnen ist an einer Rückkehr dorthin gelegen, oder irre ich mich?«

»Wo ist sie?«, fragte Jasmin. »Wo ist die Pandora?«

»Wir sind gleich bei ihr. Krandok?«

Der Ho-Korat hielt Scanner und Diagnoser in seinen knochigen Händen. »Freier Weg! Keine Fallen, keine Diskontinuitäten, keine energetischen Barrieren.«

»Bis auf die letzte«, sagte Baltasar. »Also gut, betreten wir das Schlafzimmer der Pandora. Es ist ziemlich groß geraten.«

Sie erreichten das Ende des Tunnels, und vor ihnen öffnete sich ein Gewölbe, groß genug, um ganz Schentiffica aufzunehmen und einige Dutzend Gletscher obendrein. Die Wände, dunkelgrau wie die des Tunnels und von langen Zapfen bedeckt, bildeten weit geschwungene Bögen, und einige von ihnen führten wie Rippen zu einem pechschwarzen Zylinder, der sich viele Hundert Meter über dem Boden drehte und an dessen Seiten kleine Lichter aufblitzten. Er befand sich nicht in der Mitte der Decke, sondern fast an ihrem Ende, auf dieser Seite des Gewölbes, dessen Durchmesser Jasper auf fünfzehn bis zwanzig Kilometer schätzte. Sowohl die aus den Wänden ragenden Zapfen als auch die Öffnung des dunklen Zylinders weit oben an der Decke zeigten auf ein rundes Podium, das etwa fünfzig Meter durchmaß und winzig wirkte im Vergleich mit den Dimensionen des Gewölbes. Auf diesem Podium stand eine Art gläserner Sarkophag, und darin ruhte eine Gestalt.

»Dort liegt sie«, sagte Baltasar.

»Seit einer Milliarde Jahren«, hauchte Jasmin.

»Ja. Seit Omni versucht hat, sie umzubringen, die letzte Pandora.«

Jasper hörte ein leises »Unsinn« von Samantha. Baltasar überhörte es offenbar, trotz der Stille im Gewölbe. Er reagierte nicht und deutete auf einen von mehreren Stegen, die aus unterschiedlichen Richtungen von den Wänden zum Podium in der Mitte führten. Als sie den Steg betraten – hinter Krandok, der sich sehr vorsichtig bewegte, immer wieder verharrte und mit seinen Geräten sondierte –, vernahm Jasper ein Raunen in der Ferne, eine kleine Stimme, die zu ihm zu sprechen schien, so leise, dass er die Worte nicht verstand.

»Ich habe sie gehört«, krächzte Zirzo. Samantha stützte ihn. »Ich habe sie gehört.«

»Ich ebenfalls«, sagte Jasmin. »Und ich fühle ihre Trauer. Sie wird immer deutlicher, mit jedem Schritt, den wir näher kommen.«

»Irgendwelche Veränderungen, Krandok?«, fragte Baltasar.

»Negativ«, erwiderte der Ho-Korat. »Keine messbaren. Die letzte Barriere befindet sich an derselben Stelle. Energetische Struktur: unverändert. Feldstärke: unverändert. Kategorisierung: Transferfeld mit unbekannter Polarisation.«

»Wir wissen, dass es ein Transferfeld ist«, sagte Baltasar ruhig. »Und wir wissen, dass es Teil der Verteidigungsmatrix ist.« Er holte das Instrument hervor, das er zuvor eingesteckt hatte und das aus silbernem und grünem Supra bestand. Jasper hörte ein Klicken und Summen, als Baltasar die Kontrollen betätigte.

Krandok überprüfte erneut die Anzeigen seiner Scanner und Diagnoser. Er hob das bunte Friedenstuch, als könnte es hier, an diesem Ort, etwas bedeuten. »Antwort!«, zirpte er aufgeregt. »Ein Bestätigungssignal!«

»Kommen Sie, kommen Sie!« Baltasar führte die Gruppe zum Sarkophag und blieb etwa drei Meter davor stehen. Krandok wahrte einen größeren Abstand.

Das Raunen im Hintergrund, wie von fernen Stimmen, wurde lauter. Aus dem Augenwinkel bemerkte Jasper Bewegungen bei den Zapfen an den Wänden, aber er wagte es nicht, den Blick von Jasmin abzuwenden, die einen weiteren Schritt vortrat und dann noch einen.

»Nein!«, entfuhr es Jasper. »Bleib hier!«

»Sie hören die Stimme der Schlafenden, nicht wahr, Jasmin?«, sagte Baltasar. »Omni hat Ihnen die Fähigkeit gegeben, sie zu hören. Stellen Sie sich das vor: Seit einer Milliarde Jahren liegt die letzte Pandora hier, nur durch ihren Schlaf vor dem Tod bewahrt, und trauert über Omnis Verrat. Erinnern Sie sich an das immense Gewicht der Trauer? Sie können sie davon befreien, Jasmin. Wecken Sie die letzte Pandora!«

»Nein!«, rief Jasper.

Krandok winkte mit seinem Friedenstuch, doch eine andere Hand hielt plötzlich eine Waffe und richtete sie auf Jasper.

»Verzicht auf Einmischung!«, zwitscherte der Ho-Korat erbost. »Sonst ernste Konsequenzen, vielleicht fatale.«

»Fürchten Sie die Wahrheit, Jasper, und auch Sie, Samantha? Fürchten Sie die Erkenntnis, dass Omnis Geburt tatsächlich von einem Genozid belastet ist?«

Im Gesicht seiner Tochter sah Jasper etwas, das ihm nicht gefiel. Er wollte vortreten und sie zurückhalten, aber Krandok zischte eine weitere Warnung, die letzte, wie er betonte.

Jasmin deutete auf die vagen Schatten, die zwischen ihr und dem Sarkophag dahinzogen, wie von verborgen bleibenden Gestalten. »Es gibt keine Tür, die ich öffnen könnte. Und ich habe keinen Schlüssel, kein Werkzeug.«

»Ich glaube nicht, dass Sie eins brauchen«, sagte Baltasar. Er klang jetzt fasziniert. »Wir haben inzwischen den Status von Rückkehrern, und Sie sind auf diese Begegnung vorbereitet. Affinität, Jasmin. Das hat Ihnen Omni gegeben. In Ihrem Bewusstsein gibt es Affinität, eine Wesensverwandtschaft, die Sie in die Lage versetzt, die Pandora zu hören. Sie haben von den Sicherheitssystemen nichts zu befürchten. Aber wenn Sie sich mit einem Schlüssel, einem Werkzeug, besser fühlen ... Wir haben eins. Zirzo?«

Der alte Werkzeugmacher starrte noch immer die Frau im Sarkophag an.

»Was?«

»Ihre Figur, Zirzo«, sagte Baltasar. »Geben Sie sie mir!«

»Nein, ich ...«

»Ich glaube, uns bleibt keine Wahl.« Samantha stützte ihn mit einer Hand, und mit der anderen zog sie ihm die Figur aus der Jackentasche. »Auch du hast den Ruf der Pandora gehört, nicht wahr? Deine Finger, in denen die Gabe steckt, haben ihn gehört und dieses Ebenbild der Schlafenden geschaffen. Auch du hast ... Affinität.«

Sie lächelte plötzlich, sprang nach vorn und zog den alten Werkzeugmacher mit sich in die Barriere.

Unerwarteter Besuch

96 Cassandra

Die Steuerung der *Centaurus* erfolgte vom Frachtraum aus – dort war ein unbekanntes Kontrollmodul erschienen, offenbar aus einer Kontinua-Brücke, geschaffen von den Omni-Artefakten, die bisher verborgen gewesen waren. Cassandra sondierte das Modul mit den internen Sensoren und stellte fest: Mit noninvasiven Methoden war sie nicht imstande, Informationen über innere Struktur und Funktion des Kontrollmoduls zu erhalten. Aggressive Maßnahmen kamen nicht infrage, denn hier war Omni am Werk. Es blieb Cassandra nichts anderes übrig, als weiterhin zu warten und das Geschehen zu beobachten.

Die *Centaurus* näherte sich Arkonadia und dem riesigen Objekt über dem Nordpol, weitaus größer als das Orbitaldomizil der Ho-Korat. Es destabilisierte den Planeten; in der Polarregion kam es zu Vulkanausbrüchen und heftigen Erdbeben. Cassandra machte Gebrauch von ihren externen Sensoren und versuchte, mit aktiven Sondierungssignalen mehr über das gewaltige Objekt herauszufinden, doch die Signale stießen auf ein undurchdringliches Schirmfeld. Offenbar umgab es nicht nur das riesige Rad-Schiff, sondern auch den ganzen Planeten.

Cassandra dachte noch über Bedeutung und mögliche Konsequenzen dieses Schirmfelds nach, als es im Nukleus – der bisher dunkel gewesen war, weil es an Bord niemanden gab, der dort Licht brauchte – hell wurde.

Ein blauer Punkt erschien mitten im Kontrollraum der *Centaurus* und wurde zur senkrechten Linie einer Kontinua-Brücke. Zwei Gestalten traten aus ihr, die erste elfenbeinfarben und halb durchsichtig, mit langen, dünnen Gliedmaßen, einem in der Mitte zusammengeschnürten Rumpf und einem schmalen Kopf mit großen silbernen Augen. Die zweite Gestalt war ein ganzes Stück kleiner und sah aus wie ein Humanoidenkind mit schmalem Gesicht, hoher Stirn und struppigem aschblondem Haar. Auf der linken Schulter rotierten zwei kleine goldene Kugeln umeinander. Die Augen des Knaben passten nicht zu seinem Erscheinungsbild, denn in ihren dunklen Tiefen lag die endlose Weite der Kontinua.

»Ich grüße Sie, Thrako von den Inper«, sagte Cassandra. »Ich nehme an, Ihr Begleiter ist ein ... Legislator?«

»In der Tat«, sagte der Knabe. »Ich bin Yinu.«

»Ich nehme weiterhin an, Ihr Erscheinen hat etwas mit dem radförmigen Schiff dort draußen zu tun.«

»Ja«, sagte Thrako. Er hob die Hand, und das Interface reagierte auf ihn, aktivierte die virtuellen Kontrollen. Holofelder mit zahlreichen Symbolen wölbten sich um den Inper und seinen Begleiter.

»Und da Sie in Begleitung eines Legislators kommen, liegt vermutlich ein Verstoß gegen den Ethox vor.«

»Die Vermutung trifft zu«, sagte Yinu. Autorität lag in seiner Stimme.

Thrako streckte die Hände aus und berührte mehrere Symbole, woraufhin die *Centaurus* den Kurs änderte. Die Nabe des großen Rads rückte ins Zentrum der Navigationsanzeigen. »Mit Ihrer Erlaubnis, Cassandra.«

»Selbstverständlich. Darf ich fragen, worum es geht?«

»Um die Mission, mit der Omni Jasper und Jasmin beauftragt hat«, antwortete Thrako. »Und vor ihnen Samantha. Und vor ihr Ayren und einige andere.«

»Oh! Offenbar eine sehr schwierige Mission, wenn der Einsatz von mehreren Reisenden erforderlich war. Gehe ich richtig in der Annahme, dass sich Jasper und Jasmin an Bord des Rad-Schiffes befinden?«

»Ja«, bestätigte Thrako und berührte weitere Symbole.

Yinu verschränkte die Hände hinter dem Rücken, stand ruhig da und beobachtete die Anzeigen, während sich die kleinen goldenen Legislatorkugeln auf seiner Schulter unablässig drehten.

»Falls Sie versuchen möchten, ebenfalls an Bord zu gelangen ...«, sagte Cassandra. »Darf ich Sie darauf hinweisen, dass sich das Schiff und der ganze Planet Arkonadia hinter einem speziellen Schirmfeld befinden, das für aktive Sondierungssignale und wahrscheinlich auch für die *Centaurus* undurchdringlich ist?«

»Ein Kontinua-Schild, der unser Eingreifen verhindern soll«, sagte Yinu. »Wir sind darauf vorbereitet.« Die goldenen Kugeln auf seiner linken Schulter drehten sich etwas schneller.

Cassandra stellte fest: Das energetische Niveau im Sprawler stieg, und gleichzeitig veränderten sich die Navigationsschilde, die das Schiff vor Mikrometeoriten schützten.

»Sie wollen das Schirmfeld durchstoßen«, sagte der Intellekt.

»Ja«, bestätigte Thrako gelassen. Seine Hände steckten noch immer in den virtuellen Kontrollen. »Aber nicht hier im Basiskontinuum. Und auch nicht in den Kontinua, wie es die Schöpfer des Schirmfelds vermuten würden.«

»Im Sprawl«, sagte Cassandra.

»Exakt.«

Cassandra stellte fest: Die Daten für Navigation und energetische Kalibrierung wurden dem Sprawler bereits übermittelt.

»Ich nehme an, Sie haben das Geschwindigkeitsproblem gelöst.«

»Weitgehend.«

»Weitgehend?«, fragte Cassandra.

»Es gibt einen Spielraum von null Komma eins Prozent.«

»Oh!« Cassandra rechnete verschiedene Szenarien durch, wozu sie weniger als zwei Mikrosekunden brauchte. »Wenn Sie gestatten: Bei Überlichtgeschwindigkeit kann ein Spielraum von null Komma eins Prozent sehr ins Gewicht fallen.«

»Das ist uns bekannt«, sagte Thrako.

»Trotzdem sind Sie hier und leiten den kurzen Sprawl-Flug ein.«

»In der Tat.«

»Besteht Gefahr für das Schiff?«

»Das hoffen wir nicht.«

Cassandra zögerte und fragte sich, ob sie es hier mit einem seltenen Beispiel von Omni-Humor zu tun hatte.

Das Brummen des Sprawlers wurde lauter, die *Centaurus* beschleunigte. Wieder erschien ein blauer Punkt im Nukleus und dehnte sich zur Linie einer Kontinua-Brücke.

»Wir transferieren uns in das große Schiff, sobald wir das Schirmfeld passiert haben«, sagte Yinu und ging zur blauen Linie. Thrako zog die Hände aus den virtuellen Kontrollen und folgte dem kleinen Humanoiden.

»Cassandra?«, fragte Yinu ernst.

»Ja?«

»Seien Sie unbesorgt. Ihnen und dem Schiff wird nichts geschehen. Wir brauchen es noch.«

»Freut mich sehr, das zu hören«, erwiderte Cassandra.

Die *Centaurus* verließ das Basiskontinuum – die Holofelder zeigten nicht mehr den Weltraum, Arkonadia und das gewaltige Rad über dem Nordpol des Planeten, sondern das silbrige Grau des Sprawl, diesmal nicht durchzogen von den bunten Bändern der Orientierungshilfe für die Navigation. Nur ein dunkler Faden reichte durch das Grau, ein dünner, zarter Strang, dem das Schiff folgte, mit einer Geschwindigkeit von wenigen Sprawlmetern pro Sekunde. In Bezug auf das Basiskontinuum hingegen legte es mehrere Lichtsekunden zurück.

Yinu und Thrako traten in die blaue Linie der Kontinua-Brücke und verschwanden. Nur einen Moment später veränderte sich erneut das Brummen des Sprawlers, und die *Centaurus* erschien dicht über dem Rad-Schiff, ihm so nahe, dass der Navigationsalarm ertönte. Sie bremste mit Plasmatriebwerk und Gravitationsmotoren, ohne dass Cassandra Anweisungen in die betreffenden Systeme schicken musste.

Direkt vor der *Centaurus* ragte die Dutzende von Kilometern dicke Nabe des gewaltigen Rads auf, mit einer Öffnung groß wie eine Stadt. Langsamer geworden glitt die *Centaurus* darauf zu, klein wie ein Floh im Vergleich mit dem mehr als tausend Kilometer durchmessenden Rad. Dunkelheit nahm sie auf, die Finsternis eines weiten Tunnels.

Cassandra begann damit, aktive Sondierungssignale in die schwarzen Tiefen der Nabe zu schicken.

Ein neues Leben

Zirzo 97

»Möchtest du leben, Zirzo?«

Sie standen vor dem Sarkophag mit der Frau ohne Brüste, ihr Gesicht lang und geschwungen, die Augen geschlossen. Eine schlafende Schönheit, dachte Zirzo und erinnerte sich an ein altes Märchen, das er einmal Alonna erzählt hatte oder sie ihm, er wusste es nicht mehr genau. Darin war es um eine verzauberte Frau gegangen, die seit vielen Jahren schlief und darauf wartete, dass sie jemand mit einem Kuss ins Leben zurückholte.

Leben ...

Er zitterte, das Fieber verspottete ihn, wies mit Hitze und Kälte auf den nahen Tod hin. Sein ganzes Leben hatte er für diesen Moment gearbeitet, das begriff er nun, er fühlte es in seinen alten Knochen. Seine Hände hatten den Ruf dieser Frau gehört und die Figur aus grünem Supra geschaffen, sein bestes Werkzeug, das Ebenbild dieser Frau. Jetzt stand er vor ihr und konnte sie nur kurz betrachten, bevor er starb.

»Möchtest du leben, Zirzo?«, fragte Samantha noch einmal. »Möchtest du den Tod besiegen?«

»Wie kann man den Tod besiegen?«, erwiderte er leise.

»Dies ist das Schiff des Lebens«, sagte Samantha. »Das Rad des Lebens. Hier gibt es Möglichkeiten, dem Tod ein Schnippchen zu schlagen.«

Hinter ihnen erhob sich eine Wand wie aus wässriger Milch. Zirzo sah die anderen, als er den Kopf drehte, er sah ihre Umrisse: Jasper und Jasmin, Vater und Tochter, Baltasar, Meister der Lügen, und Krandok, der Ho-Korat, der Omni verraten hatte. Sie gestikulierten und sprachen, riefen vielleicht, aber auf dieser Seite der weißgrauen Wand blieb es still.

Samantha hielt die grüne Figur, die Zirzo in all den Jahren geschaffen hatte, die ihm wichtiger gewesen war als Mira oder Alonna.

»Sie werden hierherkommen«, sagte Samantha. »Ihnen fehlt dies, aber sie werden es trotzdem schaffen, die Barriere zu durchdringen. Jasmin wird es schaffen, denn Baltasar hat recht: Omni hat sie darauf vorbereitet. Meine Frage ist ernst gemeint, Zirzo: Möchtest du leben?«

Er seufzte. »Natürlich möchte ich leben, aber ich bin alt und krank. Wünsche allein machen mich nicht jung und gesund.«

Samantha stellte die grüne Figur auf den Sarkophag. »Wir könnten ewig leben, Zirzo. Oder zumindest so lange, wie dieses Schiff des Lebens existiert. Aber bevor wir dieses lange Leben beginnen können, müssen wir sterben. Bist du dazu bereit?«

»Sterben, um zu leben?«

»Ja, Zirzo. Wir lassen diese Körper zurück. Was weiterlebt, sind unsere Gedanken. Du könntest dir einen neuen, kräftigen Körper wünschen, und du würdest ihn bekommen. So wie Kremser und der Dahlmann.«

»Oh«, sagte Zirzo und überlegte. »Aber es wäre kein richtiger Körper, oder?«

»Du könntest ihn nicht von einem richtigen Körper unterscheiden«, sagte Samantha.

»Ich wäre ein ... Traum?«

»Wir wären ... Erinnerungen innerhalb von Erinnerungen. Daten in den Datenspeichern der *Nerox*. Stell es dir so vor: Unser Geist wäre lebendig, auch ohne den Körper. Wir könnten weiterhin denken und die Welten des Lebensschiffes durchstreifen.«

Zirzo richtete einen forschenden Blick auf sie. »Das war von Anfang an dein Plan, nicht wahr?«

»Ja«, sagte Samantha. »Wir müssen den Tod besiegen und am Leben bleiben, weil uns eine Aufgabe erwartet.«

»Welche Aufgabe?«

Samantha lächelte ihr sanftes Lächeln. »Das erkläre ich dir, wenn wir unser neues Leben beginnen.«

Zirzo beobachtete, wie sich die Silhouetten hinter der milchigen Wand bewegten. Eine von ihnen, vielleicht Jasmin, trat an die Barriere heran und berührte sie. Ein Flackern ging durch die gewölbte Wand.

»Du bist zehntausend Jahre alt, aber dein Körper ist jung, jünger als meiner«, sagte Zirzo. »Willst du ihn einfach so aufgeben?«

»Was sind zehntausend Jahre im Vergleich mit der Ewigkeit, Zirzo? Und ich gebe ihn nicht ›einfach so‹ auf. Ich habe es mir gründlich überlegt, all die Jahre auf Arkonadia.« Samantha deutete auf die Silhouetten jenseits der Barriere. »Sie sind gleich hier. Du musst dich *jetzt* entscheiden, Zirzo.«

Das Fieber schüttelte ihn, wie um zu sagen: Ich lasse dich nicht los.

Auf der anderen Seite der halb durchsichtigen Wand wurden die Bewegungen der Silhouetten heftiger. Eine Auseinandersetzung schien stattzufinden. Zirzo achtete nicht darauf.

»Dem Tod ein Schnippchen schlagen«, sagte er. »Wie seltsam: Ich wollte sterben, aber jetzt möchte ich leben. Und außerdem bin ich neugierig. Ich möchte wissen, welche Aufgabe uns erwartet.«

»Leg deine Hände auf den Sarkophag, Zirzo!«

Er legte sie direkt vor die Figur und berührte sie mit den Fingerkuppen. Fast sofort hörte er ein Knistern; dünne Risse entstanden und breiteten sich schnell aus. Samantha holte tief Luft und legte ihre Hände neben die seinen.

Etwas umarmte Zirzo, und er lächelte, denn es war eine angenehme Umarmung, warm und nicht zu fest, wie ein Willkommen. Er schloss die Augen, nur für einen Moment, und starb mit dem Lächeln.

Entscheidungen

98 Jasper

War dies ein geeigneter Moment?

Jasmin stand an der letzten Barriere, einer grauweißen Halbkugel, die sich über den Sarkophag, Samantha und den alten Werkzeugmacher wölbte. Baltasar beobachtete, wie sie versuchte, eine Öffnung zu finden, und Krandok beobachtete sie beide. Jasper bemerkte, dass die Waffe des Ho-Korat nicht mehr auf ihn zeigte.

Gab es einen besseren Moment?, fragte er sich. Alle waren abgelenkt. Baltasar schien zu befürchten, das ihm Samantha auf der anderen Seite der Barriere zuvorkam, dass sie es irgendwie schaffte, Kontrolle über die *Nerox* zu erlangen, obwohl Jasper keine Kontrollmechanismen unter der Halbkugel erkennen konnte, nur das einem Sarkophag ähnelnde Gebilde mit der letzten Pandora. Baltasar richtete leise, aber eindringliche Worte an Jasmin, forderte sie immer wieder auf, sich zu konzentrieren, sich mehr Mühe zu geben. Ihre Hände tasteten über die Barriere, doch je mehr Druck sie mit ihnen ausübte, desto schneller rutschten sie ab.

»Es ist glatt«, sagte sie. »Glatt und kalt wie Eis.« Sie zog die Hände zurück und rieb sie, um sie zu wärmen.

Beim Sarkophag sprachen Samantha und Zirzo miteinander. Samantha stellte die kleine grüne Figur auf den Behälter wie aus Glas.

Jasper trat einen Schritt näher und duckte sich zum Sprung.

»Nein«, sagte Baltasar. Er hatte einen kleinen Blaster gezogen, so schnell, dass Jasper nicht einmal eine schemenhafte Bewegung sah. »Keine Dummheiten!«

»Störenfried!«, zirpte Krandok und richtete seine Waffe wieder auf Jasper. »Unsicherheitsfaktor. Er muss eliminiert werden!«

Drei schnelle Schritte, und Jasmin stand vor ihrem Vater. »Wenn Sie auf ihn schießen, wenn Sie ihn verletzen oder ihm auch nur ein Haar krümmen ... Dann verweigere ich jede Zusammenarbeit.« An Baltasar gerichtet fügte sie hinzu: »Es ist kein Melchior hier, der mich zu irgendetwas zwingen kann.«

Baltasar zögerte nicht. »Waffe weg, Krandok!«

»Verweigerung!«, zwitscherte der Ho-Korat empört. »Wir können Jasmin von Omni zwingen, mit dem Vater als Druckmittel. Sehr wirkungsvoll.«

»Waffe weg, habe ich gesagt!«

»Unverschämtheit?«, zirpte Krandok. »Anmaßung? Sie haben mir keine Befehle zu erteilen!«

Baltasar schoss.

Ein Blitz verdampfte die Waffe in Krandoks Hand, und auch die Hand und einen Teil des Arms. Der Ho-Korat schrie, er krümmte die übrigen Arme und auch die Beine. Er wich in Richtung Steg zurück, auf der Suche nach Deckung, die es hier nicht gab.

»Bündnis!«, heulte Krandok. »Pakt für Arkonadia! Vergessen?«

»Der ›Pakt für Arkonadia‹ hat den Ho-Korat nie etwas bedeutet.« Baltasar sprach so ruhig wie immer. »Das ist mir von Anfang an klar gewesen. Sie wollten mit meiner Hilfe die *Nerox* in die Hand bekommen, das ist alles. Arkonadia interessiert die Ho-Korat nicht. Ihnen geht es allein darum, auf eine Stufe mit Omni zu gelangen oder fast. Egoistischer Ehrgeiz treibt Sie an.«

»Undankbarkeit! Wir haben Ihnen geholfen. Wir haben Sie geheilt.«

»Sie haben mir geholfen, weil Sie hofften, durch mich in die *Nerox* zu gelangen. Aber ich muss Sie und Ihr Volk enttäuschen, Krandok. Ich werde die *Nerox* behalten. Für Arkonadia.« Baltasar hob den Blaster.

»Nein!« Jasmin sprang vor. »Hören Sie auf!«

»Dies zeigt Ihnen, dass ich es ernst gemeint und die Wahrheit gesagt habe«, erwiderte Baltasar. »Ich stehe auf Ihrer Seite.«

»Wollen Sie Ihren guten Willen beweisen, indem Sie jemanden erschießen? Das ist Unsinn! Ich lasse es nicht zu!«

Jasper öffnete den Mund, um seine Tochter zu warnen, und klappte ihn wieder zu, ohne ein Wort gesagt zu haben. Dort stand Jasmin unbewaffnet vor einem Mann, der bereits zweimal auf sie geschossen hatte und kräftig genug war, sie mit einem Schlag zu töten. Trotzdem bot sie ihm die Stirn, nicht mit unreifem Trotz, sondern mit der mutigen Entschlossenheit einer Reisenden in den Diensten von Omni.

Auf der anderen Seite der Barriere sanken Samantha und der alte Werkzeugmacher zu Boden.

»Was geschieht dort?« Jasper näherte sich der Barriere. »Sie haben den Sarkophag berührt, sie haben die Hände darauf gelegt, und dann ...«

Ein plötzliches Flackern unterbrach ihn. Rote Lichter tanzten durch die Barriere und fraßen die trübe Mischung aus Grau und Weiß. Anschließend verblassten die roten Punkte, und als der letzte von ihnen verschwand, wiederholte sich das Flackern – die Barriere existierte nicht mehr.

Jasmin trat mit ausgestreckten Händen vor, ohne auf einen Widerstand zu treffen. Bei den beiden Gestalten am Boden blieb sie stehen und ging in die Hocke. Samantha und Zirzo rührten sich nicht, blieben auch reglos, als Jasmin sie berührte.

Wortlos richtete sie sich auf.

»Was ist mit ihnen?«, fragte Jasper, obwohl er die Antwort ahnte.

»Sie sind tot.« Jasmin näherte sich dem Sarkophag.

»Rühr ihn nicht an!«, warnte Jasper. »Samantha und Zirzo haben ihre Hände auf das Ding gelegt und sind gestorben!« Er wollte Jasmin festhalten, doch Baltasar schob ihn beiseite.

»Omni hat sie vorbereitet«, sagte Baltasar. »Sie weiß, worauf es ankommt.«

»Tut mir leid, aber ich weiß es nicht.« Jasmins Stimme klang gepresst. Sie verharrte dicht vor dem Sarkophag, und Jasper sah ihr Profil und die Tränen, die ihr über die Wangen strömten. »Erinnerst du dich an die Eishöhle auf Rantia, Vater?«

»Ja, natürlich.«

»Hier ist es schlimmer, viel schlimmer. Die Trauer der letzten Pandora ... Sie zerquetscht mich. Ich kann kaum mehr atmen.«

»Sie können ihr helfen, Jasmin«, sagte Baltasar. »Wecken Sie die Schlafende!«

»Hör nicht auf ihn!«, stieß Jasper hervor.

Jasmin schwankte und streckte die Hände aus.

»*Rühr den Sarkophag nicht an!*«, rief Jasper.

»Ich muss ihr helfen, Vater«, sagte Jasmin. »Und ich möchte die Wahrheit erfahren. Ich möchte wissen, was damals geschah.«

Sie legte die Hände auf den Sarkophag.

Ein Meer der Zeit

99 Jasmin

Etwas geschah mit ihr. Kälte erfasste Jasmin, als bestünde der Sarkophag mit der letzten Pandora aus Eis, das zu brechen begann – Risse breiteten sich knisternd aus. Jasmin zog die Hände nicht zurück, auch nicht, als ein kleiner Riss sie erreichte und sich ihr winzige Splitter wie Nadeln in die Finger bohrten. Ihr Blickfeld schrumpfte wie kurz vor einer Ohnmacht. Vom Rand her schob sich konturloses Grau heran, das innerhalb weniger Sekunden Dunkelheit wich. Sie blinzelte einmal, wie um die Finsternis zu vertreiben, und merkte, dass ihre Hände sanken, weil sich der Sarkophag aufzulösen begann. Er brach auseinander, und die einzelnen Bruchstücke verwandelten sich in weißen Staub, der die Schlafende und die beiden Toten auf dem Boden wie eine Wolke umgab.

Rechts und links von ihr und auch oben, an der hohen Decke, bewegten sich die Zapfen – sie öffneten sich wie Samenkapseln. Jeder von ihnen setzte Dutzende, Hunderte von Maschinen frei, Schwärme aus kleinen und großen Bots, die zum Podium flogen, zur erwachenden Pandora. Zehn oder fünfzehn Meter entfernt verharrten sie und bildeten eine massive Schale aus summenden und brummenden mechanischen Organismen, eine neue Barriere.

Die Frau, die im Sarkophag gelegen hatte und nun auf einem rechteckigen Sockel ruhte – ihre Brust hob sich, sie holte Luft zu einem ersten Atemzug nach einer Milliarde Jahren.

Die Kälte wich angenehmer Wärme, geschaffen von Sonnenschein. Jasmin stand auf der Dachterrasse eines Hauses weiß wie Schnee. Unten schlugen Wellen an bleigraue Felsen, und der Wind trug den Geruch von Salz und Gischt zur Terrasse. Sie war nicht allein, stellte Jasmin fest. Einige Meter vor ihr, an der niedrigen Mauer, die das Dach begrenzte, saß eine Frau auf einem Stuhl mit hoher Lehne. Ihr Kopf war kahl, der hagere Leib in ein lindgrünes Gewand gehüllt, fast die Farbe von grünem Supra.

Jasmin näherte sich ihr.

»Ich habe das Meer immer geliebt«, sagte die Frau, ohne den Kopf zu drehen. »Das hier ist natürlich kein gewöhnliches Meer, sondern das Meer der Zeit.«

»Es ist blau.«

»Oh, es kann jede beliebige Farbe haben. Wie gefällt dir diese?«

Das Meer vor der Insel mit dem schneeweißen Haus wurde rosarot wie Rosenquarz und glänzte und schimmerte anschließend in der Farbe von Gold. Es folgten weitere Farben, unter ihnen ein Türkis, das Jasmin sehr gefiel, bevor das Blau zurückkehrte.

»Setz dich, Jasmin«, sagte die Frau. Ein zweiter Stuhl erschien.

Jasmin nahm Platz und musterte die Frau von der Seite. »Du bist ...«

»Mein Name lautet ...« Es folgte so etwas wie ein kurzer Gesang. »Zu schwierig für dich? Nenn mich ... Xira. Das genügt.«

»Du bist die letzte Pandora«, sagte Jasmin.

»Ich weiß nicht, ob ich die letzte bin«, sagte die Frau. »Es könnte sein. Die anderen sind vor mir aufgebrochen, aber vielleicht haben sie es nicht geschafft. Vielleicht sind sie dem Feind nicht entkommen.«

Das lud zu der Frage ein, die Jasmin mehr beschäftigte als alles andere, doch sie spürte, dass der richtige Moment noch nicht gekommen war.

Eine Zeit lang lauschten sie dem Rauschen der Brandung zu Füßen des weißen Hauses.

»Du sprichst natürlich nicht mit mir, sondern mit meinen Erinnerungen«, sagte Xira schließlich. »Ich sterbe. Ich habe eine Milliarde Jahre überlebt, um dir zu begegnen, bevor ich sterbe.«

»Mir?«

»Erstaunt dich das?«

Kühlender Wind strich Jasmin über glühende Wangen. »Wie kannst du ausgerechnet auf mich gewartet haben? Wie kannst du auch nur von mir gewusst haben?«

Die Frau deutete zum blauen Meer. »Das ist der Ozean der Zeit, Jasmin. Er enthält alles, was geschehen ist und geschehen wird. Auch Omni hat Zugang zu diesem Ozean. Du bist nicht nur wegen deiner besonderen Empathie für diese Mission ausgewählt worden, Jasmin.«

»Omni hat mich verändert und vorbereitet«, sagte Jasmin und fühlte einen Schmerz tief in ihrem Innern, ein Stechen, verursacht von Furcht vor der Wahrheit.

»Omni hat gewusst, dass ich auf dich warte«, erwiderte die Pandora. Sie neigte den Kopf ein wenig nach hinten, damit ihr der Sonnenschein direkt ins Gesicht fiel. Die Augen – zwei nach vorn gewölbte Ovale ebenso blau wie das Meer – blieben dabei geöffnet. »Und wenn nicht gewusst, so doch zumindest vermutet.«

Wieder folgten einige Sekunden des Schweigens, untermalt vom dumpfen Donnern der Wellen, die sich unten an den Felsen brachen.

»Ich möchte eines von dir wissen, Jasmin: Was hast du damit gemeint?«, sagte die Pandora.

»Womit?«, erwiderte Jasmin verwirrt.

»›Ich möchte brennen wie die Sonne, zehn Milliarden Jahre lang.‹ So lauteten deine Worte, nicht wahr?«

»Aber ...?« Jasmins Gedanken überschlugen sich.

Xira hob etwas. Ihre dünnen, langen Finger hielten ein Glas, darin ein zusammengerollter Zettel.

Schließlich fand Jasmin die Sprache wieder. »Das ist meine Flaschenpost. Ich habe sie vor Beginn der Arkonadia-Mission dem größten aller Meere anvertraut, den Kontinua.« Sie erinnerte sich daran, wie sie auf dem Steg gestanden, den Arm ausgestreckt und das Glas mit dem zusammengerollten Zettel darin losgelassen hatte. Es war gefallen, obwohl es in den Kontinua keine Schwerkraft gab, und Jasmin erinnerte sich an ihren Gedanken: Vielleicht fiel das Glas, weil sie glaubte, dass es fallen sollte. Vor dem inneren Auge sah sie, wie das Glas, ihre Flaschenpost für die Ewigkeit, immer kleiner wurde und schließlich in der Dunkelheit verschwand, zwischen zwei Möbiusbändern, deren Lichter die Geburt neuer Universen verkündeten.

»Das Meer der Zeit hat deine Flaschenpost zu mir getragen, vor fast einer Milliarde Jahren«, sagte Xira.

»Aber …?« Wie groß war die Wahrscheinlichkeit für das Zusammentreffen derartiger Ereignisse und Ereignisketten? Sie musste verschwindend gering sein.

»Affinität«, sagte Jasmin.

»Ja. Wie die Kraft von Magneten. Manche Dinge ziehen sich an. Manche Dinge gehören zusammen. Nun, wie hast du deine Worte gemeint?«

»Ich habe mir gewünscht, dass das Feuer in mir nie erlischt«, sagte sie. »Der Wille, zu verändern, zu verbessern, zu helfen, wo Hilfe gebraucht wird. Ich habe mir gewünscht, nie so selbstgefällig zu werden wie Omni. Das habe ich mit meinen Worten gemeint.«

Die Pandora drehte den Kopf und richtete den Blick ihrer großen ovalen Augen auf Jasmin.

»Omni ist nicht selbstgefällig.«

Jasmin fühlte, dass der Moment gekommen war. »Was ist damals geschehen? Als ich mich in der Verteidigungsmatrix der *Nerox* befand, hat mir Baltasar gezeigt, was passiert ist, bei deiner Flucht. Er hat mir gezeigt, wie sich die Irrl für dich opferten, damit du Omni entkommen konntest.«

»Ich bin nicht vor Omni geflohen«, sagte Xira. »Baltasar

hat dich belogen. Meine treuen Irrl, meine tapferen Wächter ... sie fielen den Exilanten zum Opfer, die verhindern wollten, dass Omni entstand. Sie setzten uns unter Druck, sie bedrohten uns Pandora, weil wir die Gründung von Omni mit unserer Technologie unterstützten, eine Macht, die helfen sollte, wo Hilfe gebraucht wird, wie du es dir gewünscht hast.«

Jasmin starrte die Frau im lindgrünen Gewand an und versuchte einen klaren Gedanken zu fassen. Unten donnerten weiterhin die Wellen des Ozeans der Zeit gegen graue Felsen.

»Die Zivilisationen von Omni sollten unsere Erben sein, doch einige Mächte in der Milchstraße waren dagegen und wollten unser Erbe für sich. Sie verfolgten und dezimierten uns. Ich blieb zurück, damit die anderen entkommen konnten.«

Und hier war die Trauer. Jasmin spürte sie wie kalte Böen, die plötzlich an ihr zerrten und ihr den Atem nahmen, das Meer aufwühlten und dunkle Wolken über den Himmel schickten.

»Ich habe den Rückzug der Überlebenden meines Volkes gedeckt, zusammen mit Omni«, sagte Xira. »Ich habe mich geopfert, so wie sich die treuen Irrl für mich opferten, Omnis Soldaten. Und jetzt ...« Sie hob eine lange, schmale Hand. »Jetzt bin ich bereit, dir *mein* Erbe zu übergeben, Jasmin von Omni.«

Dies war die Wahrheit, dachte Jasmin. Es konnte nicht den geringsten Zweifel geben. Die Worte stammten von der letzten Pandora beziehungsweise von der letzten Pandora in der Milchstraße. Was hatte ihr Vater gesagt? *Was auch immer geschieht ... Trau ihm nicht! Du darfst ihm auf keinen Fall trauen.* Baltasar, Meister der Lügen und der Täuschung. Und Melchior, sein Urururenkel, ein Telepath, der ihr Baltasars Lügen ins Bewusstsein gepflanzt hatte, in den Humus ihres Zweifels an Omni, in den fruchtbaren Boden ihrer Unzufriedenheit, mit so starken und tief reichenden Wurzeln, dass sie sich kaum herausreißen ließen. Der Konflikt, der vor tausend

Millionen Jahren in der Milchstraße stattgefunden hatte ... Er fand hier ein Echo, denn wieder ging es um das Erbe der Pandora. Oder *einer* Pandora. Wieder ging es um eine Technologie, die fast grenzenlose Macht versprach, um Zugang zu den Kontinua und der Dimension des Möglichen. Die Ho-Korat hatten es darauf abgesehen, weil sie so sein wollten wie Omni, außerdem eine Gruppe aus Schentiffica, die sich »Projekt Futur« nannte. Und eine einzelne Person, ein Mann namens Baltasar, der es verstand, Lügen in sehr effiziente Werkzeuge zu verwandeln, der einen Weg aus Verrat und Betrug beschritt, um an an sein Ziel zu gelangen. Jasmin stellte sich diesen Mann mit einer Macht vor, die der von Omni glich, und schauderte.

Ein Licht erschien auf Xiras gehobener Hand, wie eine kleine Sonne.

»Nimm diese Sonne«, sagte die Pandora. »Lass sie für dich brennen, zehn Milliarden Jahre lang.«

Jasmin zögerte.

»Dies sind Herz und Seele meines Schiffes«, sagte Xira. »Sie geben dir Zugang zu allen Ressourcen meiner *Nerox* und vollständige Kontrolle über sie.«

Jasmin streckte die Hand nach der kleinen Sonne aus, die ihr gehören sollte.

»Nein«, sagte jemand.

Sie drehte sich um.

Samantha stand einige Meter entfernt und kam langsam näher. »Bitte übergeben Sie mir die Kontrolle!«

»Ich habe Sie tot gesehen«, sagte Jasmin und begann zu verstehen, was mit der zehntausend Jahre alten Reisenden geschehen war. »Ich habe Ihre Leiche gesehen.«

»Ich befinde mich wie Sie in den Erinnerungen der Pandora, in den Datenspeichern der *Nerox*«, sagte Samantha. »Aber dies ist mein neues Zuhause. Sie sind nur vorübergehend hier.«

»Sie wussten, was geschehen würde, als Sie den Sarkophag berührten?«

Samantha nickte.

»Und Zirzo?«

»Er ist bei mir. Wir werden Kremser besuchen, den Schlüsselverwahrer der *Nerox*, der noch immer existiert, ebenso wie der ewige Zug. Wir werden zum Dahlmann und seinem Gebeiner zurückkehren. Eine große Mission wartet auf uns, Jasmin von Omni, eine Aufgabe, die uns nicht Tausende von Jahren beschäftigen wird, sondern Jahrmillionen. Aber dazu brauche ich ...« Samantha deutete auf das Licht, das noch immer über der Hand der Pandora leuchtete.

»Wozu brauchen Sie es?«, fragte Jasmin. »Erklären Sie es mir!«

Samantha erklärte es.

Jasmin dachte darüber nach und sah die wartende Xira an.

»Es ist deine Entscheidung«, sagte die Pandora.

Jasmin nahm das Licht und fühlte seine immense Kraft. Sie betrachtete seinen Glanz, das warme Schimmern zwischen ihren Fingern, und für einen Moment – nur für einen Moment – war sie versucht, die kleine Sonne der Pandora zu behalten.

Sie seufzte. »Hier, nehmen Sie, Samantha!« Als sie das Licht nicht mehr in der Hand hielt, hatte sie für ein oder zwei Sekunden das Gefühl, einen immensen Verlust erlitten zu haben. Dann bemerkte sie etwas anderes – die Trauer existierte nicht mehr. Sie wusste, dass sie die richtige Entscheidung getroffen hatte, und diese Erkenntnis, von absoluter Gewissheit begleitet, schenkte ihr eine Ruhe, nach der sie in den vergangenen dreißig Jahren vergeblich gesucht hatte.

»Ich danke Ihnen, Jasmin«, sagte Samantha.

»Ich wünsche Ihnen viel Glück«, erwiderte Jasmin. »Ihnen, Zirzo und den anderen.«

»So ist es gut.« Die Pandora ließ ihre Hand sinken, lehnte sich zurück und schloss die großen ovalen Augen. »So ist es gut.«

Die längste Reise

Zirzo 100

Der Dahlmann deutete zur Begrüßung eine Verbeugung an, lüftete seinen Zylinder und setzte ihn wieder auf. Der Schlüsselverwahrer, ernst wie immer, ließ seinen Schlüsselbund klirren. Auf der anderen Seite des Sees ging die Sonne unter und färbte das Wasser rot wie Rubin.

»Du kannst wählen, welchen Körper du haben möchtest«, sagte Samantha, als sie am Ufer entlang zum Gebeiner gingen. Er schien noch größer zu sein als beim letzten Mal; offenbar war er in der kurzen Zeit ein ganzes Stück gewachsen. Seine langen Blätter raschelten, obwohl kein Wind wehte. Die zahlreicher gewordenen Seebirnen und Seesterne bildeten noch immer einen Halbkreis vor ihm.

»Nein.« Zirzo klopfte an seine Seiten und auf die Oberschenkel, wie auf der Suche nach etwas. »Ich habe mich an diesen Körper gewöhnt. Er gefällt mir, solange er kräftig bleibt.«

»Das wird er«, sagte Samantha sanft. »Immer kräftig und gesund. Du brauchst nicht einmal mehr zu schlafen.«

»Oh, vielleicht möchte ich manchmal schlafen«, erwiderte Zirzo. »Um zu träumen. Vielleicht spricht im Traum der Gebeiner zu mir, wie zum Dahlmann.« Er deutete auf die Geschöpfe vor dem Baum mit der grauweißen Patina. »Sprechen sie noch immer miteinander?«

»Die ganze Zeit über.«

»Es sind ... Symbole, nicht wahr?«

Samantha nickte. »So könnte man sie nennen. In Wirklichkeit sind es miteinander wechselwirkende Inhalte von Datenspeichern, begleitet von einigen Ereignisroutinen.«

»Sie warten auf dein Licht.«

»Ja.«

Zirzo sah, dass Samantha die Hand geschlossen hielt. Das Licht leuchtete daraus hervor, durch die Haut.

Unter den Ästen und Zweigen des Gebeiners nahmen sie Platz: der Dahlmann mit seinem Zylinder, Kremser mit seinen Schlüsseln, Samantha, die zehntausend Jahre alte Reisende von der Erde, und Zirzo, der Werkzeugmacher. Zweihundert Meter entfernt schnaufte leise die Lokomotive des ewigen Zuges, nicht von Rissen durchzogen, sondern wieder groß und massiv. Die Dunkelheit der Nacht senkte sich auf sie und ihre Waggons.

»Können wir mit dem Zug fahren?«, fragte Zirzo. Er fühlte sich nicht nur wohl, sondern *gesund*.

»Wenn wir wollen«, sagte Samantha. »Aber wir brauchen ihn nicht für die lange Reise, die jetzt beginnt. Es wird die längste aller Reisen sein, und wir nehmen dies alles mit.« Sie vollführte eine Geste, die dem See und den Hügeln galt, den Landschaften jenseits des Horizonts und dem Himmel darüber.

Als die Sonne ganz verschwunden war und Sterne am Himmel erschienen, öffnete Samantha ihre Hand und ließ die kleine Sonne leuchten, die Jasmin ihr übergeben hatte. Der Gebeiner drehte seine Blätter, damit sie das Licht besser empfangen konnten, und die Seebirnen und Seesterne drehten sich ebenfalls.

»Welche Aufgabe erwartet uns?«, fragte Zirzo schließlich.

Samantha hielt die kleine Sonne in ihrer offenen Hand. »Die letzte Pandora ist tot. Aber vielleicht war sie gar nicht die letzte. Vielleicht gibt es andere, irgendwo dort draußen im Universum, weit, weit entfernt. Lasst uns mit der Suche nach ihnen beginnen.« Ihre Worte schlossen den Dahlmann und Kremser mit ein, auch den Gebeiner und seine Gesprächspartner, die aus dem See gekrochen waren.

»Die längste aller Reisen«, murmelte Zirzo nachdenklich. »Was werden wir unterwegs sehen?«

»Zahllose Welten mit unentdeckten Wundern.«

»Das klingt gut«, sagte Zirzo. Der Dahlmann und der Schlüsselverwahrer nickten. Neben ihnen raschelten die Blätter des Gebeiners, und vom See kam das Platschen kleiner Wellen.

»Und während wir die Pandora suchen, die damals, vor einer Milliarde Jahren, die Galaxis verließen, machen wir die *Nerox* zu dem, was sie sein sollte, zu einem Schiff des Lebens.«

Zirzo fragte sich, was Samantha damit meinte, und plötzlich *wusste* er es. Vielleicht hatte es ihm der Gebeiner geflüstert, denn er gehörte zum Gedächtnis der *Nerox*.

»Oh«, sagte er. »Die Lebenszonen. Die Keime. Du willst die Saat des Lebens ausbringen.«

Die kleine Sonne schien etwas heller zu leuchten.

»Ja. Auf toten Welten. Auf Planeten, die ohne Leben sind. Gefällt dir das, Zirzo?«

»Ja. Und mir gefällt auch, dass die *Nerox* nicht in falsche Hände gerät. In Hände wie die von Lotin.«

»Oder von Baltasar.«

»Wann brechen wir auf?«, fragte Zirzo. Der Dahlmann und Kremser beugten sich vor, gespannt auf die Antwort.

»Jetzt«, sagte Samantha. »Die Reise beginnt jetzt.«

Das letzte Hindernis

101 Jasmin

Jasmin schwankte vor dem rechteckigen Sockel, auf dem die Pandora lag. Xiras flache Brust hob sich, sie atmete, nach einem eine Milliarde Jahre langen Schlaf – ein letzter Atemzug. Es war alles gesagt, alles getan.

»Geben Sie es mir«, sagte Baltasar. »Geben Sie es mir!«

Jasmin blickte auf die Tote hinab und fühlte eine andere Art von Trauer. »Was soll ich Ihnen geben?«

»Das Licht der Kontrolle. Geben Sie es mir!«

Eine Hand packte Jasmin an der Schulter und riss sie herum. Ein Gesicht erschien vor ihr, die eine Hälfte aus Metall.

»Ich habe es nicht«, sagte sie.

Weiter hinten, beim Wald der Bots und Maschinen, quietschten Krandoks Kiefer in Schmerz und Zorn.

Baltasar rammte Jasmin den Lauf des Blasters in die Seite. »Schluss mit den Spielchen!« Seine Stimme war plötzlich ein Knurren. »Ich will die Kontrolle!«

»Spielchen? Halten Sie dies für ein *Spiel*?« Jasmin stieß den Blaster achtlos beiseite. Plötzlich war Kraft da. Sie strömte vom Konnektor in Körper und Geist, vertrieb die Schwäche aus ihr. Es gab wieder eine Verbindung zu den Kontinua. Und zu Omni.

»Ich habe sie nicht«, sagte Jasmin ruhig. Sie fügte hinzu: »Nein, Vater.«

Jasper hatte sich Baltasar genähert, offenbar mit der Absicht, ihn von hinten anzugreifen.

»Nein, Vater«, wiederholte Jasmin, als sie sein Erstaunen bemerkte. »Baltasar ist keine Gefahr für mich. Und ich weiß, dass er gelogen hat.«

Baltasar hob die Waffe und hielt sie so, dass nur wenige Zentimeter ihre Mündung von Jasmins Nase trennten. »Sie sind bei der Pandora gewesen. Sie haben mit ihr gesprochen. Ich will die Kontrolle über die *Nerox!*«

»Ja, ich bin bei ihr gewesen, und ich habe das Licht von ihr bekommen.« Jasmin blieb völlig ruhig. Sie wusste, dass sie nicht mehr allein waren. »Eine kleine Sonne, die lange leuchten wird, vielleicht zehn Milliarden Jahre. Aber ich habe sie nicht behalten, sondern Samantha gegeben.«

»Samantha?«, stieß Baltasar hervor.

»Bei ihr ist sie in den richtigen Händen«, sagte Jasmin.

Sie sah die Veränderung in Baltasars Gesicht, in der einen Hälfte, die noch aus lebendem Fleisch bestand, ein Aufblitzen in dem organischen Auge, eine andere Art von Licht, geschaffen von dem besonderen Feuer, das in Baltasar brannte. Hier war jemand, der glaubte, den richtigen Weg erkannt und beschritten zu haben, jemand, der über Jahrhunderte hinweg alle Hindernisse beiseitegeräumt hatte, mit allen Mitteln, die ihm zur Verfügung standen, weil es nur darauf ankam, das Ziel zu erreichen. Lüge und Verrat, Schmerz und Tod – das alles spielte keine Rolle für diesen Mann, der glaubte, über den Dingen zu stehen und ihnen seinen Willen aufzwingen zu können. Hier stand er nun vor dem letzten Hindernis, das sich weigerte, ihm Platz zu machen, nur einen Schritt vom Ziel entfernt. Damit konnte er sich nicht abfinden. Auch dieses Hindernis musste beseitigt werden.

Er betätigte den Auslöser des Blasters.

Nichts geschah. Die Waffe spuckte keinen tödlichen Blitz.

Eine Lücke entstand in der dichten Menge aus Bots und mobilen Aggregaten, die aus den Zapfen an den Wänden gekommen waren. Zwei Gestalten traten durch diese Lücke, die eine groß und halb durchsichtig, wie ein Engel des Sprawl, die andere ein kleiner Humanoide, ein Knabe.

Krandok quietschte nicht mehr, er rief: »Erleichterung! Omni! Ein Omni-Kandidat ist angegriffen und verletzt worden. Strafe. Die Situation verlangt Strafe.«

»In der Tat«, erwiderte Thrako. »Die Situation verlangt Strafe, und Strafe wird es geben.«

Der Inper trat vor und nahm Baltasar die nutzlos gewordene Waffe ab. Er betrachtete sie zwei oder drei Sekunden lang, wie etwas Kurioses, warf sie dann zur Seite. Einer der nahen Bots schnappte danach und verschlang sie.

Der Legislator Yinu wandte sich Krandok zu. »Ich kümmere mich um diesen Teil der Angelegenheit«, teilte er Thrako mit.

»Gut.«

»Einwand! Appell! Dringlichkeit!«, heulte Krandoks heftig zuckender Biohelfer. »Ich möchte ...«

»Ich nehme an, Sie möchten mir sagen, dass Sie für alles eine Erklärung haben«, vermutete Yinu.

»Ja!«

»Wir beobachten Sie, seit Sie auf Arkonadia sind«, sagte Yinu. »Wir haben gesehen und gehört, fünfzehntausend Jahre lang. Diese Mission hat den Ausschlag gegeben. Die Ho-Korat sind entlarvt. Eine Aufnahme in die Gemeinschaft von Omni wird nicht stattfinden. Wir begeben uns nun in das Domizil über dem Nordpol von Arkonadia. Dort werde ich mein Urteil verkünden.«

»Aber ...«

Blaues Gleißen trug Krandok und Yinu fort.

»Ich bringe Grüße von Cassandra«, wandte sich Thrako an Jasper und Jasmin.

»Sie waren die ganze Zeit an Bord?«, fragte Jasper.

»Ein Teil von mir. Von uns.«

»Dies ist unsere wahre Mission gewesen, nicht wahr?« Jasmin deutete dorthin, wo eben noch der verletzte Krandok gestanden hatte. »Die Entlarvung der Ho-Korat.«

»Unter anderem«, sagte Thrako.

»Sie kannten das Arkonadia-Rätsel. Sie wussten, was sich dahinter verbarg.«

»Wir wussten von der Pandora.«

»Aber Sie haben nicht eingegriffen«, sagte Jasper. »Sie

haben nichts unternommen, um die Nerox zu bergen und der Pandora zu helfen.«

Thrako seufzte. »Die Dinge sind komplex, Jasmin und Jasper. Das sind sie immer. Und zum Ziel führen keine geraden Wege, sondern verschlungene Pfade. Das sollte Sie diese Mission gelehrt haben. Manche Entscheidungen des Großen Denkers sind selbst für mich schwer nachvollziehbar. Wir müssen ihm vertrauen, ihm und den verschlungenen Pfaden seines Denkens. Er und die Sublimen ... Sie sehen nicht nur die einzelnen Aspekte einer Situation, die einzelnen Mosaiksteine, sondern das große Bild, das Gesamtbild. Sie erkennen, wie alles zusammenpasst. Stellen Sie sich die Realität als einen endlosen Ozean vor, Jasmin und Jasper, und Omni als ein Schiff, das seit einer Milliarde Jahren auf ihm segelt, durch Stürme und vorbei an zahlreichen Riffen und Untiefen. Der Große Denker bestimmt den Kurs und achtet darauf, dass das Schiff intakt bleibt.«

Jasmin dachte an einen anderen Ozean, erst blau und dann von einem Türkis, das ihr gefallen hatte. Das Meer der Zeit. Omni navigierte nicht nur über einen Ozean, sondern über deren zwei.

»Der Prüfstein«, sagte sie und fühlte dabei die Ruhe, die sie bei Samantha beobachtet hatte. Ihr innerer Zwist existierte nicht mehr. »Das letzte Hindernis auf unserem Weg.«

»Auf Ihrem Weg zu Omni, ja.«

»Wir sollten die Ho-Korat entlarven und die Nerox für Omni sicherstellen.«

Thrako vollführte eine zustimmende Geste. »Das ist richtig.«

Jasmin senkte den Blick. »Es tut mir leid.«

»Was tut Ihnen leid, Jasmin?«

»Ich habe Baltasar nicht belogen. Die Pandora gab mir die Kontrolle über ihr Schiff, aber ich habe sie Samantha überlassen.«

»Ich weiß.«

Jasmin straffte die Schultern. »Ich stehe zu meiner Entscheidung und halte sie noch immer für richtig. Das Licht, das mir die Pandora gab ... Bei Samantha ist es gut aufgehoben.«

»Da bin ich sicher.«

Jasmin sah überrascht auf. »Ich habe den zweiten Teil unserer Mission nicht erfüllt. Ich habe ihm sogar zuwidergehandelt.«

»Ihre Mission bestand aus drei Teilen, Jasmin und Jasper«, sagte Thrako.

»Die Ho-Korat, die *Nerox* und wir.« Jasper deutete auf seine Tochter und sich selbst.

»Ja. Reisende in Diensten von Omni haben einen Ermessensspielraum. Sie haben davon Gebrauch gemacht, Jasmin, Sie haben die Lügen durchschaut und den letzten Schritt zu uns getan.«

»Bedeutet das ...?« Jasmin wagte kaum zu hoffen.

»Ihre Mission war in jeder Hinsicht ein voller Erfolg, Jasmin und Jasper. Sie haben sich als würdig erwiesen, Reisende in Diensten von Omni zu sein.«

Bewegung kam in den Wald der Bots und Maschinen. Lücken entstanden und schlossen sich wieder. Greifarme wanden sich wie Schlangen. Kleine Lichter funkelten.

»Wir sollten die *Nerox* verlassen«, sagte Thrako. »Samantha und ihre Freunde möchten mit einer langen Reise beginnen, mit ihrer längsten. Oh, bevor ich es vergesse ...« Der Inper lächelte. »Ich habe etwas für Sie, Jasper.« Er reichte ihm einen neuen Kontinua-Konnektor. »Ich denke, das können Sie gut brauchen.«

Er hob die Hand, und ein blaues Licht glühte zwischen ihnen, wurde zur senkrechten Linie einer Kontinua-Brücke. »Kehren wir zur *Centaurus* zurück. Sie wartet auf uns.«

»Was soll mit ihm geschehen?« Jasmin deutete auf Baltasar.

»Dies ist noch immer Ihre Mission, Jasmin von Omni«, erwiderte Thrako. »Sie entscheiden.«

Jasmin überlegte nicht lange. »Er ist krank. Sein Geist ist

wie eine Wunde voller Eiter. Er braucht Hilfe. Wir nehmen ihn mit zu Omni. Dort gibt es bestimmt jemanden, der ihm helfen kann.«

Epilog

Jasper

Sie saßen im Nukleus der *Centaurus*, Thrako in einem Sessel, den Cassandra mit dem Konstrukteur extra für ihn geschaffen hatte. Das zentrale Holofeld zeigte die *Nerox*, ein gewaltiges Rad, das sich mit vollständig kompensierter Masse von Arkonadia entfernte. Sie wurde schneller und verschwand einige Lichtsekunden entfernt in einem blauen Leuchten.

»Wie wird Omni mit den Ho-Korat verfahren?«, fragte Jasper. Er bediente die virtuellen Navigationskontrollen und steuerte die *Centaurus* etwas tiefer, näher zum Orbitaldomizil über dem Nordpol. Unten zogen dichte Wolken über Gletscher und Schneefelder. Die Vulkane spien kein Feuer mehr, die Erdbeben hatten aufgehört – Arkonadia kam wieder zur Ruhe. Es gab noch heftige Stürme, besonders in den äquatorialen Regionen, aber auch sie würden schließlich ein Ende finden.

»Sie verlieren ihren Kandidatenstatus«, antwortete Thrako. »Sie werden nicht in die Gemeinschaft von Omni aufgenommen.«

»Das ist alles?«

»Yinu wird darüber befinden. Vielleicht entscheidet er, sie auf ihren Welten zu isolieren.«

»Er könnte ihnen die Raumfahrt verbieten, den Besuch anderer Planeten?«, warf Jasmin ein.

»Er könnte ihnen sogar ihre Technik nehmen. Er könnte sie dazu verurteilen, tausend oder mehr Jahre in der technologischen Inhibition zu leben, die Arkonadia alle vierhundertdreiundfünfzig Jahre erfuhr, zu Beginn einer neuen Ära.«

»Wird er eine weise Entscheidung treffen?«, fragte Jasper.

»Daran habe ich nicht den geringsten Zweifel. Er wird Gebrauch machen von seinem Ermessensspielraum, den Omni ihm zubilligt. Wie auch den Reisenden.«

»Und Arkonadia?« Jasper deutete auf den Planeten. »Was ist mit Arkonadia und den Nachkommen der Schiffbrüchigen?«

»Omni wird ihnen helfen«, sagte Thrako. »Wir haben ein direktes Eingreifen beschlossen. Es ist an der Zeit. Cassandra?«

»Ja?«

»Die beiden Gesandten müssten gleich hier sein. Vielleicht können Sie mit Ihren Sensoren bereits etwas sehen. Oder hören.«

»In der Tat.« Täuschte sich Jasper, oder ahmte der Intellekt den Tonfall des Inper nach? Zwischen Thrako und Cassandra schien es ein besonderes Einvernehmen zu geben. »Ich sehe und höre zwei ... Schiffe?«

»Ja, so könnte man sie nennen, Cassandra«, sagte Thrako. Zwei glatte Ovale wie aus Silber erschienen in einem Holofeld, mit Einbuchtungen und flügelartigen Erweiterungen, umgeben von einem blauen Kontinua-Glühen. Eins tauchte hoch im Norden in Arkonadias Atmosphäre, das andere im Süden.

»Ich nehme an, Sie werden sich auch um das Projekt Futur in Schentiffica kümmern?«

»Wir werden es in ein wahres Projekt Zukunft verwandeln, für ganz Arkonadia«, sagte Thrako. »Für diese Welt ist die Zeit der Isolation vorbei.«

»Wie geht es Baltasar, Cassandra?«, fragte Jasmin.

»Er schläft im Hibernationsgel«, erwiderte der Intellekt. »Ein interessanter Organismus, wenn ihr mir diese Bemerkung gestattet. Mehr Maschine als Mensch. Ich frage mich, welche Komponente dominiert.«

»Keine von beiden«, sagte Jasmin. »In ihm dominiert der Wahnsinn.«

»Habt ihr daran gedacht, dass die Maschinenzivilisationen von M80 etwas mit ihm zu tun haben könnten?«

Jasper wechselte einen überraschten Blick mit seiner Tochter. »Nein, daran haben wir bisher nicht gedacht«, gestand er.

»Omni *hat* daran gedacht«, ließ sich Thrako vernehmen.

»Omni wird ihn genau untersuchen. Und ihm helfen«, fügte der Inper hinzu, als er Jasmins Blick bemerkte.

»Was erwartet uns?«, fragte sie.

»Dies war eine kleine Mission, Ihr Prüfstein. Jetzt erwarten Sie die wirklich großen Aufgaben.«

»Dies war eine *kleine* Mission?«, wiederholte Jasper.

»Arkonadia ist nur ein kleiner Planet. Die Galaxis ist viel, viel größer. Und glauben Sie mir, sie steckt voller Wunder.«

»Cassandra?«

»Ja, Jasmin?«

»Nimm Kurs auf den galaktischen Kern! Wir fliegen heim.« Sie sah ihren Vater an und dann Thrako. »Nach Hause, zu Omni.«

Glossar

Achdar-Morramkin: Region auf *Arkonadia*.
Alonna: Die Tochter des *Werkzeugmachers Zirzo*.
Alte Sprachen: Alte Sprachen der Menschheit, u. a. Englisch.
Alten, die: Schiffbrüchige, die über viele Jahrtausende hinweg nach *Arkonadia* kamen, Menschen und andere.
Angass, Yerss Elmtai, genannt *Augusto*: Tarnidentität von *Jasper*.
Ansible: Ein Kommunikationsgerät, das interstellare Echtzeit-Kommunikation ermöglicht.
Ära, Ären: Auf *Arkonadia* bezeichnet eine *Ära* die Zeit zwischen zwei Manifestationen des *Nerox*. Eine *Ära* ist 453 Standardjahre lang.
Arkonadia: Vierter Planet des *Ljuben-Systems*, 60 000 Lichtjahre von *KopKo* entfernt, am Ende des *Perseusarms* der Milchstraße.
Arkonadisch: Auf *Arkonadia* gebräuchliche Allgemeinsprache.
Arrako, Ferdinand: Ehrenwerter Ratsherr in *Schentiffica*.
Asidi: Name der alten Bastion auf der Insel im *Uaschasee*.
Asselbiene: Insektoide Lebensform auf *Siemperverd*.
Atmosphärenschild: Energetische Barriere, zum Beispiel zwischen Hangar und All. Verhindert, dass die Atmosphäre ins All entweicht.
Augusto: Siehe *Angass, Yerss Elmtai*.
Aurelius: Auf der Erde im Jahr 2079 als Lukas Jaylen Ciriako geboren, Reisender in Diensten von *Omni*, gestorben im Jahr 12063 der alten Zeitrechnung.
Ayren: *Reisender* in Diensten von *Omni*, ein *Hinir* aus der Großen Magellanschen Wolke.
Baltasar: Mensch aus der Stadt *Schentiffica* am südlichen Polarkreis von *Arkonadia*.
Barroc: Tiere im Norden von *Arkonadia*.
Basiskontinuum: Der Weltraum, wie wir ihn kennen.
Berore, Rothas: Gilt als bester *Werkzeugmacher*, der je auf *Arkonadia* gelebt hat.
Bibliotheken: Bildungseinrichtungen von *Omni*, zu denen *Jasper* und *Jasmin* nur begrenzten Zugang haben.
Bioadapter: Biologische Erweiterungen für Menschen und andere Lebewesen.

Biohelfer: Synthetische Lebewesen, werden von den *Ho-Korat* benutzt.
Blaster: Eine Strahlwaffe.
Blasterkanonen: Strahlwaffen.
Boccari-Massiv: Eine Bergkette, die als letzte Prüfung für Entschlossenheit und Durchhaltevermögen der Pilger auf dem *Büßerpfad* gilt.
Bots: Roboter.
Botwächter: Als Wächter eingesetzte Roboter.
Büßerpfad: Dieser viele Tausend Kilometer lange Weg führt vom hohen Norden *Arkonadias* über den Äquator nach Süden zu den *Gräbern von Tanche*.
Cassandra: Name des *Intellekts* der *Centaurus*.
Centaurus: Name des Raumschiffs, mit dem *Jasper* und *Jasmin* nach *Arkonadia* fliegen. Stammt von *Kornbester*.
Chanobba: Eine Welt der *Durrden*, die zu *Omni* gehören. Kreist mit der nur zwei Millionen Kilometer entfernten Schwesterwelt *Rantia* um ein gemeinsames Schwerkraftzentrum.
Cugar der Kluge: Ein legendärer Mathematiker auf *Arkonadia*.
Cuaund: Eine der Superzivilisationen von *Omni*.
Dahari: Untergegangene Hochkultur auf *Arkonadia*. Die *Dahari* sind einem Krieg gegen die Menschen von *Nemanien* zum Opfer gefallen.
Daharische Brücke: Eine von den *Dahari* erbaute Brücke.
Dahlmann, P. Tobbias: Lokomotivführer des *ewigen Zuges*.
Datenstift: Informationsspeicher.
Deklarationszeit: Zwischen *KopKo* und den Äquiv-Zivilisationen vereinbarte Zeitrechnung.
Demmrott: Ein *Heiler* aus dem Volk der *Nakota*.
Dimension des Möglichen: Teil der *Kontinua*. Übergeordnete Dimension, in der sich Realität formt.
Domizil der Ho-Korat: Befindet sich mehrere Tausend Kilometer über dem Nordpol von *Arkonadia*.
Donkwart, südlicher und nördlicher: Ein Fluss, der von Norden in den *Uaschasee* fließt und ihn in südlicher Richtung wieder verlässt.
Dubbrizza: Stadtstaat in der Region *Achdar-Morramkin* auf *Arkonadia*.
Durrden: Eine der Superzivilisationen von *Omni*.
EFBs: Während des *Schwunds* auf Arkonadia »eingeschränkt funktionsbereite« Waffen, Geräte und Instrumente.
Elaboratorkerne: »Prozessoren« eines *Intellekts*.
Elixier des Lebens: Stammt von den *Ho-Korat* und soll das Leben des alten *Werkzeugmachers Zirzo* verlängern.

Emrak von Enwar: Legendärer Wissenschaftler von *Arkonadia*. Lebte während der 33. Ära und liegt in *Schentiffica* begraben.
Engel: Name für die Wesen im *Sprawl*.
Entori: Angeblich ein Wissenschaftler von *Schentiffica*.
Eray: Ein *Feuerläufer* auf *Arkonadia*, Bruder von Etini.
Erlebnisraum: Eine Art Holodeck.
Ethox: Ethischer Kodex der *Superzivilisationen* des *Omni*.
Etini: Ein *Feuerläufer* auf *Arkonadia*, Bruder von Eray.
Ewiger Zug: Ein Zug, der seit undenklichen Zeiten durch die Peripherie des *Nerox* fährt.
Exilanten: Völker, die nicht an der Gründung von *Omni* teilnahmen und vor einer Milliarde Jahren verschwanden.
Exodus: Vor einer Milliarde Jahren, kurz vor der Gründung von *Omni*, verschwanden mehrere hoch entwickelte Völker aus der Milchstraße.
Femtomaschinen: Winzige Maschinen, kaum größer als Atome.
Feuerläufer: Suchen auf *Arkonadia* in unmittelbarer Nähe von Vulkanen nach *Supra* und anderen wertvollen Substanzen.
Feuervogel: Vision von einem feurigen Vogel, manchmal von *Traumsalz* verursacht.
Forrestal: Region im hohen Norden von *Arkonadia*, Heimat von Zirzo.
Gehmaschine: Hydraulisch betriebenes, auch während der *technologischen Inhibition* funktionierendes Fortbewegungsmittel der *Ho-Korat*. Sieht aus wie eine mechanische Spinne.
Geldmaschine: Ein *Tingla*-Gerät, das es dem *Werkzeugmacher Zirzo* erlaubt, auf sein erspartes Vermögen zuzugreifen.
Gelehrtenrat: Regierungsgremium von *Schentiffica*.
Glokon: Ein Raumschiff (Kundschafter) von *Omni*.
Gräber von Tanche: Größte Gedenkstätte eines Krieges, der vor 2700 Jahren auf *Arkonadia* stattfand, zu Beginn der 39. *Ära*.
Grandolk: Ein *Ho-Korat*.
Gravitationsmotoren: Triebwerkssystem, das mit Schwerkraftfeldern arbeitet.
Gravitator: Gerät, das künstliche Schwerkraft erzeugt.
Gravkatapulte: Können geladen mit kinetischen Geschossen als Waffe verwendet werden.
Große Eisenbahn: Von den *Nakota* im ersten Jahrhundert der 43. *Ära* erbaute Eisenbahn. Führt teilweise am *Büßerpfad* entlang.
Große Korporationskonflikte: Krieg zwischen den *Korporationen* vor 750 Jahren.
Großer Denker: *Omnis* Mittelpunkt, sein waches, beobachtendes und bewertendes Zentrum.
Habitatschiffe: Die *Durrden* benutzen *Habitatschiffe*, fünfzig Kilo-

meter durchmessende Ansammlungen von Kuppeln, Plattformen und Zylindern.

Hatan: Ein Heerführer der *Jukin*.
Hauptstrang: Ein Hauptverbindungsweg des *Sprawl* in der Milchstraße; insgesamt gibt es dreißig.
Heiler: Ärzte auf *Arkonadia*.
Hellagarit: Volk auf *Arkonadia*.
Hellas: Eine Welt in *KopKo*.
Heréra: Ausgestorbenes Volk auf *Arkonadia*.
Himmlischer Stolz: Luftschiff der *Hellagarit*.
Hinir: Intelligente Spezies in der Großen Magellanschen Wolke.
Ho-Korat: Eine intelligente Spezies mit Kandidatenstatus für *Omni*. Auf *Arkonadia* präsent.
Holofeld: Holografische Darstellungsbereiche.
Hundert-Sonnen-Haufen: Sternhaufen mit dem Planeten *Kornbester*.
Ilvesor-Tramen: Eine Äquivalent-Zivilisation aus zwei verschiedenen intelligenten Spezies in symbiotischer Beziehung.
Induktor: Ein Gerät für die Übertragung von Wissen und Informationen ins Bewusstsein. Kann auch benutzt werden, um Erinnerungen zu »lesen«.
Inper: Eine der *Superzivilisationen* von *Omni*.
Intellekt: Künstliche Intelligenz.
InterLingua: Die von Menschen und Äquiv-Zivilisationen benutzte Sprache.
Irrl: Piloten der *Pandora*-Eskorte.
Isdina-Iaschu: Früherer Name von *Jasmin*.
Ittaurac: Ein *Cuaund*, erster Brückenbauer von *Untah*.
Itwa: Ein *Hellagarit*.
Jabbi, Jon Jerlis: Zweiter Regent von *Arkonadia*. Gelangte mit dem *Unvollendeten*, dem *Werkzeug* von *Rothas Berore*, zu Beginn der 21. Ära ins *Nerox* und errang die Regentschaft.
Jannaschi: Volk auf *Arkonadia*. General *Tailos* gehört zu den Jannaschi.
Jasmin: Reisende in Diensten von *Omni*. Tochter von *Jasper*. Halb Mensch und halb *Crohani*. Früherer Name: *Isdina-Iaschu*, wegen des roten Haars und der roten Augen von ihrem Vater *Zinnober* genannt.
Jasper: Reisender in Diensten von *Omni*. Vater von *Jasmin*. Früherer Name: *Vinzent Akurian Forrester*.
Javaid: Heimatwelt von *Jasmin (Zinnober)*, im *Maquinna*-System.
Jukin: Volk auf *Arkonadia*.
Kasom: Ein *Schnitzer* der Reisegruppe um *Zirzo* und *Tailos*.
Kelarien: Region auf *Arkonadia*. Grenzt an *Sumanien* und *Nemanien*.

Kommunikationsknoten: Solche Knotenpunkte der interstellaren Kommunikation bieten vom *Sprawl* aus Zugang zu den Kommunikationsnetzen im *Basiskontinuum*.
Kompensator: Erzeugt ein *Kompensatorfeld*.
Kompensatorfeld: Schützt die Reisenden an Bord eines Raumschiffs vor den negativen Auswirkungen des *Sprawl*.
Komposit: Ein Material.
Konstrukteur: Gerät, das mithilfe von *Molekülarchitekten* fertige Produkte aller Art herstellen kann.
Kontinua: Eine Art Überraum oder Superdimension mit darin eingebetteten Multiversen.
Kontinua-Brücke: Eine Verbindung zwischen zwei weit voneinander entfernten Orten, vergleichbar mit einem Transmitter.
Kontinua-Film: Eine dünne energetische Barriere, für gewöhnliche Augen unsichtbar.
Kontinua-Konnektor: Ein Gerät, das wie ein silbernes Armband aussieht.
Kooperativen: Interstellare Genossenschaftsverbände und ihre Einflussbereiche. Siehe *KopKo*.
KopKo: Menschliche Korporationen und Kooperativen, insgesamt 114 Sonnensysteme, 194 bewohnte Planeten, 370 besiedelte Monde, verteilt über 2000 Lichtjahre an einem *Hauptstrang* im Sagittariusarm der Milchstraße.
Kornbester: Planet im *Hundert-Sonnen-Haufen*.
Korporationen: Interstellare Unternehmen und ihre Einflussbereiche. Siehe *KopKo*.
Krandok: Ein *Ho-Korat*.
Kremser, Stef: Schlüsselverwahrer im *Nerox*.
Kwat: *Hatans* Heiler, ein *Nakota*.
Länge: Maßeinheit auf *Arkonadia*, entspricht 1½ Kilometer.
Lawwalam: Zugtiere auf *Arkonadia*, sechsbeinig.
Legislatoren: Gesandte von *Omni*, die Verstöße gegen den *Ethox* ahnden.
Likotha: Psionische Lebensform auf *Javaid* im *Maquinna-System*. Ähnelt Schleiereulen.
Ljuben-System: Name eines Sonnensystems, das 60 000 Lichtjahre von *KopKo* entfernt ist und am Ende des Perseusarms der Milchstraße liegt.
Lotin: Sohn von General *Tailos*.
Maquinna-System: In diesem Sonnensystem befindet sich *Javaid*.
Maschinendynastien: Auch M-Dynastien, intelligente Maschinen, im Kugelsternhaufen M80 beheimatet.
Materialgedächtnis: Die Eigenschaft von Substanzen, bestimmte Formen und Strukturen zu speichern.

Mediker: Arzt.
Medobot: Medizinischer Roboter.
Medoraum: Krankenstation der *Centaurus*.
Melchior: Gelehrter aus *Schentiffica*, Freund und Verbündeter von *Baltasar*.
Metallglas: Ein Material.
Mimmit: Kleine pelzige Lebensform eines Eisplaneten, auf dem *Thrako* den beiden *Reisenden Jasper* und *Jasmin* eine empathische Statue zeigt, die eine Milliarde Jahre alt ist.
Mira: Frau von *Zirzo*.
Mokonna: Volk auf *Arkonadia*.
Molekülarchitekt: Formt neue molekulare Strukturen, die später im *Materialgedächtnis* gespeichert werden können.
Nadler: Eine Waffe.
Nakota: Volk auf *Arkonadia*.
Nebenstrang: Nebenverbindung des *Sprawl* in der Milchstraße; insgesamt gibt es 427.
Nemanien: Region im Süden von *Arkonadia*. Grenzt an *Sumanien* und *Kelarien*.
Nerox: Ein seltsames Objekt auf *Arkonadia*, das alle 453 Jahre erscheint.
Ngorongai: Amphibische Lebewesen auf *Hellas* in *KopKo*.
Nukleus: Kommandozentrale eines Raumschiffs.
Omni: Zusammenschluss von *Superzivilisationen* im galaktischen Kern.
Omni-Artefakte: Geräte und Instrumente der *Superzivilisationen*.
Omnikronen: Autonome, sich selbst erhaltende Mechanismen bei *Omni*, mit *Bots* vergleichbar.
Orakel: Auf *Arkonadia* häufig verwendete Bezeichnung für Messgeräte aller Art aus dem technischen Repertoire der *Tingla* oder *Ho-Korat*.
Orbitalspringer: Vehikel für den Verkehr zwischen Planet und Orbit.
Orientierungshilfe: Blendet bei visuellen Anzeigen des *Sprawl* Haupt- und Nebenstränge, Strömungen und so weiter ein.
Osmotinische Konstante: Fachbegriff aus der arkonadischen Mathematik.
Pandora: Legendäre erste *Superzivilisation* in der Milchstraße, legte das *Strangnetz* im *Sprawl* an.
Paradoxon: Vor vier Millionen Jahren ernster Kausalitätszwischenfall in der Milchstraße, dem beinahe die *Superzivilisationen* von *Omni* zum Opfer gefallen wären.
Parakosmiker: Personen, die mit den Wesen im *Sprawl* kommunizieren, den *Engeln*.
Perseusarm: Ein Spiralarm der Milchstraße.

Plasmatriebwerk: Raumschifftriebwerk für Flüge unterhalb der Lichtgeschwindigkeit, zum Beispiel in Sonnensystemen.
Plast: Ein synthetisches Material, wie auch *Synth*.
Poseidon: Ein von Menschen gebautes Schiff, das auf *Arkonadia* strandete.
Projekt Futur: Baltasars Projekt.
Quorum: Außerirdischer Feind, gegen den die Erde vor fast 6000 Jahren Krieg geführt hat.
Raitos: Zugtiere auf *Arkonadia*, vierbeinig.
Rantia: Ein Planet der *Durrden*, der mit seiner nur zwei Millionen Kilometer entfernten Schwesterwelt *Chanobba* um ein gemeinsames Schwerkraftzentrum kreist.
Reisende: Bezeichnung für einzelne Personen, die in Diensten von *Omni* durch die Milchstraße reisen und ein sehr langes, sich über Jahrtausende erstreckendes Leben führen.
Sagittariusarm: Ein Spiralarm der Milchstraße.
Salz: Siehe *Traumsalz*.
Samantha: Eine *Reisende* in Diensten von *Omni*.
Schentiffica: Stadt der Mathematiker und Gelehrten am südlichen Polarkreis von *Arkonadia*.
Schlammläufer: Lebewesen auf *Arkonadia*.
Schleichendes Fieber: An dieser Krankheit leidet der *Werkzeugmacher Zirzo*. Hervorgerufen wird sie vom Kontakt mit *Supra*.
Schocker: Betäubungswaffe. Hinterlässt beim Erwachen ein unangenehmes Brennen.
Schwund: Auch *technologische Inhibition* genannt. Bezeichnung für das Phänomen, dass moderne Technik beim Erscheinen des *Nerox* auf *Arkonadia* nicht mehr funktioniert.
Siemperverd: Planet, auf dem es Symbionten gibt, die u.a. von *Parakosmikern* benutzt werden.
Sirius-Koalition: Ein Bund von drei intelligenten Spezies, mit dem *Quorum* als gemeinsamem Entscheidungsgremium.
Sprawl: Übergeordnetes Medium, in dem, relativ zum *Basiskontinuum*, Geschwindigkeiten erreicht werden können, die weit über die des Lichts hinausgehen.
Sprawl-Datenbanken: Navigationsdatenbanken mit den offiziellen Namen der Sonnen und Planeten.
Sprawler: Triebwerk für den Flug durchs *Sprawl*.
Sprawlkilometer: Maßeinheit für geringe Entfernungen im *Sprawl*.
Sprungtore: Geheimes Transportsystem der *Ho-Korat* auf *Arkonadia*.
Stahlkeramik: Ein Material.
Staubseele: Ein kleiner Ort im Süden von *Arkonadia*.

Strangnetz: Verbindungswege im *Sprawl*, vor einer Milliarde Jahren von den *Pandora* angelegt.
Sublimen, die: Eine Gemeinschaft zahlreicher vergeistigter Individuen, die alle körperlichen Fesseln abgestreift und sich tief im galaktischen Kern niedergelassen haben.
Sumanien: Region im Süden von *Arkonadia*. Grenzt an *Nemanien* und *Kelarien*.
Superzivilisationen: Hoch entwickelte Zivilisationen im galaktischen Kern, zu *Omni* zusammengeschlossen.
Supra: Auf *Arkonadia* ein Metall mit besonderen Eigenschaften, meistens silbern. Besonders selten ist grünes Supra. Aus Supra stellen die arkonadischen *Werkzeugmacher Werkzeuge* her.
Suprema: Zentrale Welt der *Inper* von *Omni*.
Synth: Ein synthetisches Material, wie auch *Plast*.
Tahir: Oase im Süden der Wüste *Zihab* auf *Arkonadia*.
Tailos: General der *Jannaschi*.
Tanche: Siehe *Gräber von Tanche*.
Technologische Inhibition: Siehe *Schwund*.
Telesicht: Wird von einigen Geräten auf *Arkonadia* verwendet.
Thrako: Gesandter von *Omni*, ein *Inper*.
Tijeri: Eine Heerführerin der *Jukin*.
Tingla: Ein Volk, das seit tausend Jahren auf *Arkonadia* lebt und an der Spitze der technisch-kulturellen Hierarchie steht. Die Tingla kontrollieren das Finanzsystem auf *Arkonadia*.
Transit: Flug durch das *Sprawl*.
Translator: Übersetzungsgerät.
Traumgewürze: Eine Sammlung von Drogen auf *Arkonadia*, darunter das *Traumsalz*.
Traumsalz: Droge auf *Arkonadia*.
Uaschasee: Ein runder See im Süden von *Arkonadia*.
Untah: Eine Welt der *Cuaund* von *Omni*, 113 Lichtjahre von der *Durrden*-Welt *Chanobba* entfernt. Dort wird eine *Kontinua-Brücke* gebaut, die die *Centaurus* nach *Arkonadia* bringen soll.
Unvollendete, das: Unvollendetes Werkzeug des großen *Rothas Berore*.
Variator: Waffe.
Verrechnungseinheiten (VE): Währung auf *Arkonadia*.
Vinzent Akurian Forrester: Früherer Name von *Jasper*.
Vongard: Administrator im *Taiwaru-System*.
Wefing: Vierte der Äquiv-Zivilisationen, humanoide Bewohner des Planeten *Canaris*, lieben es kalt.
Werkzeuge: Aus *Supra* hergestellte Objekte, die den Benutzern einen Weg zum und ins *Nerox* zeigen sollen.
Werkzeugmacher: Bewohner von *Arkonadia*, die aus *Supra* Werkzeuge herstellen, zum Beispiel *Zirzo*.

Yilmor: *Hatans* Sohn.
Zerebus: Ein symbiotischer Parasit, der den *Jukin* kurz nach ihrer Geburt eingepflanzt wird.
Zihab, die: Eine von vier Wüsten auf *Arkonadia*, an der der *Büßerpfad* vorbeiführt.
Zinnober: Früherer Name von *Jasmin*.
Zirzo: *Werkzeugmacher* auf *Arkonadia*, letzter Nachfahre des berühmten *Rothas Berore*.

Omni

Das Omni ist ein Zusammenschluss von (soweit bekannt) vierzehn Superzivilisationen in der Milchstraße:

1. Kinnund
2. Tiaburo
3. Quehatan
4. Oreth
5. Cuaund
6. Rothmorka
7. Hiuaka
8. Durrden
9. Teheka
10. Bloustan
11. Phynen
12. Choskelran
13. Inper
14. Ya-Yiander

Äquiv(alent)-Zivilisationen

Die Äquiv- bzw. Äquivalent-Zivilisationen haben einen mit der Menschheit vergleichbaren Entwicklungsstand. Es gibt insgesamt 35 Äquiv-Zivilisationen, unter ihnen:

1. Therity
2. Zaisen
3. Crohani
4. Wefing
5. Swogscha
6. Issleti
7. Ilvesor-Tramen
8. Steynper
9. Hozig
10. Cuaútemoc
11. Horati

Die Sieben Großen Spezies (SGS)

Die Lebensformen in der Milchstraße werden in sieben Kategorien eingeteilt:

1. Autotrophen (viele der uns bekannten Pflanzen)
2. Heterotrophen (heterotrophe Pflanzen, die organische Nahrung aufnehmen)
3. Mycophyta (Pilze, mit Schleimpilzen als besonderer Untergruppe)
4. Insektomorphe
5. Aquae (zum Beispiel Fische)
6. Reptilia (unter ihnen die Avianen, also Vögel)
7. Mammalia (unter ihnen die Menschen, in zwei Geschlechter unterteilt, lebend gebärende Säuger)

Chronologie

Die Zeitangaben beziehen sich auf die alte Zeitrechnung (AZR) der Erde. Neben der »Standardzeit« gibt es in KopKo noch die mit den Äquivalent-Zivilisationen vereinbarte »Deklarationszeit«, die auf 100 basiert: 100 Sekunden ergeben 1 Minute, 100 Minuten sind 1 Stunde, 100 Stunden 1 Tag und 100 Tage 1 Jahr.

2049: Erster Ökologischer Kollaps auf der Erde. Die »Zeit der Not« beginnt, mit zahlreichen lokalen konventionellen Kriegen.

2063: Kolonien auf Mond und Mars sind das erste konkrete Ergebnis eines neuen internationalen Raumfahrtprogramms, das die Ressourcen auf dem Mond (Helium-3) und von Asteroiden nutzen und das Überleben der Menschheit sicherstellen soll.

2072: Erster Kontakt mit einer außerirdischen Zivilisation. Ein Raumschiff der Issleti erreicht das Sol-System. Wie sich später herausstellt, wurde es von Omni geschickt.

2079: Auf der Erde wird Lukas Jaylen Ciriako geboren, der später als Aurelius in die Dienste von Omni tritt.

2081: Erster Kontakt mit Omni. Viele Menschen, die die »Zeit der Not« überstanden haben, erhoffen sich eine wundervolle Zukunft, doch Omni ist nicht bereit, den Menschen überlegene Technik zur Verfügung zu stellen.

2100–2700: Erste Expansion. Technologiediebstahl bringt die Menschheit in Besitz von Gravitationsmotoren und einfachen Sprawlern. Damit besiedelt sie die Planeten mehrerer naher Sonnensysteme und knüpft Kontakte mit Äquivalent-Zivilisationen.

2701–3500: Zweiter ökologischer Kollaps auf der Erde, ausgelöst von einem superadaptiven Organismus, der von Wolf 41 eingeschleppt wird. Es kommt zu einem Massensterben, dem achtzig Prozent aller terrestrischen Spezies zum Opfer fallen. Omni wird um Hilfe gebeten, bleibt aber passiv. Der Organismus mutiert immer wieder und bildet Sporen, die viele Menschen unfruchtbar machen.

3501–4100: Es werden immer weniger Menschen auf der Erde geboren. Die Bevölkerung sinkt auf fünfzig Millionen. Von den Kolonien im All kehren Menschen heim, um die Erde neu zu besiedeln und dabei zu helfen, die ins Ökosystem der Erde eingedrungenen außerirdischen Lebensformen zu beseitigen.

4101–6000: Zeitalter der Skepsis. Rückbesinnung auf die Erde. Mehrere Kolonien in anderen Sonnensystemen werden aufgegeben, und viele Menschen kehren zur Erde zurück. Die »Wiege der Menschheit« wird zu einer Bewegung, die allem Extraterrestrischen mit Skepsis begegnet und »irdische Werte« preist. Das Sol-System unterhält nur noch wenige Kontakte zu Äquiv-Zivilisationen und den verbliebenen menschlichen Außenposten im All. Eine neue menschliche Zivilisation erblüht auf der Erde.

6099: Erste Schiffe des Quorums der Sirius-Koalition erreichen das Sol-System und richten Stützpunkte auf den Eismonden von Jupiter und Saturn sowie auf dem Mars ein. Ein Konflikt bahnt sich an.

6183–6249: Krieg der Erde gegen das Quorum der Sirius-Koalition, einen Bund von drei intelligenten Spezies. Omni greift nicht ein. Die überlebenden Menschen verlassen die zerstörte Erde und besiedeln Sonnensysteme im Sagittariusarm der Milchstraße, die später KopKo bilden, die Korporationen und Kooperativen.

6300–11300: Die »fünf großen Jahrtausende« der Zweiten Expansion. Die Menschen besiedeln 114 Sonnensysteme, darin 194 Planeten und 370 Monde, verteilt über zweitausend Lichtjahre an einem Hauptstrang im Sagittariusarm der Milchstraße. Sie bekommen einen festen Platz unter den Äquiv-Zivilisationen. Einige Raumschiffe verschwinden spurlos in den Tiefen des Alls, unter ihnen die *Poseidon*.

7114: Erster Kontakt zwischen Menschen und den Maschinendynastien des Kugelsternhaufens M80. Einige Intellekte schließen sich den intelligenten Maschinen von M80 an.

7343: Der Obelisk von Miont wird entdeckt.

7818: Menschen lassen sich in den Denkenden Wäldern von Vorr nieder und gehen eine Symbiose mit den intelligenten Pflanzen ein, die zur ersten der Sieben Großen Spezies gehören, den Autotrophen.

8388: Vier »verlorene Kinder« werden gefunden, abgelegene Kolonien, die im Verlauf der Ersten Expansion gegründet wurden und in der Zeit der Skepsis in Vergessenheit gerieten.

8401–8500: Suche nach weiteren »verlorenen Kindern«. Es werden insgesamt 81 gefunden. Einige der Kolonien haben neue Gesellschaftsformen entwickelt, auch aufgrund der biologischen Anpassung an besondere Umweltbedingungen. Die »Kinder« werden zu Forschungsobjekten für Soziologen und Biologen.

8513–8900: Die Ilvesor-Tramen, eine Äquivalent-Zivilisation aus zwei verschiedenen intelligenten Spezies, die in symbiotischer Beziehung stehen, führen Krieg gegen die mysteriösen Happni. Menschliche Söldner und Abenteurer nehmen an den Kämpfen teil, unter ihnen der legendäre Udai »Mos« Mosage, ein menschlicher Hybride mit Likotha-Genen.

8642–8711: Aufstieg des Gottpriesters Rihal Rakschai Onix, »der Heilige« genannt, zum Divinen Regenten. Seine Herrschaft über die sieben Sonnensysteme des Alliston-Haufens dauert ein halbes Jahrhundert und führt zu einem ausgeprägten ökonomischen Niedergang. Alle wirtschaftlichen und technologischen Ressourcen werden in den Bau eines »Tors der Weihe« gesteckt, eines Transmitters, der mehr als eine Million Menschen ins Nichts befördert. Es kommt zum Klerikalen Konflikt mit Sonnensystemen außerhalb des Alliston-Haufens und dem Rest von KopKo. Schließlich greift Omni ein: Zwei Legislatoren erscheinen und bringen den Divinen Regenten fort. Was aus Rihal Rakschai Onix wurde, ist nicht bekannt. Spekulationen überlassen bleibt auch die Quelle seiner besonderen Fähigkeiten, die ihn erst zum Gottpriester und dann zum Divinen Regenten machten.

8943: Die *Poseidon*, mit fünftausend Kolonisten unterwegs zum Myrton-Cluster am Rand der Galaxis, verschwindet spurlos.

8991: Strang-Forscher finden in einem abgelegenen Sonnensystem, das sie nach dem Leiter der Expedition Givvener-System nennen, Hinterlassenschaften der rätselhaften Macht »ZenTrum«, die vor vier Millionen Jahren Gegner von Omni war und die Superzivilisationen beinahe mit einer von ihnen »Paradoxon« genannten Katastrophe ausgelöscht hätte. Omni erhebt Anspruch auf das Givvener-System und riegelt es aus Sicherheitsgründen ab. Givvener kann unbemerkt einige Gegenstände von den Ausgrabungsstätten mitnehmen. Sie verschwinden kurze Zeit später zusammen mit ihm.

9221: Auf Tanssa, einem Planeten am Rand der Galaxis, wird ein Zugang zum »toten Universum« entdeckt, einem Paralleluniversum ohne Leben. Omni schickt erste Forschungsexpeditionen aus.

9314: Die *Hyperion*, das »Schlafende Schiff«, bricht auf und verlässt die Milchstraße durch einen neu entdeckten schnellen Nebenstrang des Sprawl, den »goldenen Faden«. An Bord befinden sich zehntausend Hibernanten: Abenteurer, die eine Kolonie in einer hundert Millionen Lichtjahre entfernten Galaxis gründen wollen. Man hört nie wieder etwas von der Hyperion. Zwei Suchschiffe, die fast hundert Jahre später aufbrechen, kehren von einer Anomalie zurück, die sie »Großer Strudel« nennen. Man vermutet, dass die *Hyperion* in diesen Sprawl-Strudel geraten ist. Ob sie darin zerbrach oder irgendwo weit entfernt im Universum strandete, bleibt unbekannt.

11247–11280: Kleine Korporationskonflikte.
11319–11331: Große Korporationskonflikte.
12063: Handlung von »Omni« (Aurelius und Pandora-Maschine).
12093: Aktuelle Handlung (»Das Arkonadia-Rätsel«).

Danksagung

Bei diesem Roman gibt es eine Besonderheit. Während der Arbeit daran habe ich meine Leser gebeten, Arkonadia mit Vorschlägen für zwei Lebensformen mitzugestalten. Unter den zahlreichen Beiträgen habe ich zwei ausgewählt, die von **Steffen Kremser** und **Paul Tobias Dahlmann** stammen. Zwei Nebenfiguren tragen wie versprochen ihre Namen – gemeint sind »der Dahlmann« und der Schlüsselverwahrer »Stef Kremser« –, und die betreffenden Lebensformen sind: der »Gebeiner«, der zum ersten Mal auf Seite 309 erscheint, sowie die »Seesterne« und »Seebirnen«, denen der Leser auf Seite 392 begegnet.

Ich möchte ausdrücklich auch allen anderen danken, die mir Vorschläge für Lebensformen auf Arkonadia geschickt haben (in alphabetischer Reihenfolge):

Uwe F. Albrecht, Gunnar Amke, Evelyn Bartels, Enno M. Bender, Lorenz Berger, Günther Böhm, Reimund Brauer, Stefan Buchholz, Ulrich Burger, Sebastian Decker, Andreas Deggendorf, Marko Dittmer, Alexander Dobrecht, Silke Domanski, Mathias Dörr, Bernhard Ebener, Heidrun Franke, Ulrich Gross, Annica Gruber, Oliver Haas, Lena Hagemann, Miriam F. Hampel, Martin Henke, Milo Henschel, Timo Hertens, Carsten Hildebrand, Karl-Heinz Hoppe, Andreas Jansen, Annette Karensen, Nina Kovic, Michael Kowalski, Nele Kunter, Bettina Lampert, Marko Langner, Alexander Lindemann-Meyer, Reinhard Litzenburger, Frank Mahlbach, Natalie Mennert, Christine Morgenroth, Aarn Munro, Jannis Niemann, Sandra Ochowski, Marc-André Pahl, Thomas Pohler, Conrad Reller,

Frank Reuter, Guido Ruggeri, Markus Sander, Hannes Schäfer, Roman Schleifer, Elke Schürmann, Horst Sievers, Matthias Tankert, Werner A. Tanner, Werner Tiez, Dirk Vergölst, Karl-Heinz Völker, Christian Volmers, Melanie Weber, Bernd Wegener, Philipp Wiegand.

Kontakt mit dem Autor

Sie haben drei Möglichkeiten, Kontakt mit mir aufzunehmen:

- Schreiben Sie eine E-Mail an autor@andreasbrandhorst.de
- Besuchen Sie meine Website www.andreasbrandhorst.de
- Besuchen Sie mich bei Facebook. Meine Autorenseite bei Facebook ist auch für diejenigen unter Ihnen zugänglich, die keinen eigenen FB-Account haben: https://www.facebook.com/andreas.brandhorst.autor/

Ich würde mich freuen, von Ihnen zu hören.

»EINE SPACE OPERA,

Mehr zur Reihe unter
www.piper.de/kantaki

Die erfolgreiche Kantaki-Saga jetzt in neuer Ausstattung!

Andreas Brandhorst
DIAMANT
Die Kantaki-Saga 1
589 Seiten. Taschenbuch
€ 10,99 (D) / € 11,30 (A)
ISBN 978-3-492-28121-8
ET: 01.08.2017

Andreas Brandhorst
DER METAMORPH
Die Kantaki-Saga 2
608 Seiten. Taschenbuch
€ 10,99 (D) / € 11,30 (A)
ISBN 978-3-492-28122-5
ET: 01.09.2017

Andreas Brandhorst
DER ZEITKRIEG
Die Kantaki-Saga 3
592 Seiten. Taschenbuch
€ 10,99 (D) / € 11,30 (A)
ISBN 978-3-492-28123-2
ET: 02.10.2017

Als E-Books bereits erhältlich!

DIE IHRESGLEICHEN SUCHT!«
PHANTASTIK-COUCH

Andreas Brandhorst
FEUERVÖGEL
Die Kantaki-Saga 4
576 Seiten. Taschenbuch
€ 10,99 (D) / € 11,30 (A)
ISBN 978-3-492-28124-9
ET: 02.11.2017

Andreas Brandhorst
FEUERSTÜRME
Die Kantaki-Saga 5
592 Seiten. Taschenbuch
€ 10,99 (D) / € 11,30 (A)
ISBN 978-3-492-28125-6
ET: 01.12.2017

Andreas Brandhorst
FEUERTRÄUME
Die Kantaki-Saga 6
576 Seiten. Taschenbuch
€ 10,99 (D) / € 11,30 (A)
ISBN 978-3-492-28126-3
ET: 12.01.2018

Piper Science-Fiction.de

Ein kosmisches Abenteuer!

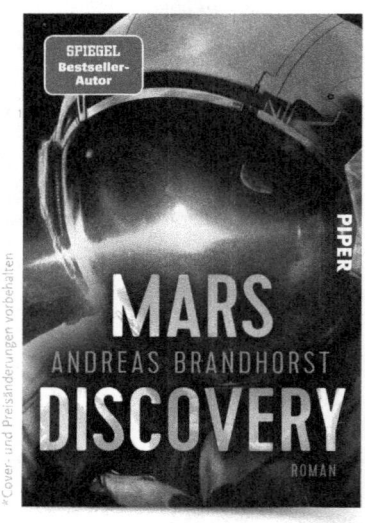

Andreas Brandhorst
Mars Discovery
Roman

Piper, 464 Seiten
€ 18,00 [D], € 18,50 [A]*
ISBN 978-3-492-70513-4

Eleonora Delle Grazie verlor ihre Eltern früh bei einem tragischen Raumfahrtsunglück der NASA. Die Welt ahnt nichts von der geheimen Mission ihrer Eltern, und Eleonora ist fest entschlossen, diese fortzuführen. Als sie Jahre später an Bord der »Mars Discovery« ins All aufbricht, scheint sie dem Ziel nah. Kurz nach dem Start erfährt sie von einem außerirdischen Artefakt auf dem Mars. Doch was Eleonora tatsächlich auf dem Roten Planeten findet, übersteigt die Vorstellungen der Menschheit.

Leseproben, E-Books und mehr unter www.piper.de

Eine Reise bis zum Ursprung der Menschheit ...

Andreas Brandhorst
Die Tiefe der Zeit
Roman
Piper Taschenbuch, 544 Seiten
€ 11,00 [D], € 11,40 [A]*
ISBN 978-3-492-28248-2

Seit Jahrtausenden führt die Menschheit Krieg gegen die geheimnisvollen Crul. Ebenso lange erzählt man sich Geschichten von deren Hauptstreitmacht, die seit Ewigkeiten durch die endlosen Weiten des Alls streift, um die Kernwelten der menschlichen Zivilisation zu vernichten. Der Ex-soldat Jarl wird des Verrats und Mordes beschuldigt und von den eigenen Verbündeten gejagt. Nun muss er die legendäre Erde finden, den mythischen Ursprung der Menschen. Dort soll die größte aller Waffen lagern ...

Leseproben, E-Books und mehr unter **www.piper.de**

BESUCHE FREMDE WELTEN

PIPER

Piper Science-Fiction.de